# 中国的西北角

## （勘注增补本）

范长江　著

范东升　编

北京出版集团

北京出版社

**图书在版编目（CIP）数据**

中国的西北角：勘注增补本/范长江著；范东升
编. -- 北京：北京出版社，2025.4. -- ISBN 978-7
-200-18972-8

I.I253

中国国家版本馆CIP数据核字第2024K6L130号


总 策 划：高立志
选题策划：陈　飞
责任编辑：陶宇辰
责任营销：猫　娘
责任印制：燕雨萌
书名题字：梁　津


**中国的西北角（勘注增补本）**
ZHONGGUO DE XIBEIJIAO（KANZHU ZENGBUBEN）

范长江　著
范东升　编


出　　版　北京出版集团
　　　　　北 京 出 版 社
地　　址　北京北三环中路 6 号
邮　　编　100120
网　　址　www.bph.com.cn
总 发 行　北京伦洋图书出版有限公司
印　　刷　河北鑫玉鸿程印刷有限公司
开　　本　787 毫米 ×1092 毫米　　1/16
印　　张　40.75
字　　数　522 千字
版　　次　2025 年 4 月第 1 版
印　　次　2025 年 4 月第 1 次印刷
书　　号　ISBN 978-7-200-18972-8
定　　价　198.00 元


如有印装质量问题，由本社负责调换
质量监督电话：010-58572393

# 序　言

　　20世纪30年代汇辑出版的范长江先生的新闻通讯集《中国的西北角》和《塞上行》，保存了那个时代中国西部的极其珍贵的真实历史记录，长期以来一直为世人所重视，被视为中国新闻史上具有永久价值的名著，它们在新闻写作方面的成就，并世无两。在当时和之后相当长的一个时期内，这两部新闻通讯集始终被认为是新闻通讯的典范，影响了将近一个世纪的好几代新闻工作者。我就是看了这两本书后，从青年时代起就爱上了新闻事业，考大学的时候只报新闻系，一心想当一个像他那样的新闻工作者。后来，记者没当成，我成了新闻史的教学研究工作者。但我对他，始终是高山仰止，心向往之，对他的这两部新闻通讯集，也一直奉为经典，感念不已。

　　这部《中国的西北角》和《塞上行》的勘注增补本是由长江先生的次子范东升教授负责编辑的。他于1978年在北京大学就读新闻专业，随后在中国人民大学新闻系读研究生，其间，潜心搜集、整理其父旧作，并协助其母亲沈谱编辑出版了《范长江新闻文集》，之后子承父业，多年来一直在国内外从事新闻工作。自2006年之后，范东升教授于汕头大学任教十年，曾六次率领师生循长江先生当年考察路线，重走中国的西北角。今范东升教授所编纂的勘注增补本，对于范长江研究来说，无疑为十分重要之新贡献。

　　本书最为可贵之处在于，编者为长江先生后人，却能秉持实事求是的客观态度，恪守尊重作者及保持原著完整性之出版原则，展现出两本书之原貌，从而有助于读者完整了解真实的历史，由读者自己去做出分析与判断。两书的勘注增补本在新的史实方面还有重要的发现，如长江先生于1937年3月在陕北之行后所写的《动荡中之西北大局》一文，历来被认为是新闻史上的名篇，但在 80 年代以后再版的各个版本中却未使用长江先生之原作，而采用了经上海《大公报》做若干重要删改后发表的版本。而研究界以往则误认为，《大公报》发表的长江先生的文章与两本书所收录的内容应是完全一致的。勘注增补本此次则恢复使用了《塞上行》原版书的长江先生之原作。

这两本书自 20 世纪 30 年代出版以来，在海内外曾多次再版，但各种版本均缺乏必要的勘校注释，其中文字上的各类差错不少。作为传世经典，书中有此瑕疵，实为憾事。现经范东升教授详加考证与勘注，纠正了以往各版本中的差错数百处，为读者提供了迄今为止最为完整、可靠和准确的一个版本。编者还对这两本书添加了一千余条注释，为当今读者理解书中内容提供了很大的方便。正如对《红楼梦》诸版本之勘校评注，乃"红学"研究之基础，而两书的勘注增补本之问世，对于今后范长江研究之推展和深入，其重要意义自不待言。

长江先生进行中国西部考察，正值西北地区成为国内政治的主要舞台，重大事件接踵而来，而长江先生行经路线漫长复杂、曲折艰险。为此，编者制作了长江先生西北考察行程一览表，详细列出各旅行阶段的时间、地点、路线、作品等，可使读者对长江先生的行程信息一览无余。此外，两本书中包含大量的地理知识，为了帮助读者读懂书中内容，编者在原版书旧图基础上，根据考证的地理资料，重新绘制了四十余幅地图，甚至对原图中的一些差错也给予了纠正。其中"岷山南北军事地理略图"等若干幅地图则是尘封八十年来，经重新绘制首次与读者见面，"《塞上行》记者行经路线图"是编者根据书中内容特制的。总之，勘注增补本中的新资料十分丰富，可为读者提供很大的便利。

"江山代有才人出，各领风骚数百年。"范长江就是一位在中国现当代新闻事业史上引领过，而且还在引领风骚的人物。《中国的西北角》和

《塞上行》这两部通讯文集，则是他留给后人的代表性成果。它们不仅是20世纪30年代中国历史的一面镜子和那个时期关于中国西北地区的一部百科全书，也代表了中国新闻记者在新闻通讯报道上曾经达到过的最高水平，体现了中国新闻工作者高尚的职业道德和崇高的精神境界，继承、奠定和弘扬了中国新闻工作者的优良传统。经过范东升教授精心订正、注释、整理和补充的勘注增补本，将帮助读者更深入地了解这两部文集中的新闻通讯，更好地向范长江学习，也有助于进一步深化对范长江的研究。

欣闻《中国的西北角（勘注增补本）》即将出版。从时间上看，这将是对20世纪范长江的西北考察旅行八十周年的一个很好的纪念。我乐观厥成，爰为之序。

方汉奇

2015 年 2 月

# 编辑前言

《中国的西北角》和《塞上行》是我国新闻界公认的经典作品。为帮助读者正确地理解这两部书的内容，以及客观地认识范长江先生的新闻生涯，编者经过勘校注释和补充文章，重新出版《中国的西北角》和《塞上行》的勘注增补本，以纪念编者父亲范长江先生西北考察旅行九十周年。

范长江先生1935年至1937年的考察旅行，其足迹遍及川北、甘南、青海、河西走廊、陇东、宁夏、西蒙、绥东、陕甘、雁北等西北部广大地区。他置个人安危于度外，冒着严寒酷暑，翻越崇山峻岭，渡过激流险滩，穿过荒漠戈壁，一路上马不停蹄，署名"长江"的文章接连不断地在《大公报》上发表。这一时期他所写的主要新闻作品不久汇集成书，就是著名的《中国的西北角》和《塞上行》。

而就在这短短一年多时间里，范长江先生目击了中国现代史上一系列举世震惊的重大事件，并抢在第一时间向读者做出报告：红军正在经历艰苦卓绝的万里长征，而记者的采访路线恰与红军行进道路相互平行，并先后几度交叉，记者密切观察红军动向，及时做出评述、分析和预测；日本侵略势力从东北延伸至西北，记者化装乘车沿中蒙边境戈壁草原进入额济纳，率先了解到日谍入侵西蒙情势危急，向公众发出警报，促使国民政府一举铲除日特机关；绥远地区爆发红格尔图、百灵庙战役，成为1937年卢沟桥事变引发全面抗战的序幕，记者迅即赶赴百灵庙及红格尔图进行战况报道和采访慰问，为全国抗战军民鼓舞士气；1936年12月12日发生西安事变，蒋介石在华清池被张学良和杨虎城扣押，朝野震动，局势纷乱，记者冒险独闯兰州和西安，现场报道事变真相。他在西安第一次结识共产党人，立即预感到中国政局和全民抗战即将揭开新幕，随即决定在周恩来安排下前往陕北，成为进入延安采访毛泽东主席，以及公开报道中共抗日民族统一战线新政策的第一位中国新闻记者。

在此勘注增补本中，除了人们所熟悉的《中国的西北角》和《塞上行》两部书之外，为了反映范长江的同期作品的全貌，还收入了范长江撰写的"红军与长征"系列文章和其他未收入两书的《伟大的青海是中华民族的一个支撑点》等西北地区评论及绥远抗战述评等。其中"红军与长征"系列文章是范长江于1935年9月至12月期间，恰在红军长征处于命运攸关的时刻写成的。范长江在这个时间段内，根据亲身实地考察，对红军长征的过程、态势、前途及其重大意义做出了独到、透彻的观察分析和预测。这些文章也是对两书内容的不可缺少的补充。对红军长征的观察与思考，对西部地区社会经济特别是民生、民族、宗教状况与问题的调查与剖析，以及对于中国西部政治大舞台上一系列重大事变的追踪和判断，构成范长江西部考察的三条报道主线，彼此紧密交织，互相映衬，生动而清晰地透视出当时中国政局与社会状况之演变及大势走向。

## 怎样评价《中国的西北角》和《塞上行》

周恩来总理的夫人邓颖超在《范长江新闻文集》的序言中，以朴素的语言对编者父亲做了公正的评价，她说："长江同志我是熟悉的，他原来是个进步的新闻记者，后来参加了革命队伍，为党和人民的新闻事业作了很多工作，他的作品是很有影响的。"编者母亲沈谱终生敬爱自己的丈夫，但她不赞同对丈夫的生平业绩溢美拔高，也决不同意有人曲解历史、混淆是非，在他身上乱泼污水。她曾在《范长江新闻文集》编辑手稿中客观地写道：长江在写《中国的西北角》时，走过曲折复杂的人生道路，探索真理达十年之久。他还没有直接接触过共产党，只是一个自认为处于政治中立地位的新闻记者。他心中是带着许多渴望解答的疑问，而去寻找祖国和民族的出路，为此付出生命亦在所不惜。她还强调说，长江在记者工作中能有自己独到的见解，主要是和他的一些思想基础有关系，例如在这本书中体现出的尊重实际、实事求是、关心民生疾苦的精神，以及强烈的爱国主义思想等。

　　编者完全赞同母亲的观点。实际上，青年时代的范长江真诚信仰的是孙中山的三民主义，但根据他对社会的观察，"一般所谓'党国要人''忠实信徒'整天忙于自私，忙于争权夺利，置总理苦心精思而定之计划于脑后"，他认为执政的国民党是"挂羊头卖狗肉"的"腐化的集团"，"彻头彻尾的为腐化势力所浸注，无一而非腐化，随处呈现大崩溃的可能，而且有倾覆总理遗教与精神的危险"。他断定"欲从政府系统中求出路，是一条绝路"，认为应该形成"一种新的革命势力"，"此种革命势力必以大多数民众为基础，然后可以免去革命势力之颓废"。[①]因为内心存在这些强烈而明断的想法，他于是放弃就要到手的毕业文凭，坚决脱离了中央政治学校，从此与国民党一刀两断。尽管他对列宁有景仰之心，认为苏俄的政治制度颇有合理性，但他并没有接触过公开的共产党人，也完全不了解中共党内不同的路线和政策主张，同时难免受到国民党宣传的一些影响，因此他对中共也持有负面的看法。当时他认为，为了解决人类社会不平等的现象，必须以自己的民族为本位，首先求得本民族的自由平等。但在他看来，共产党是以阶级为本位出发，这种政策也不符合中国社会和民族生存的需要。他对中共完全服从共产国际领导的"盲目的国际主义"政策很不赞成。[②]他对于共产党要在20世纪30年代的中国搞无产阶级的社会主义革命，并提出"武装拥护苏联"之类的口号，也感到非常不能接

[①] 摘自范长江1931年私人日记。
[②] 据范长江1931年私人日记。

受。① 总之，无论是对国民党还是共产党，他都经过了一番理性的深入思考，他的看法的出发点都是探求真理，努力寻找国家、民族的出路。

他正是带着以上的思想认识，开始走上新闻工作之路的。民国时期的《大公报》秉持"不党不卖不私不盲"的办报原则，而作为《大公报》记者，范长江本人当时的政治立场是中立的。他在《西北近影》中明确写道："我的政治关系只有一个，就是'我是中华民国的国民'。我的职业是'纯粹自由职业的新闻记者'。我们自由职业的人不反对人家有党派，但是自己不愿有党派，因为我们的立场，是整个中华民族的利益，向着这个目标努力的任何人，都是我们的朋友，违反这个目标的，都未便加以赞成。"那么，既然是中立的观察者，就既不是国民党当局的喉舌，也不是共产党的宣传员，因此在他的新闻通讯的形式上，对处于内战之中的国共双方同等对待，并在报道和评论中各有褒贬。而在大多数情况下，对双方的军事行动，他同样地采取比较中性的用语。而其不同寻常之处在于，20世纪30年代在国民党统治区，报纸受当局严格管制，唯有这位《大公报》记者敢于以客观中立的态度，坦率地评述、分析国共两军对战，可谓"众人皆醉我独醒"。在一般国统区报纸上，有关"剿匪"战事动态的官方报道立场明确，凡提到红军和共产党领导人言必称"匪"，如"共匪""匪区""朱匪""毛匪""徐海东匪""刘子丹匪"，字里行间对"赤匪"皆恨之入骨，必欲除之而后快，写"我军"则大加颂扬，国军将士如何战功卓著，"剿匪"战局如何节节胜利。而范长江的通讯却与众不同，直称"中国共产党""中央红军""朱毛主力""红军中央高级干部"等，对朱德、毛泽东、彭德怀、徐海东、萧克均直呼其名，并无一处称"匪"。他在报道中将红军部队与真正的土匪做出明显的区分，如在《平武谷地中》，他记述"徐向前的部队"

---

① 见范长江：《我的自述》。

将平武占领，接下来又说，在北川附近"土匪知某甲巨万过此，遂将其财产全部夺去"。在战事方面，他敢于直言赞扬红军部队，如称徐向前"勇而有谋"①，"叹徐向前用兵之能，而恍然于川军之非其敌手"②。同时也决不讳言"国军"的失败和错误，如"胡宗南的军事成了被动，包座增兵以后的步骤几乎处处成为'后手'了"③。并指出，"民间所传作战情形，颇多与（官方）公报者大有出入"④，此处运用春秋笔法，揭露官方"剿匪"宣传颇多谎言。

他当时对红军性质的界定是"农民武装""农民之暴动"⑤，虽然这不太符合共产党自身认定的"无产阶级"政治属性，但是却大胆地认定红军不是"土匪"，不属于一般的"绿林运动"，而是有政治目标的"与社会合为一致的社会运动"⑥。这就在根本上与国民党当局的"剿匪"政策分道扬镳了。在《陕北甘东边境上》一文中，他写道："在这样闭塞的地方，仍然表示着中国政治的两大分歧。从现状中以求改进，与推翻现状以求进展。两种势力，无处不在斗争中。不过，对于实际问题有解决办法者，终归是最后胜利者。"⑦这段话完全不同于官方话语体系，而是将彼此斗争的国共双方一视同仁，看作是政治方针不同的两种势力，而在政权之争中究竟鹿死谁手，其实尚未可知。

他在翻越大雪山的雪宝顶时，遭遇生死极限而感悟良深，于是提出了独特的"求生主义"法则，他说，"生存为人生之本质，以全力以维持生存，继续生存，扩张生存，即为人生存之光明正道。为自己生存之存续，所采

① 见范长江：《松潘战争之前后》。
② 见《中国的西北角》的《成兰纪行》。
③ 见范长江：《松潘战争之前后》。
④ 见《中国的西北角》的《陕北甘东边境上》。
⑤ 见1936年1月11日天津《大公报》的《松潘战争之前后》（续）。
⑥ 见《中国的西北角》的《陕北甘东边境上》。
⑦ 同上。

取之任何手段，自其本身言之，皆为道德之行为"，"今穷病死于雪山者，与葬于东陵西陵者，在人生意义上，皆无丝毫之轩轾"。[1] 他后来明确解释说："我在通讯中议论生存斗争一段，把皇帝和平民平等看待，也意味着对国共要平等看待。"[2] 他在乘羊皮筏从兰州赴宁夏时，见石峡绝壁上有石羊身处险境而终不自弃，于是进一步对其"求生法则"加以解读："一时代之社会政治制度，苟不能适合于当时大多数人生存之需要，则此大多数人必如石羊之艰苦挣扎，以求其生存之继续与发展。"[3] 可见这一"求生法则"并非泛泛而论，而是有很强的现实针对性。

正是由于范长江从国家民族的命运和劳苦大众的根本利益出发，藐视当局的"剿匪"政策，敢于如实反映地内忧外患的事实真相，所以《中国的西北角》在当时引起社会轰动，受到广大读者的喜爱。他的西北之行也因此引起国民党当局的不快与戒心，认为他的通讯有袒护红军和"通匪"之嫌，并于1935年12月通报西北各军警机关，"注意"他的行动。[4]

## "以民为本"的核心价值观

实际上，无论是在南京和北平读书时期，还是当《大公报》记者去西北采访，乃至在1939年后加入共产党，范长江都有十分浓烈的家国情怀，且一以贯之，始终不渝，甚至为此牺牲个人的生命也在所不惜。他说："我自信，我的热血，一定洒在挽救民族危亡的道路上。"[5] 在他去青海之前，听闻马步芳严密控制青海消息对外泄露，因此外人进入青海非常危险，但

---

① 见《中国的西北角》的《成兰纪行》中《过大雪山》。
② 见范长江：《我的自述》。
③ 见范长江：《贺兰山的四边》的《再会吧！兰州！》。
④ 见范长江：《祖国十年》的《西安事变的背景》。
⑤ 见方蒙：《范长江传》。

他表示"记者本亦视生命如草芥之人，惟总觉得必须保持生命到能完全将观察所得报告给读者为止，始不负此一行"①。在涉险探访额济纳旗时，他说："在这样的剑拔弩张的局面下，从绥远西向深入蒙古以后，是否还可以安然回来，实在也没有一个人知道。然而新闻记者的任务，是在供给一般读者以正确详实的消息，重要消息所在的地方，就是我们应当深入的地方。"② 西安事变发生后，举国震动，西北大局混沌不清，他决心冒险从宁夏飞往兰州，再闯入西安采访，他说："我们当新闻记者的人，有将各种关乎国民的政治问题，及早详细公正为读者报导的责任。…… 万一有什么不幸的话，也是做记者的职务上所应当。"③

范长江怀有很深的"平民情结"。在他的西北通讯中，字里行间处处关怀工农大众的疾苦，态度鲜明地反对阶级剥削和压迫，反对民族分裂和不平等的民族关系。正是从这一点出发，他对红军运动的起因有深入的理解，对长征中的红军像石羊一样为生存而斗争，怀有明显的同情之心，并给予高度关注。在西安事变后，他在西安杨虎城公馆见到了周恩来，并随后前往延安访问了毛泽东主席和其他中共领袖人物。随着他对共产党人的了解不断增加，他对于红军与长征的看法，也逐步由中立者的观察转变为正面的赞扬。他离开延安之后，在国民党五届三中全会召开之际，他赶写出著名时评文章《动荡中之西北大局》，在文中他首次使用红军"长征二万五千里"的提法④，并特意在两处"匪"（指红军）字打上引号⑤。在《陕北之行》一文中，他在"万里关山"这样雄壮激越的标题下，描述

---

① 见范长江：《中国的西北角》的《祁连山南的旅行》。

② 见《国闻周报》刊登的《忆西蒙》中《初出阴山》。

③ 见《塞上行》的《西北近影》。

④ 见《塞上行》的《动荡中之西北大局》一文。1937 年 2 月 15 日上海《大公报》（以下简称"沪版"）发表该文时，对原文做了较大修改。沪版改"长征"为"流徙"。

⑤ 在沪版发表时这两处"匪"字被删除。

了艰苦卓绝的红军长征的详细经过，将红军称为"红色好汉"，称年轻的红军官兵"只要燃起政治的火焰，他们的战斗力是无限充盈的"。他用生动的笔触描述了他在延安遇到的每一位中共领导人，颠覆了国民党多年来所宣传的野蛮、狰狞的"赤匪"形象。①

在范长江看来，不管是何种政治力量，只要符合国家、民族和人民大众的利益，他都会赞成、支持，如果与此相反，无论是在朝的还是在野的，他都要坚决反对。由于范长江在思想上日渐"左倾"，与大公报馆的政治态度产生了分歧。他于 1938 年 10 月脱离《大公报》，1939 年 5 月经周恩来介绍成为一名共产党员。在"从现状中以求改进"与"推翻现状以求进展"②这两种政治势力的斗争中，他冒着极大的政治风险，最终选择了后者。

此后他的政治立场不再是"中立"的，但是必须看到，他的"以民为本"的核心价值观并没有发生改变，反而更加坚决、清晰和明确。他坚定地相信，国家的主体不是政府，"国家的主体在人民，人民才是国家的主人，人民大众的利益才是国家利益，真正站在'人民的立场'才是'国家的立场'。政府只有在与人民大众基本利益一致的条件下，始能得到人民的拥护，始能真正代表国家"③。他始终如一地强调，"新闻记者要能坚持着真理的火炬，在夹攻中奋斗，特别是在时局艰难的时候，新闻记者要能坚持真理，本着富贵不能淫，贫贱不能移，威武不能屈的精神，实在非常重要"，"这个社会正需要无数有操守的记者代表人民的利益而奋斗"④。

新闻是历史的初稿。他的作品对当时的中华民族解放事业和社会发展变革起到了推动的作用，又作为翔实的历史文献珍品流传下来，真实记录和生动刻画了那个时代的社会风貌，成为历久弥新的传世经典。

---

① 见《塞上行》的《陕北之行》。
② 见《中国的西北角》的《陕北甘东边境上》。
③ 见范长江：《祖国十年》的《中国人民的立场》。
④ 见范长江：《怎样学做新闻记者》。

但任何新闻作品都是在特定社会历史条件下完成的，既然是"历史的初稿"，肯定会有一定的局限性，不可能是完美无缺的，更不能用今人的眼光去苛求前人。范长江生逢乱世，饱经半个多世纪的战争与动乱，世人对其作品及其新闻生涯历来褒贬不一，见仁见智，亦不足怪。

八十多年来，他的作品也出现过各种不同的版本，而一些出版者对原版内容加以改动却缺少必要和清楚的说明，因而容易产生混淆、误导和争议，也不符合实事求是的精神。

编者编辑本书的初衷是尝试对此前范长江新闻作品的各种版本进行勘校注释，为读者提供与原版书内容相符且容易读懂的版本。但直到本书即将付梓，十余年时光过去了，方知此事之难远超过编者的水平和能力。由于一些外在原因，编者不得不在少量内容上有所取舍，为此更费一番踌躇。而聊以自宽之处是，凡编者对原版书的内容有所改动的部分，皆以脚注形式注明，以便今后有疑问、有兴趣的读者朋友可根据原始资料去进行查对印证。编者将发表的关于《大公报》版本学研究的两篇论文附后，以资方家阅读参考。如果在关于范长江及其作品的研究方面，本书的出版在认识上和研究方法上万一能有些许推进作用，便是本书编者最大的奢望了。

无论后人臧否如何，《中国的西北角》以及范长江的其他新闻作品并没有随着时代变迁、岁月流逝而失去光彩，反而更显其珍贵价值。相信此次再版其名作，有助于读者通过书中真实而鲜活的描述，去"触摸"20世纪30年代的中国，从而加深对今日中国的理解和认识。新一代新闻人如能从中领悟到"为民喉舌"的神圣使命感，学习和继承新闻界前辈追求真理的敬业精神，更将是莫大的幸事。

范东升

2024 年 8 月于北京

# 四版自序

本报出版部朋友，来信告诉记者，本书正赶印第四版。记者在绥远前线工作，[①]深觉有许多朋友，对于我们西北一角在当前解放战争中的战略情形，缺乏正确了解，往往中了对方虚伪理由的毒害。所以借此四版的机会，提出鄙见和读者诸君商酌。

察绥宁甘青新六省，除新疆而外，其余五省，就目前现状而论，经济价值甚微，比平津及沿江沿海一带，肥瘦之差，直不可以道里计。然而日本关东军却以非常巨大的人力和财力，不断由东北以伸入西北，不惜重大的牺牲，在蒙古草原与沙漠中，作凶猛的经营。东北之后，继以热河，热河之后，继以察北，近更不惜作武装夺取绥远的冒险行动。

日方对外宣传，其所以企图占领西北一线，为"防止赤化之南侵"，换言之，即为"围困苏联"，以救中国于厄运。自表面言之，日本之侵略西北，乃"防共"之手段，而并非目的，似为尚可原谅之动机！最近某地学生救国联合会拟就宣言一通，其中认识深受此种不真实宣传之影响，认为日本之攻绥，目的在包围外蒙，进攻苏联。

记者以为中国人必须根本认定：日本侵略的主要目的地是我们中国。其"防苏"只是达到这一目的的手段。因为苏联在亚洲的领土，深深威胁着日本在大陆上进攻中国的大路，故日本欲求安全的进攻中国，不得不对东部西比利亚和外蒙古加以武装控制，甚至想掠为己有，此其一；其次，日本无已止的进迫中国，势必迫中国以求国际援助，英美受地理条件限制，所能给予中国之助力有限，但万一中国自西北以联合苏联，则军事上立刻

---

①1936年绥远抗战前线形势趋紧。范长江于1936年8月下旬从归绥出发，沿中蒙边境深入额济纳旗，了解日谍侵入西蒙情况，随后骑骆驼穿行巴丹吉林沙漠，10月中旬返回固定远营，后写出长篇通讯《忆西蒙》。红格尔图战役和百灵庙战役于11月15日和24日先后爆发，范长江赶赴百灵庙采访，写成《百灵庙战后行》。

可起非常变化，故日本必先在陆路上截断中苏联合的纽带。即所谓大陆封锁政策。

故日本之攻略西北，不是"借地防赤"，也不是简单的领土扩张，而是一种非常狠辣的对华军事大策略的实施！

记者希望大家用这种眼光来看中国的西北角！

长 江

二十五年①十一月十三日于绥远

---

① 此为民国二十五年，即 1936 年。

# 周飞评《中国的西北角》（三版代序）

一个不善为文的人，却因环境关系，勉强作了新闻记者。而又因时代的苦闷，逼得到各地去视察。视察之后，不得不有报告。而这种报告，竟引起许多读者注意，《中国的西北角》一书，竟在两月之内继续印到三版，实在使人不胜惶恐！

因为中国一部分社会现象之坦白的记述，已能引起如此众多的读者之关怀，这可以表现一般读者对于实际社会事实热心研究之发展。假如有一个更普遍的范围，更锐利的观察，和更成熟的文字技巧，我想对于悬心于艰危国运的人们，当能有更大的贡献。

但是记者深知自己所知道的范围有限，观察多所不周，表达能力亦多遗念。而且本书所载，多集合各地朋友之见闻，即此亦尚未能尽详正之能事。途中亦全赖各地朋友的扶助，今使记者一人独享其成，愈不能安。

惟关于本书之内容，记者很佩服不相识的批评者周飞先生在《国闻周报》十三卷三十九期上的批评。他能非常扼要的把握着记者的观点，他对记者个人的批评，只有使记者惭愧，而他对于本书的分析，却可以供给本书读者以若干参考，下面特转载他的原文。

长江谨志

我以最大的愉快，在《大公报》上陆续看过了长江君的游记以后，又得重读他结集起来的这本《中国的西北角》。在读着的时候，我随着作者的笔尖从成都而兰州而西安，从繁华的都市到偏僻的野山，从古老的废墟到景色如画的贺兰山旁，它随处给我以新鲜活泼的刺激，随时给我以深思猛省的机会，数年来我没有读过这样一本充实的书籍，没有领略过比读这本书时更大的快慰。

从"九一八事变"以来，这五年中中国的上上下下无不在苦闷中，在彷徨中，他们要在苦闷中来解脱，要在彷徨中寻出路。他们坚定的相信：中华民族当前虽遭逢到空前的危机，但这危机并不能就致它的死命，以它内在的力量，以它豪迈的气魄，在不久的将来，它必能挣脱锁枷，稳健地立足于新世界之中。由于这种信念，故他们虽苦闷彷徨，然而并没有一个人失望，他们时时在寻求，在寻求中华民族的出路。在这寻求的过程中，大家都不约而同的把目光转向了西北——汉民族发祥地的西北。

然而西北并不像一般人所想象的那样单纯，它有着复杂的民族关系，有着不同的地理环境，有着特异的风俗习惯。要想开发它，要想利用它，要想把那片中华民族的鲜血所灌溉过的沃土拿来作复兴民族的基础，那首先得要有对它的正确了解，过度的悲观看法固应扫除，过度乐观的观察亦非应有，只有从仔仔细细的调查中发觉出它的缺点，优点，然后把欠缺的地方改正好，把优美的地方尽量利用，那才是真正的谋国之道。

长江君因"被中国变乱的环境激动出来"（见原书①页三〇八），怀着满腔热血遍游西北，翻越重山峻岭，通过复杂的民族，完成他的志愿，这种艰苦卓绝的精神，实在值我们衷心的敬仰。

尤其可宝贵的是，作者并没有像守财奴一样把他视察所得的经验留给自己，他每到一处地方，必以他那生动的笔把那儿的地理环境、经济状况、风俗习惯详细刻画出来，他使我们在积极方面对西北有个明确的认识，知道它的伟大处与灿烂处，在消极方面并看出了在这个伟大灿烂的地方所活动着的各民族因政治的窳败，经济的压榨，风俗的固陋，有的尚停留在原始状态，有的则又堕落到难以自拔的地步。

他使我们首先注意的是西北的政治的黑暗，如页六九上说："班头下

---

① 此处"原书"即1937年《中国的西北角》第七版和《塞上行》第三版，上海书店民国丛书影印本。本篇引文皆出此"原书"。

乡，乡人必设香案迎接……城内街市住宅，凡较为宽敞壮丽者，皆为班上人所有，故有'大门皆班'之谚。"然而所谓"班上人"者并非什么了不得的大官，乃县府之政警也。一小小的政警竟敢如此作福作威，其他大一点的官吏更可想见了。这还不算，我们再看那儿的县政府所做的事情："县政府所做的工作，就是'逼款'……记者将近县府的中堂……突然，'王大！'的叫呼声，发自科长口中，人丛中应声出来一个中等身材的人，他很迅速的跪在公案面前……'你的款子怎么样？'科长问。'没有法子想！老爷开恩！'这是回答。'不行！打！'……于是衙役把那人右手上了刑凳，那人的左手往衙役的手上一放，有极轻的多数金属块相互压击的声音……"（页二六二）县长的情形又怎样呢？那就更有趣了，如页二四九所载：玉门县长在新年做出了一件有趣味的事情："废历正月十五日，县长突用椅子作成'八人大轿'的形式。由八个人抬起，请了四十名驻军前后拥护着，在街上来回走了一趟，回头县政府叫玉门城厢居民每家出洋一角……说这是'迎春费！'"诸如此类的记载随处皆是。

在中国，与官吏朋比为恶，鱼肉乡民的，便是所谓"绅士"。官吏所想不到的剥削老百姓的法子，绅士会想出来，官吏对老百姓使不出的手段，绅士也会使出来，他们一上一下，彼此结托起来，把老百姓的汗毛都给拔的一根不剩，如：

"当地的村甲长看见汽车到了，赶快派人过来伺候，问我们如果要什么东西，尽管吩咐，他们立刻就办。并且对我们长一个'大人'，短一个'大人'的，必恭必敬的立着好几个，我们知道他们一方面误会了我们是'官吏'，一方面他们又可借此机会，摊老百姓一些不应当的负担，自己从中渔利。"（页二四八）

官吏与绅士剥削的结果，使老百姓走入下面的几条道路：

第一是死亡，如四二页所载："沿途饿莩载道，臭不可闻。在红桥关南，有一垂死男子，屈腹卧道旁，口唇时动，记者乃以馒头一枚予之，其手已失知觉，眼亦不能张合自如。屡触其手，并以馒头置其唇间，久之，彼始移手接馒头，又久之始以馒头纳口中。经其咬一口后，但见其全身突然颤动，口眼大开，直视记者等，呜呜作声。"

第二是借高利贷。这类的例子很多，我不能一一举出来。高利贷的利率最轻者为年利百分之百，重者甚至有至百分之二百五者！

第三是种获利较多的鸦片。西北各省中，不种鸦片之县份简直是绝无仅有，其最著者如武威，张掖，敦煌，上好土地，几遍植此毒害中国人民，斫丧民族复兴之命脉的阿芙蓉。饮鸩止渴，势必逼得一般人民弱者走向逃亡，强者走向反抗的道路。

除社会问题外，作者并注意到历史事件，凡在历史上有价值的地方，不论其价值是在民族斗争的方面，或者是在中国内战的方面，他都把它原原本本的讲出来，于必要时并给以正确的批判。而在讲到红军"流窜"所经过的地方时，尤其说得明白，他把他们在那儿的举动以及各民族对红军与中央军的态度都丝毫不隐瞒地叙述出来，他使我们在日常报纸上的片断消息外，对那数万人马在艰苦中奋斗着的情形，以及他们在"流窜"中的遭遇，有个整个的认识。从这里我们看出来，红军的发生及其成长都有必然性，农村的破产，政治的黑暗，在在都给他们以发展的机会，这是一个社会问题，不是单用军事的力量所能彻底解决的。

与历史事件有深切关系的便是地理环境，历史事件不能离开地面而活动，任何历史事件都或多或少的被它活动所根据的地理环境所决定。而且只要我们想利用某个地方，或开发某个地方，对它的地理环境如无确切的认识是决办不到的。长江君在这本游记中特别看重了这一点，他对所到的每处地方，除用文字说明那儿的地理状况以外，并附以简明的插图，此外并对普通图中所犯的错误有纠正。

西北又是个五族杂处的地方，要想对那个地方有彻底的认识，就非把各民族的生活情形、风俗习惯及民族间的相互关系弄清楚不可，作者于这种地方又尽了他最大的责任。这里让我从中引一段记述西藏男女关系的文章：

"……惟女子地位，至为特殊，其在少女时代，春情发动以后，可以与任何男子恋爱，家庭中毫无问题。如将情人带至家中共宿，其家人亦乐于招待，其恋爱方法，大半系在山野溪边，放出娇嫩歌喉，唱思慕英勇男子之情调。在另一方面之男子，如自觉尚过意得去，亦高歌相应答，深致倾诚渴念美人之私衷，如歌情相合，两方遂愈唱愈近，而佳偶遂'天'成。"（页四七）

然而这只是轻松的一面，在沉痛方面，如记述到过去民族互相仇杀，汉民族对待别族的失策时，那使我们看了简直不寒而栗！作者对于解决西北民族问题的意见是这样："真正团结民族之方法，是各民族平等的联合，所谓民族平等的真义，是政治上'比例的平等'，文化经济上'发展机会之平等'，诚如是在各民族间压迫既不可能，生存上相依成为必要，经济之自然沟通，文化之自然交流，如是必能造成巩固之团结，酝酿出充实而崭新的文明。"

除民族问题外，作者又注意到宗教问题，他记述到蒙藏民族对喇嘛教之迷信之深，回教"阿衡"权力之大，以及天主教教士在西北活动的情形，与一旦中外有事时他们必然要负起的使命，这一切一切，都是留意西北边疆问题者所应努力研究，而急谋解决之道的。

此外，作者在行文中不时加上些确有其事的笑话，而对于地方当局的施政又每每有所论列，字里行间，到处流露出他置身度外，冀或在民族复兴运动中有所供献的热忱，故这本书非同一本普通的游记可比，它有它的独特的价值。我们对长江君"此种实际作艰难创作工作人士"（引页三四二作者加于在风沙中测量黄河水道的工作员的话），允当致其无上的敬意！

于北平

20世纪30年代的范长江

# 目　录

## 第一部分　中国的西北角

# 第二部分　红军与长征

# 第三部分　塞上行

# 第四部分　西北时评外篇

# 附录

第一部分　中国的西北角

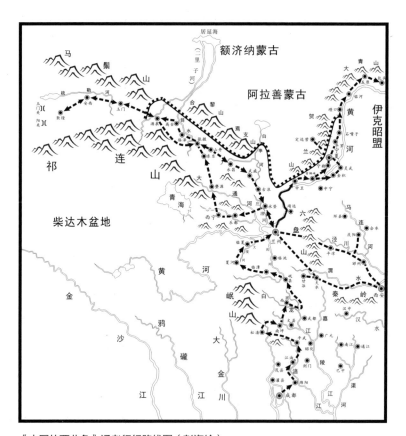

《中国的西北角》记者行经路线图（彭海绘）

# 第一篇　成兰纪行①

## 一、成都出发之前

人事的变化，往往非始料所及。记者入川以后，本来打算先作环川旅行，然后入西康②。但是到了成都以后，因为朋友的方便，得了一个由成都经松潘北上兰州的旅行机会，这条路在平时亦是不易通行的去处，尤其在目前军事紧张时期。有人说：机会是一个美丽姑娘，只是她的头发披在前面，如果不趁她对面来时，当面把她抓着，她一过去，事后苦苦想思，也无济于事了。记者因为爱惜这个机会，所以放弃了过去准备，决定和朋

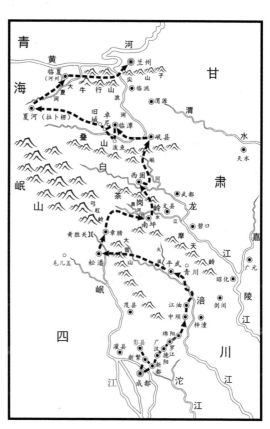

《成兰纪行》记者行经路线图（彭海绘）

---

友们先行到兰州。

到兰州的同伴，一时还动不了身，而成都的社会，又叫人难于应酬，所以趁一个空，先到成都外面去看看。

七月初旬，正是成都平原的热季①。记者一个人带上非常简单的行李，出了北门，向新都②出发。这条路是川北大路的起点，而且又密迩省会，观瞻所在，自然是"饬沿途居民，勤加培修"③。所以虽然是一条小沟一条小沟的在路面上交错着，织成各种的花纹，④然而远远看去，总是还像一条公路。黄包车走在上面，尽管如酸秀才哼《古文观止》一样，左右摆头，只要小心谨慎的坐着，头碰车篷的次数总可以少些⑤。成都到新都四十里，两旁碉堡林立，主碉大体皆用砖和洋灰筑成，雄据山头，颇为壮观，任何军队如果要想通过这条碉堡线，殊非易事。记者曾亲与热河战争和长城战争，⑥如果当时也筑了这样严密的工事，则敌人当然不能长驱直入，我们的军队也可以从容应付，不至一败涂地，造成那样可耻而奇重的牺牲了。

在北方乡村旅行，所见是一片黄土，只有一丛丛的柳树，才点缀着相当的绿色。然而成都平原上是无边的青翠，只有农家村落的土墙才能看出稀零的黄土。鲜红的太阳斜挂在东方，三三五五的庄稼男女，背荷着他们几月辛苦得来的米谷和菜蔬，汇集到大路上，向城里进发。看他们劳苦和兴奋的面庞上，似乎他们的农产品卖去以后，所得的代价，就可以偿还他们的债务，付清了税捐，乃至开支了日常的家庭用度，过他们的清闲日子。

---

① 在《范长江新闻文集》（新华出版社 2001 年版，以下简称"《文集》版"）中，"热季"误为"熟季"。

② 今成都市新都区。

③《文集》版误为"勤加倍修"。

④ 津版为"所以虽然是一条小沟一条小沟的交错着，在路面上织成各种的花纹"。

⑤ 津版"少些"为"减少"。

⑥1933年2月至3月，日军侵略并占领热河省。与此同时，日军与中国军队在山海关、喜峰口等长城各口展开激战。在此期间，范长江作为北京大学学生，以特约战地记者的身份参加了朱庆澜将军主持的"辽吉黑抗日后援会"，以及北大学生长城各口抗日将士慰问团等开展的抗日活动。

他们哪里知道，在现在中国经济情势下面，他们的生活，只有一天一天的低落下去，绝无改善之可能！照通常情形来说，都市工业是剥削农村的。第一，都市工业破坏了农村手工业，使农民减少附业收入。第二，工业以自然的低价收买原料和粮食，而以较高价格出卖工业品，这是农村与都市剪刀形的发展。特别在中国，国民经济

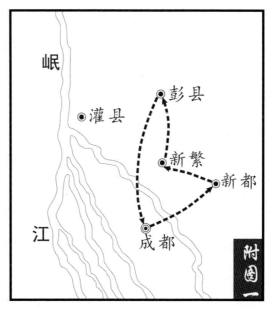

《成都出发之前》记者行经路线图（彭海绘）

以殖民地为基本性质。工业的中心，不在国内，而在国外。外国工业品所换得之代价，直接流在外国，而无再回复至中国农村之可能。所以中国农村比外国农村破产更为急速。日本丝制业破坏了成都的丝绸工业，因而使成都平原上的农民蚕桑方面的收入根本取消。而农民的生活支出方面，依赖于都市制成品的程度，逐渐增加。工业品价格的增长，又远比农产品之增加为大。所以农民经济生活，纵没有天灾人祸的降临，已经处于不利的地位。[①] 如果再计算上随中国一般生活窘迫而日益加重的政治剥削和经济剥削，则中国农民生活之恶化，绝不能幸免。哪里能希望[②] 卖点农产品就可以解决生活的困难呢？

　　成都中上层的人，没有不知道"新都"的。因为新都有一个有名的"桂湖"，这里是夏季最好消暑的地方。湖大虽尚不及扬州瘦西湖之一半，而

---

① 津版误为"所以农民而没有天灾人祸的降临"。《文集》版"纵"误为"从"。
② 津版无"希望"二字。

却浓荫盖道，曲港含情，小桥桂径，画榭波栏。游人如初游其地，顿觉进入清幽境界。成都的青年男女学生讲恋爱者，少不了要到桂湖来游游，而"桂湖之夜"这一类的新诗和小品，又正是热恋的情人们回到成都以后，相互赠答的题目①。至于上层社会的人物，特别是军人，他们是干脆带上姨太太，在自己建造的别墅，或占据一定的公共场所，大"消"其"夏"。月明之夜，他们是"开琼筵以坐花，飞羽觞而醉月"②。女人的嬉笑声，老爷的哈叱声，与夫役们的急步声相应和。益以游人的谈话声，蚊声，拍扇声，小孩的哭声③，劳动者的怨语声，使人感想万端。

新都城里，此时驻了一团新由江油败退下来的四川军队，因为好久没有发饷，士兵不服管束，相率逃亡，后始以"不下操"，和"自由出入"为条件，暂维残局。出了新都城即是一片丰腴的农田，禾苗正峥嵘的长着。看形势，今年又是丰收。但是奇怪得很，城根附近和大道两旁，却有许多被饿得半死的农民。看他们的皮肤颜色，他们确是非常健康的劳动者。以肥沃的土地，丰收的年成，勤劳的农夫，而终不免于成为道旁之饿莩，实令人大惑不解。

在新都住了一天，又转向新繁④。两城相距三十五里，顺河小道，风景颇佳。然而一看人事社会，随处予人以悲痛之感。成都平原如此富庶，而道旁农村大多破败不堪。苦力多嗜鸦片。因穷，其吸烟方法，大半仅张破席于地，即躺身为之。农民中有此嗜好者不少。途中来往之行人，其面目充盈，身体壮实者，难得其半。谁为为之，⑤孰令致之？四川民众终有明白之日也。

---

① 津版为"相互赠答的文字"。
② 出自李白《春夜宴从弟桃花园序》。
③ 从津版。原版书误为"小孩哭的声"。
④ 今成都市新繁镇。
⑤ 出自司马迁《报任安书》"谁为为之，孰令听之"。《文集》版误为"谁实为之"。

新繁西北行三十里即彭县①，为四川过去都督尹昌衡故里。彭县是四川有名的矿产地方。成都平原，到彭县为止，再往北就是山地。彭县的关口以北，山势雄峻，人情也大不相同。这里面有几位"土皇帝"非常利害，有所谓"七大王""八老子""九千岁"者，他们利用特殊的地形，和对外交通闭塞的关系，包办了山里的一切。他们大半是大地主，自己有很多的枪，养了许多爪牙，对乡民为所欲为的剥削，凡是反对他们的，轻则重刑，重则处死，县政府不能过问。

关口山里，出产很好的煤和铜，铁和瓷土之藏量甚丰。成都过去的造币厂和兵工厂的铜，就是这里供给，煤是供给成都和附近各县的消费。里面有一家瓷器厂，出品销川北一带。惟以交通不便，未能发展，殊为可惜。

## 二、成都江油②间

记者等一行于七月十四日正式离开成都，乘汽车向江油出发。天下小雨。这条路是川西北大道，过去是田颂尧的防区，由成都到广汉③，倒④还勉强可以通行。广汉以后，简直就不能叫"路"。平坦地方，车轮往往陷入软泥一尺以上，无法开行，要乘客大家下来推车，有时还要雇乡农来推，才能开动。如果上坡，因为没有固结的路基和路面，天稍下雨，泥土发松，车子就无法上去。如果上了大泥路，车子总是向两面滑来滑去，无时不有倾覆的危险。坐在车里，简直"如临深渊，如履薄冰"一样，没一时敢于松懈。几个重要渡河地方都没有桥梁，由近百数的人拖着汽车在水里游泳

---

① 今成都彭州市。

② 今武都镇。武都镇为江油市旧县城。

③ 今广汉市，隶属德阳市。

④ 津版和原版书为"到"。

式的通过。将近绵阳，才有一个渡船，但是汽车上下渡船，如同过鬼门关一样危险可怕。汽车上了渡船以后，是否还能安全下去，就是管渡船的人也不能担保！名义上我们包了一个车，实际上走路的机会，非常的多。在一段最难走的路上，我们已经走得发汗，汽车还在后面烂泥路上摆尾摇头，[1]似乎还在希望我们去扶持它。这里道旁却立着几块大石碑，歌颂"田公颂尧军长"的德政，说他如何发展交通，如何便利民行。称颂他的是所谓"民众"！立碑的目的，是要"流芳千古"！记者看看脚上的烂泥，摸摸头上的热汗，回头看那可怜的汽车，再瞻仰那巍峨的德政碑，总觉"田公"实在是功德无量！

绵阳为蜀汉时代之涪城。刘备和庞统攻取西川，[2]就是由三峡溯长江而上至巴县，然后再由嘉陵江以入涪江，到绵阳告一段落。其后进取成都，即以绵阳为起点。庞统被射死的落凤坡，就在绵阳到成都中间德阳县县境内。那时似乎还没有发现沱江和岷江的道路。到诸葛亮[3]入川，他自己本人仍然走刘备的旧路，而使赵云率兵由岷江（外江）以迫成都。邓艾入川，也只是在剑阁大道之外，另辟一条涪江小道，仍然通过绵阳，以达成都。由松潘经茂县灌县到成都这条岷江大道，他当时亦不知道。所以三国时的绵阳，是成都平原的总门户，地位异常重要。田颂尧统治川西北，亦以绵阳为根据。绵阳经田颂尧十余年来的经营，除城内仍有"壮观瞻"的马路外，城外麇集着数百家破陋的蓬户，茅屋不蔽风雨，衣不蔽体，杂粮亦不足以充饥。但烟馆林立，鸠形鹄面之士，所见皆是。田颂尧治下首府，尚且如此，其余各县，当难比此地更有进步[4]。

---

① 津版为"汽车还在后面烂泥地上挣扎"。
② 津版为"刘备和庞统入取西川"。《文集》版将"西川"改为"四川"。
③ 从津版。原版书脱漏"亮"字。
④ 津版为"当难比此地进步"。

从绵阳沿涪江西岸北上，一直到江油，一百一十里之间①，是一条很好的汽车路。虽然许多地方没有桥梁，虽然路基是无代价占用民地，虽然修路是完全义务征用民工，虽然用了几十万的公款，究竟这个还像一条马路，让旅客们看了也高兴。

涪江沿河西岸，皆筑有"自欺欺人"的防御工事。所以徐向前于突破嘉陵江之后，很容易渡过涪江，进入

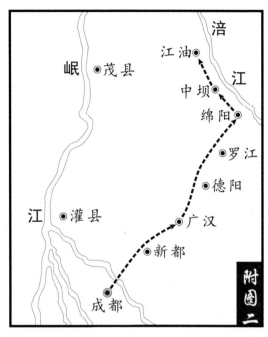

《成都江油间》记者行经路线图（彭海绘）

江油中坝②。我们十五日过的中坝。这是比江油县城还大的市镇。发达的原因，是因为川西北药材水陆转运的口岸。平日有三万左右的人口，百货云集，贸易甚为兴盛。徐向前今年过中坝时，将中坝所有的货物，囊括一空。③记者至时，只有极少数新近逃回的商人，经营简单生意。荒凉景象，窒人气息。据本地未曾逃走之老汉语记者：徐向前到中坝时，每日皆开大会，讲演各种事情，故民众皆忙于开会④。徐走后，在中坝北门外立了一块大石碑，两面共镌了八个大字，一面是"平分土地"，一面是"赤化全川"⑤，

---

① 津版无"之间"二字。

② 今江油市府所在地。

③ 在《范长江新闻文集》（新华出版社1980年版，以下简称"新华版本"）中删改为"徐向前今年过中坝"。

④ 津版在"忙于开会"后尚有"且异地杀人，以减本地人之刺激，杀人多在夜间"，原版书删除了此句。

⑤ 津版误为"赤地全川"。

记者过中坝时，此碑尚未拔去①。徐向前当过涪江向岷江推进②的时候，还是希望与朱毛会合后，进图四川，从"赤化全川"的石镌大标语上，也可以得到若干的佐证。

中坝至江油三十里，③沿途战痕斑斑。大道西面山地，无处无工事，乡间农民，一部壮丁被徐向前带去，④其余大都逃亡，回家者绝少。故村中多静寂无声，炊烟难见。隔江油十余里处东山上，即发现徐向前围江油时所筑之环山大堡寨。要路口层层障碍，随山路之曲折，于射击点上节节作成土垒。环山大堡寨，以竹竿及松柏等枝干，交叉编成篱垣。环山三十余里，无一处有空隙可入。同行有通晓军事之某君，⑤睹此布置，亦叹徐向前用兵之能，而恍然于川军之非其敌手。

江油为一小城，东以七八里之遥临涪江，西北皆凭大山，主要者为光雾山。徐向前围江油时，川军杨晒轩一旅被困城中，相持月余未下，以地形观之，守城颇非易事。当时徐之大本营即在光雾山，县府某君，曾引记者至城楼观光雾山之形势，则见城西一带山地，从山脚至山顶，密布十数道壕堑，现虽已由川军拆除大部，而痕迹犹在，使仰攻者辄生望山不前之心。城外民房，大都已被焚毁，败瓦颓垣，残梁断柱，比中坝之仅静寂萧索者，又加一层惨象。

小小的江油，经战争破坏之后，住民已无多。城内来往的人们，除正式军人而外，其余表面穿便衣，从事各种小商业者，全为川军被裁编下来的副官参谋和下级军官士兵等。他们一旦脱离了军队，生活无着，所以逼

---

① 《文集》版误为"此碑尚未拔去"。
② 从原版书。津版"推进"为"窜进"。
③ 津版自本段落始至下一节《"苏先生"和"古江油"》第五段被列为第三节，标题为"中坝平谥铺间匪区残迹"，为津版编辑部所加。记者在通讯中对红军占领地区称"苏区"（参见《从瑞金到陕边》《陕北之行》等），未出现过"匪区"的提法。原版书改标题为"成都江油间"。
④ 此句在新华版本中有删改。
⑤ 津版为"同时有某军事参谋"。

得来经营小本生意①。他们因为特殊关系，可以不纳税，不出捐，而且可以强借民物，强占民房，所以大半都有利可图。川西北一带之被裁官兵，改作商业，已成风气。

这般人，县政府绝对管不了。现在要修碉堡，要派民夫，全在剩余的几个农民身上想办法。农村已经破坏了，家庭里衣食全无着落，然而又要尽义务去修碉堡，甚至被派去当民夫，送米上平武松潘，一去就十天半月不能回来。其死于路途者，尤比比皆是。这时岷江之路不通，由成都至松潘，只有走江油平武一道。平武松潘方面军队所需要之民夫，多仰给于江油，每师动辄索夫数百，以致江油全县，壮丁几尽，老弱亦以之充数。因"为政"不能得罪"巨室"，一切差役，皆课之于中下之家。记者亲见盲眼老者，与跛脚木匠，皆被派当夫。道路上呻吟叹息之声，不绝于耳。

## 三、"苏先生"和"古江油"

我们预定十五日住宿的地方，是白石铺，这里离江油还有二十五里。离江油北行五里，即进入山地，其形势与彭县之关口，河北省昌平县之南口相似。形势雄壮，关隘天成。涪江即自此山隙危崖中流出，以入于平原。入山口沿涪江西岸行，路即变为险窄，天晚始达白石铺。此地本有三百余户之人家，大都经商，今则门穿壁破，仅有二三老妪，点缀其间。

徐向前部在白石铺住过一两个月，街上遗留下许多的宣传品和标语，最大的标语，是"武装拥护苏联！"大大的红字写在白墙的上面，差不多的民房集镇都有如此一个标语。

白石铺过夜后，十六日过江，沿江东岸行。有渡船一只可渡。天雨路

---

① 津版"生意"为"营生"。

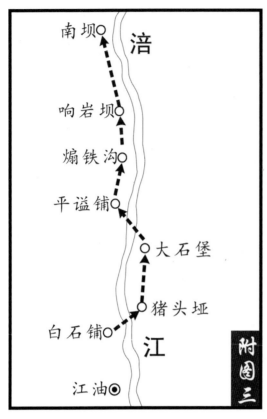

《"苏先生"和"古江油"》记者行经路线图（彭海绘）

泞，滑溜难行。因便①，先东去猪头垭，上山计行十五里始达山垭，然后再由山垭回至河岸。溯岸北行，路尽在悬壁上，马不能行，步行亦须小心，始可得过。愈走愈高，仅行十五里，天已昏黑，乃宿大石堡。大石堡在山腰上，其东接连危崖万丈之"藏王寨"。寨由石灰岩组成，周十数里，高耸云际，四面皆绝壁，除二小径外，决无路可登。望之，如上海国际大饭店，惟规模更大，悬崖更高。相传唐玄奘取经，曾驻足于此。又云：蜀汉刘备曾在寨上留住，惟皆无可信证据。寨上亦有居民，亦务农，并有极美之泉水，野产党参甚多，运销江油中坝。惟寨中人与外间少来往，赋税捐役，所负亦少。陶渊明所理想之"桃花源"，此或足以当之！②

大石堡仅三五家居民，徐向前部占白石铺③时，此间居民亦曾被召集开会，组织"苏维埃"。据一壮年男子与记者谈：伊曾任"土地"，但不知所司何事，官职大小。记者再三研究，始知"土地"，乃"土地委员"

---

① 津版"因便"为"因事"。
② 津版为："陶渊明所理想之'桃花源'，其在此间乎？"
③ 津版"白石铺"误为"白水铺"。

之略。农民头脑简单①，不能了解复杂名词，故只记得"土地"二字，令人发笑。再叩以归何人管辖，答以"苏先生"，问"苏先生"之名号籍贯，他又茫然无以对。问其见过面否，答以"未"。继而曰："凡是红军区域，皆归苏先生管辖。"记者始恍然所谓"苏先生"者，乃"苏维埃"之误。②

十七日由大石堡下山，路行崖际，俯视涪江如带，对岸山下大道行人，皆如幼童，路由泥石夹杂混成，雨后泞滑不堪，记者滑倒数次，满身泥污，行半日始得下山。问之土人，此辛苦之半日，仅行十五里！用竹筏③再渡涪江后，即为平谥铺④。铺之大小，与白石铺相当，而破烂荒凉，亦大致相等。徐向前部亦曾据此地，所留宣传文字较白石铺⑤尤多。至此以上，经煽铁沟以至响岩坝三十里地方，民房铺店所贴宣传品，大多完整。其中最普遍的一种，就是向农民解释"苏维埃"。上面说"苏维埃是工农士兵自己的委员会，不是人的名字"。我不懂得，中国共产党的政府组织，为什么要把俄国名词硬搬过来？⑥"Soviet"⑦在俄文表示的意思，是"农工兵委员会"⑧，俄国人习惯了俄国文⑨，一看见"Soviet"，就知道是什么意思。把它译音成"苏维埃"后，中国一般民众就不容易懂了。

过平谥铺煽铁沟等处，时疫流行，苍蝇遍地。居民传染一种软体病，得病后，体软肤黄，不进饮食，最多七日即死。煽铁沟本有居民七八十户，多已全家死去，此地亦无人治疗，听其辗转传染，恐将成险疫。

---

① 新华版本删除了"头脑简单"。
② 津版在此句后面还有一句话："而又觉中国共产党之整拾俄国革命，殊属自讨麻烦也。"原版书删除了此句。
③ 津版"竹筏"为"木筏"。
④ 今绵阳市平武县平驿铺。
⑤ 津版"白石铺"误为"白石堡"。
⑥ 新华版本删除了此句。
⑦ "Soviet"是"苏维埃"一词的英文译名，俄文为"COBET"。
⑧ 津版为"工农兵委员会"。
⑨ 新华版本删除了"习惯了俄国文"。

愈向山里走，交通愈不便，则愈容易出土豪。十七日夜记者等一行在响岩坝①所住之人家，即为一有名之土豪。他家里有一人在川军中当团长，于是家人恃势横行乡里。自己造了一所楼房大住宅，所用木材，尽以廉价或不给价向附近人家山林上强迫取来。木工泥工石工等亦皆不给足额工资，以强力使其工作。十八日宿南坝②，行四五十里，此地亦有一大土棍。他当一个地方上小小的保安队长，剥削乡民血汗，积资至三十余万元之富！南坝镇上近二百家的市房中，有一半为他所有，乡人对他，简直无如之何。

南坝本地人都说"古江油关"就在这里，邓艾过了摩天岭后，首先攻取的"江油"，即是这个地方。立在高岗上写着"古江油关"四个大字的大碉楼，引起了每一个旅行者的注意。但是人言各殊，记者亦感到众说纷纭，特加以粗略研究，以就正于专精蜀汉史地的学者③。

蜀汉时代，由成都北出，通陕甘的大道，是有一条总路。即是由岷江流域的成都东北行，经涪江流域的绵阳，再东北行至嘉陵江正流的剑阁昭化。这里有一个总口子是剑门关。从剑门关出去偏东北溯嘉陵江直上，过阳平关即为汉中。从剑门关出去，偏西北走，溯白龙江而上，即达武都，昔为阶州。由阳平关以出祁山，先据渭水上游，然后夺取长安，此为诸葛孔明的根本战略④。到姜维继孔明主持蜀汉军政的时候，蜀汉大势已衰，而姜维亦无直夺长安之气势，其争夺主要区域，改为洮河流域甘肃西南诸地⑤。盖其意图在先得陇西南诸地，即今甘肃西南洮夏两河地区。一面结合藏人（即羌人），以为久计。然其总交通口仍为阳平关。到姜维最后一次北伐，才改了方向，他从白龙江上去，到"沓中"屯田种麦。

---

① 今平武县响岩镇。
② 今平武县南坝镇。
③ 津版为"以就正于专精蜀汉史地者"。
④ 津版为"此为孔明的根本战略"。
⑤ 津版为"为洮河流域陇西南诸地"。

所谓"沓中"，照《辞源》
解释，是在甘肃临潭县[①]西
南，那就是今白龙江上源叠
部地方，即今西固[②]以上杨
土司[③]所辖的藏人地区。另
外溯白龙江支流白水江上
去，经文县南坪到松潘之东
北，现在还有一个很好的地
方叫作"沓中"，或曰"踏藏"
（皆藏文译音，音相通）。
姜维种麦的沓中，即今白水
江的沓中，亦未可知。

古江油示意图（彭海绘）

　　那时四川对陕甘的交通
路，总不出嘉陵江本流的范
围。涪江和岷江两条大道，还未曾发现。

　　和姜维对峙的是邓艾。邓艾指挥的是"陇西诸军"，所谓陇西诸军，
即现在天水、陇西狄道、兰州这一带的队伍。邓艾受了攻蜀[④]的命令以后，
他是先对付姜维。蜀汉时的"陇西"，其城池在今甘肃之临洮县，即狄道城，
邓艾当时即驻于此[⑤]。他在狄道还留有一个遗迹，就是狄道的"点将台"。
他当时是分三路对付姜维：一路断文县之阴平桥，绝姜维归路，一路从甘
松袭姜维之后，一路再直攻沓中。阴平桥在白水江上，甘松在松潘西南，

---

① 《文集》版误为"归潭县"。
② 西固为今甘肃省甘南藏族自治州舟曲县地区。
③ 即杨积庆土司。详见《成兰纪行》的《杨土司与西道堂》。
④ 从津版。原版书"攻蜀"为"攻南"，疑有误。
⑤ 津版为"邓艾当时必驻于此"。

则"沓中"在白水江上游，较为合理。后姜维突破阴平桥守备，始得归还剑阁。邓艾本人系由狄道经今之岷县，顺岷河而下，以至白龙江。至今岷河上尚有"邓邓桥"一座，传为邓艾父子所建，故名"邓邓"以纪念之。如果顺白龙江下去，又归到剑阁大路。但是那条路已被邓艾的竞争者钟会占了。[①]邓艾乃另辟途径，从白龙江翻摩天岭，取道涪江流域，直捣绵阳（当时所谓涪城）。这是当时初辟的道路，当然走起困难些。不过邓艾过了摩天岭后，曾否经现在之平武，或青川，记者无所知。但据若干地图上之记载，邓曾走左担山，左担山在平武东一百余里，其未过平武，似可成为定案。但过左担山后，系过今之"南坝镇"，抑系直入今江油县东蜀汉所置之"江油戍"，则记者目下尚无可信之参考资料，未敢臆定。

惟就上述之材料观之，世界舆地学社发行，上虞屠思聪[②]先生著之中华最新形势图，第二十图及第十四图上所示之古阴平道，系经康县武都文县平武以至于今之江油，恐有相当可疑地方。[③]

## 四、平武谷地中

江油至平武共二百四十里，南坝适居其半。江油至南坝系在河西岸行，南坝至平武，则须由南坝过河，改至河东北岸行。南坝水急，过江甚险，军人往往抢渡，每覆舟，溺毙者以数十计。过江后即为何家坝[④]，由此东北通青川，西北通平武。平日街市甚为繁盛。自徐向前部退至涪江西岸后，

---

① 津版为"但是那条路已被钟会占了"。
② 屠思聪（1894—1969），原姓申屠，字哲生，浙江绍兴上虞人，新中国成立后任地图出版社副社长、副总编辑。
③ 原ભ书删除了津版本部分文尾一段：故就记者途中所见，谨以就正于屠先生。如能引起专门家之讨论，得出确切之结果，记者竦于史地，亦可借此受益不少矣。
④ 今平武县何家坝村。

此地被其付之一炬。<sup>①</sup>记者至时，只存一片瓦砾，居民已不复见，仅河岸上有碉堡一座，若干渡河军人往来于瓦砾场边，稍减寂寞气象。

《平武谷地中》记者行经路线图（彭海绘）

何家坝上行三里为旧州<sup>②</sup>，地虽不比南坝何家坝为大，然而过去曾盛极一时，商业之盛，闻名川西北数县，今则与何家坝同其命运，人烟绝迹，鸡犬不闻。由此顺江西北行九十里至古城<sup>③</sup>。

除古城外，沿途向日繁盛之镇市甚多，今皆荡然无存。旅行者至此，饮食住宿皆无法解决。间或有老妪携粗恶之饼团至路旁贩卖，嗅之令人发呕，然而争相购食者颇不乏人。路旁单间民房，间或有未被焚烧者，有锅有刀有水缸，在旅行者视之，直不啻上海人入国际大饭店，极尽满意之能事矣。惟此等居民经数度兵燹之后，粮食衣物，被掠一空，现虽幸保茅屋，可蔽风雨，而饥肠辘辘，果腹无方。此种山岳地带，<sup>④</sup>惟涪江两岸平地，略有农作，余尽大山大岭，可耕者少。且壮丁被征发殆尽，遗留乡间者全为可怜之妇女，面目黧黑，衣服褴褛，少妇处女之衣不蔽体者，随处有之。

途中行人，以军人及搬运军粮之士兵与民夫为主，普通商贩，百不得

---

① 新华版本改为"自徐向前部退至涪江西岸后，此地已被战火付之一炬"。《文集》版删除了"此地"二字。

② 今平武县旧洲村。

③ 今平武县古城镇。

④ 津版为"山岳地带"。

一二。天气正炎热，中暑病倒之兵夫，络绎于途。生于乱离之世，不死于枪炮，亦丧于徭役，哀我农民，奈何无自救之方也。

古城何家坝间之九十里，实有一百二十里，记者等十九日深夜始达古城。古城附近，独有一大片平地，利用河水灌溉，产米甚丰。街市长二三里，房屋亦整齐完好，惟壮丁稀少，物资征取殆尽，仅老弱及妇女留家看守。此地驻军为十九路军旧部，颇有建设力，对于街道整洁，道路培修，及建造简单公园等，成绩斐然可观。据某军官为记者言，闽变后，十九路军之下级干部与士兵退伍回粤者甚众，经调河南训练改编后，今所存原有官兵，已十不过二三。回忆"一·二八"上海战争，至今不过四年，在当时闸北虹口江湾吴淞狂热抗战之官兵[1]，孰知有《上海停战协定》，有福建事变，有河南改编，更谁知有在四川西北崇山峻岭中作战之事哉？人事变化，几令人不可捉摸，然而如从每一事件之环境上加以分析，则因果关系，仍有线可寻，在某种环境之下，必将发生某种结果，虽非毫厘不爽，要不至失其大概。

二十二日由古城赴平武，计程三十里。中经一山垭，有小市镇名桂香楼[2]，地甚险要，风景亦佳。有士兵卖稀粥，每碗一角，暑中得此解渴，直等琼浆。午后抵平武[3]，平武城内精华在南街，现已焚烧一空，惟三合土马路尚在，宽敞平直，醒人沉闷心情不少。

平武亦曾陷[4]徐向前部之手，土著某君为记者道平武失守之经过甚详，可笑者甚多。缘平武人口稀少，所辖地方辽阔，沿江平地，尽属汉人，山林草地大都藏族（俗称"番子"，视之如蛮夷，颇不合民族平等之原则）。

---

① 津版为"狂热作战之官兵"。

② 今平武县桂香楼。

③ 今平武县治在龙安镇。

④ 新华版本中"陷"改为"入"。

政权尽在汉人手中。汉人中有二大土豪，皆把持地方团队，各养众多爪牙。一为某甲，其势力在平武以西，涪江上游。一为某乙，其势力在平武以东青川一带。某甲资格较老，管握地方政权有年。某乙出其部下，曾借故将某甲推倒，自代其职。某甲乃遁走松潘，联合松潘哥老会及流氓等，收集涪江上游沿途民团枪械，合千余人反攻平武，某乙不敌，逃青川。某甲再得政权后，将帮助其反攻平武之哥老会等一律缴械遣散。自是甲乙两方相持不下。此次徐向前部由嘉陵江突过韶、广、剑防线后，一股趋青川以迫平武。某乙在青川，知事不可为，乃连次急电平武某甲，请其防备，青川之富有者亦多电告某甲，请其注意，某甲皆认为是某乙乘机图回平武，谋加报复，斥为虚妄。迨①青川已失，民间已得消息，平武已危在旦夕，而某甲仍美酒娇妻，享乐自在，直至徐部隔城十余里，某甲始着慌。一面令城中商民筹数千元"剿匪费"，一面令其平日豢养之团队出城抵御，同时以武力禁止民众逃亡，而自将私人银钱细软妻妾儿女之类用四五十匹马骡载负，渡过涪江，经北川安县，欲逃成都。此等团队平时教他们去剥削农民，倒颇威风凛凛，②真正要他们作战，要去拼命，他们就不服从指挥，他们要问某甲要饷，要钱安家。正在纷缠不清之际，徐向前的部队，已经由土人带路从平武城北山上翻城墙缺口进城来了！"啪啪啪"五枪，平武城即完全被占领。某甲急逃过河，率队保护家眷财产，向北川前进。在将近北川处，土匪知某甲巨万过此，遂将其财产全部夺去，枪杀其子，并将某甲本人拘留，至今生死不明。这真所谓剥削一世总成空，恶名永留在，任他几度夕阳红了。

在平武休息了一天，二十二日启程赴松潘。说起去松潘，平武的土人，都替我们有点为难。平松相去三百六十里，路并不能算远。只是这条路溯

① 迨即等到、达到。津版和《文集》版"迨"误为"殆"。
② 津版为"这些团队平时教他们在剥削农民，则颇威风凛凛"。

着涪江的上源走，山险路小，平日已经人家稀少，食宿困难，兵乱期中，通行尤非易事。最令土人害怕的是过"大雪山"，似乎过这一架山有赌生命的危险。

我们顾忌不了这许多，只好走来试试。离开平武三四里路，道路即变了常态。这里的道路，是在壁立水中的石崖半腰上，用人工凿成，其形如"〕"。对上行者言，上右下三方为顽石，左临急流，二人绝不能并行。河中时发现浮尸，或有为乱石所阻，状至狰狞可畏，臭亦难当。如此行十余里，山势益峻拔，凿路工程愈大。二十里至火溪，溪由北来，流入涪江，两岸石壁对立如巫峡，有铁索桥以通溪之西岸，名铁龙桥。桥①长数十丈，其造法，系立铁桩于两岸石岩中，然后以三五②铁索相连，横铺木板于平行之铁索上，再以钉绳等固结木板，如是人马即可通行。人行桥上，前后波动，如同时过桥者在十数人以上，则桥之动荡益烈，初过此桥之东南人士，未有不心惊胆战者。

过桥，上急坡为铁龙铺③。人家七八户，门窗多败坏。胡宗南部初复平武时，欲由沿江大道，以入松潘，部队通过此段路程时，被对河红军射毙甚多，④后始改由平武西北而出，经火溪上源之高原草地渡过火溪，更顺火溪西岸，直下铁龙铺，平松大道，始得通行。

铁龙铺以西，路稍平易，沿途满布碉堡，枪孔相望。盖涪江上源，河幅渐狭，渡河较易，故河防不能不稍严耳。但据当地土人谈，涪江之水来自雪山，其水性与普通河水不同，寒度甚大，其自身虽未结冰，但如人畜入其中，能使人畜之血凝结，肢体僵硬，倒入水中而死。某军官亦言，当

---

① 津版无"桥"字。

② 从津版。原版书"三五"误为"五三"。

③ 今铁龙堡。

④ 从原版书。津版为"被对河敌人射毙甚多"。在记者的西北通讯中未见有称红军为"敌军"或"敌人"之处。

徐向前部尚盘据<sup>①</sup>涪江南岸时，第二师曾派最善泅水之官兵游泳过河攻击。以仅三四丈宽之河面，五六尺深之河水，在江南一带，泅涉当非难事，但下水官兵十之八九皆被水冻僵下肢，没水而死。记者亦曾以足部试之，下水数分钟，即失足部知觉，急提出水，必经五六分钟，始能回复原状。

是日行九十里宿水晶站<sup>②</sup>。有居民七十余家，房屋未受重大损害。惟此间粮食，素赖平武以下江油一带运来，今交通梗阻，粮无来源，居民多向山居藏人购买豌豆等杂粮为食，油盐亦缺乏，食之颇难下咽。

## 五、过大雪山

二十三日继续西行，三十里至水晶堡<sup>③</sup>，见有索桥一座，横跨涪江，其建造方法与铁索桥相同，惟以竹索代替铁索而已。同伴某君试行其上，全桥摆动，比铁索桥更为危险。过水晶堡，又有一种单索桥，<sup>④</sup>此桥仅一单竹索系于两岸，索上穿有长约尺许之空木筒一个，筒

《过大雪山》记者行经路线图（彭海绘）

外再束以小绳，垂其两端各约四五尺许。过桥者，即将此筒上小绳，紧缚

---

① 从津版和原版书。新华版本"盘据"改为"占据"。《文集》版改为"据守"。
② 今地图资料未见水晶站地名，待考。疑位于今平武县阔达藏族乡一带。据平武政务网载，阔达藏族乡在清后期隶水晶站乡团。
③ 应即今平武县水晶镇。
④ 津版为"又有一种单索桥发现"。

于腿腰部分，如有荷物，亦束于胸背之上，然后手抱木筒，足离地面，借重力作用，此筒一滑即至河心。河岸高者达二三十丈，此孤悬河心之过客，见者皆为之捏一把冷汗。最奇怪者，记者所见三四架单索桥，过桥者，皆女人，甚有怀抱婴儿者。往往因滑行急速，飘动过烈，此勇敢母亲怀中之婴儿常呱呱啼哭，益令人为之惊惧。过单索桥者，滑至河心以后，大半要休息相当时间，然后以手攀桥索渐次上升，直达对岸，此时手力不强者，即无法可登彼岸。内地男子敢过此桥者，百难得二三，内地女子可谓绝难得其人[①]。盖生活环境习于平易，此种初民生活之技术，早已无使用之必要也。然而生于今日之中国，不作强硬之斗争，决不足以自存，而斗争之两大工具为头脑与身体，头脑方面，固当求其发达，如身体方面亦能练至如此程度，当有可观也。

午后天大雨，行装尽湿，乃宿叶塘[②]。共行六十里。叶塘气候渐冷，盛夏夜间亦无蚊虫，对旅行者颇为便利。此地亦有近百户人家，不吸鸦片者至少。各家大半住有病兵，缺衣，缺食，缺医药，无床板，无垫草，睡泥地上者甚多，便溺纵横，秽浊不堪。病兵多直鲁豫人，如不设法转地疗治，恐断难有生望，北国家人闻此消息，不知作何感想也。

叶塘西行十里过木瓜墩铁索桥，即入松潘县境，此时涪江正流以近似瀑布之斜度，由乱石中流出。气候如江南之深秋，山高坡陡，谷窄而曲，路亦凸凹于乱石之间，所能见天空之面积亦缩小，大雨新晴，轿夫行泥泞道上，稳足不易，道旁坡地，尽种包谷（即玉蜀黍），十里难见茅屋一间，偶尔有之，亦系空无所有，仅流落病兵夫役寄足其中。更行四十里至小河营[③]，此地有小小城垣，立于山谷平川中，为过去汉军统领所驻地，用以

---

① 津版为"内地女子可谓绝无其人"。
② 即叶塘村，今更名为"安塘村"。
③ 应即今松潘县小河镇。

震慑藏人者，城门上所立某某汉军统领德政之石碑，尚存留甚多。城内有居民百余家，由此以上，路更荒凉，汉人夫贩之肩挑背负者，多至此为止。由此至松潘，多改用藏人之牦牛，力大负重，并能露宿，亦可供人骑乘。惟藏人管牛无方，上路后任其乱挤乱闯，并随地吃水草，所费时间甚大，故牛行每日只三四十里，如管理得法，日行八九十里，当非难事。

　　小河营以上，有十余里平地，山势又转危急，①道路没入丛林中，时行坫上，时行崖下，过某石崖时，上为老林与岩石所蔽，不能见天日，崖窟不高，且有泉水潺潺流出，道亦不宽，右面崖脚，长古老之苔藓杂草，左面江水②受乱石激荡，水花时飞溅上岸，记者径入其中，俨然如入森罗地狱。阴寒澈骨，不敢久停。此段山林密懋，道路曲折，同行者相隔二三丈，即不易相见。天已将昏黑，尚未达宿处，记者乃拔手枪在手，实弹前进，以防野兽之来袭。傍晚见一木房，趋视之，阒无一人，惟观其有长木榻及破凳数件，知为曾作宿店者，方欲勉强过宿，忽于地上发现一死尸，已有臭味，同伴皆惊走。不得已再前进，行四五里，又发现一小木房，记者迳入屋中，寻主人，无应者。屋前河岸上有自松潘下来之难民七八人，正在烧火，架毡帐，准备露宿。记者疑其不住屋而露宿，必有别情，乃细审屋内，觉有臭味发自榻上，临近视之，则三尸横陈一榻。且似皆为军人，不知已死若干日矣。同伴续到，得此消息，皆怅然不知所从。盖天已黑，腹已枵，前去不知尚有若干路始有山村也。有主露营者，终以无露营设备，仍于无可如何中向前再进。同伴手枪皆出壳，提防野兽与土匪。黑夜行此高山古林乱石小道中，每人皆无声息，呼吸紧促，健步急进，日间足痛者，至此亦捷疾如常人。山回水转路崎岖，只有水声风声与树梢声相伴送，至十时左右，始见丛林中透出之如豆灯光。抵达山村，仅一间破屋，门壁皆无，

---

① 津版为"山势又转险急"。
② 津版误为"右面江水"。《文集》版误为"左面崖脚"。

但有锅灶，有主人，有草垫，有水，遂就此住宿。地名观音岩，二十四日一日约行九十里。

据观音岩店主人谈，此去大雪山，地更荒凉。故二十五日天明即行，路上问道亦无人，行五十里，至一平川地，名三舍驿。农地渐少，草地增多，木房十余家，多属藏人，服装异式，言语不通，心情极度紧张，稍息即行，闻过雪山尚有四十里也，此四十里中无店可宿，且为虎狼成群出没地带，如不能过山，颇不易度夜①。

三舍驿以上，涪江已成溪流，水势转平，山亦不如前此之险恶，时遇藏人驱牦牛成群而过，②随地拾草果纳入口中，每视记者等而笑。由三舍驿行二十余里，至黄龙寺，已至大雪山顶之脚，有数间破屋皆无人，亦无可资食宿者，欲再进，同伴落伍者尚多，且据松潘来客谈，午后过雪山阴风甚大，人至难当。无法，只好在黄龙寺附近寻宿处。黄龙寺为松潘一带之大寺，汉藏民族每年来朝拜者甚众。寺在一原始大松林中，林中时有虎豹成群行于寺外，但不易伤人，现寺中无一僧人，想亦因避兵乱他去。寺离大道约半里，须过一小桥，名"涪源桥"，即涪江发源处。时黄昏将近，晚风吹来，冷不可支。同伴皆到，多以毡子裹身，如过严冬。后幸于黄龙寺上二三里处，寻得木篷屋一家，四面皆无壁，无椅桌等任何设备，但有破土炕半节，已睡满军人，最可珍贵者，为有一半截煤油桶，可以作锅煮饭也。主人为二女孩，年皆在十岁左右，衣不蔽体，问其父母，答皆死于军役，其吃饭问题，则全赖此半截煤油桶之助。盖过往行人，多借此煤油桶作饭，此二可怜女孩，遂得沾其余惠也。

到此虎豹区，夜间当有警戒，记者与同伴决定轮班值夜，记者所值，为午夜后二至三时。九时左右，同伴刚解行李席地就寝，警戒者即以虎警

---

① 从《文集》版。津版和原版书为"颇不易渡夜"。
② 津版为"时遇藏人驱牦牛群而过"。

闻，幸即他去。记者当值时，身披棉被，手提手枪，仰观满天星斗，耳听呜呜风声，极目向四面黑暗中侦察。此时心境旷逸，忽东忽西，深觉人生之平淡，所以终身奔劳不休者，特为生存之必要所驱使，并无特别之意义，故本于生存之必要而活动，此即为人生之真谛。

二十六日俟日出始登雪山，但前进四五里，仍不见大山峰，路宽而平，山皆草地，亦无森林。再前进，亦仅平斜之山坡，绝无险峰，问之东来者，谓前面能见之小坡即为大雪山顶，记者因疑一般传说所谓可怕之大雪山者，并不见其真可怕也。适路左草丛中，跃出黄色野物二，初以为山羊，迨<sup>①</sup>俟其走近视之，为大小二鹿，记者急拔左轮枪射之，同伴亦出驳壳快发击之，皆未中，任其逸去。迨<sup>②</sup>接近山顶，忽然呼吸困难，行三五步或十余步即觉喘气不通<sup>③</sup>，必须休息，同伴皆如此，众始惊异。夫役一名，竟自倒地且死，急施以药，强扶之始能行<sup>④</sup>。愈近山顶，呼吸愈难，大家至此<sup>⑤</sup>始悟大雪山之所以可怕者，特因其地势过高，空气稀薄，心脏衰弱者，必因空气之不足而危及生命。盖大雪山离海平面五千公尺<sup>⑥</sup>以上，合中国营造尺<sup>⑦</sup>一万五千尺以上，其东南有一水成岩高峰，终年积雪不化，名"雪宝顶"，过雪山者，皆能望见。记者到山顶后，因等后面同伴，停留甚久，此时正午前十一时左右，日光直射，然而风寒刺骨，必须运动或在避风处，始能久持。举目四望，群山皆低，所谓"只有天在上，嶙嶙万山低"<sup>⑧</sup>者，凡曾过雪山顶者皆能领略此中真义矣。

———————————————

① 津版"迨"误为"殆"。

② 同上。

③ 津版为"即觉喘气不过"。

④ 津版为"强扶之始能立"。

⑤ 津版"至此"为"而此"。而此，犹如此。

⑥ 1公尺 =1米。

⑦ 1 营造尺 ≈ 0.32 米。

⑧ 宋代寇准《咏华山》诗有"只有天在上，更无山与齐"之句。记者借用其前半句。

大雪山为鹿头山脉之一段，[1] 山以东为涪江流域，山以西为岷江流域，分水处，不过十数丈，而两河愈去愈远，涪江东南入嘉陵江以出重庆，岷江南行至灌县分岷沱二江各出泸县宜宾[2]，诚所谓差之毫厘，失以千里，[3] 人事分野，亦往往如此。

涪江仅为嘉陵江之一支。四川省名，乃因于嘉、沱、岷、乌四江，而涪江不与焉。但涪江自江油以上，本已非大江之规模，而犹溯源至六百里，可见欲成大河者，必长其源，欲成大事者，必固其基，源愈长，则此河之前途愈有浩荡奔腾之日。基愈固，则人生事业愈不敢限其将来。但世俗之见，长江必出三峡，始惊其浩瀚。人必至事已成功，始佩其英雄。长江上源，[4] 在重山峻岭中与顽岩怪石冲激之时，谁亦不加重视。人在艰难困苦荆棘榛狉里苦斗之日，何曾有人愿加以援手[5]？此种成败论英雄之俗见，最易丧失青年奋斗之勇气。惟自奋斗者本身言之，大可闭耳不闻俗人话，专心一志奔前程[6]！

山顶有古代城堡遗迹，惜无字迹可考。路侧有碎石堆甚多。皆埋过往旅客之死于山顶者。日中日光蒸发，略放尸臭气，[7] 不知何家男女，丧命此间？使死人而有知觉，借此清静山头，回忆生前奔劳，追究一生忙碌之目的，恐亦当不觉失笑。俗人皆谓在此社会中，[8] 所忙者为"金钱"，[9] 有钱者可以美衣，丰食，华屋，拥娇妻，夸耀乡朋，进而支配他人，荫及子

---

① 津版为"大雪山为俗说鹿头山脉之一段"。

② 津版为"分岷沱各出泸宜"。

③ 津版为"差之毫厘，别至千里"。

④ 津版为"大江上源"。

⑤ 津版为"何曾有人愿加以援助"。

⑥ 从津版。原版书添了引号：大可"闭耳不闻俗人话，专心一志奔前程"。

⑦ 津版为"略放臭尸气"。

⑧ 津版为"人皆谓在此社会中"。

⑨ 从津版。原版书误为"所忙者为一金钱"。

孙。无钱者如是追求，有钱者亦如是追求，[①] 以求更多，更好，更美满，更优裕之生活。日常流行的一些道德上的好听名词，都是欺骗普通民众的说法，并不足以说明人生之真诠，不能解决和解答上述这个事实。[②] 人究竟为什么要这样追求？果使生活美满以后，又有何意义？[③] 设使死于此山顶上之路客，皆在松潘开金矿，成百万豪富，荣归成都，于是甲第连云，日用所费，皆纽约伦敦出品，果又有何意义？今虽不幸死于山头，与装水晶棺，葬名山者，[④] 果又有何实质的区别？死者有知，当亦无词以答记者之问也。但人皆为生存之维持，继续与扩张而努力，此为一平淡而坚定之事实，只此平淡之事实，即为人生之本质[⑤]。人何以如此？人自然如此，人不得不如此！生存为人生之本质，以全力以维持生存，继续生存，扩张生存，即为人生之光明正道[⑥]。为自己生存之存续，所采取之任何手段，自其本身言之，皆为道德之行为。故不论贫富，其终身碌碌不休者，自其本身言之，[⑦] 皆合于人生之本质，亦即皆为合于[⑧]道德之行为。今穷病死于雪山者，与葬于东陵西陵者，[⑨] 在人生意义上，皆无丝毫之轩轾。请死者不必自以为歉也。

---

① 津版为"无钱者如是，有钱者亦如是"。

② 津版为："所有一些道德上的好听名词，都是欺骗普通民众的工具，并不足以说明人生之真诠。"

③ 津版为"然而果使生活美满以后，又有何意义？"。

④ 津版为"葬名地者"。

⑤ 津版为"即为人生之本然"。

⑥ 《文集》版为"即为人生存之光明正道"，"存"为衍字。

⑦ 津版无"自其本身言之"。

⑧ 津版无"合于"。

⑨ 从津版。原版书误为"葬与于东陵西陵者"。

## 六、松潘与汉藏关系 [①]

在大雪山上，已经可以望见松潘附近的山岭了。同伴赶到后，相率下山，坡陡几过六十度，有泉水处，下步为艰。然因已过此骇人听闻之高山，前途平易，且今日可到松潘，精神倍增。十里至风洞关，有汉人猎户一家，相见颇亲热，闻记者打鹿事，重为惋惜。盖如此大鹿一只，在松潘亦可值三百元，如运至东方都市，恐将近千元之价也。

风洞关以下，所见尽藏人村庄，庄之四周，立无数之藏文长旗，随风飘荡，且有系有铜铃者，叮当作声，近山小庄，多为木制，墙壁乃挟整松木为排列，房顶则为树板所盖成，板上再遍压以石块，用铁器处至少。进入平川后，村庄形式大变，每家皆有树枝编成之篱院，房皆为两层，上层供人住宿，下层为牛马羊群寄居之所。建筑材料，仍以木料为主，墙壁已多用锯成之厚木板，惟房顶及第一层露台，多用泥土盖成，门窗皆甚完全，与汉人村庄相去无几，平川地多已耕种，山坡中始见牧畜之牛羊群。

藏人身体强壮，胸常佩剑，男女皆善骑，记者途中相遇甚多，时同伴皆已前行，独记者一人因摄影等事留后。言语不通，习惯不明，口渴欲寻一碗水，亦不可得。且藏犬大而猛，见生人近村，即狂吠。藏人多向记者笑，偶有以藏语相问者，记者不解，惟亦笑以应之。

藏人农耕方法，尚甚简单，然其进入农业以后，原有之游牧民族的服装，（长皮袍长靴）即不适用，故在田中工作者已有局部的改为汉装。经三十余里长之如此地区，再至一小山顶，始见山下之岷江与松潘县城。

松潘原为藏族地，明代始置松潘卫，汉人来此者渐多。清代改为直隶厅，民国改为松潘县。至今仍只城内及大道两旁为汉人，其余皆为藏族。

---

① 本部分对原版书的个别字句进行了改动。

城跨岷江，其主要部分在西岸，东岸为宝塔山，乃松潘军事要地。胡宗南部初至松潘时，此山已为徐向前主力前部所占，且入县城，胡部以一团人夺山，死亡相继，中下级官长存者无几，后官兵皆愤怒，奋力争山，终至如愿以偿，并生擒三百余人，胡部士兵于盛气之下，架机枪尽杀之，后事闻于胡宗南，该团官兵被大骂一顿。松潘之未入徐向前手，即此一战之功。①

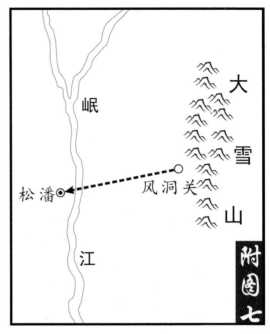

《松潘与汉藏关系》记者行经路线图（彭海绘）

松潘境内，藏人占百分之八九十，而政权却在此少数汉人之手，藏民虽有土官，而土官亦受县官管辖，可以说完全为被征服之民族状态。汉人称藏人为"番子"，番子乃视之为蛮夷之称，自民族平等之眼光观之，此种称呼，至不合理。但若干藏人，亦只自知其为番子，不知为藏族。此等藏人，在汉人统治之下，已经千百年汉族文化之陶熔，经济方面，不及汉人，文化方面不及汉人，政治与军事方面，皆在汉人掌握中，压迫，侵略，同化之结果，过去曾盛极一时之"藏族"，今已成为等视蛮夷之"番子"！民国所谓五族共和者，实空有其名耳！

记者以为以汉族为中心，而统治满蒙回藏四族，以汉族文化同化四族

---

① 新华版本删除了此整段。

人民，在今日之国际形势下，决不可通！盖人皆为自己生存而努力，乃为不易之原则。无论民族文化如何低下，其生活上所受之实际利害，则皆能明了。如其所感受者，尽为压迫与剥削，则此被压迫者对压迫民族，必无好感，可为定论。松潘原为川军二十八军邓锡侯防地，他定松潘，理番，①茂县，懋功，汶川，等数县为屯垦区，自为屯垦督办。所谓"屯垦"者，乃侵占藏人之土地山林，以供汉人之垦殖耳。而事实上，亦未认真使"汉民"垦殖，徒位置②自己亲信的几个官僚与军阀，用各种名目以剥削敲榨藏民，故作官者每视"办番案"为优差。藏民无援，任凭压榨，亦无人反对，故往往一件无关宏旨之案件，可逼使若干藏民倾家荡产。如此而言"共和"，而言"平等"，几何不遗重大之危机也。

东亚③国际争夺之重心，已集中于中国，中国各民族的不合理关系，正与人以可乘之机。姑不论事之内容如何，外蒙古之独立，西藏之附英，已为不可讳言之事实，所余者，仅内蒙一带之蒙族，宁夏青海甘肃一部之回族，及西康青海四川边境之藏族而已，以目前情形观之，此等部分，如加以外力之煽动，及相当之强力引诱，是否能再维持如今日之关系，恐难得乐观之答覆。

真正团结民族之方法，是各民族平等的联合，所谓民族平等的真义，是政治上"比例的平等"，文化经济上，"发展机会之平等"。诚如是在各族间压迫既不可能，生存上相依成为必要，经济之自然融通，文化上之自然交流，如是必能造成巩固之团结，酝酿出充实而崭新的文明。非然者，记者窃恐中国今后民族之大分裂，为期不远也。

记者刚到松潘的那一天，第一个酸心的印象，即是随处倒毙的死人太

---

① 津版和原版书"理番"误为"理潘"。理番县后改名为"理县"。
② 位置为动词，即处理、安置。
③ 津版无"东亚"。

多。城内外大路大街上，到处有死尸。有些在城外的死尸，已经腐烂到肠肚毕露，或四肢不全，苍蝇成群附在其上，遇有人过，辄嗡然飞起，甚有转向行人头面各部飞来者，可厌可憎可怕，而又无如之何。据地方整理委员会友人谈，此种死人，皆为松潘一带作苦力的汉人，及贫寒之家。在军事未兴时代，汉人多从事商业，或专任搬运脚夫，以其所得之报酬，买米布以维持日常生活。故来往者日不绝于途。军兴以后，松潘对外交通，岷江大路，完全断绝，涪江、白水江，及草地通临潭夏河道路，除军事运输外，商运已完全停整[①]。故此辈无事可作。且松潘粮食，来自外方，现粮道既断，粮价飞涨，而民间粮食日益耗尽，纵出高价，亦无处购买。故此辈苦力遂无以为生，相继成为饿莩。中等人家，亦感不能维持。胡宗南氏乃与政府商议，[②]统筹若干粮食及现款，遣散此辈至各方逃难。然"从手到口"之苦力，当不能饿待如许之时光，势不得不早放弃其可怜之生命！松潘每日死人以数十计，地方整理委员会所掘之几个大土坑，皆已满载，死者不但无棺材，即麻布口袋亦已用尽，诚为浩劫。

胡宗南部在松潘，军食至为困难，兵士每日仅吃一顿，且所食者为青稞（最粗之麦子）。为节省消耗计，青稞亦不能磨成面粉。只是煮整青稞为粥而食之。故因此得病之官兵，各连皆至普遍。朱毛徐向前方面之军食比胡师尤难，但是他们用直接征发的手段，暂时解决，藏人亦无如之何。然而胡师却不敢实行征发，因征发之结果，藏人势必起而反抗，扰乱后方交通，影响整个之军事形势。与红军之不守一定地盘者，[③]不同其意味。[④]

我们在松潘住了两天，所看到的松潘完全是一座死城。几条大街绝对

---

① 津版为"商运已完全停顿"。

② 津版为"胡宗南氏乃与县政府商议"。

③ 津版为"与朱毛徐之不守一定地盘者"。

④ 新华版本删除了此整段。

没有卖吃食的店铺。有一次看到一个士兵，带了十几个非常粗劣的青稞麦饼经过街上，饼且极小，后面一群人追上去，向他强买。每个饼出价到五角，他还不肯卖，只是后面跟的人越来越多，后来挤到我们看不见的街巷去了，还不知结果如何！

# 七、金矿饿莩与藏人社会

二十八日离开松潘，沿岷江西岸大道向北前进。目的在进入甘肃。本来由松潘入甘肃有三条路可走，有两条是走草地，一条是过大山林。第一条路是由松潘正北出至红桥关①，然后西北出至黄胜关，再由黄胜关西北出，经郎木寺可到甘肃夏河，及临潭县。第二条是由黄胜关东北行经包座，以达甘肃之临潭，岷县，西固。第三条是由红桥关正北至章腊②，然后东越弓杠岭，顺白水江而下，至南坪文县。亦可由南坪至西固。我们因为没有走草地的设备，所以走的第三条。这三条路都是藏人的区域。如果照我们传统的偏见，认藏人为"番子"，则我们可谓"来到番邦"了。

行二十里至红桥关，有桥跨岷江，过桥改沿河东岸行，再二十里即为章腊。沿途饿莩载道，臭不可闻。在红桥关南，有一垂死之男子，屈腹卧道旁，口唇时动，记者乃以馒头一枚予之，其手已失知觉，眼亦不能张合自如。屡触其手，并以馒头置其唇鼻间，久之，彼始移手接馒头，又久之始以馒头纳口中。经其咬一口后，但见其全身突然颤动，口眼大开，直视记者等，呜呜作声。饥之于食，非身历其境者，不知此中滋味也。

又行二十里平川大路，即至章腊。将至章腊城时，记者乘马行麦田小径中，马忽惊跃狂奔，几掀记者于地。勒马视之，则麦田中有三五腐尸，

---

① 今虹桥关。
② 今阿坝藏族羌族自治州松潘县漳腊地区。

蛆虫累累，已不成人形。

世人皆谓松潘产金，其产金处，乃在章腊。章腊在岷江北源东岸，有土城一座，江西岸为金矿区，江上有一桥相连。金矿俗称"金厂"。平日有采金工人一万三四千人，各路来此之商贾云集。其平日金价为四五十换，[①]现涨至五十换，惟用中央纸币则为一百零五换。军兴以后，交通断绝，粮食无来路，金货无出路，于是各厂皆相继停工。工人平日皆无存蓄，今一旦失业，生活毫无办法。且此地工人，大半吃鸦片，

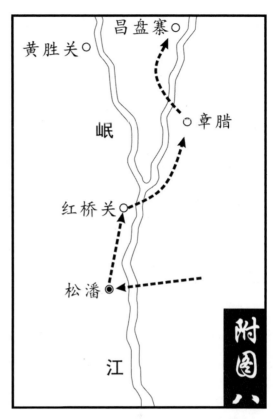

《金矿饿莩与藏人社会》记者行经路线图（彭海绘）

烟饭两缺，逃难他乡，亦不可能。其身体弱者，多死于章腊附近，身体稍能行动者，亦多死于数十里外之道途中。其有家眷者，亦皆同为饿莩，据土著某君统计，章腊金厂工人，已死亡逃散七八千人，因死人太多，即欲埋亦来不及，故章腊附近之死尸，远比松潘城附近为多。

普通所谓"财富"，[②]是指金银等货币及有货币价值之金银货及珠宝等而言，然而在此种情形之下，金银毫无用处。食之不能充饥，御之不能

---

① 津版为"其平日金价为三四十换"。
② 津版为"普通所指'财富'"。

敌寒，尽管有千万金条，如果根本无粮食，亦将成饿死鬼①。故货币必在"生活资料"不缺乏情形下，② 始有其作用，真正之财富，乃解决民生之衣食住行上消费的货物。故实际增加社会生存上所必需的物质资料，乃为政治的根本急务，开发金银矿，并不一定是解决民生问题之道。

二十八日，我们宿在藏庄"昌盘寨"③。这是从金厂顺岷江西岸走的。计约行二十里。所过尽藏人村庄，岷江两岸肥沃，故多已开垦，种植青稞。藏人仇汉情绪甚高，一二汉人由此通过，未有不被其劫夺者。某次某师办给养之士兵四人，至藏庄购粮，藏人不但不允卖予，且将此四人赤身缚于柱上，取小刀欲行剥皮，幸有其他士兵在村外过路，闻"救命"声，始鸣枪相应，藏人畏逃，因此得免于难。

藏人不用纸币，非有现银不售货（其已完全汉化之藏人，已加入汉人社会生活关系者例外）。记者在各地所遇汉人朋友，多认此系因藏人"不开通"所致，此诚有相当理由，然而根本原因，却另有所在。盖藏人之社会经济，尚在畜牧初入农业经济的阶级。商业经济，藏人中异常不发达，仍在物物交易④ 时代中。其衣，其食，其住，皆完全由其自己社会中自己供给。其所缺者为茶，为烟，为盐，及一部分零星用品，此等须向汉商购买。然而其所生产者，有皮毛，麝香，野物，牲畜，等大宗货物，故其对外贸易形势为出超。即其向汉人换茶烟盐等物时，亦多以物易物，对外使用货币之机会甚少。反之，汉人向其购物时，则多以货币为交付之媒介。因此藏人在收入货币之后，不再能在市面上流通，作为交易之媒介之机会，而只存储于地窖中，与珠宝等同其性质，只作为富裕之表征。因此藏人所接

---

① 津版为"尽管有千万金条，根本无粮食，亦得成饿死鬼"。

② 津版为"故货币必在'货物'不缺乏情形下"。

③ 按书中描述，记者赴昌盘寨系"顺岷江西岸走"，而原版书的配图误将昌盘寨置于东岸。按地理位置判断，昌盘寨应指今岷江西岸的松潘县川盘村。

④ 从津版。原版书"物物交易"误为"货物交易"。

受之货币，必须有确实性，耐久性，稀少性，不变性，美观性①。只有金银才合此条件，受其欢迎。简单的货币交易，在他们社会中没有普遍②。这种近代工商经济时代进步的货币制度——纸币，当然不合他们的需求。

朱毛徐向前，这一次跑到藏人的社会里，真算有味。本来共产主义的革命，是以近代无产阶级为基础。近代无产阶级之所以可贵，乃因为他们是社会生产组织的基础，近代大工商业城市和近代交通，为近代社会的生存所系，如果他们起来破坏了城市，③控制了交通，这个社会立刻④就要换上一个新的时代。然而中国共产党现在的基础事实上建筑到农民上，这已经是一个大变化。而这般汉族的农民现在又跑到藏族的社会里去。第一层，藏人根本不欢迎汉人，已使他们受到一层障碍。第二层，藏族还在绝对的神权政治时代，社会还在未脱母系时代，经济还在畜牧初入农业时代，⑤到这里面来讲共产主义，这等于同三岁孩子谈恋爱，时代相差太远！如果汉族的共产革命实现以后，以强力来帮助藏族革命，当然也可以"迎头赶上"。只是把汉族革命的主力放到藏族里去，这颇难于发展罢了。⑥

我们进了昌盘寨，使我们一筹莫展。这里是三四十家藏人的村庄。经济是农业兼牧畜。一色的两层楼房。没有城堡。村口里来来往往的藏人，男的，女的，老的，少的，都注视我们，有的和颜悦色，有的怒目相加。问他们话不懂，他向我们说话，我们也不明白。侥幸我们还有七八匹马，七八支手枪，他们还莫奈何我们⑦。后来辗转找到了关系人，才到一家藏庄住脚。不过这家藏主人，非常的不愿意，很宽的地方，通通把门锁起来，

---

① 从津版。原版书为"美丽性"。
② 津版为"在他们社会中还没有普遍"。
③ 津版为"如果他们起来不破坏了城市"，"不"为衍字。
④ 津版"立刻"为"一刻"。
⑤ 从津版。原版书脱漏"经济还在畜牧初入农业时代"。
⑥ 新华版本删除了此整段。
⑦ 津版为"他们还莫奈我们何"。

只留过道给我们开铺，不许我们买他的柴，不许用他的水，就是给他现洋，也不卖面给我们吃。不停止的向我们咕噜咕噜，发泄他们不乐意的情绪，这真叫人难于对付。川甘边汉人都知道的一句谚语，是："番子认话不认人！"只要你能通藏语，这些困难可以减少些。晚间，我们找来一位藏人通司，大家十分高兴，请他为我们买一只羊，杀来大家犒劳。他对我们非常恭敬，但是他说一只羊要大洋五元，我们还不要皮子。后来打听，那只羊最多两块钱，而那位通司实际付给卖羊人的，只是一元五角！

藏人在途中相遇或平日相招呼时，互相呼"阿啰"，声如英文之"Hello"！状至亲热。男女皆善骑马。男子出外多骑马背枪，威风十足。女子亦能疾驰如飞。惟女子地位，至为特殊，其在少女时代，春情发动以后，可以与任何男子恋爱，家庭中毫无问题，如将情人带至家中共宿，其家人亦乐于招待。其恋爱方法，大半系在山野溪边，放出娇嫩歌喉，唱思慕英勇男子之情调。在另一方面之男子，如自觉尚过意得去，亦高歌相应答，深致倾诚渴念美人之私衷，如歌情相合，两方遂愈唱愈近，而佳偶遂"天"成。（"天"露天也）亦可带至家中。此可谓绝对自由时代。结婚以后，稍有限制，必在男子默认情形下，始可另寻情人。然而藏人结婚，多系招男上门。不是女子出嫁，而是男子出嫁。家庭系统是母系，不是父系。妇女终身不穿裤子，只是外面一件大长皮衣，天气热的时候，或劳动的时候，妇女们上身全袒露出来。这才是最近代的最解放的女性，现在，所谓文明民族，办到这个程度，还不是短时间的事情。但是我们不要忽略了一个事实，即是藏人中最劳动的分子，是女子，不是男子。女子操持家务，兼作耕种牧畜。男子只是作小部分的工作，平日只是享受，只是消费，他们就某种程度说，是女子的玩物！所以"劳动"和"地位"是有直接因果的关联。

## 八、白水江上源

松潘到章腊,是向北行,章腊以上,我们旅行的方向是由东北而转向正东了。由昌盘寨东行十余里过一喇嘛庙后,即无人烟。①必再行一百余里始有宿处。故今日情绪,较往日紧张。二十九日别昌盘寨首途后,途中遇藏人跨马持枪赶毛牛②群者四五队。多系为胡师运军粮者。道路尽在草地中,平坦宽畅,驰马最宜。两旁草丛

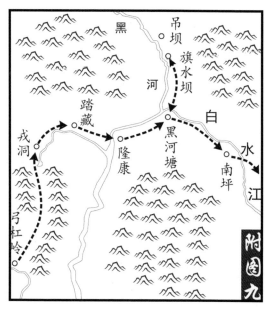

《白水江上源》记者行经路线图(彭海绘)

树下,往往有四五具,五六具,甚至十余具一堆之③死尸,臭达数十丈外,皆半途饿死之难民。甚有腐烂路中,亦无人过问!此种草路约有四十里,马行仅二小时即到。惟途中有一种烂泥地,往往陷死人马,不知者异常危险。盖此平平之草地,乃一高四千余公尺之山梁,名弓杠岭④,为嘉陵江正干之支流白龙江的支流白水江与岷江北源的分水岭。地高泉大,地中往往溢出泉水,透浸软化地上泥土至一二丈之宽,五六尺之深。然而地面甚少溢出之水泉,不知者,误踏其上,即被陷入,难以自拔。惟毛牛过此,

---

① 据今地理资料,记者自昌盘寨启程,出弓杠岭沿白水江至南坪,所经踏藏、隆康、黑河塘以及南坪等地,皆在昌盘寨东北方向,非正东方向。详见附图九。

② 毛牛即牦牛。

③ 从津版。原版书"之"误为"中"。

④ 弓杠岭位于九寨沟县塔藏乡境内,藏语为"都喜欢山",垭口海拔3690米,因其岭如弓之杠而得名。

可无问题，同伴某君曾被陷入，马几不起。

出弓杠岭山口，下山道路突转急峻。从山口展目东望，但见一片无边林海，一层层向东低下。松潘是一块高地，除了西北方面而外，任何方面向松潘来，都是愈走愈高，从松潘向各地去，除了西北方外，也是愈走愈低。好了！我们的旅行从此以后算是走向易走的方向了。

弓杠岭东坡下一百五十余里，完全是原始森林，笔直的松杉，无间隙的长着。在林中的旅客，很难找到从树梢上透漏下来的大块日光。这个森林不知道已有若干年了，我们只看见在森林里自己倒下来的木材，好像叠床架屋一般的积累着。普通的木材，都有二三尺的直径，因为没有人采伐，倒下来的木材，在下面的已经朽败不成原形了。记者不知道，这个森林的面积有多大，这里面的松杉有多少株，我一面为在地面腐朽的木材可惜，一面望着正在长着的大松巨杉出神。我想如果这个森林长在天津上海，不知有多大的价值！同时以记者年来旅行经验所见，中国社会各方面废置的人才，也不知有多少，有眼光，有魄力，有才干者，颇不乏人。然而因不得志，因而自我消沉者，不知凡几。其有勉强苦斗，暂维饭碗者，因政治无通达之途，终亦将同现正生长之森林一般，只有归于任其自倒自朽的厄运。

林谷低处，汇水为溪，白水江即发源于此，道路即在江之南北岸行。林树荫茂，盛暑旅行其中，气候如仲春。勒马溪边，引吭高歌，高山回应，曾不知跋涉之劳矣。

途中烂泥亦多，东来之马，曾陷死二匹，同行幸皆无事。穿林海行三四十里，遇杨土司（积庆）所派为胡师送粮之藏民甚多，有用毛牛载粮，有用背负者。背负者比牛载者为多。送粮夫子中，男女皆有，少女亦负与男子同样重量之粮食。行走亦如男子之急速。女子装束甚简，赤足，短围裤（粗土布为之），粗土布单衣，袒胸，发束为十余条小辫，披于颈后，表现十足之天然美！盖女人美的条件，以近代观点言之，为黑发，大眼，黑瞳，挺胸，大臀，健腿，天足，且须姿态自然。藏女因生长蛮荒，终日爬山越岭，受充分日光，水，空气之陶养，加以长期之劳动，故体力充实，举动捷活，十足的具备近代美之要件。如只以外观美而言，若干藏女，其美丽远在沿海都市上所谓"名星""皇后"之上。凡自沿江沿海都市来此之朋友，几无不为藏女之纯美所惊倒。

此辈运粮藏人，来自白龙江上游叠部①一带，俗呼为"生番"，即为与汉人少有接触，不通汉语，不习汉俗之比较纯粹的藏民。为杨土司所管辖。其与汉人接触甚久，受汉人同化甚深之藏人，则又无此美态矣。

整整下山走了一天，没有看到一家人家，只有吃了一点自带的干粮，开水都没有地方喝。我们真羡慕那些藏人，他们自备小铜锅，带上干粮，要到那里休息或宿营，就在河边平地上停下，把小石砌成临时灶台，把铜锅装满河水，拾枯木枝作柴，只要片刻，就可以茶开吃饭。夜间完全露宿，只要羊毛衣一件，狗皮一张，后者垫地上，前者盖头脚，不管你大森林也好，大草原也好，他们一样的"那里黑，就在那里憩"。女子也是如此。

这条路真正寂寞，真正长。一直走到黑，才找到一间房子，虽然非常的秽浊，也只好就此住下。地名戎洞②，离昌盘寨一百三十里。马皆走坏，记者等亦疲惫不堪。马行一百三十里，本为平易之事，但此时弓杠岭至戎洞之间，因白水江水发，大路多被淹没，且随处有泉水，有烂泥，道多绕行懋林中，马行困难，废去时间甚多。

戎洞只一家汉人，主人共父子两人，嗜鸦片，枯瘦如柴，以种附近二三亩平地为生。室内烟尘满壁，如死人窟。比之藏人之生气横溢者，相去又不啻天壤！

---

① 今甘肃省甘南藏族自治州迭部县地区。
② 地名待考。按书中所述地理位置推断，地点应位于今九寨沟县溶洞道班一带。

戎洞再东行七十里为隆康[1]，亦为藏人地。在近隆康处，森林始渐稀少。途中村落渐多，惟藏人仍居多数。白水江江流渐大，谷面亦较宽，山势则转高峻。三十日宿隆康一汉人团总家。戎洞以后之藏人，可谓完全汉化，不但习学多少汉语，且多着汉服，他们渐渐放弃了畜牧生活，全恃一小片土地种些青稞来维持家庭，收入异常微薄，与弓杠岭以西之藏人大不相同。他们已经没有了"土官"，政治权直接操在汉人手中，十足的成了被征服的民族，汉人最坏嗜好——吸鸦片，他们也普遍的染上了。这一带的汉人几乎无人不吸鸦片，而此带的藏人也接受汉族"文化"，同陷于难拔的深渊。这带的藏人有马者已不多，体魄魁梧者，已非一般的现象。女子亦浊陋不堪。对于汉人，绝对听其支配，如垂毙之驯羊。记者虽为汉人，并不敢以此现象为可贺。第一，藏族固有文明，因同化而牺牲，不能使之充分发扬，以构成将来新中国文化之一部。第二，此带汉人无有力民族与之竞争，即不能励精图治的促进其体力，智力，政治与经济上的发展。

隆康之上三十里[2]为踏藏[3]。依记者意见，"踏藏"即"杳中"，为蜀汉姜维最末一次伐中原时种麦的地方。这里有一条路北通包座，既可出临潭，又可出西固，地势险要，而又可以屯田，现在藏人种植仍极发达，隆康下行二十里至黑河塘[4]，有水曰黑河，[5]自北来汇白水江。黑河亦为军事上要道，其重要不在踏藏下。然而山势之陡绝，远非踏藏所能比拟。记者等一行，乃过白水江溯黑河北上，在绝壁下行四十里至旗水坝[6]。路无民居。我们的目的，欲由此再上至吊坝，然后东越青山梁以至甘肃之西固县。抵

---

① 今九寨沟县隆康村。

② 津版为"三十里"，原版书误为"三六里"。

③ 按书中所述地理位置推断，应位于今九寨沟县漳扎镇一带。1992 年，漳扎镇由隆康乡、塔藏乡合并而成。

④ 今九寨沟县黑河塘村。

⑤ 津版误为"有白水黑河"。

⑥ 地名待考。按书中所述地理位置推断，"旗水坝"疑为今九寨沟县陵江乡七舍坝村。

旗水坝后，遍寻向导，皆无曾行此路者。某汉人保长云，伊在二十年曾经此路，今已被藏民挖去道路，根本不能通。三十一日遂宿旗水坝。

次日仍回黑河塘，向南坪①前进，途中汉人渐多，购买饮食亦较易。将到南坪处，山势紧抱，白水江迂回折曲于顽固之石峡中。大路则凿石崖而过，若干处已成栈道，过一关口即见南坪。南坪虽不平，然而自久行山林之旅行者视之，已算非常开旷之平野矣。

## 九、野猪关和茶冈岭

八月二日在南坪休息一日，更换马匹，略为补充行李等事。南坪为松潘分县，无城垣，仅有土堡。街市亦具马路略形，盖亦受四川"观瞻马路"之风气所影响。东顺白水江至甘肃文县，须过阴平寨②，为邓艾入蜀时，以兵断姜维归路处。南坪往西北及绕东北，皆有路可通西固。惟皆须过大山岭。南坪对外交通，主要者为甘肃地方，风俗习惯语言等，皆近甘肃，故有"南坪不像四川，碧口不像文县"之谚。碧口虽属文县管辖，其经济权尽在川商之手，住民亦大半为川人。

三日向甘肃之西固进发。同伴某君雇轿夫六名，皆系由县当局选拔而来。六人皆吸大烟，皮肤长满疮痔，瘦如骷髅。三里一休息，五里一抽烟，状至可憎。然而南坪附地欲寻不抽大烟之力夫，根本无之，即如此者，亦已经相当选择而来，尚非易得者。离南坪东北行十余里即入山，又几里至一村曰野猪关，已至山脚，再上即登山。山曰"野猪关梁"，上下山计有三十里，野猪关梁产野猪甚多，大者重五六百斤，常结队五六十为群，出山吃农作物，农民莫可如之何。因此等野猪过大，獠牙伸出口外尺余，较

① 位于今九寨沟县城永乐镇。
② 甘肃省陇南市文县阴平寨村。

《野猪关和茶冈岭》记者行经路线图（彭海绘）

小之树，被其一撞即倒。如以枪击之，中二三枪毫无关系，但猎者如被其发现且被追到，则断难幸免。离野猪关庄上山，山路崎岖，马行艰难，至山中，有歧路，因无向导，任择一路走去，愈前进，路愈不明，惟在丛林深草中试探前进，辗转迂回，绕过几重崖峡地，竟达一绝壁处。前左右三面皆数十丈之石壁，草木亦不能生存其上，人决无法可登。但绝壁下却有人迹，记者初疑为盗匪聚会之处，后细审之，前面石壁有右缝一条，乃探身视之，竟有洞可通石崖上，单人可以爬行，徒步同伴乃相率由洞中上山，记者与骑马同伴不得已下山，改道再上。下山时，大雨如注，山路滑湿，记者跌倒数次，全身皆染泥污，如此一上一下，已费三四小时。至换路再上时，人马皆已疲劳，而此山上下三十里内无人烟，又不得不前进，行行重行行，腿酸脚软，马亦喘喘不愿续进。及过半山以上，只见雨在山下落，云从脚底生。再上经十里长之森林泥滑小道，始达山顶。时已午后二时，回首望南坪白水江，仍历历如在目下。过山后，路尤陡急，记者蜀人，尚惯行山路，北国同伴，遇此烂石陡急山路，其痛苦有不能形容者。黄昏始达山麓，约夜十时抵董上庄①，遂投宿。

董上已为甘肃境，语言及生活习惯，皆不同四川。但鸦片之毒，其深与四川相伯仲。由此有一小河东流②至阴平寨汇白水江，再至文县。亦蜀汉时征战之场也。

甘肃境内的民众，比四川要柔驯得多。看到一个外面来的旅客，恭敬得了不得。开口"大人"闭口"大人"。最大的原因，是他们自己本身没有武力，只要一把马刀，就可以叫他们屈服，一部分的男子被鸦片烟抽得皮包着骨头，开口一笑，就好像僵尸复活一样狰狞可怕。村庄里的房屋，很少见到充实的住满了人口，各个房子，也没有看到有整刷的气象。一般是没落萧条，因循苟且的过活。村庄的人口日益减少，房舍日益破坏，生活日益艰难。某君自文县来相遇，曾痛谓：中国再如此过活十年，这些地方的人口恐将至绝种了③！

四日，迷途同伴尚无消息，④乃顺江东行二十里至中寨⑤，打听消息，中寨再东四十里⑥为阴平寨。市集甚大。东北四省未失以前，甘省党参销路甚好，其出产地区为岷县、西固、武都、文县一带。文县之碧口为收货总口，中寨以上之"番地"——即藏人所居之山地，出参亦不少。碧口商人多在中寨有分庄，收买药材，"九一八"以前，中寨市镇至为热闹，今则党参之大销场已失，且军事繁兴，运货为难，中寨原有之商号，相继撤销，所余数家，亦仅勉强维持，无交易可作。中寨市面亦因此一落不起。市上无一家卖食货的商店，公开零卖熟鸦片烟土的，倒有好几家，一角钱

---

① 今甘肃省陇南市文县下墩上村。

② 按书中所述和相关地理资料，"小河东流"应为"小河南流"。

③ 津版为"这些地方的人口将至绝种"。

④ 津版误为"四日迷途，同伴尚无消息"。

⑤ 中寨即今甘肃省陇南市文县中寨乡。按书中所述和相关地理资料，"顺江东行"应为"顺江南行"。

⑥ 按书中所述和相关地理资料，"再东四十里"应为"再南四十里"。

可以买好几大口烟土，真物美而价廉！

午后知迷途同伴，已仍由大路过山。一行日昨爬过洞口后，[①]继续向山峰爬去，穿过大森林，至全无人迹之大石峰下，始折回原路下山，住野猪关一宵，第二日始过野猪关梁。枉受一日辛苦，走的却是樵夫们砍柴的不通小路。是日夜宿董上西北五里黑格寨[②]。

五日溯小溪北行，[③]路中汉回藏人杂处，藏人见马队至，尽携粮食衣物等避山上。这一天风雨交加，未带雨衣的同伴全身濡湿，苦不自胜。行八十里宿地尔坎[④]，此为一大藏庄，藏人已逃尽，粮食马料皆无处购买。这样的消极抵抗，已给我们无限的苦恼，假如他们再进一步用武力和我们为难，我们虽然可以勉强通过，总得受相当的损失，甚至造成重大的牺牲，亦未可知。这个经验，我们被压迫的朋友，却可以牢牢记着。等到国际战争时，试验试验，看所谓兵强马壮的"兄弟之邦"到底有多大之威风？

地而坎[⑤]后，即为驰名川甘的茶冈岭[⑥]。此岭上下七十里，七十里中亦无人家。此山看去不如野猪关梁之雄奇，至山麓时所见，不过一中等高度之草山，以盘道上升，并无若何之艰险，待到山顶后，每个旅客始皆顿改常态，望山兴叹，盖尚有一架更高山头横阻其前，"之"字形盘梁道，不知盘过多少次，始达山顶也。一盘，二盘，三盘，盘来盘去，盘去盘来，空马上山，有几匹马已盘得全身出汗，力鞭不前了。好容易[⑦]，侥幸已到刚才所见的山顶。但是真正的山顶，还在上面！我们最后终于走到了。每

---

① 日昨即昨天。津版为"一行昨日爬过洞口后"。

② 今甘肃省陇南市文县墩尚村黑格寨。

③ 津版为"五日溯小溪西北行"，"西"为衍字。

④ 今甘肃省甘南藏族自治州舟曲县博峪乡地儿坎村。

⑤ 即"地尔坎"。

⑥ 即今插岗山。在原版书中，此山名前后不一致（前文为"茶冈岭"，后文为"茶岗岭"），本书从前文。津版误为"荣岗岭"。

⑦ 津版"好容易"为"好了"。

一个到了的人，只是摇头，没有什么话说，刚才轻视茶冈岭的，至此连它的名字也不提了。

下山尽在老大森林中行进①，树类比弓杠岭复杂，朽木特多。老藤蜿蜒巨木上，远视之如巨蟒。山产细竹，竹干粗大如箸头，大雪山东坡亦产此，颇美观，适作编篾器用。六日晚宿半山藏庄茶冈寨②。藏人亦逃尽，食粮几不能解决，所能侥幸解决者，不过山芋杂粮面而已。

七日续进，过一大藏人集镇为哈儿河镇③，再行，略上坡，即下二三十余里之甘乍梁④，人马皆困，乃宿梁下毛儿坪⑤。此地为汉人村庄，语言可通，有菜蔬食粮可买，如入天堂，同伴愁容皆解。约行七十里。

自毛儿坪东出，行数里，出一峭壁组成之峻峡，地势渐平，十里至南于寨⑥，地突见平川。盖此为白龙江之正干，两岸有若干冲积地，故农地较多，青绿宜人也。

南于寨有木桥（如邓邓桥然）跨白龙江，过桥逆行二十里为西固县城，城虽甚小，但记者离松潘以后，此为第一城。刚抵城，适某君自吊坝过青山梁来。记者惊问之。⑦据云，伊系在草坝（吊坝北）寻得一汉人樵夫作向导，此樵夫此生亦只走过两次青山梁，除他之外，汉藏人皆在近十年中无有走过此路者。山之西面，多藏人，皆所谓"生番"，喜劫杀路人，青山梁以森林密懋而得名，山中无明显道路，只沿水溪行，水发蒸汽，不易辨路，须以手电烛之。且歧路最多，不知者误入藏庄，即难得安全。最难

---

① 从津版。原版书"行进"为"进行"。

② 即今插岗乡。

③ 地名待考。此处从原版书，津版为"哈儿河坝"。原版书配图中为"哈尔河坝"。

④ 从津版。原版书脱漏"里"字。甘乍梁为山名。

⑤ 即今磨儿坪村。

⑥ 即今南峪乡。

⑦ 津版和原版书误为"记者惊之问"。

者，即上极顶之后，须爬行二三十里之绝壁崭崖，旧有人行路已被藏人破坏，今全须攀木附藤而过，下山亦无路，[①] 全系吊坠而下。他们天刚明入山，天黑尽，始行出山。山中时闻怪兽狂鸣，常发巨声。记者本欲与之谈茶冈岭，今闻青山梁情形，不啻小巫之见大巫矣！

## 十、岷河沿岸

西固县设自明朝，原系藏人地。现在县境内，仍以藏人为最多。县府命令，难通行全境。此间布告，系汉藏回三种文字并列。惟藏回民族能认识其原有文字者绝少，除口头命令外，颇难生效。

白龙江源出夏河正南之郎木寺，自叠山与羊膊岭中流出，西固以下，河幅较宽，水流亦较平。两岸冲积地异常肥美，除耕作外，果木丛生，桃柿梨苹果花椒之产量极丰，价廉惊人。乡农自离城二三十里之路程背一大捆木柴至西固城中，只能得价铜元三百文。而银价为一元合铜元五千余文，是一大捆柴，尚不值一角也！农民每年之货币收入，数量渐减，但其支出，如购买布匹，油，盐，及纳税捐等，则其货币数量年有增加。

松潘以上岷江沿岸，及西固之白龙江沿岸，皆有煤苗暴露于外，惜皆无人开采，其藏量如何，及其煤质如何，皆不得而知，西固顺白龙江上行八十里有地曰落大[②]，以产金闻名，为杨土司所有，藏人开采不得法，成效不著。

由西固到岷县，从落大东北去，有小路，须翻几架大山，如果顺白龙江而下，过南于寨，至岷河与白龙江合流处之两河口[③]，然后溯岷河西北行，

---

① 从津版。原版书误为"山下亦无路"。
② 今甘南藏族自治州迭部县洛大镇。
③ 从津版。原版书"两河口"误为"银河口"。

路较平坦，可骑马乘轿。

我们从大道到了两河口。转北沿河西岸行。对岸即为岷县至武都大道，为邓艾入川时所经之路。两岸道路，虽皆名为"大道"，然皆在极不牢固之脆片岩壁上，凿道而行。遇雨后，路即多被冲去，又须重修。自西岸看东岸，因不能见路面，但见路线起伏，上无坚壁，下有松岩，危殆之状，不敢正视。

《岷河沿岸》记者行经路线图（彭海绘）

岷河两岸，绝岸甚多，开路不易，乃以栈道继之。每段长数丈至十数丈不等。其建造方法，系于绝石壁上凿上下两排洞孔，每孔相去一二尺左右，每排相间三五尺不等。各孔皆以长短相若之木条插入，然后再于下排木条上立支柱，以接上排木条，使不下坠，上排再铺以木板，板上再铺以泥沙石块，栈道遂告成功。初行此道者，无不有惧戒之心。岷河源出岷县①东南之分水岭，至两河口汇白龙江处，计长二百三十里，本为白龙江之支流，但《辞源》误岷河为白龙江，不知真正之白龙江，其源在四五百里以外，若干地图上亦载之甚详。最有趣者，岷县南六十里之"哈达铺"，因在岷河上源，距分水岭三十里。此地本为藏人地方，"哈达铺"即藏文地名。此地文人因哈达铺今已入"文物之邦"，"番"名不能任其长存，

---

① 从津版。原版书"岷县"误为"铺县"。

乃根据《辞源》，认岷河为白龙江，哈达铺在白龙江源上，因改名为"白龙镇"，并立煌煌大匾以记之。此所谓"尽信书，不如无书"者也。

丁文江，翁文灏，曾世英三先生编纂之《中国分省新图》（二十三年[1]本），关于岷县武都间之"大道线"，亦有错误。岷县至武都乃顺岷河而下，至两河口，又顺白龙江直下，并不经过西固。经西固者乃小道，绕路远而难行，如再南下欲入四川，则大道必经碧口，阴平寨却非大路所必经。

九日行八十里宿接官亭[2]。所过两岸山高崖崭，易守难攻，昔姜维屡出白龙江以图洮河，不知若干英雄好汉，曾丧命此河中矣。

接官亭上十里为邓邓桥[3]，桥接于两岸断崖上，水流甚急，修筑不易，土人故名"邓邓"以纪念之。（言邓艾邓忠父子二邓也）。有市镇亦名邓邓桥。记者伫马桥头，回忆一千七百余年前蜀魏战争之形势，不禁发生今昔之感。

甘肃人中上级的人家，以麦面为主要食粮，而一般的农民，只能吃洋芋（内蒙一带所谓"山药蛋"[4]）。他们吃面条，叫作"吃饭"。我们初入甘境，听到老板娘说为我们"做饭"，好吃大米的南方同伴，以为有米饭可吃，欢喜欲狂，但是到吃的时候，见是一条条的面食，始惊诧失望。

甘肃汉人社会，封建积习很深，家庭中的中年妇人，很不轻易和外面男子说话，少妇和闺女，根本就不能随便进入他人的眼帘，东南一带来的军人，过惯了比较开通的男女交际生活，到了这边也是和在东南一样，看了女人称姑道嫂，借东要西，这使[5]甘肃人最为头痛。然而甘肃人对军

---

① 即 1934 年。

② 今官亭镇。

③ 今邓桥。

④ 津版和原版书误为"山药弹"。

⑤ 原版书"使"误为"便"。

人和官吏之恭顺，乃为沿江沿海一带所万万不能者。随便一个稍为有一点"公事气"的人，都可以向地方要马来代步。大小一个官，都可以受地方当局的招待。只要背了一把刀，在乡村也可以横行几时，这般汉人太驯良了[①]！

记者所过岷河沿岸之镇集，随处见有欢迎 ×× 委员，×× 长之标语，新旧重叠，似被欢迎者，已不知曾有若干人矣，标语多不通，且沿途所见标语，总不出下面几条内容："×× 委员（或 × 长）是为开发西北而来！""×× 委员（或 × 长）是西北民众的救星！""×× 委员学识高超！""×× 委员是军事优良！""×× 委员是不辞辛苦！""欢迎 ×× 委员保护西北民众！"……

乡下人打听红军的消息，非常引人注意。他们不管三七二十一，就问他们（指红军）隔我们还有好远？你如果问他们怕不怕，他们差不多共同的答覆，是怕来吃他们的粮食，因为他们每年所得粮食，自己糊口，尚感困难，而红军来时，对这般乡下农民的生命，当不会有危险，[②]然而红军[③]都是来了要吃，粮食吃光，这般农民就无以为生了。四川北部的农民叫红军作"霉老二"，就是"倒霉的东西"的意思。他们不管你红军政治部的宣传如何说法，[④]你首先吃了他们的粮食，叫他们无法生存，在他们暂时看起来，真是碰上红军就算大倒其霉了。[⑤]

十日宿宕昌[⑥]。镇长为一完全汉化之藏人土司。他现已不自认为藏人，虽知其历史者，与之谈其过去统辖藏人情形，他亦作不乐意之回答，盖耻为"番子"也。

---

① 津版为"这般汉人太可怜，太驯良了"。

② 津版为"不一定有危险"。

③ 津版"红军"为"朱毛徐向前"。

④ 津版为"他们不管你红军政治部的宣传说得如何好听"。

⑤ 新华版本删除了此整段。

⑥ 位于今陇南市宕昌县城关镇。原版书配图中误为"岩昌"。

甘肃苛捐杂税之多，骇人听闻。四川以前所谓"百货厘金"，甘肃名为"特税"，各县各村镇皆有，百货皆有税，而税又必苛细。重重苛征之结果，商业自然停顿，岷河为川甘交通大道，所过二三百家之大集镇甚多，除宕昌外，难寻得一较为完备之饭店，且现在尚非军事期中，来往商贾，寥若晨星。特税之功，当在不小！

宕昌以上，地较平坦，农作面积加多，然肥美之田野中，以鸦片最为主要！此时正收获期中，烟果林立，阡陌相连，农家妇女与儿童多在烟林中工作，辛辛勤勤，采此毒汁。

六十里宿哈达铺。十一日仅行六十里。十二日向岷县进发，但见旷野无边，山有脉而平平，绿草青山，平川漫水，未垦之地尚多，行三十里有小山坳，①即所谓分水岭。但是这个分水岭的形势，可不单纯了！这里是所谓岷山山脉的正干，是所谓北岭山脉的脊梁，岭以北的水流入黄河，岭以南的水流入长江，我们虽然入了甘肃境，走了将近千里的路程，然而还是在长江流域中。过了这里才是黄河流域。这里离海平面在三千公尺左右，合华尺约一万尺，比大雪山矮两千公尺，本是平凡的地方，没有奇峰，没有异岭，然而它却是南北两大河流的分脊②。


## 十一、洮河上游

记者十二日到岷县，朋友们留住盘旋了四天，直到十七日，才动身赴洮州。

岷县为昔之岷州③，地当岷山山脉北麓，城位洮河曲折处南岸。为川

---

① 津版误为"行三十里有山山坳"。

② 津版"分脊"为"分野"。

③ 津版"昔之岷州"为"魏之岷州"。据史载，北朝西魏大统十年（544年）始置岷州。

甘大道必经之处，现为新编
十四师鲁大昌<sup>①</sup>部驻防地。
鲁及邓宝珊二部为现仅存之
甘肃汉人军队。鲁部纯为甘
肃西南狄道、岷、洮、武都、
文县一带之子弟兵。鲁之兴
起，乃在十九年<sup>②</sup>中原大战
之际，冯玉祥军队尽撤至陇
海路上作战，甘肃后方空

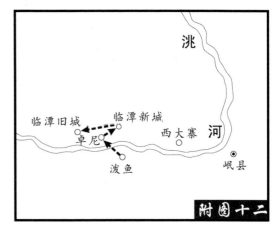

《洮河上游》记者行经路线图（彭海绘）

虚，盗贼蜂起，<sup>③</sup>鲁得南京委任，只身由四川成都经松潘，过草地，来至
洮河上游，改编民团，收束土匪而成，鲁在成都时，曾求与邓锡侯合作，
邓以其无势力，未加重视，不知鲁终组师成立，并曾击败邓部于川甘边境。
惟鲁于初起时，颇收纳青年知识分子，及其得势后，遂不复如此前之虚心
迈进。现其所处环境甚为困难，军饷不充，枪械弹药不足，而其内部又缺
发扬之气象。满招损，谦受益，人在善于自谋而已。

　　岷县风气最淫，妇女皆讲究装饰。妇有外遇，并不受社会道德之制裁，
群认为当然，无足为怪。俗说岷县境有金童玉女二山，<sup>④</sup>风水所关，故人
事不得不如此，此当为无稽之论。

　　此间县政府之"班头"，闻名各县。一切县政，非得班头同意，决
办不通。班头下乡，乡人必设香案迎接，县长亦无此威风。城内街市住宅，

① 鲁大昌（1889—1962），字嵩龄，临夏县黄泥湾乡鲁家村人。民国时期西北地方军阀。1930 年起，占据岷县、
临潭等 14 县，呈割据之势。1931 年，获新编第十四师番号。1935 年 9 月初，鲁大昌在岷县腊子口堵截北上红
军，被红军击溃。1937 年 8 月 25 日，策动"博峪事变"杀害杨土司一家。1946 年，在省政府主席谷正伦支持
下当选为国大代表。1949 年，逃居岷县，被人民解放军捕获管押。劳改期间，因病保外就医，1962 年 10 月在
兰州病逝。

② 即 1930 年。

③ 津版误为"盗贼风起"。

④ 津版为"俗说因岷县境有金童玉女二山"。

凡较为宽敞壮丽者，皆为班上人所有，故有"大门皆班"之谚。然而所谓"班上"者，不过县府之行政警察，何以有如此大势力，此则中国县政制度若干年来已养成如此变态形势。至今日益形利害。中国各县县政，素无完善之表册、规程及记录等。一切县政，全在经手之胥吏心中，世代相传，班头等形成一种"肉表册"，关于县政情形，除彼等外，即难有人知晓。故作县长者，多仰其协力，因而权势益重，搜括日多，浸成中上之家。"钱""势"相互影响，其魔力愈大。现在之县长随时更换，而班上人员，则永无调易，故乡人不重视县长，而重视班头；得罪县长，充其量受几个月的罪，得罪班头，则恐终身均不能安宁也。

东南人士，每谓西北荒凉，意识中似乎认西北都是沙漠一样，想起都可怕。其实，西北沃野正多，宜于人类生活之地区甚广，只因地位不同，气候有别，它的外形表现与生活方式，和东南各省区有若干异趣处而已。以甘肃而论，我们普通在地图上所看见的，伸在蒙古青海间长长的一块地区，酒泉（肃州）张掖（甘州）武威（凉州）一带，西面延伸到嘉峪关，玉门关，似乎应该是最不宜人生存的地区，然而事实上这是甘肃省内最肥沃的地区，这里雨水很少，然而却有雪山融解下来的雪水，可资灌溉，致成异常宜于种植的地方。甘凉肃的主要出产是米，即南方的大米，这在东南人士听起来多么诧异。陇南一带，因为有渭水上源及其支流的灌溉，白龙江，西汉水，洮河，大夏河更纵横其间，农田之利，所在皆是。只有陇东平凉一带，因无河流之利，农事比较困难。如能凿井开渠，陇东之前途，仍未可限量。

记者十七日离岷县。西溯洮河前进，洮河两岸，好一片冲积平原！此地直可以用机器耕种，洮河之水，如能自上源顺山脚开渠下引，则洮河流域能有四川成都平原上"灌县形式"之水利。开渠成功，则洮河两岸，可改成水田，南方人士移住此间，再不会有无大米吃的痛苦。

可惜得很，这片平原上，鸦片烟占了主要的面积！我们中国人似乎大家还嫌死得不快，一齐努力来生产毒品，加紧摧残我们大家身体的工作。一般农民，自然不知道什么复杂的问题，他们完全在经济和命令<sup>①</sup>支配之下活动，我不懂这般负责任的当局，为什么这样发昏，纵令大家去自杀<sup>②</sup>！

这样肥沃的平原，而在平原上生活的农民，却穷困得惊人！近百户人家的村庄，几乎鸡蛋都买不出！所谓客店，除空炕而外，什么都没有。当晚我们宿的西大寨，已在洮河北岸，行程五十里。所住的旅店，是冯庸<sup>③</sup>先生不久以前才住过的地方。店东也是兼营农业的。他疲劳而颓丧的对记者谈，这个年头生活真不容易，<sup>④</sup>从前像洮河两岸的川地，每亩值洋二百元，现在二十元也没有人要。粮食一年一年的不值钱，而开销一年比一年大。做庄稼能赚下自己吃的粮食，就算是上等，大多数是赔了人工，赔了辛苦，赔了肥料，结果还增加了自己的债务。所以洮河平原上的地主有把土地白送给别人种植，不要租金，不要其他任何报酬，但求能代为支应他那块土地上应出的"公事"（即捐税摊派等），即算了事。然亦无人接受。

十八日仍循洮河北岸行，翻越两架上下二十里左右之山梁，即到临潭。临潭为旧时洮州，有新旧二城，旧城<sup>⑤</sup>在新城西北六十里，临潭县治设新城<sup>⑥</sup>。因城内有潭水，终年不涸，故名临潭。

新城为一周大近二十里之大土城，四出皆慢坡小岭，水草丰美，宜耕

---

① 津版"命令"为"法律"。

② 津版为"纵容大家去自杀"。

③ 冯庸（1901—1981），奉系军阀冯德麟长子。1926年，冯德麟去世后，冯庸继父职担任军职，九一八事变后他被张学良任命为东北空军司令。他拿出冯庸几乎全部家产，创办了冯庸大学。记者曾写道："那时冯庸大学简直正式组成了学生义勇军，在冯庸领导下，正式开往热河。"（见范长江：《祖国十年》的《失了天下第一关》。)

④ 从津版。原版书为"这个生活真不容易"。

⑤ 旧城今为甘南藏族自治州临潭县政府所在地——城关镇。

⑥ 今临潭县县治迁至今城关镇（原旧城），新城改为"新城镇"。

宜牧。南隔洮河三十里。为汉藏回三族杂处之地。过去城外商业繁盛，市场比栉。自十七年①国民军与河州（即临夏县，为西北回族大本营）回军发生冲突，遂扩大为回汉民族之斗争。焚烧杀戮，互为不鸡犬之留②。是年回军马廷贤兵败过洮州，洮州回民暴动，迫走县长，围城屠汉民，城内外房屋，被焚一空。十八年③马哈希顺率回民再至洮州，焚烧藏民村落，杀戮藏族人民，于是两族互相仇杀，互相焚掠，藏族在洮河上的第一大寺院卓尼寺，被回军焚毁，而旧城回教新教（关于新教，详下）之教堂，本与回军无关者，亦遭无情之火灾，遂至洮河上游北岸所有城池，寺院，教堂，村庄，不论汉藏回三族，皆成焦土！即以洮河区而论，被焚杀人口在十数万以上。而汉藏之间，又因鲁大昌与杨土司④之冲突，时发生刺杀事件。经此事变之结果，藏族大本营之卓尼寺，因被焚烧殆尽，杨土司乃迁其政治中心于洮河南岸之泼鱼⑤，向北岸筑碉堡，以为警戒，因杨土司所辖之藏民主要部分在洮河上游之南岸，及白龙江上游地区中也。汉族素无坚固之团结，亦无负责统一之指挥，变乱后，惟个别逃还故里，苟且重渡简陋之生活。惟回族除新教徒外，旧教徒皆不敢回家。因新教徒未参加暴动，对汉藏感情皆好。旧教徒为暴动之主力，回军退走后，彼等无武力之支持，恐汉藏人对之施行报复，故不敢"上庄"（即回家再从事耕种之意）。然而回族素来强悍，逃亡在外面之回民，年来皆准备武器，互相团结，他

---

① 即 1928 年。

② 津版为"互不为鸡犬之留"。

③ 即 1929 年。

④ 即杨积庆（1889—1937），世袭的第 19 代卓尼土司。1935 年 9 月，在范长江访问杨土司 20 天后，红一方面军路经甘南迭部杨土司辖区。杨土司指示部属沿路护道，让红军通过，并派人开仓放粮，支援红军粮食 30 多万斤。1936 年，红四方面军进入甘南藏区后，杨土司同样让路和放粮支援。1937 年 8 月 25 日，国民党鲁大昌部以杨土司私通红军等罪名，策动叛乱，将杨土司一家 7 人杀害。1950 年 10 月，周恩来总理亲自致信杨积庆次子杨复兴，对当年杨土司让道济粮表示感谢。1994 年 10 月，甘肃省人民政府追认杨积庆为革命烈士。杨复兴在 8 岁时继任了第 20 代卓尼土司，1949 年 9 月率部和平起义，并于 1950 年宣布废除长达 532 年的卓尼土司制度。此后他历任卓尼县县长、甘肃藏族自治州副州长、甘南军分区副司令员等职。杨复兴长子杨正 1951 在卓尼出生，曾历任卓尼县副县长、县长，甘肃政法学院组织部长等职。

⑤ 今甘肃省甘南藏族自治州卓尼县木耳镇博峪村。

们提出口号是"武装上庄"，就是又要重演种族间之战争。记者至临潭时，回民因得某种政治的凭借，活动甚力，他们以难民之资格，要求"武装上庄"，汉藏人民皆群相惊惧，谋所以自卫之方，苟任此迁延下去，此间之种族纠纷，将愈弄愈大也。

## 十二、杨土司与西道堂

在临潭休息一日，二十日至洮河南岸访问杨土司。洮河与白龙江[①]之间，为终年积雪之叠山，树林懋盛，山势重叠，因以得名。杨土司受封于明代，世袭已十余代，至现在土司，其家族殆已完全汉化。现任土司名积庆，号子瑜，年在四十左右，受甘肃省政府委为洮岷路保安司令。其司令部及私人住宅，原皆在卓尼，有大喇嘛庙，曰卓尼寺。曾盛极一时。十七年回乱后，

杨积庆土司（杨正提供照片）

迁迭鱼[②]。迭鱼在叠山山脉北麓，洮河南岸，为一幽美恬静之村庄。离卓尼寺十五里。记者过洮河后，山风袭来，冷不可支，经数重碉堡，始到迭鱼。杨氏住宅即为司令部，司令部门前颇缺乏整作气象。其所率军队，曰"番兵"，皆为藏民，既无组织，又无训练，有事调之出，即以乌合之形势而临阵，枪械、弹药、粮食、马匹，皆为自备，故难有统一行动。杨氏自练有特务营一营，以为护卫，完全照汉军编制，装束，惟精神不振，司令部

①从津版。原版书"白龙江"误为"白龙河"。
②《文集》版误为"近迭鱼"。

大门内放有迫击炮数门，尘土已满[1]。相见后，杨氏以极流利之汉语相寒暄，其院内及客室中布置，完全如汉人中上等人家。其用以待客之酒席，完全为内地大都市之材料，烟茶亦为近代都市上用品。杨氏衣为汉式便服，衣料亦为舶来品之呢绒等货。记者颇惊此边陲蛮荒之中，竟有此摩登人物也。

杨氏聪敏过人，幼习汉书，汉文汉语皆甚通畅。对于藏语反所知甚少。喜摄影，据云已习照像二十余年。其摄影之成绩，以记者观之，恐非泛泛者所能望其项背。杨氏足未曾出甘肃境，但因经常读报，对国内政局，中日关系事件，知之甚详。

杨之经济与政治基础，至为薄弱。藏民之在洮河一带者，所谓"熟番"，对杨之赋贡，每年不过以"什一"之比例，提供其牲畜而已。其在白龙江上之藏民，每年仅纳现款二百钱，洮州银价，每元合五千文，是藏民每年对土司之赋贡，尚不到五分大洋也。此外藏民打猎所得，如虎豹之类，亦有贡纳之规定，然所得无多。杨氏所处之社会，为牧畜到初期农业时代，

杨积庆土司家族成员合影（杨正提供照片）

---

[1] 原版书误为"尘上已满"。

而其生活之消费，则已至近代工商业鼎盛时期。生产与消费相差之时代，当以千年计。杨氏经常来往之<sup>①</sup>商店，为上海先施公司！为上海柯达公司！货物通用邮寄。尤以其对柯达公司有二三十年长期交易，信用卓著，即不汇款亦可以请公司先行寄货，且已屡试不爽。以如是之收入，作如是之支出，则其入不敷出之差额，必异常巨大。赖以挹注之方者，惟其自己派人直接经营之土产贸易。每年伊必有大批党参运卖天津北平等地，近年来市场阻滞，此种收入逐渐摇动。

政治思想方面，杨之趋向，倾于接受汉族文化，承认汉族统治，对鲁大昌之情感，虽甚恶劣，而对甘肃省政府，与南京中央，<sup>②</sup>则绝对服从，对胡宗南观念尤佳。对胡宗南部之接济，极卖气力。惟其对藏人之统治，则采完全封建的，神权的方法，毫无近代有力的政治机构，更丝毫无民族主义之意识。

但杨与记者谈过去一般汉人对彼之态度，辄使之摇头不已。凡与杨氏及其部下办理任何交涉之汉人，几无人不视之为野蛮愚劣之下等民族，而以愚弄，欺骗，恐骇，压迫等方法榨<sup>③</sup>取藏人之财货。正谈话中，适有藏兵送报告至，杨氏看毕叹息，转以示记者。视之，则其第一团团长姬某所呈报告，姬团现住白龙江南岸之杨布大庄，有某委员至杨布大庄视察碉堡，姬团整队欢迎，并妥为招待，次日，某委员问姬团长索虎豹狐狸等皮，及鹿茸麝香骡马等<sup>④</sup>，姬团无以应，乃推该地不出产上述各物。某委员大怒，立命限于一日内筑成一百余座碉堡，否则呈报上峰究办！

杨土司生于安乐，无发奋有为之雄图，虽其有为藏族前途努力之机会，

---

① 从津版。原版书脱漏"之"字。

② 津版为"与中央"。

③ 从津版。原版书脱漏"榨"字。

④ 津版误为"鹿射香骡马等"。

亦视其自身是否善于利用之耳。

　　杨氏晚间更对记者谈其处境之困难，请记者为之代办数事。伊仅有秘书长一人，无参谋人员，司令部中此外更无助手，当不足以言发展。次日临去时，杨谓近十年来英美法人之至其辖区内调查者，已有二三十人，甚有在其家中住居一二年者，中国新闻记者之至其境者，尚以记者为第一人，言罢，不禁唏嘘。

　　二十一日冒大雨绕道卓尼回临潭，马行甚滑，下山尤难。次日，雨仍不止，二十三日始首途赴旧城。沿途所有村庄，只剩颓垣一片①，其回家者，亦寥寥无几人。下午三时许达旧城，城内外亦只残败土墙，家屋全好者无多。可以想见当时种族仇杀之惨烈。

　　记者在新城时，即闻旧城有回教新教，曰"西道堂"，②到旧城后，即往访教主马明仁，并有关系人物，对于该教之全貌，略得其概况，而认为在哲学上，宗教上，社会运动上，皆有值得重大注意之必要。

　　新教之发生，完全为旧教之一种反应。西北回民所奉之回教，其教律极严。宗教隐然③支配政治，军事，以及一切社会活动，而宗教上之主持者为"阿弘"④（即教主），教堂视所辖区域之大小，其权力有不同；阿弘视其所主教堂如何，而有高下之差别。回民信仰宗教，其一切行动，皆以回教堂圣经为准绳。

　　新教的组织是根据清真教（即回教）教义⑤，而以中国文化发扬清真教学理，务使中国同胞了解清真教义为宗旨。比较的偏重于文化方面。新教教主，不是世袭，而是由全体教民公推。道堂经济，系由该道堂内所经

---

① 原版书误为"一斤"。
② 津版无"曰'西道堂'"。
③ 津版无"隐然"。
④ 即"阿訇"。
⑤ 津版、沪版在"教义"之后还有"并祖述清真教正统"，原版书删除了此句。

营管理之商业农业而来。所有属于道堂者"概为公有"，悉用于道堂建设、教育，及一切社会公共事业。教民为该教堂服务者，各尽所能，分工合作，但生活方面，"一律平等"。其在教堂经营范围之外，私人经营事业者，要求道堂援助，教堂量力所能为之。经营结果，如赚钱，则除还本道堂外，利益对分。如赔本，则道堂再给以资助。此行不通，再改行，必安置其适然之生计而后已 [①]。赔累时，道堂不再索本利。道堂外之教徒，其不能谋生者，由道堂救济之。该教堂重视教育，凡该教教民除受回民教育外，并注意国家教育，无论农商各界子弟，幼时均须受小学教育。学校不足之费用，由道堂担任。毕业后，择其优良者送中学或大学。他们教民间的婚姻，无财聘，只先征求两性之同意，然后父母及介绍人呈明教主，请阿弘照清真教古礼，诵经完婚。这是近代的新式婚姻。现在新教徒还不甚普遍，堂内外合计，不过二三千人。然而他们的势力，却乎不小。商业势力，西至西藏，南至四川，北至青海北部，东至察哈尔等地。操这一带的经济大权。新教徒无 [②] 无业游民，人人皆有饭吃，而且吃得一样。

## 十三、行纯藏人区域中

次日别旧城，西北行，又进入纯藏人区域。承杨土司派员护送，沿途由藏兵引导，有通司翻译，故通行尚不困难。

藏人骑马技术，实有独到惊人处，护送记者之一藏族青年，曾为记者表演"上下山跑马"。普通骑马是上下山都要慢慢的行进，因为上山时，马最吃力，故须慢行，下山时，人最吃力，亦须缓进。甚至上下山皆下马者。然而藏人却有一谚，恰与普通情形相反，"上山不跑非马，下山不跑

①津版为"必安置其适当之生计"。
②从津版。原版书脱漏"无"字，误为"新教徒无业游民"。

非人"，他们的意思是说：上山跑不起，不是能马，下山不敢跑，不是能人。那位青年得了通司传达以后，回头向记者笑笑。只见他略整缰鞍，皮鞭向处，马蹄风生，马鬃直立，马尾平伸，顷刻间，即上山头，略无喘气。待我们后面马队赶到后，他又扬鞭一挥，怒马直狂奔下山。他安坐鞍上，到山下平地，始勒马回头向记者等招手。其英勇豪迈之姿态，令人神往不已。

在这种生活下面，骑马打枪，当以年富力强者为上选，老年人血气已衰，当然无力和青年人竞争。藏族人"重少轻老"，就是这个原因。老了的藏人，在自己觉得精力已衰的时候，就将自己的财产全部拿来，请喇嘛念经，念完后，尽以施舍，自己则到山林沟壑中等死，往往有尚未确死者，[①]其家人即弃之河中，行水葬，或悬之树间，行天葬，他们以为早点葬了老人，是最道德的。"敬老尊长"，是农业社会成功后的道德观念。农业靠天时者最多，关于天时之认识，非经验多者不能有把握，故俗有"不听老人言，一定打破船"之谚。但是到了工商业社会，社会情形复杂，科学与知识，日新月异，今年所知者，到明年往往已有大大变化，只有青年才能真切了解新环境，应付新环境，老年人的地位，又因此不能再维持了。

藏兵好勇，平日即喜佩剑骑马打枪，枪法最准，其命中点多在要害，与之对阵者，无不有畏惧心。但因其无组织，一切皆自备，故行动乃以个人需要为转移。粮食完了，他就回家去再行预备。弹药完了，他也就个人回去了，自想办法。如果叫"前进"，他们是蜂拥而上，无计划的自由放枪。如果被对方打死几个，大家遂一哄而逃。他们打仗，如果第一次来冲胜了，那他们的骑兵遂漫山遍野而来，能够将对方完全消灭。如果第一次失败了，他们就会一败涂地，自相践踏，再也无法收拾。所以有组织的军队和他们战争，没有不打胜仗的道理。但是这些藏兵如果以近代方法加以

---

① 从津版。原版书为"往往尚有未确死者"。

组织，更装备以近代物资，再灌输以新军人精神，则哥萨克骑兵之美誉，恐难专美于欧洲也。

《行纯藏人区域中》记者行经路线图（彭海绘）

四十里至下弯哥罗[①]，有杨土司部下总管驻此，款记者等以酥油炒面，西康谓之"糌粑"。酥油即牛油，质料甚好，惜制造不得法，腥臭难闻，入口即欲呕。炒面为青稞麦粉炒成，粗涩不能下咽，其吃法系先盛热茶于碗中，以刀切酥油大片投于茶中，使之自行溶解，先喝茶数口，然后放入炒面，以手和之，至油茶面三者皆已完全混合，成为干面团为止。即以手捏小面团而食之。藏人及习惯此种生活之汉人，皆食之津津有味，记者亦能勉为其难。惟护送记者之某君，闻味即不能耐，强劝之食，食仅少许，其眼泪几已夺眶而出，亦云苦矣。

又十里至上弯哥罗[②]，有藏民十余家，再上即为全无人家之荒野草地，且为杨土司与拉卜楞黄正清[③]司令辖区之交界处。藏匪与回民之化装藏匪者，常于此荒原中杀人越货。因杨土司之关系，故上弯哥罗又有藏兵来会，数十骑藏马驰骋平川草地中，只有青山绿野相伴送，他们高唱藏歌，时见

---

① 今下完冒村。

② 今上完冒村。

③ 黄正清（1903—1997），又名罗桑泽旺，四川顺化（今理塘）人，藏族。1928年在拉卜楞任番兵司令部游击司令。1933年任拉卜楞保安司令部司令。1944年任军事参议院少将参议。1948年当选国民大会代表。1949年8月率部起义。新中国成立后，历任甘肃省农业厅副厅长、西北军政委员会委员、甘肃省副省长、甘南藏族自治州州长等职。1955年被授予中国人民解放军少将军衔，任中国人民解放军甘南军分区司令员，后任政协全国委员会常委、政协甘肃省委员会副主席等职。

山坡羊马群中，发出少女歌声与之相答和，歌声婉转，清澈柔媚，歌中似有万般浓情者。

为避匪计，向导引走草地小路，四十里完全为原始草地，无巨树，无丛林，山间小溪边随处有小野兽，猞猁，崖獭之类，其数直以千百计。近陌务寺①处，经一大平野，草深及马腹，大鸟甚多，不知其名。

傍晚抵陌务寺，有大喇嘛寺。已为拉卜楞管区。寺院规模甚大，夕阳返照中，金光四射，立使人感到入另一环境。此间可谓为完全藏人势力，寺院中喇嘛为最高阶级，汉回两族另在寺院前划一地区居住，视为化外，如清朝初与西洋通商时，对西洋人的态度一样，汉回人在此有种种之义务，而却无权利可言。平川中草地，绝不许汉回人牧畜，然而寺中喇嘛夜间闻山中鸟噪，不能成眠，则尽驱汉回人起身，至山中为之赶鸟！

民族关系不能得适当的解决，彼此所受痛苦，其性质正复相同。

陌务汉人，设有小学校一所，有学生二十余人，有一校长兼教员兼工友之先生，所教课本，有幼学，有论语，有千字文，有国语教本，有生物自然，等。古今并列，甚为可观。先生为一客店老板，记者与之谈话，觉其不似教育界人，乃叩以"成都"之所在，答"不知"！再叩以"西安"，亦不知！乃书以示之，恐口音不懂也，而彼仍不知！叩其待遇，则全年小学校经费，教师薪水在内，共为二十五元！合学生之贡敬，年可得四五十元！此亦为甘肃教育界之奇迹。

藏人无姓，多随其主管官长取姓，杨土司境内之藏民，多姓杨。往往有解汉语之藏人，如叩以姓氏，则多作有滑稽性②之答覆："老爷（指问话者）姓什么，我姓什么"，汉人如此，当引为大怪矣。

---

① 位于今合作市佐盖曼玛镇美武村。
② 津版"性"误为"姓"。

在陌务宿一夜，次日续进隆洼①，计程六十里。藏人正于田中收获青稞，及豌豆蚕豆等作物。男女杂沓，红衫辉映，一双双，一对对，情歌缭绕，呼应和答，他们的男女关系，比汉人之受重重礼教束缚者，要美满得多。

行十余里，忽见后面山上，数十骑骏马飞奔而来，并狂呼作声。记者不知所以，乃勒马持枪实弹以待。及近，见为首者滚鞍下马，经通司介绍，始知为陌务红布（红布为官名，如汉官中之总管）杨步云。其家离陌务十余里，今晨知记者过，特来相送者。并希望记者下次再至时，下榻其家。盛意可感。

二十五日驻隆洼。路过卡加②，两地皆有喇嘛寺。路行山谷中，不复有大草原。计程六十里。二十六日遄赴拉卜楞。隆洼藏人甚穷，红布亦不能吃酥油，只有茶和炒面。寺中喇嘛始有酥油佐面。经堂课毕，披红袈裟之喇嘛，成队出院，老幼不齐，傲步山上，口中犹喃喃作声，手运佛珠不绝，他们心目中之世界，不知果作何景象也。

藏民有一种运输制度，名为"乌拉"。凡有公事，运物载人，即由当地红布派出牛马，逐站转送。记者本无公事，惟同行某君之马，前蹄已坏，不得已请隆洼红布派马一匹，送至拉卜楞。红布不解汉语，全恃通司传译，而通司往往自作主张，故双方真意，颇难明了。幸此君为一青年分子，英武豪俊，与记者相处甚好。二十六日晨，一藏妇牵马至，面有泪痕，皮衣亦已多破孔，惟其中之红里衣尚鲜艳刺目。问之通司，知此妇三日前新丧其夫，其夫在时，两人甚相欢爱。今死后，顿感孤单，终日痛哭。此间红布之部下，又强派之作乌拉，故更自悲痛耳。记者因调查乌拉之派法，名虽有轮流之规定，实即藏人总先使汉回居民负担，万一不足时，始摊派藏人之贫苦无力者。此种官官相护，扶强削弱之现象，不图于藏族中，亦有之。

---

① 地名待考。疑位于今甘南藏族自治州夏河县唐尕昂乡境内，今有隆哇寺。
② 今合作市卡加曼乡。

## 十四、大夏河回藏两要地

过一上下二十余里之
山陵，计行六十里至拉卜
楞①。拉卜楞寺为川甘青康
边境最大之喇嘛寺，教权支
配区域甚广。有活佛曰"嘉
木样"。现任"嘉木样"系
西康理化人。汉姓黄，现其
全家皆住拉卜楞，②其兄黄
正清被任为拉卜楞保安司
令，掌军政大权，其弟数人，③
亦皆被指为"活佛"，分掌
教权。

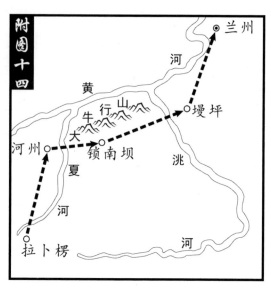

《大夏河回藏两要地》记者行经路线图（彭海绘）

拉卜楞本为青海循化所管辖，民国十七八年时，青海回军与拉卜楞藏军冲突，黄正清败走，与嘉木样逃兰州，寺院几为回军所焚，后始由甘肃省府划拉卜楞入甘肃境内，另设夏河县。此为刘郁芬④主甘政时事。

拉卜楞为寺名，寺院规模甚大，有喇嘛近千人。其寺院建筑，远视之如洋楼，红墙金顶，光耀夺目。初至此者，直如身临十里洋场中。寺院独成一区，普通人不能居住，东约三四里为商业地带，为汉回藏经济中心。其贸易之大宗，为出口之皮毛，入口之粮食杂货。南番（即在拉卜楞南部

---

① 今夏河拉卜楞镇。

② 从津版。原版书中此处有排印错误。

③ 从津版。原版书中此处有排印错误。

④ 刘郁芬（1886—1943），字兰江，河北清苑人。曾任甘肃国民军总司令、甘肃省主席、代陕西省主席等。抗战期间成为汉奸，任汪伪政府开封绥靖公署主任、军事委员会总参谋长等职，1943年病死。

一带之藏人）每年秋季，以大宗皮毛运至此间，交易粮食布匹而归，每年贸易总额，约二百万元，商业权十之有九在河州①（即临夏县）回人手中。

黄正清与格桑泽仁②友善，颇具有相当近代知识，人亦精强有作为，他曾组织一藏民文化促进会于拉卜楞，并创办一藏民子弟学校，惟规模不大。成效无多。盖藏民多黄教，黄教在事实上使藏族大多数之男子尽作喇嘛，喇嘛不结婚，不事生产，终日念佛，③只知消费。故藏族之经济，无由发达，人口尤只有减少，绝无增加之可能。经济上，人口上，黄教给予藏族之前途，以致命的阻碍。清代顺治康熙雍正乾隆诸朝，努力奖励黄教，并不是一番好意，乃是促进西藏民族之衰落，以免边陲多所顾虑耳。

藏族女多于男，故男子有供不应求之势。拉卜楞为藏回汉三族杂集之地。汉回人在此经商者，多为单身男子，而从拉卜楞四乡来拉卜楞市交易者，以女子为最多，因此事实上形成一种极随便之男女关系。因与汉回人经常接触之结果，藏人女子亦渐习于修饰。如洗脸洗澡，施用脂粉等事。藏女对所喜悦之男子，能毫无顾忌的与之交往，家庭社会均不以为怪。不过，此间尚未形成固定之娼妓制度。黄正清曾下令禁止藏女之绝对自由的性行为，而因事实所至，功令终无效果。此亦为黄教之流弊，从根本上更正，始能望藏族之男女关系，走入正轨。

记者二十八日离开拉卜楞，顺大夏河谷地东北行，行一百四十里，出土门关始得开旷地，二十九日更行六十里至河州④。河州是中国西北回教⑤圣地，中国西北回教中主要的宗教，军事和政治人物，以出于河州者为多。城池并不特大，且在平原地上，亦不险峻。然而河州之名气，却震动西北

---

① 河州即今临夏市。

② 格桑泽仁（1904—1946），藏族，汉名王天华。曾任民国蒙藏委员会委员、国民党西康省党务特派员。

③ 津版误为"终日佛念"。

④ 津版为"二十九日行至河州"。

⑤ 津版为"中国回教"。

各族人之耳鼓。回人听到河州，非常的高兴。这是他们的老家。是他们财产的集中地，是人口的集中地，是各种运动的策源地。河州虽然是甘肃的地面，因为宗教和种族关系，却由青海军队布防。河州人除对甘肃负担各种捐税之外，又要负担青海的各种需求。城内汉人较多，城外几尽回人。十七年国民军与回军在河州作战的痕迹，至今还可以清楚的看见。

三十日记者在河州休息了一天，三十一日又首途走兰州，打算终结这一段的旅行。

河州所出产的水果蔬菜，记者在成都平原上所见，亦不见得比之优良。价格也非常便宜。以南方社会的工作收入，到此地来消费，必能①使你不胜其舒服。

河州到兰州有两条路，一条是东路，一条是北路。北路乃顺大夏河至永靖，连过两次黄河，达到兰州。东路则须过大夏河和洮河，并须越牛行山，陈家山和尖山子三座大山。北路较远而平，东路较近而有山。记者闻东路住宿较便，所以走的东路。以东路来说，河兰间的距离仅二百里，因为站口关系，分为三站。第一站走四十里，宿牛行山上的锁南坝②，第二站宿洮河渡口东面的墁坪③。第三天就可以到兰州。

河州东北行十里过大夏河，有桥，过河后，即上黄土质的牛行山，再行三十里至锁南坝。这个牛行山一直到洮河西岸为止，计长九十里，只是山上路甚平坦，走起还不甚困难。

河州的鸦片实行公卖，每条街有几家明挂招牌的"营业处"，旁边往往配上"清水香烟，货真价实，小本生意，欠账免言"这几句坦白的附语。在乡村里，也是如此。据记者调查，所谓"清水香烟"，多半是汉人作顾

---

① 津版"必能"误为"不能"。
② 今临夏东乡族自治县锁南镇。
③ 今甘肃省定西临洮县墁坪村。

主。汉人善吸鸦片，不能不算特有的本事。

在牛行山上向四面瞭望，山峦起伏，景象万千，因而引起了记者对于所谓"山脉"，起了问题。普通多认"山"有"脉"，山是从一定的地方发源，也和水一样，向一定方向进展。这种说法，其实不大合理。第一层，我们要问，山是怎么成功的？山是否有一个地方发源，和水一样向四方流出？水势就下，山势也就下吗？一般都说亚洲山脉发源于帕米尔高原分为若干支，向东西南北伸出，我不懂山的"源"是怎样"发"法。是液体向四方流出，遇冷然后凝结成功的吗？这当然不是的。记者看牛行山及其南北的高地，见此原为一片黄土层的大平原，经若干年风雨的冲刷，彼冲洗的部分，一年比一年低下而成为谷，成为溪，余剩下来的，就成所谓"山"。我们看在各河发源的地方，地势是高的，然而地面却大致平平。越到下游，山往往越高，峰往往越奇。这却不是山长高了而是谷被水冲深了。故反映到山势峻拔。这是水冲成的山。第二种，完全由地层之突变，如地壳之断层作用，好好一片平地，忽然一面坠了下去，剩下的一面遂成了山。火山爆烈，也可以成山。总之，山者不过各种形式之高地而已。山并无脉，俗说某某山脉者，其每段地质构造，地质年代往往都相差很大，自无从谓是"一脉相连"。事实上所谓山脉，不过若干高地彼此巧遇相连，结成一线之分水岭。遂姑以之为"脉"耳。

九月一日午后过洮河渡口，渡口为回民所主持。对汉官恭维毕至，随到随开船，对回民同胞亦关照周切，取价廉而过渡快。独对于汉民留拦拖延，敲索重价。汉民过此者，非候两三小时不能过，而且每人带牲口过江，须出渡资四五角之多。记者所过全国渡口已不在少数，未见有如此之不合理者。

过江二十里宿墁坪。此地全为汉人住户，惟汉人嗜鸦片者过半。精神萎靡，中毒已深，此种恶果，不知将遗中国前途以如何重大的创伤！负责播毒者，是否曾计算自己应负罪咎之重大。

此间妇女缠足，小不及三寸，走路必沿壁行。可怜，又可恼。

河州境内，道路平坦，牛行山上路亦开凿宽大，洮河以东，路全借山涧自然之形势，毫无修理工夫可言。二日连过陈家山与尖山子，即见黄河在北。河南北两岸，平畴沃野，绿林村落，精神为之大振。快马加鞭，兴高采烈，盖五十日①之长途旅行，三千余里之跋涉，至此可以告一段落也。②

（一九三五年"九一八"纪念日草完于兰州）③

---

① 记者"成兰之行"自 1935 年 7 月 14 日从成都开始，至 9 月 2 日到达兰州，共计 51 天。

② 原版书删除了津版文尾一段："且此次旅行居然圆满成功，安达目的地，并得有机会将途中所见，草率的奉献于读者之前，私心亦窃有无上安慰。"

③ 1935 年 9 月 18 日完稿，1935 年 9 月 20 日至 11 月 4 日连载于天津《大公报》。

# 第二篇　陕甘形势片断

## 一、长安剪影①

记者于途中，读杜少陵《丽人行》，有"三月三日天气清，长安水边多丽人"之句。又读其《曲江》三章，见有"曲江萧条秋气高，菱荷枯折随风涛"。以为长安城中，必定富池沼之胜。有如北平之三海，南京之秦淮河玄武湖者。然而当记者于十月中旬到长安以后，遍游长安城内，不见有可以供"丽人"游玩的"水边"，而所谓"曲江"也者，尚在今长安城南三十余里之遥，且只干沙沟一片，既无"菱"，又无"荷"，根本无从"枯折"起。纵有"风"，亦不会有"涛"来。问之长老，始知唐代长安，远比现在长安为大，中包曲江池，池边殿榭星罗，池中波涛荡漾，菱荷丛生，故杜诗常吟此。惟丽人与曲江二诗作于唐天宝至德间，距今不过一千一百余年，而长安之景象，竟已逸乎少陵意境之外！一代文章，其所记述者乃当时当地之事物，故单知文章，只算接近知识之初基，必对于实际之事物，加以体察，始能得乎知识之真诠。以现代事实附会古代文章，或以古代文章曲定现代事实，皆不明乎时空之关联，将使客观事实与记述事实之文章，彼此相去愈远。

目前长安市面，与国内任何省会以上的都市，有其相异的外观。一般都市都在经济没落中叫苦，独有长安却呈现急促的繁荣。商店的数目，和各店中的贸易额，皆有极大的增加。建筑事业更如雨后春笋，异常活跃。土地价格从每亩十数元，暴涨至数百元，甚至千余元以上。旅馆业尤为兴

---

① 津版原题为"长安一瞥"。原版书目录标题误为"长城剪影"。

盛，无论大小旅馆，欲求得一席地，亦殊有"长安居，大不易"①之观。

长安繁荣，系以陇海路通车为主要的原因，而"剿匪"②军事中心，由成都移至长安，亦为重要的助力。铁路直达长安以后，外来货物，不必再由潼关用汽车转运，这里省去了一笔汽车运费，和在潼关转车时的起卸费，减轻了长安市上货物的成本，因而市价一般的低落，增加了市民的购买力。铁路伸入关中，对于关中农产品的收集，既在交通方面增进了便利的程度，同时运费的减少，使渭河流域的农产品在潼关以东的市场有更大的竞争力量。

交通经济发达的结果，则目前成为交通上起卸点的长安，自然相因而至的，有多量货栈，旅馆，饮食店等建筑的需要。建筑需要扩张，地价亦因以增大。加以西北"剿匪"总部之成立，整批西来的军事政治人员，与乎大量的前方部队的供给，在衣食住的消费方面，皆给予重大的兴奋，形成了长安的"非常景气"。

从市政上看，一年来长安的进步，直可谓一日千里，主要街道，已一律筑成碎石路，小街僻巷，从前大坑小坑镶成的路面，现在亦通成了通车无阻的坦途。

但是长安繁荣的里面，却包含着严重的事实，这个严重事实，决定了长安繁荣是暂时性的发展，预示着若干时间后的衰落。因为目前的长安，是以"单纯消费景气"和"暂时剿匪景气"为实质。江西南昌曾以"剿匪"而盛极一时，同时在朱毛③离去江西以后，南昌的景气，亦被他们带走。而且就一般情形看，陇海路送到长安来的货物，以日常直接消费的制成品

---

① 典出自唐朝张固《幽闲鼓吹》："白尚书应举，初至京，以诗谒著作顾况。顾睹姓名，熟视白公曰：米价方贵，居亦弗易。"

② 记者在其西北通讯中，对提到"剿匪"之处有意识地打上引号，以表示对南京当局"剿匪"方针的质疑和反对态度。在当时国民党统治区合法的报刊中，这样的做法，记者是第一人。参见范长江：《我的自述》中《从〈中国的西北角〉到〈塞上行〉》。

③ 新华版本"朱毛"改为"红军"。

为多，生产日用品的机器，却非常之少。这是表示关中货币，无希望的流出，隐示着社会金融紧迫的前途。诚然，在交通用机器方面，有较大数目的进口，而且特种大规模的工业，如咸阳酒精厂等，亦消纳机器不少。不过，交通用机器，只作用于日常生活品之沟通，而不能作用于日常生活品之制造。建设厅创办，由吴伯藩先生主持之咸阳酒精厂，在某种特殊意义上，为非常重要之企业，而对于日常生活品之"自我供给"，仍有其有限的范围。

随着土地价格的飞涨，长安市内和陇海路西展线的两侧，所有土地，几尽为土地投机商所把持。往往有凭借政治力量操纵土地，转瞬遂成暴发富翁。更有凭恃政治势力，以兼营商业者，官厅法令，对此等营业，亦往往无可如何。如某记者在西北饭店中，遗失珍贵照像机一事，不但店方若无其事，毫不置理，即治安当局亦因环境关系，颇感难于下手究办！

社会的发展，如果脱离以一般社会福利为中心的正轨，让"钱"与"势"交相为用的集中于一部分人之手，必生不平之鸣。杜少陵作《丽人行》以讥唐明皇时代达官贵人之骄淫恣逸，非亲尝此种滋味者，诚难了然于其用心之苦。

（一九三五年十一月二日）[1]

## 二、兰州印象[2]

东边的朋友们对于西北的想像，总犯两种错误。一种人是消极的态度，总觉西北是荒凉与苦寒，难宜人类生活，因此不愿到西北来。一种是过火的乐观态度，受报章杂志不真实的宣传所影响，以为西北已经"开发""建设"成了一块崭新的地区，争先恐后的想来观光瞻仰。后者可以说中了报

---

纸杂志的毒害，到西北以后，没有不失望回去的。四川某长途汽车公司经理，因为听说西北公路交通的发展很为迅速，特为到西北来考察，等他走过西兰公路以后，很丧气的对朋友说："四川的公路虽然不好，我现在也不能再说不满意的话了。"

西北气候，自然一般的较为寒冷，然而寒冷之中，也有适应此种环境的生存方法。并且像兰州这样地方，在冬季比较平津的气候，却还要温和一些。

兰州高出海面一千五百余公尺，①本入高寒地带。只因黄河由青海东流，横断黄土高原而过，冲刷成为东西行之大谷道，河之南岸且冲积成南北广六七里之平野。兰州城位于平野之北边。冬季西北风作，皆由黄河北岸高原上直过南原，故兰州城市区域，不甚感受西北风之袭击。

在历史上，汉代以后，汉族对于西北各民族之征伐或抗拒，多以兰州为极西之支撑点。即到现在，兰州仍然成为汉族在西北上与回蒙藏各族交往之中心，自政治方面言之，中国汉族现在政治力量西部之极限，仍以兰州为止。北过黄河，西过洮河以后，军政权力，尽在回族手中。

如果拿中国全国来看，兰州是中国的中心。说也惭愧，我们现在实际的中心点，已东迁到襄阳。而且依今后的形势看，我们能否保持以襄阳为中心这样一个圆面的领土，似乎还要看我们今后斗争力量的强弱！

西北各省的交通，兰州是一个总枢纽地方。新疆与内地之交通，必要过兰州。青海与内地交通，也要过兰州。从兰州东北通宁夏，西北经甘凉肃以通新疆，西通青海。更由青海西南，为入藏大道。南溯洮河转顺白龙江至嘉陵江而达四川。东南出汉水，由汉中以通湖北，东过六盘山或由天水顺渭水东下，可入陕西。所以在新疆与内地交通未隔绝以前（现在表面

----

① 从原版书。兰州市中心海拔为 1520 米。津版为"兰州高出海面一千一百余公尺"。

未隔绝，而实际上客货皆不能自由来往），由四川湖北陕西运往青海新疆及西部外蒙古等地之货物，络绎于途。而由青海新疆运至内地之皮羊牧畜等土产，亦异常畅达。故当时之兰州，客商云集，客店货栈盛极一时。

自新疆事变迭起，经济上，新疆十九已入苏联经济范畴之中。对中国内地之经济关系，尤形停顿。故内地作西北营业之商人，不再来兰州，新疆土产，亦不再至兰州交易。一九二九年世界经济大恐慌以后，海外市场疲滞，青海皮毛出口业，亦受到重大影响。一般社会的购买力，亦相因而大形减退。故青海经兰州之出入口贸易，皆高速度的低落。兰州本以"过站"的关系而繁荣，到了各路交通都停滞的时候，它自然也无法维持其旧观了。

兰州之经济地位，高度的衰落之后，所剩下来的，在政治上还是西北方面的中心（至少甘宁青三省），西北本来地广人稀，工业和农业都还谈不到。支持政治军事的经济力量已远不如前，而政治军事经费的需要，却未曾减少。这一个矛盾的事实，逼迫甘肃财政走到"实际的重税政策"，甚至不得不依靠鸦片为首要的进款来源。重税的财政形态，当然加速商业的停滞和农工业的不振。而一般人民之生活，自日渐于暗淡①。

一般社会经济的紧迫，逼着知识分子只有向军政两界拼命的挤进②（教育包括政界内），因为这里才有大家可能的前途。但是在这里，甘肃的知识分子，遭遇到一个特殊的难关，即是甘肃的军事政治久已脱离了甘肃本地人的掌握，政治上支配甘肃的，十九是来自六盘山以东的力量。因而第一，第二，乃至第三第四等的位置，亦大半为东来的朋友们所占有。甘肃本地的朋友们的环境，可谓窄路中又逢隘道，出路更加困难。

我们在兰州各机关所遇到的办事人员，本地籍贯的朋友太少了。本来甘肃因经济的衰败，与交通的不便，已少训练近代人才之机会与力量，更

---

① 津版为"自日即于暗淡"。
② 津版脱漏"进"字。

加以参加政治之机会，又因上述之关系，异常不易，则训练人才之可能，亦日渐其稀微。

客观的事实，逼着甘肃的朋友走向两种倾向。在已有相当政治地位的人，只有好好的"应付"各方面，只求圆滑的"无过"，"敷衍"过去就算了事，并不敢大刀阔斧的"创作"，以求事业的成功。在尚毫无地位的朋友，往往采取恭顺的态度，希望得一点进身之阶。其能坚固团结，以集团力量，正面以争自身之出路者，似尚未曾多见。

兰州社会，薪水阶级是第一阶级，军政界的职员，尤受一般社会的崇仰。这些"老爷"们（社会习惯称呼阔人者），又往往吸收本地女子，配成家室。政局变化一次，"老爷"跑掉一批，遗留积累下来的"太太"，与时间成正比例的增多。以本地男子谋生尚感不易，本地女子生活自然更加艰难。

兰州是西北一部分的代表，这些事实显示出我们西北朋友们的前途缺乏光明。如果我们的社会生活打不出一条生路，我们个人迟早也必陷入破产的深渊。无办法的等待，或一味的希望着他人，决不会有美满时期的到来①。

（十二月十六日）②

## 三、对于西兰公路之观感

东北事变以后，一般国人的眼光又注意到"西北"上来，从报章杂志宣传讨论，到要人的视察，专家的设计，以至于实际建设工作的进行。"开发西北"的声浪震动了一般国人的耳鼓。农林，牧畜，卫生，水利，几乎应有尽有。尤其令一般国人感到兴趣，是西安到兰州的公路交通之完成。

---

① 津版为"决不会有美满的时期出现"。
②1935 年 12 月 16 日完稿，1935 年 12 月 22 日发表于天津《大公报》。

这条公路是沟通陕甘，联络西北各省的陆路交通的干路，在陇海铁路未完成以前，西兰公路占西北交通上最重要的地位。亦为"开发西北"以来，所表现的最大结果。

因为这条公路的重要，所以由全国经济委员会组织西北国营公路局来直接经营，从筑路到行车都是经委会的直接管理。而全国经济委员会的经费，主要的来自美国棉麦借款①，棉麦借款对中国农村经济的衰败上有其重大的加速作用②，故西兰公路之经费，其来源与普通经费的性质，大不相同。在开发西北高唱入云声中，由国家直接经营的西兰公路，自然大大的影响于西北民众对中央政府③之观感。

这条公路的建筑与开办，据说曾用一百四十万的巨款。记者两次通过西兰公路，承各站的朋友们指示和帮忙的地方不少。但从沿路民间方面所流露出来的舆论，一般旅客们的批评，乃至记者所身受，与乎直接观察所得，觉西兰公路之现状，实在不如东方人士所想像之美满，尤与西兰公路自身之宣传，大相径庭。记者本爱护西北交通之诚意，敢将见闻所及，忠实的暴露于关心西北交通者之前，并以供在此公路中负责的朋友们万一的参考。

西兰公路是今年五月一日正式通车，但是西安到兰州的汽车交通并不是在五月一日以前没有。商人汽车往来于西安兰州间者，为数且相当的充足。所谓"五月一日通车"之西兰公路，是以下述三种意义而出现：第一，私人营业汽车在五月一日以后不得自由行驶；第二，西兰公路另筑有较为合用之路线，供汽车行驶之用；第三，在国家经营之下，因力量可以较为充分，发展较为便利，而从西北国防之观点言之，主要公路之国家直接经营，尤有其特殊的效用。

---

① 1933 年 5 月 29 日，南京国民政府与美国财政复兴公司签订了《中美棉麦借款协定》。中方向美方借款 5000 万美元，用于购买美国的棉花、麦子和面粉。
② 津版"加速作用"为"补助作用"。
③ 津版无"政府"二字。

防止私人资本之自由竞争，以免大资本之独占交通事业，或就国防的理由，而收公路为"国营"，当无可批评。但吾人所欲研究者，为"国营"后之西兰公路，其内容究竟如何？兹仅就筑路工程与行车以后之设备，分别论之。

在未有国营西兰公路以前，商业汽车之行驶路线，大半随大车路略加修改而成。而大车路之十九部分，皆为左宗棠征新疆时，所辟大道。西兰间道路所经地区，有几个重大的特点：第一，石料缺乏。西兰路全长七百余公里，计一千余华里，惟六盘山附近，有石料可采，其余皆为黄土与沙碛地。第二，西安与兰州相差千余公尺之高度，[①]其间完全为一黄土质倾斜盆地面，这块地面上，大小土沟，随地皆有。此种土沟，在夏秋雨季，往往山洪暴发，立成巨川。而冬春干季，则每每随处可以过车马，而不须桥渡之劳。故在此种地区修筑公路，有其特殊的状况：第一，在高原上或沟地（或曰川地）中行车，根本不必如何修理[②]，即可行驶，而所谓修路，亦仅略划路线，即可竣事。上原与下原之坡路，虽须开修盘道，但开凿土坡，颇为容易。（惟平凉以西之六盘山盘道，不在此限）。第二，因黄土松软，路面易坏，而且山洪时发，路基亦常受影响。第三，碎石面之敷设，太感困难，故通畅平达之公路，非有大规模之工程，暂难实现。第四，坚固的桥梁涵洞之工程，需要甚切。因整个路面之碎石化，暂不可能，而横越大沟之桥梁，与通过小沟之涵洞，则不能不求其坚固。盖在雨季中，无坚固之桥梁涵洞，汽车通行困难。即在干季中如桥梁涵洞不备，上沟下沟之间，所费时间，油量，皆不经济。

西兰公路通行如此地区，其所遭遇之环境，远比其他公路为特殊。以仅百余万之经费，自不能期望全部碎石路之出现。但是一般舆论所在有烦

---

① 津版为"西安与兰州相差七百余公尺之高度"。
② 津版"修理"为"修路"。

言者，在西兰路以一百余万之巨款，所做出之成绩，实在太难令人满意。因为西兰路上最大工程，以泾川县汭河桥，六盘山盘道，和华家岭山道为主要。其余仅为平地上整齐黄土道路，与上下土原之凿土坡工程，并非重大工作。华家岭为三百余里之长土岭，岭上开路，工程不小，但是此岭大道原为国民军时代所开，并非西兰公路所新辟。六盘山凿石所成之盘道，中外皆认为巨石，但完全为华洋义赈会作成，并非西兰公路之力。泾川县之汭河桥，工程亦大，但其三分之二，亦已为华洋义赈会所筑成，西兰公路仅补筑其未完成之三分之一的部分。尤其予人以口实之处，即在西兰公路所续筑汭河桥之三分之一，完工通车不及一月，即为水所冲倒，而华洋义赈会所修筑之三分之二部分，迄今已数年之久，尚屹然未丝毫动摇！

即就土路工程而言，公路所占用民地，自与各省公路相同，为无代价之征收，然而对于沿路修路之民工，却非"劳动服务"性质，而有相当之工资。按之实际，此中弊病，尤为人所传道。如定西段与隆德段之土工，则系由县府征工。静宁段一百余里，则系由驻军兵工完成，据当事者谈，[①]此段仅得一千余元之代价。平凉又有包工办法，议定工价若干，若干日完成，所有工人皆自备粮食，来自数十里外不等，每日必俟监工到达，始能开工，监工一去，即须休息，故平均每日午前九时始开工，午后三四时即停工。而工价又必须在"收验土方"之后，始能发给。乡农根本不知"土方"为何物，只要几天粮食吃完之后，就根本不能支持，且各人农事紧急，不能久待，[②]而工程人员方面又坚持"土方"未完，不能自由离开，终于逼成工人逃散现象[③]。于是包工之实惠，尽归入当事者手中！

---

① 津版为"则系由十一旅刘宝堂部驻军兵工完成，据刘氏谈"。

② 津版为"不能久持"。

③ 津版为"所以往往逼成工人逃散现象"。

一般桥梁，由木板架成者多，涵洞既"小"且"少"，[1]决难以当山洪之冲刷，故随修随塌者，在所常有。西兰公路五月一日通车以后，正是雨季，新路之路面与桥梁可行者少，故十九仍走[2]旧路。近来冬令地冻，始改走新路，然而新路因未曾用碾压紧，路面凸凹不平，车行其上，忽高忽低，宛如乘风破浪之势[3]。

西北旅行，最感困难者为食住两项，西兰公路于主要车站附设有旅馆食堂，不能不谓为旅客设想，周到之至。但是实际上仍大非其然。监军镇（即永寿县），平凉，静宁，华家岭，定西各站之旅馆食堂，记者皆曾亲尝其滋味。以旅馆言之，设备比私家旅馆为简陋，呼唤茶役，比请托朋友尤难，而费用则比一般旅馆为大。食堂只优待司机，旅客买饭比讨饭尤不易。而且其物价之昂贵，其招待之马虎，简直出人意想之外。[4]

西兰公路之汽车离开车站以后，司机成为无上之主宰。旅客直等卑弱之臣民，[5]狡黠之司机往往用各种方法，使旅客不得不予以种种之赠送。如上坡，常故意说车力太小，命客人下车推车，待客人下车以后，彼乃一气开五六里，[6]七八里不等，然后停车休息，使客人狼狈步行而前。或则故意耽误时间，使旅客着急而莫可如何。甚或故意弄坏机器，借此休息，置旅客利害于不顾。

就驾驭汽车之技术言之，西兰公路之司机，多为上选。惟其所得报酬，最多月薪为四十元。食宿全由自给，每月所余无几。故不得不求另外之收入。且每月每人行车次数之多少，丝毫不影响于薪金之所得。故意弄坏机

---

① 津版为"涵洞亦多小而少"。

② 津版"走"为"由"。

③ 津版为"大有如乘风破浪之景"。

④ 津版为"而且其贵其马虎，简直难令人信"。

⑤ 津版为"旅客直等恭顺之臣民"。

⑥ 津版为"亦一气开五六里"。

械，反为自求休息之方。

司机之待遇既薄，不能令其安心工作，而各站对于司机之管理又差。各站长之对于机械明了者不多，司机每以机械上之假理由，以要逼站长。如故意开放水门，而谓水箱已破，不能行驶，站长亦莫可如之何。甚有站长只知敷衍司机，不管旅客利益。如某君由静宁搭邮政车赴兰州。计两日程，其第一宿点应为定西。但于达到华家岭站后，遇西来车数辆，时仅午后一时许，最多午后四时，此邮车即可到定西。然而司机们因有私图，计议即住华家岭，乃商之站长，站长答以："只要你们负责，我无所谓。"某君当时提出抗议，谓华家岭驻军甚多，住宿无处，且司机不按站住车，太不顾旅客利益。站长因其人单势孤，毫不置理，但谓："站长有调车全权，旅客不能过问。"某君无法，徘徊街中，后由驻军予以通融，[①] 始得过夜。

总之，西兰公路之现状，颇难令人满意。从旅客声中，流出两种口号，对路曰"稀烂公路"，对车曰"气车"。盖谓路既不好，而凡坐车者无不生气也。

（十二月十五日）[②]

## 四、陕北甘东边境上

### 1. 凭吊古战场

中国汉族从渭水上游发祥，后来顺水东下，藩衍[③] 于渭水本流及泾水流域。再后又由渭水流域，扩张于黄河中下游，北及白河流域，南及长江珠江。然而随着汉族的东进，藏族、回族及蒙古族，亦交替扩张其势于泾

---

① 津版为"后由住军第八师吴营长予以通融"。
② 1935 年 12 月 15 日完稿，1935 年 12 月 23 日发表于天津《大公报》。
③ 藩衍指繁育滋生。

渭流域之间。于是演出历史上无数次的民族战争。周代的犬戎，唐代的回纥，吐蕃，宋代的西夏，都在泾水流域，和汉族作过大流血的战争。不过，自海外交通发达以后，汉族对外关系，已由西北大陆移至东部沿江沿海一带，陕甘交界泾水流域的地方，始渐失其繁荣。然而自刘子丹①纵横陕北，徐海东与毛泽东相继过甘入陕之后，陕甘边境上之情况，又渐为一般读者所留心②。

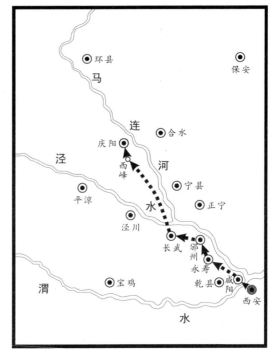

《陕北甘东边境上》记者行经路线图（彭海绘）

记者于十一月二日离西安，因友人之便，③特往陇东庆阳一带旅行。经咸阳，邠州，长武，于四日安抵庆阳之西峰镇。次日即遭一场大雪，气候突然巨变，东来人颇感难安。

陇东宁县，庆阳，合水，环县一带为泾水支流马连河流贯的地方。这里是平均海拔一千五百公尺左右的高原。一望平野，难寻半点山丘。只是高原上的雨水，汇流冲洗若干年后，在高原中已刷成无数的深沟峻谷，如从沟中望原上，又觉有层层高崖罢了。

宁县为唐代古城，狄仁杰尝为宁州刺史。城西十五里，尚有高丈余，

---

① 即刘志丹。刘志丹，名景桂，字子丹。记者在其通讯中提及人名时习用其字。新华版本和《文集》版等改为"刘志丹"。

② 津版为"又渐为东部读者所注意了"。

③ 津版为"因黄警钟先生之便"。

周约半里之秦太子扶苏墓。庆阳东北五十里，有公刘庄，有沃田数百亩，号天子掌，相传为姬周发祥地，至今仍任其荒芜。庆阳西南八十里有秦霸岭，相传为秦穆公走马会西戎处。西峰镇北彭原里，有唐肃宗时郭子仪李光弼之点将台。庆阳东有宋代范仲淹任环庆节度使时旧宅遗迹。北城楼之镇朔楼，亦为范仲淹与西夏对抗时所建。城东北一百八十里，更有大顺城，为宋庆历间西夏内侵时，范仲淹以计筑成者。合水东百余里有驰道，为秦蒙恬斩山湮谷，上达上郡（陕北），下通咸阳之大道遗迹。顺子午岭起，南至关中，北抵河套，俗称为"圣人条"。传为秦始皇筑长城时所开运粮道路。

有谓周之先代，曾建都于庆阳，惜记者旅中无参考材料可资研究。惟距今三千年以前，马连河流域，已为汉族活动的主要区域，实无可疑。自二千一百余年前的秦代起，此一带即成为汉族与西北各族争战之场，尤以宋代与西夏在环县庆阳一带战争最多，九百余年前范仲淹韩琦曾在此间为赵家天下，立下若干汗马功劳，故所遗宋代战迹特为普遍。

记者到庆阳一带，正是秋末冬初，十数万大军，转战于地广人稀之黄土高原上，进无足用之饮水与粮秣，退又为大势所不容，因忆范仲淹有《塞上吟》[1]二首，虽时代与内容不同，而对于作战军队之描写，却仍恰到好处。其词云："塞上[2]秋来风景异，衡阳雁去无留意。四面边声连角起，千嶂里，长烟落日孤城闭。浊酒一杯家万里，燕然未勒归无计。羌管悠悠霜满地，人不寐，将军白发征夫泪。"

## 2. 特殊的自然与社会环境

马连河为陇东北高原地带之泄水沟，此黄土高原上缺乏森林，地质又不能含蓄水分。在雨季，往往山洪暴发，而在旱季，不但河水如丝，随处

---

[1] 原版书"《塞上吟》"有误，应为"《渔家傲·秋思》"。
[2] 原版书"塞上"有误，应为"塞下"。

可以涉渡，一般人之饮水，亦成问题。最普通之饮水来源，系挖土窖储蓄雨季中之雨水而成。凿井往往太深，非普通人之经济力所能办到。环县以北，因河水来自宁夏境内产盐区域，其味苦而咸，窖水之用更大。乡人一季所蓄窖水，即供其一年之饮用。如发生旱灾，或有大批军队过境，耗水过多，窖水告竭，则乡民往往取水至数十里之外。

居住方式，则地下窑洞，多于地上房屋。往往有所谓村落也者，地面上并不见有房舍，而地下却有若干人家。窑洞大概可以分为两种，一种系在黄土断崖边，并列向里掘入，成为若干互不相通的单窑。又有自平地掘入，先成一大平底四方井，然后从四壁各自向里挖成若干单窑，更自井外地面掘斜洞以通于井中，成为过道。亦俨然有院落之形式。土窑冬暖夏凉，除光线与卫生问题，值得相当研究外，殆为西北上最理想之住居办法。窑洞上可以行人马，可以走载重大车。从近代防空设备之观点言之，西北之窑洞，且将为一般住所之模范。

环县合水接近陕北地区，往往四五十里始有三五人家，土地荒芜极多，农地尚多在粗放的三轮种植时代。在陕北边境上，牧畜比耕种为盛。

此间无土地之农民甚少，但因地广人稀，大地主所拥有之土地，其面积之大，实可惊人。往往以山或川为计算大地主所有权所及地区之单位，如云某某川为某人所有，或某山至某山为某人所有。彼此之间，亦无精确界限。庆阳城中有数大财户，拥有数条川道土地，究不知其面积有多少。当其盛时，但知有牛八百万头，羊一千二百万只。如以牛作五元一头，羊作二元一只计算，则其货币财产当为六千四百万元！

过去军事割据时代，马连河流域边僻之区，军人与贪污土劣相结为恶，无限度的剥削农民，环县合水保安一带，因对外交通闭塞，剥削方法更新，往往一担柿子，通过街道，须纳税四五角，全担柿子之本价，或不及此数！鸦片烟税每亩抽四五十元，而每亩产烟之全价，亦不过如此！庆阳一县，从前每年收入不过四万余元，而每年支应军费在十二万元以上！此种额外收入，皆非法取之于民间。贪污土劣更从中多方勒索，积数十年①来之事实，已使此方农民得一深刻之观念，即一切政府机关法令委员等，皆以"要钱"为本质。故对政府根本失去信仰。②

地方教育尤落伍可笑，各县皆无中学，高等小学已为最高学府，主持高小之先生，必授"学而"，"先进"，"诗云"等科目，始受地方欢迎，如教"科书"（即"教科书"之俗称），则此先生准有打破饭碗之危险。故此等小学中，往往有三十左右之老学生，仍对新旧知识，一无所知。其父兄则尚往往以其子弟系"学而未进"自慰。

### 3. 刘子丹之"煽动"③与民心之向背

因于交通之隔塞，政治之黑暗，教育之落后，人民生计之困难，陕北甘东接境地区之农民，已养成一种反对政府的心理，平日除有提款委员以鞭笞与他们间或相见外，其他可谓与政府无丝毫关系。狡黠者往往利用此种社会背景，啸集山林，一以抵抗官府之无厌征求，再以图一般有为分子之共同出路。故此地带素为绿林豪杰活动之区，驰名中部各省④之樊钟秀⑤，与曾在西北盛极一时的陈国璋⑥，皆发祥于此等地区。即刘子丹亦曾在此一带作团旅长等职。不过在刘子丹以前，所有绿林运动，总不外以个人荣达为目的，以义气为互相结合之"水门丁"，尚无大的政治系统为背景，无与社会打成一片之政治组织，无一贯的社会政策，更无所谓政治目标。

---

① 津版"数十年"为"十数年"。

② 原版书此处对《大公报》原文有删改，津版为"皆以'要钱'为本质。现在三民主义时代，新生活时代，甲长，保长，县长，还是要钱。一般农民不懂理论，但知事实。故对政府根本失望"。

③ 新华版本"煽动"改为"鼓动"。

④ 从津版。原版书为"中国各省"。

⑤ 樊钟秀（1888—1930），字醒民，河南省宝丰县城西夏庄人。少年时拜少林寺和尚为师，后在陕北宜川组织地方武装。1923年被孙中山任命为豫军讨贼军总司令、建国豫军总司令。次年被选为国民党第一届候补中央监察委员。1926年率部参加北伐战争，在河南南阳、邓县一带追击吴佩孚部队。1930年率旧部参加阎锡山、冯玉祥的联合讨蒋战争，同年5月23日遭蒋军飞机轰炸，重伤致死。

⑥ 陈国璋，甘肃地方军新编第十三师师长，曾委任刘子丹担任第十一旅旅长，组建该旅。

然而自刘子丹开始活动以后，情势大不相同。刘为保安人，最熟悉地方农民痛苦，他同时受过黄埔时代新的政治训练，并受过共产党组织的薰陶，所以他的活动，有目标，有方法，有组织，把个人主义的绿林运动，变为与社会合为一致的①社会运动。他针对着政府的缺点，来宣传组织民众。分大地主的土地与牛羊予一般农民，反对捐税，反对派款。因此在消极方面，取消了民众的负担，积极方面增加了民众的所有。以实际利益为前提的民众，当然赞成刘子丹的主张，而愿为之用命。再加以刘子丹之组织，使民众更不得不为之用。更经数年来赤化教育之结果，民众心中，只知有"苏维埃"，"瑞金"，"莫斯科"，"列宁"，"斯达林"②等，而不知有"西安"，"兰州"，"北平"，"南京"等名词。某县长曾在合水以东召集民众训话，数次申传，到者寥寥。而苏维埃召集开会，则二十四小时之内，可以立刻齐集百里以内之民众。

此次毛泽东以不及万人之疲惫的徒步之师，服装褴褛，有如乞丐③。截击与追击之者，不下数万人，如跟踪以入陕北，不但毛泽东一路将散亡大半，即刘子丹之老家，亦将大受影响。然而政府军追过环县以北后，此寥若晨星之民众，皆避不见面，使政府军之饮水粮秣，皆无法解决，道路亦无人引导，陷于进退失据之苦境中。彭德怀于洞悉此种情况后，乃集结其饥疲欲倒④的红军约五千之众，于陕北边境上作猛烈反攻，追击军乃不得不相继退下，未敢再行深入。此种勉强⑤反攻之动作，或为对刘子丹之一种"老毛不弱"的表示，而其反攻之可能，不能不归功于刘子丹之民众组织基础。

---

① 津版和原版书脱漏"的"字。

② 即斯大林。

③ 新华版本删除了"服装褴褛，有如乞丐"。

④ 新华版本删除了"欲倒"。

⑤ 新华版本删除了"勉强"。

目前政府在陇东北庆阳一带，针对着刘子丹的政治工作，作两种政治设施。第一，在消极方面，澄清吏治。第二，在积极方面，着力于交通，保甲，道路的举办，这是希望配合军队，对赤色运动加以制裁。[①]

在这样闭塞的地方，仍然表示着中国政治的两大分歧。从现状中以求改进，与推翻现状以求进展。两种势力，无处不在斗争中。不过，对实际问题有解决办法者，终归是最后胜利者。

（十一月九日）[②]

## 五、渭水上游

### 1. 西兰空中所见

一般地理学家多分陕甘两省为"高原"，而德人李希霍芬称陕甘地势为"盆地"。记者此次由兰州经天水至西安，往返空行一周，觉陕甘地势，颇为特殊。兰州海拔一千五百公尺，[③]天水一千一百公尺，西安则仅

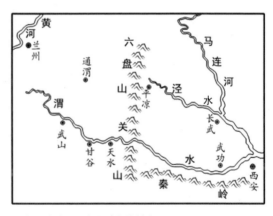

渭水上游地形示意图（彭海绘）

四百公尺。由西到东构成一大倾斜面。以陕北，关中，陇东，陇南四部而

---

①《文集》版与原版书相同。新华版本"政府"改为"国民党政府"。原版书对津版有删改。津版原文是：目前负责陇东北庆阳一带的地方政治责任的胡抱一先生，因为久于政治生活，深切了然于民众与军事的关联，他毫无官气的领率着一批干部，针对着刘子丹的政治工作，作两种政治设施。第一，在消极方面，澄清吏治，如收押私收烟款、滥用毒刑之宁县县长王家楣，一时大快人心。他有两句精明的标语，是"铲去一个贪官，胜于建筑五千碉堡"。这是一针见血的认识。其次，在积极方面，着力于交通，保甲，道路的举办，这是希望配合军队，对赤色运动加以制裁。至今庆阳以南还没有成为刘子丹的群众，不能不说是他和他的干部们的力量。
②1935年11月9日完稿，1935年11月25日发表于天津《大公报》。
③津版为"兰州海拔一千七百公尺"。

言，这一块地势，大体言之，西南北三面皆以分水岭之姿态而作成边围。这个范围以内的水，大体以东南，正东，东北三种方向而流注，更东以入于黄河。所以从拔海的高度看，这块地方无疑的是高原，而从地势的构成上看，又无疑的是盆地。我们很可以称陕甘地形，为"高原盆地"，或者"盆地高原"。

但是我们一想到"原"字，就容易与"平"字发生直觉的联系，以为"原"一定是"平"的，然而在陕甘高原中，除关中一部，尚多比较完整的原地外，其余部分，大半已经"原"而不"平"了。如单单从空中观察，除六盘山关山有明显的山形外，其余皆为黄土高原①，中间夹着无数的大沟小沟，大体总算平坦。然而凡是在地面上走过的人们，没有不感到这种上下于破碎的高原，辗转于大小土沟中之艰难崎岖。实在这块高原的年龄，大概是太老了。长年累月的雨水冲洗，把好好的黄土高原冲得四分五裂，人类生活活动区域，主要的已不在原上，而反在沟中。所以从整体来说，现在的陕甘高原，已经只有"高"而不十分的"原"了。②

我们十二月三日午后三时三十分由兰州起飞，由定西通渭这条路，飞向天水。由一万一千呎③的高空，降到六千多呎。起飞的时候，天气本来很好，到了通渭附近，忽然六盘山那面飞来黑压压的乌云，东北两面的天空，立刻变成暗淡，不一刻，我们前进方向的天空，也被乌云所笼罩，看看我们的飞机快入危险境地了。这时候我们的青年飞行士陈蔚文君回头来向我们笑笑，表示他的镇定，把飞机忽上忽下的避开云雾，最后把我们的飞机降到山谷里，整个的躲在云的下面，依山谷的曲折而前进。我们的机翼稍一差池，就可以和山崖"接吻"，然而赖我们青年飞行士勇敢而谨慎

---

① 津版误为"黄山高原"。
② 原版书删除了津版随后一句：某军事家曾乘机视察陕甘地形，结论谓陕甘地形大体平坦，可以使用骑兵，这全然是立体观察的错误。
③ 呎是英尺的旧称。

的操纵，我们于黄昏之前，安然到达了富于历史意味的天水城。

从空中看到的渭水，只是一条沙溪，村落和城市也小得可怜，美国大空军主义派的领袖米奇尔将军力主"战舰无用论"，谓空军发达以后，海上耀武扬威的巨型战舰将不值完备的空军之一击，记者对于他的见解，颇有相当的同情。

在天水甘谷一带盘旋了五天，八日午后三时，又搭机赴西安。天气很好，机身升到九千多呎，才从陕甘交界的关山的北面飞过。关山的阴面积着零乱的白雪，间或在山崖上看到一二家人家。过了关山，我们沿着渭水北岸向东直飞，下面是平坦广阔的原野，中间稀零的点缀着大体成方形的村堡，渭水南岸被白云覆罩着的秦岭，好像撑天屏一样，和渭水成平行的遮断了我们向南的视路。秦岭的北坡，一片白雪覆盖了大地，要不是地势高低之间，以及涧谷村裸露出一点褐黄色，我们简直看不到除白色以外的任何其他杂色来。"云横秦岭家何在？雪拥蓝关马不前。"①这对于在冬季从关中过秦岭回南方的旅客心境之描写，可谓深得其实况。

十日我们又由西安飞返兰州，仍过天水，离西安时，天气本来不好。过武功县时，在西北农林专科学校的上空绕了一个弯子，继续西行。此时西北方面一团团的白云，直向我们猛冲，我们左避右躲，好容易才接近了关山，而此时的关山整个的藏在烟雾里，看不出一点空隙让我飞过，高度表已经表示出一万一千呎，我们还没有找到过山的缺口。没办法才改道走关山的南面，循着异常曲折的渭水峡谷，倾斜着机身，蜿蜒前进。通过关山之后，飞行士对记者表示，亦认此次为"几乎"了。

### 2. 天水甘谷半旬游

甘肃人说到天水，就等于江浙人说苏杭一样，认为是风景优美，生产

---

① 出自唐代韩愈《左迁至蓝关示侄孙湘》。

富饶，人物秀丽的地方。现在的天水是由六个城合并而成，最有历史意味的是"伏羲城"①。我们现在虽然在考古学上还未能具体证明"伏羲"的时代，和当时社会的内容，然而汉族最早的传说和神话，都在渭水流域，特别是在渭水本源的上游，这却无可怀疑。

汉族是否由中央亚细亚来的，我们尚不得而知。但到汉族比较成长的时候，和汉族的基本地盘——渭水流域——接近而成长起来的民族，却有三个，北面的匈奴，西北面的突厥，西南面的藏族。在汉代和汉族争雄的是匈奴，在唐代，回纥称雄西北，同时藏族势力也很大，所谓"吐蕃"②还曾经一次威迫京师长安。唐肃宗中兴以后，当时的藏族还散布于渭水上游一带，其势尚不可侮。杜甫于肃宗时流落到秦州（即天水），到处见藏人势力之雄厚，深发其对汉族民族主义之深忧。其所作《秦州杂诗》中云："州图领同谷（即成县——记者），驿道出流沙。降虏兼千帐，居人有万家。"又云："羌童看渭水，使客向河源。"其《寓目》一诗云："羌女轻烽燧，胡儿掣③骆驼。"可以想见当时藏族势力的普遍。其表现民族情绪最高者，为《日暮》一诗："羌妇语还笑，胡儿行且歌。将军别换马，夜出拥雕戈。"似乎当时情形，藏族跃跃欲动，汉族武力一旦松懈，即有为藏族所乘之虞。

唐肃宗时，距今不过一千一百余年，而现在之渭水上游，已无复有藏族丝毫之踪迹。且民族自大之思想，已为民族平等之思想所代替，杜甫今而有知，亦当自笑其所见之不广。

我们三日到天水，四日骑马游甘谷。两城相去一百一十里，路循渭水上溯④。冬季渭水上游，水势甚小，河底十九干涸，但见一片流沙。唐代

---

① 《文集》版误为"伏义城"。
② 津版、原版书及《文集》版"吐蕃"均误为"吐番"。
③ 原版书"掣"有误，应为"制"。
④ 据甘肃李子树先生撰文分析，从文中描述的从天水至甘谷的沿途情况看，范长江实际上是循借河（渭河支流）上溯行走，经关子镇而至甘谷，并不是"循渭水上溯"。

对西陲用兵异族，多遵渭水大道，杜甫《吟天水东门楼》[①]云："万里流沙道，西行过此[②]门。但添新战骨，不返旧征魂。"可以表现当时渭水大道上兵役之频繁。然而亦因战争要地的关系，所以天水一带多出名将，汉代威震匈奴的李广，即籍隶天水，蜀汉时代承继诸葛武侯的姜维，亦天水人士。

由天水西行，道路尽在山谷中左右，南北两面，皆为土原，自谷中望之，如两列高山，土原亦有不等距离的断间处，中即为小溪，即为岔道。此种情形，最宜用伏兵。因军队之主体，必须由谷中行动，断续之原上，进行困难，而在高空侦察未发达以前，对于岔道谷口中之伏兵，最难搜索，无论对于前进，或后退军队，伏兵皆能发生重大的作用。诸葛武侯与司马懿争渭水上游时，常用伏兵战法，这与地形构造有特别的关系。

四日住八十里之关子镇[③]。沿途土地肥沃，而农民则鲜有殷实气象。五日越渭水曲折处之关山（与前述关山同名——记者），山为土质，上下三十里，山上积雪甚厚，呼气成霜，须眉尽白，至此人生[④]又多一番经历。三十里下山至甘谷，甘谷原名伏羌，县设于唐代，即征服羌人（羌人即藏人——记者）而设之城邑。此种侮辱藏人之地名，当不能再让其存留。

甘谷风景甚美，城西通武山大道之南，为一大致连续长数十里之大石壁，高达数十百丈。近城石壁上，刻有高八丈余之大石佛像一尊，并有观音卧像一具，异常壮丽，不知为藏族之自制，或者为当时汉族统治者羁縻藏人的一种设施。其余石壁上亦皆凿有石屋，为满[⑤]清以来汉人避回民暴动时之藏身所。至今仍为攀登不易之避难地。

---

① 杜诗题为《东楼》。《文集》版误为《吟天水东门楼》。
② 原版书"行""此"有误，应为"征""北"。
③ 今甘肃天水市秦州区关子镇。津版和原版书误为"关子阵"。
④ 津版无"人生"二字。
⑤ 原版书脱漏"满"字。

最可痛心者，是渭水两岸这样平坦富饶的川地，农民竟被政治经济种种力量，逼得遍种鸦片！沿途村镇，无不百业萧条，而我们在路上却常遇到三十五十成队而行的鸦片贩子！

这时在松潘回师的胡宗南氏，正驻在甘谷西面的三十里铺。① 他的生活情形，据天水一带的民众和朋友谈起，颇有点特别。记者去年过松潘时曾见过胡氏一次②，只觉得他喜欢住山上古庙，和有些人不大相同。所以这次特别去拜访他。他不住甘谷城，住的是居民不满三十家的三十里铺，而且不是三十里铺的民房，是三十里铺半山上的一座小庙。我们到庙里去看看，他住的正殿，门窗不全，正当着西北风，屋子里没有火炉，他又不睡热炕，身上还穿的单衣单裤，非到晚上不穿大衣，我看他的手脸额耳，都已冻成无数的疮伤，而谈话却津津有味。他会他的部下，就在寺前山下的松林里，把地上的雪扫开，另外放上几块砖头，就是座位。记者有点奇怪，因问他："人生究竟为的什么？"他笑着避开了这个问题没有答覆，而却滔滔不绝的谈起他的部下，某个排长如何，某个中士如何，某个下士又如何，这样的态度倒使人有点茫然了③。

**3. 民间传闻的军事**④

陇南各县，最近毛泽东徐海东曾经两次通过，民间所传作战情形，颇多与公报者大⑤有出入。记者时正读清严如熤之"行营日记"，内中谈清室官军与白莲教（农民暴动之一种——记者）作战情形，颇有一二与近今传闻相近者。因择录之，以供读者之参考："今则将不知兵，兵不顾将，每派一路剿贼，无不以兵少为词，不得不益之以乡勇，及至遇贼接仗，则

---

① 津版为："这时在松潘回来的胡宗南先生，已驻在甘谷西面的三十里铺。"
② 津版为"见过胡先生一次"。
③ 津版为"这样使人有点茫然了"。
④ 本部分对原版书的个别字句进行了改动。
⑤ 津版无"大"字。

以乡勇为冲锋，以精兵为自卫，……贼势……出没自由，往来莫定，我兵迎击者，忽变为尾追，如能蹑迹追擒，彼亦将自顾不暇，无如领兵官离城数十百里，遥闻贼住，则与之俱住，贼行则与之俱行，竟如护送一般。以贼之远去为幸，前途滋扰，若与我无干。至派往各地堵御官兵，原恐有贼窜来，便可带兵夹击，岂知闻贼一至，便闭营自守，幸而贼不攻我，便可贪天之功。……贼去一二日后，方始放炮开营，于附近各村庄内将被贼弃置之难民，歼获数人，偶尔遗忘之器械检得数件，以为某处贼匪被我杀退，即行禀报邀功。……于是人人爱命，处处效尤，有贼之处无兵，有兵之处无贼，贼不畏兵，兵反避贼。……官兵过境，每多骚扰闾阎，民间竟指官兵为红莲教，以为比白莲教为更凶。其不能约束士兵，亦由于各将官平日畏死贪生，无以服众，使兵得挟其所短，号令不行，如此行军，焉能决胜？"

(一九三六，一，四)[1]

---

[1]1936年1月4日完稿，1936年2月5、6日连载于天津《大公报》。

# 第三篇　祁连山南的旅行

记者继甘陕旅行之后以近百日时间，旅行祁连山的南北，盖深信此段地区在二三年或五六年后，难免有重大情况发生。此种民族关系复杂，社会情形特殊，外交环境日渐错综之地段，如何能尽可能的客观的表露其中之实况，或者对于一般读者了解西北未来局面上，不无补益。[①]

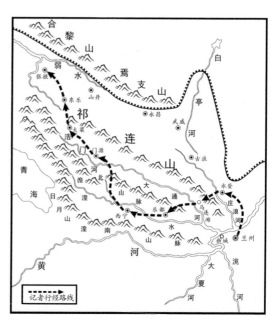

《祁连山南的旅行》记者行经路线图（彭海绘）

## 一、兰州永登间

记者久有入青海一行之意，欲代一般读者亲历青海以观究竟之劳。然而两种原因，使记者屡欲行而未果：第一，历代诗人对于青海的描写太坏，容易给人以凄凉的印象，减少前进的热力。如唐代大诗人杜甫在《兵车行》上所谓："君不见青海头，古来白骨无人收。旧鬼烦冤新鬼哭，天阴雨湿

---

① 津版在导语之后还有："关于祁连山南北的政治概况，已见于'青海'及'河西'两篇，今所记者乃特及于一般社会的详情。兹先记山南，山北当另记之。"沪版删除了"盖深信此段地区在二三年或五六年后，难免有重大情况发生"。沪版《祁连山南的旅行》分10节刊出，津版分12节刊出。津版副题为"本报特派员西北视察记之三"；沪版副题为"原野山川满含着诗意，社会内层却不容乐观"。沪版、津版每小节的标题各不相同，若干内文也有较大的差别。沪版对作者原稿删改较多，而津版与原版书内容更为接近。本书在原则上以原版书为准。

声啾啾。"① 又柳中庸之《凉洲曲》云:"关山万里远征人,一望关山泪满襟。青海戍头空有月,黄沙碛里本无春。"② 明代郭登诗云:"青海四年羁旅客,白发双泪倚门亲。……莫道得归心便了,天涯多少未归人。"③ 读了这些诗,我们心目中总会觉得青海太过于边荒,入了青海,至少有充军到西比利亚④ 那样的滋味。因此,在准备上不能不羁延。第二,我们在甘肃所得关于青海的印象太坏,似乎这里完全在上古野蛮时代,外面去的人的生命似乎有百分之六七十不能保险。据他们确实指出说,某某人什么时到青海失踪,某某人被活埋,据说这些都是防止青海消息向外泄漏,对付外面去的观察者的办法。记者本亦视生命如草芥之人,惟总觉得必须保持生命到能完全将观察所得报告给读者为止,始不负此一行。故研究入青办法,颇费时间,后经多方接洽,始得相当头绪,去年十二月十七日乘友人入青办理税务之便,乃同伴赴青。

兰州赴西宁的大道,本走新城转溯湟水上行。但此路因有老鸦峡之险,汽车不能通过,故改走永登,避过老鸦峡隘路,黄河南北,仅有一水之隔,而景物相差甚大,河北山上不易长草,河南则草木皆备。三十余年以来,兰州黄河大铁桥筑成以

《兰州永登间》记者行经路线图(彭海绘)

---

① 原版书中此诗句有误,应为:"君不见,青海头,古来白骨无人收。新鬼烦冤旧鬼哭,天阴雨湿声啾啾!"

② 原版书《凉洲曲》、"襟"、"戍"有误,应为《凉州曲》、"巾"、"戍"。

③ 原版书"发""莫""得归"有误,应为"头""漫""归来"。

④ 即西伯利亚。

后，车马南北直达，人事方面之差异尚比较不甚显著。在清代人的记述中，我们还可以看到那时的社会情景与现在不同。李渔的《甘泉道中即事》云："一渡黄河满面沙，只闻人语是中华。四时不改三冬服，五月常飞六出花（雪）。海错满头番女饰，兽皮作屋野人家。胡笳听惯无凄惋，瞥见笙歌泪转赊。"现在的人走过黄河之后，无论入西宁，或走河西，在大道附近已万难看到这种藏人的生活情景，虽各地皆回汉杂处，然而在服饰上，居住上，并无显然的差别。

过铁桥顺黄河西行十余里，皆在肥沃的冲积河岸平原中，田园优美，果树成林。惜在严冬，草木正枯缩凋零，如于春末夏初过此，红绿争妍，必能给旅行者以兴奋印象也。路旋北转入一干沟中，沟之初段，两侧尽为怪石崖所挟成，汽车蜿蜒于峡曲之沟中，稍一不慎，即有与石崖"接吻"的危险。如于夏日过沟中，遇山洪骤发，则汽车有被冲没的可能。渐北行，谷势渐开旷，石崖已不多见，两侧皆土山，稍平阔处，已有村落田园出现。上下三数土山后，至一大镇，曰红城子①。路始至庄浪河东岸，再由此溯河沿直北上永登。兰州至红城子之间百余里中，道路尽在曲谷中，作战时行军最为危险。红城以北，人口村落逐渐稠密。庄浪河东西两岸的冲积平原上，杨柳相望，水渠交通，庄浪河身宽广，中含无数小型沙洲，水势甚小，且多冰涸。道旁尚间有左宗棠征新疆时所植柳树，古老苍劲，令人对左氏之雄才大略，不胜其企慕之思。左宗棠是自命为当时才略最高的人，我们现在看他在西北所留的印象，并不能②说他完全是"自负"的夸张。他在西北的政治与兵略，现在暂不管它，单就他的道路政策，已经表示出非常大的成绩。他乘用兵陕甘新三省的机会，从西安经兰州，一直到新疆，开辟了一条三千多里的宽敞大道，两旁遍植杨柳，夏日杨柳青茂，夹道以

---

① 今甘肃省兰州市永登县红城镇。
② 从津版。原版书"并不能"误为"并且不能"。

伴行人，蔚为大观。当他还督师新疆时，他作了一首豪放的七言诗："大将西征尚未还，湖湘子弟满天山。新栽杨柳三千里，引得春风度玉关。"[①]这首诗上表现他的气概是如何的雄壮。从左宗棠的路政，转而想到现在我们走的所谓"公路"，不胜其"今不如昔"之感。兰州永登间道路并无难干措手之工程，而现行道路则一任其自然，甚至最简单的削平小土坡的工作，亦不见有人负责。一二尺的小土沟，或小土窟，亦无人为之填补，往往使汽车发生非常大的危险。一个东方人来到西北，如果只看看建设图表和报告，一定非常兴奋而满意，假如实际尝尝建设的滋味，就会感到失望而凄凉。

## 二、庄浪河至大通河

因为路政太坏，我们的汽车走了一天，才到相距二百余里的永登县。永登原名"平番"，即谓此地原系藏族住地，经汉族平了藏族之后，所设立城邑，故名"平番"以纪念武功。庄浪河亦名"平番河"。在这种地名上，充分流露不平等民族关系的意义。永登境内驻军，

《庄浪河至大通河》记者行经路线图（彭海绘）

系青海系下之凉州系回军，（关于"回军"一词，系用西北习惯称呼，其

---

[①] 原版书中的此诗不是左宗棠所作，而是出自杨昌浚《恭诵左公西行甘棠》。原版书"西征"有误，应为"筹边"。

是否适当，当另文有所论列）。[1] 其服饰与内地大不相同。没有面子的白老羊皮大衣，和大黑羊皮的冬帽，充分表示出一种高原武士气概。惟待遇太差，终年不过得饷二三元。知识亦太欠，如汽车过一城镇，守卫者必向车中人索名片，报告其长官，得允许后始得通过。但回军官兵识字者不多，名片等于形式，故无论车中何人名片，甚至非在车中人之名片，只要给予一张，他们即以为有了凭据，即可通行无阻。

记者在永登系住一破店中，夜间仍本习惯，解衣脱帽就寝，次晨起床后，顿觉头痛欲裂，无力登车，幸自己身体素强，出几身大汗后，即告平息。后据西北友人相告，在西北旅行，因旅店简陋，寒气直侵屋中，夜间宜戴小帽就寝，否则体弱者往往因被寒风侵入头部，发生其他严重病症。

十八日我们离永登，西过庄浪河以趋青海。庄浪河河面宽一二里，虽在冬季尚未全涸，汽车过河，并无一定路线，亦无桥梁可循，惟视当时冰势与水势来决定，无西北行车经验之司机，未有不陷入冰窟中者。庄浪河两岸，水磨甚多，即利用庄浪河水势以发动石磨，农民磨面，全恃水磨之力。

车过庄浪河后，顺小干溪西行，山势不大，且多为土质，时见成百之骆驼队自西而来，大致为运青海皮毛赴宁夏包头者。途中遇一死骆驼，驼毛已被拔尽，惟弃尸体于路中，无人过问。盖骆驼自被人征服，作为运输之工具后，它自身即失去"自主生存"之神圣意义，而为人类生存之附庸。在其尚有力可用时，人们爱而惜之，在其病老之后，对人不再有其被利用之可能，则其被弃荒野，乃必然之结论。"飞鸟尽，良弓藏；狡兔死，走狗烹。"动物与人类，殆为同然。[2] 行约百里，越一小山岗，再顺一小干沟下行，约七八十里始至大通河岸。大通河流域为西汉时藏族之先零部落游牧地，赵充国用屯田法逐步的赶走了先零族，开中国历史上治边政策之

---

[1] 沪版、津版均将此段话删除了。
[2] 津版将此段话删除了。沪版对此段话做了修改。

大通河今貌（范东升摄）

新途径。他的屯田政策，如果用新名词解释，可以叫"军事的农业政策"，因为藏族是游牧民族，逐水草而居，打打仗，或胜或败，只能影响他暂时的地位的变迁，不能根本改变他社会的机构，即是不能找出最后的胜负点来。所谓屯田法，即用军队维持了新占地区的治安，同时即用军队开垦，把草地弄成农田，并造成城市村落，使社会从游牧社会进而为农业社会。农业社会造成之后，不必用兵，游牧民族无论如何也站立不稳了。

　　记者认为赵充国是一个伟大的战略家，他对于战争会有如此的论说："帝王之兵以'全'取胜，是以贵谋而贱战，战而百胜，非战之善者也，故先为不可胜，以待敌之可胜。"他能把战略放在战术前面，绝非普通专尚气力之起起武夫可比。而且他对当时异民族的认识，也比较正确，他说："蛮夷习俗，虽殊于礼义之国，然其欲避害就利，爱亲戚，畏死亡，一也。"这是他承认异民族的"人权"，也知道异民族[1]是"人"。不像段颖（亦汉时人）那样肤浅草率的见解："臣以为狼子野心，难以恩纳，势穷虽服，

---

[1]《文集》版"民族"误为"民放"。

兵去复动，唯当长矛挟胁，白刃加颈耳。"

大通河渡口东岸，有市镇曰马连滩[1]，居民十九为回族。回族性强悍，对教律奉行尤严，记者初不谙回教忌讳，在马连滩午尖时，因见一清真馆中之牛肉，带深黑色，乃问以是否为"死牛肉"，馆中人闻言，立即拍刀而起，怒责记者曰"侮教"之罪，势将动武，记者乃托词为方言之误会，谓记者南人，不喜吃"水牛肉"，"水""死"混音，非谓其所卖者为"死牛肉"也。一场风波，始得避过。然而回人性格之强悍，由此可以概见。[2]汽车过河须用船载，水急，船小，汽车须与所载行李等分批过河，费时颇多。大通河渡口，系以粗铁索系于两岸，下连一木船，船有舵无桨，过渡时全由船夫攀铁索带船而过。大通河之河身狭而水流急，大小冰块，顺水下流，击船作微细砰荡声，醒人脾胃不少，因过河费时太多，天已不早，乃宿于大通河西岸半山之牛站堡[3]，这一天只走了一百多里。

## 三、到了西宁

牛站堡根本没有旅馆，我们是随便找民宅来住宿。老百姓真老实，我们随便要什么屋子，没有不让的。在他们想来，坐得起汽车的，总是"大人"之类，绝不敢作为旅客来待遇。

大通河和湟水之间，隔着一条山脉，它并无统一的名称，往往就那个地方的名字来作为山名，这里因为有牛站堡，所以山也叫"牛站大山"。张其昀[4]先生游历青海之后，给了青海两条山的名字，湟水之北，大通河

---

① 今甘肃省兰州市永登县马莲滩村。

② 沪版、津版均无此段话。

③ 今甘肃省兰州市永登县牛站村。

④ 张其昀（1900—1985），浙江宁波鄞县人。中国地理学家、历史学家、教育家，被誉为"中国人文地理学的开山大师"。1949 年去台湾，曾担任国民党"中央宣传部"部长、"教育部"部长等职务。

之南的，叫湟北山脉，湟水之南，黄河之北的叫湟南山脉。从此这两条山脉才有统一的名称。我们要翻越的牛站大山，就算是湟北山脉的末梢了。

牛站大山高九千余呎[1]，山为土质，四望积雪连云，阴寒澈骨，山横长四五十里，上下坡度之大，使人几疑其非汽车路之模样。尤以西坡之陡急，即骑马者亦须下马，始可免去危险，而此"无畏汽车"竟敢上下于其间。不能不谓为奇闻。

下[2]山后即达湟水北岸。两岸土地之肥沃，田园之优美，远在庄浪河流域之上，沿路杨柳夹道，果园菜圃相连，村落整齐，人口稠密，居民身体壮实，有鸦片嗜好者绝少，小孩之无裤者亦不多。青海自马麒作西宁镇守使时以来，即未放任烟禁，西北各地遍种鸦片，惟青海独无烟苗，故民间元气尚比较有相当保留。不若其他各地之已凋敝不堪。[3]乡村中常见有高髻弓鞋之妇女，颇富古味。此种妇女谓之"凤阳婆"，乃明初皖军平定西北时，随军带来的妇女所遗留之风俗。记者于秋间游洮河上游，见岷县临潭一带妇女，亦多高髻弓鞋之习俗，盖亦明军西征时之遗留。

青海道路，比甘肃境内者修理得平坦些，两旁密种杨柳，由杨柳林中透视冰川雪岭，风景幽逸。数十里至乐都县。乐都原名"碾伯"，东晋时为南凉秃发乌孤称王的都城，秃发一族，与吐谷浑同属辽东鲜卑族，皆自阴

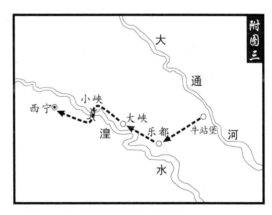

《到了西宁》记者行经路线图（彭海绘）

---

① 原版书脱漏"呎"字。

② 《文集》版脱漏"下"字。

③ 沪版、津版均无此段话。

山之北迁至青海者。是为青海鲜卑族之来源。

乐都西行过大峡，峡长水急，军事易守难攻，惟两岸道路现皆修理甚好，汽车可畅行无阻。再过为小峡，有新式大木桥架湟水上，过河数十里，即至西宁。小峡为西宁东防之咽喉，故有重兵驻守。车过小峡后，天已昏黑，我们的"无畏汽车"既哑且瞎（既无警笛，又无电灯），在此危险的峡路上，简直无法行走，经二三小时的修理，始有一个眼睛，略放光明。幸而峡口以外的道路尚好，终于十九日夜中到了我们久认为神秘地方的西宁。

西宁自汉武帝命骠骑将军霍去病攻河西，所谓"击破匈奴右地"之后，遂经略湟中，筑"令居寨"，二千多年到现在，始终是汉民族与其他各民族在青海争斗的最西的依据点，到现在，汉族的势力还没有冲过西宁以西。民国以后，西宁的军政大权，逐渐移于回族之手，今则寖①成西北"回汉"之宗教的、军事的、政治的中心，如果将来西北发生了国际战争，或民族问题，西宁将远比现在为重要。

西宁的市街颇有北平那样古色古香的外景，古装的商店，庄严的牌楼，和辉煌的机关，在在表示出这座古城的来历不浅。在街上来往的人们，单从服饰上，很显然分出汉蒙回藏四族，初到此间的旅客，诚有五光十色，难于接应之势。

此间与记者久已神交之士，尚为不少，据各方朋友之谈述，知此间情形并不如②外传之糟，即对于如记者之旅行人，亦非随便即置人于死地。过去某某等失踪之事，诚为事实，乃因其自身已置身于青海内部政治斗争旋涡中，故为青海当局所不容，固非可与普通考察并日而语也。

青海之两大巨头，一为省主席马麟，一为新编第二军军长兼一百师师长马步芳。马麟仅在社会与宗教上有相当地位，而马步芳则握军事政治的

---

① 寖，古同浸，即逐渐。
② 原版书"如"误为"知"。

实权，马麟为老派人物之代表，而马步芳则为汉回青年的领袖。① 记者于二十一日先访马麟，马氏身躯之高，最少在七尺以上，谈话夹重浊之临夏土音，初听之，不易了解。惟其态度比较忠厚，持论亦为和平派之人物，观其左右及各种布置，绝难发现其有积极的政治野心。旋由谭克敏先生陪记者前往访被人目为"青海王"之马步芳。②

马步芳给予记者之第一印象，为他的聪明的外表与热烈的情绪，并非如记者平日所想像的青面獠牙，如三国时许褚典韦式的人物。他和记者寒暄之后，即以真挚的口吻，谈其事事落后之情形，并大谈其军事情况，适有官佐送电报至，马看毕即转以示记者，视之，乃玉树方面来电，报告西康军情者。记者一方面对马氏之态度深感诧异，同时又栗于过去所闻关于马氏之传言，故屡起身告辞，而马氏则强留共话，使记者内心起"见""闻"上之重大冲突，不禁起惊愕之思。第二个印象为马氏之头脑相当精密，其谈青海南部之军事布置，井井有条，了如指掌，俨如曾受新式军事教育者。第三，马氏生活趋向近代，③ 其会客室中仅布置简单之沙发及新式小桌，并不沿用西北官场中习用之虎皮或豹皮交椅，特别是他的会客室没有西北上家家必有的土炕。

经过这次会面以后，记者才敢放心在西宁多住些时间，来观察青海的详情。

## 四、马步芳的政治作业（上）

二十二日以后，记者才敢放心去研究青海的事情。青海的事情有一个

① 津版在此句后还有"至于事实上代表南京，在青海有重大活动力者，则为民政厅长谭克敏"，原版书将此句删除了。
② 津版、沪版在此句后还有"记者与谭氏有北大先后同学之雅，故能蒙其诚意之扶助"，原版书将此句删除了。
③ 沪版在此句后还有"此点颇与蒙古德王有相同处"，原版书将此句删除了。

非常特别的地方，就是青海省的政治机构，和实际的政治力量，分开得很远，表面上的省政府，真是可以把它撤销，因为省政府是什么事也不能做的。最笑话的是，一位县长在过年的时候，写信来给民政厅长贺年，民政厅长还不知道他已经作了县长！原来青海设省的时候，就没好好的研究清楚，草率的把西宁道七县之地加上些大而无当的蒙藏游牧之区，就勉强算做一省。这省的政府是否能支持省政，民族与人口情形，是否可以推行省治，都没有相当把握，只把"省"的形式立了起来，则省政之必然脱轨，恐为自然的结果了。

青海内部包括了非常重要的民族问题，我们掩耳盗铃的不想解决的办法，只是马马虎虎的设了一个"省"，这和新疆设省一样，没有把新疆问题丝毫解决。所以我们不能把青海作为"省"来研究，只能作为特殊势力来看待，明白了这个基本意义，我们才可以了解，为什么青海省政府组织中的财政没有人负责，职员们欠薪至一年左右，借炭借面来维持生活，而在私人势力中做事的人，则大半面团团作富家翁。

马麟的活动是侧重消极的，个人的，保守的，家庭的。马步芳的活动则比较趋向积极的，团体的，进取的，社会的，所以研究马步芳的政治作业，对于西北的将来，有其不可忽视的影响。

马步芳是一个好大喜功的人，事事不甘落于人后，可惜他僻处在西陲，可以教育他的环境太落后，不能引导他走上积极的前进的道路。[①]二十二年[②]他到长江一带游历一趟之后，回到青海才大大转变了方针。

记者很详细的研究过马步芳的一切设施，大别可以分为两类：第一类是无关宏旨的皮毛建设；第二类是将重大影响于西北将来的举措。属于第一类的，如修图书馆，修澡堂，修大饭店，修洋式商店等，我们进一步分

---

① 津版为："所以他很在女色上荒唐了几年，自己的身体弄得非常的坏，并未作出一点事业来。"

② 即 1933 年。

析，就知道其中不会有深一层的意义。他在东方游历归来之后，觉得东方都市有大洋式商店，我西宁也得有；东方都市有新式澡堂，我西宁也得有；东方有图书馆，我西宁也得有；东方有使旅客住了很舒服的大饭店，我西宁也得有。当然青海的马步芳不会有那样大的经济力，地地道道的近代化起来。然而这位不甘落后的先生，就利用他的士兵无代价的强迫劳动，所谓"兵工"，具体而微的筑造起来。材料大体征发之于民间，只雇用极少数指挥工作的工匠，故他的建设，需款无多，现在这些都一一的出现，给古老的西宁城以新的刺激不少。不过，这些新的建设绝不能给社会以积极的推进作用，始终还是装饰门面之工具，青海商业日渐萧条，原有的旧式商店，已感无买卖可做，试问谁还有力量去租新式商店，来增加自己的开销。青海旧式澡堂诚然不大卫生，有另办新式澡堂之必要，但是那样廉价的旧式澡堂，能够洗得起的，已经不多，比较代价更高的新式澡堂，一般人更无力问津了。西北旅行者最感痛苦之一，是各城市皆缺乏适当的旅馆可以暂居，西宁之开设新式的旅店，诚为必要，不过，西宁并非交通大道，客人之来往于西宁者，并不很多，所以这种饭店在经济上是不能自己支持的。西宁图书馆的地址，甚为宽敞，建造式样，亦甚恰当，记者看过西宁图书馆之后，又想起清代存书在青海的事情，清代有人以为青海之所以难治，是由于蒙藏回满等民族之人民不肯读书，智识不开所致，所以在北京发下来了许多"钦定"的书籍，存在青海，希望大家从此多读诗书，渐归"王化"，如此则青海政治，即可渐上轨道，殊不知青海到现在还是民族相互压迫统治的战场，大家皆忙于自身生存问题的考虑，谁有工夫去读迂腐闲书。闻某中央院长还捐赠了青海图书馆《万有文库》之类一部，足见煞费苦心，但记者参观该图书馆时，除馆员一二人与无情的案头尘土为伍外，很难发现或有一个人借书或看书的朋友。在战场上和饥饿线上提倡迂腐的教育，同样的没有实际的价值。

西宁城附近由马步芳军队所种的树，确是不少，四五年后，西宁四周，必能成茂盛的柳林。城周四出的道路，一般言之，亦比甘肃为强。同样的这些都不是要紧问题所在。

## 五、马步芳的政治作业（下）

最有关于西北将来的，是马步芳对于军事，经济，民族和教育上所采的政策。

记者在留西宁的半月中，有充分的机会在参观马步芳的军队。他自己每天在黎明的以前就到校场练兵，他练兵的目标，是想他的军队近代化，原来他是承继他父亲马麒的部队，马麒在世的时候，马步芳不过是一个营长，现在扩充成了"师"，并且成了"新编军"，他的军队中的中下级军官，不是由一种大的政治系统或学校系统而来，完全是以他个人为中心的亲戚，同乡，同教，旧部等关系而组成，他的局面扩张到现在的范围，从前的士兵成了下级干部，下级成了中级，中级成了高级柱石，这般人也和马步芳一样没有受过充分的教育，甚至目不识丁者，亦大有其人在[1]。如此军队在指挥上训练上都感到困难，故由教育他的干部以教育他的士兵，使这个军队比较近代化，这是他近年来中心工作之一。

第二种重要的军事设施，是他在"民团"名义之下，对于汉蒙回藏地方武力之干部的训练，青海民族复杂，各有相当武力，常起争端，马步芳为其自己统治安全的打算，同时想把这些地方武力化为自己的武力以应付当前军事的需要，所以要训练他们，使他们养成组织的能力，便以指挥。他的计划，要把这种训练，普遍推行到全青海的地方武力组织者，这是将

---

[1] 津版为"至少有三分之二"。

有重大结果的设施。

　　马步芳在轻视私人财利这一点上，是超人一等。[①]他喜欢积极的扩张，一切都往大的地方干，因此他的经济的负担相当的繁重。他的军费除了青海省府每年担任七十万而外，甘肃省府还担任一些。这些收入绝不能应付他的开销，因此他不能不有旁的出路，第一个办法是自营商业政策，第二个办法是对蒙藏民族的租税政策，第三个办法是军粮征发政策。

　　青海羊毛出口，不但是青海对外贸易最大的项目，而且在中国出口贸易上也占相当的地位。换句话说，青海羊毛占青海全省社会经济最大的收入。马步芳乃利用其政治力量，从事羊毛贸易之独占，他把蒙藏民族对他应缴的租税，折为羊毛，这批羊毛收入，就有可观的数量，其次他在几处产羊毛的地方，独占式的收买，一般私人当然不能和他竞争，运输时他有军用的车辆及骆驼，可以不出运费，出口时可以免去青海境内一切的税捐。因此他的羊毛到了天津之后，无论市价如何低落，普通商人亏本不堪者，他仍然有钱可赚。其次关于青海土产之鹿茸麝香狐皮等，乃至河西（甘肃之西路）之鸦片，往往亦在经营之中。成本低，运费与税捐都比旁人少，这样的贸易，自然是不会不兴盛的。[②]

　　不但如此，他这样大的集团一切物质消费，其数亦在不少（尤其军需品的制办）。因此他自己在西宁设了些工厂，制造他自己这一集团应用的东西（枪炮制造除外）。这样，他的这一集团中的经济消费，很少再透入到社会经济部门中。

　　青海百分之七十以上的面积，是在蒙藏民族游牧区域中，马步芳凭他父亲的声望和自己的武力，可以指挥统治他们。马步芳每年向他们收草头

---

① 津版为："回族有一个通病，就是喜欢把现款储存到地窖中，不轻易让现金在外间活动，马步芳在这一点上，是超人一等。"

② 沪版在此句后还有"而使一般私人贸易，徒呼奈何"。

税一次，规定每匹马，出几角钱，一条牛出几角钱，一只羊出几角钱，游牧民族的现金最缺，故十九都是以羊毛折价纳税，此间经过中间经手人的作用，往往草头税非常之重，蒙藏民族颇感负担困难（草头税马麟亦收一些）。

军队不能不吃饭，所以军粮的开销也非同小可。然而马步芳在青海执行了一种"营卖粮"制度，即是由地方人民摊纳若干粮食，以供军需，名为给价，而实则完全征发。

总之，这种经济政策，可以叫作"与民争利"的收入政策，"半点不肯回到民间"的支出政策。

记者曾调查过马氏所办的蒙藏小学，学生都是蒙藏王公千百户的子弟，一律都读汉书，兼代蒙藏文，[①]学生服装与生活完全军队化。记者曾试问一个小学生："你们的学堂是什么人办的？"他很快的答覆我："军长（指马步芳）！""你的衣服是什么人给的？"我又问。"军长！"他更加天真的回答。

原来蒙藏王公们对于马氏的教育蒙藏子弟，不很信任，马氏乃设立一个蒙藏学生家属招待所，凡愿陪着子弟读书的蒙藏父母，都被无代价的招待着，住一月半年一年都无不可。现在，那般家属们也渐渐明了读书的利益，信任马步芳而安心把子弟入学。这一个举动的意思，是相当深远。

记者在西宁期中，正遇河南亲王的迎亲藏兵到西宁，马步芳非常优厚的招待他们，请他们聚餐，请他们跳舞，送他们的礼物，自己很客气的和他们见面，同时请这些藏兵参观他最好的军队，并且把机关枪大炮一齐搬来请他们看看，甚至已远过时代的土大炮，也陈列在校场上，以炫惑藏兵的头脑，这是马步芳恩威并用的政策。

---

① 原版书与津版相同。《文集》版改为"兼授蒙藏文"。

青海的教育，分政府办的，与回教促进会办的，两个系统。政府办的学校，经费与人才大半两缺，故多无善状可言。有几个学校简直和破客店差不多，然而回教促进会办的学校，则又振振有生气。回教促进会共办有小学一百余所，中学一所。马步芳为回教促进会之委员长，一切经费建筑事业，完全由马步芳负责。促进会所办之中小学，一律施以军事训练与军事管理，尤以回教中学，其办理之完善，恐在西北当归入第一等学校中。

但是，回教促进会所办的学校，并不限制定收回族青年，只是一般说来，回族青年要多些，另外一个非常应注意地方，是这些学校并不十分注重回教教义的训练，在校青年学生，每周所授"教义"——即讲回教经典，每人不过二小时。


## 六、动荡中的青海①

我们简括研究的结果，觉得青海的政治军事财政皆脱了正轨，本来是公的活动，转为私的经营。（自然这并不是青海单独如此，不过有大巫与小巫之差而已。）一切对人对事的关联，都根据这个私经营来出发。在私集团的观点上来训练军队，来发展经济，来对付异民族，来教育青年，这个作法，将走上非常危险的道路。

第一，"兵者，凶器也。"没有一种政治大道作为指标，只是扩张整理军队，这就是"杀力"的培养，如果继续的培植下去，在动摇的政治环境激荡之下，这一股"杀力"是否可以就此安定不乱，恐怕连操纵"杀力"的人，自己也很难逆料。

第二，"与民争利，而不与民分利"的财政政策，诚然暂时的解决私

---

① 本部分对原版书的个别字句进行了改动。

集团自身的困难。但是社会经济在本已萧条之情况下，又遇到这样巨大政治独占贸易，统制消费与无代价的征发，自然我们难于想像说，一般民生有丝毫好转的可能。民生日困，社会日艰，则崩溃之危机愈近，一切活动，将皆属徒然。

第三，中国现在能指挥青海蒙藏民族者，在军事政治方面，恐怕只有马步芳。不过，中国传统的民族政策，都是建筑在相互压迫的关系上。青海回族与汉族自称为"中原人"，意思是"文化民族"；而称藏人为"番子"，蒙古为"鞑子"，对他们只是羁縻征服，使之归所谓"中原人"统治，而不是本民族平等的思想，来谋共同的解放。就全中国来说，回族占不得势的地位，而就青海一省而言，回族是最高的统治的民族。青海全省重要的军事政治经济的枢要，十九在回族手中，汉人有特殊历史或地方关系者，亦只能作"不相干"的事情。至于蒙藏两族，乃至青海特有的土人，根本没有带民族意味以参与政治军事之可能。从人口上看，蒙藏两族，今皆已大大的减少，这是一方面负担不起草头税，逃向西康和内蒙，一方面是因穷困而死亡率增大。这些事实告诉我们，青海目前的安定，只是马步芳武力统治的结果，并不是把民族问题已经解除。

第四，许多人①考察西北之后，都主张赶快办理教育，以为教育是解决西北各种问题的最好办法，然而依记者观察所得，赶快办理西北教育，诚然重要，但是教育的本身，并不能解决西北上的问题，相反的只能使西北人更进一步的了解西北上的问题，而提出些更大的问题来等待解决。从苟安的立场讲，不办教育，问题倒小些，地方平静些。办了教育，大家头脑复杂些，问题倒反而多些，急待解决的需要大些。自然从大局上看我们是不怕问题的。

---

① 从沪版、津版。原版书"许多人"为"许少人"。

青海回教促进会的例子，很可以教我们深省。就已有的事实看，受过教育的回族青年，不再如他们的乃祖乃父一样，成为严格的宗教信徒，因此以[①]宗教的方法煽动他们来作无意义的冲突，比较已[②]不十分容易。但是，他们受过教育之后，他们的生活欲望提高，生存的需要扩大，观察力和认识力都大大的长进。他们从不平等的民族关系中，认识了自己的出路的困难，因而他们逐渐有了政治问题，有了民族问题，他们今后绝不会再在无希望的盲目屠杀中，来找他们未来的光明，他们必定会进一步的在民族平等思想下，来作有组织的努力。同时对于他们自己本族之内的政治组织，也有要求合理化的趋向。

这是西北教育必然的结果，这是西北教育必然促其外表化的西北上的根本问题。

马步芳对于这些问题，也有片段的了解，然而我们还看不出他对于这些问题有怎样解决的办法。

站在中华民族的立场上，记者以为应该以平等为基础整理民族关系，以大公无私，不偏不袒的方法，整刷军事政治关系。[③]而为青海本身计，目前似乎有两种工作，可以努力。第一，把青海的各方面赶紧的"国家化"，即是努力使青海的一切与全国的各方面发生关系，努力使之成为中国密切之一片。第二，西北民族关系，将来一定成为问题，青海是民族最复杂的区域，我们很可以把各民族的青年集合训练，以民族平等的思想指导他们，使他们将来负担领导各民族解放的责任。

青海因为缺乏光明的政治道路，各方面看不到紧张的情绪，有的，也只限于私人系统中的私的活动，一般来说，在私人系统下工作的人们，并

① 从津版。原版书脱漏"以"字。

② 原版书"已"误为"己"。

③ 沪版、津版为："记者在讨论青海军事政治的概论文章中，提出了五个原则，读者可以参考。"参见范长江《伟大的青海是中华民族的一个支撑点》一文。

无一定的薪金，表面上作一个机关职员，仍属无关，一样的没有薪水可支。这般人生活之维持，完全靠他们领袖的私人津贴，平日送炭，送面，送牛，送衣料；赠送的多寡，完全看你努力和亲近的程度怎样来决定。实在劳苦功高的人，就放你去作一任县长或税局局长来调剂一下。这是很明白的，你作了县长或局长之后，可以随便刮一点。因此有许多人不愿作空头厅长，反愿作一个小小县局长。

从这些实际情形看，青海的内情，并不如一般世俗所谣传的那样，有独立的危险。青海目前只是在盲目中安定，真正的问题，是在一般人的谣传之外。甚至青海本地人许多也还没有觉察到。

## 七、班禅在塔尔寺

记者入青海之时，正国内宣传班禅行将入藏之日，此时班禅正驻在塔尔寺。记者乃于二十四日偕几位朋友[①]往游塔尔寺。

塔尔寺在西宁西南五十里地方，为黄教始祖宗喀巴降生之地。现在蒙藏两族所信奉的宗教，以黄教为最有势力。支配西藏西康青海及内外蒙古等处人民之信仰。

西宁至塔尔寺间的道路，除过冰河有点麻烦外，其余都可以畅行汽车。道路完全由兵工筑成，路旁兵工所种杨柳亦多。将至塔尔寺，即见四围雪山之间有丛林树梢出现，转过山凹，塔尔寺全景即呈露于旅行者之眼中。从全部寺院房舍之外景观之，塔尔寺尚不如拉卜楞寺之整齐美观。惟塔尔寺有大金瓦寺与小金瓦寺，其房顶皆用金叶盖成，则拉卜楞又无如此之名贵。

---

① 几位朋友是指王乾三、赵德玉等，见津版。

我们到寺以后，被招待在客房吃了一顿手抓羊肉，客房陈设皆西藏所产之名贵物品。饭后，先与班禅作普通之寒暄。退出后，再约班禅作私人之长谈。班禅态度庄严和蔼而聪慧，担任翻译者为西藏青年汪德君，译语甚为畅达。

年轻的喇嘛（方大曾摄）

班禅首答记者，谓其回藏后之最重要工作，为发展西藏与内地之交通，且以公路为第一急务。至于路线，完全待此次回藏时决定。在入藏之后，关于宗教事务，仍沿旧习，惟政治方面，必须改良，以合于西藏人心为归依。但是改革政治的经验，还希望中央政府的指导。他又说他返藏后，关于西藏军事教育内政皆当照内地改进。财政以自己供给为原则，不足时再求中央帮助。外交方面对于英国的关系，完全听中央的处置，他根本不赞成西藏与内地分离。记者最后要求班禅表示对于政权与教权应否分离之意见。盖西藏政治，至今还在政教未分的状态中，宗教上的主宰者，即为政治上的支配者。班禅于此略现犹豫，终谓，在原则上宗教与政治应该分开，但是现在因一般人民信仰宗教的关系，使政治与宗教分开后，反易生其他麻烦，故宜一仍其旧，希望将来办到分开的目的。

班禅住在塔尔寺之后，远近来朝拜大师的人络绎不绝，塔尔寺比平日更形热闹。不过我们看了塔尔寺的情形，不觉引起了两种悲痛的感想：第一，是满清的宗教政策太过毒辣；第二，是我们现在采用的民族政策，前途仍甚渺茫。

塔尔寺的大金瓦寺，为宗喀巴降生之地，故为塔尔寺中最神圣的地区，内藏宗喀巴生前各种遗物，故蒙藏人以到大金瓦寺前叩头为终身大事。寺门前之廊阶，系以松木铺成。每年更换一次，然而每年换去之木板，皆已被叩头者之双手双足及头额磨擦成二三寸深之五个大坑。蒙藏人民往往以一生生产之所得，不远千里，长途跋涉，完全在一次叩头中耗尽。甚有从西藏内蒙等处，完全叩头以至塔尔寺者，此等人少则数年，多则十数年始能叩到塔尔寺。有叩头至中途而资斧断绝，无能为继，则作记道中返家，再行经营牧畜等，俟经费有着时，再从作记处继续叩起，必达到塔尔寺而后已。此种精神可以看出蒙藏民族之伟大，然而以此种精神用到如此地方，似又太无价值。满清统治汉族，是奖励八股，对于蒙藏民族，则提倡黄教，这完全是[①]宗教的愚民政策，把整个蒙藏民族的精神与精力，尽消耗于"希望来生""超脱凡尘"的工作上，不再过问今世的军事政治问题。满清的政策，诚然有相当成功，而蒙藏民族人口，文化，却受了难于计算的损失。

如果说宗教是一种道德的和教育的作用，倒还可以说通；如果说只要信仰了什么宗教，那里就有人可以引渡你到另一个安乐世界，似乎太难令人相信。到了一九三六年的今年，我们的民族政策，似乎应该科学些，确确实实的来解除彼此的痛苦，以谋共同的团结，似乎不能再用宗教的愚民政策，以自欺而害人。对于西藏民族，我们看不到有什么根本吸引一般藏族同胞的方法，只知道利用一个班禅，利用原有的宗教，走愚民政策的老路。某要人公然到塔尔寺大叩其长头，五体投地的一而再，再而三的叩个不休。也许他是个人的诚心，如果这表示政府的民族政策，那就难于解说了。

还未入藏的班禅的情况，值得特别注意。班禅本人似乎倒没有什么。有许多随班禅到青海来的汉人，现在的状况已经非常可怜。如无线电，驾驶汽车等工作，在班禅左右之藏人能会此种技术者尚不多，故初颇优待此

---

① 原版书脱漏"是"字。

种汉人，后来他们学得差不多了，就不要这般汉人了。不用以后，路费也不给，气势非常高，经济大权在彼辈"堪布"手中，汉人也无可奈何。最可怜的是有一位汉族青年军人，从百灵庙起就投效到班禅这里来，为班禅训练卫队，他满怀大志想乘此入西藏，将来为国家在西

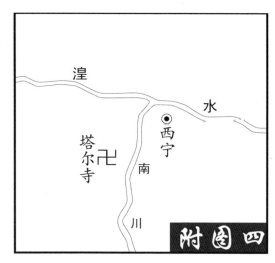

青海塔尔寺地理位置示意图

藏立一番汗马功劳。初时尚好，到青海塔尔寺以后，卫队训练已渐成熟，他的环境也渐渐坏起来，每月给他廿元薪水，关于入藏应备的马匹衣服，也没有人负责，一切都没有人理他，他因此忧郁成疾，有汉人同事曾请堪布送之西宁医治，而堪布们亦不理之。于是这位精干有为的青年军人，就作了可怜的牺牲。在利用主义的民族政策下，被利用的人何尝不知道，不过，在他有求于人的时候，自己卑躬屈节些，一旦自己稍为有点力量，他自然不再对利用者表示好感了。

## 八、回教过年

在塔尔寺附近，有个市镇叫鲁沙尔[①]。是羊毛贸易的大市场，各种民族混住其间，藏女之美丽，尤为吸引游客的一大力量。我们当晚住在鲁沙尔街上一位朋友家，晚饭吃来吃去总是羊肉，制法也粗糙，吃起来总有点

--------

① 今青海西宁湟中区鲁沙尔镇。

不顺口。

我们想尝尝夜间骑马的滋味，所以在十二时稍过，我们就起身上马，离开鲁沙尔回向西宁。此时星月在天，水河雪霜与星光月影相映射，整个大地被上了深银灰色的外景，一小队夜行的征夫，纵马于高冈浅阜之间，此时万籁无声，只有偶然的马蹄触石声，与我们同行者问答声，才是打破寂寞的惟一音响。连过几条小冰河后，人马皆异常兴奋，于是我们纵马狂奔，旋乃引吭高歌，青年积郁之气，几乎全部发泄以出。同行者唱马仲英军中歌谣，使记者深感兴味，歌曰："骑大马来背钢枪，富户门前要粮饷，大姑娘捎在马上，大姑娘捎在马上。"这一个歌谣，充分表示出，一群不能解决食色两问题的农村游民所组成的武装团体的性质。

二十五日的清晨，许多人还在温柔乡中，我们已经到达西宁城。

假如我还在少年时代，我希望住在青海。因为这里有三个年可过，汉回藏三族各有一个"年"。平常人只能过一个"年"，热闹一次，青海是三个"年"，可以热闹三次。藏族的年怎样过法，记者没有亲见过。这一回却详详细细的看了一个回族过年，这一个年给人的印象，大可注意。

回族年节的规定，是依据阿拉伯历法，每年年节不在相同的时间，今年如果在十月，明年就在九月，在这一月中，所有教徒都"奉斋"。即是这一月里面，每天日出以后，日入以前不进饮食，饮食的时间只能在日出之前和日落之后。据说，这中间的意思，是令一般人知道饥饿痛苦，好真心救济贫穷。又有一说，谓回教教主穆罕默德尝与敌[1]人苦战，每日黎明以前略进饮食之后，即出外战争，至日落始归家就食，故以后教徒皆每年奉斋一月来纪念他。

这个大典的举行，是在二十七日，上午十时左右，西宁附近的回民男

---

[1] 从津版。原版书脱漏"敌"字。

子，都先后齐集马步芳平日练兵的校场。我看不到有一个人在指挥他们，而他们老老少少的自动向西方坐成很整齐的行列。一种庄严的伟大印象，透入每个参观者之心中。此时北风劲烈，记者重裘无温，而席地而坐之整万回民，没有丝毫浮动气象，不能不谓为难能可贵。这个大典表现了几种非常大的意义。第一，回族内部的团结太好了。这成万的老百姓一切都是自动的组合成功，而所有礼拜及大典中各种活动，没有不万众一心，动作一致的，那天天气如此之冷，因为搬运播音机差不多耽误了二小时以上，旁观的人许多已经受不了，相率退去，回民中却没有一人半途而逃。第二，教主的权威太大了。那天播音机到了以后，这样新式的东西对于青海回民总算是一种特别的刺激，可以吸引他们的注意，然而在场中的成年回民，没有一个离开坐位来看的，只有少数的小孩，实在抑不住好奇心，跑到了播音机的旁边。后来那位总教主讲话了。他一句话是："小孩们！大家一齐坐好！"我一面听着这一句话，一面立刻看到小孩子们都很快的依行列坐了下去！第三，回族目前政治趋向非常良好。青海总教主每年对回民的训话，有绝对的权威，他是不轻于说话的。他讲话先用阿拉伯语，然后自己用临夏（河州）土话翻译出来，另外一位朋友又用西宁土话翻译给记者。教主今年训示他们两点：第一，要把个人看小点，个人不要不知足，国家才可以安定，才可以太平；第二，要服从有能干的领袖，不管他是汉人也罢，回人也罢，藏人也罢。要这样才可以团结，才有力量，才可以不受外国的欺侮。他这话有多少理论的价值，暂不管它，不过，他这话确代表一种趋势，我们不能忽视。

西宁的大礼拜寺，表面并不堂皇，而他的教权所支配的区域，却包括整个的青海，以及青海系回军所支配下的大夏河流域和河西地方，教权与军权合一，其前途就不单纯。

记者对于《可兰经》[1]教义，毫无所知，不敢有所论列。惟对于回族问题，颇感兴趣。在青海所遇新旧朋友中，对于回族问题比较有正确见解者，首推刘希古先生。他因为思想锐进，性格倔强，故遭时颠沛，现尚仅以小学教师糊口。而一般环境较顺之朋友，又多忙于现状之应付，大问题之研讨，似又无暇及之。

西宁对于外间去的游客，还有两种力量可以令人惊讶。即回军的骑术和藏女的歌舞。记者参观过两次回军骑术表演，骑士在马上仰卧上下，或马上倒立，或马腹藏身，有人能用中国旧式土枪，在一趟马程之内，在马上连放七枪，真属绝技。惟回军之集团训练不够，与有组织的军队不能作战。其次西宁有几位歌舞兼长的藏女，她们善唱情歌，舞姿和歌情虽比较单纯，而其歌声与态度，亦能令人心醉。

东方的朋友常常轻侮的批评西北人，称其一切都落后，似乎不可以有为。而记者则认为不当。东南人有东南人的长处，西北人有西北人的长处，人的本质上没有什么区别，只是看环境如何，自己所得的训练不一样。关于近代工商业社会的生活能力，东南人比西北人长些，但是关于高原农产和牧畜生活的技巧，西北人比东南人又多些。西北人的骑术是一端。记者离西宁前曾看过西宁中级学校所举办的游艺会，演员对于西北乡村社会生活的表演，技术非常成功。[2]

## 九、西宁至新城

西宁之游既毕，记者乃取道青海北路，决横过祁连山以趋张掖，一月

---

①《可兰经》又称《古兰经》，是伊斯兰教的经典。
②原版书删除了沪版和津版中随后一段话："马步芳在记者离去西宁之前夜，曾作一席（津版误为"度"）恳切之谈话。他再三表示他欲有所作为的私衷，而深以无人指示其光明大道为恨。在彼此寂寞对坐当中，记者心萦乎西北大局，不自觉有感乎这里（津版为"西北上"）第一流人才之无多，而为西北前途抱无限之隐忧。"

四日记者与从者二人乘马离开西宁。承友人们策马相送，直至离西宁西门外十里之湟水桥上，始依依握手告别。别后彼此犹时在马上回首相看，影没后，心殊怅然。[①]

西宁在湟水南岸，由西宁至张掖，系出西宁西门，过湟水，遵北川河西岸行。北川河两岸田园，仍甚优美，惟不如乐都一带之湟水流域富厚，北川河西岸地势较东岸尤宽旷肥沃，将来修路开渠等事，皆无大困难，现在道路十九在黄土狭沟中。经青海兵工修理后，已具公路之规模，但因大通县为青海产煤之区域，每日络绎不断之煤车，来往于大通西宁间，路面与桥梁损失甚大，一乘所过，黄土乱飞，行人颇以为苦。

张掖西宁间道路，大都为人烟稀少之地，饮食住宿，皆感困难，而且须通过汉回蒙藏四种民族居住区域，如果语言不通，道路不熟，旅行殊为不易。记者所带之从者，乃青海循化县之撒拉回族，兼通汉回藏三种语言，且曾数走此路，故为最理想之向导与通司，途中必须的用品都完全自己带上，主要的粮食，固不用说了，就是火柴，盐，醋之类，亦非预备齐全不可，只有"水"一桩，用不着自带。因为到了没水的地方，随地有冰有雪，可以化冰化雪，倒不成什么问题，这两位撒拉回人，精

《西宁至新城》记者行经路线图（彭海绘）

---

[①] 津版为："承友人赵德玉、刘希古、马绍武、王乾三诸先生策马相送，直至离西宁西门外十里之湟水桥上，始依依握手告别，友人穆成功先生随后更追来远送二十余里，数请始归，彼此犹在马上回首相看，影没后，心殊怅然。"

明强干，途中一切饮食起居，我完全听他们指导，所以从出发时即未遇重大困难。惟他们彼此用突厥语谈话，记者丝毫不解，颇有身入异域之思。

青海之平均高度，为中国各省之冠，即以西宁而论，海拔高至七千五百呎，仅次于西康之康定，其余各省省会之高度，未有能及西宁者。再由西宁西北行，地势越高，气候愈冷，故服装方面，汉式装束，即不大相宜，西式之普通冬季服装，简直毫无用处。最适用之服装，为藏族用之大领皮袄与长筒毛靴。在马上尤为相宜。记者所衣，乃相当于王公千百户之藏服，从者亦为藏式。高原地带，空气清凉，马上四望，胸怀开朗，惟从者不断以突厥语相谈笑，状甚愉快，记者一人除默然思索问题外，没有其他方法可以自遣，因此深感情绪上之孤单。举目所能接触者，为山巅的白雪，北川河中的冰滩，寒缩的村庄，枯落的杨柳，与田间出现的羊群，大道上似相迎送的过客。所谓"漠漠穷边路，迢迢一骑尘。四时常见雪，五月不知春"①者，记者今始临其境矣。

四十里至猴子河②，为一小市镇，回汉杂处，回人之房屋与服装，皆较汉人完整富足，所开小馆客店亦较卫生，汉人小孩有裤者少，若干少妇亦仅有破单裤，上仅破棉衣蔽身，一般男子壮丁，倒比较服装周全些，不过如果和记者等比较，那诚有天堂地狱之差了。唐顾况看到当时关中民间之穷困，因作《长安道》词一首，意在劝人归隐，他说："长安道，人无衣，马无草，何不归来山中老。"大概这位顾先生一定是③出身地主家庭的人，总觉得在都市生活中颠连，不如退居山中，与世无争，过点悠闲生活，他那里知道，一般缺衣缺食的人们，在都市中或交通大道上，终日奔忙，尚

---

① 出自明代杨一清《边城》。原版书删除了津版、沪版所注出处。原版书"不知"有误，应为"未知"。
② 位于今西宁市大通县长宁镇。长宁镇原有后子河乡。"后子河"原为"候帝河"。史载大业五年（609年）四月隋炀帝曾巡访青海，到达大通县境内，因此有了"候帝河""候帝沟"等地名。青海方言中把"帝"读成"子"，后来"候帝河"就传成了"后子河"。今《西海都市报》记者李皓撰文认为，书中"猴子河"疑为范长江因向导说的方言而造成的笔误。
③ 原版书"是"误为"的"。

不能糊口，归到山中，试问凭什么来衣食？穷人回到"山中"，恐怕不等"老"，早已饥寒而死了！

最可怜的，是这般煤车夫。他们在衣食的鞭策下，来往奔走，每星期来往于西宁大通间一次，一车煤需本三元，西宁市价，一车只能卖四元多，除了捐税与人马消费外，当然难寻相当的剩余。车为木制，最易破轮，往往在天寒地冻之野地中，发现破车，车夫哀坐其旁，疲瘦之牲口倦伏于侧，为了小小一块木料，须往返数十里经一二日之露宿痛苦，始能有继续前进的希望，高卧西宁的阔人们，日夜燃煤取暖，亦知大通煤来历之不易否？

途中有成群的藏民及蒙古人，沿途乞食，状至穷苦，据翻译问答之结果，始知皆系来自远方，向班禅叩头者，其所有积蓄，皆于见班禅时，全部贡献，致归家时之路费，亦大成其问题，此种精神可惜用于宗教上，如用之治科学，治军事政治，其成就当难限量。

青海回军大体为派兵制度，士兵皆有家室可寻，非同游民集团式之募兵可比。故每年过年时士兵照例放假回家，所有服装马匹枪械一律自由带回家去，并不须有官长监督。记者途中遇不少由家回营之全武装士兵，因系派兵，故逃亡者少，而且逃亡以后，立刻可以捕回。所以如此放任，仍不会有大问题发生。

四日夜间，我们住离西宁七十里之新城①，城紧接北川河西岸，仍为回汉杂处之小市镇。地渐贫苦。河东有山峰突出，曰老爷山，与河西山势接成一峡，长城蜿蜒山上，状至雄伟，青海境内之长城，建造于何时，记者尚无所知，惟就历代边防政策推之，或为明代之遗迹，亦未可料。老爷山上有大喇嘛庙，藏人每年朝山者甚众，庙会之期，山上山下，骤成市集。

---

① 今西宁大通县新城。

## 十、过大板山

经小峡之后，我们到了湟水南岸，出了西宁，我们又过湟水北去了。湟水水势甚急，严冬亦难冻结冰桥，非人工架桥莫能渡。北川河亦为不易冰结坚桥之河川。新城西北约里许，即出长城口，今已无关卡，惟军事形势，甚为险要，出关口，北川河两岸又见平川。关下村落处有歧路，一走大通县，一走甘肃之张掖。我们于晨光熹微中，即已走近北川河桥，桥名通济，坚固宽敞，可以通行汽车及大车，现在许多新修公路中，如此坚固之桥梁，尚不可多得。

过通济桥，即到老爷山根，有人家三四，绕山北东去，[①]有石峡曰东峡，峡中有小溪，溪谷全冰涸，出峡以后，溪水积溢，成为广一二里之大冰滩，冰滩滑马，故大道皆避去积冰，绕道山麓行。沿途村落渐稀，山谷形势渐露荒凉景象。野鸡与吃人之黑鹰，随地可见，从者用手枪射野鸡，皆应声而倒，撒拉回族之枪法，诚有非常人所能企及者。

四十里至一大喇嘛寺，曰广慧寺[②]，俗名过莽寺，藏人甚多，寺之四邻，已多藏人生活习气。广慧寺原为最有军事政治力量人之机关，清雍正时青海罗卜藏丹津反对清人统治，朝廷用年羹尧为川陕总督，督师西宁，严行剿办，四川提督岳钟琪为奋武将军，佐理军务，年羹尧采酷烈的杀戮政策，广慧寺因此被岳钟琪所焚，后再重修，始得安定附近藏族。广慧寺附近山上，森林畅茂，盖为数百年老林，现寺僧只知砍伐变卖，年有缩减，未知稍加培植，恐十数年后，青海又少一避暑佳地矣。

又十里至湟北山脉下之流水沟，山势骤紧，谷口亦狭，由此再上，即翻过湟北山脉之正干而至大通河流域。此段湟北山脉，俗名"大板"，计

---

① 从津版。原版书误为"绕山北东北去"。
② 应为今大通县广惠寺。

过山有三条小路，曰上中下三大板，记者等所欲经行者为下大板，下大板一路比较危险小些。因其坡度与路之宽度，尚容马匹勉强通行。我们到流水沟旅店时，店主劝不必当日过大板，因午后风大天寒，如不能赶至站口，山中过夜甚难。流水沟过山以后，六十里无人烟，必至

《过大板山》记者行经路线图（彭海绘）

卡子沟[1]始有宿处，记者为赶程计，不能顾忌如此之多，只好冒险走去。行行重行行，马行速度逐渐减小，比到登山处，已全身大汗，喘气告乏矣。道路两旁野物甚多，我们为路程所迫，也顾不得作打猎游戏，下马牵马上山，屡憩屡进，终于人马交困，始达山巅，山口顶点，计高一万一千五百呎，记者之鼻腔感受压迫，随有血汁流出。从者则久习于高寒生活，若无所苦。下山遵山阴小道行，山阴积雪甚厚，道路尽在雪中，不知此雪果已积厚至如何程度，亦不知已积若干千万年，人行其上，终觉惴惴难安，万一坠入雪窟中，记者视察所得，恐永无与读者相见之机会矣。

山阴坡度比山阳更为峻急，路中常有冰溜，滑跌之危险殊大，从者牵记者马而行，所谓"一失足成千古恨"之危险者，今得其实景矣。幸而下山，马尚不甚劳碌，如由此面上山，殊非易易。

下山后行数十里，始于天色昏黑中达卡子沟。卡子沟高九千呎，全为回族村落，只有一家汉人，亦为佣于回族。此地因地势高亢，五谷不熟，

---

[1] 今青海省海北藏族自治州门源回族自治县卡子沟村。

即寒带植物如青稞之类，亦难望有其成。居民以洋芋为主要食品。我们到店以后，欲买煤烤火，而煤不可得，柴亦无之，只有羊粪可充燃料，气味虽不佳，然亦无可如何者。我们吃的东西和作饮食的工具，幸而皆自己全备，缺一样即根本无法可想。旅店内部尽是灰土，如果有女客一道，那就难以为宿了。

湟北山脉两侧，本为有名的牧畜区域，然而此间土著居民之能穿羊皮衣以御寒者，尚不见多。自己养羊，而不得穿羊皮，反而穿单破之棉衣裤，谓非剥削过重之结果，实不易给人以满意之解答。

五日，计行一百一十里，惟此种里数，多为随便估计，可靠性少。六日我们由卡子沟赴亹源县①。

卡子沟北二三里，即至大通河岸，野鸡野鸭群立马蹄旁，土人缺枪，打猎者少，故不知畏人，大通河介于祁连山脉与湟北山脉之间，其上游地势甚为平坦肥沃，宜农宜牧，惟顺河东下，至互助县北，山势紧急，构成险峡，名"浩亹隘"。大通河在浩亹隘以上为浩亹河②。汉光武时，浩亹河上游藏族不服命，帝命马援率师讨之，两军相拒于浩亹隘，援用奇兵抄击，大破之。

普通人只知马援征交趾（越南），而不知马援曾征青海，建立奇功。马援一生行径，颇多可令人深省者，援为陕西关中人，曾放牧于陇东南及陕北一带。王莽称帝后，闻其贤，兄弟三人皆被仕于王莽。后莽败，援逃避凉州，因为熟悉西北情形。隗嚣称霸天水时，厚礼以援为谋士，援曾代表隗嚣见四川成都的公孙述，述盛陈天子仪式以接援，援因断定公孙述不足有为。他说："天下雌雄未定，公孙不吐哺以迎国士，与图成败，反修饰边幅，如偶人形。此子何足久稽天下士乎？"回来又代表隗嚣去洛阳访

---

① 今青海省海北藏族自治州门源回族自治县。
② 今浩门河。

汉光武刘秀，光武只身相迎，援始大为惊服，愿为光武用。隗嚣败没后，援为光武出镇西北，对其他民族，恩威并用，西北安定者垂十年，他大战浩亹隘之时，正是镇守西北的期中。他后来南征交趾，北拒乌桓，声威并著。他深感功高震主，所以始终寻机会作对外战争，不愿引入内争旋涡中，终以战败，以六十余岁之高年病殁于湖南。死后有人谤之光武，谓援有私意，几不得还葬。光武用援时何其客气，援平日持身何其清明，老年为刘家天下而牺牲，反不见谅于开明之光武。为个人效忠，其所得结果不过如此，也就是中国历代的第一流军事政治人才难得善终的普遍原因。

## 十一、浩亹河上游

一到浩亹河岸，我们就顺着河南岸行，河北是祁连山脉，河南是我们刚才翻过来的湟北山脉，两条雪山，夹着沃美的浩亹河谷地，风景绝佳。浩亹河上游以产走马著名。

居民大概河北为汉人，河南为回民。汉人人口比回民为多。民间穷苦景象，溢于服饰间。

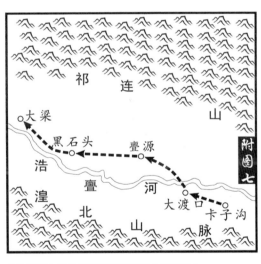

《浩亹河上游》记者行经路线图（彭海绘）

明陈棐有吟祁连山诗一首，记者认为与此时情景最为恰当："马上望祁连，连峰高插天。西走接嘉峪，凝素无青烟（因山顶终年积雪也）。对峰拱合黎（合黎山名，在祁连山北），遥海瞰居延（居延海名，在蒙古草地中）。四时积雪明，六月飞霜寒。所喜炎阳会，雪销灌甫田。可以代雨泽，可以资流泉。"这段节录的述事诗，把祁连山的风景和作用，都说得明明白白。

到离县城十里的地方，有渡口曰"大渡口"，此时河宽不及半里，水深不过二尺，水清见底，两岸结冰亦不宽厚，本可以涉水而渡，但水中因夹有大小冰块，急流而下，马入其中，易被冲倒，故另设渡船一只，由一少年船夫司摆渡之责。此处渡船与马连滩者完全相同，有舵无桨，全由船夫拉铁索，带船而过，此少年船夫像至聪明，其头脚手身皆结满冰块，真可谓之"冰人"。问及待遇，则为纯然义务制，系由地方住民轮流担负者。世间往往工作最苦之人，即待遇最薄之人，养尊处优者反多不费力之收入！真正公道之日，不知还要等到什么时候？

亹源县在河北岸，为青海通张掖武威的总道，东北出老虎沟可以至武威，路险只宜于单骑行，有二三百里无人烟，西北出扁都沟可以至张掖，人烟亦稀，路较宽敞，现在走张掖者多，走武威者少。亹源县城①内全部商店不到三十家，县政府系寄居关帝庙内，萎靡难入眼，然而县府之权力却是非常显著。记者在途中见县役用皮鞭乱打被传来县之农民夫妇，而与县长谈话时，问民生疾苦如何，县长坚谓民间甚为富足，异乎常人之观感。最可怪的是记者在县府中所见的逮捕学生的纸条，那条子是一个学校当局送给县府的，上面说，学生某某等"不守校规"，"殴打同学"，和"当众跳舞唱歌"请予派警拘捕，以维风纪。县府在那纸条上批了一个"照办"。这不能不说是奇闻。我们要知道，这个县只有小学一所，对小学生用这种方法，总算是对教育法上新的贡献！

此间商业，十九为汉回对蒙藏的贸易。汉人与回人对藏人与蒙古人，

---

① 今门源回族自治县浩门镇。

其贸易中夹浓厚的欺骗成分，绝不是平等民族间商业关系所能有的态度。贸易货物中，除土产而外，以日本货为最多。记者曾托人去买白糖，迨[①]回来检视，仍然是日本制造。

浩亹河谷地在唐时原为鲜卑民族吐谷浑住地，后由蒙藏两族更迭据之，今则蒙藏两族亦已远往西移，完全落于汉回两族之手。一千余年期中，人事更变，已有如此之大，再过数十百年后，不知汉回两族，亦能长安于此否？

记者到县时，有凉州回军派来捕逃兵的人员亦到，叫嚣无已，杀气冲霄[②]，地方机关皆对之好好应酬，不敢稍息，因捕逃兵与提派款，为回军之两大好差事，有各种"好处"可得；被派担任此种工作者，必为与高级官吏最有关系之人。回军士兵多系派来，或抓来的汉人农民，军中衣食皆缺，而劳役无已时，故往往有逃亡事件发生，此种士兵皆为有家有室之人，故追迫其地方负责人及其家属，一定可以追回原人，而所谓"好处"者，即出在这个关系上面。

夜间感觉气候甚冷，验高度表已达九千五百呎，比在西安空中的普通飞行高度，还要高出约一倍，自然不会温和了。

过了亹源以后，气候高寒，不宜人居，农事无望，我们七日预备住宿的大梁[③]地方，马的草料，和作饮食的燃料，皆无从取给，所以必得由亹源先行派人送去。被派者名为"乌拉"，任乌拉者大半为贫苦人家，其运送工具为牛，速度甚慢，故必须早一夜作通夜行，始能赶到目的地，我们骑马的旅客还在甜梦中休息，而可怜的乌拉，已经拖着疲乏的身体踏上他无味的征程了。

---

① 原版书误为"殆"。
② 原版书"霄"误为"宵"。
③ 位于今海北藏族自治州门源回族自治县大梁沙金矿。

## 十二、祁连山中

据向导的告诉，知道矗源至大梁计程有一百二十里，而且全系无人烟之草地，如果赶不到大梁，寄足的地方都没有。所以我们只好赶早出发，闻途中时有游牧之藏人杀人越货，故在矗源添加善于枪法且通藏情之护士一名。早间约四时动身，明月当空，严霜被地，寒风迫面吹来，刺脸欲裂，眉目与鼻孔四周，皆凝重霜。记者所衣之藏服，此时亦减少其效力。走了将近二十里，才看见我们背后太阳慢慢的上升，从者多脚冻不能支持，下马步行以取暖。道路尽在平川草地中，已由青海军队修成公路模样，异常平坦，平川中除有碱草外，极小的灌木亦不生长，四十里不见任何人家，远远山边草野间，间或有隐约的牛羊群和游牧毡房出现，那就是我们视界以内惟一的朋友和伴侣。

四十里至一站口，曰黑石头[①]，有回回店一家，污浊破烂，无法入内，店内有奶茶可供饮用，余则一无所有。黑石头以西，又是八十里无人烟，地仍平坦。矗源以西，已不见野鸡，只有野兔，从者常于马上发枪，十发九中，途中粮食，因得重大的补充。

黑石头以后之道路，紧接祁连山南麓，祁连山产金处甚多，今晚预备过宿之大梁，亦为有名产金地。途中有不少徒步苦力，背负粮食衣服工具等疲惫而行，土人谓"金夫"。我们听到"金夫"名称，很容易想像到这般苦力都是容易发财的人，而事实上则不然其说，这般金夫都是高利贷下的奴隶，并不是自主的劳动者。他们都是农村中生活艰难的人，高利贷者才借给他们相当的"金子"，如果市价为一两金子换银元九十元，高利贷者只借出五十元，即须要苦力们将来还一两金子。而借出所谓五十元，还

---

① 今海北藏族自治州门源回族自治县黑石头村。

多半给予粮食茶叶，现金占极少数部分。这些折价的货物，其价格又远比普通市价为大。故金夫在三层压迫之下，其所劳动之结果，全入高利贷者手中，与牛马同为无代价之劳动。造洋楼者不得住洋楼，挖金者不得用金之利益，各事盖有同然。

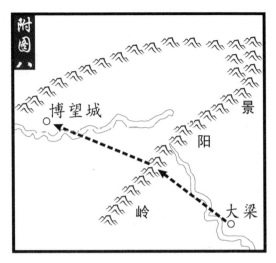

《祁连山中》记者行经路线图（彭海绘）

又五十里左右，藏人及蒙古人牧畜渐多，水草之地，皆易见毡房，蒙藏男女在大自然中，欢歌快舞，不忌不羞，似不知人间有辛苦事者。

近大梁处，已有野羊发现，其背黄故名黄羊，从者屡下马射之，皆未得中，盖黄羊性灵活而健捷如飞，俗有"黄羊站一站，马出一身汗"之谚，可见黄羊行动之迅速。明范瑟之塞上诗云："健儿矫马浑无事，射得黄羊带血行。"我们用新式枪打黄羊，还难打着，他用箭射，居然可以"带血行"，似乎也太神乎其技了。

黄昏前，记者已人困马乏，近暮始到大梁。见有炊烟自地中出，而地面上并无一间房屋，心颇疑之。走近，始知大梁为金矿区，穷苦之金夫皆傍土崖穴居，有所谓客店者，乃在一干河岸之石穴中，石穴为水所冲成，外塞以乱石泥土之类，穴外秽污狼藉，死马三数冻僵门外，穴内人马杂沓，烟尘绕转，呼吸皆为之闭塞不通，张眼亦难，必到夜深人静，寒气逼入，始有相当清爽空气。假使夏季住此，山洪暴发，我们这般人就难免与波臣为伍了。同住穴中者尚有十余人，皆以皮衣为被，无一人有被盖者。店主人黑小脸，亮突的眼睛，不断注视记者之行装，使人不敢安然就寝。

这一天走了一百二十里，山势似逐渐变矮，实则地势渐高。大梁高度为一万零五百呎，几与湟北山口同高。

在石穴中对付一夜，次晨才从石穴中爬出来，似乎人生又增一番经历，看看一般金夫的住处，又觉得他们的生活，竟这样永远继续下去，人生希望直等于零了。

九日赶早登程，走过二十里冰河，有数处冰滩长一二里，滑马可畏。河尽，过一小岗曰景阳岭，为大通河与弱水的分水岭，山北之水北流居延海，山南之水汇入大通河。亹源土人有句俗话说："天下高不过景阳岭。"景阳岭拔海一万一千六百呎，并不能算高，比它高的山还多得很，然而亹源人的"天下"中看来，景阳岭要算最高的了。孔子说"登泰山而小天下"，孔子的"天下"诚然比亹源人的大些，但不过也未出黄河下游的区域。各人的环境不同，认识不一，这是最好的例证。

大梁以后，本已入了祁连山脉中，为最易下雪刮风的区域，我们这次却每天有太阳，天气非常良好。因此只要我们肯做，许多危险的环境，也

博望城旧址（范东升摄）

能侥幸逃过。

景阳岭后，又是平川，黄羊遍野，记者数发枪射之，皆未命中，遗念甚多。马行又数十里，始终未见人烟，藏人毡房亦不可见，举目荒凉，常起绝域殊方之思。回忆起汉朝李陵被迫降匈奴后，给苏武一封信上说："顾国家于我已矣！"那一句话。那时的国家是姓刘的国家，李陵为博取功名，故欲立功异域。在穷荒绝域中战争之结果，"功大罪小"，竟蒙全家之诛。可痛殊甚。因此他不愿再行返汉。他苦战之后，得到如此结果，再也忍受不了他平日的积愤，他想着苦战以争天下的是一批人，而安坐享用的又是一批人。所谓"妒功害能之臣，尽为万户侯。亲戚贪婪之类，悉为郎庙宰"[1]。所以他的愤慨语，实为千古英雄吐出了不少怨气。

行八十里，至一破旧古城，俗名俄博城[2]，图上曰博望城，遍请本地之"智识分子"，无有知此城来历者。按张骞回来道路走祁连山南的事实推之，骞曾到此，亦未可知。城市破旧，无一间完整之房屋，农耕和商业都无可言，这里猎户是第一等人物。这样破烂的古城，却有两个税收机关，似乎政府的责职，只在乎收税，所以在无论如何荒僻地方，总有收税机关存在。

## 十三、走出祁连山

博望城四周本皆藏人牧畜地，因避汉回人势力，故远避山中。此间夏日雨后，蘑菇甚多，城内穷人多恃此为业。

景阳岭应为祁连正脊所在。俄博再过四五里，又翻一山梁，入扁都沟。

---

① 原版书"婪""郎"有误，应为"佞""廊"。
② 今祁连县峨堡镇。

祁连山风光（范东升摄）

梁上有"筹番碑"，字迹已模糊不清，不知为何代①遗物。大体为汉人兵力打败藏族的纪念。

扁都沟长八十里，绝无人家，我们走了一天，只有几个缠回到青海做棉花生意的，是我们所见的惟一行人。路愈向北走愈低，因而显出山势愈高，道路尽随沟溪左右行，唐皇甫曾有诗云"塞路随河水，关城见柳条"②，真算有经验的说法。因为边塞上的道路，大半顺着河水走，有柳条的地方大半有关城。

扁都沟中行二三十里，始有小小的木本植物发现，如大梁博望城等处，只有草，小树也不见一株。博望城北有一夹硫磺质之煤层出现，扁都沟中西侧山崖上所露的煤层尤大。大梁以后，打尖颇为麻烦，此带为草地，无柴可寻，水皆结冰，得水不易。我们在扁都沟走得饿了，找了一个避风处打尖，水已坚冻，破冰无术，好容易跑了一二里才在较薄的冰下，得了一小锅饮水，辛劳的征马望着我们的水喷气，那我们只好说"对不起"了。

---

① 《文集》版"何代"误为"可代"。
② 出自唐代皇甫曾《送和西蕃使》。

　　马步芳和马仲英在扁都沟中打过一仗，这里的地形，如果从北往南攻，非常不易，只要稍稍设防，欲由此路攻入青海，根本很少希望。

　　扁都沟走完，我们的视界立刻从祁连山中解放出来，丰沃平广的张掖盆地，被上无边的雪锦，村落，林木，溪流，牲畜，行人，炊烟……一一的讲入我们的眼底，我们立刻感人类社会的再临，我们出了扁都口才算到了自己的"家乡"，穷荒绝地的祁连山里，真有把人退回到千年前的凄凉！

　　出山口为炒面庄①，在这样严寒的气候下，此间男女小孩十九无裤，成年妇女大半单裤。几乎没有一个人没有冷缩的模样，路旁间有大堡子，内中人们衣服比较完整，似为地主之家。

　　计行一百三十里始达东乐县②，东乐原名洪水，清顺治时还是汉人和藏人相互做交易的官定市场。洪水往东，紧靠祁连山北麓，有一片大草滩，直通凉州。清康熙时，青海藏族请以大草滩为牧地，政府官吏力争不可，认为大草滩为武威张掖要地，如果给了藏族，则藩篱已失，河西决难安定，河西不保，西北难有安宁的日子了③。藏族领袖怀阿尔赖表示反对，他拔刀砍地上说："前明汉江山，独我不可得一片土，天何用生我为？"他的意思是

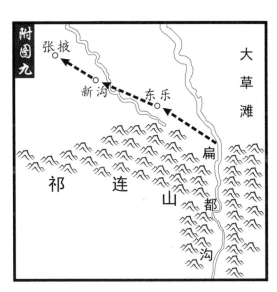

《走出祁连山》记者行经路线图（彭海绘）

---

① 今甘肃省张掖市民乐县炒面庄村。

② 今张掖市民乐县。

③ 从津版。原版书误为"西北难有能安宁日子了"。

多么可令人注意。明朝汉族的江山，你们满族可以取而代之，独我们藏族得这样一块小地方来牧畜，都不可能，那天又何必生我们藏族呢？这是民族平等的呼声，这是少数民族的民族生存权的呼吁。像怀阿尔赖这样的思想，我想每一个少数民族都是有的，造成这种思想的事实，如果不能铲除，民族间的关系，绝无圆满解决之日。

东乐城内住户，恐难满二百户，穿城不过半里，我们黄昏始到。住关外一小客店中，店中空无一物，连烤火的柴也得自己设法。最妙的是，店主人也感到燃料的恐慌，屡次来偷我们的柴草，这是任何地方的旅店，所不易遇见的。

东乐至张掖尚有一百四十里，里度甚大，我们又不得不赶早登程，披星戴月，戴月披星，我思想的活动，借马蹄的声响，节奏的开展起来。我的大藏马越走越有精神，在平地里骑马也比较在山地里要少操心些。所经过的集镇，都有"民药局"，就是公开卖鸦片烟的地方，明明是卖毒物，而硬名之曰"民药"，不问实际，只顾表面名称，这是传统的"秀才政治"的遗毒。

我们在一小镇打尖时，因为当天可以到张掖，所以吃不完的点心，都不愿再带走，以减轻马匹的负担。我们给了一块极普通的糕饼予一个农民，他不胜惊异的吃了一半之后，脸上充满了新奇的感觉说："老爷！这是什么？我从没有吃过！"此小镇之西，为五十里长之荒滩，无水草人烟，名石高墩，黄羊成群出现，但遇下马持枪之人，立即远逃无踪，记者屡屡以枪击之，无一命中。

离张掖四十里处曰新沟<sup>①</sup>，新沟以下，景象完全大变，崭新而整齐的村落，稠密的树木，熙来攘往的人口，如网形散开的水渠，并不下于淮水

---

① 今甘肃省张掖市甘州区新沟。甘州有多个"新沟"，此为南部"新沟"。

今日扁都口（范东升摄）

流域的风光。将到张掖时，我们看见对面来的牛车上载三个小女孩，约五六岁光景，问之始知为某老爷新买的"丫头"，三个小人的代价，共计十五元！张掖地方如此之富，而民生竟如此之穷，河西的情况，使我们感到怅然不释了。

（一九三六年四月十七日兰州）①

---

①1936年4月17日《祁连山南的旅行》完稿于兰州。沪版于1936年4月21日至5月4日连载，津版于1936年4月22日至5月6日连载。

# 第四篇　祁连山北的旅行

《祁连山南的旅行》一
文，已经发表一月多了，祁
连山北那一块斜长方形的
地域里，是什么样的状况，
想亦为读者所急欲了解者。
记者因旅中少较长之安闲时
间，故迟至今日，始能执笔，
深为不安。朱毛等近由山西

《祁连山北的旅行》记者行经路线图（彭海绘）

退回陕北，是否有向祁连山南北前进的企图，记者此刻尚无所知。然因朱
毛等之移动，此文之披露或更能有供读者参考之意义矣。①

## 一、"金"张掖的破产

每一个到西北游历的人，最容易听到本地人所谈的俗谚之中，总短不
了"金张掖，银武威，秦十万"这一条表示甘肃最富庶地区的语句。他们
的意思是说：张掖，武威，和天水（即秦州）是甘肃省首屈一指的财富地
方，特别是张掖，要算第一。

就是从历史上看，张掖在西北民族关系上，也曾有过重要地位。二千
年以前，这里还是突厥族的匈奴占领的地方。汉武帝时，霍去病赶走了祁
连山北的匈奴，汉民族才扩张到弱水流域来，设立武威、张掖、酒泉、敦

---

① 此处从沪版。沪版、津版在《祁连山北的旅行》通讯之前均有一段导语，在原版书中被删除了。此导语反
映出记者前往祁连山北采访的根本目的。津版将导语中"朱毛等"改为"共军"。沪版《祁连山北的旅行》分
13 节刊出，津版分 11 节刊出。

煌四郡，把这些①地方改为内地。张掖一郡，特别重要。所以取名"张掖"的意思，是"张"中国之"掖"，西通西域，以断匈奴与藏族的联合。

不过，汉民族以后，并没有把这个地方巩固发展下去，唐朝时回纥占了张掖一带，②宋朝中叶，藏族的西夏又代替回纥入据这块地方。一直到明朝，汉民族在这里的社会基础，才算巩固，树立了健全的军事政治组织。明代防御蒙古民族，从西北到东北造成③一条长城，又把长城分为七段，设七个边镇，任防守之责。另设两个策应的边镇，共为九镇。其最西的一镇叫"甘肃镇"，镇地就在张掖。

清代的疆域远比明代为广，蒙古新疆尽入版图，张掖在军事上的地位，已丧失其"西北重镇"之资格。一方面突厥族之回族，自明末已与汉族混居至复杂之程度，而且在军事上回族已取得相当力量，距今约三百年前清顺治时代，回籍军官米喇印以张掖为根据，联络西北回民暴动，满洲人费了很大的力量，才算平定下去。自此以后，张掖在军事上政治上再没有表现过重大的关系。

如果我们离开张掖城十数里路，再来纵览张掖的风光，我觉得明代郭登的《甘州即事》一诗，形容得非常恰当："黑河如带向西来，河上边城自汉开。山近四时常带④雪，地寒终岁不闻雷。牦牛互市番氓出，宛马临关汉使回。东望玉京将万里，云霄何处是蓬莱？"他这首诗有点代表东方人怀慕乡土之思。

本来中国内地乡间流传着一句俗语说："天下无水不朝东。"照内地的经验看来，所有的河流都大体以东的方向流到海里，然而内陆的河流却

---

① 从沪版、津版。原版书脱漏"些"字。
② 沪版、津版为"唐朝时突厥族的回纥占了张掖一带"。
③ 从原版书。沪版、津版"造成"为"修成"。
④ 原版书"带"有误，应为"见"。

并不一定是这样，张掖的弱水（即黑河）就是向西流的。所以他说"黑河如带向西来"了。

记者以一月十日到张掖，初被美丽的野景，和壮丽的城池所刺激，内心里深觉"金张掖"之名不虚传。稍过几日之后，原来幼稚的愉快印象，逐渐换为惨痛幻灭的凄凉。

记者在张掖所得的第一印象，是没有裤子穿的朋友太多了！十四五岁以下的小孩，十之七八没有裤子，有家的人还可以在家里避寒，整天坐卧在热土炕上，偶尔出外走走，又逃了回去，倒还可以勉强过得去，有许多根本无家的孩子，只好在大衙门和阔人们的公馆背风的墙下，过颤栗的生活，他们的上身被着百孔千疮的破衣，或者原来就是没有做成衣服形式的烂布块和麻布袋，胡乱裹在身上，从绅士阶级们的"卫生"观点来观察，对于他们简直无从说起了。中年以上的妇人，在街上流落的，比孩子们少些，不过，随地也可看到。她们的外观上有一个不同的地方，就是她们无论上身单薄破烂到什么程度，如果裤子上半截，实在遮不着她们[1]认为非遮不可的地方，那么她们总在自己腰部的下面围着一圈污烂的麻布或布块，最低限度得挂一块在小腹的前面。

这里已是拔海五千呎的高寒地带，盛暑的夜间，人们都得用棉被。而且这时正是三九的寒冬，无论怎样穷苦的朋友，缺了皮衣，实在难于活动。然而这班孩子和女人竟破落到如此惊人的地步[2]！我们如果在北风怒号的寒夜，闲步街头，不当风的墙角巷弯，常常发出一团团的火光，这就是他们白昼拾来或偷来的木片柴枝，在实在难支的夜间，正在作他们暂时对抗残忍寒冷的工作[3]。

---

① 原版书"她们"误为"他们"。
② 沪版、津版"地步"为"惨境"。
③ 沪版、津版"工作"为"办法"。

每日到了午前十时以后，太阳的热力，慢慢浸暖了地面的空气，[①]他们的肢体才渐渐从屋角墙边舒展起来。小摊上，小店铺门口，是他们经常照顾的地方，大衙门和大公馆的厨房抬出来的残羹剩饭，尤其是他们大宗而上等的食料。

青年的男子和女人，他们破落以后的出路，又另是一样，男子可以逃亡，女子可以走去作明的或暗的卖淫的生活[②]。女孩子之出卖，成为司空见惯的事情。某次有一个妓馆的老鸨告诉记者[③]："王大的女孩子，我给他六元，他还不卖，张家只给他五元啦。"记者因问她："王大的女孩子今年多大了？""十二岁。"这是她平淡的答覆[④]！

要论张掖的街道，宽敞整齐，和内地的二等城市相比，并不见得很差。保定的市面颇近于张掖，而张掖的街市建筑却还在徐州之上。不过，这样大的城，这样宽的街，这样多的商店，到了实际活动起来的时候，这些商店很少开门，宽宽的马路上面却没有多少商业的来往。据经济界朋友们的告诉，张掖各方面崩溃的趋势，现正在加紧期中，张掖的"金"帽子，无论如何再难勉强戴上去了。

## 二、张掖的破产，是人懒的过？

许多朋友告诉记者："河西的人太懒，抽大烟，所以穷得如此利害。"然而记者经相当研究之后，觉得他们的话还不是正确的看法。人都是愿意生活得更好些的，饥寒交迫的日子，谁也知道不好受的，一两个人的堕落

---

① 沪版为"赶走了地面的严寒"。津版为"浸暖了地面的空气"。
② 津版、沪版"生活"为"道路"。
③ 津版、沪版为"有一个老鸨告诉过记者"。
④ 津版、沪版为"这是她的答覆"。

破产，我们还可以说是他自己的"无知"和"不长进"，整个的社会崩溃，却不是由于大家的"懒"了。难道大家都是天生来就是懒的天性，自己早已自觉的去甘于饥寒吗？如果大家表现了懒的现象，一定有使大家不得不懒的原因。

清代以后，张掖在军事政治上的地位已经没落，新疆与内地交通阻滞以后，张掖向有的"商业过道"的资格也根本取消。陇海路通到西安，西兰公路又畅行以来，原来由包头经草地到张掖，转发兰州各路的货物，也不再走这里，因此张掖的商业地位的没落，乃为不可挽救的事实。但是以张掖土质的肥美，灌溉的便利，出产的丰富，如果有合理的政治与社会组织，张掖的人民尽可以非常优裕的生活下去；现在的事实，张掖的生活不但不优裕，而且没落到饥寒线以下。这里我们不明白使张掖破产的根本原因。

张掖全县只有十万稍多的人口，从军队到县政府区村公所直接向民间所征发的米麦柴炭，我们暂且不谈，建设这个，建设那个，向民间摊的款项和物料，我们也无法统计，虽然这些负担，已经叫张掖民众"叫苦连天"。钱粮赋税，各地都有，张掖也不能算特别。我们只就"烟亩罚款"一项来说，已经使张掖农民非走到破产的道路不可。

甘肃省政府财政厅规定要张掖每年缴将近二十万的"烟亩罚款"，不管你种烟不种烟，政府非要这笔款子不可。并且给作县长一种"提成"的办法，就是县长经收罚款，可以有百分之五的报酬，收得多些，提成的实数也随着大些，自然当县长的乐于努力，我们首先用不合实际的书呆子算法，每年二十万元担在十万人身上，每人每年两元。十万人中有五万是女人，不能生产，于每个男子每年负担四元，又五万男子中有二万五千人是老人和小孩，那么每个壮年男子每年要负担八元烟亩罚款了。有许多人不但没有种烟，而且根本连地也没有，这样的烟亩罚款仍然辗转转嫁到他们的身上。事实上亩款负担情形，还不是如此容易推算，黑暗的方面，还不在这里。

亩款的目的，并不在"禁烟"而在"筹款"，这是①我们要首先认识的。而亩款摊派的方法，系随粮税附征。表面上看来，粮多的人，一定土地多些，他们的经济地位好些，所以叫他们多出点烟亩罚款，倒是公平的办法。然而，谁知张掖田赋情形，早已脱了正轨。②张掖全年共粮四万石，历年"报荒"之结果，免去了二万七千石，现仅每年一万三千石。因为地方政权在绅士手中，绅士们的地，都是上等地多，他们得了报荒的机会，把自己的好地报了荒地，免去粮赋。而真正荒了田地，却仍然要按亩上粮。③所以这一万三千石粮，十之六七还是由一般贫苦的农民负担。种植鸦片，必须上等地始能成长，而上等地大半在绅士们手中，故绅士们种烟最多，但是无情的烟亩罚款，却又随着粮税，不合理的把大部分落在贫苦农民身上。拥有二三等土地，种少量鸦片的中等以下的农民，负担亩款的主要部分，则他们每一个男子每年的实际的亩款负担，总在十五元以上。如果从租税负担能力的比例来讲，贫苦农民十五元之负担，往往比绅士们之三十元或六十元还要痛苦。收款的人员就是县区村的"公事人"，这些人又是绅士们自己充任，他们在收款时候，还在农民身上想办法，农民这些额外的当然负担，恐怕连农民自己也算不清楚！

种鸦片，该罚，农民不想种烟，当然该加以赞成。前二三年高台县的农民曾经请求政府，自动禁种鸦片，不再缴那种令人害怕的"烟亩罚款"，然而政府对于这种请求，却没有允许！这桩事情证明农民之不甘堕落，而政府硬要强迫收他们的烟亩罚款，其中道理，颇令人难以了解④！

---

① 津版无"这是"二字。
② 津版无此段话。
③ 津版为："而真正荒了田地，却仍然有粮。"
④ 津版为"颇令人难以明白"。

农民的收入，本来不像工商业者那样比较有伸缩性。他们收入既只限于农产品为主要，而收获的季节，又大大的限制了他们。对于这种无情的强力榨取，实在没有支付的能力。但是"提成"制度奖励了县长的狠心，各种严刑重杖，在县政府中毫无顾忌的施用起来！张掖代人受杖一次的代价，是铜元两千文，约合大洋两角六七分。如果被衙门里当时活活的打死，这两千文的代价，仍不出被代替者的荷包①！

政府一定要钱，农民没有，没有就打，那只好促成高利贷的产生了。农民最困难的时间是春天，张掖情形，一二三月借账，五六月还账，不到半年的时间，大致是这样的

利率：

1. 借现金者——百分之五十的利率为最轻者！

2. 借鸦片者——百分之三百！

3. 借粮食者——百分之百！

农民在这种毫无希望的高度剥削情况下面，除了抽抽鸦片，苟安岁月而外，还有什么力量可以叫他们兴奋的从事工作？

## 三、弱水南岸的风光（上）

如果再在张掖住下去，不快的事情还要多些，十八日正午记者离张掖向酒泉出发了。②本来打算十八日赶早登程的，因为韩玉山③先生留记者看看他的军队，所以迟走了半天。这部分军队是马步芳的基本队伍，精神动

---

① 津版为"仍属被代替的人所有"。

② 津版、沪版此句后还有："在张时承、谢德隆、韩玉山、张绍臣、易仲权、张友菊、顾慈民、杨茂春诸先生多方指导，尤以韩玉山先生在旅行上所给予记者之帮助，特别令人感谢。顾慈民夫人为记者途中所需什物，准备甚周，减去记者不少困难。"原版书删除了此段话。

③ 韩起功，字玉山，青海循化人。1934年5月其所部为第一〇〇师（师长马步芳）第三〇〇旅，任少将旅长。

作都不差，在我对他们的讲演中，我希望他们能在中国对外生死存亡的关头上，多多卖些气力。

骑马出了张掖西门，把眼平视出去，只有疏密不齐的林木，枯缩待春的枣园，祁连山和焉支山挟持着的平坦肥沃的弱水盆地，被凉冻了的河流渠道，以及大小远近的村落，点缀成有画意的幽静恬淡的乡郊，不过一低头看看地下的道路，和大路两旁居民的生活情形，一种酸苦的滋味，即刻改变了原有的情绪。闻某君在张掖作县长三年，括去民膏七八万之多，而城门外的道路，也不见稍为收拾一下，似乎太有点"过于"了。

紧接西门外二三里地，即为弱水之支流，从祁连山里向北流来。弱水土人又名曰"黑水"，上源分两支，一即此由祁连山流出者，一则来自山丹县。两河会于张掖之西北境，更西北流至高台之西，始转北流至额济纳蒙古草地，注入居延海，下游又称为额济纳河。古人对于弱水，总想到是非常边荒。唐杜甫所谓："弱水应无地，阳关已近天。"宋代苏轼，本来是比较旷观的人，然而他提到弱水，仍然是不胜其遐远之思，其《金山妙高台》诗谓："我欲乘飞车，东访赤松子。蓬莱不可到，弱水三万里。"[1]俗更有所谓"弱水不载鹅毛"的说法，似乎弱水简直"弱"得了不得，实际弱水仍与普通河流差不多的水性。只是弱水南支从祁连山中冲出来，因为地势关系，河床倾斜度很大，在夏秋之间，祁连山的积雪融解，山洪下注，水猛而急，故常冲下大小石砾，垫高河底，使河水左右横冲，于是河道年有变易，形成无定河之大观，合计现有各河道所占之面积，总在十五里左右，如能筑堤束水，则现有之若干河滩皆可立刻成为农地。

过完河汉，到一个小小的村落，地名乃寺，距张掖已二十里，乃寺西行，经三十里起伏无定的沙漠梁，沙漠梁区域中看不到有草木的存在，村

---

[1] 沪版、津版无此段话。

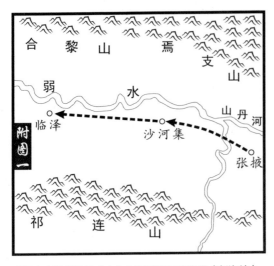

《弱水南岸的风光（上）》记者行经路线图（彭海绘）

庄人影，也在这个区域中和我们绝缘。唐人所谓"匹马西从天外归，扬鞭只共鸟争飞"①，必须有骑马行沙漠的经验者，始能了然其描绘的景象，十八日住沙河集②，计行七十里，到店时天尚未黑。从张掖直接到沙河，我们丝毫没有休息，骑惯了马，在西北旅行，将感到很大的便利。

沙河集上的人告诉记者，地方上的区长村长多半是化钱卖来的③，三百元二百元一个的区长，只能保险一二年的期间。如果区长没有比三百元更大的好处，我想不会有人花钱去运动的。而且说地方上的绅士，多半也花钱在军队里运动顾问参议之类的名义，钱多的是顾问，钱少的是参议。张掖的毛大绅士就是青海的顾问，假使顾问参议这些名义不会有某种便宜，运动当顾问参议的，不会如此之多。

夜间，同栈住有西来的几个士兵，他们在随便唱歌，内中一首是："打了一仗又一仗，仗仗不离机关枪，三八式单打老乡！"后来他们重复唱这首歌，声音变为颤弱而凄凉。在寂寞的空气中，他们的歌声，似乎显示出一种怨望的意思：怨望中国二十余年无已止的战争，而每次战争，只是中

---

① 出自唐代岑参《送崔子还京》。
② 今临泽县沙河镇。
③ 化钱即花钱。津版、沪版和原版书均为"化钱卖来的"。《文集》版改为"花钱买来的"。

国人打中国人！①

十九日清晨上马离沙河集之前，在旅店门口遇到一个全身污浊，没有裤子，身披破絮的孩子，年岁不过七八岁左右，旁边站着一个一样脏烂的老妇人，大致是母子的模样，很疲乏的直眼望着我们。这时街上还没有一个人出来，因为严冬的清晨，冰风飕飕的刮着，普通人是不愿出门的。我们为了赶路，是没有法子，这一对母子不找个地方避风，却一早起来当街站着，那一定的冻得受不住了，才起身来活动的，我把手中还存的半个馒头给了孩子，他接过馒头以后，眼汪汪的望着我叫一声"爸爸"。半个馒头叫"爸爸"！在饥饿线下的朋友，对于吃饱了饭的人讲究的尊卑长幼的"礼"，似乎也顾不得许多了。

沙河以西，有十五里长的碱地，因为水利不修，缺乏充分的水来灌溉，碱性上浮，结成黄白黑三色混合的地面，碱地上除了碱草而外，旁的植物不易成长，惟有大道两旁左宗棠征新疆时所植的柳树，还有少数歪斜的长着。

二十里铺，有几家破烂人家。过二十里铺又是十五里的沙漠，沙梁比乃寺西面的还要大些，汽车绝对不能行走。往来的旅客在沙梁上上下下，沙子随着人的脚迹移动，比走坚硬石的山梁要有兴趣②得多。

沙漠走完，再几里就是临泽县③，临泽县城的城市，不如内地一个市镇，④这个县的农民每年也要出六万元的烟亩罚款，各方军队在这里提取"拨款"的，都是长年累月的住着，总也提不清楚，因为农民实在拿不出钱来，农民负担太重，都慢慢的走向逃亡的道路，好好田地一天一

---

① 沪版为："怨望中国多年来不断的战争，而每次战争都是打自己的家里人！"津版删除了此句。
② 津版、沪版"兴趣"为"兴味"。
③ 今张掖市临泽县蓼泉镇，为原临泽县县治所在地。
④ 沪版为"不如内地一个二等市镇"。

天的荒废起来。据友人明驼君的统计，临泽县第四区，民十九年[①]共上粮一四四五石，到二十三年[②]只上八八一石，减少了五六四石，按平均每耕地十亩承粮一石计，五年之内，已有五千六百四十亩耕地成了荒田了。如果按比例来说，五年之内，荒去耕地，已占原来耕地面积三分之一以上！据记者估计，这个比例，可以普遍的说明河西各地的耕地荒废的情形。另外一方面政府纵令种烟的结果，农民十之七八变成了骨瘦如柴的瘾君子，不能再吃辛苦去种地，这也是加速河西耕地荒废的重大原因。

## 四、弱水南岸的风光（中）

过了张掖西门外弱水的南支以后，一直西到酒泉东面百余里的地方，我们都是在弱水的南岸进行。临泽以西，村落稠密，阡陌相连，沟渠纵横，虽在严冬，犹有成都平原那样富庶的外表。

这时已将近旧历的"年关"，乡村中的人总在集镇上买些"过年"用的东西回家，大道中熙来攘往的人们，都忙着准备他们过年的办法。只有记者同着几个从人，骑着征马，孤零零的永远走向陌生的地方！唐人岑参服官河西，到年底时，感到生活的寂寞，给了寄居在当时京师长安中的朋友一首诗说："东去长安万余里[③]，故人何惜一行书。玉关西望堪肠断，况复明朝是岁除。"农业社会成长的人，容易发生怀念故乡的观念，特别在有节气的日子。

高利贷是河西普遍的现象，不过此间今年放高利的人却吃了大亏。往年的烟土价值很高，一元只可买二两左右，放高利的人以为今年的烟土，

---

① 即 1930 年。

② 即 1934 年。

③ 原版书"余里"有误，应为"里馀"。

也可以保持平常的记录。所以大半放账的都用了这样的办法：借洋一元，还烟土六两，这等于借洋一元还三元，是百分之三百的大利！谁知今年鸦片大贱，一元可买七八两，因此不到一元的代价，就可偿清六两烟土的高利债，高利贷者于是大倒其霉了。

因为已届过年时节，田间工作已经完全停止，乡村的院落里间，间或也有休息闲谈的农村家庭，气象也相当活泼。但是只要有一种戴貂皮小帽，穿着马褂，背上背着布口袋，口里含着长旱烟筒，一手拿着白布包好的账簿，一手提着打马棍，或者嘴上还留着八字胡的人，走近村子的门前，那个村子立刻变成了肃杀的气象。大人不讲话了，小孩也不闹了。主人的气势一泄，狗也不敢放声的狂吠，挟着尾巴退到一旁。这就是收账的人来了。这家人今年是否可以过安静的新年，就得看债主们，是否可以让今年所欠的利和本，等过了年再想办法。这一天遇到的收账的人，总有七八起，这简直是穷人们过年时一种大杀风景的东西！

将近高台①，由泉水作成的大小渠道，穿错田亩间，泉水经冬不冰，所以不管雪在地上积得如何厚，渠中的泉水仍清澈见底的不断流行。要不是天气的寒冷，和地上堆着的白雪，我们简直辨不清这里是不是江南的乡村！

高台距临泽是四十里，我们黄昏以前才赶到城中。友人强留记者②在高台留住一天。他知道记者喜欢练习射击和骑术，他在二十日的早晨，约记者骑了马带上枪，到弱水南岸去打各种水鸟。弱水河中，常常有"天鹅"的降临。南方几省流行的一种俗语说："麻雀子想吃天鹅肉！"意思是："办不到的事，休要妄想！"那么，"天鹅肉"是不容易吃到的东西，已为大家所公认了。我们那天因为"天鹅"没有发现，无从打起，所幸友人还打

---

① 今高台县。
② 津版、沪版为"友人马宜山先生强留记者"。

得有现成的一只，和我们打着的十来只水鸭，大吃而特吃的饱餐了一顿。

张掖高台一带的人，常常有个不能解答的问题。他们用肉眼看去，高台比张掖要高，为什么弱水会向高台流？记者初时的感觉和他们一样，但是高度表告诉我们，张掖拔海五千呎，高台只有四千七百呎，还是要低三百呎。

高台附近的村庄，多半有高大的城堡围着，外表非常堂皇，如果进村子里去实地考察一下，虽然是"年关在迩"，我们仍然看不出丝毫殷实的内容来。仅有的一点殷实气，早已被黑暗的政治剥削和高利贷赶到九霄云外去了！

这时离废历过年只有三天，还有三三五五的中年妇人，穿着污旧的单衣裤，到城厢各处偷偷的乞食。她们的家里如果有支持一天的粮食，她们决不肯出来受冻，和丢女人们最看重的"颜面"。又假如她们还年轻些，或者有人收她们进妓院。或者她们也想作半明半暗的皮肉生涯，只是这样小小的城中，那容易寻找如期送粮的恩客？在饥饿与羞愧的战斗中，她们终于被饥饿打到街面来了。

在高台停留一天之后，我们不得不踏上西赴酒泉的征途了。[①] 从此西行二十里至方向堡，农田非常肥沃。再西则有碱地出现，地质渐硗瘠。又三十里至黑泉镇[②]，镇店以外人家渐稀，这里因为人家不多，经济生活单纯，故有放高利资格的人都难找，只在村区上干公事的人偶尔放点账，每元每月利息二角，只照单利计算，每元每年利息是二元四角，就是年利率百分之二百四十[③]！"公事人"的钱，借钱的无论如何少不了的。

出了黑泉镇，西北上远远望着无边枯草，环绕着浩荡的湖水，湖水的

---

[①] 原版书删除了津版、沪版中的一句："马宜山先生策马远送至月牙湖上，殷殷话别，盛意难忘。"

[②] 今张掖市高台县黑泉镇。

[③] 津版、沪版为"就是百分之二百四十的高利"。

北面是弱水河身，再北面就是平平的土山，土山上如长蛇式的万里长城，很明晰的进入我们的眼底。紧靠大路的南面，是不长草木的粗沙梁，大致和大路平行，间或间隔着很大的沙窝，村落树林，在沙梁这面再也看不见丝毫踪影。刚才被高台附近乡村所引起来的江南风光的回忆，至此又整个的换上了塞外的怆凉①！

心境被各种问题所占据，没有留心岔路的辨别，我们一行五六匹马的小马队，走进了完全的沙漠区域中，愈是前进，沙漠愈大，向导也不知究竟错了没有，大家只好照着沙漠上旁人走过的足迹前进，不过，渺茫的心情已经笼罩了同行的每一个人，大家只是不得已而且无希望的走着。幸而不久两个徒步的苦力从对面走来，他们告诉我们，我们的道路应该向西北的，走成向西南了。如果再走下去，会困陷在沙漠的中心，常天无论如何走不出沙漠，人马都将无法找水饮食，自然住处更无从说起了。我们才立刻变换方向，对准西北上走，马匹虽然吃苦不少，我们总算达到了大路驿站的花墙子②地方。


## 五、弱水南岸的风光（下）

花墙子约有二三十家居民，以产甜瓜著名，前清时进贡的"哈密瓜"，并不真正完全出在新疆的哈密，一部分出在敦煌东北的瓜州，一部就是花墙子所产。瓜大而味甜，为内地绝无之塞外名产。

天已不早，我们只好不住马蹄的前进，花墙子往西，路仍一面南靠沙梁，一面北临弱水，地尽碱质，一望草滩。此时弱水中被冰冻着一只空船，停靠在弱水的北岸。船的附近，只有三五头黄牛，自由的在吃草。"野渡

---

① 原版书"怆凉"一词，沪版为"苍茫"，津版为"悽怆"。
② 今罗城镇花墙子村。

无人舟自横"①，不意塞上
亦有此天然画景。

《弱水南岸的风光（中）（下）》记者行经路线图（彭海绘）

预定住宿地是花墙子西
三十里的深沟②，我们已走
到"日已西斜"，经过很长
的草滩，慢慢上了前面的粗
沙梁，梁上有一旧破古庙，
下马叩门问住持，始知花墙
子到这里只有十里的路程！
啊！好大的十里！天晚路
遥，无论人马如何困乏，也只好鼓起勇气登程了。马过庙后，但见无边的
戈壁（粗沙漠），没有丝毫草木的踪影，一种茫茫然的心情，油然而生，
不知当晚是否尚可赶到宿处？因而又想起唐人过戈壁时的诗来："走马西
来欲到天，辞家见月两回圆。今夜不知何处宿，平沙万里绝人烟。"③记
者本无"家"可"辞"，而且长年累月的漂流，也无从计算"月""圆"
的"回"数，却是"今夜"的情况，记者诚与千年以前的古人同其意境了。

西北人的习惯说法，称粗沙漠曰"戈壁"，称细沙漠曰"沙窝"。两
者有一个共通性，即都是其中无水草，无人烟。戈壁非常宜于行汽车，地
硬而平。沙窝则凸凹起伏，沙质又松，人马经行其上，亦感困难，汽车绝
对无法通过。地理专门名词上应该如何称谓，俗说是否适当，记者尚不
得知。

慢慢的，前面的戈壁滩现出了边沿，我们知道戈壁滩快走完了。再

———

① 出自唐代韦应物《滁州西涧》。

② 今张掖市高台县深沟村。

③ 出自唐代岑参《碛中作》。

前进些时候，边沿的前面模糊的现出了草滩沟，黄昏前，灰白色的草滩沟的远方，隐约的现出了村庄土墙的模样。我们每一个人都尽了自己的目力，向前探见，随着马蹄的前进，我们大家的面色逐渐变做了愉快的表情①。

驰下戈壁滩，深沟的人家已清楚的进入我们的视线。卓滩地上随处有黄羊，记者下马借黄昏光匿草丛中连发射之，惜皆未中。骑入深沟站，居民已掌灯，于昏黑中视之，房屋十之七八已经坍塌，一种死寂的空气，压着了行人的心灵。深沟现在共只有四五人家。原来满清时候，是驿站，并有防备北面蒙古的兵营在这附近，本来相当的繁荣。地属碱性，水利未修，无法耕种。所以从前完全恃国库的饷粮过活。民国以后，驿站撤除，兵营解散，所以本地人皆无法生活，死的死了，逃的逃了。现在剩下来的几家，只靠偶尔留一二个过路客人，得一点店钱来维持生活。然而杯水车薪，无济于事，妇人和孩子们都往往因为缺乏衣服蔽体，而无法出门②。

记者寄宿的一家，是深沟的甲长，他的父亲作此地甲长，父亲死后，他就"世袭"了，仍然作"甲长"。这里的地方政治组织有点特别，乡长要保长每年每人报效一百五十元，保长问甲长每年每人要一百元，甲长于是问人民每家每月要一千文。这不知是那里来的规矩！一个老妇人告诉记者："迟早深沟不会有人了！"

弱水到了深沟的北面，就转而北流，出万里长城，经过一个峡口，直北流到额济纳③蒙古，再北流入居延海。再从深沟往西走酒泉，我们再没有富有史意和诗意的弱水在右面陪着我们了。可惜记者因路程所限，不能陪着弱水，一直走到居延海，去看看那面的景象。唐人胡曾曾有一诗《吟

---

① 津版、沪版为"我们大家的面色逐渐变为愉快的表情"。
② 津版为"无法出门"，沪版为"不能出门"。
③ 从沪版。原版书和津版"额济纳"误为"额齐纳"。

居延海》①道："漠漠平沙际碧天，问人云此是居延。停骖一顾犹魂断，苏武争禁十九年。"照他的诗看来，居延海那面是十分荒凉，只是停马一看，都会令人"魂断"，可见非常可怕。不过，中国过去的士大夫，十九都只想过舒服日子，不愿轻离温暖的故乡，所以偶遇新的环境，就大惊小怪，往往过甚其辞。据曾走过额济纳居延海一带的朋友徐少尹先生所示居延海的照片，则见其水草丰美，林木参天，牧畜发达，仍为非常适于人类生活的地方。

汉武帝时，西北方的匈奴民族，非常利害，武帝令名将李广的孙子李陵，统率勇敢兵卒五千人，到张掖酒泉一带练习射箭，以防备匈奴。李陵旋奉令出击匈奴，败于居延海，被执于匈奴②（苏武牧羊也在这里）。李陵之败，从战争的本身言之，是由于各军失了道路，联络不上，而且骑兵和步兵形势完全不一样。最关紧要的，是汉武帝的政略的失败。他太看重了军事部门，忽略了政治经济的领域，游牧民族的匈奴，根本无固定的政治和经济中心地，可以作为我们攻击的目标，让我们占领了这些中心地带，就可以使他们屈服。他们永远的东南西北流动着，随地都可以生活，随地都可以战争，我们最多只能杀些人，得些牲畜，绝对没有屈服他们的方法。只有武帝上一代皇帝景帝时代，赵充国对付青海藏人的方法，才是好方法。他用军事力量推进到可以耕牧的地方，立刻使那里成为农业社会，弄好了再前进，凡是水草丰美的地方都把它农业化，这样一来，游牧民族算无法立足了。武帝不知师法充国，专重干戈，虽然军威曾震骇一时，而对于民族间关系的影响，仍无重大意义和收获。

---

① 原版书《吟居延海》有误，应为《咏史诗·居延》。
② 《文集》版"匈奴"后有衍字"手"。

## 六、策马望酒泉

二十二日别了深沟，西行三十里碱地，至盐池驿①，盐池驿北有天然大盐池，故名。有人家约百家，因为盐池的出产，大家直接间接总可得些利益，所以一般的生活情形，总比深沟要强一些。我们小马队到驿街之后，有几个衣服肮脏如乞丐的老头，走来给我们蹓马，他们的目的在希望得几个代价抽大烟。记者见他们的衣上佩有符号，细视之，才知道他们还是"壮丁队"的队员，啊！好"老"的"壮丁队"！

盐池里的盐，谁都可以去挖，只要你自己有家伙。盐的原价，每百斤是大洋五角，但是一上岸，就得每百斤上二元三角的重税，成为二元八角的高价！盐本来是人类生活必需品，尤其劳动者，食盐比普通人为多，有些国家对于盐是不收税的，而我们不但收税，而且税得如此之重。此地民生如此其痛苦，不见当局有任何设施，以福利民生，只知道设税卡子要老百姓的现成钱，似乎太说不过去！

盐池西面又是四十里无人烟的碱地，北风劲烈，小雪纷纷，面如刀刮，为记者到西北来稀遇之奇寒。

双井子有人家十余，记者暂入一家屋内避风，奈屋中仅一暖炕，主人全家四五口尽在炕上作过年食品，除老主人夫妇外，尚有红衣绿裤的大小姐与新媳妇，亦在炕上工作。记者进屋后，她们皆急得无地自容，避实无处可避，不走开又觉得和年轻的生男客坐在一个炕上，又太有点不好意思，她们再也不能安静的继续工作，陷入了局促不安的可怜可笑的状态中。记者无奈，只好自己知趣的别了主人，再跨上马背，继续我雪风中的长征！

双井子之西，和东面是一样的荒凉，风更大，幸而记者全身藏人装束，

---

① 应位于今张掖市高台县盐池村。

除脸部外尚不感十分利害的寒气。走了三十里左右，路旁有一小方形单间的土屋，屋门口站立着一位非常健壮美丽的少妇，她用手挡着眼前的大风，伸长脖子，似乎向荒草滩中探视什么的样子。一会儿，草滩那面一匹雄骏的白马，载着一个壮年男子，如箭似的奔来。他们两人很快乐的进了土屋，留了白马看门。不知道传说的薛仁贵回窑，是不是如此光景？①

因为风大，我们总是低着头走，突然从者用马鞭指着西南上叫记者注意。记者从风雪交加中，只见西南上有较高的积雪山梁，并没有怎样特奇的地方，又低了头走。从者再以鞭指得高些，再请注意，记者随所指处注力视之，立刻精神为之一变。原来西南上的雪山高出寻常，几次往上移动视线，才看见了耸入天际的高峰，这正是祁连山的主峰，高度在二万呎以上，比记者所站立的地面还要高一万五千呎之谱。明人戴弁吟祁连说："气吞沙漠千山远，势压番戎六月寒。"诗气之雄壮颇足与祁连山势相当。

傍暮，共行一百一十里至黄泥坝②。此地亦仅不及十家的住户，穷困不减深沟。妇人们都穿单裤，十四五岁的女孩还光着屁股！水井因为冻冰，所以只是化冰作饮料。从者向他们买喂马的麸料，他们拿不出来，他们说平常他们就没有机会吃到大米糠和麦麸子，通常是吃黄米糠，我们的马要吃麦麸子和豌豆之类

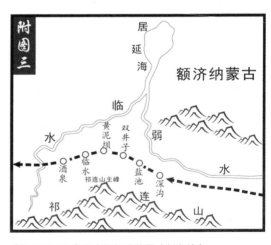

《策马望酒泉》记者行经路线图（彭海绘）

---

① 沪版为："不知道世俗所传的薛仁贵回窑，是不是如此一般的情景？"津版为："不知道薛仁贵回窑，是不是如此景况？"《文集》版误为"如此光晃"。
② 应位于今酒泉市肃州区黄泥堡。

的"料"，他们自己人都吃不到，<sup>①</sup>那还有卖的呢！

他们说，他们迟早也逃到外方去了。这里"款子"收得紧，没有钱，挨打受不过。而且不是今天"练壮丁"，就是明天"编保甲"，弄得大家鸡犬不宁。<sup>②</sup>他们村长自己家里有"监"，可以监禁他所管的百姓！一个妇人更愤愤的说，她家里欠村长三元款子没有缴足，十几只绵羊被村长赶去，成为他的所有，另外还借了每月二角五分利一元的大利款子三块大洋，缴了所欠的款子，才算了事！这几天黄泥坝的几家人已经弄得一无所有了。"过年？过年只有看见人家热闹！"她无望的叹息。

店主人的小公子，在次日黎明就挟着书往外走，记者因赶路每天总是微明起床，我奇怪他这样早去上学。他说，他们先生自己兼带着种地的，迟去一点，恐怕他上田地上去了！同店也住着一位酒泉小学教师，他穿一件浅蓝色污旧的单竹布长衫，没有任何的行李，和一位送他的苦力在炕上抽大烟。第二天他就这样光光的一身冒着风雪上路，要说教育界的"清苦"，我看这样就算到了极点了。不过，他那种长衫皮底鞋的风度，在本地乡下人看来，仍不失为"一派斯文"。

临行前，主人收了我们不多的钱，另外他却和一位瘦长黄脸，戴貂皮小帽，穿黑长衫马褂的公事人模样的人，在唧唧咕咕，手里拿了一张纸条，你看了我看，我看了你看的谈着<sup>③</sup>。记者有点奇怪，接过他们的条子来看，上面写道："今摊到省上来委员大人，人□名，马□匹，白面□斤，油□斤，料□斗……"记者承蒙他们官封"委员"，虽大小阶级尚未明定，而一夜寄宿之情，竟不惜以名器相假，诚使人啼笑皆非！一方面我们过路客人，实在非"省上""委员大人"之贵，我们人马的消费完全照价付款，

---

① 津版、沪版为"他们自己都吃不到"。

② 沪版为："而且今天又是壮丁操，明天是编保甲，弄得一家鸡犬不宁。"津版"明天是编保甲"为"明天又是编保甲"。

③《文集》版误为"我看了你的谈着"。

自无用其"摊"，而且我们消费的也没有单上开的那样多的数量。假如记者要不发现，这一村的老百姓，又将负担冤枉的款子了。

穷人家的孩子们（方大曾摄）

我们过了黄泥坝，就算入了酒泉盆地了，成排和独立的树林，单个和聚处的村庄，把眼前的景致点缀得有充分的生气。二十里到一大镇，叫临水，镇中商店都贴上鲜红的春联，因为今天已经是除夕，明天是新年初一了。有一家比较整齐的商店，正在写各种春联，记者乃下马挥毫，给他们写十几副充满喜气的成句对子，然后上马直奔酒泉。又二十里至马坊①，一群无精打采的中年男子坐在家里炕上混光阴，面上都有饥色，记者进屋休息，问他们过年安好。一个瘦白的汉子白了我一眼，接着说："过年？借了临水镇②里吴家六块大洋，每一元每月三角利，现在共计借了十个月，该利十八元，还不知道这利再算不算利！现在什么都当完了，还差好些，再过一年，我这辈子永远还不清了！"记者替他算算，单利的年利率是百分之三百六十！后来知道记者写春联的那家，就是商人地主兼高利贷的吴家，心中颇为懊悔。

马坊离酒泉只有二十里了。风雪似乎来送"年"，比昨天更加劲。路上常有单衣单裤徒步的妇人，急急忙忙的走着，头上缠着薄被，抵抗风雪，但又不能不留一个眼睛在外面看路，今天是除夕了，环境还不让和她的丈

---

① 今甘肃省酒泉市肃州区马房村。
② 位于今酒泉市肃州区临水堡。

夫或者子女在家里布置年节！同是人类，而苦乐相差，竟至如此！①

酒泉的近郊，仍属不冻泉水所灌溉的肥沃田园，不下于张掖。城垣不及张掖之广大，而街市之整齐则驾于前者而上之。

## 七、酒泉走向地狱中

记者以除夕②到酒泉，次日即为旧历新年，各行皆歇业休息，穿红挂绿之妇女儿童往来贺年，爆竹灯火熙熙攘攘，予旅人以深刻之刺激。但是尽管是新年时候，街上随处可以看到十岁以下无衣褂③全身灰泥的乞丐儿童。有几条背风的街道，记者简直在晚间没有勇气经过。这般几乎全身赤裸的孩子，在夜间，他们就在门角墙脚，乃至无水的水沟里藏了起来。你如果用手电去照，这里一堆三个，那里一堆二个，彼此挤得紧紧的睡下了。到了夜间十时以后，气候变为酷寒，这般孩子渐渐忍受不了，他们于是本于童性的自然，放声哭出他们求救的惨痛哀声："妈妈呀！冻得很呀！""爸爸呀！救命呀！冷死人呀！""老爷太太呀！实在冻得受不了呀！"……有时天气特别寒冷，一两条街的灾童一齐号啕大哭起来，哀声震动全城！记者也去参观过所谓"救济院"，院里的设备和管理，就和一些破产的男女老幼自由偶尔聚集到一个地方，没有两样。东睡一个病人，西睡一个老汉，尿屎污水，随处横行，房屋破烂，管理全废。我以为如果让他们自己散开去寻生路，起码还可以减少些彼此疾病传染的危险。

酒泉本来是大商业口岸的地方，为新疆包头兰州以及新疆南路商业上的转输点。一位商业上的朋友指给记者，某家铺面从前是二十万，某家铺

---

① 沪版、津版无此句。
② 是年除夕，即 1936 年 1 月 23 日。
③ 原版书为"无衣褂"，沪版为"无衣无裤"，津版为"无衣裤"。

面从前是三十万，现在都关门了。自然一般经济的不景气，和新疆政治情形的变化，当然是使酒泉商业衰落的原因，而酒泉自身所有的破坏社会生活的势力，我们不能不加以特别的研究。

酒泉和张掖一样，农民最大的出产，全靠鸦片。酒张两处的烟土，不及武威的好，武威鸦片销山西，供晋人吸食之用，酒泉鸦片走平津，以为造"白面"的原料。烟如不起价，社会经济即立陷于紧张。农民的鸦片，被高利贷和商人已经剥削一回了，最利害的，是军人每年要地方上缴多少的"官土"。"土"者，官家要的烟土也。收买官土，并不是自由交易性质，系派定某区缴若干，某区缴若干，区派保，保派甲，甲长派到每个农民，穷而无势的农人特别吃亏些。官土如果是二万两，农民总得多出几千两的"中饱土"。官土的价是"官定"的，"官价"比"市价"要低。这样低于市价的官价，又常常只给一半。这一半的官价，经过商会到各区，区到保，保到甲，等到分到农民手中，比原来的数目又差好些了！所以纵令烟土的市价很高，农民除了把烟土送给旁人发财外，没有旁的希望！

酒泉那点"风烛残年"的商业，军人还要和他们竞争。他们把官价收来的烟土，用军队的骆驼运到绥远，他们比普通商人要少付一次酒泉本地的烟土税。普通商人由酒泉到绥远，共上四次税：酒泉本地税，额济纳蒙古税，宁夏税，及绥远的"塞北关税"（本国境内要上"关税"，不能不算奇怪！）。军人运货，本地税局只好装做不看见了。他们在绥远卖了烟土，换成茶叶布匹等货物又运回酒泉，本地税局又不敢收税。他们并且自己嫌麻烦去销售，把货交给商会，摊到各商家，立刻又要集中现款！他们又在青海运些大黄，爵麻等土产，强摊各商家，换取现金，不管这些货是否能有销场！

这里的官场似乎已养成一种风习，不管大局倒不倒，只要我此时此刻能弄金钱到手就行①。有几个河北人在酒泉办了一个化学工厂，利用嘉峪关外玉门县的石煤原料，好容易才造出些洋烛肥皂之类，并提炼煤油汽油，成绩还很好，而特税局的人非要他们照外国的洋烛煤油上税不可！奖励这种脆弱的工业品推销才是正道，②硬要用重税去摧残，试问是什么道理。大概还嫌河西一带，有了这样一个化学工厂，反而不顺眼，不如简直根本把它取消，倒还好些！

新疆和内地的关系，本来已经不断如缕③。我们在这地方负责的人们，似乎还惟恐其不早日打断这一缕情丝。④新疆到内地的商人，现在比从前少得多，而且输入的也没有重要的货物，只限于消费用的葡萄杏瓜之类，因为新疆重要出产，尽归苏联，到中国内地的是苏联不要的东西。这种贸易情形，已算可怜到极点了。怎样用方法联络新疆商人使其内向，当为目前西北的急务，然而我们的税收机关，对于新疆来的商人，除正税之外，还要多方留难，⑤多方压迫，甚至死人棺材经过，也非出贿赂不能通行，一定要用铁钩伸进棺材去，把死尸钩得乱七八糟，才算顺意！⑥

酒泉一带农民最感切肤之痛者，为对于军队的负担。农民每年缴给县政府的米粮，再由县府转交驻军，作为吃用，以抵销省府应给驻军的军饷（近来军饷已由省府直接放发，比较当大为改进些），各县不论有无驻军，一律把粮交军队，所以秋收时，大量的贱价粮米，尽归了军队，到春荒斗价高涨时，军队又拿粮来卖给商人，转卖农民。这种不用本钱的办法操纵

---

① 津版为"弄钱到手就行"。

② 津版为"奖励他们推销才是正道"。

③ 津版、沪版为"已经不断如缕了"。

④ 津版为："我们似乎还惟恐其不早日打断这一缕情丝。"

⑤ 津版为"怎样方好拉新疆人使其内向，当为目前西北的急务，然而我们税局正税之外，多方留难"。

⑥ 津版在此句后还有一句："于学忠先生主甘以后，曾严令改善对于新疆商人的态度，结果如何，还看这个命令执行的情形怎样。"原版书删除了此句。

粮食，农民当然只好加速度的坠入破产的深渊①。

粮之外的油，盐，柴，灰，料，草，无不征发之于民间，设有"兵站"专司其事。兵站之权，又是制民死命的机构了。因为征派之缓急，权在兵站，兵站可以直接拘捕杖禁农民，所以区长保长之类，都得送款于兵站委员，否则兵差一到，这般人就会应付不了。

这样可哀的酒泉农民，每年仍然要出十几万的烟亩罚款！县政府之收烟亩款，自然不用重刑不能榨出现金了。酒泉人被无比其多的公款逼得无法，他们明知是"饮鸩止渴"的高利贷，借了高利贷十九都要破产，然而他们为"先公家之急"起见，仍然只好先求对付现状②。又为了稍为自己安慰起见，他们养成了一种"及时行乐"的风气，不管情形怎样，有了钱在手，那管借的高利贷也罢，卖家具的也罢，即刻要用也罢，他先到小饭馆去大吃一顿再说，宁可出了馆子再借高利，亦无所用其踌躇③！

## 八、嘉峪关头

酒泉的朋友们留记者在酒泉住了半个月，尝尝塞上新年光景，亦是人生不可多得的机遇。④

二月十日始由酒泉⑤搭新绥汽车公司特开敦煌的汽车，出嘉峪关外一行。新绥汽车公司原担任绥远至哈密的公路交通，后来又扩充哈密至兰州一线，终因政治的牵制，兰哈线未能直达，只限于兰州酒泉间之来往，⑥

① 津版为"农民当然只好加速度的走上破产的道路上去了"，沪版为"农民当然只好加速度的破产下去了"。

② 津版为"只好对付现状"，沪版为"只好先对付现状"。

③ 津版为"亦无不可"，沪版删除了此句。

④ 津版在此句后还有一句："宋强先生、何静轩先生、朱辉之先生、刘学松先生、韩道三先生、廖院长、谭季纯先生皆予记者指导不少。"原版书删除了此句。

⑤ 沪版、津版无"始由酒泉"四字。

⑥ 津版、沪版为"只限于兰州酒泉间"。

新绥公司虽为私人营业，实在西北交通上负有非常重大的任务。新疆与内地之交通，全赖此一公司苦力支持，惟就目前记者所深悉之各方局势言之，①该公司应早定大计，将交通总枢纽，移至西安或兰州，更有计划的发展西北交通，并彻底改善内部的组织，②如此，始能有光明的前途，并可以一新全公司之耳目。③

酒泉以西的地势，戈壁地要比黄土地多些。戈壁上常生一种植物，多刺，冬季成白色，骆驼喜食之，俗名"骆驼刺"，唐人诗中所谓"酒泉西望玉门道，千山万碛皆白草"④。所谓白草，即指骆驼刺。

我们内地人看到酒泉，已经觉得是边远地方，而玉门关外的人看酒泉，则又已经是内地的很舒服地方了。班超在西域为刘家天下镇服诸国，一直老了还不让他回来，他在《求代还疏》中哀求皇帝说："臣不敢望到酒泉郡，但愿生入玉门关。"玉门关在敦煌西北，尚东距酒泉一千余里，⑤他只要活着进了玉门关，已十分满意，若到酒泉，那简直可说是意外的庆幸了。

酒泉至嘉峪关七十里，大道约十分之三为冰块所盖，行车最为危险。不过这一带行车，必须开车的有特殊的经验，乘车的人尤要有置死生于度外的决心，不然，总会让你感到恐惧与苦恼。⑥车行四十分左右，道入广泛无边的戈壁。戈壁西面，在两山环抱中耸立起巍峨的城楼，矮矮的长城有如一条长蛇式的，从遥远的北面山梁，蜿蜒穿过城楼，又向南面的山梁

---

① 沪版为"闻其业务尚未臻十分圆满获利时期，然而该公司主持人非对西北局势有异常远见之见地，决不能以如此伟大的牺牲而维持西北上困难之交通也。记者对该公司之全般情形，尚缺了解之机会，就目前记者所深悉之各方局势言之"。

② 沪版为"并彻底改善内部松懈的组织"。

③ 沪版在此句后还有一句："如仅就目前现状敷衍下去，恐从未来大局观察，殊多不利的地方。"原版书删除了此句。

④ 出自唐代岑参《赠酒泉韩太守》。原版书"玉门"有误，应为"玉关"。

⑤ 沪版、津版为"距酒泉一千余里"。

⑥ 沪版在此句后还有一段："明代边疆上的大敌，是刚刚称雄过亚欧两洲的强盛蒙古，朱元璋起事江淮，武功素弱，不足以力屈蒙古，而又无彼此以平等关系结成新政治机构的近代政治认识。所以只好大修长城，把自己和蒙古人隔开。不过当时汉民族能有这样伟大的国防工程出现，也是值得钦仰的。"津版和原版书删除了此段。

爬去。同行的指示记者，那城楼处就是"嘉峪关"了。

嘉峪关为明代长城最西的起点。中国长城只有秦隋明三代的工程为最大，但三代之中，又以明长城为最长，而防边设备，亦最完备。秦长城起于甘肃临洮（洮河东岸），隋长城造于甘肃武威，只有明代长城起于嘉峪关。

嘉峪关有小城一座，历年兵祸，城内已全废颓，城外有居民约五六十家，街市房屋矮小破败，居民亦穷困无活气。"关口"在城西，关上有高楼一座，现楼盖已为大风吹去，仅剩支柱几栋，还在为此古迹作勉强撑持。关门洞中，写满了古今中外游人过客各种各样的题诗，记者详细读过一遍，佳者不多，且十九为苦边怀乡之作，气势雄壮者，不得一睹①。记者因忆起林则徐过嘉峪关的诗来，林氏因反对英人贩卖鸦片毒害中国，毅然以武力与所谓"文明民族"的英人周旋，竟因"抗英"有罪，谪贬新疆，他路经嘉峪关，作了一首胸襟豪壮的七言诗，读之颇能使人精神焕发，诗云②："严关百尺界天西，万里征人驻马蹄。飞阁遥连秦树直，缭垣斜压陇云低。天山巉峭摩肩立，翰海苍茫入望迷。谁道崤谷千古险？回看只见一丸泥！"③在他的塞外杂诗中，还有两句，气势也好："雄关楼堞倚云开，驻马边墙首重回。"（边墙即长城）

他的诗比现在旅客流行的一首打油诗，所表现的情绪要高明得多了："一出嘉峪关，两眼泪不干，往前看，戈壁滩，往后看，鬼门关。"好像出了嘉峪关④就是生离与死别！不但俗人充满了保守家乡的思想，历代知识分子也多视离乡别井为畏途，唐戴叔伦的《边城曲》云："人生莫作远行客，远行莫戍黄沙碛。"清谭吉璇的《吊战场》云："祁连山下草，寂

---

① 津版、沪版为"不得一件"。
② 原版书脱漏"云"字。
③ 原版书"翰""谷"有误，应为"瀚""函"。
④ 津版、沪版为"出关"。

寞少人烟。魂魄千年后，犹思渡酒泉。"我不知道老守在家里干什么？

《嘉峪关头》记者行经路线图（彭海绘）

但是，我们看看成吉思汗时代蒙古民族的情绪，却看不出丝毫留恋家乡的意思来。成吉思汗[1]左右之通中国文化者，只有契丹降人耶律楚材，他因原属契丹，而且已受相当中国文化之薰陶，然而他的诗的滋味就已经来得不一样[2]："葡萄亲酿酒，橄[3]榄看开花。饱啖鸡舌肉，分餐马首瓜（即哈密瓜）。人生唯口腹，何碍过流沙。"（征新疆时作）又说"优游聊卒岁，更不望归程"，他们只想找更美满生活，根本不想回家，无论沙漠怎样苦，他们也不怕。东汉马援所说的"男儿当以马革裹尸还葬耳，何能死于妇人女子手中耶"成为后世的佳话。记者以为"男儿"死了不必一定要有人"裹尸"，更不必要"还葬"，本着认为有意义的事情，百折不回的做下去，哪天死，哪天完，根本用不着管尸体将来怎样安排。丁文江先生在青年留学日本时候，改日本名诗抄给朋友说：[4]"男儿壮志出乡关，学业不成誓不还。埋骨何须桑梓地，人间到处有青山。"这首诗上虽然功名气重些，但是比那种始终"不"愿"出门"的"秀才"，又不可以同日而语了。

---

① 原版书误为"吉思汗成"。

② 从原版书。津版、沪版为"耶律楚材随军征至新疆，他的诗的滋味就来得不一样"。由此例亦可知，原版书中的个别内容系经作者在原稿基础上重新改写过。

③ 原版书"橄"有误，应为"杷"。

④ 津版、沪版为"丁文江先生在青年时候给朋友诗说"。

嘉峪关这一带地方，是秦汉之际乌孙国地，其西疏勒河流域为月氏，其东北，今内外蒙古地为强盛之匈奴。后月氏被匈奴赶至天山之西，乌孙亦被匈奴指使，追月氏而移国于伊犁河流域。[①]

## 九、玉门安西间

记者在嘉峪关遇到一个不了解的事实，就是此地的关税问题。新疆如果认为是中国自己土地，那么新疆商人到甘肃来贸易，为什么要在百货税之外，上一次"关税"？[②]关税应该设在中苏边境上，怎么设到嘉峪关来！

中国汉唐以来对于新疆都没有得到切实好处，每年出征西域的，十有九死于塞外，[③]只是新疆出产的葡萄，有不少进到关里来，故唐李颀有"年年战骨埋荒外，空见葡萄入汉关"之叹息[④]。

车出嘉峪关，经七十里戈壁至惠回堡[⑤]，住民约四五十家，凋零气象，比嘉峪关为甚。又一百一十里至赤金峡[⑥]，路仍多戈壁，人烟在半途中绝难看见，我们汽车从峡河的积冰上驶过，冰已渐融，如果车要重些，恐就难保险不破冰下坠了[⑦]。又九十里至玉门县[⑧]。玉门县并不是玉门关，玉门县系由安西酒泉两县分来的土地，系后设的县治。玉门县四面都被戈壁包围着，只有东面孔昌河之西，还有一条可耕地方。县城小而狭，汽车在街

---

① 此段话为原版书所加，津版、沪版无此段话。原版书中还有"汉武帝……逼得用女人去联络异族的辛苦景象"，系摘自《弱水三千之"河西"》一文。该文未收入原版书，而本书已补入该文。为避免重复，此处删除了这一段话。

② 津版为："新疆如果认为是自己土地，那么新疆商人到甘肃来贸易，要在百货税之外，上一次'关税'？"

③ 津版为"十九死于塞外"。

④ 津版"之叹息"为"之诗"。原版书"葡萄""汉关"有误，应为"蒲桃""汉家"。

⑤ 今甘肃省玉门市清泉乡新民堡。

⑥ 位于今玉门市赤金镇。

⑦ 津版、沪版为"恐就难保险了"。

⑧ 今玉门市。

上转动，太感困难。

玉门西五十里为三道沟①，这是关外第一大镇，比玉门安西的县治都要富厚繁盛些。三道沟有一个山西大商人②在任乡长，他这个乡长在三道沟，可以说是"权倾中外"，什么人也没有他大了，汽车在三道沟附近陷入小山溪的活沙里，好容易才弄了出来。

兰州以西经武威张掖酒泉玉门安西，略有缠商的足迹，③不过越往西来，缠商的势力更大些，新疆大部的人口是"东土耳其人"，大致即中国历史上所谓"突厥"④。他们喜以布包头，故汉人呼之曰"缠头"，又因他们多半奉"回教"，故又叫作"缠回"。张掖以东，他们的势力不大，酒泉的东关，几乎全是他们的商业。他们除将新疆土产输入内地外，并销售苏联出产的各种布匹等件。苏联布匹价廉质坚，深受一般消费者欢迎，故缠商的商业，颇为不坏。三道沟之缠商来往者颇多，他们赶着骆驼队或者毛驴子队，穿过沙窝戈壁东西运送，他们性情忠厚驯善，身体壮实，青年男子和少女，颇富欧洲人的美丽。元人马祖常有诗记关外商业情形说："波斯老贾渡流沙，夜听驼铃识路赊。采玉河边青石

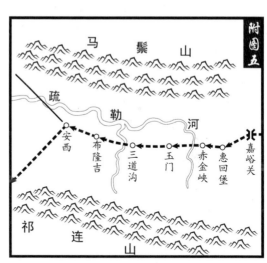

《玉门安西间》记者行经路线图（彭海绘）

---

① 今酒泉市瓜州县三道沟镇。

② 《文集》版"大商人"误为"太商人"。

③ 津版、沪版为"都有缠商的足迹"。

④ 津版为"即中国历史上所谓'突厥'"。

子，收来东国易桑麻。"①不过现在的缠商，不是主要的贩卖新疆南路的玉石，同时也不到中国来换"桑麻"，这是与"波斯老贾"略有不同罢了。

三道沟常有蒙古人来交易。三道沟北面紧接马鬃山，马鬃山界于新疆甘肃外蒙古之间，以西北而东南的方向，袤延数百里，山不高而歧分杂出，形如马鬃，故称为"马鬃山"。山中现住有不到一百家的蒙古人，大半为外蒙古独立以后，不容于新政权之蒙民。过去时与外蒙武装冲突，经外蒙派人入山大屠杀一次后，本有五六百家之蒙民，现在凋零到只有几十家了，他们皆以游牧为生，由一张姓汉人以团总名义管辖他们。三道沟南面过祁连山脉，即为青海和硕特蒙古，近因负担太重，常有蒙古人从青海逃入马鬃山。马鬃山的蒙古人，现在对北面怕外蒙，西面怕新疆的哈萨，所以不敢住在马鬃山西北两面，情形非常衰弱，然而此间汉人对之尚呼为"鞑子"，贸易对之亦欠公平，民族关系如此，可为深虑！②

途中遇到二位到安西提"拨款"的军队副官，那个气势之大，真叫人不敢接近，闻安西全年收入不到二万元，这一次的拨款就是二万四千元，其他的拨款还不算，试问不足的款子从那里去想法子？殊费思索。

三道沟的市面因为皮毛起价，较往年活动些。高利贷在这里不很流行，因许多人穷到水平线以下，赤光光的一无所有，只要有人放账，他们都借，但是借去以后，只有要他的"命"，才是惟一的还债的方法，放债的人也只好束手了！

三道沟过了一夜，次日转赴安西，上下五六条干河，全为疏勒河的支流，再经几十里丰美的草地，共行九十里至布隆吉③，在草地中走错路，绕了几十里，才转到布隆吉的市街。

---

① 出自元代马祖常《和田即事诗》。

② 津版无此句。

③ 今酒泉市瓜州县布隆吉乡。

　　布隆吉亦为破烂之小街，有大树数十株，相传为清雍正时年羹尧所手植，故称"年大将军树"。年羹尧为雍正时最有才略的大将，以征服青海之罗卜藏丹津建立大功。他本人是否曾到过布隆吉，记者尚无所知，惟就其用兵经过说，他确曾派军监守过布隆吉。当时年对青海用兵的布置（读者请按地图）①，先分兵永昌布隆吉两处，把守祁连山，防罗卜藏丹津冲入河西内地，南面屯兵巴塘里塘（在今西康）及四川松潘北之黄胜关，扼敌入川藏之路，又屯兵新疆吐鲁番哈密巴里坤（镇西）一带，截其通新疆北部准噶尔之路，然后分遣主力，从青海东面的西宁，诸路出击，罗卜藏丹津不支，但仍负隅柴达木盆地。年更计划由西宁松潘张掖布隆吉四处出兵合攻之，副将岳钟琪②不听，请兵孤军直入柴达木，终迫罗逃入新疆，平青海。就此事实观之，年或者曾到布隆吉巡视，亦未可料。

　　汽车最害怕的冰滩，一层是汽车轮吃不着冰面，一层是冰的厚薄不一，不容易看出来，一到薄的地方容易陷到冰里去。五十里至双塔③，冰滩阻路，我们找了一个老农带路，也不敢上汽车，只愿意在地下徒步作汽车的向导！车过双塔，路入南山的戈壁中，一百一十里至"十工"④，再由十工经四十里草地北入安西⑤。

　　安西以"风"著名，俗谚谓"一年一场风"，粗率的想，以为风不多，而实则为终年不断的大风区域。风经常为东西向，故安西县城南有一座新城，东西两面的城垣，被风吹开许多裂口，如排齿之倒立。安西为疏勒流域，惟水利未能尽其利。民生之痛苦与政治之黑暗，为黑暗的河西之第一等黑暗地方，绅士与地方官互为勾结，鱼肉乡民，如某绅士既为县政府科长又

① 参考"《中国的西北角》记者行经路线图"。
② 《文集》版误为"兵钟琪"。
③ 今瓜州县双塔镇。
④ 今瓜州县十工村。
⑤ 位于今瓜州县渊泉镇。

兼教育局长又兼中学校长。县长兼任党部委员，故一切事皆可为所欲为，一切政事，皆为取钱之机会。当区长要运动费，打官司要特定的状子费，练壮丁，只要有钱可以免役，军队要收"官土"，县政府派定每家若干两，但不要"烟"，要"现款"，而所规定的烟价比市价要高二三倍！收款以后，然后再照市价收烟土，交付军队，一转手之劳，可以获倍蓰的利益。临时派款尤为利害，我看见过一家农民家里的墙上，贴满了交过派款取回来的收条，好些收条没有图章，又没有日期①！不久以前，安西出了一个"两江代电"的笑话，煞是有趣。有一天商会长突然被押在县府里，会长追问被押的理由，据说是"欠款未交"。会长说："我什么钱都交清了，还欠什么款呢？"县政府的人说："你还欠一个'两江代电'的款子！"这把商会长也弄得莫明其妙了，后来说明白了，原来是这样一回事情：省府曾有两个"江"日（三日）电报，提调某种款项，商会早有款存县府，遂彼此对销，谁知县府事后忘去，追查旧案时，见两电之款无着落，乃立刻把会长拘来，其势甚凶，经说明原委后，被拘者才又恢复自由。

　　从安西西北走，为哈密大道，西南通敦煌。为关外之咽喉地，乃政治黑暗如此，民间村落十之五六已无人烟，多分别逃往哈密敦煌一带，就城厢而言，原有户口九百户，去年为七百户，今年只有五百户，差不多以百分之三十的速度在递减！相反方面，新疆则无代价给难民以土地耕牛种子农具，召致人口，繁荣新疆东境，所以农民逃亡者日见增多。

## 十、塞外桃源的敦煌

　　河西各县地势，以玉门县为最高，拔海五千七百呎，比张掖还高七百

---

① 津版为"并没有日期"，沪版为"并且没有日期"。

呎，比安西高一千呎。安西到敦煌共计三站，二百七十里，十分之九为戈壁，只有站口的地方，有水和土屋，可以吃喝休息。夏天戈壁蒸热，人马都难于支持，只有夜间上路还凉爽些。然而汽车走戈壁，却太为理想了。戈壁平坦坚硬，可以高速度的开驶汽车，有如在无甚阻

《塞外桃源的敦煌》记者行经路线图（彭海绘）

碍的碎石①公路上。十二日车由安西开敦煌，②第一小站过瓜州③，为昔时种瓜进贡之地，阡陌痕迹尚在，惟城堡已废，田地亦荒，甜水井④为第一站，有土屋一间，有井一口，水苦，名"甜水"者，乃希望的表示。第二站为疙疸井⑤，简单如前。疙疸井再过数十里之碱草地，中为一大盐池。盐区广大，人烟太少，自无力谈开发地利，至离敦煌四十里处，始有村落，曰新店子⑥。从新店子望敦煌，只见南面为寸草不存之大沙漠山，北面亦为无人烟之碱地，只有敦煌附近林木葱茂，土地肥美，人烟稠密，此可谓名符其实的"世外桃源"。敦煌拔海四千呎，在大戈壁包围之中，惟借南面祁连山水的灌溉，故土地出产甚丰，宜于居人。

现在中国内地对新疆的交通，系由安西走哈密，而汉时则由敦煌西北

① 原版书和《文集》版"碎石"误为"碑石"。
② 沪版、津版误为"二十日车由安西开"。
③ 今甘肃省酒泉市瓜州县瓜州镇。
④ 今甘肃省酒泉市瓜州县甜水井。
⑤ 应为今敦煌市垱墩井村。
⑥ 今敦煌市新店台村。

一百余里出玉门关以至西域，班超张骞经营西域，都是走这条路，所谓"但愿生入玉门关"的"玉门关"，就是这里。唐时对西域交通，已有略略变动，玉门关之道因人事与自然的改变，阻塞不通，改在玉门关南另辟大道的关曰"阳关"，"阳关"即玉门关南面的关也，唐王维诗云"劝君更进[①]一杯酒，西出阳关无故人"，即指这个阳关。唐以后，阳关之路亦断，今欲由敦煌至新疆，无路站可循，必须横过二三千里无人烟的戈壁与沙窝，无特殊准备者绝不能通过。在汉时，玉门关的规矩，早晨鸡鸣开关，西域各国的朝贡使臣始得过关。而各国进贡马匹，总是在雪晴了的时候，带进关来。"月明房使闻鸡渡，雪霁番王贡马来"[②]，即描绘那时玉门关的事实。记者因限于时间，两个古代雄关的遗迹，都没有去实地凭吊。

到了玉门关附近，我们不应该忘了汉武帝对匈奴的政略，和张骞出使西域的事情，他这样的精神和毅力，值得我们衷心敬仰。[③]

记者在敦煌住了一天，只骑马去参观过闻名中外的千佛洞，和早著名于汉时的月牙泉。

敦煌在汉唐时候，为中国与印度，中央亚细亚各国，欧洲各国陆路交通的大道，商业与宗教的传播，皆以敦煌为过道。故当时敦煌为陆路交通上重大商埠。财富与宗教学术文献之存积甚多。其保存文献最多者为千佛洞，千佛洞藏有千余年来之各种珍贵文献，清末为英国大探险家斯坦因所发觉，盗窃殆尽，现在此种文献分藏于伦敦巴黎者不知凡几，敦煌本地人士所有者不过千万分之一之残篇断简而已。出敦煌东南行约四十里戈壁，放马急驰，约一小时可到。洞在戈壁断崖处，南向之长沙石崖上，凿有

---

① 原版书"进"有误，应为"尽"。

② 出自明代戴弁《肃州八景》之《玉关来远》。原版书"渡"有误，应为"度"。

③ 此自然段为原版书所加，津版、沪版无此段话。原版书中还有"汉武帝似乎也曾深深的察觉到了……遇机会才再得脱东返故国"，系摘自《弱水三千之"河西"》一文。该文未收入原版书，而本书已补入该文。为避免重复，此处删除了这一段话。《文集》版"衷心敬仰"误为"衰心敬仰"。

一千余个洞口，计分上中下三层，洞之大小不一，每洞有若干塑像，壁上亦绘满各种与佛教有关之图画。洞与洞之间，从前在洞外有走廊连接之，现在走廊已塌，乃凿穿洞与洞间之石壁，以通行人。今各洞中之塑像之有价值者，已被盗一空，壁上图案之有价值者亦被人拓去，故无特殊有价值可言者。藏经卷文献之石室，今已一无所有。洞壁前为一冰溪，溪旁有古庙三座，周有耕地亩许，引溪水以为灌溉，柳树成林，别是一番富丽风景。溪之对面南山，上有三山峰，并立如"山"字形笔架，传即为三危山，"窜三苗于三危"①，不知是否即是此地。千佛洞的工程，现虽已经颓坏，惟其工程浩大之程度，仍属可惊。壁上图案中，多为印度之风俗与城市情形，人物生动欲活，着色亦周详切当，至今尚有非常鲜明者，石壁之西端，有坐形大佛一尊，须登其前特造的九层高楼，始能平视其口部，楼口俯视地下，心中怦然欲坠，粗略计之，其高总在五十丈左右。

出千佛洞向西北走，约二十里戈壁，翻一沙窝凹，入一四面为沙漠山包围之窄地中，地有大泉，积水如钩月，故名月牙泉，泉深十数丈，终年不涸，亦不外溢，冬季结冰，水中产铁背鱼，土人不敢食，盛长水草，曰七星草。泉旁有庙，及居民数家。汉武帝时，相传此池中有天马自水中出，日行万里，因以献之京师，有"天马歌"记其事，其为妄诞，当可无疑，池旁刻有石碑曰"渥洼池"，即汉时名称。

敦煌孤悬戈壁中，玉门阳关不通后，交通上已无重大价值，全恃土地上之出产以维持社会之生活，故农业为敦煌之主要经济部门。敦煌人口率多来自内地之移民，现仍就移来人民旧有之籍贯为单位，划地聚处耕种，名其地曰"兰州坊"，"秦州坊"等，每坊人之生活习惯语言等，一仍其旧。因人口来源复杂，彼此互相观摩影响，思想与性格皆比普通世居一地

---

① 《尚书·舜典》载："窜三苗于三危。"三苗是中国传说中黄帝至尧舜禹时代的一个古民族，据载三苗多次为乱，尧遂将他们中的一部分人流放到西北的三危山。

之农民为活泼，敦煌人之狡滑，闻名关外。

敦煌因地势低下，故气候温暖，冬季有棉衣即可以御寒，兼有雪水灌溉，农业收获甚佳。然而敦煌亦走入种植鸦片的黑暗道路，好地尽种了烟土，一般人亦十九吸食鸦片，每年粮食不足，春荒时流亡遍野。绥远平津一带鸦片市场，近年供给过剩，烟价跌落，敦煌烟只能到新疆去找些微的销场，用秘密方法，运入新疆，给东土耳其人与汉人消费。不过此种出路，终属太少，故敦煌社会经济，陷于死路。全县每年仍负担二万五千元的烟亩罚款，虽然因为县长是位忠厚长者，摊款的方法公平些，而民众正杂各款的负担，仍为入不敷出的现象。记者试统计过一户的支出收入情形，有凭有据的他们一年出了五百多元，而他收入的农作品，全部用最好的市价计算，出不了二百五十元的数目！①

## 十一、敦煌返张掖

由敦煌动身回酒泉，是十四日的中午，我们的汽车回到离十工十余里地方，突然坏了机器。那时天近黄昏，戈壁寒风袭人，饮食住宿皆无着落，全车乘客无不惶然不安。幸经司机辛苦的修理，于黑夜中勉强到了十工一家村庄②里。

当地的村甲长看见汽车到了，赶快派人过来伺候，问我们如果要什么东西，尽管吩咐③，他们立刻就办。并且对我们长一个"大人"，短一个"大人"的，必恭必敬的立着好几个，我们知道他们一方面误会了我们是"官吏"，一方面他们又可借此机会，摊老百姓一些不应当的负担，自己从中

---

① 沪版在此句后还有一句："记者在安西敦煌一带，重劳杨炳震、范远岑、刘竣山诸先生的赐教，受惠良多。"津版表述略有不同。原版书删除了此句。沪版、津版"数目"为"范围"。
② 原版书"村庄"误为"庄村"。
③ 原版书和津版为"吩嘱"，沪版为"分咐"。

渔利。我们严重的声明了我们是"旅客"之后，他们才散去。

汽车经过多方修理，十五日居然能继续前进，诚属难能可贵。平常朋友们说，河西的"大姑娘"有些也没有裤子穿，然而我所见过没裤子的"姑娘"，却没有"大"的。这次我们的汽车回三道沟时，汽车的喇叭声，吸引出来无数的男男女女，[①]这回有一位确乎"不小"的姑娘，忘了自己没穿裤子，也跑了出来看热闹！

这天起风，把三道沟到玉门的戈壁路吹得看不清楚。我们走迷了大道，幸有新绥公司的何静轩先生随车指导，经停车研究，终于改正了方向，才回到玉门[②]。

玉门县长在新年中做出了一件有趣味的事情。废历正月十五日，县长突然用椅子作成"八人大轿"的形式，由八个人抬起，请了四十名驻军前后拥护着，在正街上来回走了一趟，回头县政府叫玉门城厢居民每家出洋一角，全城计九百余家，共洋近百元，说这是"迎春费"！

十六日我们由玉门回酒泉的路上，遇到成群的逃荒农民，他们都是惠回堡一带的农民，一切收入交了公款和高利贷，逼得自己没有吃的东西，只好离家逃亡。光腿的孩子，小脚的女人，女人怀里还多半有不能行走的婴儿，烂棉絮，破麻袋，水壶和柳筐……没有次序的驮在小毛驴背上。男

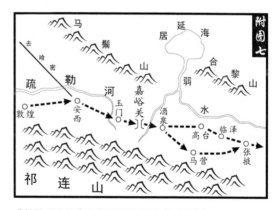

《敦煌返张掖》记者行经路线图（彭海绘）

---

① 津版在此句后还有一句："他们对于汽车，一年遇不到几回，所以只要汽车一到，他们总得倾家而出，观赏观赏这奇怪的东西。"原版书删除了此句。
② 沪版、津版为"才到了玉门"。

子们身披着或反提着破羊皮袄，一步一歪，无精打采的在戈壁上走着。我
们西来时，他们尚勉强支持着，不到十天工夫，他们抵不着饥寒的压迫，
只得向他方去乞食了。或者他们理想的目标是玉门安西敦煌这些城镇，他
们那知道，那面的农民也是一样的逃亡呢！①

　　记者十八日始离酒泉，搭汽车遄返张掖，欲由张掖以赴武威。张酒汽
车路，因避沙窝，不走高台临泽大路，改遵祁连山北麓行，此路人烟稀少，
举目荒凉，黄羊随处可见，惟酒泉境汽车路尚好，车行甚为顺利，张掖境
内，水渠乱灌，道路泥泞，汽车时而横爬土梁，时而困入沟中，常走此路
之司机亦难认清大路之所在。

　　祁连山中住有"黄番"一种，他们是藏族，信喇嘛教，同时又有信回
教的，念《可兰经》，也如回教不吃死肉，这大体为回藏混合民族。②

　　西北民族关系相当复杂，在一般人对中国"汉回"是"回族"或者是
"回教"的争论未定之前，记者不久当就管见有所论列。但就西北汉回大
本营的甘肃临夏县居住的汉回而论，他们的性情多有与众不同的地方，同
车有河州（即临夏）友人，故讨论至此。

　　河州人勇敢好斗，尚武轻文，有古代欧洲斯巴达人的风格。乡俗对于
窃盗不以为耻，只要不在本地方活动，一个人赤手空拳的离家出外，半年
或一年之后回来，骑了马，带了许多东西，大家都恭维他为"好汉"。受

---

① 沪版随后有一自然段并加小标题"塞外神话"："回到酒泉时，正遇到一件地方当局轻率拘捕缠商事情，心
中大不谓然。我们要知道，新疆缠回里面至今还普遍的流行着一个历史性的故事，表示他们对于汉族的态度。
故事是说明他们所以住矮房的原因：'黑大爷（他们对汉族的通称）是罕探（即武力远及西域的"汉唐"）中
最黑的将官，当他将可汗（他们的国王）兵打败之后，横冲直闯的到我们村里来杀人，我们原先以为，藏在屋
里比在没隐避的戈壁中好些，谁知高而且大的门，恰好给他进来杀人，别村的人怕他再进去杀人，所以都把房
子改矮些。相沿到现在，所以我们的房子如此矮小。'本来西北上房屋建筑之所以矮小，乃由于避风及保温两
个自然的理由，而不是由于民族战争的关系。他们竟然把这事解释成汉族压迫他们的结果，这当然是他们以前
的有思想的领袖故意编成的故事，用日常习见的事情来鼓励他们本族后代人的民族情绪。所以我们应该有确实
的民族政策，彼此平等坚固的团结，而平日相处，尤当客气三分，不可随便加以处置，致伤感情。"津版和原
版书删除了此自然段。
② 津版删除了"这大体为回藏混合民族"。沪版删除了"同时又有信回教的"之后整句。

了伤，或者残废了手足，都无大关系。最可耻的，是一无所得，或者被人捉了受刑而归，他们叫着"没有光辉"！

在河州西乡还盛行一种赤手捕野鸡野兔的风气。在冬季下雪以后，野鸡无处觅食，而且匿藏不易，他们就凭空手①去捉野鸡。还有一种办法，是联合几十个人或者几百个人，大家骑马分散开，围着一座山，或者是一块大草滩，作为临时的猎场。这种猎场的广大，数里或十数里不定，大家围定之后，大声呼噪，惊出草丛中的野鸡和兔子，谁现发了鸡或兔，谁就骑马狂追，同时东西南北一齐追赶，不让鸡兔有片刻休息的机会，渐渐的，鸡兔都跑疲飞倦了，把困乏的身体藏到草下或者石隙间，追的人遇见这种机会，就会不顾一切的，从飞奔的马背上扑将下来，下面是水也罢，泥也罢，冰也罢，刺也罢，树枝也罢，他们全副力量，向目的物直扑而来，否则恐有落于人后的危险。追赶的时候，不论平地，河滩，山崖，他们的怒马总是直上直下，横冲直闯，故往往有两马相撞同时毙命的现象。追赶开始以后，虽弟兄父子长官部下皆不相让。捉得鸡兔者，将猎获物拴于自己所乘的马鞍上，无论多少，绝不交旁人携带，鞍上野物多者，则趾高气扬，乘空马回者，则垂头丧气。回家后又将兔皮鸡毛放置门外雪地上，以多者为荣，邻人皆聚而称羡，无皮毛之人家，直无面目出门。勇敢胜利的人，回家时，能得全家人之爱戴。如父子同出，为父者空手而归，则家人亦只对子热烈，当父亲的只好退到冷房子去自己藏羞。至于吃食，则大家共享，毫无关系，只有"光辉"不肯丝毫让人。军队围猎，尤为猛烈，每次围猎结果，必有若干人受大小创伤，此种风俗，为中国各地所无。

在张掖候车期间，约了几位朋友骑马带枪到郊外去打黄羊，张掖北门外二十里地方是弱水的东支，土人叫作山丹河，因为源出山丹县境。河中

---

① 津版、沪版为"凭空的"。

常有天鹅水鸭之类。由木桥过河，即为一约十里宽之戈壁滩，戈壁北方有山横列，曰"焉支山"。汉武帝使霍去病攻下焉支祁连，置张掖等四郡之后，匈奴不胜其苦，乃为之歌曰："失我焉支山，使我妇女无颜色。失我祁连山，使我六畜不繁息。"[①]因为祁连水草丰美，而焉支则出产颜料，为匈奴妇女化装颜料所自出也。

戈壁滩中，一切生物及建筑，皆不易见，偶尔见远远的黑影，使大家起了相当的兴奋，等我们跑到之后，或竟是一个沙堆，一块石头。以常情言之，在生于人烟稠密，生产富饶，家庭美满的人看来，像焉支山邻近的这样地方，实不宜于长久居留，唐杜审言所以说："红粉楼中应记日，焉支山下莫经年！"[②]我们从焉支山回张掖城，系绕走弱水上游，从冰滩上强过，冰坚滑马蹄，必下马牵之而行。将近南岸，为未冻水流所阻，乃再上马，策马入水中，强行渡水，水深几没马背，且寒冷澈骨，若非塞外耐寒健马，恐难不丧身冰流之中[③]。

## 十二、到古意盎然的凉州

二十八日始得搭车离开张掖。[④]张掖以东道路，完全听其自然，丝毫无修理之痕迹。水渠并无与道路配合的计划，自由交叉。而农民排泄水渠剩水，亦无一定安排，胡乱放些在大道上面，水积泥松，且有薄厚不等之冰块浮盖上面，汽车一入其中，难得不受拘留之苦，故汽车往往绕行甚远，始能通过。

---

① 原版书"使我""繁息"有误，应为"令我""蕃息"。
② 津版、沪版为"唐杜审言所以有'红粉楼中应记日，焉支山下莫经年！'的嘱咐"。
③ 津版、沪版为"恐难不被水流冲刷以去"。
④ 津版、沪版为："二十八日始得搭新绥车离开张掖。"

车旋过东乐县旧城[①]。城南，直达祁连山麓，有大草滩，为历代边防上牧马之地，俗称"大马营"。今军政部亦有牧场在此，据本地友人相告，现尚无良好之成绩。

车至山丹县，司机驾车绕城外而过，盖避免进城时驻军之留难麻烦也。此间各县习惯，无论车辆或行人，欲进城通过，必须出名片一张，交守门者转交其最高负城防责任之长官，得其许可后，始能通过。而一般官兵识字者无多，知识太差，行动迟慢，往往在城门空等二三小时，尚无答覆。故有经验之旅客，多不入城，省却许多无谓的烦恼。

山丹以后，汽车路穿长城而出，沿焉支山根东南行，可以避去许多水渠的阻挠。长城在山西境以东者，为石筑，陕西以西者，为土筑，甘肃境内全为土筑。故损坏甚易。山丹境长城已十塌四五，余者亦有岌岌不可终日之势。由此推想过去之新筑与培修，不知耗去多少人力，牺牲多少民命——冯译帕克尔著的《匈奴史》说："读史者应知长城者，实一大血线也，埋骨其间，无代或绝，千余年来，魂绕边塞者，奚止百万！"诚为有深见的论说。

黄昏过峡口，峡口为祁连与焉支之连接处，峡路峻急，乱石当道，为武威张掖间险要军事地。深夜住水泉子[②]，旅店里有一个非常肮脏的少年来招待客人，记者送他一块烧饼，他看了一会，才猛吃下去，回头说："这

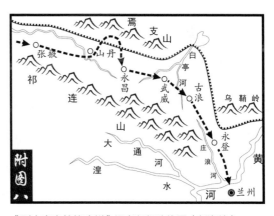

《到古意盎然的凉州》记者行经路线图（彭海绘）

① 今张掖市山丹县东乐镇。
② 今甘肃省金昌市永昌县水泉子村。

个东西好吃，我还没有吃过！"

嶌支山在峡口之西者，随处有煤矿，煤层暴露在山崖上，土法开采之煤窑甚多，并有瓷窑厂，烧制各种用品。惟山丹直至永昌之间，庄户本已稀疏，现更破坏，所余无几，举目凄然，不解年来社会何以凋零如此之甚！

二十九日车趋武威，武威即古"凉州"，在历史上曾有非常重要的地位，永昌武威附近的道路，其修筑比张掖直可谓为"不可同日而语"！然亦因渠水无适当之管理，随处漫溢，冰滩蔓延，重大的损坏原有的道路，且若干地方缺乏桥梁，车须"涉水而过"，亦为令人不快之事实。渐近武威，人烟渐密，地势渐开，土地亦现丰沃气象。惟人事方面，则汉人十九身体孱弱，衣服褴褛，鸦片烟戕害后的苍黄瘦脸，挂在多半的汉人头上！凡是身体壮实，衣服整齐，骑高骡大马者，都是回回！

千余年前的凉州，是各民族混合居住的地方，而且人口也很繁盛，在唐人吟凉州的诗中，我们还可以推想出当时的情况，岑参诗有云："弯弯月色<sup>①</sup>挂城头，城头月出照凉州。凉州七里十万家，胡人半解弹琵琶。"当时蒙古族尚没有强盛，没有发展到贺兰山祁连山一带来，故所谓"胡人"，当属于突厥族的回纥之类。惟人口多至"十万家"，虽有文人过甚其辞之嫌，而人口之稠密，当可看出。

至于凉州在过去各民族战争情形，元人戴良之《凉州行》，记述得有声有色："凉州城头闻打鼓，凉州城北尽胡虏。羽书昨夜到西京，胡兵已犯凉州城。凉州兵气若云黑，百万人家皆已没。汉军西去笛声哀，胡骑闻之去复来。年年此地成边土，竟与胡人相间处。胡人有妇能汉音，汉女亦能解胡琴。调胡琴，按胡谱，夫婿从征半生死，美人踏筵尚歌舞。君不见：古来边城多战死，生男岂如生女强？"

---

① 原版书"月色"有误，应为"月出"。

当时的战争，表面虽属民族间的战争，而实则只是"家天下"的几姓人，为了个人利益而发动，拿功名富贵笼络些战争人才，为他们作战，一般当兵的实在没有什么意思。元人宋无《战城南》一诗，深绘此种战争之实际："汉兵麈战城南窟，雪深马僵汉城没。冻指控弦指断折，寒肤着①铁肤靫裂。军中七日不火食，手杀降人吞热血。汉悬千金购首级，将士衔枚夜深入。天愁地黑声啾啾，鞍下髑髅相对泣。偏裨背负八十创，破旗裹尸横道旁。残卒忍死哭空城，露布独有都护名。"（"都护"当时最高带兵官也。）记者希望以后人类世界上，这种"一将功成万骨枯"的战争，能够减少些才好②。

凉州为河西首要地方，无论在地形上，经济上，皆在河西占领导地位，这里因为黄河和其他地理条件，使它有进可以扰动甘陕，退可以静观大局的优越形势。③王莽篡汉时，刘家天下和王家天下还未十分决胜负的时候，西北上有一位非常有眼光的势力分子，名叫窦融，他看看天下大势未定，前途尚难乐观，乃召集他的兄弟们说，"天下安危未可知，河西殷富，带河为固……一旦缓急，杜绝河津，足以自守"，因此他就率部进守河西，驻节凉州，以静观天下形势。到汉光武把刘家天下恢复起来，定都洛阳，然而天水的隗嚣，四川的公孙子阳，和河西窦融，尚在半独立状态中。特别是天水的隗嚣对光武不大客气，如果他和窦融打成一片，则顺渭水东下以取洛阳，则刘秀的皇帝可以做多久，恐怕还是疑问。汉光武看到这里，于是极力拉拢窦融，封他为五凉大都督等大官，在光武致窦融的一封信上，我们可以看到光武对于河西的力量，是如何的彷徨："今益州（即四川）

①原版书"着"有误，应为"著"。

②津版、沪版为"少些才好"。

③此句为原版书所加，津版、沪版无此句话。原版书中还有"王莽篡汉时……我们不能不佩服光武帝的眼光"，系摘自《弱水三千之"河西"》一文。该文未收入原版书，而本书已补入该文。为避免重复，此处删除了这一段话。

有公孙子阳，天水有隗嚣将军，方蜀、汉相攻。权在将军，举足左右，便有轻重。以此言之，欲相厚岂有量哉！……欲遂立桓、文，辅微国，当勉卒功业。欲三分鼎足，连衡合纵，亦宜以时定天下。"①他的意思是说，你的位置和力量都很有左右大局的能力，我很愿意和你要好。你愿意帮我完成帝王大业，请帮忙到底；如果你想自己当一方之王，亦请早定主意。这封信总算客气而坦白，但是当时的光武已领有中原广大土地，势力已经不小，他反而对于小小河西，这样重视，我们一方面不能不佩服光武帝的眼光，一方面又不能不深刻的了解凉州在西北政治上的重要。

## 十三、武威现状不乐观

武威烟土，驰名西北，可以连抽至十几次，则其烟性之烈，可想而知。山西境内所消费之烟土，以武威烟为最普遍。城内有电灯，电话，戏园，医院等新式设备，皆为马步青一人所办。马氏为驻防军长官，能用一部分钱化在地方带有永久性的事业上，从远处着想，总比完全在租界上打主意的，要有利于地方些。

武威计有两城，一曰满城，一曰汉城，或曰新城与旧城。新城现完全变为马步青个人练兵场及私人住宅。旧城为一般商业所在，新旧城间有一极为平坦的马路，马路两旁植树已成林，风景宜人。惟此间造林，其树苗乃系砍伐另外民间树木而来，这是"毁林以造林"，真正的造林，不是"移林"，而是普遍的增植树木。

武威的军政情形，记者所知者不多，惟此时适读明戚继光先生文集，见其"誓词"中有云："其将领士卒，若秦视越……迥无痛痒相关之情，恣意科敛，以供馈送，分类搜索，以需造作，极力咨询，以奉奔走，俯首

---

① 原版书"隗嚣将军""定天下"有误，应为"隗将军""定"。

侦伺，以徇好恶……至于随处差委员役，极彷徨①以应……却将事实，一毫不为。"我希望凉州不会是这样。

地方军权如果侵入了税务，司法，县政，那简直是不可收拾。所以凉州的税局，法院，县政府在他们正当业务之中，都非常清闲。地方上几个大绅士与军队"勾结"，包办了一切。

县政府所能做的工作，就是"逼款"。记者在武威是住在距县府不远的地方，每天夜晚都有许多人从县府垂头丧气的出来，引为奇怪，有②一天晚上，特别去参观究竟。当记者将近县府的中堂，有两种声音刺入耳鼓，声音发自相近的两间屋内。一种是"啪，啪，啪，啪……"的竹板击软性物的声音，杂以"一呀，二呀，三呀，四呀……"的唱数声，再加以"哎呀！哎呀……"的惨叫声③。另外一种是"碰扑！""碰扑！……"的重杖击一种松中带硬的物体声。还有④"嘿，嘿……"声，和"啊呀！""啊呀！"的沉重痛呼声。再前进数步，在两处黑暗的灯光中，显出活动的复杂人影。记者渐挤入人丛中，先向"啪啪"声那面走去，只见两位操贵州口音的人坐在一张公案上，案上有一盏异常黑暗的菜油灯，中国土红纸做的灯罩罩在上面，他们每人头上戴一顶土耳其式帽子，看来一位是科长，一位是科员，科长坐在上方，面前放的几本粮册捐簿之类，手里拿一根小鞭，似乎是临时的指挥棍。科员坐在侧方近灯处，前面也有记账的簿子，随时把钞票对灯光照照，似乎在看是不是假的。公案前面有八条特制手刑木凳，八个筲役分两行各人管理一张凳子，凳子上正有几个人被打着，外面环绕凳子站立的，有近百的"非绅士"模样的人，也有些随便坐在地下，不过，大家的情绪，没有一个觉得奇怪或者紧张的样子，似乎都是等着"消

---

① 原版书"极彷徨"有误，应为"徨"。

② 津版、沪版无"有"字。

③ 津版、沪版为"呻吟声"。

④ 原版书脱漏"有"字。

了差"就算完事的神气。突然，"王大兴！"的叫呼声，发自科长口中，人丛中应声出来一个中等身材的人，他很迅速的跪在公案前面，是什么的脸面，记者没有看得清楚。"你的款子怎么样？"科长问。"没有法子想！老爷开恩！"这是回答。"不行！打！"指挥棍向那人一指。"老爷！我今天只有五角！以后再想办法。""不行！打！不过，少打你十个。"于是衙役把那人右手上了刑凳，那人的左手往衙役的手上一放，有极轻的多数金属块相互压击的声音，发自两手相接的刹那间，随后我只见竹板头落在凳子上面发响，被打的那人空叫了一会，就退回人丛中去了。公案上的那位科员，把两张小票看清，和一些铜元数妥之后，郑重的放进了钱柜里，接着又有人被叫。记者又转身到另外有灯的地方去看。有许多人正围着一间屋子，从窗子上往里面探视，秩序很乱，到门口往里面看，一位身材高大的汉子，站在公案旁边，左手按着桌沿，右手恶狠狠的指着地下，口里说："看你缴不缴？！"一个破了罩子用纸糊上的煤油灯，挂在大汉身后的公案上方，光线非常软弱，不能清晰的看出屋内情形。不过，这一点却看得清楚：在大汉的指头下面，和衣平卧着一个男子，他的头和脚，各有一人按着，身旁立了一个衙役，右手提一条结实的木棍，把一头顶着地板，左手叉在腰间，粗而且长的呼吸着，似乎在休息，地下被按的那人没有动作，也没有说话，只有他的呼吸急促而微弱，略挟昏迷的呻吟声①。

空场上突有小贩叫卖"油炸豆腐"。记者想起当晚有人请赴茶会，才挤出人围，再通过小贩的包围，出了县府②。

民间对于军队与地方各机关的供给，实已疲于奔命，如柴一项，民间亦有拆屋作薪，缴纳"官柴"的现象，所谓"斧劈柴，一斧一心酸，昔为栋与梁，今为樵与薪——"，这样的历史谚语，我们不要忘记！记者过武

---

① 津版为"略挟呻吟声"。
② 津版为"乃挤出人围，再通过小贩的地方，才出了县府"。

威时，驻军正大劈了两个劫人犯，把血淋淋的人头，挂在城门上，示众三天。他们以为这样严刑重罚，可以制止盗贼的发生，其实未必尽然。请看宋末文天祥给当时湖南大帅江丞相的信中，关于"贼"的讨论："盖贼有出于田里之饥荒，有激于官吏之[①]贪黩……"所以真正原因不除，民生日渐破产，无论如何杀头，都是不行的。[②]

三月八日记者特至凉州西二十里之天主教堂一行。此间原为甘宁青三省天主教之总机关，创立已将近百年，现总会虽移兰州，此间仍为各种聚会要地。堂中多德国教士，华服华语，除面目外，不易别其为非中国人。他们自己种有葡萄，自酿有极佳之葡萄酒，记者痛饮几醉。唐王翰《凉州词》云："葡萄美酒夜光杯，欲饮琵琶马上催。醉卧沙场君莫笑，古来征战几人回？"记者如不到天主堂，几错过凉州之"葡萄美酒"矣。

此等教士有种种方法吸引民众，交接官厅，人多精干老练，对于中国社会情形洞悉无余。关于军事消息，中国边地官厅，往往须借助于他们，始有应付办法。记者对于宗教，认为各有其真义，各人尽可自由信仰。但外国传教士自由在中国设立教堂，设置产业，收纳教徒，有组织有计划的分布全国，是否会有其他的危险，颇值得研究。记者且举一段八国联军时的历史，读者可以参考。八国联军总司令是德皇威廉第二的侍从武官长瓦德西（Waldersee）伯爵，他进了北京，再发兵攻张家口之后，给德皇有一个详细报告，兹节录其中一段："关于侦探一事，极难着手组织，所有内地消息之探知，余（瓦氏自称）多赖天主教神父之助，而且此种帮助，系出自彼等情愿。惟其中极为老练聪明之主教 Farier，不幸已于数日前，前往罗马，离开中国，彼临行之时，曾训令彼之代表 Jarlin 主教，须务尽力

---

① 原版书脱漏"之"字。原版书"有激于"有误，应为"激于"。
② 津版在此段后还有一句："武威的朋友们如张瑞东、苏笑山、马子高、李兴西、吕郁哉、张荣黔、马呈祥、孟练百诸先生，皆曾予记者以重大之助力，尤以马子高先生之倜傥豪迈，为交友上难得之人物。"原版书删除了此句。

助余。因此上校 Yorck 伯爵进兵张家口之时，曾有许多神父随营效力相助。"
（见王译中华版，《瓦德西拳乱笔记》。）此种太高级的军事政治行动，
我们不能说一般传教的都知道。而且真正以传教为神圣任务的人也很多。
我们不能不引为忧虑的，是中国政治力量不能自由支配的如此其多的外国
传教士，如蛛网式的布满了中国，为中国自己打算，为公正的道理着想，
是不是一件非常值得考虑的问题？

　　和武威的朋友告别是九日的事情，道路溯白亭河而上，至古浪①已是
六千呎的高度。古浪为甘肃最易地震区域，城垣今已无存，住屋亦无多，
县城直等乡镇。古浪南有古浪峡，峡窄而长，车行甚险，为军事战守地。
再南即过一万呎高的乌鞘岭。当夜因天晚，乃宿岭北小镇龙沟堡②。

　　次日清晨乘冰冻地硬翻乌鞘岭。岭上有韩湘子庙，俗传至灵，过往者
皆驻足礼拜，并求签语，记者亦随诸人之后，拜求灵签，欲问"中国今后
数年之局势"，乃签书云："子当贵，病速愈……！"大概韩湘子近年亦
"态度消极"，"不问国事"，故"顾左右而言他"③！

　　下乌鞘岭，车涉庄浪河上游冰滩而过，冰已渐解，颇为危险。循庄浪
河西岸下行，过镇羌驿，岔口驿，再至武胜驿，过庄浪河大木桥，转至庄
浪河之东岸，旋到永登县。这是记者旅行祁连山南面青海区域的故道了。

（一九三六年六月七日包头）④

---

① 今甘肃省武威市古浪县。
② 今武威市古浪县龙沟堡。
③ 津版为"故支吾以答"，沪版为"故支吾以对了"。
④ 1936年6月7日《祁连山北的旅行》完稿于包头。津版于1936年6月12日至7月3日连载，沪版于1936
年6月13日至27日连载。

# 第五篇　贺兰山的四边

　　"贺兰山"！这是多么令人向往的地方啊！这条山是稍有倾斜的南北延伸，计长约八百余里。它的东面是宁夏本部，过黄河即接连陕北高原，山的西面是阿拉善蒙古，南面遥望兰州，北面与狼山大青山呼应而向包头。记者于旅行祁连山南北之后，乃转而游历贺兰山的四边。这里关联着若干正在变化的军事政治和民族问题。或者读者可以得到解决某种问题上一部分有关系的材料。

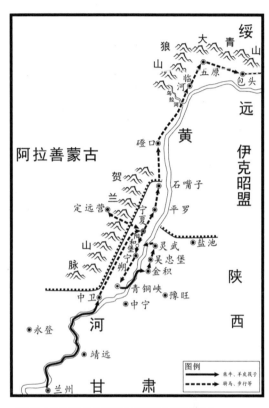

《贺兰山的四边》记者行经路线图（彭海绘）

## 一、再会吧！兰州！

　　不亲自经历的事情，每每不容易了解那件事情的真相，所谓"事非经过不知难"，这话实在一点不差。东边的朋友常常轻侮的批评西北的人事简单，但是只要他们到兰州来经验经验，他就知道西北的人和事，也相当

的复杂啊！ ①

"兰州城里谣言多"！本来没有的事情，只要几天谣言，立刻可以满城风雨。粮食也上涨了，汽车也不敢放心开往某些地带了。尽管事后"全属子虚"，然而第二次第三次的谣言，又继续上来，而且这些谣言，一样有效，可以激动一时，这个易于发生谣言的原因，大约不外下列几点：第一，西北上汉与回相互间不必要而且无意义的成见仍然存在，满洲人三百年来所用的"汉回互仇"的毒辣民族政策，至今还留下恶劣的影响。第二，汉之中有派别，回之中有阀统，彼此历史纠纷，难于清理。第三，寄居在兰州城内的高等闲人太多，他们终日以制造传播各种军政消息为能事，稍有可乘之机，谣言即因缘而至。第四，兰州缺乏一种商办之新闻纸，能随时发表正确消息，以指导社会观听。

不过兰州在近年来的进步，可谓相当迅速，各种纷乱的情况，已略有端倪。新闻纸方面亦有相当发展，以近来之《西北日报》而论，其编辑与印刷皆可渐跻于东方大报之林②。

记者以四月二十四日离兰州，搭牛皮筏，遵黄河以赴宁夏。西北水上交通，皮筏较木船为普遍。皮筏有牛羊皮两种。其组成方法，系将牛羊皮袋经过相当油浸工作之后，紧束头尾四肢，内胀以空气，然后以数个、十数个或多至数十百个，编成平面长方形，上再施以木架，架上可以载货搭客。又如运载羊毛水烟等数量较多之货物，则大体皆用牛皮筏，因其载量较大，一筏可以载重数万斤。更有将羊毛装入皮袋中者，如此可以省却筏上堆毛的高度。筏上如张设帐幕，则立即可以布置成功宽敞的水上行宫，空气与光线皆十足的美满，而且随河水的流动，终日有千变万化的风景，

---

① 津版在此句后还有一段："记者此次路过兰州，蒙朱一民先生详细指教西北若干问题之要义，于孝侯先生亦开诚多所赐教。许良玉、林霭卿、蔡作民、朱公生、张性白、史恪非诸先生所给予记者之指导亦多。许夫人林杏辉女士对记者生活上之照料，使长途旅行者感受莫大的惠赐。"原版书删除了此段。

② 沪版改为"跻于国内大报之林"。

可以供旅行者的观赏。兼以兰州至宁夏省之中卫县一段，为黄河流域峡谷区，水急而险，较黄河之流于平沙地者，有特殊的奇象。

操纵皮筏之苦力，十九为甘肃河州（临夏县）之回民，亦有西宁方面者。他们的身体坚强结实，因为宗教教条的训练，他们养成了几种非常有益于身体的生活习惯，如早起，勤于沐浴，遵守时间，不吃死后的生物等，特别是不吃鸦片，关系于他们的体格方面，非常重大。西北回民与汉人同样种植鸦片，贩运鸦片，然而回民之吸食鸦片者，百难得一二，而汉人之不吸鸦片者，绝难有一半之人口！此种趋势，如没有纠正的方法，则西北之将来，汉人只有渐归于天然淘汰之途！

记者所乘之皮筏，乃由一百二十个牛皮袋所组成，平稳宽舒，坐卧读书，皆甚相宜。筏上共有水手六人，分掌前后各三桨，水手名"把式"，中有一人为首领，名为"拿事"。前三桨关系重大，故以头等把式司之，拿事对各把式不但有指挥之全权，而且有保护之责任，因一个筏上之水手，大半与其首领有宗族及乡里等关系，离家时所带出之人丁，必须于返家时交还其原来之家庭。首领对于筏上之安全亦负完全责任，必须能领导皮筏免去水上一切的危险，故为首领者必须久走黄河，深习水性，而且为机警果断之人，始能胜任。

兰州以下黄河，在离城六七十里以后，有长六十里的"大峡"，险水最多，故普通水手不易通过，于是应运而产生一种专门驾驭"大峡"一段险水为职业的水手，名"峡把式"。峡把式皆系特别精通水性，熟悉水文的老手，他们能领导皮筏，安然通过几个非常危险的地方，过了危险地带以后，他们又离开皮筏，回到兰州，作下一批皮筏的保险者。

春末夏初，正是兰州梨花开放的时节，黄河南岸自兰州城起一二十里之遥，仍可以望见成林的初放梨花，绿中吐白，河上清风，时常带来岸上花香，顿时感觉一种恬静清逸的安舒。惟黄河北岸则寸草不生，一望黄土山崖，殊少兴味。

筏入向阳峡中，峡长四十里，两岸虽有峡形，而水势平稳，无可引人
紧张之处。峡将尽，见一只大头石羊窘处于石峡绝壁间，壁高数十丈，壁
上有十数猎人用石顺壁下击，壁下水中有人驾羊皮筏上攻，然因崖高壁险，
终无奈石羊何。以石羊此时之环境而论，因一时被追情急，遁入了这样绝
地之中，但这里上下皆已无路可走，终久亦无生存的希望，然而它仍继续
尽其全力以图生存，它并不即时跃入黄河，早日结束其艰难之生命。可见
凡百生物，皆受此"求生"之自然法则所支配，人类社会此理尤为明显。
一时代之社会政治制度，苟不能适合于当时大多数人生存之需要，则此大
多数人必如石羊之艰苦挣扎，以求其生存之继续与发展。

峡尽，地名泥湾①，泥湾为一小小之黄河冲积平原，梨柳争绿，野麦
正长。筏中突遇此景，心神为之豁然。此时离兰州已六十里。再由泥湾而
下，即入大峡，峡把式之身手，将于大峡中施展之。


## 二、过大峡


黄河的大峡，正同长江三峡一样，峡里航行，须有专门的"领江"。
大峡两岸，山势比向阳峡陡峻得多，河面有时非常的窄逼，水急而常有巨
滩，与近乎直角的转道。首先经过险地为"大肠拐子"，河道数数曲折于
紧狭的石壁中，稍有不慎，即可与石壁接触。其次为"乱石头窝子"，为
一乱石峥嵘之险滩，滩浪起伏如小屋，滩中并有一大水漩，最易发生危险。
最险者为"焦牛把子"，河水直冲一石崖尖上，皮筏必须对石崖放去，同
时又须于未接触之一刹那，转筏下流，生死存亡之际，其间不能容发，筏

---

① 今兰州市皋兰县泥湾村。

上水手与搭客至此皆屏息肃静，以待命运之降临！筏上首领则站立筏上高处，全力注视水文，一面发出各种非内行不易听懂之命令，指挥前后之水手，同时不断有"扶达"！"扶达"！……之祷告声，因回人称"天"为"扶达"，扶达当系阿拉伯语，在此危急之时，只好于竭尽心力之外，再[①]求天之保佑也。

险峡既过，"峡把式"登岸而去，一般"筏客"（"筏把式"之又一称呼），莫不喜形于色，盖从此到包头，已再无什么难过的地段也。他们于桨声"啦""啦"之际，常引颈高唱他们本地山歌，歌声高朗，震澈山谷，内容则多述边人男女爱情之思，如"阿哥的肉呀！阿哥来时你没有，手里提的肥羊肉"。这是说一个男子，提了肥羊肉去看他心爱的女人，而女人又不在家，男子于失望之余，唱出来的情调。

六十里出大峡，更行二十里平川冲积地至条城[②]，条城岸上风景不减于泥湾，绿柳随风飞舞，与笔立冲天的白杨相间成趣。李后主曾拿枯落的杨柳来比色衰了的女人，他有这样的诗："风情渐老见春羞，到处芳魂感旧游。多见长条似相识，强垂烟穗拂人头。"[③]但是，正在"得意春风"的杨柳，它却不是如此颓丧心情，它有充盈的青春娇柔和美丽，可以吸引青年游人流连而忘返。

筏客们的意识，给我们很大的兴趣，他们是生长在中国西北边上大夏河流域的河州，那里是非常接近藏族的牧畜地方，他们对于他们土著的牧畜和初期的农业生活，不感兴味，而对于东方都市，如北平，天津，上海，南京等地，则不胜其企慕之思！他们羡慕进步的便利的衣食住行等生活方式，对于他们传统的特殊生活方式不表现丝毫留恋。他们一到包头，总是

---

① 沪版、津版无"再"字。
② 今甘肃省榆中县青城镇。
③ 原版书"芳魂""多见""烟穗"有误，应为"消魂""多谢""烟态"。

尽其所有，购买包头市场上新式工业制造品。回到他们家乡之后，那种新知识多的，新式生活工具多的人，可以大大的为他们乡里所敬重。我们从这里结论出一种"前进生活支配后进生活"的法则。都市支配农村，大都市支配小都市，上海支配中国的内地，而伦敦与纽约又支配了上海。毛泽东和朱德他们在农村中拼命将近十年，至今还没有把中国政权争夺到手，就是他们还没有力量把支配中国的几个大都市把握得着！①

第一日水程，就住在条城附近的河上。夕阳西下的辰光，凉风扑面，冷气渐升，忽然一个筏客赤条条的下到黄河水里，②他的胸部以下都浸在水中，时而把身体移来移去，似乎寻找什么东西。这时西北的气候，傍晚天气，相当于南方的深秋，记者感到有点莫名其妙。后来打听才知道，他把我一个直径不到一寸的小茶壶盖，失坠到河里，他之所以下水，为的是把它找回来！这无异"海底捞针"，我想太不值，也太不易。然而怎样劝他，他也不肯起来，他的同伴们劝他，也没有丝毫移动他的心志，在我们大家已准备在筏上休息的时候，他笑嘻嘻的拿着茶壶盖上来了！于是大家热闹谈笑一阵之后，记者才明白：他不顾苦痛入水找茶壶盖的意思，主要的是为了他们同伴间的"颜面问题"。河州回民有一个普遍性格，即是不愿意在他人面前显露自己的无能，一个人失去的东西，不论如何没希望，他能千方百计的找它回来，在同伴中看来，这种行为是有无上的"光辉"！

唐人《凉州词》上有"黄河远上白云间，一片孤城万仞山"之句，据记者观之，恐以写兰州以下至宁夏省中卫县这一段的情形为恰当，因为中国各地的习惯说法，从东南两方向西北两方进行，叫作"上"某某地方，反过来说是"下"某某地方。以凉州附近的黄河来说，读者如翻阅地图，则只有上述这段黄河才可以说"上"了。而且这绵亘三四百里的山峡，和

---

① 此段话在沪版和新华版本中被删除了。
② 津版为"凉风扑面，忽然一个筏客赤条条的站在黄河水里"。

稀零的城池，正是"一片孤城万仞山"的实景。

条城下游，有一地曰"拜湾"，前甘肃督军陆洪涛曾筑石堤一道，阻导黄河，救出农地不少，至今堤内农民犹受益不尽。陆氏在甘肃之功过，甘肃人自己知之最深。但就拜湾筑堤一点来说，他却做了一件不可磨灭的事业。本来有人认他的一般行迹，多属"军阀"之所为，而半心论之，中国二十五年来痛苦经验告诉中国民众，在国计民生上"肯做实事"的"军阀"，到底要比专说空话的人们强些。

## 三、红山峡和黑山峡 ①

在羊毛皮筏上过夜，得了一个难忘的经验。本来厚厚的羊毛，积成软软的褥垫，应该有"塞外沙发"的优点，不过羊毛白天受了强烈的日光，到夜里一齐发散出来，睡在上面的人，尽管你当空一面冷清清的，而底下一面则如蚂蚁上了热锅，片刻也难得安稳。必到中夜以后，羊毛所收热力发散殆尽，始有让你入梦的可能。但是往往在东方破晓的时候，又刮来阵阵寒风，此时不但皮筏上不能给你任何温暖，而且如果不赶紧自己披上棉衣或者皮衣，自己原有的体温，还要向外发泄，而使人感到如冬天的寒颤。

第二日漂过一个无甚险阻的"无敌峡"，经靖远城边，往下直放，忽然大风扬沙，水文不能辨识，乃被迫停靖远下十五里之河滩边。

皮筏行黄河中，除峡内情形稍异外，在平流地方，完全看水纹而行，择水纹主流所在，而移筏以就之，因主流之水深而速，无搁浅的危险。故稍有风雨，便水面经纬一乱，皮筏即失了遵循的指标。如必勉强行进，则一旦误搁浅沙滩上，或被大风刮置沙滩中，则筏客只有全体入水，拆散皮

---

① 黑山峡连接甘肃、宁夏，起于甘肃靖远县大庙村，迄于宁夏中卫市小湾村，全长71千米，是黄河上游最后的大峡谷。

筏，将一个一个的皮袋移出沙滩之外，再行束好，始能继续前进。此种水中拆扎之工作，至为辛苦，而且关系于筏上首领之技术名誉，只要搁浅一次，他的名誉立刻糟糕，下次再难得人之雇用。故风起以后，筏客皆一致不愿再行前进。

中午刚过，就要停止休息下来，这样情形，对于旅客是最没有兴趣的事体。谁知第三天的情形更糟。筏子清晨入了红山峡（峡为红色沙砾崖石，故俗名"红山"），峡长一百三十里，水势平稳，我们预计当天不但可以出峡，而且可以再进百里左右，然而仅仅在中午不到的时间，峡里的大风又刮起来了。这样简单而原始的交通工具，对于天时的抵抗力太过于薄弱，漂到不及一百里的水程，我们就被迫停住在红山峡中了。

这里地名叫"华子口湾"，两岸山上没有一棵绿树，更看不见一团青草，在沙风飞扬中，好容易看到西面河岸上有一两处残破的村庄。大家都希望得着些什么似的，很自然的，筏上的客人和水手，一大半都冒着风沙向村庄进发了。走近村庄，则其中主要区域之建筑，已经倾颓，所存的只是东鳞西爪的几家单间土屋。女人和小孩似乎没有出山外去看过任何的社会，他们似乎只认得同村的十几口人，才是他们社会里的人类，因为像我们这样普通的水手和旅客，会让他们见了害怕，惊惶的逃进他们的小屋，而把门紧紧的关了起来！老子"小国寡民"的政治理想，我以为拿到这里来实施，大概不会有重大的阻碍！

夜间无事，筏上的水手和客人共同组织一个临时俱乐部。水手有人有一把地地道道的"胡"琴，再加上些碗和筷子，另外凑上几张嘴，几副手掌，算是乐器，这些水手们就高声唱他们的土调了。他们有时一人独唱，有时几人合唱，歌声因山谷之回应，更显得悠扬遐逸，上澈云霄，使此荒山幽谷，倍增其恬然世外之情，歌调近于藏人之风格，以高而长之音调为其特点。惜内容多不能了解，这般水手们的性格之诚实，对人对事之忠贞，使人感到一种人类间彼此全然相互信赖之愉快。

走完红山峡，又进黑山峡，两峡水势大致相等，惟黑山峡全由带青黑色的坚硬石崖所组成，崖势亦较高峻，风景比红山峡为奇丽，此峡为甘肃宁夏两省之交界处，过去数年皆为土匪变兵盘据之地，下水皮筏十九皆被劫沈，甚至伤害旅客生命，我们这次侥幸连过几处最易发生劫杀之区，皆平安通过。峡中两侧石崖间，野羊（即前所谓石羊）时常发现，其行动之迅速，有如猿猴，数十百丈高山，顷刻之间，即见其已登援而逝。野鸡"咯咯"之叫声，在红黑峡中，成为经常的伴行音乐。

为安全计，我们第四日停筏于黑山峡之绝壁下，两山壁立，黑压压的一对山峰，高耸云表，峡势颇不减于长江三峡中巫山峡的作风。

记者最喜欢听水手们谈他们得意和失意的事情。他们尽管有这些遭遇，而他们对于这些遭遇，只有一种奇怪的感觉，而不能求出其中的理论系统来。青海的汉人和回人，都是自称"中原人"的，他们鄙视藏人和蒙古人，叫他们作"番子"和"鞑子"，因为蒙藏同胞的生活比较落后，头脑比较简单，在商业来往上，最易被人欺骗。他们和蒙藏同胞做交易，很少有公平的打算，他们十九用欺骗手段，叫作"抓番子"和"抓鞑子"。蒙藏人如果向他们买粮食，他们就拿些酒肉把顾客请到屋子里，让他们吃得酩酊大醉，然后用草或者树枝泥土之类，填到他们装粮的皮袋里，只是在表面上装上些粮食，等顾客们迷迷糊糊骑马回家之后，酒性醒来，始知受骗。然而他们虽屡屡上当，心中非常不高兴，因为商业经济的大权，尽在汉回两族人手中，心虽不愿，亦莫可如何，说到这些地方，水手们都觉得他们有"中原人"的威风，比"番子"和"鞑子"高了一级。等他们说他们的筏子到了包头的情形，他们的神气就相当沮丧了，包头的铁路，电灯，马路，商店的大玻璃窗，偶有的洋楼，五光十色的街面，大饭店，大旅馆，两三层高的饭馆，两三进的酒店……这些东西使他们头脑昏乱，似乎山鸡进平原，感到世面太宽，不知道怎样安置自己的身体才算恰当。他们和包头商店做交易，第一，不识货色，第二，不谙行情，第三，不通官话，再加上店中伙计们的花言巧语，于是他们至此又作了"番子"和"鞑子"，被旁人大"抓"而特"抓"，一元市价的货物，卖给他们时，总是二倍或三倍的价格！有时他们自己也知道吃了亏，然而只要有一个水手在某家商店作成了交易，其余的总是一窝蜂到那家商店来，价值只要和最初的一样，外形大致差不多，内容纵令有相当变更，他们仍然可以接受！

这样不平等的民族关系，无组织的贸易关系，对于一个国家的前途，绝对不会有好的影响！

## 四、路过中卫

次日，仍然有风，皮筏冒险强行，始出黑山峡，但到距中卫二十里地方，仍不得不靠岸，地名煤窑湾，有小市镇，为产煤地带，有煤窑工人三五十家，日长无事，上岸欲买食物。谁知此间生活异常贫乏，除粗面外，一无所有，煤工之家，污浊黑暗，人亦似终年不曾沐浴者。此间有宁夏省林矿局分卡，记者以其必为保护矿业，或改进矿工之生活者，后知完全为一种税收机关。每一小羊皮筏煤炭，由此运往中卫等地，须上税大洋三角，对于林矿事业之本身，则未闻有丝毫的筹谋。至于煤之开采，全为旧式土法之自由挖掘，煤工之作工与否，及其工作之多寡，全由自己之经济环境与健康情形，自由决定。大规模之生产，还未曾出现，不过，在严酷的生活鞭策下，煤工的"自由"选择，只有限于饥饿，或者无休止的辛苦工作两途。

也有黄河北岸的地主，在这煤矿区放债，不过十九为实物放款，如米面油茶盐之类，而偿还则要现金。奇怪的是，此地真正入山负苦的，[①]多

---

① 津版、沪版为"此地真正入山下苦的"。

为本地人，而做小饭店，小店，小商业的，则多为河南山东人。在这小煤区中，山东河南人要算上等人物。

将过中午，许多煤夫，借了吃饭的机会，聚在一家小店下象棋，记者也去参加。他们几乎全为鸦片政策下的牺牲者，加以工作之不合卫生，营养之不充足，故其身体与面貌，皆苍白羸弱，令人可虑。他们这小小集团中，走棋技术都不甚高。末后有一位中年弱瘦，衣服褴褛，烟毒遍身的煤工，出来和记者对弈，他精密高远的棋步，令人惊服他的聪明，只有用"同归于尽"，或"稳扎稳打"的战术，记者才可以希望与之打成平手！而且他的态度之大方，内心之沉着，皆为不易多见者。记者曾在某处见有黄包车夫自做对联云："莫笑拉车受辛苦，请看当年宋太祖。"颇与此事同令人有所感动。

最后一日的水程，只有二十里，就到中卫县水路码头的新墩[①]，筏近新墩，即可以看见黄河西北岸互相联络的圆柱形大碉堡，红色的外表，成排密接的枪窗，使人望而生畏。据记者在西北各省所亲见碉堡言之，当以宁夏省中卫境者为第一。如登新墩岸上视之，则坚牢之大碉堡群大约以五里之半径环拱中卫。此种碉堡之作用，当在防止毛泽东、彭德怀等之渡过黄河[②]。就中卫一地言之，已成难攻不落之形势，惟碉堡之修，必有所守，如社会经济日蹙，民生日困，则祸乱将起于萧墙，边境之防御工事，将无所用之。

新墩距中卫城五里，墩之对岸，尚有未熄之火山，夜可见光，日可见烟，闻烟火中有奇味，近之则能立刻使人昏倒。墩上居民四五十家，其房屋整齐，身体强壮，屋内清洁者，全为回民。汉人多为鸦片所毒害，身体日坏，经济日窘，生活所逼，故妇女之风气，颇有难言之苦衷！

---

① 今中卫市新墩村。
② 新华版本改为"当在防止红军之渡过黄河"。

中卫为兰州宁夏水陆交通之枢纽，且东可以过黄河以通固原平凉庆阳①环县，西可以过沙漠达永登，再由永登西通青海，北上凉州。故军事与商业皆为要道，唐宋时所谓鸣沙州即此。因中卫城西有沙山，人如自山上滑下，沙中作雷鼓之声，与敦煌之鸣沙山同其情景。自科学之见地言之，此种鸣声，究为何种物理作用，尚有待于专门家之研究。

中卫城中，此时正在大大的翻修下水道。所有城楼庙宇亦在大事改造之中，各种苦力，如制土砖，运土砖，砌墙壁……等，皆以士兵为之，只有关于细微技巧之处，始雇工匠，故此等士兵对于土工，木工，石工之中下级工作，皆已熟练，其灵巧者，直已变为纯熟之工人。惟待遇方面似乎甚差，士兵之衣服，表现为千缝百补之穷象。

黄河到中卫以后，因为山势之开展，故河之两岸冲积成肥沃的平原。自秦汉以来，渠政早兴，引黄河水以灌此沃野，水旱农作皆甚相宜。惜因对内交通不便，经济文化，皆无甚可言者。即以中卫而论，县党部民众书报阅览室中，仅有厚厚的灰尘蒙盖下的几本旧书，除宁夏甘肃两省党部办的《民国日报》各有一份外，只有一年以前的天津《大公报》两张！

皮筏上的滋味，已经尝过了。落后的交通工具，虽然可以满足到西北游人们的好奇心，等到实用起来的时候，这些东西到底不行。西北本是多风的地带，这样见风就停的筏子，如果要一直坐到包头，那只怕要急白了旅客几根头发！中卫到宁夏已有长途汽车，而且当日可到，我们于是舍筏而登车。水手们知道记者要离开筏子的消息，他们一齐似乎堕入了冷寂的空气中。几天来培养成的热闹活泼气象，至此化为乌有，他们说："你们要走，我们都'破翻下'了！"（"破翻下"为河州土语，表示心里难过的意思。）因为生活痛苦而枯燥的劳动者，他们最难得的，是旁人对他们

---

① 原版书和《文集》版"庆阳"误为"庆汤"。

诚挚而平等的态度。谈谈古今中外各种各样故事，和他们所不了解的各种问题的解答，都使他们发生了浓厚的兴味。所以只要是用实用的材料，有和蔼灵活的教师，而且被教者的最低生活又有办法，我想民众教育一定能很快的推广。

## 五、宁夏地理特性

俗谚说："天下黄河富宁夏。"这是因为宁夏有特殊的地形结构。我们展开有颜色表示地势高低的地图来看，我们立刻看出宁夏本部，很像一个葫芦的形状（阿拉善蒙古不算在内）[①]。从黑山峡起，中卫以下，地势开放，为中卫与中宁两县之平原沃野，西以贺兰山之南梢以界于蒙古草地，东以陇东高原之沿边而分界于甘肃，北上至广武镇，贺兰山与黄河东面之高地连为一脉，横亘为"卫宁平原"之北边。黄河分卫宁平原而过，北上断此横亘高地而出，构成长二三十里之青铜峡。青铜峡以北，山势又开，河东之金积，灵武，河西之宁夏，宁朔，平罗，共五县之面积，作成宁夏最主要的肥沃农地。其东西界限仍与前一平原相同，而北锁于石嘴山。石嘴山之北即为蒙古草地。利用黑山及青铜两个石峡为基点，借黄河水流的斜度，凿沟引水灌东西两岸平原中，称之曰渠。渠有干渠，从干渠再引支渠，支渠再引小沟以灌于田土中，渠口有闸，可以因黄河水量之大小，而增减河水入渠之水量，河水大，则于闸外从另道放水入河中，河水小，则闭闸外各泄水道，则使之全体入渠。干渠之末梢亦有闸，如水有余裕，则由此闸以归之湖中，或仍泄至黄河，最妙处，系由支渠小沟灌入地上之水，如有盈溢，仍有水道转纳湖泽中，或再由湖泽以泻入黄河，故宁夏渠工，其机

----

[①] 津版、沪版无"很"字。原版书和《文集》版误为"（拉阿善蒙古）"。

微巧妙，直使以科学水利自称之专门人士，亦不能不惊其完备。

宁夏土质，碱性最重，地面常呈白色，故宁夏古名"银州"。因这块葫芦形的地带中，常如银地一片也。故未开发之前，古人有称此为"斥卤不毛"者，盖碱地不易生长植物也。但是，这些碱质，只要经过黄河水一灌，立刻碱性消除，变为沃壤，雨量尽管那样稀少，但是五谷果木的种植，皆非常的相宜，唐人所以有"贺兰山下果园成，塞北江南旧有名"①之美誉。

宁夏社会，全赖渠水维持，而考渠政发达之历史，则远自秦汉唐各代皆有开凿，故最早者，已有二千余年，我们中国民族在二千多年以前，就知道如此微妙的水利工程，虽然没有现在的钢骨水泥，从其构造原理言之，不能不认之为深合乎科学，可见我们并不是如"文明人"所说的"劣等民族"那样不堪造就，我们之所以进步迟缓一点，完全是我们两千多年来的历史环境对我们太过于宽厚，不能叫我们一般人的生活常常走到绝境上，因而逼得我们不得不作更大的向上努力。

中卫的乡村风景，至少可以与淮河流域相比。其西即见通于黑山峡的大沙窝，由此走兰州，永登，途中人家缺少，水且不足，旅行者视为畏途，城中商人以山西人为主，河北商人之势力次之。山西人经商能力，有超人的优点，故甘肃青海新疆宁夏绥远，以及未独立时之外蒙，皆以山西人占商业上领导地位。近年来经济萧条，此间商业亦甚清淡。

宁夏②中卫间公路距离，计四百余里，约大半日程可到。记者以五月二日离中卫，晨间天气清明，田中农民正开始耕作。右有黄河，左有贺兰，公路修筑亦大致平坦，故车行甚速。但于出发后二小时左右，天气突变，朔风怒吼，挟浓厚之沙土，飞扬空中，沙石击人头面，对面不能见人，眼耳口鼻，尽为沙土所填积，晨间所呈现的一点恬静乡景，被此稀有的狂风

---

① 出自唐朝诗人韦蟾《送卢潘尚书之灵武》。
② 此处"宁夏"指宁夏省城。1944 年，宁夏省城（今银川城区）改为建制市，正式定名为"银川"。

顿时弄成沙漠的枯燥。刘邦打败项羽，取得天下之后，从长安回到他的故乡沛县（今江苏省西北角），正巧天上刮开了大风，他随口作了一首《大风歌》道："大风起兮云飞扬，威加海内兮归故乡，安得猛士兮守四方？"那一场大风引起了这位英雄主义者的豪兴，唱出了如此雄壮的歌词。不过我想，他那个大风，远不及宁夏这回的大风利害。这个风让人眼也张不开，欧亚航空公司二号机，竟被这场大沙风，迫得在宁夏省垣上空坠落下来。这样的大风，我想很难当时令人发生诗歌的兴趣，如果事后要作这样的大风歌，也只能类似这样的说："大风起兮沙飞扬，土填耳目兮心内慌，安得家屋兮躲一场？"

风这样的大，汽车仍然慢慢的前进，路渐近贺兰山，间有沙窝，前进甚难，有一二处须下车推车，始能通过。贺兰山为明代以后，蒙古与内地之界山，隋唐[①]以前贺兰山还没有长城，那时的长城在黄河东面。隋代的长城才西起武威，经贺兰山北上，东入伊克昭盟之南，贺兰山始为"华夷"分界的地方，宋代西夏建国于此，"华夷"之界，移到今陇东陕北，明代的长城，始又推进到贺兰山来，现仍能见各山口皆有长城的遗迹。沿山筑大小相连之城堡，驻戍兵以备边防，故唐人边庭冬怨有"朔风吹雪透刀瘢，饮马长城窟更寒。夜半火来知有敌，一时齐保贺兰山！"[②]之诗。

## 六、西夏给我们留下的历史教训

到了宁夏，令人引起无限的历史回想。许多的史事，还可以给我们现代中国人以若干的教训。

宁夏省垣，就是从前曾建国三百年的"西夏"建都地方，那时叫作"中

---

① 原版书"隋唐"误为"隋隋"。
② 出自唐代诗人卢汝弼《和李秀才边庭四时怨·其四》。原版书"夜半"有误，应为"半夜"。

兴府"，到成吉思汗灭了西夏以后，才改为"宁夏路"，所谓"宁夏"，就是平定西夏，使之永远安宁的意思。

西夏为藏族之一种，原游牧于青海东南部一带，唐太宗时臣附中国，始由大夏河洮河一带，迁移于今陕西北部，及绥远伊克昭盟一带地方，赐姓为"李"。到了宋朝，这部分的人势力渐渐强大，时有掠夺边境之举。宋朝也赐他们姓"赵"，并且赐他们许多金玉锦缎之类，封他们领袖的高官，想这样羁縻夏人，只要他们"称臣"宋室，大致不差，就一切皆可加以优遇。至赵德明时，他有一个儿子叫元昊，劝他父亲不要再称臣于宋，德明不许，对他说："吾族三十年衣锦绮，此宋恩，不可负！"元昊却这样答覆他父亲："衣皮衣，事畜牧，本我族所便，英雄之生，当帝王耳，何锦绮为！"元昊当权后，果然自己作起皇帝来。这里告诉我们，民族间的羁縻政策，绝对不能笼络得着第一流的人物。

元昊自建国家之企图已明，宋朝派了韩琦范仲淹夏竦这些大将，防守洛河川泾水和渭水的上游，以御西夏。宋代兵力本相当强盛[1]，因开国皇帝赵匡胤，恐以后有人争他的天下，所以自己坐上皇帝宝座之后，立刻解除了各大将的兵权，弄些金钱美人，把所有百战练成的强兵健将，一齐腐化下去。所以到西夏称兵，元昊帝制自为的时候，则兵将两缺，边防恐慌。像夏竦那种人也凑去当领兵大将。竦在军中，出发巡边时，帐中置女婢，自为歌舞，几乎把军队激变。夏元昊仅以制钱"三千文"，募他的首级！这样的纨绔子弟，如何是元昊的敌手？当时关中华州有两个白丁：一姓张，一姓吴，对于西北边情非常熟悉，而且胸怀大略，抱负不凡，很想在西北军务上效力。但因无有力者为之援引，致怀才不得售，乃飘泊山林中，题

---

[1] 津版脱漏"本相当强盛"。沪版删除了"元昊自建国家"至"攻宁夏之不易"四个自然段。

诗以自况。张曾题《鹦鹉》①一诗云："好着金笼收拾取，莫叫飞去别人家！"②
他们此时是在作最后表示说："你们要用就用，不然，我们就跑了！"韩
琦范仲淹虽召见之，但似因"资格不合"（？）未曾引用。他们乃改名张
元吴昊，逃奔西夏，元昊用之为谋士，各种军政策划，皆出自二人之手，
遂使终宋之室，西夏之害，不能解除。草泽人才，关系于一时代安危者至
深且大，局势变乱中，尤其是如此。③

　　在西夏与宋朝的外交经过中，也有一件很有意义的事情，可以暗示出
我们中国历史上民族政策和西洋国家不同之点。元昊称帝之后，范仲淹曾
写信去和元昊交涉，一共举出九条，大意是只要元昊去了"帝"号，不给
宋朝这个"帝"面子上过不去，则什么都可照办。元昊称"王"也可以，
用他自己本族对于皇帝的称呼，如匈奴之"单于"，回纥之"可汗"，都
可以，只是不能称汉人文字中的"皇帝"二字。如果元昊答应了这个条件，
宋朝可以送他无数的金帛，可以大封元昊的左右，乃至于其他的实惠。元
昊没有应允，给范仲淹回了一封难看的答覆。仲淹没敢将元昊回信，报告
朝廷，私自在前线把它④对众烧了。这件事情让我们知道，国际外交尽用
秀才手段，空空在文字上下功夫，只有丧失实际的权利，而得不到丝毫的
好处⑤。自己的国力如此不充实，纵然元昊答应了宋朝的要求，暂时去了
"帝"号，得了宋朝许多财政与物质的补助之后，他仍要当"皇帝"，进
一步来对宋朝用兵，试问你把他有什么办法呢？没有力量作后盾的外交，
最多不过是暂时"名"的成功，专重"名"，不务"实"的外交，将贻误
国家。其次我们感到中国历代对各民族的征伐，大半都是"应付"态度，

---

① 原版书"《鹦鹉》"有误，应为"《句（其一）》"。
② 原版书"着""叫"有误，应为"著""教"。
③ 津版无此句。
④ 原版书"它"误为"她"。
⑤ 津版为"得不到丝毫好处"。《文集》版误为"得不到线毫的好处"。

最多不过是虚荣的夸张，并不是由于我们这个民族人口过多，或物质资源不够，不得不向外发展，即不是一种"不得不"对外侵略的形势。所以武力强时，挞伐几次四境民族，只要他们"称臣纳贡"，显耀了自己的武功，就算达到了目的。武力弱时，只要旁的民族不要在面子上做些难受的事情，维持了"中外之体"，子女金玉乃至于土地都可以奉送！这一点是西洋的民族关系，和中国对其他各民族的关系，根本不同的地方。

元昊对于中国的轻侮，可谓到了极点，他自己东征西战，连年用兵，弄得不能支持，乃上书宋朝请和。他仍然不称臣，而自称"子"。称宋朝曰"父"，最妙的是他在他的名字下面加一个"兀卒"，合称为"男邦泥定国兀卒"，"兀卒"乃西夏文之译音，如译意，则为"吾祖"，即"男邦泥定国吾祖"，故宋朝给元昊的文书，要称他作"吾祖"！所以表面上给了宋朝一个便宜，实际上宋朝仍然是大吃其亏！

宋朝和以后元朝成吉思汗对西夏用兵的军事地理，也可以助我们了解宁夏的形势。宋对夏的攻防，有三个时期的转变。第一期为侧重防御时期，韩琦范仲淹主之，守渭泾洛三川及无定河上游，即今之绥德，榆林，延安，环县，庆阳，平凉，凤翔一线。第二期比较采取左翼的攻势，李宪曾帅[①]领主力直至皋兰山下，筑兰州而还。第三期完全采取攻势，这正是王安石当政时代，王韶以全力出天水，攻略洮河流域之临洮，岷州，洮州（临潭），及大夏河之河州（临夏），更取湟水流域的西宁等地，欲由此以出祁连山，攻西夏之背，终以内部变化而止，这显示由东面攻宁夏之不易。

成吉思汗曾五攻西夏，一二两次路线不详，三四次似皆从北面而来，第三次围了夏都中兴府，引渠水灌城，未得结果而还，第四次亦围城，夏主奔西凉（今武威）以避之，亦无大获。第五次成吉思汗亲率大军，由居

---

① 原版书"帅"有误，应为"率"。

延海溯弱水而进，先占张掖武威等地，以断西夏后路，更由沙沱（即大通河湟水①一带）以过黄河，转而东北以攻灵州（即今灵武），再转围夏都，夏主始请降。可见宁夏当时最怕敌人攻击的路线，是西南一面。东南的屏障，全赖黄河。

## 七、宁夏民生的痛苦

目前宁夏政治情形，无论在政治与军事上，指挥皆非常贯澈而统一。因为这里军事与政治负责人员中，整个的是"十五路军"这一个系统演化而来。内部很少暗潮，亦不如兰州之易发生谣言，宁夏城的政治空气，亦相当安定②。

担负宁夏各部门工作的人员，因受东方社会的洗礼很深；更加以西北人特有的"实事求是"的精神，故表现一种灵活迈进的气象。

在财政方面，宁夏的旧式繁杂的田赋，现一律经简单清丈之后，改为简易之土地税，按土质之肥沃，分为上下七等，每亩每年征税，最高者一元五角，最低等二角，另有附税每亩每年最高者为一元四角。如此税率明白规定，项目单一，手续简单，可以免去收税时许多作弊的可能性。

这葫芦形的宁夏地面上（阿拉善蒙古除外），现共约生活着八十万的人口，因为历代都是边防的地方，各地来戍卫边防的军人，③是宁夏人口主要的来源，历代对于边防军队，亦皆由国库支给经费，所以以这样肥沃的地方，人口又远在饱和密度以下，除农产之米麦等而外，还有羊毛，羊皮，甘草，枸杞子，池盐等出息，加上这一大笔的军费流入民间，故宁夏

---

① 原版书和《文集》版"湟水"误为"洮水"。
② 津版、沪版为"亦非常安定"。
③ 津版、沪版为"各地来戍御边防的军人"。

昔时之社会经济，异常富厚而繁荣。

民国十五六年之间，[①]西北军由宁夏以进入甘肃青海，因扩充过急，对于民间牲畜物资现金之征发，过于繁重，使宁夏人历年来之积富，根本摧毁！其后随之而至的不断的土匪蹂躏，以及对于地方驻军的军费负担。鸦片解禁以后，烟祸渐普及于一般民众，一般人之体力又受莫可救药的摧残。至于东方都市工业品对于农村金融无形的吸收，其加速于农村之破坏工作，尚在普通人感觉之外！

宁夏经十年来的变乱与剥削，民众之体力日坏，负担日重，收入日少，支出愈多，积至今日，渐有不能维持的形势。于是表现下列各种畸形：

第一，是农民的逃亡。农村经济其元气本来薄弱，积数十年之休养，难当一二次的破坏。况年年加以暴乱，益以重征，其无来苏之望，乃为显明之理。近年来宁夏人仍负担宁夏全省之军政各费，共约四五百万之谱，[②]地方款项，尚不在内。以八十万人民言之，此数实非同小可！农民之无法安业，恐为无可惊异之事。故近年来相率逃亡之事，随时发生。其逃亡方向，主要的有两处：第一，为阿拉善蒙古草地，其中各业皆无捐税，容易生活。第二，逃往石嘴山以北临河以西地方，此处事实上为宁夏阿拉善绥远"三不管"地方，亦容易谋生。

第二，为高利贷之横行。宁夏省府曾下令严禁高利贷，查出重办。然而贫困的农民，在紧急关头，借高利还是惟一的救济办法。于是势逼而产生一种"外形无利的高利贷"，或"外形低利的高利贷"，如甲借予乙十元，五个月付还，共应本利二十五元，则甲与乙的借款契约上却写作：乙借甲洋二十五元，五个月付还，无利。或者这样写：乙借甲洋二十三元，五个月付还，利洋二元。这种契约又是乙亲自愿意订定的，在法律上，甲

---

① 即 1926 年和 1927 年之间。
② 津版、沪版为"共约五六百万之谱"。

绝对未犯高利贷禁令。社会生活到了这步田地，就不是法律的力量可以解决的，而属于实际经济的范围了。

第三，为粮食投机的普遍。在经济一般衰落的宁夏，有资本的人绝不愿投资于农工业，因其负担重，危险大，获利迟。至于普通商业，因购买力之贫乏，更无扩充资本的必要。这种病态过剩资本，遂上要的走上粮食投机的残酷交易中。因为农民各种负担，使他们在秋收之后，不得不赶紧出卖其主要收获物之"粮食"，以缴付税捐及偿还债务。供给多，则市场价格低落。故农民卖粮时，其粮价非常低小，所得无多。如白米一斗收获时仅值二三元。等到农村中的粮食都大半转到投机者手中后，只要经过冬季，到次年的春天，一般农民没有粮食吃了，都又要买粮过活，这时粮价立刻上涨，二三元一斗的白米，即刻涨到五六元的市价！一转手间，投机者可以得最少百分之百以上的利益！粮食投机的现象，在宁夏成为司空见惯的事体，但是一般农民之贫穷化，将因此而加速其程度了！

第四，重税制的励行。财政为政治之基础，故从政府立场上观察，一个预定的财政收入总额，如何可以让它十足的收足，是首先考虑的问题。①在社会经济急剧崩溃之宁夏，一共不过十县，比较收入好些的不过七八县，要供给一个省政府，和将近二万的军队，还有地方行政等繁重的负担，则民众纳税能力之减弱，及各种税收部门之无好转的希望，乃为当然之结果。故如用政府直接经收之收税方法，收税人员本着"有则收之，无则不管"的态度，则省库财政，当可预断其"所入无多"。很自然的，此间财政发生了两个现象：第一，多立税目，第二，实行"包税"。前者如宰羊一只，则起码上三种税，"羊只"要上捐，"牲畜屠宰"要上捐，末后羊皮还要上税。包税制实行之后，因包税的人必须缴清预定的总额，政府财政收入上，

---

① 津版、沪版为："财政为政治之基础，财政收入不丰，则一切教育、民政、军政、建设，皆无从说起。故从政府立场上观察，一个预定的财政收入总额，非收足不可。"

民生多艰（方大曾摄）

可减少收入不足的困难[①]。

但是这个多税与包税两重政策的结果，对于宁夏社会经济，发生了非常恶劣的影响，用资本来包税的人，他是一种"营利"性质来的，他当然必定[②]要在所缴税额之外，有相当的"赢余"。所以除财政预算上所定税额之外，民众无疑问的还要负担这些包税者的"赢余"。宁夏的包税还有一个特点，就是包税的并不是普通商人，而是与军政各方面有深切关系的人物。此中自寓有调剂多年相随而至今仍感穷乏之部属之用心；然而有军政关联为背景之收税人员，在"必得赢余"的根本思想作用之下，是否容易发生额外苛索之现象，当为一般人所能预料。

## 八、宁夏的纸币鸦片与宗教

宁夏省银行的纸币和鸦片的处置问题，[③]到目前已到了不得不想法解决的时期。

---

① 津版、沪版为"必须缴清了预定的总额，如此则政府财政收入可无困难，既整齐迅速，又能符合财政上的需要"。

② 津版、沪版"必定"为"希望"。

③ 从津版、沪版。原版书为"宁夏省银钱纸币和鸦片的处置问题"。

一元宁夏省币，现只值法币六七角之谱。宁夏货物来自包头及平津一带，必须用法币始能成交。而在宁夏市场售物所得之货币，为不能行使省外之省币。发行省币之省银行又不能兑现，故势必产生重大的"贴水"，于是宁夏市场上之物价，昂贵异常。以省币为标准的宁夏各级公务人员，以及一般必须购买日用品来生活的民众，无不叫苦连天。

资本雄厚的大商人，对此种畸形的币制状况，非常欢迎。他们用"水涨船高"的原则处置了他们的商业。同时以庞大之资力，来作纸币市价之投机。如果平时法币一元值省币一元五角，他们用大量的法币投到市场，收买省币，则省币对法币的价格可以高涨到一元二，或一元三，这时他们突然以大量的省币，购买法币。同样的原理，亦可以相反的应用。一转手间，他们大发其财。而小商人小市民就在他们金融魔力之下，沉入于日即破产之深渊。

宁夏人口之中，除回教人以外，其不抽鸦片者，实比较占最少部分。妇女之有鸦片嗜好者，更随地有之。常有有嗜好而受孕之妇女，其胎儿在腹中即中烟毒，脱离母体之婴儿，往往必须用烟气喷面之后，始知啼哭！如此再放任下去，将来一般民众过半皆成骷髅，则一切问题，将至无从说起！

单从经济观点说，"九一八"以前，西北烟土销东北及平津，故烟价尚高，农民之种烟者，除自吸之外，只要卖去一些鸦片，经济上即可勉强维持。今则平津与东北市场完全为某方独占。山西市场本每年可销售约八九百万两之烟土，但晋绥为一体，绥远年产二三百万两，故已占去约三分之一的市场，武威烟土因品质优良，最为山西所乐用，故目前西北烟土滞销于绥远市场者，尚有五六百万两之多。所以宁夏烟土不但现在很难有市场，将来除非各省大量吸烟，亦不易有希望。农民种烟，已占去上等产粮地面，本身抽烟，身体亦难再作辛苦之经营，烟价又低，收入无几，试问将来如何生活下去！

所以就整个情形观察，宁夏前途，隐忧正多。就目前局部的状况方面而论，亦有若干之成绩。

强迫识字运动，在宁夏的成绩很好，用强制的警察力量，非每家按时派人上课不可。初行之时，因方法不佳，民众深以为苦，有白发老妪因家中无他人可派，亦须每日到识字班读字之笑话。不过，行之既久，民众对于识字逐渐感受兴趣，每日到识字班之学生，逐渐踊跃[①]。

关系"回教"与"回族"问题，宁夏的态度，和其他地方不一样。马鸿逵及其大多数之干部，皆为回教徒，但是他们认中国回教，是一种宗教，不是一个民族，认为和汉人皆是"黄帝子孙"，而信奉的宗教不同而已。和中国人之信仰天主教，基督教，没有什么分别的地方。所以，他们不赞成以"回教"为单位，在国内去作政治活动。他这种理论，从学术上的见地看，是否可以存在，尚是值得研究的问题，而他的主张，是有一种化除西北汉回成见的用心，我们可以从政治见地上得到了解。

去年冬季有几批某国人到宁夏去调查，其中有几段经过，非常有趣。他们曾经访问过宁夏建设厅长马晓云先生，问黄河每年运输量和宁夏矿产等情形，马故答以"不知"，某国人责以："岂有身为建设厅长，而不知其所属境内交通与矿业之理？"马乃答谓："中国之所以弱到如此地步，就是因为自己向来马虎，如果事事认真起来，恐怕早已不是这个任人宰割的样子了！"此种答覆，可谓极尽幽默之能事。

宁夏省府之中，立有岳飞亲笔所书《送紫岩张先生北伐》诗之石碑，字大如拳，闻系由某庙中移出。诗文为："号令风霆迅，天声动地陬。长驱渡河洛，直捣向燕幽。马蹀阏氏血，旗枭可汗头。归来报明[②]主，恢复

---

① 津版、沪版为"非常踊跃"。
② 原版书"明"有误，应为"名"。

旧神州。"笔势飞舞，如蛟龙行空，当为岳武穆之真笔无疑。惟依历史之记载，则岳飞已执兵柄之后，并未曾到贺兰山附近来过。或者岳送张北伐时，系用大字写成原稿，送给张氏，后被人将此原稿刻之宁夏城中，如此始能勉强说通。

## 九、宁夏赴青铜峡

十一日骑马游黄河东岸各地。[①]

宁夏川中湖沼多。一出省垣南门，即可看到非常广阔的湖潭，除长水草，养活些水鸟外，在夏季产生非常利害的蚊虫，对于没有蚊帐阶级的人，成为夜间安眠上一大威胁[②]。如果能通湖水入黄河，则不但上述的蚊害可以免除，而且立刻可以增加许多非常肥沃的土地。闻建设厅正在作此等工作，将来裨益当不在小。

这样好的土地，这样多的空地，我们仍然看不到多少树林，偶有的稀疏林木，也带几分凋零气象。两旁的土地中，一片片的鸦片烟苗，已盖在土上发出青青的颜色，有许多的妇女和小孩，正在土中耘除鸦片地上的杂草。他们当然不会明白：鸦片的毒害，如果这样延长下去，对于中国民族的前途，将会发生什么样的影响。他们只知道让它好好的抽苗，好好的开花，丰丰实实的收些烟土，卖得高高的价钱，拿它完了税，付了捐，还了债，还要多少剩余一点，来对付一家人过日子。他们那里知道，鸦片市场已经没有希望，长此种烟下去，会弄得大家一齐没有下场！

---

① 津版、沪版在此句前还有一句："留宁将近十日，承马青山、苏连元、海啸云、马晓云、李翰园、叶向荣、杨宾南、马旭东、铁福林、张英超、刘柏石、李汉针、马斌、马英才诸先生之指教，马鸿逵先生更开诚相见，使人受益不少，良深感激。"原版书删除了此句。

② 津版、沪版为"成为一大苦痛的事情"。

二十里王元桥①，有小学一所，每月全校经费共需②省币八十六元，共有教员三人，学生一百余人，并且已欠经费三月未发！我们看到上课的学生仍非常踊跃，教室已至不能容纳的现象，颇有点令人不解。

又二十里至阳和堡③，为一近百家之市镇，汉人之在镇上者，已没有几家，因回人身体强健，能受辛苦，彼此团结，无鸦片嗜好。汉人情形，恰恰相反，故自然无力作生存的竞争④。

贺兰山一带的气候，已带大陆性，初夏晴天的正午，空气炎热如蒸，最易中暑，故午前十一时至午后一时之间，不易行路，我们这天就在阳和堡作正午的休息。至过午之后，正要整顿鞍马，准备就道之际，我们看到有一对娇弱无力的青年妓女，在这炎阳直射下面，亦在收拾大车，准备向中卫路上出发。不知道她们是由那里而来，也不知道她们往那里而去。不过，假如她们生活有办法，她们决不会⑤作飘流的妓女，同时，如果她们原来寄居的地方，营业不差，勉强可以糊口，她们也不会冒着塞北的火热天气，来作长途的奔劳！她们对于我们这小小马队，不断暗中放送秋波，她们那里知道，我们也是被中国变乱的环境激动出来飘流的分子！"相逢何必频相顾，同是天涯沦落人！"记者内心不觉作如此沉吟了。

又二十里至宁朔县⑥，县无城垣，不及东南一中等集镇。宁朔以南，荒地渐少，⑦牛羊马匹散游水湖边，或黄或白或黑，益以湖水之倒影，⑧景色如画图。马到叶升堡⑨，已行八十里，堡为百余家之集镇，回人绝少，

---

① 即今望远桥。原版书误为"王桥元"。
② 原版书"共需"误为"共有"。
③ 应指今银川市永宁县杨和镇。
④ 津版与原版书同。沪版为"故不免遭受天然淘汰了"。
⑤ 原版书"决不会"误为"解不会"。
⑥ 应为今银川市永宁县望洪镇。1932年宁朔县县治设于今望洪镇。
⑦ 津版、沪版为"荒地渐多"。
⑧ 津版、沪版为"更添以湖水之倒影"。
⑨ 应指今吴忠市青铜峡市叶盛镇。

烟毒深涂于每个男女之面目间，见之使人对于西北汉人将来能否有力存在，发生重大之疑问！

在叶升堡店中，遇一英籍基督教教士，他与记者谈西北各省情形，无论民族与宗教，皆甚熟悉，道路交通状况，尤了如指掌。假如万一中国与英国开战，我不知他们将作何态度？如万一为英国所用，将会发生如何的影响？！

夜间因朋友之约，① 移住惠农渠岸之办事处中。此地为临渠之西式小亭，内部陈设，亦多西式，整齐，清洁，高朗，恬静，四望渠光树影，微风洗面，一日所受之闷热，至此一扫而空。设使中国将来人人有如此一间住室，月白风清之夕，大家听听无线电广播的新闻和音乐，不知届时大家的心情，将会如何的快乐！

次日清晨，四时半已经东方放亮。一清早骑马，穿过树林，村落，渠道，小桥，初绿的田野，迎面有清香的微风，头上有拂尘的杨柳，全身清逸，意态飘然。二十里小坝②，渠上所建客舍亦精，规模比惠农渠尤稍大。又二十里至大坝③，为唐徕渠④之闸口，唐徕渠长三百余里，灌地数十万亩，为宁夏第一大渠。此时田间已开始灌水，有烟癖的农夫，在田间监视水道之际，受阳光之蒸晒，身体疲不能支，往往倒地酣卧田中，任水自溢，状至可怜！

大坝有堡，建于坝西，同治回乱时，毁于兵，今尚未回复旧观。溯唐徕渠上行十里，至青铜峡北口，唐徕渠之拦水坝远伸黄河中，几占黄河一半之水面，逼水入渠中。船渡过峡后，即可见宁夏兵士新开之峡中马路。

---

① 津版、沪版为"夜间因于致生先生之约"。

② 今青铜峡市小坝镇。

③ 今青铜峡市大坝镇。

④ 今宁夏回族自治区吴忠市青铜峡市唐徕渠。

过河以后，回视黄河西岸，又是一番风景。

青铜峡为甘宁青三省重要骆驼道之一，每日过往骆驼，多至数百计。峡中渡船简陋，码头设备不周，笨拙之骆驼，过河一次，颇为困难，每年因过渡折断四肢之骆驼，当以百数计。闻宁夏省府有在此建筑铁桥之计划，关系于交通者当不减于兰州黄河铁桥。

## 十、漂羊皮筏到金积①

宁夏将来对外交通干路，如果站在对外军事观点上来看，包头至宁夏之路，决无可利用之点。惟有"宁兰路"，与由青铜峡②出固原，经平凉至西安之道，始有其后方联络之作用。尤以宁夏西安一线，为宁夏与内地衔接上最直接之道路。平凉西安间，为西兰公路之干线，可无问题，平凉经固原③以至青铜峡南口，多为黄土地，修路甚易，宁夏至青铜峡北口，亦早已通车，最难之工程，为峡口内之工程，因峡为石质，有数处为坚石之绝壁，昔仅凿小径于崖上而过，牵骑难行。下临黄河，上连高山，虽欲绕行，亦无路可绕。故过去常有劫贼，专在此杀人越货，每年死者不知若干人。宁夏现以兵工开此峡路，以炸药强自半崖中炸一条汽车路。记者至时，已完成艰难工程之半，如无变故，今年秋间当可畅行汽车。

夜间住峡中羊圈内，因峡中无房屋，工作士兵住帐幕，余即平日牢羊之羊圈一所，内亦有土房数间，低湿暗浊，屋内秽气逼人，幸工程处之柴桂勋先生本人住此，已经多方修理，否则更难驻足。兵工以外之石工等，则麇集潮湿之土屋地上，全有鸦片嗜好，穷病污乱，他们的生活，直可谓

---

① 今吴忠市利通区金积镇。史上金积堡位于吴忠市利通区西南地区。
② 今青铜峡市，市府所在地为小坝镇。
③ 津版、沪版为"平凉至固原"。

已深沉在地狱之中！

告别了青铜峡的羊圈，十三日我们从峡里坐小羊皮筏顺流而下。五六尺长方这样小面积的羊皮筏，和一百二十个的牛皮的大筏子，滋味全然不同。我们的小羊皮筏轻而且快，可没有搁浅的危险，只是不能搭帐幕，正午时候，阳光直射，无法躲避。

在这羊皮筏上，我们想起了宋朝和西夏的战争，为什么只能从左翼兰州青海一带进攻，而不从现在的金积灵武直接攻过黄河的原因来。这原因全在渡河问题上面。黄河在冬季结冰以后，可以自由通过，但是生长于中土的汉兵，要在冬季的时候，和游牧民族的西夏打仗，这是气候上拼不过的。西北上宜于南人作战的季节，是夏秋两季，但是此时黄河水势浩荡，欲渡为难。记得宋朝夏竦曾答覆过皇帝关于渡河的事情，他以为造船不是一时可以办到，我们如果驻兵河边，保护造船，一方面孤军边外，多则难养，少则不敌，同时夏人不断来攻，船亦难于造成。如果挟皮囊泅渡，则夏人可以"半渡而击之"，将无法对付。似乎当时还不知用皮囊联成皮筏的办法，否则也勉强可用以渡河。

我们本来打算漂皮筏到离金积七八里路的秦坝关①，然后登岸骑马入金积县。但是还离目的地不远的时候，北风大作，平静的黄河，立刻变为万顷波涛，蜂巢式的大浪，把小小皮筏包围在无定的波墙之中，不但前进不成，反有倒流的趋势。两个水手挣扎了很长久的时间，才到了秦坝关。

宁夏河东之金积灵武为回民最多的地方，尤以金积为回民最密之区，他们处处表现不一样的精神。金积境内的道路水渠，没有不是井然有序的，农地中阡陌整齐，荒废之地，决难发现，对于农事之耕耘除草，亦能工夫实到，故金积回民一亩地可出鸦片一百二十两，而黄河西岸之汉人则仅能

---

① 今吴忠市利通区秦坝关村。

出七十两，相差几乎一半。秦坝关原有汉人数十家，因散漫不团结，彼此有困难时不相救援，故日渐穷困，今已无有几人。

金积附近之烟苗最多，回民之家庭全体在田中工作，他们的妇女喜欢穿大团花红色衣裤，① 头戴面罩，远视之，颇似新疆缠头女子，仍保持土耳其人之遗风。

稍知清代史者，或在西北生长的人，盖无不知"金积堡"之名。回汉两族在西北杂居，为了生活各别之发展，自然有利害之冲突，而且回人为严格之宗教组织所团结，不通婚，不读汉书（指以前情形，现在只有不通婚），故不能与汉人彼此相互同化。在此"杂而不化"的局面下，基于人类排斥异己之习惯，汉人人口众多，难免不歧视回民，而回民性格强悍，加以教主们（所谓"阿洪"②）利用其宗教之迷信支配力，假托天经（即《可兰经》），从中煽动，遇有机会，即起暴乱，使汉回互相仇杀。同治之乱，亦不脱此根本法则之作用。此次变乱之起，发源陕西，延及甘肃，金积堡之马化隆③，本其在西北各地回民中宗教上的信仰，于是号令各处回民，联络北京天津张家口等处回商，打听军情，调动西宁，河州，临洮，靖远等处回民武装，势倾一时，左宗棠亲率大军，驻节平凉，数攻金积，皆不得要领。后来左之勇将刘松山由山西进兵陕北，经绥德榆林三边盐池而至金积，局势始有转机。刘松山旋战死于金积攻城之役。城破后，回民之遭屠戮者不可胜计。盖过去西北汉回循环报复之心理，已由长久之历史所养成，变乱一起，回军得势地方，汉人难幸免，而汉军战胜之后，回民亦难望安全。

---

① 津版为"他们的妇女喜欢穿大团花衣裤"。沪版删除了从"金积附近之烟苗最多"至"他属下的回民对他仍有不可揣摩的神秘信仰"四个自然段。

② 即阿訇。

③ 即马化龙（1810—1871），又名马化隆、马朝清，回族，祖籍宁夏灵州（今灵武），中国伊斯兰教哲忍耶学派第五代教主。

金积攻破之后，对于安置回民问题，左宗棠当时已深知回民强悍可畏，本来打算移他们住在平凉的，后来他奏报皇帝说："平凉系入甘肃大道，居关（陕西）陇（甘肃）之中，北达宁夏，南通秦（天水）凤（凤翔），东连泾，原，邠，宁，西趋金城（兰州）湟中（西宁），形势最要①，不宜多居异种之人。"所以把大半的乱后回民，都安置在平凉南化平一带，②至今化平县所属仍儿全为回民。不过，左宗棠自己也没有想想，满洲人对他，是不是也看为"异种之人"！

## 十一、灵武城中忆当年

现在的金积城③，就是金积堡旧址，马化隆的西边一个府邸，改作纪念刘崧山的刘公祠。马化隆的孙子马进西，至今仍然是金积回教一派中的教主，马进西所主持的礼拜寺，在金积北数里的板桥地方。记者拜访他时，他的精神仍非常矍铄，年纪已经六十九岁了，还像五十左右的人，他属下的回民对他仍有不可揣摩的神秘信仰。

金积西北二十里为吴忠堡④，乡村间充满一种殷实气象，树林村落皆甚稠密。现为宁夏全省首富之区。吴忠堡虽属一小小集镇，但其商业之盛，甲于全省，回人刻苦善经商，故此间经济大权，仍操在回人手中。从前此地回民受旧式教主之宣传，不读汉书，恐被同化，于是在日常生活之来往上，诸多吃亏之处。近年来回王青年之读汉书者亦渐多，回汉间感情，亦

---

① 从津版。要即重要、重大。原版书误为"形最重要"。
② 从津版。平凉南部的化平县即今泾源县，属平凉专区，今属宁夏固原市。原版书为"化平川"，"川"为衍字。《文集》版误为"平凉、南化、平川一带"。
③ 津版为"金积县城"。
④ 今吴忠市。

非常融洽，惟中年<sup>①</sup>以上之乡间回民，对汉文尚多一知半解处。记者在金积中见一回回饭馆，门外挂一"机器饭馆"的木牌，单看文字表面，至少他是用机器造饭。而其实，则只有一架切面机器！他这个饭馆，是专卖机器切成的面条！<sup>②</sup>

从吴忠堡东北行四十里，即为灵武城，唐代中兴的皇帝唐肃宗即在这里即位，由此再进关中，重行恢复了唐朝天下。他即位时所居的宫殿，相传还遗留着一片古墙，至今视之，已无多少特异。灵武城内街市，寂寞如乡村，东门外数里，即紧接沙山，寸草不生，与山下之平畴沃野，大易其风光。

有一种的历史记载，谓征服中亚回师以后的成吉思汗，死于灵武。日本学者有谓其死于甘肃南部清水县之西。记者对其死地之确在何处，不感兴趣，惟当其死时，吩咐他的儿子征服金国应取战略，确令人惊服他那第一流的军事天才！

那时金国立都汴梁（今河南开封），宋朝立都临安（杭州），成吉思汗早已经取了金国北边的都城中都（今北平），现在他又征服了全部蒙古，新疆，中央亚细亚，俄罗斯东南部，回师灭了西夏，屯兵于六盘山渭水上游一带，他正打算大举灭金，乃不幸得疾不起。临死前，他把他胸中战略，告诉他的继承者说："金之精兵，在潼关，南据连山（'连'字恐有误——记者），北限大河，难以遽破，若假道于宋之汉中（'之汉中'三字为记者补充——记者），宋金世仇，必能许我，则下兵邓唐（二地名，在河南省西南——记者），直捣大梁（指开封），金急，必征兵潼关，然以数万之众，千里赴援，人马疲敝，虽至，弗能战，破之必矣。"他死以后，承

---

① 《文集》版"中年"误为"中午"。
② 津版、沪版此句后还有一句："吴忠堡的张子申先生，倜傥不群，侠义好客，为不可多得的朋友。我们重重的叩扰了他一天，十四日才和他告别。"原版书删除了此句。

继蒙古大统的是他第三子窝阔台，窝阔台就遵照他父亲的指示，自率大军趋潼关，而命他的四弟拖雷，从凤翔经大散关以入汉中，东北出河南以击汴梁，窝阔台更由潼关两路夹攻。称雄数世的金国，遂由此而灭亡于成吉思汗预定的战略之中①。

灵武在清代还出的一个胆大包身的人物②，为本地生色不少。清代中叶以后，受西洋物质文明刺激，力图更新③。那时两湖总督张之洞，就是努力革新的中坚人物之一。他在朝内朝外都红极一时，今天主张这个，明日变变那个。灵武人有个叫张煦的，时适作湖南巡抚，他看不惯张之洞的举动，不管他的地位权势如何让人害怕，张煦给了他一封毫不客气的信说："公自命为国家理学名臣，才大望重，当为海内所钦仰，鄙人敢不敬服。然而好大喜功，惑于浸润，往往言不顾行，既行复悔，若再加以涵养，庶为完人。"末后再教训他一顿说："若恃才傲物，以势陵人，人纵甘而受之，是岂海内君子所望于公者欤？弟深愿公为良臣纯臣，不愿公为才臣能臣。"对于官高势显的人写这样的信，胆量确是不小！

唐宋以后，灵武皆为边防军事重地。内地的农民要为皇帝"守四方"，保住他们一家坐天下，无论民智如何不开，这种明显的利害关头，谁也知道不是值当的差事。于是产生一种升官发财的思想，所谓"封侯""赐爵"这一套东西来鼓励人心。其实一般当兵的要想封侯拜将，简直比买航空奖券还没有希望，那个苦痛，才叫作"纸不胜书"。我们看看明代卫边兵士的苦况，就可以推想各代情形："当入卫之届期也，各军贫无他资，必须讨数月月粮，方可办衣装备途费，而在镇家口，已夺数月之食矣，啼饥号寒，艰苦万状……其启行也，数日前号泣震地，耳不忍闻。行之日，哀呼割痛，目不堪视，若赴汤火之难，而无复见面之期者。其在道也，严程无休息之会，劳惫多湿寒之侵，负病僵仆，道路相望，逮到边城，尽为鬼形，不过备数而已，何济于用也。及分发地方也，腹无饱食，身无完衣，咸以客兵，故令筑险扛石，相继殒命。苟幸生者，若经终岁，似历旬年……逮回营也，舆尸骈载，见者惨凄，纵有生还，多属频<sup>①</sup>死。"这样状况下，谁愿为一家之天下努力。所以我们看到灵武城中的大庙特别的多，差不多北半城全是庙宇，现虽残破凋零，然而庙门外庄严的铁像（如秦桧夫妇的裸体跪像，大狮像等），以及"仁至""义尽"这些森严的门额，都是当时守边防官吏于无办法中鼓励士卒和恐骇士卒的手段。

## 十二、河工与屯垦

出灵武北门，有几里的小沙窝，刚刚过午的阳光，蒸起了浓厚的闷人热气，马行其中，亦困顿无力。由此向西北行三十里，所过皆为肥沃的荒地，原有的阡陌痕迹，与村落废址，至今仍历历明现于大道两侧荒野之间。现存村舍，寥若晨星之落落。本来所谓"塞北江南"，"鱼米之乡"之宁夏，因变乱与征敛的结果，人民逃散，若干地方已渐即荒芜了！"归去来兮，田园将芜，<sup>②</sup>胡不归？"陶渊明又安知今日尚有此同调？

过黄河即宁朔县，黄河河面过宽，此时多深仅数尺，最易搁浅。现在河水主流向西冲移，距宁朔县政府已经不远，如不想法挡水，今年洪水过后，恐县府及许多村落皆将不保。因宁夏境内黄河，在黑山峡青铜峡及石嘴山三处石峡区域，河床固定。但在卫宁平原与夏、朔、平、金、灵平原之中，河水穿纯粹之沙土地而过，沙土质松而软，无束缚水流之力，水之

---

① "频"有"接近"之意，此处同"濒"。
② 原版书"芜，"有误，应为"芜"。

所向，坍塌随之，而背水对岸，则淤积成为新土。水流任性冲刷，如今年冲东岸，往往一年之内冲去数十里沃野，而西岸则新地积成。故往往半亩之家，顿成拥有广大面积之地主。经过相当时间，东岸如有硬地，阻挡水势，水又改向西冲，只须一季洪水，有若干田连阡陌之巨室，一旦变为"穷无立锥"之赤贫。故宁夏有"三十年河东，三十年河西"之俗谚。意思是三十年前住在河东的家，三十年后，他那原位置已经是黄河之西了。所以宁夏近来的"河工"很紧张，而且以宁朔县的工程为最大。其作法系以石块，泥土，谷草三种混合，筑堤，修坝，顺水势而迫之向中流。完全用中国传统旧法，收效颇著。惟工程巨大，征发民夫以千数，工程费亦以十万计，此种工程对于宁夏财政当为奇重之负担。

宁夏近年新开凿了一条"云亭渠"[①]，亦为兵工政策的产品，渠长百余里。全国经济委员会原来计划开渠经费二十万，经过士兵劳动者集团努力之结果，只用去十二万元，还多余八万，可以作其他事业经费[②]。

宁朔到云亭渠，如果走小路，要经过王台堡[③]，这里有一座奇怪的树林，树上专门停留一种名"雕"的奇鸟。雕形如鹤，体之大小亦与鹤相仿佛。惟雕嘴有具特别形状者，其嘴细而长，在尖端突作扁盘形。羽色有黑，灰，白各种，而以白色为最美丽。其纯白雕，羽带浸色，名贵无伦。土人常以雕羽作扇，白雕扇之上等者，价值数十元。最不解的是，这近千数的雕，永远只住在这一个树林上，在旁的地方，雕见人即飞避，而在此林中，人行其下，雕初无远逸之象。记者惑于雕之美丽，不顾土人"神鸟"之迷信，下马发枪射之，虽伤未落，再发未中，始悻悻而去。

马行云亭渠上，东面一片肥美荒草地，黄河隔草地与渠平流，黄河东

---

① 今民生渠，为惠农渠的支渠。
② 津版、沪版为"移作其他事业经费"。
③ 应为今银川市永宁县杨和镇王太堡。

岸为沙漠性沙梁。渠之西面仍为无数垦后再荒之田地，紧接为树林村落稠密之区，由树梢上平视西面天空，雾蒙蒙的贺兰山，高接云表，似为我们表示它有只手撑天的力量。

云亭渠是开成了，但是我们走了好半天，仍然看不到有一块开辟的荒地，渠水滔滔的北流，只有牧羊的儿童才是这孤零渠水经常的伴侣。它满怀灌溉几十万田亩的志愿，而且充分的具备了实现它这一志愿的力量，但是社会的环境只让原有的农村日渐崩溃，农民日渐逃亡，并不能发生扩张新辟农地的需要，它主观上虽然要想大有作为，然而在这莽莽的荒滩上，它有什么办法呢？

我们在王台堡打听着，从那里到我们今天的目的地——云亭渠的屯垦区，是三十里，所以我们以为用不着预备粮食，到了那地方再吃不迟。谁知走来走去，永远是一无所有的草滩，人饿了，马乏了，终于①空肚子受不了马上的颠簸，记者只好下马步行了。后来在一家破店里，买到了馒头麻花之类，这时也无所谓卫生不卫生，放开食管，拼命往里运送。只觉得样样甘美，件件芬香，平时不大愿吃的粗食，至此变为无上的佳肴。可知苦乐原为相对的存在，并无绝对的分野，善于找"苦"吃的人，他才可以得到真正的"快乐"。

"人是铁，饭是钢"，吃饱了饭再上路，人也轻了，马也快了，我们要拜访的屯垦区，也不久就到了。此地土著人家告诉我们，上面所说的"三十里"，足足有六七十里啊！

屯垦区在云亭渠北段，所经营之土地，不及全渠所有荒地百分之一。如果把宁夏全省的荒地一齐开垦出来，在现有的人口八十万之外，再添上一百六十万，亦非困难之事。因为宁夏地利太好，荒地太多，而水利又太

---

① 津版、沪版"终于"为"末后"。

方便，恐为不易得的理想屯垦区域。

如果从对抗绥远方面伸入的外敌压迫起见，宁夏是甘青两省的门槛，宁夏一破，则甘青难安。而巩固宁夏，则记者以为一方面急宜开通青铜峡一路，以通后方，同时有计划的把本省军队尽量从事于屯垦，自食其力。另外将外省多余之军队，编二三十万屯垦军，移到宁夏来。一以减轻内地负担，二以充实西北前线。另收天下妓女二三十万以配军，使军心安定。[①]如此则国库无长期之累，冗军有安插之地，粮食增加，前线有备，当为各方面有利之计算。但是，此种计划之实行，以国家内在之军政各项有了光明确切之前途为先决，否则，枝节做去，亦必无完满之结果。

## 十三、踏破了贺兰山缺

此间屯垦区之设计者为浙江大学农学院毕业之邵惠群先生，他本着"土地公有"之理想，采"省营农场"之形式，而以军队为屯垦之先锋，以此计划建议于现任宁夏民政厅长兼十五路军参谋长李翰园，李转其意于马鸿逵，马氏深以为然，即以云亭渠之荒地，由邵计划进行。邵即根据其理想，本大农制战胜小农制，集体经营强于个别经营之原则，筹立村庄，开辟道路，分划地亩。欲在此无人之荒地上，不经革命困难，建立最进步的农业制度。后几经变故，他的理想未能实行。现在重新规定，土地以百亩为单位，分配予十五路军中上级军官，作为私产。于是军队屯垦之意义，遂因而无大可称述。现在虽仍有一团士兵在加紧工作中，一般精神尚好，然而其前途是否有辉煌的希望，那就恐怕已成定论了。

监督屯垦的是秦寿亭先生，他亦终日与邵先生在田中工作，两人面目

---

① 沪版、新华版本删除了此句。

强健如农夫。夜间我们就留宿在荒地上一座古庙中，他们弄些鸡肉和羊肉，大家在古庙中饱餐了一顿。饭后，我们一齐到荒地上，把古今中外畅论起来。秦先生是出身士兵和农夫的人，他讲他的心理最有价值。他说，他们的头脑最怕人讲"主义"，谈"政策"，最能激动他们的，是关于他们生活上衣食住行的困难，和如何解决这些困难的方法。

因为疲劳与内心的畅快，十五日夜间，我们享受了一夜甜蜜的甜睡。

由云亭渠回宁夏省垣，还不要半日马程。十七日清晨，我们又从宁夏向贺兰山西面的阿拉善蒙古出发了。

阿拉善蒙古为元朝成吉思汗的弟弟哈萨尔①的后裔，经明朝至清朝之康熙乾隆间，因随军征伐边地有功，封贝勒，郡王，后封亲王，现在亲王为"达理札雅"②。宁夏改省以后，阿拉善与其西之额济纳二旗皆属宁夏省境，但事实上这里有严重的民族问题，不是单纯的省区问题，所以形式上虽然省辖两旗，实际上仍一点也管不着。阿拉善旗之地位，不同于绥远察哈尔之普通旗，普通旗之上有"盟"，如普通县之上有省一样，阿拉善为特别旗，以前直属中央，如今之中央直辖市或直辖县一样，此旗之上，再没有盟的存在。

宁夏西行，过唐徕渠，十里至满城③，清时为满洲人特建的兵营，后为宁朔县县城，宁朔县移去以后，仅为普通兵营。满城再过，即至贺兰山麓沙漠中，汽车因机器旧老，故通过沙漠，甚为费力。

---

① 沪版、津版和原版书均误为"哈尔萨"。

② 记者曾访问达理札雅亲王，详见本篇《满洲人的治蒙政策》和第三部分《塞上行》中《忆西蒙》之《望穿定远营》。达理札雅（1906—1968），号锐荪，博尔济吉特氏，阿拉善厄鲁特旗定远营人，第八代阿拉善旗札萨克和硕亲王。达理札雅亲王在1949年9月率部和平起义。先后担任宁夏省政府副主席、甘肃省巴音浩特蒙古自治州州长和甘肃省政府副主席、内蒙古自治区副主席兼巴彦淖尔盟盟长和阿拉善旗旗长等职。达理札雅亲王与光绪皇帝之弟爱新觉罗·载涛的次女金允诚结为伉俪，生有六女一子。1950年2月，杨积庆土司的次子杨复兴赴定远营时娶了达理札雅亲王的二公主达芝芬女士。在《中国的西北角》中记者采访过的两位边塞蒙藏领袖的后人遂结为连理。达理札雅亲王1968年11月8日被迫害致死，"文革"后恢复名誉。

③ 位于今银川市西郊。

记者在某处，见有人送一位从广东北伐，一直到了西北来的军人，这样几句东西：

十年前珠江上孤零的战友，

到今朝已竟饮马贺兰山边。

回首东北望，

敌氛又展，

问将军：

何日再率兄弟们放棹松花江面？

诗之技巧如何，记者门外汉不敢论列，惟觉其意思与时事甚切，自己到了贺兰山边，不禁引起无限的怀感。

贺兰山下，现尚有无数之土丘，传为西夏建国时历代帝王之陵寝。车行甚速，未能趋前详视。不过，在古今兴亡陈迹之间，容易令人发思古之幽情，性情柔弱者，更易发生消极的思想，所谓"强兵战胜今何在，赢得虚名入史编"①这一类的想法，最易②发生于为功名而战争的军人心中。

阿拉善的首城是定远营③。定远营与宁夏之间，有两条交通的道路，一是人马行之小路，一是车路，前者直越贺兰山，路险而陡，约程一百六十里，后者绕行南面三关口之山沟，较平顺易行，多六十里，一般商人以走大路者为多。

车过沙漠，进入丰美的草原中。路向西南行，数百骆驼散牧草原中，闻汽车行动声，皆昂首惊视，状如数百龙首之朝拱，使善画者睹此，当可作成奇丽之画图。

---

① 出自明代朱秩炅《高台寺八韵·废垒寒烟》。
② 从津版。原版书脱漏"易"字。
③ 今阿拉善盟巴彦浩特镇。

四十里平羌驿[①]，为盗匪随时出没之区，通常行人皆有戒心，驿仅土屋数家，已紧接山麓，居民貌多清秀，妇女尤然，在此荒塞之区，出清秀之人，颇出意外。

再发平羌驿，车即入贺兰山中，蜿蜒前进，大体遵山中沟道而行，路多待修理。旋至长城处，为"头关"。长城南北纵分贺兰山而过，状至伟观。关门已不见。再进有险峻石峡处，为"二关"，亦无关门，惟山上之土墩尚在，此处形势险要，前西北军门致中部曾与阿拉善蒙古人大战于此，蒙人擅长射击，仅二三十人把守关口，而西北军之死伤于此间者以数百计。二关再进为"三关口"，已离宁夏九十里。

三关口为贺兰山之背脊，亦为阿拉善与宁夏之分界点。过此即下山入阿拉善蒙古境。岳飞《满江红》有"驾长车，踏破贺兰山缺"之志，可惜他赍志以殁，[②]未能率军直捣贺兰，然而，今日之曾"踏破贺兰山缺"者，已早不仅记者一人了。

三关口有蒙古兵把守，他们缺乏训练与组织，完全为"王爷""当差"，并无薪饷的规定，故无近代军队之整齐团体而有力。且有染鸦片嗜好者。

车下蒙古草地中，沙石相杂的无水地上，普遍的生着杂草，西面远处，已可以看到浩瀚无涯的沙窝，大道两旁再难有农地发现。路向西北行，二十里至长流水，有三数家屋。又四十里窑坝，人家约倍之。到离定远营不远处，水泉渐多，有泉处即有人家，泉水大的，人家多些。下午三时左右，我们到达了渴念甚久的定远营。

---

① 今银川市西夏区平吉堡。
②《文集》版为"可惜他赍志而殁"。

## 十四、满洲人的治蒙政策

出人意料之外，定远营这样的地方，外观上一点也不像"蒙古"。街市和城池虽有规模大小之不同，而其构造则与内地相去无几，街上的汉人远比蒙古人多，街上做蒙古包的人虽不少，但是我们决不能在街市附近视线以内，找到一个蒙古包。达理札雅给予记者之印象，直等于在北平会到了二十年的"老北京"。他的王府是北京式的，房内设备，最低限度也是北京的旧样子，而西洋式的沙发椅子，煤汽灯，加利克香烟，抽烟自动发火机……一切一切，和北平一般高等生活情形不会有什么差别，他满口非常熟练的道地北平话，和一种安详文雅的动作，北平习惯用的仲春时节中式服装，光光的头发，聪明大方的面庞，无论如何也找不出一点蒙古味道。达王左右之生活，亦趋向"平化"，他们不再牢守着成吉思汗以来的生活方式，而猛烈的向进步文化转变。"前进的文化必然领导后进的文化"，从这里，我们又可以得到一个有力的例证。

蒙古人是以勇悍的特质，建立了横跨欧亚二洲的大帝国，明代对于蒙古人，只有修万里长城把他们隔开，并没有平等抗战的力量。真正有毒辣手段的，要算满洲人，他们用了双重政策，来制服蒙古人：第一，是收买少数英明的领袖。第二，是根本摧毁这个民族的人口。前者之表现为王公制度①之确立，后者之表现为喇嘛教之提倡。少数聪明能干的分子，②封他们为"王"为"公"，又或用皇帝宗室中的美女下嫁，金银锦帛之赏赐，惟裕惟充，只要这班有力分子能制着蒙古人不反，他们子子孙孙可以世袭的当王公，永远过舒服日子。自己本身作了王公的分子，当然不愿造

---

① 津版、沪版和原版书"王公制度"误为"公王制度"。
② 沪版删除了从"少数聪明能干的分子"至"而统治者就可以高枕无忧了"三个段落。

反了，<sup>①</sup>他们的<sup>②</sup>子子孙孙因自小就过上安逸生活，不容易产生杰出的人才。而且日子过得舒服，有权的王公十九都不愿意造反，而一般平民<sup>③</sup>，要想造反，智识和权力两缺，反也反不起来。这样还嫌不精密，满清皇帝在王公衙门里放了一个四品讲师，官虽不大，但是他可以"单独上奏"，王公要上奏皇帝时，他们的奏折<sup>④</sup>必定要讲师盖印才算有效，所以王公们要想有何举动，皇帝早就知道，而有所准备了。

蒙古人始终是<sup>⑤</sup>强悍的，笼络了王公，满洲人觉得还不保护，于是极力提倡黄教（喇嘛教），推崇喇嘛，国库拨出大量的经费，建造规模宏大的寺院，以作喇嘛为<sup>⑥</sup>最尊贵之阶级。王公只能管辖平民，管不了喇嘛，平民作了喇嘛，王公就不能再问。凡是当喇嘛的，除了念经是他们的责任外，其余什么事都不管，衣食住<sup>⑦</sup>皆要平民供给，而且所用生活资料，都是要上等的东西。此种丝毫不劳动而坐享高等生活的阶级之确立，当然可以让许多优秀分子都投了进来。<sup>⑧</sup>满洲人在事实上还造成一种定章，<sup>⑨</sup>每家最多只能有一个儿子是俗人，其余的都得当喇嘛。随着就来一个规定，喇嘛不得结婚。试问过半的男子作了喇嘛，当然发生女子过剩的现象，女子多于在俗男子数倍，事实上"性之需要"所趋，在俗男子当感供不应求，而成不固定的多妻状态，这一方面戕害了在俗男子的身体。在喇嘛方面，不结婚虽有明定，基于"性本能"之同样理由，势必与此"滔滔者，天下皆是也"的过剩女子发生关系，由此杂乱无章之性关系，故弄成特别普遍

---

① 津版为"当然不愿反了"。
② 津版无"他们的"。
③ 津版为"一般人"。
④ 津版无"他们的奏折"。
⑤ 津版和原版书脱漏"是"字。
⑥ 津版脱漏"为"字。
⑦ 津版和原版书"衣食住"误为"衣服住"。
⑧ 津版为："此种丝毫不劳动而坐享高等生活的阶级，当然可以让许多优秀分子都投进来，使他们成为喇嘛。"
⑨ 津版为"满洲人还觉得不妥，事实上还规定"。

之花柳，毒害蒙古民族之健康。这个政策达到了下列几个目的：一，人口日少；二，健康日坏；三，经济生产能力日微；四，聪明才智之士日鲜，因为饱食终日，只知念经之喇嘛，决难念出人才也。

记者以为喇嘛政策之狠毒，无异鼓励人家"犯手淫"，这个比方虽欠文雅，而内容却很相当。等于这样说："凡能犯手淫一万次者，官封万户侯！"如果大家这样去求官，求富贵，求舒服，等你目的达到之后，你至少已不复有人形，而统治者就可以高枕无忧了。

满洲人对蒙古人的两重政策，二三百年来，使蒙古人大大的受到了致命的创伤！

现在蒙古人比过去明白多了，达理札雅已命令他属下的儿子，非得他许可不得当喇嘛，这是限止了喇嘛的来源。其次，他把蒙古兵之充卫队者，也穿上制服，受新式军事训练，另外以他的叔叔塔旺策林作校长，办了一所小学。蒙汉子弟并收，蒙汉文并授，校内设备，新式而整齐。自校舍，校内器具，学生服装，校内清洁整齐数点言之，不下于平津第一等小学。

达王喜骑马打枪和照像，他对三种技巧皆甚娴熟。关于政治问题，我们开诚布公的讨论很久，让我们感到中国各民族间的关系，到现在已经不是掩耳盗铃可以解决的问题。第一，我们不能再认"民族问题"为"地方问题"；第二，我们对于民族问题要赶紧提出解决方案，作为大家共同努力目标。如果一味敷衍，苟延时日，恐在此外力压迫下，不出数年，将至无法收拾。（关于宁夏与阿拉善最近为磴口事件之争[①]详后。）

---

① 详见本篇《磴口和宁阿之争》。

## 十五、平罗[1]南北

定远营之城池，建于雍正时代，今尚完整。此间有著名之"倒流水"一处，水从山下，倒流至山上来，群以为奇迹。记者不信此反乎物理之事实，乃与同伴亲往考究，初视之，水果自城外山下经山上穿墙入城中，不胜骇异。经详细之观察，始知为吾人目力之错觉。因山脚地势，自水源处以近四十度之倾斜，顺水流方向而下，山坡间所引渠道，其倾斜度甚小。故如视山下地势为平面，则渠道几以四十度而上行，纵泛认地下为二十度左右之斜度，则水流亦显有二十度左右之上倾。经此鉴定后，同伴戏谓记者："倒流水被你打倒了！"[2]

二十日由定远营返宁夏。我们最后和宁夏省垣分别，是二十二日的清晨。[3]

宁夏以北，凡平罗石嘴子等地，皆为孙殿英[4]攻宁时战场，故战痕特多。省垣北门外之赫连宝塔[5]，为赫连勃勃时代之建筑，高数十丈，状至雄伟[6]。

四十里至李刚堡[7]，道路修理甚好。惟路旁良田，十之四五为荒地，

---

① 今石嘴山市平罗县。

② 津版、沪版在此句后还有一句："在定远营时，识罗庶钦先生，他告诉记者许多作诗的方法，惜记者无文，收益甚少，今犹歉念。"原版书删除了此句。

③ 津版、沪版在此句后还有一段："在这样早的清凉的晨间，海啸云先生、苏连元先生、李翰园先生、马旭东先生特赶来与记者握别。在塞外古城中蒙诸先生之殷殷相待，对于长期漂泊的人，有难以形容的安慰。"原版书删除了此段。

④ 孙殿英（1889—1947），归德府永城人。原为河南、安徽一带的地方土匪，1926年投靠国民革命军第六军团，任第十二军军长。1928年借演习之名，曾主导盗掘清东陵。1934年1月，孙部六万军队自绥远省西部欲进入宁夏，与宁夏省主席马鸿逵、其弟马鸿宾以及从青海来支援的马步芳等人的军队作战，孙殿英战败。

⑤ 今称海宝塔，俗称北塔，清乾隆年间，闽浙总督赵宏燮撰写《重修海宝塔记》称："旧有海宝塔，挺然插天，岁远年湮，面咸莫知所自始，惟相传赫连宝塔。"

⑥ 津版、沪版无"状至雄伟"，另有以下一段："孙攻宁夏时，宁夏军队有一排人守塔上，与城中互为犄角。孙之部下有人对孙建议'先取塔，后攻城'。理由为占塔以后，可以强烈火力扫射城垣西北角，使城上守兵不能立足，然后攻城，较易得手。同时又有人主张'先取城，后夺塔'，理由为，城如已得，则塔自不成问题，何必费兵力于攻塔之举。孙采后策，终因塔上牵制太大，攻城未能成功。"原版书删除了此段。

⑦ 今银川市贺兰县立岗镇。

孙殿英之役，地方所受影响不小。李刚堡之市面颇为热闹，离堡北行又是荒地。不过，此地所谓荒地，不是云亭渠那样全然未曾开垦的荒地，而是已垦再荒者。途中天气突热，行人多赤膊，口渴不能支，同伴下马欲寻骆驼队分水而饮，旋见路前远处有塔，知有人家，乃再策马前进，二十里至姚伏堡，同伴皆下马痛饮，渴极而后饮，其水味之香，盖为不易轻遇者。

傍晚赶至平罗，宿南门外破店中。夜间同伴为臭虫咬得不能安眠，终于逃出露天过夜，而记者则"咬吮让他咬吮，好觉我自睡之"。这种传统的"大国民风度"，我以为是对抗边僻<sup>①</sup>地方旅店的无办法的办法。

平罗城四周房屋，被炮火打得"完者无几"。次日继发平罗，拂晓登程，山光野色，醒人脾胃。贺兰山的景色，尤变化万状，目不胜收。这时贺兰山下，渐渐浮起一层深银灰色的薄雾，平伸数十里，有如长虹，<sup>②</sup>朝暾渐高，雾亦上移，一会，完全消逝。这是沙漠反光所投射出来景象，因为贺兰山东麓，有一东西宽约二十里之沙漠存乎其间也<sup>③</sup>。

半午到黄渠桥<sup>④</sup>，计行三十里。天忽大风雨，气候突寒，非棉皮衣不暖，只隔一日，寒暑相差如此。明冯清有《西夏漫兴》一首，即记此特殊天气者："风阵阵，雨潺潺，五月犹如十月寒。塞上从来偏节令，倦游南客忆乡关。"<sup>⑤</sup>

黄渠桥为宁夏北部第一大镇，街市宽敞，商业繁盛，镇上及四乡过半为回民，他们住的家屋和种的田地，都是整整齐齐，灌水与除草总是做到八九分的人力。所以表现一种蓬蓬勃勃的气象。汉人多有鸦片嗜好，自然住居农事皆萎靡不振。不过黄渠桥上，有少数汉人，因与回人彼此自然竞

①津版"边僻"一词，原版书误为"边避"。
②津版为"犹如长虹"。
③津版、沪版为"有一东西宽约二十里之沙漠也"。
④今石嘴山市平罗县黄渠桥镇。
⑤此首词应出自朱梅《捣练子》。

争的关系，到非常振作。

这里的回民，他们自己已经发生了读汉书的需要，自动送子弟上小学。礼拜寺的教主，最初阻挡这种情形，要令小孩们读《可兰经》。他们家长答覆教主说："我们子弟读了汉书，立刻有用处，可以帮助家计，但是读了经书又有什么用呢？"然而教主们仍然有坚持读经的。所以这里的回民学童，大半是小学开学以后读汉书，放寒暑假时，读经书。如果以一年全部时间来说，有四分之三的时间进小学，四分之一的时间念经文。

风雨太大，时间虽然很早，我们只好不再前进。

经过一夜风雨，晨间的气候变为冬寒，记者所穿棉衣已感难于与寒风抗战之势。贺兰山似乎因为与风雨苦战，经一夜的劳心焦思，把自己的头顶完全变白了。明人谓"寂寞边城道，春深不见花。山头堆白雪，风里卷黄沙"[1]，诚有所见而云然。

驼夫们在暴热的那天告诉我们："紧接着要刮北风，天要冷了。"我们直到被这突变的寒冷袭击以后，才奇怪他们预断的灵验。自然这是他们多年经验的结果。照自然地理来研究，一个地方的热度高涨之后，空气因热而上腾，于是成得空气稀薄，气压低减之现象。此时四周之空气，其温度低，密度大，气压高者，自然向此空隙中流入，而成为风。贺兰山紧接内外蒙古及西伯利亚寒带地方，所以宁夏之气候暴热，则其北面之冷空气，必来补充。而风雪因与之以俱来。

黄渠桥至石嘴子，计程六十里，地多荒芜，家屋亦稀，为盗匪最易活动之区，我们在午前十时，即到了石嘴子。这时恐怕许多朋友还在甜蜜的梦中，我们却已经走了六十里路了。

---

[1] 出自明代杨守礼《三月巡边晓发夏城》。

# 十六、石嘴山外

在石嘴子<sup>①</sup>南约十里的地方，长城从贺兰山上如黄龙饮水式的爬了下来。贺兰山与黄河之间的平地上，已没有长城的遗迹，黄河东面伊克昭盟的南边，又有残断的长城和西面遥遥相对。贺兰山的本身到了石嘴子附近，也改变了它原有的奇伟姿态，而降落为低矮的平凡。

石嘴子因为已经在旧日长城之外，所以叫作"口外"。这里因为没有西北面高山的屏障，沙漠大风直扫而来，所以此间街市和四周的景物，已夹带有几分沙漠的性质，荒凉袭人。

清时，石嘴子为蒙古人与内地交易指定的口岸之一，而且为宁夏包头水陆交通必经之道，故在昔商业甚为发达。惟清时对蒙贸易，制有定章，不许内地将硝磺钢铁军器白米白面莞豆卖给蒙古人。硝磺钢铁军器之禁止，是防止蒙古人军火的扩充，莞豆的禁止，是防止蒙古人储蓄马料，以为长途征战之用。所以清代以优厚的生活腐化王公，似乎是好意，而其实对蒙古人之打算，却无微不至！

石嘴子再顺黄河北上，为绥宁陆路交通大道，经磴口以至绥远之临河，五原，包头，即是所谓"后套"区域。但中途沙漠太大，汽车不能行驶。欲通汽车，在不结冰期内，可由石嘴子过黄河，遵黄河东岸下驶，至磴口<sup>②</sup>再过河。另外一路亦由石嘴子过河，斜穿伊克昭盟西北角，以至临河，两路稍加修理，通车甚易。惟两过黄河，总有若干麻烦。

近半年来，某国人在这里测量调查，费去很多时间，因此地为宁夏之北部入口，贺兰山势至此与河东之伊克昭盟高地，遥相锁对，黄河直贯其中，成为天然的奇险，欲固宁夏，必守石嘴子，乃为军事的定论，故致劳

---

① 今宁夏石嘴山市惠农区石嘴子。

② 旧"磴口"。按书中描述的行程和地理位置推断，应位于今阿拉善盟阿左旗巴彦木仁苏木。

他人之费心。

因为这里是过道，所以此地主要的机关，是各种各样的税卡，此外最占重要位置的是客店，再其次最多的是妓女。这些分子都不是自己生产的群众，他们全靠来往客商之惠顾来维持，所以最令石嘴子的市民关心的事情，再没有比关于客商来往的消息重要的<sup>①</sup>了。午后三四时左右，只要骆驼的铜铃，或者大车的轮子，或者小小马队的铁蹄，发出声音，局卡里的收税员，旅店主人，穿红挂绿的妓女，都到各人的门外，预备欢迎他们各自的主顾。

石嘴子之北，又入蒙古草地了。青青的骆驼刺，把这块蒙古草地织成了无边的绿茵，穿过草地中的道路，就好似绿茵上的花条。比较有高地可据的地方，现在还留着孙殿英与宁夏作战时所作的工事，成群的牧马在草地上自由来去，间或有黄灰色的兽类隐约绿草间，那就是聪明的黄羊。

没有人管的蒙古马群，我初以为最易被人偷盗，后来打听，这才是不必要的杞忧。每一个马群有一个母马统率，和人类还在母系社会时一样，母马随时监视着她这一群马，不许有一个任意离群太远，否则她用口咬蹄踢等手段强迫使之回群。如果发现生人，母马发出嘶声，警告全体，大家皆昂首注意准备意外。如果已明白了生人有逮捕它们的企图，母马立刻于狂叫之后，率众急奔而逃。绝对不易为人暗算。

行约五十里，至二子店，土人则称四十里，店仅土院一座，土屋三间，无门无窗，乃至桌椅等任何家具，店主人之炕上亦"空空如也"，席毡等亦无之。然而石嘴子以北半日程中只有此一家烟火，不能不认为难能可贵。

二子店之后，为不断连续之沙漠，马行甚苦，孙殿英败回时，遗弃伤病之骆驼驴马等甚多，今已早成累累之白骨，散置道旁沙漠间，增人凄凉

---

① 原版书无"重要的"。

之感。

既而沙风又作，目不能张，强欲张目，亦"但见黄沙不见人"。在此人烟断绝的地区中，偶尔发现一二人影，反易促人发生戒备之心，盖匿迹草中之健客，难保其非当年李逵之同志。石嘴子磴口间之过客，非有特殊戒备，即须结大帮旅客，始易通过，如记者之人势单孤，必有相当武力，始能安全。我们后来在一段沙河道上，发现前面小土岗上有两人迎风而立，身旁显出长条黑色的东西，从者与记者皆为之愕然。记者乃命从者持枪实弹直趋之。归来报告，则为全国经济委员会黄河水道测量人员，正在冒风沙作测量工作。此种实际作艰难创作工作之人士，使人发生衷心的敬仰。

在风沙中行五十里至河拐子①，其为"只此一家，并无分店"也，同于二子店。仅土屋多几间，而土屋有一二间有木门而已。粮食用具，全赖自己携带，不然即将无所措手②。


## 十七、磴口和宁阿之争


二十六日东方仅有微白，我们已经登程了。顺着黄河边上走，所过尽是肥美的地方，地上也有阡陌痕迹，现在水利不修，社会不定，完全又成荒地了。十里左右，路旁有蒙古人羊圈，乃下马入其简单之蒙古包中饮茶，我看他们高高鼻子，略带灰色的眼睛，不和普通蒙古人一样，知道他们正是"回回蒙古"或"蒙古回回"这一种特别的民族。他们现在住蒙古包，说蒙古话，穿蒙古服装，也过蒙古游牧生活，政治上属于阿拉善旗管辖。但是他们不信喇嘛教，而信回教，从很远的地方请来回教教主为他们念经。据他们自己的说法，他们祖先是哈密人，迁移到这面来的。故大致为新疆

———————————

① 今内蒙古自治区乌海市乌达区河拐子。
② 津版、沪版为"不然即将无法筹办"。

东土耳其人（缠回）之一支。后来血统与生活为蒙古人所同化，而宗教则尚保存其旧日之传统，他们现有三百余家，散处在磴口西北一带。

河拐子之后，仅有一二十里之好路，其余完全为无边的黄色大沙窝，黄河主流现正向西冲刷，将河边仅有的泥沙地，完全冲去，河水已紧接沙窝，如不走沙窝，即必至无路可走。沙窝中走马，辛劳万状，直使人不忍久骑。

路旁随处有野鸡，"咯咯"之叫声，颇易动人情怀。在此沙窝草滩相间之道上，我们常常看到一种特殊的旅客，他们大半是运粮小贩，从绥远西部运贱价的粮食到宁夏转卖。他们总是结成二三十人的大帮，每个人有一头以上的毛驴，所以毛驴合起来也有三四十头。他们因经济的困难，不能住店，亦无力买草饲养他们的毛驴。因此他们总是随身带好自吃的干粮，走疲了，大家选个草场，放驴吃草，他们自己，就倒在草中睡将起来。睡醒了，吃吃干粮，赶起牲口又走。如是，走疲了睡，睡好了走，并无一定的站口，更无所谓昼夜。此种办法，既经济又卫生，更可以表示西北人坚苦卓绝的生存斗争能力！

中途有土屋两家，可以打尖。午后所过道路无沙窝，但是沙风又起，迎面扫来，一刻不休息的，把我们迎接到磴口，[①] 河拐子到磴口，据说是九十里，而实则有一百二十里而强[②]。

磴口有蒙古衙门，同时又有县政府。为了磴口设县事情，阿拉善旗和宁夏发生了很大的纷争，现虽已暂告一段落，而阿拉善方面则尚未甚满意。然而，平心论之，磴口设县一事各有困难之苦衷，即各有其正当理由。宁夏之设县于磴口，固然难免无税收之目的，然而从国防交通之见地言之，临河与平罗二个县域，相间六七百里，其中无重要市镇，当然不便，故设

---

① 津版、沪版为"把我们欢迎到磴口"。
② 津版、沪版为"而实则有一百二十里之谱"。

县为事实所必需①。然而自阿拉善蒙古人之立场观察，磴口乃在阿拉善所辖土地中，自不容外省在此设县。故双方不下，乃为势所必然。中央政府方面，曾特派大员从中调解，当时已得双方同意之妥协办法，其后阿旗认为最重要之一条，即："磴口设治案，暂作悬案，呈报中央于相当时期撤出本旗境外。"等到行政院公布之解决磴口案办法中，将此条取消，使阿旗大感不满②。记者以为在此各民族一般知识渐高之今日，我们应痛澈铲除过去传统的民族歧视思想，重新以民族平等的精神，切切实实扶助国内各民族之经济，政治，文化的向上，使各民族的力量充实而坚强，大家彼此信赖，互相团结以捍卫我们大家的国家。始终歧视异民族的办法，缺乏大公无私之精神，③决不能应付现代政治的潮流。

黄河到磴口，转向东北流。照目前河水冲刷的情形，巨流已直指磴口后方而来，冲成一大湾曲，如不修堤排水，恐磴口将成河中孤岛。

磴口不过二百家左右的商业地方，四乡全为蒙古人，市上汉回蒙杂处。县政府及各机关和驻军的费用，全由此市上居民担负，故责任太重，缴纳为难，放已有四五十家居民入了蒙古籍，不愿再任这些负担。

由磴口东北行，沙地渐少，④黄河冲积平原上，丰腴可爱，平原之西北，仍为接连河拐子以来之大沙窝，蒙古人皆住蒙古包于大沙窝中，汉人则有租蒙古人地耕种或开旅店者，闻水大时，平原中易被水灾。

是日有蒙古兵送行，按站交班，如藏人之"乌拉"，他们的马生长在沙窝中，故走沙窝特别有办法，我们的征马简直对它们望尘莫及。

行九十里，住宿于"二十里柳子"⑤，店有土屋两间，而客人有二三十人。

---

① 津版、沪版为"故设县为宜"。
② 津版、沪版为"使阿旗大不谓然"。
③ 津版、沪版为"无大公无私之精神"。
④ 津版、沪版为"沙碛渐少"。
⑤ 今磴口县巴彦高勒镇粮台乡南二十里柳子。

炕上芨芨草编成的席子，厚约寸许，自然是臭虫繁殖的大本营，我们只好在帐幕中过夜，比较还清凉有味。此地附近，由三圣宫（详下）天主堂①主持之开渠工作，正在动工，从堂中派出来的经理人员，其气焰之大，②不似中国同胞能有之态度。

## 十八、三圣宫天主堂

后套中一大特色，即为天主堂，总堂在三圣宫。临河西境乌拉河至磴口之间，尽为天主堂势力。甚有"天主国"之称。此间种地农民，非入天主教不能种地。事实上（非法律上）这一带的居民尽为教徒，教堂为惟一可以指挥民众之机关，神父为最有支配民众力量的首领。一般农民只知有天主堂，而不知有政府，只知有神父，而不知有官吏。教堂于宗教之外，兼办水利，农业，以至于保安等工作，三圣宫教堂所在地，外围以深壕及高厚之城垣，集居民数百家于中，有城门，有炮楼，俨然正式之"城国"（City State）。

原来这里是阿拉善旗的土地，天主堂在七八十年前即来后套传教，势力尚小，庚子八国联军之役，教堂亦曾受相当扰乱，和约缔结之后，此间教堂亦要求赔偿，遂定由阿拉善旗赔损失五万两于教堂，当时阿拉善旗王爷是现在达王之祖父，已现交二万两，尚欠三万两，于是遂将三圣宫一带土地作抵，归入教堂手中，经其数十年之经营，遂造成今日之特殊现象。

记者以为宗教之伟大，在于"感化"，上帝之所以要宗教之存在，乃在使此等"先知先觉"的，肯"牺牲一切"的宗教领袖们，来劝化"顽顽

---

① 三圣宫天主堂即三盛公天主堂。三盛公天主堂位于今磴口县巴彦高勒镇东风街（参见《阿拉善往事》中赵忠贤《阿拉善旗磴口地区天主教堂分布情况》）。
② 沪版为"气焰之大"，津版和原版书为"气炎之大"。

的众生"，所以如果"顽顽的众生"有侵犯宗教之处，当更加努力宣化，使其"觉悟"，教堂当无凭借本国军事政治力量而要求赔偿之理。本来是精神感化的"神圣事业"，这样要求赔偿，岂不成了通常的市侩行为。又在清代的银价说来，一个教堂里的东西，无论如何计算，二万两已经足够赔偿。如果有生命损失的话（当然没有），那正是"为宗教而牺牲"，不必在金钱上找代价。再则到[1]对方无力再赔的时候，应该本"上帝的仁慈"，不再追收，何要土地来抵押？就传教事业本身来说，教士只能以"宣扬教义于民众"这一任务为旨，其他经济，政治，教育的事情，绝对不应该过问。中国政治紊乱，它自己会寻求出路，中国经济落后而破产，它自己会有解决的途径。[2]如果你们觉得在中国有安全上的危险，或者贫困的压迫，那么你们很可以回到你们自己"先进国家"去过日子，不必在我们中国造成些特殊势力，增加我们"自我[3]改造"的困难。

比方外国教会在中国办学校，表面上很好，令我们感激。但是你看看教的什么东西，你就可以明白。[4]记者在三圣宫时，看过他们的"国语教本"，是他们教会自己编印的。里面虽然是汉字，但是有两种思想让人看了不懂：第一，它说中国之所以穷，由于实业不发达，实业不发达，由于大家"懒"，即是"不知振作"，事实是否如此呢？我们试问天津，上海破了产的工厂，是不是因为我们工人整天在工厂里睡觉弄糟的呢，还是因为关税在外人手里，保护不了自己幼稚的工业，活活的被外国工业品打倒的呢？第二，它说人是造化主造的，不是进化来的。那么宇宙是有定的，人生是有定的，总逃不了造化主的定型。像我们这样被人压迫的民族，也是造化主事先定

---

① 津版脱漏"到"字。

② 津版为："中国政治紊乱，它自己会'自力更生'，中国经济落后而破产，它自己会对付。"

③ 津版"自我"为"自己"。

④ 沪版删除了从上页"记者以为宗教之伟大"至"你就可以明白"的全部文字。

好了的，我们大可以安心被人压迫，被人欺陵①，不必起来作什么反乎天意的解放运动！

诚然思想自由，我们不反对，信仰自由，我们也赞成。但是那是对青年以上的人说的，这些乡村儿童，智识本来简单，你告诉他们什么，他们就信什么的，却不能与之相提并论。

因此，我们以为目前中国，自对于宗教问题，最低限度应如此做法：第一，确实保障成年人信仰之自由，排除一切干涉宗教自由信仰之力量。第二，教会（无论何教）绝对不能在"宣扬教义"一事之外，以教会或教士资格作其他经济、政治、文化等活动。第三，限制外国人在中国内地自由传教。

上述办法，如与不平等条约抵触，则根本取消不平等条约。上帝的心是公平的，对于取消不平等的条约，他一定能赞成，这一点我们敢于相信！

二十八日住补路脑②，屋内臭虫太多，屋外又无帐幕，我们就到大车里过了一夜。次日发补路脑，旋过乌拉河，即入绥远临河境。

临河境内公路与桥梁工程，皆甚良好，仍荒地太多，人烟稀少，将来一定可以供大规模屯垦之用。行五十里至黄杨木头③，民间有烟瘾者异常普遍。为中国前途着想，记者以为："宁可使财政破产，鸦片绝对不可再蔓延！"

黄杨木头与临河④之间，亦大半为上等良田，中间有一段蒙古水草地，蒙古女人之放牧者，一面放牧，一面缝织衣服，有小沙窝处，间或露出蒙古包，不减塞外风色⑤。

---

① 欺陵同欺凌。

② 按书中描述的行程和地理位置推断，应指今磴口县补隆淖镇。

③ 按书中描述的行程和地理位置推断，应指今巴彦淖尔市临河区黄羊木头镇。沪版误为"黄河杨木头"。

④ 今内蒙古自治区巴彦淖尔市临河区。

⑤《文集》版"风色"改为"风光"。

## 十九、临河五原至包头

到临河即可以感到浓厚的"山西味"，机关里，商店里，客栈里，很少不是说山西腔调的，偶尔有人哼几句，也是"山西梆子"[1]。一切一切，显示出山西同胞，经过数代的辛苦，在塞外开辟了这样的成绩。临河[2]城垣系新筑，临河城中人家惟近东门处较稠密，余则大半为空地，商业繁盛之区在东关外，市场景象已充分带内地风光。

从临河起改乘大车赴五原。大车在不平的路上摇荡前进，铁皮车轮与坚硬的辙道互相撞碰，使人不久即为之昏迷。记者在西北最怕之三事：即为坐大车，睡热炕，和盘腿。后二者已有避免之方法，而大车之苦恼，直到快要离开西北时，始得加以亲尝。

大道的西北方，狼山的形象渐渐接近我们的眼帘，大道所经，全为沃土，六十里至天台桥，有蒙古女子[3]冒充汉人为妓女者。似乎经济恐慌已震裂了蒙古人常态的生活，而逼出相当的变态来。

此后常有残破的村落，为过去数年土匪摧残者，今已寂无人烟。北风时作，牧羊者尽衣皮裘，较之宁夏，暖冷相去甚大，三十日行一百一十里，宿吴家集[4]。

吴家集离五原只七十里，我们仍然微明动身。这时各家的小学生也和我们一样清早的出来，走向他们的学校，短短的身体，小小的制服，三三五五的，牵着手，并着肩活活泼泼的，通过这小小集镇的街市。不但这个市集因他们的早起而活跃，中国困苦艰难的前途，也因为他们这样生

---

① 原版书和津版误为"山西帮子"。
② 津版、沪版无"临河"二字。
③ 津版"女子"误为"女字"。
④ 今无此地名，待考。

**荒原古道牛车（方大曾摄）**

气蓬勃，而显得有无限的光明！

这以后的大路，因为水淹未退尽，绕行乱草地中，车身东倾西倒，人坐其上，苦痛如受重刑。四十里至满过苏①，打尖，店主人看到我们宁夏带来的萝卜，深为惊讶，她惊讶宁夏天气之热，萝卜已经成长得如此其大了。

从石嘴山出发到现在，我们吃饭都没有筷子，只有临时用树枝折成的东西，满过苏的小店中，筷子又和我们再见，让人发生一种渐即于光明的快感。又三十里至五原城。

五原有新旧两城，一为县府所在，一为商业区域，冯玉祥先生在游俄回国重新整刷国民军之后，有名的"五原誓师"，就是在这里举行的。五原有路可以通外蒙，当时苏联接济冯玉祥的械弹，就是从外蒙用汽车运到

①今无此地名，待考。

五原来的，这里不但与国民军有不可分的关系，与中国近三十年军事史上，也占非常重要的地位。

商人总喜欢标榜奇怪或距离遥远地方的物品，①来刺激顾客们的好奇心，借此推销他的货物，五原城里有人立着"四川仁丹"的大牌，"四川"那里出"仁丹"？恐怕全四川人没有一个会知道！

五原距包头四百里，这里每天有长途汽车来往，七八个小时可到，我们的旅行，从此方便得多了②，只是这里的汽车有些特奇③，根据"进步的赶走落后的"这个原则，日新月异的汽车，不断的添到都市来，过时的破旧汽车，自然被赶到内地小都市去，越是交通幼稚的地方，越是汽车老朽的地方，这是不足怪的。令人奇怪的是：轿式客车的票价，既然比货车收得高了百分之五十，而客车里面的前半段，即坐着不甚颠簸的几个坐位，却完全只堆货物，把客人一齐挤在末尾上，这不知那里来的新章？包五公路大体尚好，有几段新修不平的地方，车尾颠起了来，④把客人们的头一齐送到车顶上，接了一个切切实实的重吻！

车由五原东行数十里，道即随大青山南麓行，触目荒地，农牧前途皆尚待努力。二百里至八庙子⑤，休息。因未带粮食，幸而买到白饭两碗，白盐作菜，白水为汤，饿后食之，亦觉可口，庙中驻有蒙古游击骑兵一小队，似为维持治安者，其中过半有鸦片嗜好，成吉思汗的子孙啊，那是万万不能再吸的啊！⑥

大青山南部地方几已完全汉化，纯粹的蒙古风味已不多见，现在山北

---

① 原版书同津版。沪版为"商人总喜欢标奇立异，或以距离遥远地方的物品"。
② 原版书同津版。沪版为"方便多了"。
③ 从原版书和沪版。特奇即奇特。北魏贾思勰《齐民要术·槟榔》："子既非常，木亦特奇。"津版为"奇特"。
④ 从津版。沪版为"车尾颠起来"。原版书和《文集》版为"车尾颠起了来"。
⑤ 今无此地名，按书中描述的行程和地理位置推断，疑为今乌拉特前旗公庙子镇。
⑥ 沪版删除了此句。

还是纯蒙古生活的地方，但是汉人在山北之开垦与建造房屋，已经不为蒙古人所许了。

将近包头，村落渐密，人口渐稠，乡村妇女喜着鲜红色衣裤，似为这塞外无极的旷野，铺点几朵红花，别饶风韵。

午后三时，一架有太阳徽号东来的军用飞机，和我们的汽车同时到达包头。

（一九三六年六月十九日上海）①

---

①1936 年 6 月 19 日完稿于上海。1936 年 7 月 4 日至 31 日《贺兰山的四边》在天津《大公报》连载，1936 年 7 月 7 日至 25 日上海《大公报》连载（沪版小节序号有误，第十节应排为第九节，续后各小节应顺延）。1936 年 8 月 21 日天津《大公报》登载《中国的西北角》一书首版的出版广告。

# 第二部分　红军与长征①

---

① 记者在这次著名的西北之行中，撰写了不少关于红军和长征情况的报道，首次以比较客观的立场，对红军长征的过程和动向做出记述和评论。这些文章对于帮助人民正确认识和了解中国共产党和红军，起了积极的作用，并在客观上成为红军领导人分析判断军事形势的重要参考依据。由于记者当时思想上的局限，对红军尚有模糊认识，也由于记者当时未能直接接触红军，由侧面或间接采访的情况有时不尽准确，因此这些文章的措辞和论述存在一定的缺陷。

记者在江油、平武、哈达铺以及陇南一带的考察路线与红军长征路线相交叉。记者于 1935 年 9 月 4 日至 12 月 10 日撰写了七篇关于红军与长征的独家报道和述评，发表于天津《大公报》。这些文章对红军长征的态势、走向、过程及其重大意义做出了独到深入的观察与分析。这些文章是记者西北考察作品的重要组成部分，但当时未收入《中国的西北角》一书。编者特收入本书以供读者参阅。

# 第一篇　岷山南北"剿匪"军事之现势①

记者七月十四日由成都出发，经江油、平武、松潘、南坪、西固、岷县、洮州、拉卜楞（夏河）、临夏各地，九月二日到达兰州，历时五十日，所经皆军事要地，特将目前"剿匪"中心区域——岷山南北之军事形势，择要以告读者。

## 一、争夺四川一幕之揭晓②

中国共产党在文字上虽然仍旧③是主张以工人领导农民，在红军中仍然坚持着增加无产阶级成分的政策，事实上，中国共产党近几年来的基本势力，已不在重要城市的工人，而是在乡村活动的红军。红军的基础，建筑在破产的农民上面。红军中天天闹着增加的无产阶级，主要的是雇农、贫农和手工业的雇工，这些社会层和列宁所说的"近代无产阶级"——"普罗利他利亚"根本不同，中国红军彻头彻尾为农民暴动的军事组织，愈到现在，情况愈为明显。

红军在仙霞岭区域，曾有七年以上之经营，中间曾引起范围极大的农民军事扰乱。今年竟不得不放弃江西，"西窜"四川，此并非战略上之单纯决定，而实表示中国内在政治形势之重大推移。即以衰落的农村经济为基础，以破产农民为主干之军事力量，容易零星的扩张，虽在特殊条件之下，亦有夺取中心都市之可能，然而根本缺乏集中持久的斗争力量，如果与都市政权旷日持久的对抗下去，必因物质资源之缺乏，而陷于军事上重大不利地位。更因物资缺乏，无法给农民以实惠，而逐渐丧失农民群众的

---

① 本部分对原版书的个别字句进行了改动。
②《文集》版误为"争夺四川——幕之揭晓"。
③ 津版"仍旧"误为"仍就"。

信仰。故"经济封锁政策""碉堡政策""公路政策"实施之后，江西红军不得不出于"另寻出路"之一途。

在第三国际直接指挥下的中国共产党，特别是红军，经过了这七八年来的教训，知道今后要想在中国活动，必须另谋办法。一种办法是在中国境内另找一个特殊地形的地方作为根据，要内可以自给，外可以自守，然后进图发展；另一种办法，是屯居到甘肃、青海、新疆边地一带，直接与苏联发生关系。前者是所谓"争取四川"，后者是所谓"打通国际路线"。

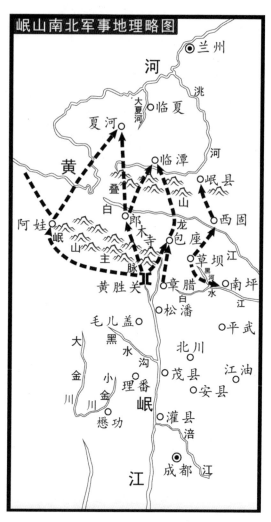

津版载岷山南北军事地理略图（依原图修复，彭海绘）

一九三〇年以前，第三国际代表罗明那兹，曾到仙霞区视察，他认为那里不能发展，必须以四川为根据地，才有办法。他的话到一九三五年的今天才被红军采用。今年朱毛由江西"窜"出来的时候，萧克以异常的速度，过湘南，入湘西，会合贺龙，一面东向威胁长沙，掩护朱毛主力通过了湘南，然后回师四川东南之西秀黔彭①一带，朱毛主力又渡过乌江，直逼綦江赤水，重庆泸州皆

---

① 西秀黔彭指酉阳、秀山、黔江、彭水地区。

已震动，徐向前更以近十万之大军由通南巴①南下，夺绥定宣汉，越渠河，以虎视川东门户之夔万，当时红军形势，颇有会合朱毛徐萧贺各股于川东，而以塞瓮捕鱼之势解决川军之可能。后以行营参谋团与蒋委员长先后入川，中央军直接担任川东防务，四川军事危局，始暂时稳定。尤以蒋驻贵阳，亲自对付朱毛主力，使之未能长驱入川南，捉迷藏式的在贵州追了几个来回，朱毛终在相当牺牲之后，被逼由云南渡过金沙江。至是红军争取四川的计划，受到第一次的重大打击。

朱毛主力既不能由川南入川，乃改变计划，与徐向前在四川西北会合，再谋进入成都平原。故徐向前横过嘉陵江、涪江，移主力于岷江上游，朱毛于渡过金沙江之后，续过大渡河。两股终于七月接合。但中央军事方面，在朱毛徐向前尚在深山大岭中跋涉之时，成都平原已筑成严密的防御工事，军事配备，亦已完成，继更东北顺涪江延伸碉堡线至于平武、松潘，东南延伸经雅州至康定，②北展至丹巴。此时朱毛徐向前以饥疲之大军，困于松理茂懋汶③境内峦山大岭之间，欲突破上述防线，实非易事，即令能突入四川腹地，此时之四川，已非从前之容易囊括，听其自由安静发展。于是不得不放弃四川，作其他的打算。"夺取四川"之计划，至是可谓完全失败。

## 二、岷山南北之军事地理

朱毛徐向前合股以后，尚有十万左右之人枪，缺食缺衣，缺弹药，进图四川腹地既不可能，困守岷江上游与大小金川之间，尤无法自给。若到

---

① 通南巴指通江、南江、巴中地区。
② 从上下文以及与成都相对的地理位置上看，津版有误，应为"西南延伸经雅州至康定"。《文集》版改为"东西延伸经雅州至康定"。
③ 松理茂懋汶指松潘、理番、茂县、懋功、汶川地区。

冬令，纵令无中央军事压迫，单因寒冷与饥饿，将使他们受非常重大的痛苦与牺牲。即以现在之气候，胡宗南师屯守松潘，后方尚有几条道路可以运输接济，然而胡师士兵之因饥寒而病而死者，反远比战斗伤亡者为多。则朱毛徐向前方面之困难，当十数倍于此。加以东南两面，中央不停地加以军事的压迫，则朱毛徐向前必在冰雪季以前，脱离现住区域，另谋出路，毫无疑义。

今请先述岷山南北之军事地理，然后观察朱毛徐向前"窜走"之方向。

在大金川、岷江、白水江、白龙江、洮河的上游，和黄河曲折的地方，是一块平均五千公尺以上的高地，大半接近雪线，其中凸起的若干地带，完全是终年积雪，其余的比较平坦的地方，只有夏季雪解冰融才好通行。但是有若干地方，到了夏季，变成了"沮洳地"，沮洳地，土人又叫"草地"，与普通所谓草地不同。它是水和软泥合成的地质，表面虽然也和普通地面一样，不过人或者牲畜站在上面，这个地皮就会波动到几丈以外，而把人畜陷落下去。只有牦牛可以通行，和沙漠里的骆驼一样，成为特种通行动物。此外若有土人作向导，骑当地的番马，照着沮洳地上所长的草堆跳跃式的前进，仍然可以通过。沮洳地中，虽含有极丰富的水分，然而却绝无可供饮用的水泉，地面只有一堆一堆的丛草，而绝无可采的燃料。沮洳地之外，还有大森林地带、大山岭地带、大草原地带及粗放的农业地带，这些区域，燃料和饮水比较无甚困难，只有粮食一般的缺乏，且人烟稀少。

从这个区域往西走，地势愈高，气候愈冷，人烟愈少，社会愈原始，生活资料之获得，愈为困难，此外任向东南北三方面发展，都是越走越低，越热，地越平，人烟越多，粮食越容易解决。这里向西是青康边境，向南是四川腹地，向东是陇南和川北，向北是陇西南和青海东部富饶区域。

### 三、朱毛徐今后之动向

七月下旬和八月上旬，朱毛的主力在松潘西南一百二十里的毛儿盖，徐向前主力在黑水沟，只有少数部队在东南两面应付，任何方面，皆没有主力战争；他们在毛儿盖一带停留了三四十天，除了徐向前尚[1]有一部分和川军接触外，朱毛几乎完全在休息状态中。他们用直接征发藏民（即俗称番民）的粮食和牲畜的方法，来维持现状，可是薄弱的藏民经济生产，绝对供给不起如此大军的长期需用。而且气候快要转到冬令，再过一月，岷山南北这一片高地就要成为冰雪世界，土著藏民零星的个人行动，尚感为难，这些由东南各省和四川湖北"窜来"的十余万汉人，衣食和代步的牛马均感缺乏的情形下，当然无法行动。所以朱毛徐各部，非在最近一月左右，向外"窜出"不可。

关于[2]朱毛徐向前最近的军事部署，一方面把两部的主力都集结于岷江西岸，近更在毛儿盖东南两方面构筑防御工事，则其已无再行南下突破大渡河、岷江和涪江防线的企图，已至为明显。据最近消息，朱毛徐皆已自毛儿盖黑水沟向北移动，经松潘之西，而散其前部于阿娃、郎木寺、包座、黄胜关、章腊之间，惟其确切意图，尚难判定。

朱毛此后，若已放弃在中国内地建立根据地之政策，并已得第三国际之同意，暂时寄住新疆，则可以从大金川之上源阿娃往西从黄河上源过河，经蒙藏民族游牧地，由柴达木河以入新疆，此路人为的阻力最小，若干人士，多有如此推测。旬前阿娃已被占领，此说似已有相当可能。但此路自然障碍太大，衣食住行四方面，皆不容如此狼狈之十万汉家子弟，自由通过。盖阿娃以西，藏民土屋已不多见，土人所居，全为可以移动之帐幕，

①《文集》版删除了"尚"字。
②津版"关于"误为"观于"。

更以人口稀少，帐幕无多，如此少数之"活动房子"如见大军至而逃避，则红军所至，仅有茫茫原始狝獉荒野与之为伍。以最近代之政治斗争群众，而入于最古代之社会中，登巴颜哈那山①脊而远眺，诚令人不甚其古今之感也。青海南部，为巴颜哈那山正干，山势虽不胜险峻，而地势却多高至六千公尺以上，夏日晨昏，土人已非皮衣不可，食则牛羊，且此无边草湿地，非牛马代步不能行。朱毛徐如欲采行此道，惟有将其在番地所得之牛马粮食帐幕等集中，只率领少数部队，急走入新疆，而将大部群众，弃于岷山高地，而使之自图生路。但此种非常牺牲之策略，是否为他们所采用，现尚难预料。

他们第二个路线，是由松潘、黄胜关、章腊，顺白水江②和涪江的上源，东向以出平武、南坪、文县，此时北可以入陇南，南可以图川北，东可以入汉中，战略形势，甚为活动，但此线为重兵所在，恐非易图。将来此线必发生一度激烈战争，亦未可知。

他们最有利的出路，是北入甘肃。即以甘肃西南境之夏河、临潭、岷县、西固为目标，进入洮河与大夏河流域。此一带有丰富的粮食，充足的壮丁，及衣服布匹皮毛等物资，可以大加补充，然后或转陇南以出陇东，会合徐海东，更北接通陕北刘子丹③，进入宁夏及陇西甘凉肃一带，或即由洮河与大夏河流域过黄河经青海东部，直上甘凉肃。此地北通外蒙，西通新疆，更因雪山之灌溉，农业异常丰美。如得此地以为根据，苏俄接济，可以源源而来，"封锁政策"，将失其作用。此路的利益，在有粮食可取，而人烟相当稠密，允宜大部队行军，且可以和陕南陕北互相呼应。而此路却有特殊的困难：第一，欲通过此线，必须打破藏军、回军、甘肃本地军

---

① 即巴颜喀拉山。
② 津版"白水江"误为"泉江"。
③《文集》版"刘子丹"均改为"刘志丹"。刘子丹即刘志丹。

和中央军的防线；第二，在地形上受到特别的限制。朱毛徐如欲进攻陇西南，只有三条道路可走，即包座、郎木寺和阿娃。从阿娃东北上，可以到夏河，但要过两道黄河，这个河的渡口，是用马浮水拉船，颇为难渡，如有相当军队隘守，殊难越过。如果从郎木寺这条路进攻，东北越叠山和洮河可以达临潭，正北可达夏河县，是最近的道路，不过，这条路有三站路是沮洳地，而由郎木寺至临潭，必须过终年积雪的叠山和不易涉渡的洮河。如果出包座一道，则东南可以胁制白水江军队，东北可至西固岷县，北面直可取临潭，可是这条路要通过杨布岭、白龙江、叠山和洮河四道奇险，单是叠山一道，如果稍有防备，万难飞过。

他们究竟如何走法，虽尚未可知，而依记者观察，以趋洮夏两流域的可能最大。而且此种重大的军事变化，最多不出一月之内，即将具体表现。设洮夏两河如被突入，更被进入甘凉肃三州，则中国之国际与国内局势，将发生根本影响。

（九月四日）[1]

---

[1]1935年9月4日完稿寄自兰州，1935年9月13、14日天津《大公报》连载此文。

# 第二篇  徐海东果为萧克第二乎？

记者于九月四日曾草《岷山南北"剿匪"军事之现势》一文，将朱毛徐向前初自毛儿盖、黑水沟向北移动时之形势，加以解剖和推论。今请更进而合并分析徐海东由陇东进入陕北后之局势。

## 一、朱毛徐向前目前之困斗

记者前认朱毛徐向前必北出，而且如果北出有五条路可走。第一条路，是走阿娃经黄河上源，过柴达木河流域，以入新疆。这是"川陕苏维埃政府"到新疆去的代表所曾走的道路，如果要想赶快打通国际路线，这条路上的人为阻力，几等于零。但是自然阻力太大，非挟十万中土汉家子弟如朱毛者所能通过。第二条路是顺白水江而东下，经文县碧口以出陇南川北，这方面比较有可凭借的物资，而又可以规复徐向前之旧观，另图发展。但是西固与松潘之间，有徐向前"老朋友"胡宗南在那里照拂，颇难通过。此外可走的道路，只有由阿娃北过黄河曲以至夏河（拉卜楞）和青海东部，这是第三条。由郎木寺或出夏河，或出临潭，这是第四条。第五条是由包座，以出西固，或经洛大以出岷县，或越叠山渡洮河以取临潭。这末三条之中，郎木寺一条，因有三站"沮洳地"，最难通行。阿娃过黄河曲一路，须过蒙藏民族的游牧地，给养维艰。只有包座一道，作用最大（虽然这里有杨布岭、白龙江和叠山三道奇险，而且认为岷山南北一带之气候恶劣）。朱毛徐向前必然于一月内由上述三路突出，否则这十万左右的大江南北子弟，惟有在此西藏民族之领域中，于鉴赏冰雪之伟大后，死亡其大半。

九月初间，松潘西部之朱毛徐向前部队，分两大路线，向北移动。一路走阿娃（即阿坝），一路走包座，以一小部出万音郎木寺。而另以一部绊着松潘至白水江的胡宗南部。其详细配备情形，不得而知。惟知走包座者为毛泽东，对抗胡宗南者为徐向前，阿娃一路，是否为朱德率领，尚无确悉。

目前红军最怕的，是胡宗南部及其指挥下的军队。因为在岷山南北那种困难地形和气候下面，胡宗南部如果从东南顺隘路分路向西北"出击"，与由西南向东北"窜动"的红军恰成一个"十"字交叉形的接触。这样的战争形势，如果成功，则朱毛徐向前必受到致命的创痛。所以把战斗力最强的徐向前部，分配来对付胡宗南。胡宗南与徐向前为多年"老友"，对彼此能力、战略、部伍①等，相知较深，②故应付较易。

朱毛由江西所带出的中央部队，始终没有得到安全休息和补充的机会，现已疲惫不堪，难以力战。其在与徐向前会合之后，始得到相当补充。徐向前既然绊着胡宗南，他们此时才好分路北上，开辟出路。在北面阻止他们的，只是些甘肃本地军和乌合的藏兵（俗称"番兵"），困难较少。这是他们配置的大概。

从阿娃直上甘凉肃，要渡起卡马、欧拉和循化贵德这三道黄河，并且要渡西宁那道湟河。然而阿娃一股北出之后，即为拉卜楞保安司令黄正清所指挥的蒙藏骑兵阻于起卡马以南，第一道黄河就没有渡过。这里作战的骑兵，就是黄河曲③各蒙藏部落的游牧民族，他们完全是神权政治下的人民，农业还没发达，土地所有权观念，几乎没有。他们人人会骑马打枪，他们最高的主宰者，为拉卜楞寺的嘉木样活佛（黄正清之弟），佛爷叫他们怎样，他们就怎样，他们对于黄正清也认为是佛爷的转生，故绝对服从命令。民族隔绝，语言不通，宣传工作无效，时代隔绝，"平分土地"的

---

①《文集》版"部伍"改为"部队"。
②《文集》版改为"互知较深"。
③《文集》版脱漏"曲"字。

口号对他们无异"对牛弹琴"。只要佛爷一声令，胡马如潮奔，弹剑相继，红军曾受损失不小，此一路因而转入对峙状态。

郎木寺一路，仅有少数游击部队发现。然发现地尚在郎木寺南二百余里之万音地方。任此方面战争任务者，仍为黄正清所辖之郎木寺附近之藏兵。记者离兰州前数日，得万音方面一骇人听闻之报告：在九月中旬，藏兵冲至万音，见万音附近放有二三百具红军死尸，多为冻死病死者，此等死尸之臂腿正被其未死之"同志"割煮以充饥！藏兵虽野，睹此亦惊悸不已。故此路当无进展可言。

毛泽东所担任东路包座一线，此地有三条路口可以突入白水江以至文县、碧口，胡宗南部受徐向前之牵制，对于部队移动上，当受相当影响。白龙江上游（洛大以上）与叠山区域，为杨土司积庆之防地。白龙江南岸，尚有杨布岭一大森林山之奇险。此带地势，其荒芜，险峻，森林之密茂，鸟道之悬空，白龙江渡口上，其桥梁之简单，江岸之峭拔，直非未身历其境之沿海沿江人士所能想象。在此地带防御，直可仅用拆桥削路的方法，再配以极少数的军队，则红军虽生两翼，亦有难于飞渡此天险之观。然而杨土司不知军事，不明地理，不知如何设防。其所指挥的藏兵，既无组织，又无训练，司令部无参谋人员，中下级又无能战干部，故毫无防守能力。而且汉藏回三族彼此戒备，其他军队，又不能进入杨土司"地盘"中。红军遂于九月十日之前后，安然陆续渡过难于飞渡的白龙江天堑，并尽占叠山要路。

白龙江及叠山险要，尽入红军手后，从叠山北麓，已可以目睹洮河北岸三十里之临潭县城。临潭之防军单薄，漫山遍野之粮食，正在黄熟未割期中，而且洮河北岸，几无碉堡线可言，凡过洮河南岸者皆能察见。从取给粮食与易于攻略之观点言之，红军应急过洮河，且由此可以直趋黄河，以赴甘凉肃也。然而他们不过洮河，反而东由洛大以趋岷县，再越崇山峻岭，与鲁大昌部战于岷河上源与洮河曲折处之间，击败鲁大昌于岷县西南山中，占领哈达铺、脚力铺一带，横断洮河岷河碉堡线而过，则其目的，必在取道甘肃内地，再图发展。因而显示出徐海东由陇东"北窜"一事，有其特殊的意义。

## 二、徐海东行动路线的研究 [①]

当朱毛徐向前尚在松潘西南毛儿盖一带，预备出击之际，徐海东已开始其特异之行动。徐海东为红二十五军，本被困于陕南雒南商县一带，八月上旬乘雨脱围，突出蓝田，将杨虎臣 [②] 之警备旅解决，尽得其新式军器与子弹。随顺渭水南岸，西向经鳌屋 [③] 等地，进入甘境，过两当、徽县，以攻天水，此为八月中旬事。

红二五军之正军长，为程子华，徐海东仅仅是副军长一个 [④]，全军之实权，完全操在军政治委员吴焕先一人之手。据吴在陕西初出时向部下宣称，到甘肃目的系在扰乱国军后方，迎接徐向前，期与徐向前打成一片。然而当他们进攻天水之时，徐向前与朱毛皆未曾过白龙江，自亦无从迎起。事实上，徐海东部并不曾在陇南徘徊，而却以非常迅速的行动，北陷秦安 [⑤]，更东北陷隆德，东越六盘山以至平凉，然后在崇信、灵台、泾川之间，绕了几个来回，与三十五师马鸿宾部激战数次，最后始东北过庆阳，以入陕北保安。终与刘子丹安全会合。

红二五军被陇东民众叫作"童子军"，他们多半是十五岁到二十岁的

---

① 本部分对原版书的个别字句进行了改动。

② 即东北军将领杨虎城，别号虎臣。《文集》版改为"杨虎城"。

③ 即今周至县。

④ 《文集》版改为"仅仅是一个副军长"。

⑤ 《文集》版"秦安"误为"泰安"。

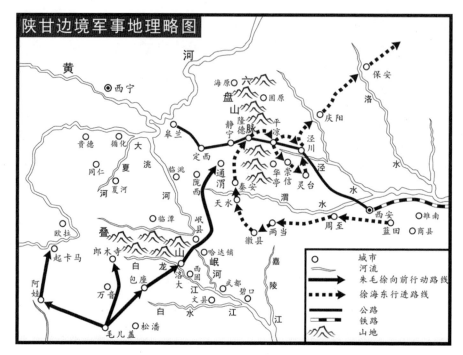

陕甘边境军事地理略图（依原图修复，彭海绘）

农村青年。所着服装，五花八门，男的、女的、棉的、夹的、单的、军衣、便服①，应有尽有。他们的军队组织，颇为奇特，营连长以下，皆由士兵选举而来，被选的条件有四：（一）忠实；（二）耐苦；（三）不打架；（四）不骂人。军官毫无实权，对于行军作战、经济等事，皆不能过问。平日只有看守士兵，战时只有冲锋陷阵的"权利"。

纵欲逃亡回家，决不能同任何人商，纵使得到万一机会，最多也只能一人逃走。而且这般十七八岁的农村青年，社会关系简单，离开乡土以后，如再脱离红军，根本亦无法生存。

徐海东这次行动的结果，在战斗上是相当的失败。第一，他们损失了兵力一团；第二，是红二五军的惟一领导人物吴焕先之阵亡。

———————————

① 《文集》版"便服"改为"便衣"。

吴焕先任红二五军之政委，所有红二五军之策划，皆由其主持。吴为鄂人，系由红四方面军张国焘[1]方面派去，可认为徐向前之支部，故其行动与张国焘、徐向前有其特殊的关系。

吴为人能文能武，尤长于口舌，此次与马鸿宾部战于泾川西二十里之王母宫，因马部攻击过猛，红二五军之掩护部队不能支持，吴焕先与徐海东皆亲自作战，吴因此阵亡。徐海东亦几被生擒。

红二五军共有三千余人，分三团，即二零三团、二零五团[2]及军部手枪团。手枪团仅二三百人，为特务队性质。二零三团为基本部队，约有一千七八百人。二零五团约一千余人。此次二零五团自团营长以下，非阵亡，即俘虏，可谓完全解决。然而马鸿宾部亦有一团长阵亡，一团部队，所剩无多。

徐海东这次算跑到陕北了，他和刘子丹结合以后，自然增厚了军事力量。然而记者以为他的目的，不是单纯的在找刘子丹，而是别有其任务。第一层，他这一次在陇东一带军事上最要紧的地方隆德、六盘山、平凉、泾川、崇信、灵台、庆阳等地，绕了几个圈子[3]，既不占城，又不略地，这是在干什么？第二[4]层，徐海东这次所过的地方，用了大批的现金来转变农民的心理。凡所过之地，秋毫不犯，所取用任何物资[5]，一律给以现金，只有比市价多，没有比市价少的。如果农民已经逃避的，则他们如果取用了什么东西，总是付加倍的代价，放在农民家里，绝对的不占便宜。试问徐海东部哪里来的如此充分的现金？如果照这样破费，成为常态，试问他如何支持得了？显然的，这是另有其深远的目的。

---

① 《文集》版误为"张国煮"。
② 《文集》版误为"一零五团"。
③ 《文集》版"圈子"误为"圈了"。
④ 《文集》版"第二"误为"第一"。
⑤ 《文集》版"物资"误为"物质"。

就红军全般形势观察，目前可谓正在飘摇零落中，中枢部队之朱毛，尤极尽流离衰荡之苦，非重新奠定中枢，不足以稳定纷乱的军事形势，非谋一巩固的根据地<sup>①</sup>，不足以刷新颓倾的阵容。在四川争夺失败之后，红军究将以何地为其进取目标，作一新中枢根据地？若干人以为其目标在川甘陕边，或陇南。而记者则认此为四战之地，或者徐向前将采此为活动区域，亦未可知，然决非朱毛中央部队之对象。若干人以为在陕北，然陕北社会经济太薄弱，不足以供中枢之消耗。而且三面受黄河限制，被攻易而发展难。以陕北为过道，当有之，最后根据，当非其选。

朱毛今后所择之中央根据地，必须有三大条件，始能成功。第一，可以直接受到苏俄接济；第二，其地必可战可守，不受环攻；第三，该地之经济必相当富厚，可以自给。然而旷观西北，惟有甘凉肃有此资格。此地北接外蒙，西通新疆，公路早已通至迪化、库伦，只有东面有被攻击可能，而农产之富厚，居甘肃第一位。朱毛今后进取之对象，恐舍甘凉肃而莫属。

然而由甘青边境，连过三道黄河以出甘凉肃，本为最捷之途径，但因天气酷寒，粮食缺乏，与蒙藏回族骑兵之阻碍，通过不易。则其惟一的可能道路，只有由陇南、陇东、陕北俟冰冻过黄河取道宁夏，以至甘凉肃。

走陇南陇东，有几层便利。一方面此区为汉人区域，语言可通，宣传工作，可以施展；第二层，此区有粮食可资军食；第三层，有壮丁可以补充。通行当较容易。但是，这方面有三层特殊的困难。第一，是军事的困难。即必须能突破洮河接连于岷河的碉堡封锁线。第二，陇南陇东地形，完全为一黄土高原，经长年<sup>②</sup>风雨冲刷之后，已成为极其错杂的谷岭相间的形势。几于<sup>③</sup>无处无山，无处无沟，而条条岭都有路可走，个个沟都有

---

① 津版"根据地"误为"根本地"。
②《文集》版"长年"改为"常年"。
③ 几于即近于、几乎。《文集》版"几于"改为"几乎"。

道可通，在军事上构成最可怕的地形①。如果道路熟悉，奇兵之运用无穷，设若不明地势，有全部被解决的危险。而且陇南陇东驻军不少，欲在此中通过，非弄清楚主要地形不可。第三，陇南陇东民众，头脑固执，最怕"红军"，因为他们听说红军是"杀人放火"，"奸淫掠夺"。所以如果红军大队突至，则民众必相偕逃亡，予大部队进行以重人的苦痛②。

红军之不过洮河，而奔岷县，已解决了第一种困难，徐海东之行动恰在完成侦察道路和收拾人心的工作。与萧克今年上期先朱毛从湘南奔湘西同其性质。

## 三、今后军事的推移

岷县南之封锁线被突破以后，最近消息，毛泽东已到通渭县境。这益证明与徐海东之行动，有其亲密的关联。而今后之西北军事，又入一新的时期。

就朱毛中央部队而言，恐将源源由陇南出陇东，进入陕北，然后再过黄河，以此为第一打算。如果万一通过陇东不可能，则恐其第二种打算，是在破坏了西兰路交通之后，围攻兰州③。总之，无论情况如何，他必向天水、平凉、兰州三点猛袭（也许是"佯"的），以收缩防御军的兵力，以便通过自如，亦未可知。

徐向前部分，在目前当然是朱毛中央部队的后卫，死命拉着胡宗南。就是在将来，恐怕还是留在陇南川陕边境的成分居多。

至于国军方面，是不是有予朱毛徐向前等以重大打击的可能，这要看

---

① 《文集》版"地形"改为"形势"。
② 《文集》版"苦痛"改为"痛苦"。
③ 津版误为"困攻兰州"。

下述几个条件来决定。第一，西北方面"实际的""有效的""统一的"军事指挥权，能否建立？这在军事方面目前成为第一的问题。第二，陇东的防守，是否确能有效，不使红军中央部队通过。守陇东是有三条道路：第一是六盘山大路，以平凉为中心；第二是六盘山南面的华亭崇信一路；第三是六盘山北面的固原、海原、庆阳一路。比较的说，此线尚可以设防。西兰公路一线，简直随处可以通过。第三，胡宗南部如果能赶上，截击徐向前于白龙江或岷河以西，洮河以南，不使之进入陇南，则毛泽东一部可以陷于孤立。第四，天水、岷县、兰州乃至西兰路上六盘山以西的部队，如果能适当的"夹击"，毛泽东于未过陇东以前则必受重大损失①，亦有可能。

毛泽东如能顺利进入陕北，则今后西北军事关键，"国际路线"的通乎不通，就看西渡黄河之举如何了。

（九月三十日）②

---

① 津版为"则毛泽东必受重大损失"。"毛泽东"为衍文。

② 1935 年 9 月 30 日完稿寄自平凉，1935 年 10 月 9、12、13 日天津《大公报》连载此文。

# 第三篇 红军之分裂

本年七月毛泽东朱德所率领之中央红军（即第一方面军），与张国焘徐向前所率领之红四方面军，会合于四川西北境之懋功县。此时如能突入成都平原，或东过岷江涪江，从川北以争四川腹地，苟政府军之防御力薄弱，则四川之局势，决不至如是简单。无奈成都平原与涪江东岸的防备，使红军不敢尝试这一企图。终于移师北上，攻下毛儿盖，另作计议。

据最近所表现事实分析，红军在八月之中，曾尝试了两个企图：第一，是攻略松潘；第二，是突入青海。第一个打算，还是准备着争夺四川，只因胡宗南在松潘挡驾，这一着没有实现。第二个打算，因为有三道黄河和草地以及藏兵的阻碍，到了阿坝，就无法前进。

八月中红军中央高级干部和红四方面军的高级干部毛泽东、朱德、彭德怀、林彪、张国焘、徐向前、陈昌浩等在毛儿盖，商议红军今后的根本动向。毛泽东、朱德等中央干部，主张"北窜"甘肃更至陕北，过黄河以接近苏联边境。而张国焘等，则主张南进，以图川康。因此在根本方针上，一、四两方面军持不同的见解。

本来朱毛到懋功的时候，红四方面军拨了两团人去补充他们，并且担任警戒，让他们休息。朱毛也把原来江西带来的队伍整理一番，把"军团"缩编为"军"。原来从江西出来，计有一、三、五、八、九，五个军团，除八军团在湖南南部通过时被消灭而外，其余一、三、五、九，四个军团损失都非常之大，现在缩编为一、三、五、九，四个军。仍以原有军团之总指挥为军长，第一军长为林彪，三军为彭德怀，五军不详，九军为罗炳辉。

毛儿盖会议，双方意见分裂①后，行动与组织上还没有分家。北进的

---

① 《文集》版"分裂"改为"分歧"。

主张因为是中央干部的意见，故仍被勉强执行。结果分两路向甘肃前进。一路由毛泽东率领，以林彪之一军，与彭德怀之三军为基干，使张国焘四方面军之第四军与第三十军任前锋，另一路由朱德率领，辖五、九两军。从毛儿盖一带分左右两路，绕松潘北面大草地（即记者前次通讯之沮洳地）以接近于白龙江南岸。这时张国焘和陈昌浩都在毛泽东一路。走了六天沮洳地，才达到包座，陈昌浩所率领之红三十军还和胡宗南所指挥的中央军四十九师在包座打了一仗，而且得了相当胜利。如果这次不是红三十军的力量，而疲惫的红军中央部队，又加以在六天沮洳地中的困难的跋涉之后，说不定有遭中央军重大打击的危险。

可是在过了草地之后，红军内部问题就发生。在包座战争胜利之后，红军之一军、三军、四军、三十军，陆续向白龙江进发，大军集于银固花园、亚西茸①、包座之线。这时红四方面军的张国焘、陈昌浩等，坚认为不能再行北进，而毛泽东则非继续北进不可。认张陈是犯机会主义，违反党中央的指导，而张陈则认毛已丧失在中国本地上革命斗争的勇气，只求寄生于苏联边境，不再配谈革命，只知以"党"来支配掩饰一切。据目击当时情况者谈，毛泽东与张国焘在白龙江边一大山下，在江流湍急和森林隐映的滑湿小道上，曾有激烈的争论，军队皆停止道上，敬候解决。然而彼此意见，愈说愈远，毛遂使人向士兵宣传，谓张陈等动摇、怕死，违反党，违反中央，怕甘肃的骑兵和飞机，而张陈等亦扬言军中，谓毛泽东已不敢再在中国革命，只想到苏联去享福，并且趁士兵畏惧沮洳地（即草地）的心理，谓由白龙江至甘肃，还有二十一天的草地。张陈等再进一步，宣布红四军和三十军脱离毛泽东的指挥，回师毛儿盖，并向红一军和红三军煽动，凡愿继续在中国革命，以及不愿过二十一天草地的，一律到红四方

---

① 即阿西茸。

面军来。此时，两方面互相攻击，互相宣传，争夺群众，一时军情大乱，有人并说亲见毛泽东痛哭流泪了。

决裂事件发生后，红四方面军之四军与三十军，立即与中央红军之一、三两军脱离，毛泽东乃派一团精锐对红四方面军警戒，继续向白龙江北岸越渡，而红四方面军乃重由包座，再行六天草地，以返毛儿盖。

至于朱德与红五、九两军之下落，据毛泽东过甘肃时对部下之宣称，系于进入草地二日路程后，水涨粮绝，未曾通过草地，已退回毛儿盖一带。

于是中央红军与红四方面军合而后分。中央红军之本身，因自然的阻力，又分为二起。

（十一月五日）①

---

① 1935 年 11 月 5 日寄自陇东庆阳，1935 年 11 月 21 日天津《大公报》刊出此文。

# 第四篇　毛泽东过甘入陕之经过

毛泽东朱德去年十月由江西瑞金所率领出来的中央红军，计有一、三、五、八、九，五个军团，[①] 及由中央苏维埃（即中央政府）政治部、政治保卫局（即苏联之格伯乌）、干部团（红军学校改编）、上干队（红军大学改编）、医院、供给部等所组成的军委纵队，合计约六七万人。在湘南损失第八军团，在广西、贵州、云南皆有相当损失，到四川的懋功县[②] 与红四方面军会合，缩编为一、三、五、九，四个军，[③] 仍有军委纵队，人数减至二三万之谱。自毛儿盖出发，通过草地，毛泽东所统率者为一与三两个军，及军委纵队之一部分，故仅一万余人。过草地时之冻死、病死并陷入烂泥中而死者，约近千数百人[④]。在亚西茸一带（白龙江南岸）与红四方面军分裂后，在通过白龙江、叠山，以及至岷县的道上，被藏民伤杀者，亦近千人。出岷县南部到达甘肃汉人区域后，又逃去数百人，合以沿途落伍、病伤等损失，毛泽东带到甘肃境之部队，不过八九千人。

就红军之特殊性言之，军事绝对听党的指挥，党又绝对服从第三国际的命令，则代表党的毛泽东即为红军中心之所在。且中央红军之本身以林彪之一军与彭德怀之三军为最强，红军干部训练机关之红军学堂所改编之干部团亦在毛泽东军中。故毛泽东所统率的八九千人，仍为中央红军的主体。这一部分人的行动，仍代表红军的根本意图。

毛泽东于达到岷县南分水地方后，乃将此部改编，名为陕甘支队，下分三纵队。以林彪的一军团为一纵队，以彭德怀的三军团为二纵队[⑤]，再

---

① 《文集》版为"共五个军团"。
② 《文集》版误为"西川的懋功县"。
③ 《文集》版为"共四个军"。
④ 《文集》版改为"约近数百人"。
⑤ 《文集》版"二纵队"误为"一纵队"。

将军委纵队改为三纵队。以所谓"中国乌罗希洛夫"①的彭德怀为支队总指挥，毛泽东为政治委员，叶剑英为参谋长，以林彪为第一纵队司令，彭雪枫为第二纵队司令。并将红四方面军拨来之两团，散编于各纵队中。

改编系在九月初旬。编后即东北行，以小部扰武山，牵制于学忠部队，大部由武山直走通渭，在通渭北之义岗川与毛炳文之二十四师略有接触，又绕道静宁之北，东北由固原南迁回六盘山，在关山与骑兵第七师接触，略有收获，更北行，经庆阳西境，更过环县西境，②绕行环县北之洪德城，东向以入陕北。至今毛泽东的主力，尚停留于保安西北一带。

毛泽东在岷县境休息改编时，对部下宣称，系往陕北会合红二十五军（徐海东）和红二十六军（刘子丹）这一目的，已经无问题地达到。今后的动向，又将一幕一幕的呈露于国人之前。

（十一月六日长江自庆阳寄）③

---

① "乌罗希洛夫"即苏联著名元帅伏罗希洛夫。《文集》版误为"乌维希洛夫"。
②《文集》版误为"更回环县西境"。
③1935 年 11 月 23 日天津《大公报》刊出此文。

# 第五篇　从瑞金到陕边——一个流浪青年的自述

记者于<sup>①</sup>陇东某处，得遇一零落之青年，面目黧黑，衣不蔽体，冷缩不能直身，口语赣音，知其必有特殊来历。乃近与之谈，初坚不吐实，继明记者身份后，始以兴奋而疲弱之声调，为记者述自瑞金出发后，过湘桂黔滇川<sup>②</sup>甘，直至陕边散落后之经过。其事奇，其辞哀，而其所显示之问题相当重大。记者事后仍以述者口气追忆记之。或亦为关心时事之读者所乐闻欤。

## 一、瑞金至懋功<sup>③</sup>

我是红军学校最近一期的学生，为贫农出身，原在兴国乡间种田。连年江西的战争，红军战士的伤亡甚大，我是扩大红军运动把我抽去的。进了红军以后，才进的红军学校。刘伯承和叶剑英都曾作过我们的校长，刘伯承<sup>④</sup>尤为大家所欢迎。国军的"经济封锁政策"，致了我们苏区的死命，因为我们外无来源，内不能自给，使社会经济日趋崩溃。虽然在苏区边界上，可以买到少许物质资料，<sup>⑤</sup>如赣州一大商人经常的供给我们无线电材料和食盐，但是杯水车薪，无济于事。加以"公路政策""碉堡政策"，不断的向苏区压迫，使苏区只有缩小<sup>⑥</sup>而无扩张的可能。去年八九月间，我们已看到中央苏区发生动摇，十月十日我们同中央政府全部离开瑞金。

---

① 《文集》版"于"改为"从"。

② 《文集》版脱漏"川"字。

③ 本部分对原版书的个别字句进行了改动。

④ 津版误为"刘伯诚"。

⑤ 《文集》版为"虽然有少许物质资料"。

⑥ 津版"缩小"误为"缩力"。

我们红军学校出发时改编为"干部团"，红军大学改为"上干队"。合中央苏维埃，政治部，政治保卫局，野战医院，中央一、二、三队等，编为"军委纵队"。中央一队为毛泽东，二队为王稼祥，三队为李某，干部团长为陈赓。出发时，说是往广东游击，不过我们觉得把整个中央政府拿去游击，恐怕有些不实在。在零都过贡水以后，又宣布说到湖南，说是红二方面军贺龙在欢迎我们，湖南的群众热烈地希望我们前去。到了湖南南部，到处都看见马路，这里也是国军，那里也是国军，我们没有一个人不怕那宽宽的马路的。我们的一、三、五、八、九，五个军团，于是作成梅花式的阵容，四面轮翻作战，把我们的军委纵队放在中央。到达广西境界后，又宣布我们要到四川，和红四方面军张国焘、徐向前会合，赤化川、云、贵三省。四川的工农群众已组织得非常成熟在等待迎我们。过了湖南和广西，我们的第八军团就不见了。

因为怕飞机轰炸[①]，我们军委纵队自从瑞金起，都是夜间行军，一直走到贵州遵义，没有日间走过路，而且从没有休息过一天，大家走得昏天黑地，不知往那里走，不知走了多远。过了河，不知道是什么河，过的山，不知道是什么山。到遵义休息了几天。得到王家烈不少的东西，大家才补充一些。

遵义以后，因为得了许多教训，夜间过山，危险太大人太苦，后来改为过山白天走，平路夜间走。

遵义休息后，直攻土城，本打算直入川南，因为侦探报告，土城只有川军两师，故由彭德怀率老三（即三军团之俗称）全力攻击，以为满可以消灭土城敌人。但是老三愈打愈不能支持，后来才知道土城有五师兵力，老三吃一大亏。我们干部团因为奉令增援[②]，也损失不少。这一昼夜的苦战，

---

① 津版"轰炸"误为"爆炸"。
② 津版和《文集》版均为"干部团因为奉令增加"。从上下文来看，"增加"应为"增援"。

老三每连伤亡二三十人。败下来后，秩序很乱，因为我们攻击，大半须先有胜算，然后行动，谁知这次侦探不实，出乎意料之外，故大家都感到惊慌。

土城之战，关系我们的全局甚大。我们的老三，向来是不容易打败仗的，这一败，使我们无法进入川南，只好掉过方向，又回到贵州中部。在一条大马路的地方，我们老一（即一军团），有一团人不见了。以后就是昏天黑地的跑，不知怎样，跑到了云南。过阴历年的一天，军委纵队在一条山谷里住宿，中央苏维埃弄到了一条猪，但是无米无菜，只是吃了一条光猪。我们的干部团，则什么也没弄到。

过云南某一个山谷，我们仅有一团人在两山警戒，谷里拥满了队伍，这时，天上突然发现几架飞机，大家都以为要受大的损失，侥幸没有抛炸弹，不然那天真将不堪设想。

到了金沙江边，系刘伯承带一营干部团，任警戒。我们军委纵队全部，由五只渡船安然渡江。江口并没有军队把守。

在将到大渡河的地方，经过一个蛮子区域，开枪乱打我们，老一有一排人前哨，被他们缴械，并且把人全杀了。后来政治部的人带了许多钱和枪械，送给他们，才算无事。

过大渡河，系我们干部团先在下游用三只船在急流上偷过，打开了守桥的军队，其余的队伍，才由泸定桥上安全的过来。

最可怕是过夹金山。这架山，我们一上一下走了一天，山上积雪几尺厚，空气也不够，到山顶即人人头昏，滑倒地上，立即死去。过这架山，死去好些人。下山不远，即到懋功县，正式和红四方面军会合，我们也大大的休息了一阵。到懋功，只知道是夏天，哪月哪日，我们也顾不得留心这些了。

土城以后，我们的组织更为严密，军队后面有收容队。

我们的伤兵，团长以上由担架带走。团长以下，则藏匿民间，因为我们打土豪，民众对我们伤兵尚肯收容。

真正由江西出来的，到懋功已损失多半，在云贵两省经过，把当地的农民补入了一些。

## 二、懋功至陕边

到了懋功，我们江西来的人，都分住在懋功上打鼓、下打鼓、芦花一带休息，足有三四周的光景，中间还翻过三次雪山。在休息期间，粮食发生问题，中央苏维埃才下命令每人每日须割番民麦子五斤缴上。因此和番民（即藏民——记者）大起冲突，打死我们一二千人。侥幸他们没有组织，只是零星的反抗，如果组织起来，大规模的和我们作战，以他们的强壮勇敢，爬山越岭的迅速，骑马的剽悍，射击的准确，我们恐难支持得了。

芦花北去，就到毛儿盖，我们知道胡宗南有一营人在那里，他们和松潘胡宗南的主力又没有联络上，所以我们就把那一营人团团围上，打了一个星期，他们还不缴械。后来他们东冲西冲，冲出了七八十人，毛儿盖才到我们手里。

我们在毛儿盖休息了一些时间，整天还是打番子的麦子。不过，这个时候，差不多每个人都郁结了这样一个问题，就是我们要往那里走？因为粮一天天的少，天气一天天的冷，我们决不能在毛儿盖停留下去。

中央干部和红四方面军的高级干部，这时也正在商量这个问题。最初传下来的消息是一直北上。我们已接到命令，叫每人准备一个半月的粮食和盐。说要通过一两个大草地，毫无人烟。不知道为什么后来中央干部和红四方面军闹了意见，本来已下令准备北上的红四方面军，又说出"南下"的主张来。大家得到这个消息，非常的不痛快。

天气日渐冷起来了，我们拿番子的衣服，不管男男女女，大大小小，大家胡乱补充了一些，就离开毛儿盖向北出发。我们的干部团系由毛泽东统率，林彪、彭德怀、刘伯承、叶剑英都在这一路。红四方面军的张国焘、陈昌浩，并带了他们的四军和三十军作我们的前锋。朱德另走一路，说是也过草地，军委纵队，分了一部给他们。五、九两军（原有"军团"到懋功缩编为"军"，番号仍旧）由朱德带走，是否仍有红四方面军参加，我们就不知道。

因为我们中央红军到达懋功的时候，只有二万多人，军委纵队是不能作战的，老一、老三、老五、老九都疲得要命，人也不多，如果红四方面军不和我们合作，多么令人丧气。幸而出发时，红四方面军没有和我们实行决裂，并且同我们一道走，我们又比较高兴起来。

出了毛儿盖，就入草地。说起草地，真叫人害怕。在草地里一望平原，无树无村，人影也不见一个，地下间隙的长着一堆一堆的丛草，地皮是水和泥混成的软土，不能支持人的体重，下脚就陷入一二尺深，走上半里路，已经使人感到万分疲乏。鞋子、袜子（如果有的话）只要走几步路，都一齐拔了下来。更加草地里每天总得下一二次雨，我们又没有防雨的东西，只好让它把衣服打湿。草地里常常有河，须要徒步涉过，往往有深至二三尺者，水冷如冰，往往有人[1]渡至中流，即因肢体僵直，倒于水中而死。夜间宿营，尤为痛苦，上有不断的雨水，下系丝毫无[2]遮垫的稀泥地。站立尚且被陷入，要睡又何从睡起？不得已的办法，系将草地上的丛草割了下来，铺在泥上，勉强躺下，只有高级司令部比较能选有小树的地方，架起临时的房子，再铺上油布这些东西，雨和湿的问题，都可以解决。我们虽然这样的疲乏，只有薄薄的毯子盖着身体。到了夜间，风雨交加，下面潮湿又透草而过，全身战栗，冷彻心肝！此时，诚有呼天天不应，扣地地

---

[1] 津版脱漏"人"字。
[2]《文集》版"无"改为"不"。

不灵之苦味也。吃的问题，更没办法，我们自己在毛儿盖时已炒好麦子带上，到了草地里，很难找着柴，吃开水比升天还不易，没办法，只好吃冷麦面，外加些冷水，莫奈何的吞了下去。

这样过了六天草地，才见到番子村庄。我们的人病得不像样了，而且都烂脚。

毛泽东一出江西就有病，过草地系坐的睡轿，四面用油布封得很紧。李特身体最好，他一个人有三四匹马。彭德怀、林彪都骑马，他们的老婆身体都很壮，也骑马，只有毛泽东的老婆身体弱些。

通过草地走到一个大河边，名叫"白水"（即白龙江——记者），不知为什么红四方面军又和中央方面军闹起意见来，红四方面军宣布要回去。毛泽东和张国焘争得非常厉害，终于彼此决裂，毛宣传如果依照张国焘的计划，还要过草地，过雪山，还有番子来打我们。如果能到甘肃，那面有麦子吃，有群众。张之不服从命令，是投机、怕死、动摇的表现。张也宣传毛的计划，还要过草地，有飞机，有骑兵，而且跑到俄国，就失了革命的勇气。

当时弄得很乱，结果彼此分家。张国焘他们调队伍回到毛儿盖。毛泽东带将近一万的队伍，渡过白水，又连翻几个大雪岭（即叠山——记者），从拉子口①到岷州的南面。沿途番子乱放枪，打死我们好些人。

不过，这一分家，我们差不多每一人都感到一种幻灭的空虚。我们的情绪，再不像以前的热烈。我们在岷县南面休息了一阵，只有少数部队警戒。实行改编，我们这八九千人改为陕甘支队。（其内容与记者前次通信《毛泽东过甘入陕之经过》文所述相同，故从略。——记者）

从岷县起，我们一直往东北方向前进，每天上午四点起程，夜间九十

---

① 即腊子口。

点钟休息，尽走山僻小路，平均每日行程总在一百一二十里左右。所以这样多的追击军，却没有把我们追上，万一逼紧了，我们只是派少数部队应付，大队改道前进，这样，一直跑到陕北边境，都未曾有大的接触。

原来在路上，毛泽东对我们宣布，大家忍耐点，到陕北边境，就有刘子丹的二十六军①和徐海东的二十五军来接我们。但是我们过了环县，还是没有人接应，我们好些人都疲乏得不得不停止前进了。

记者最后问以将何所往？他蹙然良久，终摇头无以答。再问之，则曰，我根本无家可归，生活亦无门，惟任其自然流浪而已。乃相予唏嘘而别。

（十一月十三日）②

---

① 《文集》版"二十六军"误为"二十方面军"。
② 1935 年 11 月 13 日寄自平凉，1935 年 11 月 26 日天津《大公报》刊出此文。

# 第六篇 陕北共魁 —— 刘子丹的生平

到现在几乎没有人不知道陕北的刘子丹了。尤其徐海东和毛泽东相继进入陕北以后，陕北成红军中央暂时的根据地。然而陕北之赤化，始终是刘子丹作领导。

刘子丹，现在不过三十二三岁的人，许多的朋友都和他认识。他的家庭还是地主阶级，也是陕北保安县有势力的人家。民十一①，他在榆林中学读书，因为闹风潮，被学校开除。陕北榆林中学和绥德师范学校为陕北共产主义传播总机关。刘子丹被榆中开除后，曾受绥德师范生热烈欢迎。十四年②他代表全陕北学校学生到西安出席陕西全省学生联合会，声名渐噪。旋入黄埔军校第四期，毕业后，随军北伐至武汉，被派至冯玉祥部任总政治部宣传主任。此时刘已为黄埔当局所赏识。闻其北上旅费独为七百元，其余普通为三百元。十六年③任马鸿逵部政治处长。武汉政变发生，冯玉祥将当时有红色嫌疑的工作人员一律专车送回武汉。刘子丹亦在被送之列。刘于过武胜关（平汉线上）之后，立转北上车直回陕西工作。十七年④陕西渭水南岸华县渭南两县农民暴动，刘即任工农红军副司令。后被宋哲元平定，乃转陕北，任共产党陕北特委，多方活动，曾任团附⑤等职。鼓动兵变者凡十数次，每次得枪数十支不等。二十年⑥被苏雨生收编为团长，驻邠州，旋被陇东陈国璋收编为旅长，驻陇东宁县。陈国璋失败后，又回陕北。此时皆为刘子丹不得意时期。

---

① 指民国十一年，即 1922 年。
② 即 1925 年。
③ 即 1927 年。
④ 即 1928 年。
⑤ 民国时期军队团级附属官，为军中主官的首席参谋或者助理。
⑥ 即 1931 年。

二十年井岳秀部下团长姜占魁在米脂绥德杀青年学生，陕西省党部亦派员加紧陕北反共工作，本来出路甚窄之陕北青年知识分子，此时人人自危，皆乘势入刘子丹部下，刘自此以后，始有大批干部，而形势大为改观。

二十年，山西实行鸦片公卖，从前专以保护陕北烟土入山西为业[1]之镖客整个失业，于是亦入刘部下。刘并收缴团枪，势力日大。二十一年[2]始正式成立红二十六军及陕北苏维埃。二十二年[3]陕军骑兵团王泰吉之变亦增加刘势力不少。

刘之个性强，富煽动性。政治与军事知识皆有相当长处，更加以地方黑暗政治为背景，容易煽动，遂成今日之局。

（十一月八日长江寄自庆阳）[4]

---

①《文集》版"为业"改为"为生"。

② 即 1932 年。

③ 即 1933 年。

④1935 年 11 月 8 日寄自庆阳，1935 年 11 月 28 日天津《大公报》刊出此文。

# 第七篇　松潘战争之前后

记者曾屡为文片断地报告松潘战争之经过及相当的预测。然尚恨旅程匆匆，未能及早对此次战争作全般之检讨，今次幸得游陇南天水一带，对于具体事实所知更多，兹特将此系统地报告给读者。

## 一、再论红军之北上与分裂

由江西突围而出之朱毛中央红军与张徐之红四方面军在四川境内的懋功会合以后，再北进至毛儿盖一带休息。此时不但红军自身正考虑今后之动向问题，政府军亦对红军之动向煞费苦心研究。一般读者更多作种种之猜测。记者当时则根据政治的、军事的及地理的原因，预断①红军之必全部由毛儿盖北上，而其北进路线主要者为阿坝、包座二道（参见《岷山南北"剿匪"军事之现势》一文）。后红军果然不幸而"北窜"，而且以主力出包座。但红军主力达到包座以后，仅有少数中央部队北入甘肃，大部红军仍然南旋。论者则多认为此系红军有计划地分兵，而记者则认为此乃红军内部非自愿的分裂。全部北上为红军在毛儿盖原定计划，包座以后之分家，乃意外发生之事体②。今根据最近所知③事实，补充论之。

由新近发现材料观之，毛儿盖会合时之企图，朱毛徐张皆同意于"攻进松潘"，欲以松潘为根据，赤化川甘康青边境，待机发展。但胡宗南于红军主力集结毛儿盖以后，即紧缩其基本部队于归化④松潘樟腊⑤一线，使

①《文集》版"预断"改为"判断"。
②《文集》版"事体"改为"事件"。
③《文集》版"所知"改为"发生"。
④民国时期松潘以南地名，即今岷江乡。
⑤《成兰纪行》中又作"章腊"，即今阿坝藏族羌族自治州松潘县漳腊地区。

朱毛徐向前等望此线上之堡垒与机关枪口而莫可如何！松潘既可望而不可得，沿岷江南下以攻成都腹地，一方面无此充裕之兵力，很难有胜利的前途，一方面灌县以北岷江沿岸村落被徐向前部破坏殆尽。此种措施固然阻止了政府军追击的顺利进行，同时也妨害了自己再行南下的方便。此时涪江之碉堡线已经完成，而且有重兵驻守，过岷江而东入川北的打算，势难办到。如倾全力西入西康，则经济上与军事上皆将更入困境，[①] 尤其在政治上，将陷入更形不利地位[②]。故从全般形势观察，全部红军之必然北上，殆为事所必然。

证以经过之事实，红军于毛儿盖以后，将中央红军与红四方面军混合改编，以毛泽东、徐向前为一路，东北走包座，以朱德、张国焘为一路，西北出阿坝（记者前误张国焘在包座一路）。毛徐所部为中央红军之一三两军团，（林彪与彭德怀）及红四方面军之四与三十两军。此四部为当时红军之最有战斗力者。其由中央机关组成之军委纵队，亦在此中，故此路实为红军之主力。在阿坝方面，计有董振堂之第五军团，与罗炳辉之第九军团（以上为[③]中央红军），其余为徐向前旧部之第九、第三十一、第三十三三个军[④]（此时"军团"名义皆已改"军"）。此外伤病官兵及后方机关皆赴阿坝。阿坝虽为一路，颇带后方性质。总之红军曾由毛儿盖全部已[⑤]北上，为确定的事实。

但是，徐毛一路于通过包座以后，又行分开，是否为有计划的行动，似亦成为重大疑问[⑥]。因毛儿盖之改编，分徐毛为一路，张朱为一路，盖

---

① 津版为"经济的与军事的皆将更入困境"。《文集》版为"经济上与军事上皆将更加困难"。

② 津版误为"将陷入更行不利地位"。《文集》版改为"将陷入更加不利的地位"。

③ 津版脱漏"为"字。

④ 《文集》版脱漏"三个军"中的"三"字。

⑤ 《文集》版脱漏"已"字。

⑥ 津版为"似亦难成重大疑问"，与上下文文意不符，疑有误。《文集》版改为"似亦有重大疑问"。

欲各配政治军事领导者一人。朱为总司令，张为总政委，徐为前敌总指挥，毛为前敌政委。安有前敌总指挥打到半路又开倒车，自己回头走的道理？万一说有计划的做法，那么单单让一万左右的毛泽东部闯进甘肃，内中尚有三分之一以上的非战斗分子的中央人员，似乎也太危险了。并且实际上在阿西茸一带之分裂，有若干事实可以证明（见《红军之分裂》及《从瑞金到陕边》两次通信中），否则将无法加以解释。即就徐向前南回经过加以研究，他是由包座回到毛儿盖一带，然后再至阿坝，会合朱张，才顺大金川南下，至丹巴懋功宝兴天全芦山一带，绕了一个大弯子，他从前破坏了的岷江大道，自己也无法通过。他的目的既不在西康，是想回到川西南暂时立足，则这样无谓的多过无数雪山，多走草地，冷死饿死走死的不知要增加多少。这又可以反证南下并非预定计划。

至于分裂的原因，颇费研究，因为朱毛徐张辛辛苦苦才得会合起来，为什么又这样不顾一切地分开？据各方事实考察，大致不出于两种原因，第一为徐张反对朱毛的领导，第二为红四方面军之士兵大半为四川人，不愿再往北去。

因为毛儿盖改编，把红四方面军取消，把张国焘分在和朱德一起，徐向前与毛泽东在一起，军事与政治的主力都在徐毛一路中，而政治绝对支配军事，故实际上红军会合后之精华全入毛泽东掌握[1]。张徐辛苦经营之势力，至此一扫而空，尤其在与毛泽东一道者有中央政治局总书记张闻天，总政治保卫局（即格柏乌）邓发等，开口"中央"闭口"党"，更使徐向前等难安。

其次，原来徐张所率领者以川人为多，这般人受不了松潘那一面自然环境的压迫，久思南返，更因照毛泽东的计划，走了六天草地之后，死亡

---

[1]《文集》版改为"全入毛泽东掌握之中"。

相继，群疑北进路线之错误，故徐向前下令回师，红四方面军原来的部队，不管"党"不"党"，"中央"不"中央"，一齐回头就走。

朱德在阿坝方面是否也曾与张国焘分家，现尚不得而知，然照毛泽东过甘肃时，对部下所说的话来研究（见《红军之分裂》通讯上所说的，朱德也曾过草地，因水涨粮绝，未得通过），则朱德似也曾由阿坝东走包座，而终于未果。

## 二、政府军之布置与错误

当毛朱徐张分别南北离开松潘区域，胡宗南亦率部东返之时，松潘土人发出两句阴森的警语说："如果你们（指两边军队——记者）再迟两个月不走，不必打仗，大家都会在松潘冻死！"但是有人又[①]补充两句说："如果政府军布置适当，红军大部分将被困死或生擒！"

关于这点，我们可以分两部分来研究。第一，先研究担任松潘全局的胡宗南的设施；第二，再看甘肃境内的军队。

胡宗南用兵，素来采取"主动作战"的原则，一切军事布置，都要"先敌一着"。从豫鄂边境追击徐向前，一直打进汉中，再北过秦岭，又追到岭南，同勇而有谋的徐向前打了几仗，每次总着先鞭，于是弄成红四方面军"见第一师不打"的局面。今年春季朱毛进入川南之计划失败，改由云南以入四川，徐向前亦放弃进图川东的计划，转兵西来，嘉陵江一战，田颂尧溃败，昭化[②]广元再战，邓锡侯亦相继崩逃[③]。此时，徐向前分两路西进，

---

① 《文集》版"有人又"改为"又有人"。
② 《文集》版"昭化"误为"昭北"。
③ 《文集》版"崩逃"改为"溃逃"。

北路走青川平武，南路走江油①，岷江上游一带全部震动，如果岷江上游松、理、茂、汶、懋各县尽入徐向前手中，再与朱毛会合，则川西北自成一区，无论进退，皆有自由伸缩之余地。然而，胡宗南于奉令入川作战之后，即不顾地理的困难，由武都碧口一带直攻摩天岭险要。此岭山势高峻，道路崎岖，森林密茂②，飞机大炮皆无所施其技，而胡宗南卒用夜战，打下摩天岭，于是以迅速的行动连下青川平武，使涪江流域的红军不敢从容布置。其关系尤为重要之处，在胡宗南能先徐向前一日占领松潘县城，使徐向前不能造成可以战守自如的川西北整个的赤区，故朱毛与张徐会合之后，仍无较为完整的暂时根据地，军事形势上，颇受重大影响。占领松潘以后，胡宗南聚结其主力于黄胜关樟腊松潘归化沿岷江一线，以涪江及白水江两路为后方交通线，并突出一营至毛儿盖，实行武装侦察，使由懋功理番芦花黑水一带北上之红军，始终不得不迂回跋涉于崇山峻岭中，始终与雪山水③草地为缘，而莫由自拔。在饥寒交迫之松潘局面下，第一师士兵衣单衣，每日吃一餐稀青稞面粥，甚至每日仅能煮食一餐野草。胡宗南亦着单服，每日一餐粗面，营养不足，以致蹲立之间，头部已至发昏之现象。然卒赖此种同辛共苦之生活，得以稳定军心，使红军于攻下毛儿盖之后所再三期望的松潘，终不能如愿以偿。这是胡宗南一贯的"先鞭政策"的成功。

　　在松潘对抗之势已成，寒冷与饥饿双重压迫之下，胡宗南更料定红军之必然"北窜"，又先一着在毛儿盖北上的两条要路上——包座与阿坝——作了相当的准备。在阿坝方面联络藏兵司令杨均扎西④，使任攻防，在包座方面，则分驻一团步兵于大戒寺、求吉寺，并驻一游击支队于阿西茸，

---

① 《文集》版"江油"误为"江汕"。
② 《文集》版"密茂"改为"茂密"。
③ 津版有衍字"水"。
④ 杨均扎西为阿坝土司，又名杨俊扎西。

各处皆有无线电，随时报告消息。

但是，问题就出在这里。胡宗南料定"红军主力必出阿坝"，所以特派一位军事要员和杨均扎西联络。"朱德到阿坝！"的消息传到松潘，大家更相信预料已近乎事实，因为朱德是毛儿盖改编后的红军总司令，总司令所在，当为主力所在。然而事实上，红军主力并没有跟着朱德走，跟朱德到阿坝的，只是红军的后方，真正的主力却在表面上不甚重要的前敌指挥徐向前和前敌政委毛泽东统领之中[①]。红军主力没有走阿坝，而是向包座奔来！

胡宗南得了这个消息，立即调四十九师伍诚仁从樟腊经黄胜关走四天草地到包座"巩固阵地"。因为从毛儿盖到甘肃洮岷一带，除白水江一路外，只有包座阿西茸银固花园一路，如果包座一路亦无法通过，则红军欲入甘肃，实在无路可走。原来包座之大戒寺住有步兵一营，于四十九师达到之前一日，已与红三十军发生激战，经重大之牺牲，尚保持阵地之半。四十九师赶到之时，因在途中无线电台落伍，对于前方情形[②]毫无所知，故除恢复大戒寺全部阵地外，随即"攻击前进"，因敌情与地形之不明白，于是被红军惯用的"诱敌包围突击"战法击溃两团，预备的一团再上去，又溃败下来，大戒寺全部阵地，于是尽入红军之手。至是红军入甘肃之门户始得打通。

四十九师从樟腊出发四五天没有消息到松潘（因无线电落伍），胡宗南知道情况不好，乃急派两旅步兵向包座增援，在离包座数十里地方，伍诚仁[③]已由踏藏电松潘，报告失败情形，胡宗南此时始知包座已失，飞急调回援军，不使与红军在包座一带冲突。

---

① 《文集》版"之中"改为"之下"。

② 《文集》版"情形"改为"情势"。

③ 《文集》版误为"伍城仁"。

因为胡宗南在判定了红军主力系在包座一路之后，即决定移松潘之主力，经樟腊、弓杠岭、踏藏，顺白水江①至南坪，然后北越野猪关梁、茶冈岭②等险地，过白龙江以至西固岷县，欲与红军主力决战于白龙江与岷河、洮河相接之间。其命四十九师之增防包座，目的在"巩固阵地"并非"攻击前进"，盖欲以较大之兵力牵制红军于包座求吉寺、阿西茸之间，使其运动困难，前进迟缓，然后松潘第一师之主力始可早日达到西固岷县，从容布置。故对求吉寺阿西茸所驻少数部队，皆令其死守到底。

然而四十九师之步调一差，不但未发生牵制的作用，反而送去枪弹甚多，两旅步兵盲目的增援，往返白白牺牲八九日的行军时间，主力军之士力亦白费不少。阿西茸求吉寺之部队，虽抗战未屈，而收效甚微。红军内部虽曾经徐向前与毛泽东之分裂，而毛泽东所率领之主力仍得由银固花园一带过白龙江，经落大③，出拉子口，比胡宗南主力早六日通过西固岷县之间。这回胡宗南的军事成了被动，包座增兵以后的步骤几乎处处成为"后手"了。

毛泽东突过白龙江之后，政府军之预料又侧重甘肃东南防务，盖恐红军再由武山天水西和礼县以趋徽成略阳诸县而入汉中。故除胡宗南部移防白龙江下游武都碧口一带而外，于学忠之全军皆严阵于天水徽县成县④之间，如毛泽东果趋汉中，恐亦难幸免。然而孰知其竟由东北入陕北。西兰路上毛炳文部，与陇东驻军皆仓促应战，战略形势已成被动，故毛泽东所部数千饥冻欲倒的红军竟得安然脱险。

---

① 津版和《文集》版"白水江"误为"泉江"。
② 津版和《文集》版"茶冈岭"误为"荣岗岭"。
③ 即洛大。
④ 《文集》版脱漏"成县"。

## 三、松潘战争的结果

松潘战争现在算打完了。这一次战争表现了战略上特殊的性质，而在国内政治上又成为划时期的战争。

新由阿坝方面来的回族朋友告诉记者，阿坝附近死了一万以上的十五岁左右的小孩，都是朱德带去时冷死饿死走死的。红军注重"少年作战"，故小孩特多，在那样特殊气候下，当然小孩死得特别容易。其余班佑、阿西茸、白龙江上游、求吉寺、包座、毛儿盖、芦范、懋功、理番、大小金川一带，莫不"尸横遍野"，"死亡载道"！胡宗南所辖各部，因饥寒而病而死者，至少亦在三分之一以上。然而相持三月以上，双方并没有作过主力战争，打死的人简直微乎其微。大家完全是在和自然环境斗争，谁能支持得久些，谁就可以取得最后胜利。这颇带"初期消耗战"性质。

其次，这次战争使红军合而复分①，而且分裂情形使今后之红军阵容受到根本的影响。第三个重大事实是中央苏维埃已由长江流域移到黄河流域，中央红军的主力，亦由中国的东南转到西北的陕北上来。第四个重大的事实，是朱毛徐张皆受到非常的牺牲，毛泽东彭德怀带到陕北的②，不过六千人，徐向前朱德带回四川西部的，亦最多不能③过三万。第五个事实，是牺牲尽管牺牲，少数人仍然可以蔓延。

这一方面告诉我们，农民武装在没有都市支持的条件下，很难夺取主要城市为根据，总与"流荡"为缘。另一方面告诉我们，在一般农村生活衰败无根本解决办法下，农民之暴动与流演，恐亦难有彻底阻遏之方。

（十二月十日）④

---

① 《文集》版改为"会而复分"。
② 《文集》版"的"改为"后"。
③ 《文集》版删除了"能"字。
④ 1935 年 12 月 10 日寄自天水，1936 年 1 月 4、6、11 日天津《大公报》连载此文。

第三部分　塞上行

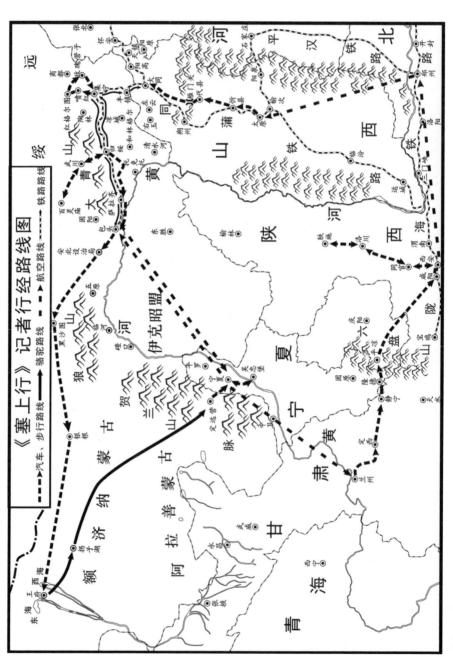

《塞上行》记者行经路线图（彭海绘）

# 第一篇　短文选

## 一、从嘉峪关说到山海关——北戴河海滨的夜话[①]

某外籍记者，留居中国二十余年，对中国各地，旅行殆遍，他对于中国历史与文学，皆有很深切之了解，尤其对于中国民族解放运动，具有衷心的同情。记者此次与之在北戴河海滨相遇，多年阔别，一旦重逢，尤其在此刀光剑影的北中国一隅聚首，使人发生无限的感喟。他因年老，将离华归国，而记者亦因职务关系，无暇久留，乃相约至海滩石嘴上作竟夜之谈。他新由我国西北归来，对中国万里长城，特感兴趣，他西面到过嘉峪关，东面到过山海关，于是即以长城为中心，谈述他的感想。记者深受其谈话所刺激，归后终不能忘，乃约略追记之，以飨读者[②]。

他首说他去年经西安赴嘉峪关的时候，一天午后在西安游过大雁塔，塔壁上有许多东北人士之[③]伤感的题诗，特别在最上一层的东窗栏上，有

从嘉峪关到山海关地图（彭海绘）

---

① 本文非一般纪实性新闻作品，而是一篇采用文学笔法写成的时事述评，文中假借某外国记者为第一人称，表达作者对历史和现实的观察与思考，以分析抗战时局，鼓舞军民斗志。

② 津版无"以飨读者"。

③ 津版、沪版无"之"字。

一位东北军的青年军人，静肃的向东方空际翘望，有时蹙眉深思，一直到晶莹的皓月，已慢慢从东方浮升上来，他还没有稍稍改变他原来的望空遐想的姿态。他说，到那时他才明白了千年前的中国失国皇帝李后主所作几句绝句的意思，所谓："独自莫凭栏，无限江山，别时容易见时难。"所谓："是离愁，别是一番①滋味在心头。"乃至所谓："故国不堪回首月明中。"代表一种什么样的情景！

中国长城，以明代规模为最大，而他对于明代的边防政策，最不恭维。因为汉代通西域的关口是玉门关，唐代是阳关。鼎鼎大名的班超、张骞，其经营西域，②皆以玉门关为根据点。明代西征大将军冯胜克了河西之后，即划嘉峪关为界，不再过问关西的事情，偌大的西域，轻轻放弃，就是玉门关和嘉峪关间近二千里疏勒河流域地方，亦不再加以顾视③。

"历代万里长城之修筑，主要的是对付游牧民族骑兵战术而来。战国时代，各国相互间的长城，是长城的发端。秦以后，中国始有大规模长城出现。继秦以后，隋代曾大举修筑过长城一次，不过它的西端，仅及于现今的武威。到了明朝，长城才延长到嘉峪关来。以你们中国古时的人力财力，要兴办这样大的工程，民间当然非常痛苦，秦时孟姜女哭长城的传说，当然④代表一个重要的时代事实。一千三百余年前，北齐要修筑长城，因为顾计到军士⑤太苦，所以下了一道命令，发天下寡妇以配军士，使他们安心工作。可以看到当时不得不修筑长城，以防御北面游牧民族的困难情形。"他继续说。

"明代自划嘉峪关而守之后，无异故步自封，渐渐养成了依赖长城，

---

① 原版书"番"有误，应为"般"。
② 津版、沪版为"其经营新疆（当时称为西域）"。
③ 津版、沪版为"亦视若无睹"。
④ 津版"当然"为"确乎"。
⑤ 沪版"军士"误为"士军"。

歧视关外的思想。现在新疆还是你们的领土，而嘉峪关上竟设起对新疆的'关税'，恐怕也是由于长城设立的结果。

"长城到今天，你们中国人应该明白，已没有任何事实上防御的效力，嘉峪关东北面弱水干流所在的地方，地图上虽然有长城横过，汉代的李陵也曾从这里出去和匈奴大战于居延海，可是现在已经圮颓，而且纵令完好存在，也不能再显其效力于炮兵与空军战术之下。居延海为中心的额济纳蒙古地方，你们的邻人早已在那里作分化蒙古人的功夫，如果蒙古人被他们鼓动起来，溯弱水而上，进袭酒泉嘉峪关，可以说是长驱直入，无险可守，假如酒泉嘉峪关被占，连上额济纳的本部，则绥远通新疆的道路，和甘肃通新疆的道路，皆完全阻塞，新疆不通，则你们西北对外交通路线，根本无法可想。日本人从东三省横贯内蒙隔断中苏交通的计划，到那时就会圆满的实现。这在日本方面看来，无异乎用蒙古民族筑成一道新的长城。

"我到过你们宁夏省的贺兰山，山上最重要的关口，是三关口，三关口现在是由阿拉善蒙古兵把守。[①]就阿拉善的现状来说，你们邻人的经营，是有计划，而且有力量，你们则仅有几位力量薄弱的调查员，这样如何可以和对方竞争！

"陕北长城，我没有去看过，绥远在实际上是河套的长城，热河察北相继不保之后，绥远如果再成问题，则宁夏与阿拉善及甘肃河西之门户洞开，你们大好的西北河山，恐怕又要[②]成不安之地了。

"山西雁门关，现今仍不失为险地，我在这里发现一件史事，值得中国的朋友们深省。宋初名将杨业，本是中国全国周知的'赵家天子，杨家将'的正主，他因为'功高见忌'，雁门关御契丹之役，潘美王侁违约不

---

① 津版在此句后还有一段："你们中国的文件上对于蒙兵守关，表示不安谓（'谓'为衍字），幸而蒙古人永远如此衰弱，还可以苟安，如果出了成吉思汗和夏元昊那样人物，则后患将不得了。可见你们中华民族还没有将五族包罗为一体的意识，这对于中国前途，将发生不可思量的影响。"沪版和原版书删除了此段话。
② 津版、沪版无"要"字。

发援兵，使他孤军战死。国事放在后面，私事放在前面，这是中国对外失败的主要原因之一。

"雁门关往东是张家口，这里是内外蒙和海河平原联络上最便利的交通口。八国联军之役，天津北京虽然相继陷落，但是因为满清皇室还驻在西安，北方各省尚有局部的抗战行动，距各国所希望的'求和'目的，尚有相当距离，所以联军总帅瓦德西曾令所属德军一支队，由北京攻入张家口，此事对于威胁皇室促成和议有很大的关系。不过，张家口的作用，只是一个很好的门户，它本身并不能作为很好的独立活动的根据地，一九三三年冯玉祥将军在张家口组抗日同盟军的经过，很可以证明。目前情形，却有点不同，内蒙形势，逐渐变化，新式的铁路航空和公路交通，由辽宁伸入了热河，现正由热河向察北发展，张家口之将来，中国是否还能使用得上，要看你们如何做法了！

"独石口又在张家口之东，因山口有独石当川中而得名。一九三三年的夏季，孙殿英将军从热河退守察东，这一带也曾大军云集。孙殿英将军的才干，在中国历史上自然会有他应有的地位。可惜，我即将回国，不能再有机会拜访孙将军了。[1]

"现在平绥路通过居庸关，它的北面有一个有名的土木堡，明朝英宗皇帝在那里被瓦剌民族的英雄乜先[2]活捉而去。英宗被掳，由于王振专权，王振平日擅权自私，外交无礼，起衅乜先，而又军备不修，边防无备，到乜先内侵，乃仓促挟英宗亲征，希望侥幸以邀功。最荒唐的，是败后回军的情形，大军既在大同境内大败，则当速送皇帝还北京，另谋战守，他却不此之图，却想在敌骑紧追的危险情形下，希望天子驾过他原籍蔚州（现在察哈尔西南的蔚县），看看他富丽堂皇的私第，借此炫耀于乡里！更荒

---

[1] 津版删除了此句。
[2] 原版书"乜先"有误，应为"也先"。

谬的，是他又顾忌到天子随从车驾太多，恐怕蹂躏了他的禾稼，临时又命转驾东行，直趋怀来！这时敌兵已追至，车驾离怀来城只有二十里，众偕主入城暂避，而王振因他自己尚有辎重二千辆未到，乃留驾待车！遂被敌骑围于土木堡。堂堂大明皇帝，因此成为瓦剌之臣奴！

"卢沟晓月"石碑（方大曾摄）

所以假公济私而又揽有大权的人，对于国家非常危险。特别是在国势危急的时候。

　　"内外长城在察热两省的边境会合起来，长城的工程也比西北上的伟大些。从此往东，是有名的古北口、喜峰口、冷口，东止于山海关。特别是古北口、喜峰口和山海关，中国人不知道的恐怕很少。我经过古北口好几次，口上的石峡是非常容易防守的。古北口南面是南天门，也是一九三三年作战期中，你们中国的军队，曾在这里防御过相当的时候。日本的炮兵集中战法，把你们简单的防御工事，破坏很多，有几次在炮兵与空军联合进攻之下，你们的军队死伤很大，殷红的血迹，染遍了许多山头，残断的肢体，有如荒林中枯乱的材木①。不过，你们的军心非常安稳，官兵都好像找到了他们愿作的事情。我到战壕内看到你们的士兵很快活的谈天、哼戏，有的拉胡琴，有的读小说，有的打草鞋，还有一处有几个士兵捉些山鸟，插些间花野草②，拿刺刀平一小块山地，作为临时的公园。石

---

① 津版、沪版为"随处也可以看见"。

② 津版、沪版为"野花野草"。

峡镇北面小相岭地方，我还看见过一群北平上海的学生代表，捧着一把很名贵的宝剑，送给当时最前线的指挥官。今年我由西北回来，没有机会再去，不知道现在又是什么样子了。

"二十九军在喜峰口大战的时间，我曾经到过三屯营，三屯营是明代名将戚继光练过兵的地方，据说他所作诗中的名句：'鱼未惊钩闻鼓出，鸟因幽谷傍人飞。'就是描写滦河峡谷中的情形。戚继光和日本民族作过不少的战争，而且建树甚大。宋哲元①将军那时驻节三屯营，他非常吃辛苦，夜间在帐中露宿，我们系在夜间见面，在蒙胧月光下的古庙小方场中，他非常温和诚恳的谈前方的战况。还有萧振瀛②先生，给我的印象也很深，他那谦和而雄辩的谈话，随处表示出他是足智多谋。无疑的，他们都将被记录于中国的历史。

"我那年本来也打算到冷口去的，但是到了通州之后，商震将军已经退到通州来，他那富于政治头脑的军人风格，给人以另一种印象③。

"只有山海关是我最近才去的，车站上执行职务的人，有日本宪兵，有'满洲国'守备队，有'冀东政府'的保安队，有中国北宁路局的警察。从外表精神看，最趾高气扬的，是日本宪兵，最无精打采的要算中国路警。山海关的市面，单单一个南关，比嘉峪关要繁华数十倍。嘉峪关没有铁路，没有车站，而且看不到海水，所以风景比较单调。但是嘉峪关也没有外国宪兵，外国警察，乃至'冀东政府'类似的力量出现。山海关城墙上有许多炮轰的痕迹，朋友告诉我，那是一九三三年一月日本军攻城的记录。我

---

① 宋哲元（1885—1940），字明轩，汉族，山东省乐陵市城关镇赵洪都村人。国民革命军第二十九军军长。1933 年 3 月，宋哲元指挥第二十九军将士在长城要隘喜峰口、罗文峪与日军展开血战，以大刀队与日军展开搏斗，经过激战，获喜峰口大捷。1940 年 4 月，宋哲元病逝。

② 萧振瀛（1890—1947），吉林扶余人，民国时期军人、政客。1930 年任第二十九军中将参议。1933 年初，参加喜峰口抗日作战部署。1934 年，在其谋划下，第二十九军驻防平津。先后任察哈尔省主席、天津市市长等职。1937 年七七事变后，任第一战区上将总参议。

③ 津版、沪版为"使人感到非常兴奋"。

也去看过所谓'天下第一关'的关门，'天下第一关'的横额寂寞无聊的在那里挂着！似乎它也别有一番滋味在心头了！

"你们中国的'大长城'，我大体看完了，同时长城原来的边防作用，也大体完了！日本在平津驻兵之后，日本也不要长城来作'满洲国'的国界了。但是一个国家，不能不有一个国界，不能不有一个国防线，我不知道你们中国将来的长城究竟在那里！"

这位老新闻记者，滔滔不绝的讲他的感想，似乎他在用他的至诚，想把他全部爱助中国的意见，都在中国地面上说出，才称他的心意[①]。

随着皓月的升空，一个比一个大的海潮，向我们所坐的石岛冲来。遐想笼罩了我整个的心灵，他的谈话暂停之后，要不是涛声的激荡，我们也只能听到彼此的呼吸声音。

这时，远远的海上，在水光月影之中浮出了一只小艇，接着随风送来艇上一群青年的歌声："起来！不愿做奴隶的人们！把我们的血肉，筑成我们新的长城。中华民族到了最危险的时候，每个人被迫着发出最后的吼声……"

歌声与潮声相合和，雄壮激昂，他兴奋的听着说："这是你们中国青年的吼声吗？""是的。"我如此回答。

（一九三六，八，二十三。北平。）[②]

---

① 津版为"才好放心离开中国"。

② 1936 年 8 月 23 日完稿于北平。1936 年 8 月 29、30 日连载于天津《大公报》，1936 年 8 月 30、31 日连载于上海《大公报》。

## 二、百灵庙战役之经过及其教训 [①]

红格尔图与百灵庙两次战争 [②]，只是我们民族解放战争的序幕，特别是百灵庙战争在序幕战中占非常重要的地位。序幕战对于今后战争有其非常的关系和影响，窃本一得之义，谨将此次战争之经过及其教训加以叙述，[③] 敬供读者之参考。

### （一）不平常的胜利

百灵庙的本身，是由千数百家的喇嘛，几间大庙和百数十家的汉商组织而成。论人口和 [④] 富庶，不及内地一个繁华的市镇，所以打下百灵庙，在单纯的直接的收获，并无大可称述的地方。虽然某方存在庙上的子弹有百万发以上，白面约有二三万袋，替我们军队 [⑤] 给养与装备上减少了许多困难，而值得我们大书特书的，是我们已经破坏某方对中国大陆封锁政策的立足点。

我们从过去一般情况的研究和判断，特别是从这一次百灵庙所获各种秘密文件中，我们看出某方的企图，是想在中国的北面，造成封锁中国的壁垒。在他们看来，中国在海上交通方面，要在战时求得国际的援助，非常困难，因为他们自己觉得他们在西太平洋上的海军根据地和海军兵力，可以优裕的对付英美可以调来西太平洋上作战的联合海军力量，所以海上封锁中国，是不成问题的。只是在陆路方面，中国有被迫与苏俄联合的可

---

① 本文为记者通过第一线战地采访撰写而成，是记录1936年绥远抗战经过的一篇重要历史文献。沪版与原版书同题。津版题为"百灵庙一役揭开民族历史的新页"，未署作者名。

② 指1936年绥远抗战中的两场战战。1936年11月15日，在日本关东军指使下，王英所部伪军兵分两路从商都向兴和、红格尔图进攻，晋绥军守军彭毓斌、董其武部经两日激战，至18日全部击溃王英部伪军。百灵庙战役爆发于11月24日凌晨，晋绥军在傅作义军长直接指挥下，孙长胜、孙兰峰等部突袭百灵庙日伪军，当日击溃守敌，收复百灵庙。日本特务机关长盛岛角芳率部逃窜。

③ 从原版书和沪版。津版为"窃本其一得之愚，谨将此次战争之经过略加叙述"。

④ 从津版、沪版。原版书脱漏"和"字。

⑤ 原版书"队"字重复。

能。他们看到这一点，决定先完成对中国的封锁。在他们看来，中国如无国际的援助，中国的自身，是不堪一击的。

从东北经察绥，西至宁夏新甘，造成封锁中国，隔绝中俄的阵线，是某方最近一二年来努力的目标。他们准备四万万元巨款，来完成这一工作。据今年上期所得消息，他们已用去约六千万元。他们对于封锁壁垒的土干支持者，是想利用蒙回藏等比较不甚得势的民族，以似是而非的"民族自决"理论，挑拨各民族间的情感，鼓动各民族间之战争，以实现"以华制华"的故技。然后挟其经济与政治军事力量，控制各弱小民族，以遂其预定的封锁计划。①

他们所预定的这条封锁线，是从东北到西北，一条长蛇式的地形②。这条长线的中心点，也可以说是封锁的津梁，是在绥远，而在绥远本部未被占领③前，东西策应的根据地就是百灵庙。所以他们在百灵庙，对于军火和粮食，大批的存积，而且以在内蒙有二十余年历史的盛岛④主持百灵庙特务机关。德王主力之第七师穆克登堡，亦移驻百灵庙，准备更大规模的活动。

十一月二十四日绥远军队之克复百灵庙，使某方阴毒狠辣的大陆封锁政策，终成梦想⑤！

### （二）超军事的战争

百灵庙之克复，我们不能从军事常轨上得到了解。我们这次是用的"包围袭击"法。但是袭击实施的原则，⑥必须绝对保持我军的秘密，然后出

---

① 沪版同原版书。津版删除了从上页"我们从过去"至"封锁计划"两个自然段。

② 沪版、津版为"是一条长长的地形"。

③ 沪版同原版书。津版"占领"为"攫夺"。

④ 津版用"××"隐去"盛岛"。

⑤ 津版为"使这大陆封锁政策终成梦想"。

⑥ 沪版、津版为"但是袭击的实施"。

其不意，攻其不备。但是我们现在因为外交上还在接洽，绥远省垣还驻着对方公开的谍报机关——"羽山公馆"。又因为交通的不备，[1]军队调动迟缓，故我们打算"袭击"的消息，百灵庙方面，已相当知道，已不成其为"袭击"，[2]此其一。

第二，百灵庙四面环山，山外为未开辟之蒙古草地，无村落，无人家，其南面距有村庄地带亦六七十里不等，足够步兵大半日的行程，庙舍及商店皆在山内；故对攻击部队非常困难。论地势，则为仰攻，论接济，则我方毫无，如支持一日不下，我方军队不但果腹无方，即解渴亦成问题。

第三，我方攻击兵力多于对方无几，且主要者为步兵，前进时多为徒步，疲劳特甚。在对方可谓"以逸待劳"，在我方可谓"以劳攻险"。对方多为骑兵，运动甚灵，如攻击不下，则我方步兵绝不能逃出对方骑兵之蹂躏。对方粮如山积，我仅果腹而前，对方有足供数万人使用之弹药，我方仅随身之法宝。

故从战争条件上研究，我方远比对方为差：以徒步疲劳之兵，当骄逸之马；仅果腹之备，当山积之粮；涉平荒之地，以攻环抱之险；以相等之兵力，以袭有备之敌。故战争开始以后，[3]当事者多惴惴不安。傅作义先生于二十三日晚通宵未寝，以全付精力注意前方战况，外交部秘书段茂澜氏亦陪傅未眠，盖客观条件难令人放心也。

但实战开展以后，情况殆有出人意料者。我方由孙长胜孙兰峰分任正副指挥，步兵张团任南方正面攻击，步兵王靖国师刘团任西面攻击，骑兵刘团绕至北面，攻飞机场与"蒙政会"办公处，步兵刘团一营担任东面阵地，而以骑兵之一部及东面刘团之一营先期至百灵庙东北山口通滂江大道

---

① 沪版同原版书。津版为"但是我们因为交通的不备"。
② 沪版为"早以已不成其为'袭击'"。津版为"早为对方所知道，而作了相当的准备，并且已大批调援军，所以已不成其为'袭击'"。
③ 津版、沪版为"但战争开始以后"。

上，截敌归路。更以刘团之另一营为预备队，配炮兵一营，握于指挥官之手，自东南方大道上，开始攻击前进。

正式攻击系二十三日夜间开始。士兵出发时，即彼此互相传述："到百灵庙喝水！"意谓此次只有打开百灵庙，才有水可喝。否则只有渴死。①

似乎是"天助中国"，蒙古草地中，最少南风，特别是在冬季，可谓绝无南风之先例，然而二十三日晚间，却南风拂背，气候温和，使我军活动，得到非常的便利。

蒙兵射击精确，子弹充足，某方军官复督战甚严，机关枪林牢据山口，如暴雨式的吐出子弹。我们从子夜攻击到二十四日天明，仍未得手。且廿四日午后有约五千人之敌，将赶至增加。午前九十时以后，敌机即可以来轰炸。白天攻险，更为不易。故当时我方指挥官一方面见死亡之枕藉，徒奋勇而无成，而又感时机之急迫，眼见覆败之可待。②乃以孤注一掷，同殉国家之决心，将预备队用一队重载汽车载上，以二装甲汽车为前导，破阵而入，③炮兵亦采冲锋形势，我方指挥官则徒步而前，置生死于度外，视弹雨如无睹，于是士气大奋，裹创而前，战局始为之突变。旋我装甲汽车被敌击坏，司机殉国，路阻不能行，担任最后冲锋之张振基连，乃下车以肉体争山头，当时全连损失在三分之一以上。既而山头夺获，我军始有阵地，而百灵庙已在目前，④敌人惊惶失措，四面部队乘势突进，张连再继续冲锋，始于廿四日上午九时半造成此次抗战中第一次光荣记录。

**（三）更进一步的要求**⑤

这次战争，证明了"战争心理"对于战争胜败的关系，远过物质的装

---

① 沪版无此句。津版为："否则败退下来，都会在蒙古草地中被对方的骑兵歼灭，不然也得饥渴而死！"

② 沪版、津版无此二句。

③ 沪版、津版为"直冲而入"。

④ 沪版同原版书。津版为"而百灵庙已在望矣"。

⑤ 沪版同原版书。津版无此部分内容。

备。我们的将士在这回绥远战争中，决没有一个人在考虑个人自身的利害问题，大家一致的信念是"为生存而战争"。不战必亡，战或可生，与其坐而待亡，孰若抗战求生。士兵情绪之坚决，令人可歌可泣，仅仅三五元一个月的军饷，他们已有一部兵士请求不发军饷，以减轻政府应付战争的困难！总之，我们的战争心理，早已得胜，确有日俄战争时，日本国民方面的心理状态。胜利一定有把握，只要我们决心战争！

但是我们不要忘了这次战争主要的对象，是被利用的蒙古同胞，我们固然很为他们可惜，①同时当责备我们过去民族政策之无方，自己家里人跟着外人跑，当然主持家务者有不当的责任。所以我们要有方法召回我们的同胞，我们不要对一时被愚的同胞任意破坏，②反而增加我们自家人间的误会。百灵庙现已成荒丘！这是我们战争认识不足，所弄成的不合理现象。战事胜利的纪律，③关系④于民族解放战争之前途甚大，望我忠勇之将士，放大眼光，在百尺竿头更进一步也。

（二十五年十二月三日绥远）⑤

## 三、陕变后之绥远

绥远的抗战，表现了比从前对外任何一次的抗战有进步，进步的地方在我们有比较全般的计划，有最后的决心，有一定的步骤。而中央与地方的力量，比较能在共同计划之下使用。同时这次抗战有相当令人不满意的

---

① 沪版为"被利用的蒙古同胞，我们很为他们可惜"。

② 沪版为"我们不要任意破坏"。

③ 沪版误为"战事胜利与纪律"。

④ 从沪版。原版书脱漏"系"字。

⑤1936 年 12 月 3 日完稿于绥远。1936 年 12 月 5 日发表于天津《大公报》，1936 年 12 月 7 日发表于上海《大公报》。

地方，就是这次抗战并未能如一般人预期的迅速开展，以破竹之势，向前迈进，扩大为整个的民族解放战争。前者的观察，可以从前线实际参加战争的将士口中流出，而后者的批评，则从各方来绥远的代表，特别是北平和西安的学生界，从绥远回去的时候，比较有如此的言论。

十二日西安事件突发的消息十三日晨到绥远，知道这个消息最早的要算傅宜生①先生的机要秘书王丹九先生。这时傅主席和赵承绥②王靖国③正到百灵庙去视察，王氏接到这个消息，就无法安睡，赶紧向前方报告。傅赵王等在由百灵庙返武川的途中，得到这个报告，于是放弃到绥北其他地方视察的计划，匆匆的返回了绥垣。

满怀攻击精神的汤恩伯④军长⑤，在绥东闲住无聊，十二日夜间汤氏特由平地泉赶来绥垣，打算十三日谒傅主席商议某项军事计划，最主要的是想为战气横溢的十三军官兵求一试刀之机会。他计划十三日夜间回平地泉，从事部署。突然在十三日正午，有同业正在和汤氏谈话，汤氏亦正欲进餐的时候，一件由平地泉转来的电报，立刻使汤氏颜色激动⑥，当即飞速赶赴车站，并嘱咐如赶不上包平特别快车，即令路局特开专车，遄返平地泉。当时记者颇疑绥东有事，然而证以各方情报，似又不可能，但是谁也不会料到是这种想不到的事件！

傅赵王等视察百灵庙时，带去一部高级参谋人员，视察阵地。傅赵王

---

① 即傅作义（1895—1974），字宜生，山西荣河（今山西省万荣县）人，国民革命军著名将领。1936年11月24日，时任绥远省主席、第三十五军军长的傅作义发起百灵庙战役，肃清了绥远境内的伪军，挫败日军西侵绥远的阴谋。抗日战争时期，任第七集团军总司令。解放战争时期，任华北"剿总"司令。1949年1月促成北平和平解放。

② 赵承绥（1891—1966），字印甫，山西省五台县槐荫村人，曾任晋绥军骑兵司令、军长，抗战时期任晋绥军第七集团军总司令、太原绥靖公署野战军总司令等职。

③ 王靖国（1893—1952），山西省五台县新河村人，抗战时期任晋绥军第十三集团军上将司令。

④ 汤恩伯（1900—1954），国民党陆军二级上将，浙江金华人，黄埔系骨干将领。绥远抗战中任国民革命军第十三军军长。1937年七七事变爆发后，指挥所部在南口地区抗击日军进攻，重创日军。10月任国民革命军第二十军团团长，翌年3月率部参加台儿庄会战，战功卓著。国民党败退台湾后，任台北"总统府"战略顾问。

⑤ 从沪版。原版书脱漏"长"字。

⑥ 沪版为"汤氏颜色惨变"。

等由百灵庙返武川时，特令他们由百灵庙去大庙，巡视该方防务与重要地形。他们很热烈的去研究考察，次日返绥，许多人都兴奋的向主官报告视察结果。后来知道西安发生巨变，直如冷水浇头，许多话都无心再说下去。①

十四日在平地泉看到汤恩伯先生，我们只有隔一天的时光未曾会面，而他的面容却已发生了异常的变化，犹如曾服了大丧三年，脸是那样黯淡苍白，眼泪始终没有和眼眶绝了因缘。每每收到一个"限即刻到"的电报，总看到他增加了不安。他的参谋长吴绍周先生亲自守在电务室，急等着洛阳以西陕甘一带拍来的电报一个字一个字的译出，希望上面能露出一点较好的消息。

红格尔图首功的彭毓斌师长，本来约我十四日午刻谈闲话，大概是谈论些骑兵作战上的经验与改进的意见。我因为西安事变关系，没有等到他约定的时刻，就到他那富有澹泊明志风格的司令部去看他。当我的身体出现在司令部的院落里，他的司令室内即发出"×先生"的呼声。我们很快的比从前任何时候都要直率的见面，他那沮丧悲伤的面孔，坐立不安的神气，泪海汪汪，容颜惨淡。"这是甚么话！"在他顿足徘徊叹声不绝中，我首先听到这样一句，"这可不得了！""世上那有这种糊涂事！""首先绥远要受大影响！""抗日！这样抗法，实在开千古之奇闻！""这可糟糕！"……"这还有什么话可说！？"他到底是湖北人，有特别引人注意的鄂音。我们不自主的把预定的问题抛开，尽谈了陕局的一切，特别是对于绥远的将来。他所部的骑兵数月来东征西伐，人马本已过度辛劳，此时王英正由大庙失败东逃，遁处在土木尔台附近乡村中，他已下令叫他劳苦功高的骑兵乘夜追捕，欲歼巨寇，大致已将就绪。陕变传来，他恐某方乘危进袭，不得不集结兵力，以防万一，遂使王英又得苟延残喘，遗祸察绥。

---

① 沪版为："然而看到主官的脸色不对，后来知道西安事变，直如冷水浇头，许多话都无心再说下去。傅主席的参谋处长李英夫先生甚至回到自己的房里禁不住放声大哭了。"

汤恩伯对他的部下，最初打算采取暂秘主义，不让他们知道，以免动摇军心。但是平津报纸已经随火车带来不幸消息，欲秘而不可能。驻防某地的王仲廉师长特别召集了他的部下某旅全部训话，希望告诉他们陕变的消息，原是要使大家镇静的意思，谁知不幸的消息刚从他口中放出，全场官兵立即放声号哭，哀声动地，附近乡民，亦为之怆然不已①。

绥东一般民众，在十四十五几天中，发生许多谣言，有时说蒋委员长已飞抵洛阳，有时说已到太原，和阎主任策划前方军事，街谈巷议，俨然逼真。从来不大关心国事的民众，这回大家都在深切的注意着大局的发展②。

平地泉一家派报社的掌柜，有一天对我诉苦，说他那小小的派报社的房门，西安事变后，每天被好几百人围着要买《大公报》，他的报不够分配，无法应付，而且往往被热心时事的分子，强买去固定订户的报纸。当他的门口清静以后，他的报纸，已经被抢得差不多，有许多订户都无法交报。这是民众关怀国事情绪提高的表现③。

某方以为陕变既起，绥局有机可乘，十六十七两日召集匪伪各部领袖，在化德（嘉卜寺）开会，拟于十八日开始总攻。敌机此时全线大肆活动，散放两种小型传单：一类是恐骇性质，如谓："你们良民百姓，赶紧投降"，"我军有精良武器"等；一类是煽惑性质，如谓："你们的蒋介石已遭暗杀！""你们已经没人领导！""你们国内已经大乱！"等。下面是用"蒙古军总司令"名义。传单内容文字，似通非通，完全为"三岛式"的汉文，凡是有"日"字的地方就抬高一格，如"不日我军即将进攻"，传单上面是"不日我军即将进攻"，见"日"抬头的文格，不能不谓此为首创！

① 沪版为"怆然泣下"。
② 沪版为"这回大家都在深切的注意着"。
③ 沪版无此句。

十六十七那几天，前方有警象，傅主席特和赵承绶到平地泉晤汤恩伯，并约大同李服膺专车来平地泉，一方面对陕局作共同表示，一方面共同策划绥东防务。大家谈到陕变，只有摇首焦思。赵承绶司令是比较赋性豪爽的人，然而那几天也是无精打采，有人问他为甚么不见高兴，他的答覆是：在如此大变下，要高兴也高兴不起！

有几位在陕变后去百灵庙的慰劳代表回来告诉记者，他们这回去算是上了大当，因为他们本是打算到前方去问前方将士们攻战情形，然而他们到了百灵庙之后，无数的官兵，都包围他们问西安事变的经过，和委员长的近况，且多顿足叹息，垂首丧面。他们已无心为代表们谈战况，最多不过对付几句，话又转到西安事件来，所以他们竟失望与怆然而归。

各方面的情形看来，对于西安事变的态度，有一种难能的一致。张杨所提出的主张，当有其当然的政治暗流作基础，或有一部人对其中一部主张表示同情，但是张杨的历史和他们的军政现况，是否真正诚心来作他们所提出的新政治打算，恐怕有十分之九的人，对他们有相当怀疑。特别是他们所采的扣留蒋委员长的手段，是绝对不能得到前线上任何一个军民的同意！因为他们所提出的最高政治理想是"联合"，而以如此手段来"联合"，当使达到目的之距离，愈弄愈远！

蒋委员长恢复自由之消息，至今仍为前线每个军民所祝盼[1]。傅主席离绥飞晋转陕之前夕，[2]记者曾祝其离陕归来之日，西安上空已云开雾散，透见了青天。

（二十五年十二月二十四日于绥远）[3]

---

[1] 沪版"祝盼"为"祷盼"。
[2] 沪版为"傅主席离绥飞陕之前夕"。
[3] 1936 年 12 月 24 日完稿于绥远，1936 年 12 月 27 日发表于上海《大公报》。

## 四、动荡中之西北大局①

去岁"双十二事变"，不特震动全国，亦且使世界惊奇，国人对此事之观察，大体多偏于感情的，对人的方面，而对于此事件演变之经过及其目前的实况，似不无相当隔膜。

"双十二"以来所演成的政治形势，其内容关系于我国家民族前途甚为重大，但此种政治趋势，尚在未定期中，将来之为祸为福，要视中央当局及全国人士对此事了解之正确与否，与乎处置之方法，是否妥善为断，尤以在此三中全会期间，对此事之前途有决定的关联。记者奉社命视察动荡中之西北大局，亲历②陕甘宁三省，曾与各有关方面作详挚之研究，深觉西北局势之重大机微与紧迫，非中央当局与全国人士加以真实之觉察与断然之措施，将遗我艰难之国家以不可想象的恶果。

"双十二"以来全国人士③对于西北方面之政治了解，要不外"人民阵线"④"联合阵线""立即抗日"等流行政治宣传，而实际上西北领导的理论不但不同于上述各说，而恰与之相反。彼等之政治动向，为反人民阵线的民族统一战线，为在某种政治商讨之下拥护国民政府，与服从蒋委员长之领导，至于对外应有一定步骤与充分准备一点，在和平统一的前提之下，除少数感情冲动者外，实无人加以反对。

---

① 记者于1937年2月6日至10日访问延安，作为第一位来自国统区的中国新闻记者，他广泛接触了中共领导人，并采访了毛泽东，直接了解了中共抗日民族统一战线的新政策。上海《大公报》于2月15日国民党五届三中全会开幕当天发表了记者的这篇著名时评，揭示了西安事变的真相，并正面解释了中国共产党的政策转变，因而在各界引起轰动，也引起国民党当局的强烈不满。从此记者的活动受到监视，私人信件受到检查。记者随后又连续发表了采访西安事变的《西北近影》。毛泽东于3月29日在给记者的复信中，对其上述作品表示肯定和感谢。在上海《大公报》发表这篇时评之前，总经理胡政之为了规避新闻检查，对原稿删改了数百字。2月16日，天津《大公报》再次发表这篇时评，则基本恢复了沪版删改的部分。《塞上行》原版书所收录的是不同于津版、沪版而基于原稿的文本。本书以原版书为准，并对以上不同版本的差异加以说明。

② 从津版、沪版。原版书"亲历"误为"规历"。

③ 津版、沪版"全国人士"为"全国人"。

④ "要不外"为民国时期书面语，即不外。《文集》版改为"不外'人民阵线'"。

此种观察，当使国人感觉惊诧，然而如能了然于此事之经过，亦当觉此种结论，乃属于当然。

"双十二事件"，张学良与杨虎城所采用之"手段"，一方面破坏国家纲纪，军队纪律，而尤以用政变①方法，袭劫统帅，除法律与道德上造成重大责任外，万一对蒋委员长之安全上稍有不慎，很有酿成大规模内战之可能，当事者对于此点，今亦深致其恐惧之回忆。然而"双十二事件"之发生，实以东北军为主体，陕军为附庸，共产军以事后参加之地位，而转成为政治上之领导力量②。

"九一八"以前东北军之是非，各方自有公论，然而"九一八"以后，东北人身受国破家亡之惨痛，流离飘泊之辛酸，由于事实之逼迫，"重返家园"之心情，普遍于每一个东北人心意中，然而回顾自身之力量，决不能单独达到"回家"之理想，张学良氏海外归来，即率部坚决拥护领袖，执行中央"剿匪政策"，努力自效，以待时机。但是东北军在西北展开"剿匪"期中，由于一再之重大损失，知"匪"之不可轻视。③由于俘虏与实际接触之结果，知"匪"之实际，一则"剿清"之前途渺茫，再则似尚并非不可策动其转变。④于是政治信念动摇，秘密往还加多。去年以来，陕北"剿匪"工作，实已停止。于是东北军转而希望转变中央之政策，张对中央一再讨论之结果，迄未能变更中央方针，⑤而自身则已无法统驭其部下。绥远抗战爆发，更刺激张部之动摇，再加以许多人事上的摩擦，使问题益趋复杂。张在此种情势之中，以请求蒋委员长容纳其主张之心情，加上一时之昏急，遂发生临潼之不幸。

---

① 津版、沪版"政变"为"兵变"。

② 津版此处与原版书相同。沪版为"而转而成为领导的形势"。

③ 津版此处与原版书相同。沪版删除了此句。

④ 津版此处与原版书相同。沪版删除了此句。

⑤ 津版此处与原版书相同。沪版删除了此句。

至于①陕军之下级干部，亲见东北军②流离之苦，兼受绥战之兴奋，与受共产军之宣传，"剿匪"政策之执行，早成疑问，上级当局再因势而加上若干当前利益之考虑，与夫内心的不安，对"双十二"之支持，遂有与东北军并驾齐驱之势。

自江西突围而出，困苦长征二万五千里而至西北之共产军，③在艰难流徙中对过去政策曾加以深刻的反省。内感行动过程中事实之教训，土地革命虽因于中国农村之性质，可以随时发生，而斗争之前途，距政权之获得为期甚远；外感国际情势之严重，眼见今日自身寄托之国家舞台，沉沦可待，逐渐舍弃阶级斗争之策略，而采民族革命的政纲。其在西北之方针，固然一方面修改自己之政治路线，以待对内政治问题之开展，一方面倡言立即对外，以博国人之同情，而实质上对内之期待甚为殷切。其与张杨部队之往还，乃④为对内政治问题上入手之初步。"双十二"之突发，共军并未参加预谋，其关系人员之入西安，乃在事变四日之后，彼等在西安之工作，首先在理论上反对狂热的群众与青年干部，明白指出"双十二"为革命政党所不采的"军事阴谋"，⑤谓此举有酿成长期内战的非常危险，故力主和平，因此遭受青年派强烈之反对。

张学良陪蒋委员长于十二月二十五日离开西安之后，青年派与群众大哗，后得张留京消息，战争空气达于沸点。经月余之酝酿，青年派军人与政治工作人物，逐渐有自由活动之势。兼以中央方面大军监视，⑥而对方

---

① 津版此处与原版书相同。沪版无"至于"二字。

② 津版此处与原版书相同。沪版脱漏"军"字。

③ 从原版书。津版、沪版为"经江西封锁突围而出，困苦流徙二万五千里而至西北之共产军"。

④ 津版、沪版"乃"为"盖"。

⑤ 津版、沪版为"指'双十二'为革命政党所不采的'军事阴谋'"。

⑥ 津版此处与原版书相同。沪版删除了此句。

则三位一体，感情激荡，[①]不可抑制，甚至激成少壮军人预谋[②]暗杀高级将领十六员之大变，二月二日王以哲竟因此而遭狙击[③]。当时局势混乱，势不可已，而坚决主和痛责少壮军人，首先以急行军撤退[④]者，仍为共产军。

现在共产党之转变，在西北已有不少事实为之证明，在他们的政治理论中，认为中国不能倡导人民阵线，盖人民阵线为国内的对立，中国此时不需要国内对立，中国此时需要和平统一，以统一的力量防卫[⑤]国家之生存。同时不必反对法西斯，因实质上中国无法西斯。法西斯之条件，一方面侵略国外的弱小民族，一方面压迫国内的工农，中国国内任何势力皆无此第一条件也。

照中国实际政治情形需要，国家的政治机构应当走到"统一的民族阵线"；即是统一国力，集中力量，以求对外图存。

比较具体的说法，西北领导的政治理论，是比较集中于三点：第一，各党的"政党化"，党完全到"议会式"的机关中活动；第二，议会产生政府；第三，军队的纯粹"国防军化"。国防军只受政府的指挥，不受任何党的指挥，所有军人与军队之政治工作人员，不得有任何党籍，军队政治工作依将来政府颁布之统一的民族革命纲领而实施。

自然这种办法，因基于现实的政治基础而进行选举，无疑的将来仍然是中国国民党占绝大多数的议席，实际支配政府的仍然是国民党，不过政治的根本原则，有了些变动而已。

这个目标虽然被许多有眼光的人目为和平统一的最好方法，同时知道基于对外对内的理由，不能不有相当"过程"，这个"过程"的外表和所

---

① 津版为"感情游荡"。

② 津版、沪版"预谋"为"计谋"。

③《文集》版"狙击"误为"阻击"。

④ 从津版、沪版。原版书"撤退"误为"撤进"。

⑤ 沪版"防卫"误为"防御"。

需时间的长短，大致不会遭各方的争执，只要内容确是这么一回事情。

中央当局和全国国民必须正确了解，[①]西北目前的局势，已成全国性的政治问题，不是过去任何一次[②]地方事件可以比拟；同时不能不了解西北局面下军民一般的心理：第一，厌战悔祸之心，异常普遍；第二，大多数的军民绝无根本[③]推翻国民政府的企图，最多不过政策的商讨；第三，连过去坚强的反对派算上，对于蒋委员长勤苦谋国的精诚，已有深切了解，[④]只望蒋先生能以更大之胸襟[⑤]，从政治机构的改善上促进和平统一，一切皆可迎刃而解。

但是我们不要忽视了西北现存的力量和另一方面的情绪，假如政治上不能寻出合理的途径，难保不再现[⑥]出重新割据的局面，因而演成更惨烈缠绵的内战。假如再行内战下去，结果必是同归于尽，最低限度是鹬蚌相争。[⑦]

三中全会现已开幕，对于当前的政治大问题，当然要有一番缜密的商讨。不但水深火热的西北军民切盼着这次会议给他们[⑧]好消息，全国民众也以异常关切的心情期待着开会的结果[⑨]。

（二十六年二月十五日上海）[⑩]

---

① 津版与原版书相同。沪版删除了此句。

② 津版、沪版"一次"误为"一件"。

③ 津版与原版书相同。沪版删除了"根本"二字。

④ 津版、沪版为"已有深切的了解"。

⑤ 津版与原版书相同。沪版删除了"蒋先生能以更大之胸襟"。

⑥ 从津版。原版书脱漏"现"字。

⑦ 沪版删除了此整段。津版与原版书基本相同。

⑧ 沪版脱漏"们"字。

⑨ 津版、沪版无"开会的结果"。

⑩ 1937 年 2 月 15 日完稿于上海，当日发表于上海《大公报》，16 日发表于天津《大公报》。

## 五、边疆政策应有之新途径 ①

中华民族为几个 ② 民族所组成，汉族生存于中部腹地及沿海各省，为中华民族之中坚。自西南云贵，经康、藏、陕、甘、宁、青、新疆以至内外蒙古，则为其他民族独立生活，或与汉族混合生存之区域。故中国除海岸线之外，所谓边疆问题，其主要内容当为民族问题 ③。

年来政府对于边疆问题，相当注意。过去如黄绍竑之出巡内蒙，黄慕松之出使新疆西藏，④ 中央政治学校除在南京附设蒙藏学校，收容各边地民族青年集中训练外，并在康定、西宁、酒泉、包头，设立政治分校，就近训练各民族儿童。主管边务之蒙藏委员会，于归绥 ⑤、宁夏、酒泉、西宁、康定，曾派出五个调查组。对于边地教育，特别对于回民教育，中央曾指拨专款，积极提倡。在边地工作青年，亦多优良之杰士。最近蒋委员长更辞去国民政府委员，转推章嘉活佛，绥境蒙政会委员长沙克都尔扎布近更应召晋京觐见，日来在京，欢迎甚盛。凡此皆可以表示政府对于边事之关切。

然而时代演变，国际局势日趋紧张。国内和平统一大体完成，今后对外关系，势必渐及于具体化，则实际与外国接壤之边疆问题，不能不有彻底革新办法，其理甚明。

中国历代所谓治边政策，皆为狭义的民族主义下的消极政策。其实质乃以统治者自己所属民族为中心，以"威"——武力，或以"德"——羁

---

① 本文是记者在西北地区深入考察后，提出的解决抗战前边疆民族问题的政策建议。记者根据孙中山先生的民族主义主张，强调民族平等和民族团结的原则，富于远见地提出在军事外交和国家经济绝对统一于中央的情况下，实行区域民族自治的设想。

② 津版、沪版"几个"为"数个"。

③ 津版、沪版为"其主要内容当为民族问题之调整"。

④ 津版、沪版为"黄慕松之奉派新疆西藏"。黄慕松（1883—1937），广东省梅州人，民国陆军大学校长，早年毕业于汕头岭东同文学堂。1933 年 4 月特任新疆宣慰使，同年冬任新疆省国民党党部指导员。1934 年奉派西藏任致祭达赖专使。1935 年 3 月任蒙藏委员会委员长，4 月任中将，同年选为中国国民党第五届中央执行委员。1936 年任广东省政府主席兼广东省保安司令。1937 年 3 月病逝于广州。

⑤ 归绥旧指归化城和绥远城，1954 年 4 月 25 日起"归绥"改为"呼和浩特"。

縻，压服其他各民族。所谓"威"，乃首先以强力击碎异民族战斗集团，施以猛烈之屠杀，然后随时将杰出斗争人才之存复兴观念者铲除之，并限制异民族之武装。所谓"德"，乃施惠于其他民族中之少数领袖，培养一部亲外势力，"以夷制夷"，并用宗教文化等美名，行愚民腐化之实际，消灭各族原有优良之民族性，使之走入被片面同化或退化的道路。汉唐全宋，汉族统治时代，固然如此，蒙古族之元室，与满族之清室，亦遵循此公式，其使用之程度，或有过之而无不及。

中国政治思想上对边境民族问题，有重大之进步者，厥为中山先生民族主义之主张。一方面中华民族要摆脱帝国主义之压迫，争取国际间之平等；一方面要扶持国内各弱小民族，给予政治经济文化社会各方面发展机会之平等。如此消极可免除彼此之怀疑，积极达成彻底之团结。并力前进，集中各民族之特性与力量，构成坚实而伟大之国家。

惜中山先生首造民国，而中山先生之民族主义，却始终未出口头与文字宣传范围。自北京政府以至现在，治理边务工作，虽有紧弛之不同，而治边政策之实质，要为一本传统狭义的消极的民族政策，其目的只要求①国内其他各民族之不叛乱，保持自己边境之安宁。清以前之历史，固无论矣。即北京时代之蒙藏院以至现在之蒙藏委员会，其主要工作，要不过羁縻王公喇嘛。其所谓进步之办法，亦不过羁縻之中带控制，并以教育方法，加速其同化耳。因此边务机关人员，往往为国家不甚爱惜之官，蒙藏会假成为宦场人事调剂之场所。边疆民族问题，实质上愈弄愈糟者，理所必然也。

苟中国尚在孤处东亚之时代，汉族为唯一强大与进步之民族，无更进步更强大之民族在边疆民族之外，边疆民族无被人教育挑拨鼓动之机会，则传统的边疆政策，或尚可苟存一时。今则边疆四面，强邻逼处，思想传

---

① 津版、沪版为"其目的只求"。

播，速于置邮，矧更有因缘利用，巧肆构煽者，不谋改弦更张，其何能应付时代？

吾人曩在百灵庙战争时①，曾痛责德王之背弃国家，而盛赞我军攻击百灵庙的英勇。然而吾人不能不自责者，国家过去的边疆政策，果曾实质上予蒙人在政治上、经济上、文化上、社会上之出路否？内蒙照现状推移，数十百年后，人口将近于消灭。吾人果曾为蒙人谋宗教之革除，腐败王公制度之改造，衰微经济之再建否？吾知稍加反省，必有悚然不自安者矣。

百灵庙胜利之后，边疆危机暂缓，陕北问题大体妥帖，和平统一有望，此时殆为整理边疆②最好之时机，亦为最需要之时机。吾人主张：今后宜变消极的防范政策，为积极的团结政策，变削弱与同化政策，为扶持发展政策。除边疆各民族之武力，外交与有关国家之经济，须绝对统一于中央外，当以全力扶助边民作飞跃的进步。亟须帮助其经济之发展，培植新兴人才，以代替腐败之王公制度，灌输科学教育，以减轻宗教的毒害③，使边地民族迎头赶上近代民族之水准，而为光华灿烂之中华民族作成优秀的成员，如此则各民族与汉族感情融和，外人欲挑拨亦无可能。至于具体方法，则宜从刷新政治制度入手。中央管理边政之机关，须由边地民族之代表主持，④使与边人利害关系加紧密接。在已设省而民族复维之省份，如热、察、绥、宁、新、甘、陕、青、康、滇等省，则在省县乡村等政府之中，令各民族推选代表设立委员会，负责办理与各该民族有特殊关系之事务。在各级政府作一般政治决定之前，必须此种委员会充分发表各族之意见，⑤以为政治设施之参考，而免扞格难行。

---

① 津版、沪版"时"为"前"。
② 津版"边疆"误为"迁疆"。
③ 津版"毒害"为"影响"。
④ 津版、沪版为"须多罗致边地民族之英才参加主持"。
⑤ 津版、沪版为"并许此种委员会充分发表各该族之意见"。

上述方案，固仅为纲要，其优点：第一，不根本变动现行政治区分，而达到中山对国内民族问题之理想。第二，军事外交及国家经济绝对统一中央，可以根本免除分裂之虞，比羁縻军政领袖，可靠得多。第三，各族在中央扶助领导之下，自理其自身之地方事务，自不同于过去越俎代庖，而能对中华民族发生普遍的强烈的向心力，省去许多需慑边疆之兵力与财力。第四，安置各族优秀人才于中央及各级政府之民族委员会，政治上开出一条大道，许多有为人士自不致彷徨无所，而为外人利用。第五，各边地政治经济文化逐渐开发，边地人才渐多，经济渐裕，可以作国防上人与物之就地准备，且可以补助中央。第六，一般边地民众有了光明的生路，边地前进青年亦有致力之所，则边地凭借宗教与民族为号召之封建性的军事割据，自易整理。

吾人自信对此问题之研究至慎，而对于边地危机之了解甚深，盼各方人士对此速加注意，并望政府之考虑励行。

（二十六年三月二十二日上海）①

---

①1937 年 3 月 22 日完稿于上海，1937 年 4 月 8 日发表于天津《大公报》、上海《大公报》。

# 第二篇　行纪

## 第一　忆西蒙

二十五年夏秋之交，<sup>①</sup>外人进图西蒙日亟，社中命记者深入额济纳、阿拉善两旗视察，往返二月有余，当时因环境关系，<sup>②</sup>未能发表。后又因绥战牵掣，<sup>③</sup>无暇执笔。现在西蒙危机稍减<sup>④</sup>，而当时外人经营之情形，尚

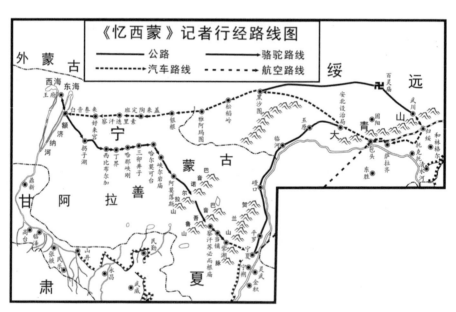

《忆西蒙》记者行经路线图（依原图修复，彭海绘）

---

① 记者访问额济纳旗是 1936 年 8 月至 10 月。此处从《国闻周报》（以下简称"《国闻》版"）原文。原版书为"二十五年夏季之交"。

② 从《国闻》版。原版书"当时"误为"当日"。

③ 从原版书。《国闻》版为"后又因绥战关系"。

④ 从原版书。《国闻》版"稍减"为"已减"。

始终未曾揭开，兹特追忆记之。以飨我留心国事之读者。[①]

### （一）初出阴山

去年秋季，一个预定的南方旅行，正要开始，忽然社命令往西蒙视察，记者尚在踌躇未决当中，而社中负责当局却很沉重的说："这次如果不赶快去，也许要错过最后机会了！"啊！"最后机会"啊！我们每一个中国人绝对不希望在中国领土之内行动，有所谓"最后机会"，除了自己的生命限制以外，我们要有在我们领土内居住移动的绝对自由！然而事实上，我们的领土却一天一天被人分割，有很多地方我们已经不能自由来往。河北省和山东省的劳动者已不能自由的到黑龙江砍伐森林，辽河两岸肥沃的农田上，已不见从前关内前去的短工苦力的踪迹！兴安岭长白山下的中国人已经不能看到山海关以内中国人自己办的报纸，内地的中国人亦不能和关外的中国人通半点消息！我们尽管不欢迎"最后机会"，而"最后机会"却仍不断的到来。我们只有希望中国人自己拿"力量"来阻止这种"最后机会"，而且我们相信，只有"力量"才可以阻止这种趋势的发展。[②]

翻开中国的地图，东北角上那一篇烂账，我们总有一天会算个清楚，然而我们如果顺着长城西看，那时绥远紧张自无问题，而绥远之西，阿拉善和额济纳蒙古一带，也在酝酿着风云变色。我们中国人虽然自己惭愧不能保护自己领土，而当新闻记者的人，却有把危急情况报告给国人的义务，我们要在危机未爆发以前，把这些地带的情形弄个明白。当时绥远事情已

---

① 深入内蒙古西部地区，实地调查和报道日本特务机关侵入西蒙危机情况者，记者为第一人。记者后自额济纳旗穿越沙漠，返回定远营和宁夏，向国民政府当局做了报告。随后绥远抗战和西安事变等重大事件相继爆发，记者在完成这一系列紧急采访任务之后，于1937年4月写出《忆西蒙》，4月至5月连载于《国闻周报》。1937年4月，南京政府电令宁夏省民政厅厅长兼第十五路军参谋长李翰园等，执行取消西蒙日本特务机关的任务。日本陆军少将江崎寿夫、特务机关长横田中将等一批日特和汉奸于7月被捕。后经国民党军西北行辕审判，13名日特和5名汉奸于9月14日在兰州被处决。记者与李翰园此前相识，在《贺兰山的四边》中三次提及李翰园以及与李之交往。

② 《国闻》版此句后还有一句："'九一八'以来的军事和外交经验告诉我们，如果我们能不断的活动的使用我们的'力量'，我们一定可以恢复我们领土以内行动的自由！"原版书删除了此句。

经很紧，如果绥远有了变动，我们再入西蒙，那就不十分容易了。[①]

八月末旬，记者随一商营汽车队，离开塞外有名的归化城[②]。我们这一队一共九辆汽车，是向新疆方面输送客货的。由绥远上新疆的汽车路线，通常是由归化经百灵庙，然后西北顺外蒙古边沿，西穿大戈壁而过，绕居延海，以至新疆之哈密。另外一条路，是由包头西北出蒙古，合上述汽车路于黑沙图。我们系遵循大路以趋百灵庙。

百灵庙与归化之间，横隔着一条阴山，车出归化城，即越过平绥铁路顺着大致整齐的汽车路北向阴山。路至山麓，转入山谷中，谷底经常年山洪冲刷，雨季后水虽全退，而积留之沙砾石块，颇不宜于汽车之行驶。谷尽，即翻阴山山脊，有名的蜈蚣坝，即是这条山脊的名称。

蜈蚣坝为外蒙新疆和绥远乌兰察布盟通归化城的必经之道，来往大车骡马骆驼甚多。坝之险峻过于贺兰山之三关口，而盘道之修筑则不及六盘山之奇巧。上下坝之坡度与弯度[③]有数处过于急剧，载重货车经行其间，状颇危殆。

下坝有庙在谷中山坡上，司机多停车入庙施舍焚香叩头，以求消减穿行大戈壁之苦难。另有小和尚在道旁化缘，谓系培修阴山大道之用。并云，有清二百余年来，阴山大道皆由此寺募化经费补修。则其功绩，实不在小。僧人本以出世为基性，然而我们历史上却有僧人从戎报国，力战外族的事实。宋钦宗时，山西五台山僧人，名叫真宝，受了钦宗之命，聚兵抵抗金人，后来被金人围困五台山，他率部昼夜苦战，寺舍尽焚，为金所得，不降而死。这是距今八百年前的历史。一百五十年后，南宋末世前幼

---

①《国闻》版此句后还有一段话，进一步表明记者涉险前往西蒙的目的及其履行使命的决心："同时在这样的剑拔弩张的局面下，从绥远西向深入蒙古以后，是否还可以安然回来，实在也没有一个人知道。然而新闻记者的任务，是在供给一般读者以正确详实的消息，重要消息所在的地方，就是我们应当深入的地方。"原版书未保留此段话。

② 位于今呼和浩特市旧城。

③《国闻》版和原版书"弯度"误为"湾度"。

帝时，常州万安僧起兵救国，他曾作诗以自明心志说："时危聊作将，事定复为僧。"①不但宋朝如此，明朝世宗时，亦有同样的事实，这又是前幼帝以后二百五十年的时候了。那时沿海各地为倭寇②所扰，少林寺僧月空，受都督万表的檄召，他愤然于国势之阽危，外人之横暴，乃率领他的徒弟三十余人御倭于松江。他的徒众，每人担任一支队，持铁棍击杀倭人甚多，后皆力战而死。这样光荣的记录，我热诚的盼望，多多的发现于第二十六年以后的民国史上！③

汽车队在阴山北坡休息，有几辆挂太阳旗的军用车从我们后面驶来，里面坐些蒙古人，开车的"友邦"人士，趾高气扬的驾着汽车横冲直闯。我们的汽车得好好的让它！似乎我们反而是到了外国的客人，我们的客人倒俨然有主人的神气！

车上的客人男女老幼一共四五十个，主要的是流落新疆的义勇军家属。他们的儿子，或者丈夫，或者乃哥乃弟，或者父亲叔伯，因为不甘在东北作奴隶，不顾一切的起来抗争，终以孤军无继，被迫流亡西比利亚，又由西比利亚转入新疆。从我们海棠叶形版图的最东北一隅，绕过外蒙古草原与戈壁，飘流到东土耳其人聚居的新疆。因为他们作了在"友邦"看来是大逆不道的义勇军，他们的家属也遭受着特别嫌疑的待遇，青年男女被监视尤为利害，三个人算"结党"，二个人算"同谋"，一个人就算"思想不良"，随时可以得到"友邦""友谊"的光顾而切去脑袋！这些得不到国家力量保护的人民，不得已才抛弃了他们肥沃的家乡，在无奈与茫然的

---

①《国闻》版此句后还有一句："我想现在我们的国家是多么危险，我们希望所有有能力的僧人都来作将，特别是抗敌前线的僧人！"原版书删除了此句。

②《国闻》版"倭寇"为"巨寇"。

③《国闻》版此句后还有一段话："汉唐以前的阴山，是被认为北边边防的要隘，异民族的武力如果南下阴山，中国的安宁，就要发生动摇。唐代诗人王昌龄对于阴山边防之重要，郑重置念，他在他的诗中，说：'但使龙城飞将在，莫教胡马渡阴山。'绥战结果，证明我们前线的武装同志，都是'飞将'，绝未曾教敌人过了'阴山'，并且我们希望，我们在相当期内要把我们的前线推进到鸭绿江岸！"原版书删除了此段话。

心情下，冒着亚洲腹地大戈壁的长途跋涉，希望在天山脚下去找他们新的慰安。

车出阴山北谷，展开在我们眼前的是青绿的蒙古大草原。起伏的山坡，诱惑我们的视线到辽远的境界。普通的观念，把"蒙古"和"沙漠"混为一谈。蒙古民族居住的区域，有沙漠，也有草地。纯粹的沙漠，是不能住人的。必须水草丰美的地方，才是蒙古民族繁殖的地方。绥远境内的蒙古区域，南面河套以内的情形我不很知道，阴山北面乌兰察布盟区域里，大半都是很好的草地，并且可以相当的开垦。塞外天寒，初秋尚不大易见已收的农产品。惟连年农村疲惫，已开垦又荒芜的阡陌痕迹，尚清楚的摆在若干平圆的土山头上。

阴山北面，我们经过的第一城是武川县，这个城的城垣大小，相当于河北山东破落的中等村寨，一个汽车就把城门装得满满的，载重车上面坐的客人，要不好好把头藏了起来，准可以被弧形的城门顶盖刮去半截。

那时正是日本积极经营内蒙的高潮，百灵庙正在日人策动之下，作为侵略内蒙的重心，我们的车队已不敢经过百灵庙，而打算从庙的西南绕过，再至庙之西北合上去新疆的大路。绥远方面各种各色的侦察谍报人员，都以武川为活动的大本营，在百灵庙对外交通已不自由的时候，我们这一大批的汽车，却要向那方面开去，无异给前方社会以重大刺激，大家都用奇异的眼光来看待我们这般过客。在群众们交头接耳的情况下，九辆汽车离开武川。①

**（二）武川遇警**

北出武川波状地大约三四十里光景，前面的车子突然停止，司机和客人都有好些下车在草地上窃窃私议，有人伸手招呼我下车，我看形势有点

---

① 《国闻》版此句后还有一句："不过，我们几十个客人总有点感觉不安。"原版书删除了此句。

不对，据他们的报告，是由百灵庙出来的日本别动队——土匪已经向我们方向前进，刚才已经遇到被这批土匪蹂躏逃难而来的难民，据他们所述情况判断，土匪的行动方向，大致和我们成正交，我于是主张用快速度突过和土匪可能碰头的地区，但是司机认为不可，理由是车载太重，装货过高，道路太坏，快车容易出覆车的危险。不得已，始决定开回归化！但是这许多去新疆的义勇军家属，他们却坚持不可，因为他们在东北家乡不能居留，关内不能生活，而跋涉万里关山，欲图存新疆，又因日本不已止的侵略，打断了去路！回到绥远之后，他们又将求生何方！我安慰他们说："西安兰州哈密一线还可以入新疆。"而他们困苦颠连的命运中，对于这种渺茫的遥远的前途，不能不相当致其空虚之悲戚了。

蒙古本来是我们五大民族之一，今天我们的蒙古民族竟在外人策动之下，以蒙地为根据，向我们自己国家进攻，我们已不能在蒙古地方自由通行。外人之侵略我们，有其必然的原因，而蒙古民族之能听人指使，以攻祖国，不能不令我们用理智来作深一层的觉察反省。

蒙古民族的本身，并不是所谓愚劣民族，而恰相反的是异常优良的民族，我们看蒙古盛时的历史，当可了然。吉朋（Gibbon）在《罗马帝国之衰亡》一书说："一二四一年春，蒙古军之蹂躏波兰，及入据匈牙利，盖其军略之优良有以致之，初不仅以兵多胜也。……蒙古将帅之行军于维斯杜拉河下游，以及德兰斯斐尼亚也，其布置之精密，尤足惊异。此种战略，匪独并世欧洲任何军队所不能企，且亦非欧洲任何将帅之所能及。欧洲将帅自腓烈特第二以降，就韬略论，无一足与速不台相颉颃者。且蒙古人于匈牙利之政局，及波兰之情形，皆能洞悉无遗，盖其间谍之组织，固甚佳也。"元代以后，蒙古民族逐渐衰落，明以后为毒辣宗教政策所毒害，始日即于不振。清魏源《圣武记》有曰："蒙古敬信黄教，不但明塞息五十年之烽燧，且开本朝二百年之太平。"且喇嘛所诵之经，皆系藏文，因喇嘛之力攻藏经，遂致弃其固有之蒙文而不顾。因而抛弃了自己蒙古民族的文化，在意识上逐渐淡薄了民族独立的思想。①

故蒙古民族之衰落，乃受外族在历史上侵略政策的结果，然而在当时各以己族为单位之狭义民族主义时代，本不足怪。蒙古统一中国，压服汉族之后，以汉族为最下层阶级，不许有武装。元世祖至元二十三年，下令中外：凡汉民持铁尺手挝及杖之有刃者，悉输于官。又搜括诸路马，凡色目人（当时欧洲及中亚来之各族人）有马者，三取其二，汉民悉入于官。顺帝时，禁汉人，南人（汉人之在长江以南者），高丽人，不得持军器，凡有马者，拘入官。故当时彼此压迫，毫不足怪，此种老账亦不必再算。因为那时我们民族的生存，是我们东亚大陆上几个民族相互间的竞争，如汉、匈奴、契丹、回纥、西夏、吐蕃、女真、蒙古、金等，然而现在这些民族大体融为五大民族，我们相互间的共同利害，较大于我们相互间利害的冲突，我们相互间有悠久的历史，我们现在遭受着外来民族严重的压迫，我们有共同的危机，我们需要共同的生存，我们已不需要"我消灭你"或者"你消灭我"的老的民族路线，我们需要在一种合理的民族关系上来消除内在的冲突，把我们共同的力量，抵抗我外来的侵略，以求共同的生存。

孙中山先生看到这一点，所以他主张"五族共和""国内各民族一律平等"来根本结束过去自相残杀的政策，重立坚强团结之民族国家，可惜他的政策，没有被后人拿来实行，没有能够根本改造国内各民族相互间的关系，完全因袭过去不合理的错误的民族传统政策，在"平等""共和"等名词之下，干些换汤不换药的老勾当。利用宗教的愚民政策，利用少数酋长，空责各族之团结，而自塞各族进行团结之路！

日本占领东蒙之后，西蒙古各部在德王等倡导之下，要求自治，其最

---

① 《国闻》版为："遂致弃其固有之蒙文而不顾抛弃了自己的文化，清廷之用意相当深远！"

初之意义，至为光明正大。其通电云："自治真意，实因事急境迫，日暮途穷，志切自救救国，不得不急图自决，以补救危亡。至于军事外交，关系国家体制，吾蒙能鲜力薄，平时尤仰仗中央之助，况当存亡关头，一切措施，更为惟中央是赖。"军事外交交给中央后，蒙古人要求自治，我们想对于国家，决无妨碍，而且中央反可以因此加强对蒙古民族实际之统治，于国家之前途，大有利益。但是内蒙自治因与察绥两省之存在根本冲突，中央不能从国家大局前途作深远之打算，彻底解决蒙古问题，同时不能对察绥两省之疆域财政等谋周全之办法，而因循于察绥两省当局与少数蒙古王公利害之间，苟且敷衍，致引起蒙古前进派之失望，而授日本以可乘之机。

政治之推进，必有真实内容，巧妙宣传无补于实际。内蒙要求自治之时，正汪精卫先生长行政院之日，他当时说："我们今日在种族上，宗教上，习惯上，已实行平等自由之原则，互相尊重了。"似乎中国国内民族问题已经解决，然而蒙古人自己的感觉怎样呢？察哈尔蒙古代表曾在南京有如下的诉苦："满清政府虽寓专制于羁縻之中，尚未夺我蒙古之主权，民国之官吏，则显分轩轾，而县与旗之感情，遂日趋隔阂，因文字之不同，重征捐税，蒙人无从争论，因言语之不通，诉讼覆冤，蒙人无凭申辩，供差徭，则蒙古出资独多，享权利，则蒙古不得参预。"所谓"五族共和"下，蒙古民族所受之法律待遇，则"蒙古地方讼诉之处理，边省机关，尚酌用前清理藩则例，及番例条款"。这些根本是对付被征服民族的东西，所以他们有知识的人又说："在形式上，虽有不分种族之美观，而实际上，实有致蒙古民族死命之虞。"

在政治理论上和政治制度上，我们既然不能得蒙古民族之同情，不能使蒙古民族诚心诚意和我们结合，那么，我们就不得不走"威德兼施"的老民族政策，使大多数蒙古人"怕"我们，同时施以小惠，使之怀"德"。然而现在的蒙古对于我们的"德"怎么呢？求自治通电云："乃政府不第不此之图，反从而穷困之。始而开荒屯垦，继而设省置县，每念执政者之所谓富强之术，直吾蒙古致命之伤，痛定思痛，能不伤感！"德既不能使之怀念，则威当可使之折服，然而通电又云："十余年来，于外蒙尚无收复之策，东蒙既失，亦无退敌之方，此不能不置虑者也。强邻压境，在中央政府放任之下，哲里木，昭乌达，卓索图，及呼伦贝尔等诸盟，旗，部转瞬非复我有矣，西陲各盟，旗，部，势蹙力弱，将更何以御强敌耶！"我们这张纸老虎，已为蒙古人看穿。彼等进不能求得合理之途径，退又不能自保，感情所驱，日方再加煽惑，故演成蒙汉自相残杀局面。记者于去冬百灵庙战争中，虽曾力赞我军攻击精神之伟绩，而偶一悬想我乖戾民族政策之前途，复使人不胜其怆然！果有妥善之民族政策，何至于在我们自己家里的蒙古民族，被人利用来和我们自己冲突！

车回过速，在武川北门外倾覆一车，几伤人命。此辈身遭离乱之义勇军家属，当对于中国不合理之民族关系，有深刻之感觉也。

为了汽车公司的营业和旅客的要求，这一队车决不能在绥远停止不动，大家决定再由包头出蒙古去试试。

**（三）黑河波澜**

归化西门外有一条向西南行，直达托克托县的公路，路虽然是沙土质，尚修得相当完整。公路所经地区，大体为冲积成功之沙土地，地势低下，含碱性甚多，故未曾开垦之荒地甚夥，庄村稀少，而民多带边人古朴之风。在归托公路的东段南面，就是有名的"青冢"——昭君墓所在的地方。昭君墓在绥远有两处，一说归化附近之昭君墓为昭君之衣冠冢。李太白的《昭君怨》①上，把昭君出塞的地方弄错。他说："汉家秦地月，流影照明妃（明妃即昭君）。一上玉关道，天涯去不归。"昭君出塞，系由长安往北走！

---

① 原版书"《昭君怨》"有误，应为"《王昭君二首》"。

因为用昭君去"和"的"番",是南匈奴王呼韩邪,他的领土是今绥远伊克昭盟鄂尔多斯地,即河套地方。玉门关在嘉峪关外,相差好几千里。出玉门关的是细君公主,是汉武帝时的事,而昭君和番,是汉元帝时事,先后相差二三十年。过去文人不谙地理的事,不只李太白,白居易在《长恨歌》上也弄错地方,《长恨歌》里描绘唐玄宗幸蜀,杨贵妃被士兵所逼,缢死马嵬坡一事,而曰:"峨嵋山下少行人[1]!"其实玄宗幸蜀,并未经过峨嵋山。

开车的工友看我有几分乡下气,因为我化装成商业公司的小职员,他慢慢要表现他的经历是超人的特别,与众不同,他就开始向我谈他"外洋游历"的经过。他最初和我谈他到过日本、美国、法国、英国、比国,我以为他是华工,然而他说是去"游历",我有几分震动了。我就请问他"游历"的经过,路线经过些什么地方。他说他首先在"青香岛"上船离开中国!然后五天五夜到日本,到日本坐火车,八天八夜到美国,又由美国"金山岛"坐火车七天七夜到法国!……他的国别走得不差,而走的方式,很有点中国小说上的"飞毛腿""神行太保"的风格,总是"几天几夜"的走法。原来他在若干年前跟外国人当差,到外国走过一趟,外国语和外国文全不懂得,时间长了之后,极简单的记忆,也弄不清楚了,于是配合些说书的材料,编制成章,构成离奇古怪的道白。这里让我们发现一个大的人生哲理,人都是自尊的,总想超于常人,那怕是虚的,他也想摆出超人的模样。假如你伤了他的自尊心,他一定感到非常的不愿意。一个人能牺牲了自尊来低首他人,这是人生的变态,他必然在此中有另外的企图。

谁知天不作美,黄河的水量,秋天增加了几尺,河水倒流,把我们必须经过的黑河桥梁西面道路,深深的掩藏在水里!昨天是遇到的"人祸",今天是遇到的"天灾",这般飘流塞上的东北同胞,真是不胜痛苦之至了!

---

[1] 原版书"行人"有误,应为"人行"。

除了开车的以外，没有人愿意再回绥远的，乃决定绕道走北面，希望绕过黑河的上源。汽车开了一段回头路，再向西北走了一段从来没有车压过的所谓"公路"。草是长得满满的，有几段被风吹断，松沙所在，往往陷入车轮。辛辛苦苦赶到一处荒村，叫做多尔坝①地方，黑河仍然有一尺深的水量，河底是软泥，过是过不去的，但是不过去，又怎样办呢？

拂逆逼出了决心，大家决定在河边露宿一晚，再想法堵水挖泥，或者用草木来填河，总之非过去不可！

八月二十九日晚间，我们这半百以上的征人，男女老幼杂然并呈的，在黑河边上开始长征中第一次的露营生活。车上带好的帐幕，被这般老于沙漠生活的车夫和助手迅速的建立起来。一队汽车加上三个帐幕，几十个人来来往往，临时掘成的土灶，放出炊烟，呼儿唤母的声音，②男女杂沓，仿佛成了一处村落。

夕阳落在西山坡下，老年人、小孩和女人，敛迹到帐幕中去了，壮年男子过不惯帐幕中闷热的气氛，大半在相当坡度而且不当风的沙土上，选择了自己的阵地。女人生活的本身，比男人要多些麻烦，而女人对于痛苦环境的忍耐力，平均比男人要薄弱，她们痛苦感受，总希望从口里说了出来，觉得这样才可以得相当的慰安。小孩子是更不能忍耐的，他们的痛苦，总是用"哭"来解决，用"哭"来逼他们的保育者给他们以满足。这三顶帐幕，此时就成为东北流亡人怨恨之音塔了。

我睡在幕外，被里很热，被外很冷，久未血食的粗大蚊虫，毫无经验的扑人面孔，枕头两边已经伤亡累累，而它们仍然前仆后继的"不惜牺牲"！怎样也睡不着，纵眼看满天星斗，往东一看，就是白山黑水的分野，今夜

---

① 地名待考。根据书中的描述和地理分析，记者车队一行露营地点应在大青山南麓大黑河支流东岸一带。
② 《国闻》版为"人们呼唤的声音"。

饮露餐霜的东北流亡，他们对于这种情节，应当有另一种想法①。

夜深了，疲倦驱使我入睡乡。梦魂中一位健壮庄丽的女子，送来一匹雪白的大马，我们并辔漫游蒙古，初升的朝暾，和垂没的夕阳中，我们总在地平线的远处，驻马私语……

人声渐渐的嘈杂，在我梦的感觉中，以为是人们在议论我们，张开眼睛一看，原来夫役已经起身收拾车辆。东方刚出现于地平线上的紫霞中，只有风！只有雾！我的衣服和被褥等，完全浸润于河滨大露之下，作了蒙古旅行初夜的牺牲！

天明了，大家的视线开展了。我们宿地北面二三里的地方，已经是黑河的尽头！顺着河边，就可以绕行过去。大家又高兴，②又自气。昨夜过河那些准备，完全用不着了。沿河源数里长的青草坪上，露珠覆被着草头，车行草上，激荡成风，草随风偃，如舟过水面。

一队车连续通过草滩。关于③选择道路和穿过危险地带开车的方法，后面的汽车是唯头车（第一辆车）的马首是瞻。旅行车队有点像多党的国家，头车是当权的政党。头车如果带路不好，后面的车辆对他一定不满意，往往逼成他老羞成怒。头车出了毛病之后，后面的车子如果巧妙的通过险地，固然博得客人们的叫好，同时就引起同事间的忌妒。特别是当权的头车，要引起非常的反感！平心而论，头车应该多得后面车子的原谅，因为后面的车子已经有头车的得失作参考，少去许多失败的机会，这点便宜关系不小，不要敷浅的只看到自己的成功！

萨拉齐县④是绥远最富足的县份，土地最肥，鸦片产量甚多，因此农

---

① 《国闻》版为"应当有更深刻的感触"。

② 《国闻》版为"大家又兴奋"。

③ 原版书"关于"误为"关为"。

④ 今包头市土默特右旗萨拉齐镇。

村收入很优裕。富则招匪，从前萨县遂成为土匪最厉害的区域，道高魔垂①，防御土匪的方法也加强，萨县城垣之防匪设备，要算相当坚固了。

萨县境内一个近代化的大工程——民生渠，可算完全失败了，不明中国水利原理和水利传统的外国工程师，反不如中国无名的有经验的技士②，迷信外国人的阶段，应该快过去了。

顺着无水的民生渠边，翻过萨县附近的平绥铁路，改遵大青山南麓，续向西进，山上还存留成片的青松，山头还有几处西藏寺的庙宇，所谓土默特旗的牧地，而今已全然成了汉家风土，残立山头的蒙古喇嘛庙宇，只表示蒙古民族在这里的回光返照！

### （四）再渡阴山

小小黑河的阻挠让我们两天才到包头。包头日本特务人员，听说我们是去新疆的汽车，特别来详细看看。谢谢他们如此关心！

包头北出蒙古，有两条山谷可通，一是大沟，一是小沟③，都是阴山里的谷道，我们选的小沟一路，那时包头的驻军，已经重重的把守谷道。军帐搭在山头上，颇有古代"戍边"的风味。

小沟足有四十里长，曲折走出山沟后，并没有什么下坡，直接进入蒙古原地。这里我们可以领悟到，蒙古高原在阴山是一个阶层的边沿，东南行在张家口又是一级，居庸关所在的南口山脉是第三级。

蒙古原地上，乌兰察布盟区域，大半是水草茂盛的牧地。草地地势，平坦润泽，不但行使汽车相宜，而且风景悦目。汽车进入草原，通常可以开足七八十公里一小时的速度，随波形的汽车路，起伏前进。正如一队战舰突破碧蓝的水波，海上浮沉。④

---

① 原版书"垂"有误，应为"重"。
②《国闻》版为"有经验的技师"。
③ 地理位置待考，疑指今包头与乌拉特前旗交叉地带的哈达门沟。
④《国闻》版为："正如一队战舰突破碧蓝的海波，浮沉海上。"

　　安北设治局 <sup>①</sup> 正在我们必经的路上，县城内容的充实，远不及武川。在午尖的旅店里，听到几件新闻，都是关于民间欠粮，被厅官拘去的事件，这恐怕就是"家有二顷田，头枕衙门眠"的古典今验了。

　　蒙古草原的美丽，我见斯文赫定 <sup>②</sup> 对它有正确的了解，一望无边的青绿，其中没有一丛林，或者一棵树，来打破这种青芮的平顺。前面，向任何方的前面看去，总是悦目的绿色铺好的野景。波形的绿地，犹如微浪的海洋。矮小的山岗，正如海中细岛。在村庄绝迹的绥远西北中公东公等蒙旗中 <sup>③</sup>，一座金碧辉煌的喇嘛庙 <sup>④</sup> 之突然出现，无异久航茫茫的太平洋中，突然看到檀香山岛。到了夕阳疲挂在西方，灰白的光幕斜罩着大地。草地里的马群，受了汽车的震动，没命的狂奔。<sup>⑤</sup> 它们一向自由生活惯了，蒙古地方可供交通用的动物，只有它们跑得快，只有它们灵巧，它们自己经验上觉得是天之骄子，它们是比高大的骆驼还要受蒙古骑士的欢迎。我们这一队比它们更快的东西，巨大的吼声——发动机与汽笛的声音，使它们感到第一把交椅的动摇，它们惊惧，它们愤恨。似乎它们不佩服我们的汽车，因而以它们最大的速度，开始和我们赛跑。夕阳草上奔群马，鬃飞尾直眼回顾，这是多好的写生题材！

　　傍晚，过一条叫"海留图"的小河 <sup>⑥</sup>，河的西岸有几家蒙古包，为汉

---

① 设治局为官署名，最早在清朝末年出现，凡某地预备成立新的县政府之前，可预先成立设治局。安北设治局在民国时设置于绥远特别区，1936 年安北设治局治所所在地为今乌拉特前旗大佘太镇。

② 斯文·安德斯·赫定（Sven Anders Hedin，1865—1952），瑞典地理学家、地形学家、探险家、摄影家、旅行作家。在瑞典和德国政府的资金支持下，他与中方合作发起了 1927 年至 1935 年间的中国与瑞典联合西北科学考察。

③ 今内蒙古自治区巴彦淖尔市所属乌拉特前旗、乌拉特中旗、乌拉特后旗地区。乌拉特部落是蒙古诸部之一。习惯称前旗为西公旗，中旗为东达公即中公旗，后旗为东公旗。

④ 按书中描述的行程、地理位置及历史资料推断，疑指沟心庙，该庙位于今德岭山镇东北山下，系达拉特旗属庙，清代建筑，曾有 8 名喇嘛，1967 年该庙被毁。

⑤《国闻》版无此句。

⑥ 即海流图河，流经乌拉特中旗政府所在地——海流图镇东部，是一条南北向季节性河流。"海流图"系蒙古语，意为"风吹草动"，呈现波浪起伏形态。海流图镇南部有"海流图河"地名。本书中车队"行国"住宿地点约指距海流图镇南 5 千米的地段，今同和太牧场东址。

商所经营。三十一日计行
四二〇里①。此间较大的蒙
古包已经不是活动的房子，
而是仅有蒙古包形状的固定
土屋。车队集结的停了下来，
比原来几家蒙古包的气势还
要壮盛，简直是一座"车城"。
欧洲古代有"城国"，我们

荒野中的喇嘛庙（方大曾摄）

也可以叫作"车国"。因为我们有几十个男女老幼，"人"的条件有了。
我们有统一的管理制度，生活和行车，皆有统一的筹划与指导，"政府"
是有了。我们有相当的武器，可以自卫，"保卫"的机构有了。只是，我
们没有固定的领土，缺乏近代国家构成上一个重要因素。不过，我们也可
以叫作"行国"，如汉时称西域游牧国家的名称。

　　"行国"住宿之后，"行国"中人的社会活动，随着展开，炊夫忙着
烧茶作饭，车夫忙着收拾出了毛病的机器，老年人多半疲乏不堪，躺于帐
幕里愁眉皱眼，小孩子把他们都市里带来的纸条随风放荡，青年男女们总
喜欢到海留图河边用清寒的寒水来洗涤当天的尘垢。这样几千里戈壁长征
的旅客，谁都准备有相当的食粮，这时，大家开始享用了。小箱作了方桌，
松沙是天然的"梭发"，甲的酒，乙的肉，丙的饼干，带吃，带说，带唱。

　　东北人总是说东北的事多，他们痛骂东北那批自私自利的官僚军阀，
拼命刮地皮，结果都归了外人。剩下一些财产，弄到关内平津一带，他们
的子子孙孙拿了这些财产在平津一带作恶，悖入悖出，必无下场。日本占
了东北，所有稍有财产的商店，都给他弄上一个顾问，财政上出入要得顾

----

① 《文集》版误为"计行四二〇〇里"。

问的同意，结果这些商店成为顾问的私产！

海留图河续进，汽车在草地里飞驰，风景舒松清畅。经过好些难过的道路，益发显得头车司机的重要，他在车队中的地位，等于一国的领袖，他不但要有特殊的经验，而且他的度量要有海样的宽宏[①]。他也许有独出心裁的特别做法，暂时不为群众所了解，遭受了许多误会。但是，他必须在事实上表现无假公济私之行为，才能得大家的谅解。他自己主要的是要能为大家开路，领导向前，有许多误会和怨言，就不能深究，更不能只是回头和其余的司机争吵，而先剪除那些能干的司机。因为有脾气的司机，大半是技术较高的分子，也就是这一车队的骨干，他们容易自夸，容易对领导者不满。诚然他们的本领，也不见得比现在开头车的人高明，但是如果不能忍耐的将这些干员排斥了，真遇到艰难险阻的时候，又没有人才了。

不好的道路，如果有好的司机，也可以渡过许多难关，所以一个国家杰出的领袖，至为重要。

一串汽车赓续的行进，其中任何一个出了毛病，立刻落伍到后面。时代的洪流，不断的演变，不能把握时代来不断改进自己的人们，当然很快就要为时代所抛弃。许多不长进的人们，反而常常用愚民的教育政策，来阻止后面年青人的进步，这当然是不可通的。

车队各司机，平时是各不相下，谁也不佩服谁。然而他们相互间却有一种道德的自然法则存在，大家对于这个法则是无条件遵守的。只要车队里任何一个车真正出了大毛病，或者陷在沙窝里，其余所有的车夫助手都一齐来帮忙，来营救。这种行为，是不待招呼的，无条件自动的。这是因为共同利害的结果，因为这样辽远的蒙古旅行，谁也不能说自己准保不出些危险，如果不是大家合作，每个人都无法解决其自身的困难，每个人基

---

①《国闻》版为"要有海样的度量"。

于自身的需要，发生了不成问题的团结要求。因此，在政治上要谈团结和统一问题，使利害共同，是最根本的方法。

九月一日这天，我们遇到了漫山遍野的黄羊。这种野生动物，我在青海看过，从祁连山南北的地方，东北向察绥内蒙，这一带地广人稀的地方，都是它们繁殖地。黄羊奔驰速度，不等寻常，三十公里一小时的汽车和它们并驾齐驱，它们仍可以在汽车的前面赶过！

所有的生物，都根据自己生存的需要而活动。黄羊生存的方法，有点值得注意的地方。它是对于动物界来说，完全是"守势"的，或者"消极"的生存。它没有巨牙，又无利爪，不能牺牲任何动物来满足自己。但是，其他的动物却不能说没有牺牲它的意思，因此，首先它有一种适应于当地当季的土色和草色之保护作用的毛色，减少被旁人发现的可能。万一被其他有伤害性的动物发现以后，它就开始逃跑，它的普通速度几等于马的狂奔。在紧急关头，它能纵跃前进，一跃能离地三四尺高，一二丈左右远。不但成长的黄羊如此，初生的羊犊，刚脱母胎之后，一见风就可以跑路。

战略上，有必须取得某地某事始为胜利者，同时，有只须不给予敌方某地某事，即为胜利者。这里取舍得失，全在研究我们生存的需要在什么地方。

午尖在黑沙图①，这里是新疆哈密，甘肃酒泉，张掖和阿拉善蒙古走草地进入绥远的总口子。从前西北一带的鸦片都经此至百灵庙转归绥。鸦片过境税，是绥远财政上看不到的大收入。德王所主持的蒙政会为了鸦片过境税问题，也是和晋绥决裂的一重大原因！百灵庙形势特殊化以后，绥西屯垦军派兵把守黑沙图，所有鸦片，不准再走百灵庙，改由此去包头。

三五处蒙古包，加上一连人的土屋兵营，此地也俨然蒙古地中之大镇。

①又称哈沙图，蒙古语，意为"有圈之地"，应位于今乌拉特中旗甘其毛都镇呼格吉勒图嘎查境内。

所谓汽车站，也是蒙古包。所谓商店，也是蒙古包里有限的一点东西。

**（五）瞻回松稻岭**[①]

过黑沙图之后，蒙古地的戈壁味，就要慢慢浓厚起来。穿过许多沙河，上下许多小石山，草地慢慢减少，丛生的骆驼刺，一小堆一小堆的长着，有点像人头上长的癣癞。有一条小河，叫乌尼乌苏[②]。过了这条河，地方更荒瘠，地面看起来不顺眼，汽车开来也困难。东一个红山头，西一个黑石堆，偶尔有一片草滩，驻上一二个蒙古包，几匹小马，几头牛羊，蒙古包的毡子也破破烂烂，一切都表现穷困。

自西而东的骆驼队，常常和我们碰头，他们载着蒙古出产的驼毛羊毛，七十里八十里的一天一天的穿过这亚洲大戈壁，路上没有地方可以供给生活上的用品，所以这些驼夫和客人，从他们出发到终止的地方中间所需要消耗的东西，虽如火柴针线之微，亦得自己带上。特别麻烦的是饮水的携带，戈壁里常常是三五天没有水，或者水味咸苦，这些旅行队总带了几个大木桶，预备些味纯的饮料。我们车上也带水，而且不只是饮水，连汽车水箱用水也在内。不过，因为我们每天预定的住宿地，都是比较有好水的地方。汽车的速度，是可以逃过戈壁几百里的干旱地的。我们必不可少带的，是午尖用水，几十个人一餐所需水量亦相当可观。

安北附近，广阔的草原中，东鳞西爪的开垦土地，有如锦缎长衫补上颜色不调和的布块，在我们这些地方是看不见了。

九月一日过午不久即驻松稻岭。"松稻岭"乃译蒙古音而来，这里无松，无稻，更无山岭。只是平沙万里的戈壁上，聚立着三四个蒙古包。

由绥远上新疆的骆驼道，从前出百灵庙，经过外蒙古境内，外蒙独立

---

① 又称逊都勒，蒙古语，意为"沙丘"，位于今乌拉特后旗获各琦苏木毕力其尔嘎查境内。
② 乌尼乌苏河位于今乌拉特后旗巴音前达门苏木苏布日格嘎查境内。

以后<sup>①</sup>，改出阿拉善、额济纳两旗，选比较有水草的路线。这条主要的道路是由包头或百灵庙到了黑沙图之后，西南走阿拉善之三德<sup>②</sup>庙，阿拉善鄂博<sup>③</sup>，以达额济纳河之上游，西走新疆。但是这条路，不宜于行汽车，因为湿地、咸地甚多，且过额济纳河很不容易。现在通新疆的汽车路是新绥汽车公司开辟的。从黑沙图和骆驼路分家，而西向直穿大戈壁。斯文赫定博士和徐旭生<sup>④</sup>先生所领导的西北科学考察团，是走骆驼路。这条汽车路之开辟，是新绥汽车公司工程师杨少农先生和一批司机经过重大辛苦的结果。他们最初探路的时期，曾因迷路，困处戈壁中，绝粮断水，几致不能自救。

松稻岭几家蒙古包中，除了一家是车站外，其余的都是商人。真正的蒙古人，是不住在大道附近的。他们怕热闹，怕人多，总喜欢把蒙古包架设在沙窝里，山脚下，或者远远的戈壁中。有了需要，才到汉回人开的买卖家来换些东西，平时是不轻易和他们碰头的。这里的蒙古人，外蒙古逃来的王公贵族不少，如果照"白俄"式的说法，那就是"白蒙"。他们散逃在内蒙的沿边，苟且的生活着。松稻岭商家主要的顾客，还要算这批流亡的过去蒙古统治阶级。

从来汉商在内外<sup>⑤</sup>蒙古，分为京、西两帮，西帮为山西之太原、大同、汾州，河北之天津，察哈尔之宣化，张家口及多伦之商人，共同组织而成，其基础创于清康熙年间，势力遍于内外蒙古。京帮则专指北平安定门外外馆客商在库伦所设分号而言，其基础始于清咸丰年间，远在西帮之后，资

---

① 辛亥革命之后至记者本次西部考察之前，外蒙古曾三次宣布"独立"。此处指在苏联支持下，1924 年 11 月 26 日蒙古人民革命党宣布废除君主立宪制，成立蒙古人民共和国。但中国以及英美等国家皆未予以承认。

② 三德，蒙古语，又称尚德，意为"小浅井"。历史上此处建有庙宇，故名。位于今乌拉特后旗尚德苏木境内。

③ 参见《阿拉善境》同名注释。

④ 徐旭生（1888—1976），名炳昶，字旭生，考古学家、历史学家。曾先后担任国立北平大学女子师范学院院长、国立北平师范大学校长。1927 年作为西北科学考察团中方团长率团前往中国西北地区进行考察。

⑤ 从《国闻》版。原版书脱漏"外"字。

本亦远不及西帮之雄厚。外蒙革命以后，外蒙商业根本无法继续，汉商已丧失蒙古市场之主要部分，所余内蒙商务，殆如孤烛残灯，渺无足称述。剩下来的这些汉商，已不如前此之大规模，有组织，有系统。只是，他们的营业方式，颇给予民族关系上以恶劣影响。蒙古人的贸易，大半是以物易物，交换物的双方，虽也作成货币表示的价格，如甲物定为八元，乙物定为五元，但至甲乙两物交换时，除物换物而外，乙物方面多半另外加上价约三元之丙物，给予甲方，交易用现金作媒介者绝少。蒙人牧畜为生，其生活用之粮食、布帛、茶叶、水烟等不能自给，必待外间之供给。而其自身之所产者，为牲畜，为皮毛，并无独立之货币制度，完全用其接近之民族的货币，自身并不制造货币。故其交换方法与力量，既幼稚，又薄弱。汉商遂用一种特殊的贸易法，以对付蒙古，其所办货物，先尽量赊给蒙古，并施细小恩惠，以笼络蒙古。蒙古贪此便宜，争相赊货。其实所赊之货，份量既不够，货色又不好，至于所定价格，却大得可怕！蒙人只图当时不出现款，并不能考虑到交易的内容。所以一赊之后，永远还债不清。年年用皮毛还旧债，而新债又已加上头来。汉商在收受蒙古人皮毛的时候，总是以多报少。让蒙古人吃些无名之亏。

许多经营蒙古商业的人，他们是唯利是图，只要他们可以有钱赚，不管将来会遗蒙汉关系上以何等影响。在他想来，他们家住山西或河北，拿了一点本钱，来蒙古求发财之路，钱越赚得多越好，此外他们就不知道有什么。就他们本身说来，跋涉数千里，离乡别井，深入蒙荒，刻苦经商，必须赚钱，始有脸回家，往往有少妻幼子者三年五年始得回家一趟，不能不说相当辛苦。所以改善蒙汉贸易关系，只有政府在合理的民族政策之下，来加以新的指导，单单责备汉商也是不行。

那时日本人之过松稻岭西入蒙古者，已有三四起，其中一起去定远营，其余的都西入了额济纳。他们沿路笼络威吓商人，许他们一些未来幸福，许多商人慢慢感到日本势力之可怕。为顾忌自己将来在蒙贸易之安全计，不能不敷衍日本，因此不大敢和日本的侦察队作对，总是虚与委蛇。

一个在蒙古给日人侦察队作向导的蒙古人，狼狈的逃到松稻岭。他跟日本人很久，他也懂日语，也懂汉语，因为日本人不打算要他，他一个人跑了几百里，才到这里。从二十四年起，到二十五年秋季止，[①] 日本人已经将百灵庙至阿拉善首府定远营，和百灵庙至额济纳的道路测量完备，其中有一大段路，都是他作向导。

据蒙古人的报告，有约二百人的间谍，曾潜赴外蒙古库伦，然而生还者，仅有一人！而此硕果仅存之一人，亦未及作成报告而死！盖外蒙检查森严，不易活动，故大半被捕，此最机敏之一人，因所有观察所得之山川形势，道路险阻，政治情况，军事部署等，全用脑记，故平时即过度使用其脑力，归返特务本部时，即以脑充血暴卒。

二十五年春季，[②] 曾有一中英语皆甚娴熟之二十五岁之东洋青年，被派入新疆调查，其所选道路，系骑驼偷走戈壁入新疆。夏季则另有一队测内外蒙古和新疆甘肃交界的马鬃山，此中有印度人一名，化名"那若"，工作甚力。据云那若为东京帝国大学毕业生，通英日华蒙藏等语言，为印度青年派之反对英国统治者，其与日本合作之目的，盖欲借日本之力量，以击走英人。因而极力帮助日本侵略中国之蒙古、西藏，盖蒙藏如入日本手中，果能相助，进攻印度已有根据也。

德王曾派其亲信之掌印官某蒙古人为侦察队之翻译，途中因为不顺日人意，被毒打一顿。日人沿途送蒙古公王许多珍贵物品，如珠宝之类，但经内行看过，其中真的没有多少！

我们遇到商人，总是打听西面的消息，他们总对我们打听东面的情形。

---

① 即 1935 年起到 1936 年秋季止。
② 即 1936 年春季。

大家有一个共同的情绪，是焦虑日本武力进攻绥远，鼓动蒙古。如果绥远有失，蒙古不保，我们大家都会死无下场！

**（六）狂欢之夜**[①]

为了休息司机们的辛苦，和整理车辆，大家决定二日在松稻岭停留一天。从蒙古人那里买来一只肥羊，宰来大家饱餐一顿。戈壁里唯一的主要食物，就是羊肉。蒙古人卖羊，是在羊群里任你选择，一只几元，二只几元。第一，不能把一只羊分开来卖零斤的羊肉；第二，不能以"元"以下的单位来计算价格。因为在地广人稀的戈壁中，不能同时有许多顾客，如果你只买去一只羊的一部分，其余的十九难找顾主。蒙古人不习惯辅币的使用，法币在戈壁中根本不通，如果不值满一元之价格，则另外添物补上，要令其找退"几角"之数目，根本亦不可能[②]。

枯燥的戈壁旅行，和原始的帐幕生活，使我们每一个人都感到精神上的死寂，休息这一日中，看到每一个青年男女频频进出简单帐幕的无聊。戈壁是那样茫茫无边，人类对于自然加工的成绩，就是蒙古包这几个。我们需要热烈空气来刺激，我们需要同伴们彼此内心情绪的交响。于是"戈壁同乐会"的要求，在每一个旅客心中萌芽了。

日间用马枪对着戈壁里任意选定的目标打靶，姑不论打中打不中，许多人的心弦，总算借此兴奋了一下。碰巧有几个外蒙古人来这里换东西，我们请他们回去把他们的太太小姐请来参加当晚的同乐会，请她们跳蒙古舞，他们点首答应，我们的兴趣于是更加浓厚了。

同乐的要求，是大家一致的，然而许多中国人的生活习惯，太偏于个体的活动了。缺乏"群"的习惯，缺乏组织能力，不敢大刀阔斧的作自己应作的事情，总要让旁人领头，自己才可以跟着前进。平日可以哼几句的，

---

① 《国闻》版小标题为"狂欢后的惨剧"。
② 《国闻》版为"根本没有办法"。

到人面前时，一字也不好意思唱了。这个原因，使同乐会的进行上，感到相当困难。但是因为这是大家共同的需要，小的困难终不敌大众要求的洪流，让我们的同乐会在"戈壁之夜"热闹的展开。

参加同乐会表演的分子，有女客，有车夫，有男客，只可惜约好的外蒙古小姐没有来。表演的内容，有蒙古诗歌，有俄语会话，有女客唱歌，有车夫说书……会场是许多煤油木箱，在汽车，帐幕，蒙古包之间的戈壁地上，围了一个小圈，箱子即作为坐凳。另外几个木箱，叠在中心，上面放一个半截煤油桶，桶里面放一个盛满机器油的大碗，小束布条的一端浸在油里，另外一端燃了起来，对四面放出淡黄色的光辉①。

首先是一位小姐唱《教我如何不想他》，啊！她的家属，她的"伊人"，也许正在伊犁河畔。她这一唱牵动许多旅人的情绪了。在天之涯、地之角的他和她，也许对于这群旅客有梦寐不忘的关联，也许她想他，也许他想她，然而各人愁绪，都被她的歌声扰动了。

节目中最有深意而且动人的，要算一位久居外蒙的客人所唱的《库伦弱女之哀》，译出来大意是这样：

其一，　"我是丧了父母的可怜女子，

　　　　我哀号在大库伦军部的门前，

　　　　我要求同胞们可怜我，

　　　　给我以与大家平等的待遇！"

其二，　"富人们的享受实在太好了，

　　　　高大的门墙，确是威风，

　　　　红黄缎子一身要值多少元宝，

　　　　热腾腾的羊肉，是多么可以充饥！"

———————————

① 《国闻》版为"对四面放出相当的光辉"。

其三，"有人说我生来是无能力的贱人，

应该与饥寒共此一生，

但是，我不这样相信，

试把高楼大马的人和我较量较量，

他们的才识也不见得比我高明！"

会场的情绪愈加热烈，我唱了一首歌退回自己原来坐的煤油箱时，一位在莫斯科成长富有斯拉夫风格的小姐，已坐在我的煤油箱上，我正要另寻坐位，她却把箱子让了半截出来，抬头望望我，用怕人听见，又怕我听不见的声音说："你坐！"

谁也料不到我们能在戈壁中能如此大乐而特乐，这里的商人们，恐怕他们一生一世还没有看过这样热闹的机会。我们同乐的意义，不同于杜工部"乱离还奏乐，飘泊且听歌"的"还""且"消极态度，认为是无聊时的消遣办法，而是用群体的感情交流，激发热烈兴奋的情绪，来战胜当前艰难困苦的环境。

松稻岭西行，地更硗瘠，一百四十里至雅阿马图①，这算全然进入纯粹戈壁中了。戈壁之古称，叫"瀚海"，这是有相当经验的说法。因为戈壁的形状，虽然是大致平坦，但是其中仍分为许多小的盆地，每个盆地的沿边，也有小的山梁，由山梁到盆地有许多无水的沙河，倾斜到盆地里，盆地

被黄沙覆盖的绥新公路（李靖摄）

---

① 根据新绥长途汽车公司路线图，此地名称为"海雅阿马图"或"海牙阿马图"，位于乌拉特后旗北部。

戈壁上，也有独立的小丘，形如孤岛，沿边有许多港湾的形状，从全般看去，原来有水时代对于海岸浸蚀的痕迹，尚可非常清楚的看见。因为戈壁是保持干枯后之海的形态[1]，因此唐太宗时姜行本征服西域高昌国[2]后的纪功碑上，才有"苑天山而池瀚海"[3]的切当文章。不过，要以"瀚海"为"池"，以"天山"为"苑"，姜行本的口气，有几分非常人所能办到[4]！

在戈壁里行车，有两种地方不好走。一是带沙窝性的戈壁，地面的外表也是坚硬的戈壁，但是不能受重车的压迫；二是上述无水的沙河。车子到了这两种地方，是最头痛的地方，总是常常把车轮深深陷在沙里，要许多人下来推车，并且还要粗绳编成的"走沙"一节一节的铺在地下，辛苦万状。一天如遇上两三回这种地方，就算大倒其霉了。

戈壁中的饮食，是不能再比的简单，白水煮面片，一顿如此，两顿如此，三顿四顿亦莫不如此。但是，因为终日奔驰，颠簸，而又无其他杂食机会，每人饭量都大得可惊！

我们旅途上，还有一桩大事，是戈壁里的燃料问题。有好些地方，几百里无水草，当然没有树木，所以燃料取给，殊非易事。自然界的配合，非常有趣，在戈壁里某些松沙地带，存在着大量枯死的木本植物，土人名之曰"桔梗"[5]，干大根短，攀折甚易，且发火速而热力强。我们遇到午尖或者晚间没有燃料的地方，总事先在途中把燃料预备些在车上。

三日的路程，所过多半是群山和沙河，路道崎岖，眼景荒茫，连天空中一只鸟也未曾看见。道路慢慢接近外蒙古的边界，北面不远的山梁，说

---

[1]《国闻》版为"戈壁是保持干枯后的海的原形"。

[2] 唐贞观十四年（640年），唐太宗以吏部尚书侯君集为交河道行军大总管，姜行本为行军副总管，征服高昌国。

[3] 见《大唐左屯卫将军姜行本勒石纪功碑》。

[4]《国闻》版为"真非同小可"。

[5] 植物名。标准蒙古语译名为扎格，汉语名称为梭梭。梭梭为固沙林种，生长于沙漠或平坦沙地，其根部寄生贵重药材苁蓉。额济纳旗境内梭梭密集生长地带在温图高勒（拐子湖）和古日乃地区。《文集》版误为"枯梗"。

是内外蒙交界的地方。从前的汽车，走山梁的南面绕过。因为外蒙古边卡哨兵随时出来盘查，碰上以后，多半要给他们扣留，后来才改走稍南的现行道路。但是这里距外蒙边境，不过二三十里，仍为外蒙卡哨出入区域。司机们要想逃过这段危险，兼于冲过软沙地带，大家开足马力，往前直闯，八十公里一小时的速度，真不算慢。一会儿过 滩，一会儿又过一山。

"不好了！"坐在二车上的我，亲见头车翻倒了！不得了！不得了！这里翻车不得了！

后面的车子都忙乱的赶到，人们忙乱的下车，叫的叫，哭的哭，几十个人乱做一团。原来头车装货很满，车上还坐了七八个客人。车是先往左翻，又往右翻，把上面一部客人抛得很远，有些已经昏迷不醒，而此时车下还压着两个！一个青年，一个老头儿！

头车的司机急得碰车，直呼"怎么了！"坐在头车前座的老头儿向导，把左手指折断几个，满身是血！一部分客人照拂戈壁上跌昏了的同伴，大部分的男女都围着压着人的车子乱嚷。"抬呀！""拖呀！"……三四千斤的重车，抬固然抬不起，拖也拖不动，两个男人被压在下面，足足有二十分钟，没有听到他们呼唤！

"完了！""完了！"大家对于这两位不幸者感到深切的恐慌了。急则智生，集中所有人的力量来抬一面，希望稍为起来一点，不管是否可以抬动，大家总出了最大的力量来抬，我感到车子似乎动了一点之后，车子突然又往下沉，我正嚷"抬！""抬！"……大家都放了手去到另一面，原来两个不幸者，已经在车身稍起时，被人拖出来了。

年青的压坏了眼面和肺胸，口中不断吐血，年老的压断了脊骨，两只脚和大小便完全失了知觉。

### （七）蒙边惨剧①

倾覆的车子，原来是我坐的。我的行李完全在那辆车上，都被抛压得粉碎不堪。车子的四周，东一个破箱子，西一个散布包，破碎的玻璃，零乱的货物，车箱四周有许多殷红的鲜血，水箱和油箱漏出来的液体，浸润了一块一块干燥的沙滩，鞋子、帽子、饼干筒……完全和败了兵的战场一样。

轻重的伤者，虽然有许多人看守着，然而紧急治疗伤病，却没有医生，九年前我做看护兵的经验②，正好勉强来使用。初步消毒，止痛，和绑扎，都是我一个人下手。此时我俨然作了战后的救护工作，内心笼罩着无限的凄凉！

紧接着我们全体的问题来了。这两个重伤的，决定不能再行前进，必须送回包头，而且当晚必须在外蒙古边上度过一宵，万一被外蒙兵发觉，扣解库伦，问题可真不小。这里没有水，还是小问题。

终于这样商量定，如果外蒙古兵来了，我们请会蒙古语的人交涉，如果俄国人来，请会俄语的某君和某女士去对付。谈话原则，是我们乃被东邻压迫，不能生存的人民，我们要到新疆去，准备我们回到东北的力量。假使他们是同情反对侵略的，也许不为难我们。

有经验的旅客，抱着枪，离开车辆和帐幕③去睡觉。理由是，蒙古人如果来袭击，一定对准车辆帐幕来。

发生惨剧的地点，叫作银根④。两位受伤者单独住一顶帐幕。老年人已经不能讲话，年青的吐血非常多，看来情形严重，他俩的家属和亲友都围着他们的相关系人发愁。我自己也感到事情不好办，只好强为镇静，说

---

① 《国闻》版小标题是"内外蒙边"。

② 1927年至1928年记者曾在江西一带的军队医院做过看护兵。参见"范长江生平大事记"。

③ 原版书"帐幕"误为"帐暮"。

④ 银根的全称为银格呼都格格，蒙古语，意为"母驼井"。位于今阿拉善左旗乌力吉苏木北部，临近中蒙国境线。

过去如何遇到多少次和这里同样的现象，如何如何没有危险，[1] 休息一晚就可以有办法。他们发愁也无用，只好听我这一套聊以自慰的说法，去抑制他们暗淡的心情。

当天晚上，每个人都迷迷糊糊的过去，除了无知的小孩，谁也不敢安心。做晚饭举火的时间很短，因为同行的内行警告说，戈壁夜间举火，可以被百数十里以外的侦察者发现，银根距外蒙边只有数十里！

侥幸过了夜间，四日的清晨，人们的头脑才开始清楚，所谓银根地方，是"一片荒漠无人影"，昨夜的饮水还是用汽车取自十数里之外！

旭日东升，戈壁的沿边发现一匹速步而来的骆驼，没有戈壁经验的人，心弦开始紧张，以为什么意外袭击事件的来临。所有的目光都集中在突如其来的异客上。距离近了，目标大了，驼上骑着一个女子，和一个小孩，没有武器，这团人的心绪才松弛下来。她离我们二三十丈远就下了驼，用惊异的眼光来看汽车，把我们抛弃了的破布、败纸、香烟筒、罐头盒，都当作珍奇而收拾起去，甚至于昨天惨剧后的血衣血纸，她都一并重视！

她的发辫和服饰，说明她是未嫁的闺女，但是她已经生了孩子[2]。为了表示她的得意，她特意把她小孩的小小阳具，指给大家看看，夸耀她是男性的生育者。

不过她这一来，使司机们起了相当的戒心。因为他们有了这样一次新奇的经验，不能不有相当警备。某次一辆汽车坏在戈壁里，等后方的零件到了才能修理，内蒙古一位铁匠，看上了汽车的铁料，夜间乘人不备，放火烧了汽车，希望得剩余的铁，来发展他的业务！

伤者的形势判明了，两位重伤绝对不能前进，因为前去额济纳没有医院，再西至哈密仍没有医院，只能到迪化再说，然而还有差不多十七八天

---

[1] 原版书误为"如没何如何有危险"。《文集》版脱漏"没"字。
[2] 原版书"她"误为"牠"，"孩子"误为"孩手"。

的戈壁汽车行程，五六千里的远方，回去只有一千多里可以到包头，平绥路上比较方便多了。

在伤者方面，他们是不愿回去的。年青人幻想着在新疆看新的事物，在新的环境下生活，新疆接近苏联，也许能知道许多苏联的事情，新疆有许多民族，可以学会许多不同的语言，将来西北问题，大大开展，正可以在西北作一番事业。老年人是想去看看自己久离东北的儿子，详谈数年阔别情绪，并且从此可以暂时生活在新疆。谁知刹那风云，一切皆成梦想，只落得满身创痛，仍转到毫无希望的东方！

专车送走伤者之后，我们继续前进。银根东距松稻岭三百余里，西距班定陶来盖①一百余里。班定陶来盖与银根之间，为纯粹之大戈壁，戈壁中一无所有。北面系内外蒙古分界之小小山梁，东南西三面皆一望无际。

班定陶来盖亦在戈壁中，有小山，形如喇嘛之帽。北去外蒙边五六十里，界山中富森林，内蒙古人常有偷入砍伐者，外蒙卡兵对此稽查甚严，如被查着，则所有窃盗用工具，亦皆收没。

此地北达库伦，南达定远营转宁夏，可以勉强通行汽车。冯玉祥先生经营西北时，若干人员和苏联由库伦接济之军械，皆自此道输入。

现在有十数家商人住此，因为税卡林立，逃税的事情很多。我们经过时，正有商人私走少数皮毛，被处十倍罚款，经多方面来出求情，才罚款五倍了事！

这个税卡，是由宁夏最肥的税局"磴口"派来，只是"分局"下面的"小卡"，每年这一分局包征税额是十二万元，而二十四年②却收入一百余万，每一个税兵月饷本定十二元，但是年终分红，每人得四百余元！税局如此

---

① 班定陶来盖又称班丁陶勒盖或班定陶赖盖，蒙古语，意为"小喇嘛脑袋状的山丘"，位于今阿拉善左旗乌力吉苏木北部。清朝、民国时期为边民贸易地，现为阿拉善左旗与蒙古国边贸口岸选址驻地。

② 即 1935 年。

丰收，而一般贸易却每况愈下，显然的，丰收文章作在不可想像的地方！

经过班定陶来盖的日本侦察队，从这里分为两起：一队西去额济纳，一队南下定远营，据土人谈，测量工作，作得相当详细。

四日晚下雨，不能露宿，借宿在一家蒙古包里，把蒙古包顶拉开，月光从包口射入，一切恶空气从顶上出去，四周有厚厚的毡墙，风沙都不能侵害，睡起来亦相当舒服。

看看许多旅客，经几天风沙的洗礼，渐渐有了烦恼的表现。秋天的天气，日间中午热得烧皮肤，夜间非重裘不暖，吃就是几碗面片，睡就是戈壁为床，弄得妇女和儿童慢慢的狼狈不堪！

自此西行，离额济纳河已仅四五百里。五日午尖于察汗迭里素[1]。计二百余里，途中陷车处甚多，客人时下车推车，拨沙，亦甚有趣。

察汗迭里素有与班定陶来盖大致相等的蒙古包，听几位商人的口气，绥远包头来的人已经是大可羡慕。更西行的戈壁上，我坐在那辆汽车轮炸了内胎。车上原来预备的准备材料，已经用完，前面的车子早已跑得看不见。没有法子，我们只好下车，在戈壁上睡觉，专等前面车子带零件回来打救。因为他们久了不见我们，必定找一个地方等，久等不到，一定会派车来援救。实在他们不来救，除了等死以来，我们尚无很好的自救办法。

已经睡了一觉，营救的汽车才来！修理竣事，已近黄昏。赶宿至一有井无人之盆地，驼粪遍野，而寸草不生。地名"好来宫"[2]。掘地为灶，吸水煮茶。饭后，露宿戈壁，满天星斗，四大皆空。晚间只见月亮追太阳，早晨又是太阳追月亮。杜诗有"日月还相斗，星辰屡合围"之句，必有披星戴月经验者，始能了悟。

---

[1] 察汗迭里素又称察汗点力素、查干德日斯，蒙古语，意为"白色的芨芨草"。位于今阿拉善右旗境内北部。新绥长途汽车公司路线图中有"察汗典礼俗"站。
[2] 好来宫又称好来公、浩来音棍，蒙古语，意为"沟道里的深井"，历史上以地形取名。位于额济纳旗境内东部。新绥长途汽车公司路线图中有"好来宫"站。

六日晨间，大风骤作，被中热气渐散，沙随风自颈部入被中，骆驼粪块往嘴鼻耳孔里填，到此始知蒙人一定要用蒙古包和帐幕的一大原因。

### （八）到了额济纳[①]

好来宫西去约二百里，即到额济纳河，中经几大海底形戈壁滩，有数段沙窝，推车至苦。转过一个小山头，即看到倾斜的戈壁滩那面，鲜明的存在着灰黄的沙山，丛树和溪水。我们大家所切望的额济纳河，瞬息之间，已陈列在我们的眼前。

车停在额济纳河东岸戈壁上，西岸过来了许多久已不见了的内地装束人物，中山装，马裤，衬衣，学生服，皮鞋，马褂……他们看到东面来几十位内地客人，而我们看到戈壁圈里出现几位共同习尚的伙伴，彼此皆异常高兴[②]。

谁也料想不到，额济纳有这样多的森林，森林里建造起几间新式的房屋，还有新绥汽车公司车站和交通部设立的小型无线电报局在这里。这几间白粉涂饰过的房屋，三面森林，前面河水，风景极佳[③]。英国驻华大使馆参赞台克满由北平取道新疆回国时，曾在此留驻一宵，誉此为"沙漠的白宫"。盖饱经荒凉遭遇之后，对此仅有最初步设备之人类住所，亦不禁致其满意之思了。

电台和汽车站的工作人员，他们常年枯燥的生活在

"沙漠的白宫"绥新公路汽车站废址（李靖摄）

---

[①] 本部分对原版书的个别字句进行了修改。

[②]《国闻》版为"彼此皆异常兴奋"。

[③]《国闻》版为"风景佳妙"。

戈壁里，根据于调剂生活上的需要，他们依据可能的物质条件，制造一些娱乐的工具。他们前面有河水，站上有汽油木箱和铁桶，于是有一位技士就把木箱并合改造成小艇，外蒙以铁箱皮，行驶水中，轻快灵活，不减北平北海中划船滋味。

森林和肥沃土地在河之西，河东是戈壁，所以车站和电台都在河西，东西岸的交通，从前是过小船，后来也架成木桥。河边有高下的沙山，有树林，有深草，骆驼群和羊群自然的羼来羼去，看不见人在照料。

七日休息一天，青年男女旅客尽情的享受这自然和人工的美景，骑骆，过桥，划船，在森林散步，用河水洗手巾，各处照像，唱歌，使死寂的戈壁平添青春的活跃。

社中给我的任务是到额济纳为止，然而同伴们彼此发生了感情，非约我上新疆去不可。他们不知道我是新闻记者，只知是某公司下级职员，无论如何劝我入新疆，愿意负责和我维持工作。特别是一二朋友追问得非常殷切！不愿意让大家失望，我只好说："晚上考虑再说！"给他们留相当希望。实际上我的行李已经慢慢运下汽车了。

这队汽车定八日清晨三时续发新疆，我已经不能和他们同行了，七日晚间，是我们①最后盘桓的机会。然而他们哪里知道呢。

黑幕覆盖了戈壁，森林和沙山，老年人小孩子和一部行车工作人员，渐渐入睡，我们这群充满热力的青年男女，在戈壁里举起火来，围着火堆四面坐着，戈壁临时同乐会又行开始。每个人把他最好的技巧都使了出来。每一节告完后，我们总来一次狂呼。碰巧一对青年外蒙夫妇也来看热闹，我们强迫他们跳舞唱歌，还是那位美丽少妇开明些，用娇嫩的歌喉，唱了许多外蒙有名的情曲。最后我唱一曲《浔阳琵琶》，意在对朋友惜别，有

---

① 从《国闻》版。原版书"我们"误为"他门"。

人却在"名士多情，红颜薄命，浔阳月夜，两听琵琶声……"几句上和了上来。唱到"沦落音同调，商贾别离轻"处，让我们不忍多听，因为我实际并非"商贾"，然而却终年飘流，"别离"自"轻"。这有什么法子呢！

额济纳沙枣林（范长江摄）

深夜，火尽光残，人已渐散。朋友问我："决定了没有？"我迟疑的答道："决定了！"她一双黑眼兴奋的注视我，很久才再问："决定怎样？""决定……决定不去新疆了！"①

土尔扈特部母子合影（范长江摄）

昏黑的清晨，几辆车都开了，我独自站在戈壁上，向去路上挥手，最初模糊了人影继而看不见车身，最后连声音也听不见，才重新转入无人的帐幕！

所谓额济纳旗，管辖着外蒙科布多以南，新疆哈密以东，甘肃酒泉以北，阿拉善旗以西之土地，而旗内最好的地方，就是额济纳河的下游。其余大半为戈壁，虽广而无用。

中国古代史的记载，对于这里，只有一个"居延海"②。汉唐时代，只见有一条"弱水"的名称。现在这条河在张掖酒泉区域内，大致保存从

①《国闻》版此句后还有"这是我的答覆"。
②居延海曾名为居延泽。"居延"为匈奴语，意为"天"。居延泽意为"天池"。位于额济纳旗境内北部。

前的形态。出酒泉石峡入蒙古后，分成好几条河往下流，更分注于两个死水湖，一个叫东海，一个叫西海（译音为索果诺尔和嘎顺诺尔）。酒泉以北金塔鼎新各县之后，中有一段荒瘠地，过此直至东、西二海，南北长三四百里，东南广约二百余里，皆为肥沃地带，水草丰美，森林畅茂。

汉人习称此肥美区域为"二里子河"①，对外间人言，习称曰"河上"，似乎没有正确的根据。此区中，蒙人就自然现象，随地命名，车站与电台所在地，曰"白音泰来"②，"白音"蒙语，译为"富饶"，"泰来"译为"地方或土地"，即谓此地是富饶的地方。

额济纳蒙古民族的组织成份，计分为两部，一是基本民族之旧土耳扈特人，一是外来的外蒙古难民。两者人数大致相等。而知识与经济力量比较富厚的，仍要算外蒙古的流亡。

外蒙古人来额济纳寄居，完全是外蒙古独立革命以后，公王喇嘛等统治阶级站不住了，不得已逃来。这里地美人稀，大可以生存繁殖，十年以来，已竟成了额济纳人。

旧土耳扈特人的历史，却相当悠远③。蒙古盛时，定都外蒙古之图拉河畔，在新疆天山北面设牛、马、羊、驼四牧场，各置牧官管理。其后裔繁衍，分为四部，曰准噶尔，曰土耳扈特，曰和硕特，曰杜尔伯特。准噶尔强时，土耳扈特族避入俄境，游牧于窝瓦河流域。后归属于俄帝，仍保其"汗"位。其后俄欲强其信奉基督教，并不承认其"汗"号，心渐不满。满洲民族入主中原，土耳扈特乃遣人入贡。一七七一年（乾隆三十六年）酋长渥巴锡率众内附，次年至伊犁，乾隆分其部为新、旧土耳扈特三部，

---

① 二里子河的蒙古语译名为乌德额勒斯高勒，意为"沙门河"。1933 年，新绥长途汽车公司车站在此设立电台，"额勒斯高勒"被误译为"二里子河"。1934 年，英国驻华使馆文化参赞台克满由北平取道绥新公路回国，在此留宿一夜，并誉此地为"沙漠白宫"（或"戈壁之白宫"）。位于额济纳旗达来呼布镇以东 24 千米处。
② 白音泰来的蒙古语标准译名为巴彦陶来。此地胡杨、红柳等茂盛，统称巴彦陶来，意为"富饶的胡杨林"。
③《国闻》版"悠远"为"复杂"。

分驻天山北路及阿尔泰一带。后旧土耳扈特部酋长名阿拉布珠尔者，常赴西藏谒达赖喇嘛，每往必假道准噶尔。后准噶尔道不通，阿拉布珠尔被滞留嘉峪关外，不得已上书清廷，请求内附，清廷乃赐额济纳河附近为牧地，以至于今。

所以额济纳的政权，永远在旧土耳扈特人手中，扎萨克和王位完全由旧土耳扈特人世袭。同治年间，西北回乱，额济纳的旧土耳扈特人，被回军屠杀极惨，若干喇嘛庙亦被焚毁，此事给旧土耳扈特人以极坏之印象，故"反对回回"之思想深入每一个旧土耳扈特人心中。同时"反外蒙古""反苏联"，为这些被迫流亡的外蒙人自然的意识。在四面戈壁交通梗阻之条件下，额济纳蒙古人的政治意识，不会再知道其他。

蒙人的社会经济，完全在游牧状态中，冬季比较冷，南行一二百里，[①]即在额济纳河上游去游牧，夏季才到下游来。除了喇嘛庙外，这里蒙古人没有一家固定房子。

他们不许汉人在这里造房子，不许砍伐树林，不许开垦，车站房屋之修成，还曾大费交涉。电台自装有电灯，蒙人初见，还向王爷报告，谓油灯太大，恐怕失火烧了森林！

汉商势力，深入蒙古，此地商业经济权，亦完全在三四十家汉商之手，本地蒙

额济纳道路（范长江摄）

---

① 《国闻》版和原版书为"冬季比较南行一二百里"，疑脱漏"冷"字和逗号。

人叫他们作"买卖家"，他们已渐用蒙古包形状，建造固定住房。他们商号的名称，如"天盛长"等，遂成为所在地之地名。

我住在所谓"戈壁之白宫"里，米面菜蔬的来源，主要的来自东面的绥远，和西面的哈密，相距皆二千余里！南距酒泉亦一千里以上，所以这里的工作朋友，虽有不断的肉类可以补充，而蔬菜却异常困难。顿顿吃肉，真使人感到万分痛苦！

### （九）老林叹荒谬

我到额济纳时，这里的政治形势已经不好。日本的侦察队已几度来到这里，现在还有一队人住在王府。日本飞机每礼拜飞来一次。蒙古人震于日本飞机之声势，态度有些动摇，"戈壁白宫"里的人也相当发愁，汉商更常来打听消息，似乎有什么大事会出现。

十一日我借了一个题目，说是代表某公司，向王爷送礼，租了一匹蒙古小马，带一个翻译兼向导，直奔王府所在地方。

现任额济纳郡王兼扎萨克，名叫"图布僧巴也尔"①，王府所在地距白音泰来之北九十里，在东、西海隔离处之南。斯文赫定与徐旭生率领之西北科学考察团②到额济纳时，还是上一代王爷当政。赫定并曾用此间原始森林巨木，挖为独木舟，飘荡额济纳河，并曾冒险泛游东海（索果诺尔）。

两匹小蒙古马，开始走进原始红柳和梧桐林③。红柳是丛生的植物，梧桐相反的是独干峥嵘。柳丛的普通高度，能遮蔽马上骑士头部以下的躯体。枯老的红柳林中，各丛柳枝上大致成水平的挂着带泥的枯草，看起来好像若干年前，这额济纳河下游发过洪水模样。右面一块空场上，搭了两

---

① 今称图布辛巴雅尔或图布新巴雅尔。
②《国闻》版为"斯文赫定西北科学考察团"。
③ "梧桐林"应为额济纳地区的胡杨林。胡杨别名胡桐。胡杨能从根部萌生幼苗，能适应荒漠中干旱的环境，对盐碱有极强的忍耐力，分布于中国西北大漠和其他干旱沙化区。梧桐则主要分布于华北至华南、西南地区，以长江流域为多。

个蒙古包，蒙古包前竖着两根大木杆，拴着三匹小马。左面柳林里不知什么原因，惊动了一匹青春活泼的骆驼，摇摆着驼峰和起落着脑袋，向蒙古包跑去。

柳林完了，进入梧桐林。这里的梧桐，可不是大叶，而树干也不很高，树皮也不如内地的光泽美丽。不过，这里的梧桐林，却完全在原始状态中，生长的疏密，完全没有人工的支配。不可胜数的梧桐，已经枯死倒地，被风雪侵蚀，剥脱了树皮，呈露着黄白色光滑的树身。好似大战后的场地，满山满谷的尸身，露出发了酵的手臂、大腿和肚皮。

道路是没有开辟的，只是随着森林里的人迹和兽迹走。在梧桐稠密的地方，日光透不到地上来，四望都是阴森。有几处密林旁边，蒙古人用小的树枝编成捕马的围墙，破旧的蒙古包偶尔可以看见。羊粪、马粪、牛粪、驼粪以及破羊皮等是表示有人家的特征。蒙古狗是可怕的，[①] 森林里的蒙古狗更是野性猖狂。我们遇有蒙古狗区域，总是夹紧了马，提好了木棍，慢慢的通过。因为我们希望能不惊动这些凶猛的东西，偷偷走过。万一被它们发现，只要防着马惊了把我们掀下来，一根结实的木棍，足够对付它们向马上的猛扑。

森林里有些巨藤式的树枝，穿错在阴暗的林间，有些像巨蟒。向导还引我穿过许多草丛，涉过许多小溪。人类对于这里自然加工的痕迹，可以说丝毫没有。这是南美亚马逊河的上游，这是未开发的非洲刚果河腹地。

到了蒙古地方，不会骑马是不成的。我们两匹小马，跑得真不慢，森林里温度不高，所以不很吃苦。午尖在一家汉商家里，好好的吃了一顿羊肉馒头，在他，已是待上宾之礼了。

额济纳旗对于外蒙古的经济关系，早已正式断绝，但是寄居在此间的

---

① 《国闻》版误为"蒙古包是可怕的"。

外蒙古人，凭借他们对于外蒙道路的熟悉，往往避过关卡，偷运货物来此贸易。外蒙的新政策是不许外蒙古经济和内地发生关系。假若被捕，则没收货物，对人罚相当徒刑。因为处罚很轻，偷着作买卖的人相当的有，所以额济纳河下游，还有一部分外蒙产物的市场。

我们数千里戈壁奔驰所要探访的额济纳王府，却是索果诺尔西南红柳林中几家蒙古包。半方里宽一块红柳林中的草场，靠西边并列着几座比较高大而且比较堂皇的蒙古家屋，也有一个小而旧的蒙古包夹在西南角上，广场上是王爷所有的骏马和骆驼。午后三时左右，我们飞马赶到了这林中王国的首府。

蒙古包区域内这时没有什么人在来往，只有那破旧小蒙古包外有一位穿学生装的青年对我们瞭望。系马下鞍，我直奔这位青年人而来，他益加惊缩的注视我，使我不得不揭开帽子一挥说："还认得么？"他没有回答，只是更惊惶的看。临到最后，① 他才伸手出来和我握手，把我请进蒙古包，一句话还没有说，首先是眼泪夺眶而出！

他是我们愚昧的民族政策下的受难者！他不曾② 相信在民族阽危的时候，会有非政府机关人员的新闻记者，冒险来看他。他以为又是日本人来了。日本人直奔他的蒙古包，当然值得他的重视了。他是南京蒙藏委员会宁夏组分派出来的调查员。一个人从宁夏骑骆驼到额济纳旗，薪水路费，少得难以令人相信，活动费更谈不到！他呈请蒙藏委员会发三十元买马，上面的答覆是"不必"！光光一个人带了些无关痛痒的公文到额济纳来，既无权，又无钱，一个人当然不会有什么力量。不过，最初因为"中央"的纸老虎，蒙古人对他还相当恭敬。不过，纸老虎还是纸老虎，蒙古人看他的生活没有什么富厚的力量作后盾，不管他如何努力，蒙人仍看他是"聊

---

①《国闻》版和原版书误为"临到最近"。
②《国闻》版"不曾"误为"不会"。

备一格"的本质，所以对他慢慢淡了起来。接着两个事实逼来，纸老虎的真相遂完全败露。

额济纳王图布僧巴也尔是不甚问事的人，很沉重的花柳病妨害了他的行动。他一切政事，多半是他的义子苏剑啸①主持。苏本满洲旗人，落户酒泉北之金塔县。因地接额济纳，②故后又入蒙古籍，以机警能干，见信于图王，终至收为义子，权倾全旗。

额旗为新疆绥远间商务交通必经之道，故旗境内税收，至为可观。过去蒙民知识简单，商务过境税完全由酒泉方面派人征收，蒙民不习政事，无所可否。苏剑啸因曾走内地，知识较丰，乃鼓动图王，主张额旗过境鸦片商货等税，由额旗征收。此事与酒泉所驻回军，发生重大之冲突。苏因此被酒泉驻军捕去，押解酒泉，毒刑拷打，勒索五千元，而对中央则报苏剑啸为汉奸。

图王既失左右手，惶恐不安，乃求救于中央唯一驻旗人物之调查员，调查员当转电南京上级机关，请求迅速解决回蒙冲突，以免事态恶化，而一再急电，皆如石沉大海！或则回电谓："电悉！"或则谓："已转呈行政院矣！"再三敷衍因循，蒙民乃对中央大为失望，对此空无实权之调查员愈觉无崇敬之必要矣！

第二重大事件为日本侦察队之西来，此种外来侵略先锋之到达，使图王亦不敢轻于接受。然而日人所送礼物异常隆重，某侦察队长送图王一件自穿之貂皮大衣，价值千金，此外珠宝等不计其数。不久日本飞机亦到，额旗蒙人之睹飞机，此尚为第一次。飞机为在额旗之日本人送白菜、大米、肉类等来，其气派比我方调查员，不知大过几万倍。故图王对日人之待遇，

---

① 苏剑啸（1905—1948），原名苏宝谦，蒙古名字是苏都斯庆。任额济纳旗防守司令部参谋长。1938年上半年，苏剑啸投奔延安，进入抗日军政大学第十大队学习，同年加入中国共产党。1947年苏剑啸任察哈尔盟代盟长，1948年9月任察哈尔盟盟长。1948年12月8日遭土匪袭击牺牲。
② 原版书误为"因他接额济纳"。

与调查员大不相同。日人所住为大而新之蒙古包，有专人伺候，每日供给全羊一只，每人送骏马一匹，王爷以下重要官员，常往陪谈。而对我方则小蒙古包一个，四面旧毡墙，好几处漏风，自雇汉人之通蒙语者为通司兼听差，然除自己初来时所带食物外，则视蒙人厨中所有者而共食之，欲出门，则托值班者临时抓民马一匹。

两相比较之下，我方人员工作，当至为困难。从前比较能作翻译，及力主服从中央之苏剑啸，又被人捕去，进言亦无妥人。南京却一再空电令调查员转饬图王驱逐额旗日人，并制止飞机活动。而蒙人之答覆却为："我们没有法子驱逐，最好你们自己来主持！"有一次这位调查员命旗政府当事者，检查日机的护照，他所得回答是："天上来的人，还要检查什么护照吗！"

这位在蒙古孤军独战的青年是东海滨南通产①的王德淦②君，我们谈话过程中，只见他愤慨的流泪。他的蒙古包后面不到二十步的地方，就是日本人的特务大本营，他们夜间常于包外施放手枪，使他更感到环境的恶劣！他虽然在如此艰难情形下，仍尽力情报工作，不断去说图王，晓以大义，而望他始终服从中央。图王这样问他："你天天说'中央'，中央到底在那里呢？我当然服从中央，然而我的苏剑啸被肃州回军捕去了！肃州军队，不是服从中央命令的吗？为什么我们已几电中央请求主持，连确实的回电都没有一个呢？"

---

① "产"指籍贯。《孟子》曰："陈良，楚产也。"《国闻》版为"江苏南通籍的王德淦君"。

② 王德淦，汉族，江苏省南通县人，生卒年不详。1935年秋，王德淦受国民政府蒙藏委员会委派，只身一人到额济纳旗，任蒙藏委员会驻旗专员开展工作。王德淦为维护国家统一和民族团结，与入侵额济纳旗的日军特务和旗王府亲日派分子进行了顽强的抗争。1936年冬，王德淦与旗王府爱国官员苏剑啸、阿木梅林经过周密计划，一举炸毁了日特设在赛日川吉的弹药库。1937年6月底，为逃避日军侵略势力的迫害，王德淦潜行到达酒泉，恰与前来逮捕日特的国民革命军第十五路军（马鸿逵部）谍报长李翰园等人相逢。王德淦陈述了日军特务在额济纳旗的兵力、武器、给养等情况。根据王德淦提供的情报，李翰园与第二九八旅旅长马步康于1937年7月7日抓捕了入侵额济纳旗的全部日军特务，捣毁了日军驻扎在额济纳旗的特务机关。1939年，奉国民政府蒙藏委员会之命，王德淦调离额济纳旗，到国民党甘肃省酒泉县党部任职。

这位"近代班超"，太难作了！既无民族理论可以折服蒙民之心，又无力可以屈服蒙人而不叛，而所恃之后盾，则虚与敷衍，似忘其事，身当其冲者，当感无限凄怆了！①

### （十）访图王归程

图王私人住在另外的蒙古包里，不和这些衙门性质的蒙古包在一起。衙门性质的这群蒙古包是不随时移动的，王爷私人的蒙古包也和普通蒙人的蒙古包一样，随牲畜逐水草而迁徙。所以有

范长江（左）与额济纳图王及夫人、孩子合影

时他的住处，距衙门很远。不过，我去的时候，他正住在衙门西面半里远地方。

穿行柳林几分钟，三顶蒙古包树立在小斜坡上面，因为我是作为某公司的送礼者，由一位叫"蒙得巴叶"的引导和作翻译，他正是苏剑啸的叔叔。对我说了许多埋怨中央的话。首先被引导至作为客室的蒙古包里休息，简陋和死寂，有点令人坐着不耐。后来被领至图王自己的蒙古包中，自然王爷的气概不同些，包墙所用的毡子，特别纯洁而有花纹，包外立着看不懂的藏字旗帜，包里中间供着佛像香炉等，客人被让至左上方盘足坐下，仆人献茶，外加白糖酥油和炒面②，然后彼此问好。图王的额部有几分像班禅，有一个肥壮裸体的小孩子在他身上爬来爬去。一套不是事实的关于经商的话，在我呈献礼物之后，继续说了出来，于是来了许多本无其事的

---

① 《国闻》版此句后还有一句："然而王君仍忍辱负重，作详尽之情报工作，不知空谈边事，而在内地过高等享受者，亦知此中的辛苦否？"原版书删除了此句。
② 原版书"炒面"误为"沙面"。

讨论。接着是拜会王爷的太太，她①又是住在另一个蒙古包里，她这个包有作饭的炉灶，里面的箱柜比较有几个，不如刚才那个空虚。②这位太太胖得要命，普通人的手长是不够抱得着她的粗腰，她热烈的招待客人吃了一顿羊肉粉条，粗手粗脚还笑得不可开交。包内有一两个年青的女人在缝衣服，也相当秀丽娟好。

这位胖太太，说来有趣。图王因为有花柳病，原配太太发了胖，不能生育，图王急欲有后，听说某家小姐生育成绩很好，赶紧接来作太太，就是现在的夫人。然而她在娘家生孩子虽然不错，嫁了图王之后，仍然发胖，而丧失了生育能力！

未嫁人而可以公开生育子女，为蒙古社会一大特点。图王没有法，才过继他弟弟萨旺扎布③公的次子为养子，就是前述在图王蒙古包中所见的小人物。萨旺扎布公的住所，新移在王爷附近，他有一位额旗无双的绝色夫人，生了一位异常聪秀的公子。萨旺扎布外表比图王聪明些，但是始终是井底长成，对于外间大势，知道得太少。

图王太太为了欢迎新的客人，把日本人送她的破旧留声机，唱给我们听，神气非常得意。这又是日本人有实物的民族收买政策收效了。为了采访更多的消息，图王太太和公爷都喜欢打麻雀牌，于是我们夜间就在蒙古包中作方城之战。五寸高的小方桌，四角燃起外间来的鱼油烛。大家盘足坐在蒙古包中，勾着腰打牌，日本人也送他们麻雀牌，他们学会了汉人对麻雀牌所用的术语，所谓"碰"，所谓"吃"……不过数"胡"和计算金钱，还是用蒙古话的数目字。

---

① 原版书"她"误为"他"。

② 《国闻》版无此句。

③ 即图王之弟塔旺嘉布，其次子东德布曾过继给图王为养子。1938年，图王去世后，塔旺嘉布继任额济纳土尔扈特旗扎萨克郡王兼国民党旗防守司令少将司令。1949年，塔王宣布和平起义，脱离国民党统治，后就任额济纳旗人民政府主席。东德布历任文教局局长、旗人大常委会副主任等职。

给日本人当翻译的蒙古人，从下午起就开始调查我的来历和任务，夜间他再度率命到蒙古包来，借看打牌的机会，和我搭话。心中有数，周旋有固定方针，他当然得不了什么结果。他所得

萨旺扎布及其下属合影（范长江摄）

日本人的报酬，是月薪六十元，"六十元"就可以买动一个相当有知识的蒙古青年，来侵略他自己也是组成分子之一的中华民国！一个国家不能使每一个组成分子感到爱护自己国家的必要，而甘为外国利用，这个国家构成上必定有缺点！

他们喜欢"对子"和胡大牌，结果都被我赢了，越赢他们越作大牌，越作牌越输，越输，他们还要继续往下打牌。跑了一天马，再弯腰盘腿打半夜牌，我的腰有几分痛了。而他们非继续一而再，再而三的打不可。我只好把赢的钱都以"送给小王爷！"的名义退回他们，然后拖着疲乏的身体，经过半里路的柳林，回到我们"近代班超"的蒙古包。

恐怕后面有人窃听，我和王君谈话，非常低声。他一个人出使西蒙，几月以来，没有一个可以闲谈问题的朋友。直径不到一丈的蒙古包，坐卧站行都只有这样大的范围，出包看看，是绿树荒丘，和那些"以肉为食""酪为浆"的人来往，他们的知识太简单，而且言语上有多少的隔阂。大局的趋势不知道，后方主管官厅又没有严密周详的指导，许许多多泄气的事实让这孤军苦斗的人伸不起腰。然而，他还在这里撑持了几个月，表示中央在额旗尚有一点力量。

十二日我们计划看看这里唯一的小学，和日本的临时飞机场，绕道回白音泰来。广场上遇到日本侦察队某某在散步，他用奇异的目光送我们，

他似乎怀疑着我们是否对他们有相当打算。一个生人之突来突去，当使他感到可以注意的。

跃马登王府对面戈壁高岗，喇嘛庙和几所王爷特许建筑的土屋，以相当的距离，一字长蛇式陈列在平坦的戈壁上面。所谓额旗小学，是在一家土院里，校里设备，也有内地式教室一间，不过，先生和学生还是喜欢活动在院内特设的大蒙古包中。蒙古人总觉得蒙古包便当，传统生活习惯支配人的意志，我们不可轻视这种力量。许多壮健活泼的蒙古小孩子，把我们围了起来，他们并不拒绝而且亲密的接受我们的握手，一位教蒙文的老先生，坐在蒙古包的上方，成吉思汗的大像，挂在先生后面毡墙上，他的左面坐着十几个蒙古少年，张着大眼注视着他们对面的生客。这般孩子天天看着他们伟大的祖先成吉思汗英勇的容颜，由于知识之进步慢慢明白而今蒙古民族所处之环境，不知他们将作何感想！

所用教本为中央所制定之蒙汉合璧教科书，内容很少适合于蒙古社会之材料，其中所附山水人物图画，十九为江南都市汉人风格！怎么也不曾<sup>①</sup>有一点蒙古气。这真所谓"闭门造车"之边疆教育了！

图中幼童为塔王次子东德布（范长江摄）

学校旁边，就是"东庙"<sup>②</sup>，西去一百余里，还有一个西庙，是额旗的两大庙宇。东庙两侧戈壁上，就是日本选定的飞机场，平硬宽旷，日机已数次起落，异常便利。

---

① 《国闻》版"不曾"误为"不会"。
② 达西却灵庙俗称东庙，位于额济纳旗苏泊淖尔苏木境内，地区名称为赛日川吉。赛日川吉，蒙古语，意为"平滩上的烽火台"。1936年，旗王府衙门设置于此。

向导引我们走了三四小
时无路的乱沙河、沙堆和柳
林，马已疲得不堪了，还没
有发现正当的道路，我有点
怀疑他自己也弄不清楚。谁
知他从丛林转出去，就到了
一块有草的开阔地，有一家

1936年的东庙（范长江摄）

他所熟悉的汉商，在那里解决了午尖问题。汉商也向我们诉苦，因为现在
的商业，已为王府所管理。物与物之交换，其比例价格，由王府规定，不
能自由①提高。同时汉商彼此竞争，往往放出低于规定之价格，以招徕交易，
大家不得不同时落价，因此利益甚微，大家只能暂维现状。②

此后走入无尽的老桐林和柳林中，一趟一趟的快马，仍然没有跑出森
林的掌心。在一条小河边，遇到一位外蒙古喀尔喀族人的骑驼老喇嘛来同
路，他优哉游哉的赶着这"沙漠之舟"，然而他现在却是飘流异域的人。

内蒙各地，习称外蒙人叫"喀尔喀人"。因为蒙古种族原来分为三大
派别：一曰喀尔喀人（Khalka），一曰喀勒马哈人（Kalmuck），一曰布
利雅特人（Buriat），喀尔喀人占外蒙古居民之大部分，住居于车臣汗、
土谢图汗、三音诺颜汗、扎萨克图汗及库布苏库尔湖之附近，是为东蒙古
人，为蒙古诸族中比较开化之一族。喀勒马哈人，即额鲁特人，住居科布
多之附近，是为西蒙古人。布利雅特人则分散于西伯利亚一带。故流落内
蒙者，以喀尔喀人为多。

路远林深日西斜，我们不能顾惜马力了。林中路乱，同伴一人马快，
跑得看不见了，我们已突出森林，走入沙山区域，登高四望，仍无失伙同

---

① 《国闻》版无"自由"二字。

② 《国闻》版此句后面还有"前途带几分黑暗"。

伴踪影。原来他跑错道路，马陷松沙中，被掀地下，听到我们呼喊的声音，才慢慢找了回来。

此地沙山地带，景象特殊，黄色的松沙，如海洋中泅浪的起伏，沙波高下，大致成水平，无大沙峰之突出。沙山上绝无片草寸木，一望黄沙，顿增异域之感。但沙波间之凹地，往往有水塘，有丛草，甚至还发现一大水草区，半百肥壮的骆驼，自由昂首跋涉于黄沙绿草之间。马过沙波，沙松陷马，如傍沙崖而过，马蹄常滑下一二尺，亦为人生旅程中之奇迹[1]。

翻了不知多少沙山，马已到了精疲力尽，我们牵马而行，一步一歪，向导常常走到高沙顶上，辨别方向，我们真不敢相信他的领导完全不错，然而此时只有跟他走。不过，走这些毫无人迹的沙海，如果没有必然可以通过的把持，走起来诚有几分茫然。

四面沙山之中，我们又发现一条连续"S"形的小溪，在沙山里弯来弯去，沿溪是水草，水的流量太小，为流入东海的额济纳河支流之一，看它屈折淤塞的情形，这条河什么时候会被沙漠堵塞，还是可以忧虑的事情。过河后又是沙山，爬上又爬下，爬下又爬上，爬到地平线上已不见了太阳的光辉，还在那里渺茫无归宿。

对面已经人影模糊了。觉马蹄已踏上了坚硬的戈壁，即是出了沙山，向导说前面七八里就是我们汽车来时休息地方的乌兰爱里根[2]了。不约而同的，人马一齐

乌兰爱里根（李靖摄）

[1]《国闻》版"奇迹"为"奇景"。
[2] 标准蒙古语译名为乌兰额日格，意为"红土墩"，历史上以地貌取名。位于达来呼布镇以东24千米处。此地又名乌德额勒斯高勒，蒙古语，意为"沙门河"。

加劲，只听嘚嘚马蹄声，与人马喘息声，一刻钟左右，我们已勒马白音泰来河岸。深夜回想当日经历，恍如演了一场惊奇的电影①。

### （十一）额旗风云

九月中旬，额旗蒙人的情形不很安稳，日本人用"反回"和"反苏"的口号，确乎相当煽动了全旗的人心。那时以百灵庙为中心之日方蒙古活动，着着进展，汉人势力消沉。日人更宣传绥远方面日军已开始攻击国军，蒙人心益活。蒙人对日机无甚反感，因其觉天上来去之人，最低限度，比骑驼而来之汉人可值得欢迎。

在白音泰来休息两天，得着安闲鉴赏此间蒙古风味的机会。有一天夕阳时候，我们三四个人骑马漫行额济纳河边草地上，晚霞作金红色，从柳林西面向天空放出万道光芒，所有沙山、树林、牲畜，乃至人的面孔，都被映上金红的色彩，肥大的骆驼渐渐在牧人指挥之下，迈着沉重而迟缓的大步，转回主人之家。草场上布满着被剪去了毛的羊群，好像美丽的公园草地上，暂时为受灾难群众所寄驻。河边有蒙古姑娘在取水，柳林中的蒙古包顶，升腾着炊烟。

又一天的早晨，几个朋友骑马去一位喀尔喀喇嘛人家买俄罗斯大皮靴，他是惯于偷入外蒙，运送货物的人，曾被外蒙逮捕几次，和释放过几次，他仍然干那勾当。碰巧他不在家，几个患病的喇嘛，睡在他的蒙古包里，正在念经拜佛，希望这样驱除病魔。还有一个雪白皮肤的初生婴儿，光光的被包在小白羊羔皮里面，他的母亲事实上是那位和尚（喇嘛）兼冒险商人的妻子，他也就是和尚的儿子！蒙古喇嘛名义上不得结婚，事实上在庙宇外面组织家庭的，已成普遍的现象。皮靴没有买到，回马来，见溪西一带，青草盖地，郁茂的柳林，又如边墙式篱藩着草场之西②。东北角上一对蒙

①《国闻》版为"真不啻演一场惊奇的电影"。
②《国闻》版为"有如藩蓠，草场之西"。

古青年男女，坐下两匹赤马，疾步如风，并辔向西南而去。女着鲜红大袍，男衣紧身蒙古蓝色便服。急行时，八蹄如轮转，不分脚步，鬃尾平伸，随风荡漾。他们在草场上骑了一个来回，我们几位观众无不暗中叫好，伧马神驰。后来看看他们停止表演，我飞马上去，希望他们再走几趟。我能听一二句简单蒙古话，可不能说话表达我的意思。我伸手竖起大拇指，称赞他们，并来回指着草场马道，希望他们再走一趟。红衣女郎蹙眉了半晌在猜我的意思，然后似有领悟的启唇微笑，很娇声的告诉我们回到白音泰来的方向！她以为我们是迷路不得归，谁知我们是在赞美名马与美人呢①！

十四日晚传来骇人消息。②谓日方军用车九辆，满载军用品，已离百灵庙西来额济纳！传送这消息的人，是亲自在黑沙图遇到这个外国车队的中国车夫。他曾被日人请求领路，而他私自先开车逃来额济纳的，据他在黑沙图听我们军队说，车中有不少的军火！又据本地消息，日人即将派人在乌兰爱理根等候该队汽车！所有车站和电台的人，都被紧张与忧郁空气压着了。这几位孤悬戈壁的人，在外人大肆进攻之下，将怎样办呢？对抗既无相当力量，退避亦心有不甘，且内地高级机关皆无时局状况与应付方针之随时指示，大家将何所适从？

果然十五日日人已在乌兰爱里根设立帐幕，专候兵车，刺目的太阳旗已高高的竖立在幕顶上，随风飘荡！图王亦已派人备羊酒，携最敬礼之哈达，准备献给率车西来之首领。蒙古人这天来我们驻地的特别多，他们的态度也和往日不一样，平日很和我们要好的蒙古人，也架子十足，似乎我们已经到了"末日"，不再值世人之平等待遇！本来一向安闲旷逸的白音泰来，现已弄得草木皆兵！

不但我们如此，额旗一般汉商，亦人人自危，他们纷纷向车站和电台

---

① 《国闻》版为"谁知我们是在赞美她和她的情人呢"。
② 《国闻》版此句前面还有"快乐的感触之后"。

打听消息，同时把他们所知道的民间消息报告我们，到利害关头，始见民族划分。

我此时以为将西蒙危急实况，早日宣布国人，为我最紧要之任务，然而困处戈壁，东返无车，南去酒泉，则绕道更远。乃决心骑驼走阿拉善，横断一千六七百里之沙漠，以至定远营。然后过贺兰山以至宁夏，飞返包头。一方面这是一条较捷与较安全的道路，同时，也可以作一次驼行贯穿额阿两旗的壮游。日方在阿旗活动情形，也可以调查相当清楚。我看当时额旗状况，也许这次驼行是真正所谓最后时机！我要利用这些最后时期，来达到我所需要的一切。

蒙古人称外国人叫"俄罗斯"，如说日本人，则说"日本俄罗斯"。因为与蒙古民族接触最繁的，或者是最先接触的外国民族，是以"俄罗斯"名国的斯拉夫民族，他们第一观念经验是"俄罗斯是外国人"。如果俄罗斯民族是蒙古民族所最初接触的外国人这话不错，他们当时的"外国人"就是"俄罗斯"。传统观念遗留下来，"俄罗斯"一词，成为"外国人"的代替，因而有"英国俄罗斯""瑞典俄罗斯""日本俄罗斯"这些有艺术味的名词出现。

"日本俄罗斯"这样的让他们兴奋。日本飞机这几天连着来了几回，"日满蒙团结反苏"的幻想，模糊了这群喀尔喀流亡者。武装蒙古，反对回军，要回苏剑啸这一类宣传又弹动了大多数土尔扈特人的心弦。

我决心走阿拉善，而雇不出走那里的骆驼，这不是一条通商大道，汉商的骆驼不肯走，而且也不是走骆驼的季节。蒙古人的骆驼呢？他们无走之必要，来回近四千里的戈壁，他们也是相当考虑的。时局如此不安稳，他们还把握不着，骆驼放出之后，这额济纳后方会发生什么事情。

给我刺激最深的要算十九日 ① 夜间了。一群青年人正在屋中高谈阔论，

---

① 原版书脱漏"日"字。

分析些时局和研究许多对付今后危机的方法，忽然一阵紧骤的马蹄声，从屋外广场上送来，我们这里有关系的人都在屋里，骑马而来的人们之带特殊性，谁也可以肯定的了。惊愕的空气，正紧张的震慑着人心，推门而入的是让大家悲愤与不安的现象，一位所谓蒙古旅行队（即侦察队）的某队长，和一位德王跟前掌印官的翻译。我们这位矮朋友傲然的坐在屋内方桌的上方，那位实际可怜而表面得意的蒙古同胞，趾高气扬的陪伴一旁。他一面叫电台派人去乌兰爱里根请他们派来候车的矮国青年，一面把右脚提来放在坐凳上，睥睨全屋！屋内的中国人谁也不知道今晚会出什么事情。好些人气得热血沸腾，鼻孔很粗的出气，脖子都似乎涂了女人的口红，怒目无言相对视。然而另外有人，则于惊惶恐惧之后，感到个人当前与今后的危险，于是胁肩谄笑，摇尾乞怜于矮朋友之前，奉茶，造饭，燃烟，问好，三句一笑，二句一媚，然而某队长者仍昂首不加垂顾，彼又转而献殷勤于蒙奸之前，求其必要时照顾，求其加恩提携，对于日本飞机表示不胜欣慕之忱！某队长久候造饭未熟，表示不耐，此自命见机之人一面亲入厨房，呵叱厨夫，一面请这位气势汹汹的矮朋友躺在我床上休息，并亲为之收拾衣帽！这时我看稍有血性的人，都几乎羞愧愤怒到把眼珠迸了出去！

感情激动过了以后，用理智分析的结果，上述经过表现某种汉奸之构成原理。国家的力量，不能保护人民生活的安全，一部分意志薄弱的人就容易背弃国家，托庇于外国势力之下，以图生存。弱国多汉奸。一个国家殖民地性的存在愈久，则汉奸繁衍将异常迅速。

一位名坤都的蒙古人，祖先是唐古忒族（藏族），平日交往向不坏，并且常常告诉我们许多蒙古消息。这几天情形也不同了，如果当着日本人或者和日本接近的蒙古人面前，他的神气变为那样的傲慢可憎，我和他商议雇他的骆驼去阿拉善，他索价高出平常价格几倍，而且条件之苛刻，让人听了气得说不出话来！民族政治形势不变，私人间交情，可靠性太少了。

费尽九牛二虎的气力，才雇好喀尔喀喇嘛五匹骆驼，他们借此机会到定远营拜庙，而且他们走过一趟阿拉善，道路勉强记得，不必再另雇向导。可是他们迷信黄道吉日，非到二十五日不能动身出门，而此时才二十一日。并且大家惊心动魄的日军汽车队已于二十一日午后安达乌兰爱里根，那里和我们驻地以不及半里之遥，隔河相对。

据报，日军运来军火，系武装蒙人之用，额旗各首领已定二十三日在东庙开会，讨论政治问题，日军某武官，又在东庙办公。将于二十六日开始召集蒙兵训练，并将组织蒙古常备队。此车队到后，额旗将正式成立特务机关，安装无线电台。图王于二十二日由电台拍电到酒泉回军，请其"立即释放苏剑啸！"否则"请明白答覆捕苏理由！"措词异常强硬，大有哀的美敦书之概。而细审其电稿，则为矮朋友代起。另据商人消息，外蒙近向东南调兵甚多，战争空气弥漫全蒙。

王德淦君的行动，这时使我最感动。他的悲愤忧惧，和我们大家相同，后方并没有给他任何的力量和指示，他单凭他一点胆力和智力，首先混入日军车队，调查究竟，随时向后方报告，他明知无甚挽救危机的办法，仍然在悲痛心情中，安详的作他应作的工作①。

蒙古人又传出新消息，日本枪械到达之后，蒙古壮丁恐怕要不能自由出境，如此，我雇妥的骆驼恐怕也要发生问题。环境急迫，乃托人说蒙人喇嘛，愿外加待遇，希望他能提前就道。幸而更多的白银，买动黄道吉日提前两天，二十三日午后，匆匆就道。土耳扈特的风光，慢慢和我分离，额济纳恶化的前途，我渐渐接近了报告国人的机会。我是那样的兴奋，那样的侥幸，侥幸我居然能成行。

但是许多不能走的朋友，太可虑，太难过了。他们的职务上决定他们

---

① 《国闻》版为"安详的作他应作的情报工作"。

不能自由离开，同时他们又没有得到上级负责者有效的指示。坐以待亡，他们是太不幸了！然而他们在万分艰难中，把他们从数千里外辛辛苦苦运来的一点食物，都送了我。我没有什么可以说的，我只希望早日能使关系各方知道西蒙危急的实况，迅速设法处置，以挽救西部蒙古和这些朋友们的危难。

### （十二）匆离额济纳①

骑骆驼作沙漠长征，在我尚为第一次。我们在北平和平绥线一带所看到的骆驼，体格总不很大，驼峰小而倒仆的多，这五只骆驼，因为被喀尔喀人终年休养着，精神焕发，体格壮美，其中三匹有出乎寻常的高度，人骑在驼峰间，只剩了一个头部比驼峰略高一筹。骆驼肚子肥大得可怕，从背梁到肚底，我们这般骑士们的腿长只够它五分之二。新长的秋毛，是那样的鲜嫩，那样的舒展。

驼主兼向导的这两位蒙古喇嘛，一个叫道尔济，一个叫苏牧羊，②同胞兄弟俩。道尔济是聋子，③真正负担向导工作的是苏牧羊。翻译是久留蒙古的汉人老杜④。老杜从前拉骆驼惯走外蒙古，酒泉到绥远一路也很熟，蒙古话说得很漂亮。关于走阿拉善应带的东西，如吃的面粉、羊肉、盐、醋、绿豆、大米等，作饭的锅、铁叉、铜勺，睡觉用的帐幕、铁锤，补织用的针线，各人的行李，特别是饮水，我们预备了四五日用的饮料，举凡

---

① 本部分对原版书的个别字句进行了改动。
② 即道尔吉、苏木雅，蒙古族，为外蒙古哈拉哈部落人氏。1921年，因外蒙古宣布独立，发生革命风潮，哈拉哈部落部分贵族、上层僧侣及牧民惧怕和仇视外蒙古革命运动，在该部落首领青鲁布（又称昌格鲁布、查耶鲁布）带领下，有150户400余人逃亡到额济纳旗避难。道尔吉、苏木雅两兄弟也进入额济纳旗。1941年，道尔吉、苏木雅两兄弟返回蒙古人民共和国。
③ 原版书误为"道尔驼是聋子"。
④ 老杜即杜福华（1907—1997），男，汉族，山西省代县人。1921年，走西口到包头一家蒙古靴子店当学徒。1924年为一支旅蒙商队赶骆驼到西部蒙古，沿绥新驼道到达额济纳旗。先当驼工，后做些小买卖，常年往返于绥远至额济纳旗，学会一口流利的蒙古语。1936年9月24日至10月13日，担任翻译，护送范长江到达阿拉善旗王府定远营。老杜之子杜俊曾任额济纳旗工商局局长，据其陈述，其父生前回忆：1936年，护送范长江到定远营后，杜福华不久返回额济纳旗，并于当年冬天乘驼携货物赴绥远，途中在黑沙图一带被日军特务队扣捕，罪名是有反日嫌疑，数日后才得以释放。

生活所需，或有关的用品，全须带上。他们是老行家，我托福不必自己操心。

他们知道我是初行戈壁，选择了那匹比较矮而年轻的骆驼，给我作骑驼，顾虑大驼不好驾驭，恐怕跌我下来。实在骑驼比骑马平稳安适得多。

额济纳戈壁滩（范长江摄）

用汽车行戈壁，并不感觉戈壁的十分广阔，骑上骆驼，就感到缩地之无术了。由白音泰来东南过东河，额济纳肥美的森林水草区，慢慢留在我们的后面，骆驼舒缓平稳的脚步，前后摇荡着骑人的上身。驼背上不必要很完全的骑鞍，有相当垫隔的工具就行。驼不要缰，牵着连在它鼻上的单索，就可以对它指挥如意。

你要想骆驼自己加速它的行进速度，最好让它们并排着前进，平行局势下，谁也不肯让谁，它想赶过它的同伴，而它的同伴却没有一个愿意落后，你快我更快，它们各不相下，我们赶路的人，却占了便宜了。生存是竞争的，为了竞争，各方面不能不全力奋进，否则将成落伍者和失败者。一个民族在最纷乱的时候，各种势力并存的时候，往往是最进步的时期，而大一统天下之后，内外无忧，则又往往堕落下来，丝毫没有进展，这完全看竞争因素是否存在来判断。

戈壁中无鲜明的道路，只是望着山头走，走过一个山头，又望着另外山头，作为前进的指针。

连续通过两大戈壁滩，骑得乏了，下驼休息。下面是干燥的沙地，寸草不存，四望遥远的天边，有时有山，有时我们的视线，消灭在阴灰的地天相接的气氛里。人是这样的四个,骆驼是这五匹。两个蒙古人和我语言不通,他们三个相互间谈得起劲,我自己除了偶尔和翻译谈几句而外,没有方法可以表达我的思想和感情。我这时才感到戈壁之辽阔,及其给予旅人之空虚[①]。

一片戈壁盆地的中心,沙地上存留着灰白色的细泥沉淀块,整个来说,这些沉淀泥块,已经破碎了。远远看去,还保存着蜂巢式的平面。假如回到若干万万年以前,戈壁正是碧蓝海底的平沙,我们如果坐在探海器里,沉坠到汪洋的中心,那时可能遇到许多鲨鱼、乌贼、珊瑚之类,隔着玻璃我们可以和许多水栖动物见面。可惜我迟生了若干万万年,沧海已成荒漠,风沙而外,所余的只有极少的古海征候了。

途次,常遇成堆的白骨,狼藉戈壁中,盖为过去横渡沙漠而牺牲之骆驼。骆驼本生于沙漠,其所恃以生者,以其能食各种杂草,有水囊可以蓄水,有驼峰可以耐饥,故能纵横大漠,独傲群兽。待其一定时期经过之后,一代之生命即告结束,黄沙广漠,即为此漠上英雄白骨之陈列所。过去若干代如此,今后若干代亦莫不如此,此盖为骆驼生存史之本质。然而我们所骑未死骆驼,对于彼等先代之白骨,仍时现惊避之行动。是盖有惧于"死"。生物必不能不死,而生物皆不欲死,此生物之所以特奇也。

午后走过了一个十数里的大沙窝区,黄昏后又走进另一沙窝,我有点不愿意走,一方面是骑驼骑得饿了,一方面是恐怕走进沙窝,夜间走不出来。但是老杜告诉我,苏牧羊的意思是再过了这片沙窝才住下,过了沙窝有草可以喂骆驼,沙里没有办法。我当然只好听话。天是慢慢由太阳的世界,走入月亮的世界,蒙笼[②]的月光射在紧密的沙浪上,半明半暗的浪头,无禁的绵连着,起伏着,四望都是茫茫。五匹骆驼在苏牧羊领导之下,转

---

① 《国闻》版"空虚"为"凄怆"。
② 原版书"蒙笼"有误,应为"朦胧"。

来转去，浮沉在沙浪之中，飘荡，飘荡，到嫦娥小姐都有休息的意思了，我们仍没有发现沙海的边沿。看苏牧羊东张西望的神气无疑的是迷路了！既然丧失了方向，也只好暂时找地住了下来。沙里无水无草，因为沙是松的，帐幕也立不起来，草率的烧些茶吃，我们就露天睡在沙上了。

仰面看到明月和星光，她们陪着我们，她们的态度非常温和活泼，似乎有几分嘲笑人类，笑人类的活动太迟缓，太小气，太自私，太白费气力，因为她们想来，人类正当的生活期，应该是集中所有的力量，克服自然界，增加全人类的享受。现在还停滞在民族压迫民族，阶级压迫阶级，事业压迫事业，个人倾轧个人的时期，人类的进步太慢了。墨索里尼和希忒拉[1]现尚拼命提倡压迫弱小民族，说是"传播文化"，这完全是开人类历史的倒车，在她们看来，是更加可笑了。

我们这一小队人驼，实无异大海中的孤舟，假如我们今夜就消灭在沙漠里，等于大西洋上沉没了一只帆船，不会引起世人的注意。这种遭遇，常常令许多有志的人灰心。他们努力的苦心，总希望世人的了解和同情，如果一番热忱放在冰窟里，往往令人伤心丧气，然而，真正从事于艰难事业的人，又应该有更深的了解。人与人间之彻底了悟，因生活环境之不同，与修养之有别，纵然平心静气，障碍已多，何况利害不齐，观点各异。故明名将俞大猷说："真丈夫处世，唯自信而已，又何穷通得失之足动于其心哉！"这实在是紧要的秘诀，我们认定事情做去，旁人是否能了解我们的苦心，大可不管。

白昼本来很热，而夜间却盖了很厚的羊皮才勉够温暖。蒙古人出门睡觉方法简单，一条羊毛毡子垫在地上，白天穿的大羊皮外衣盖在上面，头脚都缩在皮袍里，无论多么冷，他们都如此睡法。所以蒙古骑兵的行军，

---

[1] 即希特勒。

因为少带行李，可以异常迅速。成吉思汗时代之能横行欧亚，蒙古军之生活简单，行动便利，当为重要原因。

太阳刚从地平线的东方放出红光，我们已经骑上骆驼随沙梁而起伏。骑驼有如骑龙，因为它的头颈有几分像龙，走路的风度，又复安详落大 ①。驼上四望，风景索然，于是转而运用思想，往往能把一个问题想得很远很深，没有什么另外的刺激，可使我的思想混乱。我这时才明白了"淡泊明志，宁静致远"的精义。淡泊指生活，宁静指环境，即生活之物欲不能过高，始能建立高尚之志趣。同时自己心内心外，都要保持安宁与清静，才能集中精力，致力于精深远大之事功。

因为是清晨，看准了方向，约二小时走出沙窝。飓风区海浪式的沙窝，上上下下，象征人生之崎岖，崎岖中正是有人生最精采的节目。一入戈壁，宛如人入顺境，平顺生涯，又无大可称述了。

细想我们这一小队的构成，其中包含重要的政治原理，我为了生活上某部分工作需要，须由额济纳走阿拉善，然而我自己没有走沙漠的经验和准备，所以以一定代价，雇蒙古人之有此经验和准备者，来作我达成这一任务上的指导。在技术领导上，我当然服从。但是有两点，我是不能不注意的：第一，他们是否忠忠实实的在走路；第二，我自己应有一个根本的方向，从大处看他们走得对不对。所以如果他们在半途停顿，另外作他们自己的打算，我们应该加以干涉，如果走的方向，觉得不对，应该提出质问，这是人民的制裁权和言论自由权。也许因为地势气候等关系，要走一段反乎平常方向的道路，也许一时有错误，我们不能干涉太严，不过我们最后的制裁权是不能放弃的。在一党专政的国家，甚至在古代君主专政时代，情形比较危险，他们未上台时，总是些"吊民伐罪""解除民众痛苦"

---

① 落大即落落大方。《国闻》版此句后还有"非等闲可比"。

的口号，上台以后，大权在握，问题倒有些麻烦。因为他们不但要有高明的政治技术（大智），而且要有很好的政治道德（大仁），否则自私自利，恃势横行，完全违反民众利益，民众辛辛苦苦捧上台的力量，即刻成为大家最头痛的东西。阿斗要不是遇到光明磊落的诸葛亮，老早被人当猪仔卖了。人民没有政权的国家，前途不会光明的。

言论自由，在复杂的国家情形下，是让各方面的人民表示其各自意见的最好方法，许多新闻纸的本身，自然难免各有其背景，然而它的背景，即代表一种社会意见。

沿途间有青嫩的红柳，骆驼对于这种东西，非常爱吃，最初我是任它去吃的，所以它只要看到前面远处有红柳，即以轻快而平顺的步调，向前迈进。后来因为要赶路，不让它随处吃草，它就怒鸣，甚至于以不走相抵抗。这事使我发生重大的感触。就是骆驼完全是为了它自己的生存而活动，它并不想驮客驮货，人们把它们制服来作交通工具，在它们原是一种不得已，它们并不对于运送和它们不相干的客货，感到兴趣。利害不同，观点自异。我们希望赶路，它们希望永远优游于水草之间。利害既然不同，如果没有强力强迫着，大家是无法合作的。

**（十三）阿拉善境[①]**

因为骆驼上道，并非出于自愿，加以它们久未劳动，负担又不轻，今天其中一位，就仆在地下，拒绝前进了。我们辛苦的前面有期待的光明，它们沉重负荷的代价，是永远的空虚。无希望的艰难困苦摆在人民头上，就是各国革命真实的背景。

经过一个沙岗，地上有各种美丽的石砾，半透明体的花色石块比较的多，纯黑色的石砾颇富沉素的美感。午后过一片干盐湖底，盐质与沙土混

---

① 本部分对原版书的个别字句进行了改动。

合，构成虚松的湖底面，驼行其上，动辄陷入一二尺深，不知者误入其中，当被骇坏矣。

二十四这一日走了十五小时，苏牧羊始主张住宿。比较可以避风的戈壁上，建立起小小帐幕。这里也和昨晚一样的不知道地名，不过，今晚能够有硬戈壁立起帐幕，已经算有了进步。

风沙渐发，草草吃些茶和面块，就匆匆睡去，夜间只感觉被里很冷，又觉有很冷的东西往眼耳口上钻，甚至从颈子里顺着胸背往里跑，冷得怪不好受。因为十五小时的继续劳顿，仍令我间断的睡着。次日清晨醒来，始觉全身是沙，张眼有沙，张口有沙，手上头上，乃至于身上无处无沙。原来昨夜一夜大风，已将我的行李十九埋在沙里，我在四面沙土中过了一夜，如果没有帐幕撑持一下，我已整个葬在流沙中了！

风没有停，沙随风走，骑上了驼，沙子打到面上发痛，只好闭了眼走。一片一片的平坦戈壁，向南面倾斜，南面是高耸空际的沙山，倾斜戈壁的东南沿边，似乎是湖，是河。更往东南看去，是一片灌木森林区，老杜告诉我，那就是有名的拐子湖①了。

进入灌木森林里，一丛丛的桔梗林，遍地是茇茇草，碱性在地上发白，枯死了的桔梗树，把它灰黑色的枝干，毫不爱惜的暴露在地上。在桔梗林中心，有蒙古人用古柴堆成的一大鄂博②，一面说是神的代表，一面也是作为旅行者迷途的灯塔。

几乎穿过了森林，不但没有汪洋的湖水，甚至于找一口井都找不到。这已是干涸了的古代湖床，有湖之名，而无湖之实了，苏牧羊找不到井水，发了急，因为骆驼已三天没有遇到水了，再不饮水，要损害驼的健康。他

---

① 拐子的标准蒙古语译名为乖赞，意为"美丽"。拐子湖又名温图高勒，意为"富饶美丽的河"。现为额济纳旗温图高勒苏木。

② 鄂博即敖包。

爬到鄂博的高堆上，向各方瞭望，又很高兴的跑了下来，左转右转，终于转到有井的地方。说起这个井，也有几分可怜，水只有数寸深的水量，中含极重碱分，汲水时，泥沙并杂，污浊异臭，只有骆驼能喝，我们侥幸自己带的水量很充分，不然非大糟不可。

拐子湖已属阿拉善旗境，绥新骆驼商道，必经这个地方，从这里看白音泰来，是在西北方向。我们横过三四百里全无水草的戈壁，是希望用最快的时间走出危险的额济纳旗，拐子湖后，我们算相当安心了。

苏牧羊的行为，使我非常满意，他始终不倦的走在前面侦察路线，时而看见他上高山眺望，时而看到他赶驼去试探，没有自私，没有懒惰。这样政府，当然可以得国人的拥护了。

途中主要的食物，是羊肉，大块大块的，一个人吃上几块，就饱了。最好吃的羊肉，是在羊身上最活动的部分。社会里最有力的组织，就是最有机动性的组织，都市是社会中最活动的地方，而电报局、电话局、电灯厂、自来水厂、火车站、瓦斯厂、电力厂、飞行场等，又是都市里最活动的机构，最有决定性的场所。托罗斯基和墨索里尼的革命战术上，以克复统制上述机关，为占领城市之重要手段，理由就在这里。

终日风沙，让人想起"三十功名尘与土，八千里路云和月"之沉重的自况，岳飞之意，盖谓其成功之不易也。然而岳飞一生事业之失败，即误在个人功名观念上。他在失意的《小重山》词上说"白首为功名"，因为他目的是他个人的功名，抗金复土不过博取功名之一方法，而要取得功名，只有宋高宗才能给他，所以他无论如何要拥护宋高宗。岳飞的心理，和班超所谓"当效傅介子、张骞立功异域，以取封侯"，以及戚继光所谓"杀尽倭奴兮，觅个封侯！"全然同样是以功名为事业心的出发。事业是手段，功名是目的。为功名可以牺牲事业，为事业不能牺牲功名。代表汉族以反抗外来民族的压迫，这是一种伟大而神圣的事业，为了保卫皇帝的江山，希望有所成功而得皇帝的封赐，这是为了个人功名。以民族生存为前提，做法是跟着民族利害走。以个人功名为目的，事事当以皇帝意旨为意旨，因为只有皇帝可以给人以功名。观点和立场不同，行动的道德标准完全两样。岳飞如果完全站在兴复汉族的立场上，宋高宗如果抗金，当然服从宋高宗的领导，如果他已自甘没落，决无死死遵守什么"君臣"大法的道理。明明宋高宗已无抗金之决心，而自己仍将即将成功的收复河北大军束手放弃，以服从违反汉族利益的高宗命令，这样忠君方法实在不智之甚。岳飞那时的正当做法，是应以民族利害号召天下英雄，一面以力逼高宗抗金，否则取而代之；一面跟踪追击金人，杀他一个大败而归。高宗纵然不能相谅，岳飞功名不能从赵家取得，而岳飞为民族所建立之炳彪事业，已足辉耀千古。岳飞还没有分析到一点，即高宗决不能赞成他完成抗金事业。因为高宗的利害和岳飞不一致。高宗之目的在保持皇帝宝座，能把金人赶走，当大皇帝固然很好，不然能当偏安的小皇帝也不坏。迎回徽钦二帝，根本和高宗利害冲突，高宗是不愿意的。他估量自己能力和环境，并没有充分光复河北的能力，与金兵拼命的结果，恐怕连小皇帝也作不成。如果信赖岳飞，虽中兴有望，而岳飞才力威望皆高过于他，岳飞功成业就之时，即高宗寝食不安之日，岳飞虽誓尽忠贞，而宋高宗却不忘他的老祖先赵匡胤黄袍加身的老历史。根据各种条件，岳飞想光复故土，迎还二圣以取功名，整个和高宗个人利害矛盾，要不然，秦桧捣乱，也不会那样容易。

历代外族压迫汉族的经过，使我们感到农业社会没有真正的近代民族主义和爱国主义。有的只是少数知识分子的排他的自大，感情上的不甘为人奴，故只要杀掉几个激烈派，收买些知识阶级，对于一般农民不杀戮不掠夺，就可以令其相安。不像近代工商社会，工商业把一个民族连为紧密的有机体，原料的采取，和商品的销售，与其他民族在自己领土内发生绝对不相容之关系，绝无过去所谓"那个朝代不纳粮"之轻松意识。

拐子湖从前一定很有可观，我们过了半天的干湖底，还没有过完。往东走，有好些泉水地方，路也上了绥新大骆驼道，千千万万的骆驼所曾踏过的脚迹，给我们指出道路所在，沿途有层层的驼粪，红柳和桔梗也不少，已不似白音泰来至拐子湖间之绝对荒凉。

出了拐子湖区域，已经天黑，继续走了半夜的肥美草地。草地的范围，东西长而南北不广，北面是戈壁，南面是沙山。夜半草丛中惊出数十匹黑色马群，把少见多怪的骆驼，骇了一跳，几乎把我跌了下来。

身体愈苦愈好，愈炼愈强，现在每日骑行十二小时以上，身体仍无倦意。夜宿草丛中，有草无柴，烧驼粪煮茶，刀削熟羊肉块而食之。地名西比布尔加①。

前三天所见到的动物，只有两只黄羊，一条四脚蛇，一只飞鸟，和随驼的苍蝇。二十六日所经地方，有许多的马群、水鸭、骆驼群，还不断有肥沃的草地和泉水。

蒙古人吃肉是刮骨吸髓，肉固然要吃，就是骨头上的残余和骨里的髓质，也要被他吃个精光。

今天起，我们才看见蒙古包和蒙古人，前三天的道路，大部是蒙古人亦不能生活的纯戈壁区域，几乎是无生物地带。

傍晚，过一家蒙古包，我们进去喝茶，主人害着严重的花柳病，他的女人和女儿，都长得相当健美。一位老喇嘛在旁边念藏经，要想用唔噜唔噜的念经声来治疗他的重病！他躺在毡上吟呻，后来看到只有我一个人是内地人，惊异问我："就是你一个人吗？"在他的意思，孤孤的一个人这条路不易走啊！

驼上读顾炎武《日知录》，他真可算博览群书，胸怀大志，只是他满

---

① 此地应为沙日布郎。沙日布郎，蒙古语，意为"黄地湾"。

脑子复古思想，说是明代以前的典章制度好。他自信他的书是必传之作，后世必有"其人"出而施行。然而，孰知时代之演变，已使他的学说只有历史上之价值哉！

夜住道旁沙山东西挟峙中，松软的沙地，温和的气候，给我一夜甜蜜的酣睡。

不过，我对于那位花柳病患者问我日本飞机到额济纳后蒙古人的情形怎样一点，有几分不大放心：第一，他们如何也懂这些情形呢？第二，他们的态度，提起日本并没有内地人那样不惬意的感想。

二十七日在路上也遇到蒙古喇嘛，他们主要的是打听日本在额济纳的活动，而不奠以愤慨之气。他们似乎在意识上还没有觉得：中国是我们各族共同的中国，任何外国势力侵入我们的国家，都应当是敌忾同仇。他们把日本看做和汉族差不多的外族，只不过气势凶一点，局面大一点而已。

半午过阿拉善鄂博①，这是阿拉善有名的大鄂博，有蒙古卡兵把守，盘查过往行人，并征收驼捐。不过，他们的知识很差，器械窳败，官长腐败，多少染上汉人抽鸦片恶习，殊少成吉思汗时代蒙古民族之精神。他们听说我认得他们的王爷，非常起敬，这是"忠"于统治者的表现。到了现代，我们对于"忠"之对象，要相当研究了，"忠"是手段，目的是"忠什么"。我们现在要忠的，是国家共同利害，民族共同利害，要以大局为前提，把对个人的忠实与否，要摆在第二位上面。春秋时，管仲不死其私主子鸠②，而另相齐桓③，完成其尊王攘夷之大业，故孔子亦不之责。因此，我们现在作任何事，当要问一声："究竟为什么？"

---

① 又称阿尔善敖包、阿拉善敖包，标准蒙古语译名为阿日善敖包，意为"甘露旁的敖包"。历史上，因泉边有敖包而得名。位于今额济纳旗境内东南部。由此东进35千米到达乌兰拜兴，出额济纳旗境，进入今阿拉善右旗境内。
② 即春秋时期齐襄公之弟公子纠。《国闻》版无"子鸠"二字。
③ 典出《史记·管晏列传》。管仲年轻时与鲍叔牙为挚友。鲍叔牙侍奉齐国的公子小白，而管仲侍奉公子纠。后公子小白立为齐桓公，公子纠被杀死，管仲也被囚禁起来。管仲未为其旧主公子纠尽忠殉节，而接受鲍叔牙的推荐，担任了齐国国相，齐桓公九合诸侯、匡正天下的霸业因此得以成功。

### （十四）瀚海破舟

阿拉善鄂博之东，水草渐少，呈半戈壁状态，北面愈远愈高的戈壁，南面是阻着视线的沙山，这是夹道内的旅行。

蒙古人说明天的戈壁里有贼，不能举火作饮食，晚间用茶水，须于早间煮好。是晚住在叫丁界①的井旁。水很甘美，预备明天多烧些茶带上。

次日，我还在朦胧的晨梦中，帐外一种惊惶惨痛的呼声，刺激我的心灵，聚精会神听去，是苏牧羊用急促悲哀的声音，绝望的叫："天灭儿！""天灭儿！"……

蒙语叫骆驼是"天灭儿"，原来我们帐外的五匹骆驼有四匹没有了！老杜和道尔济立刻从帐幕里跑出去，三个人说了很多蒙古话，我懂不了这许多，不过，他们的张皇与失望，是可以肯定的了。我匆匆起身，看骆驼只剩了一个。三个人已经跑到沙山里，我也踱到小沙山上，向四周瞭望，黄的是沙，褐的是戈壁，远处有些红柳和青草，朝暾刚开始放射扇的光幕，太空是清明而静寂，已失的骆驼，没有丝毫的踪影，三个追骆驼的人，也不知去向！

我犹如飘流到荒岛上的孤客，在茫茫大海中突然丧失我航海的船艇。此地无论东西南北都在大沙漠包围中，没有了骆驼，前进势不可能，株守亦无善法。虽然水是不成问题，粮食还可以支持半月左右，然于前途……前途仍然是苍茫，幻灭的苍茫！

二三小时对空的绝望，蒙古人骑着骆驼在沙山那面露出头来了。一个，两个，三个。三个人，三匹驼。我们再生机运又开始了。还有一个苏牧羊骑的骆驼，仍无下落。我在井边发现它吃水的脚迹，蒙古人跟踪追去，终于在几十里外把它觅了回来。

---

① 标准蒙古语译名为登吉音嘎顺。登吉音嘎顺，蒙古语，意为"高台地上的咸水井"。

最初我以为被人把我们生死所关的"沙漠之舟"偷了去了。悲观心理，异常浓厚，谁知它们完全是滑脱了绳子，跟着水草方向，自己旅行休息去了呢！

蒙人料理骆驼，有特别的本事，他们能分别每一个骆驼的足迹，跟着足迹去追赶，所以骆驼不容易跑掉。驼迹在沙漠里，是不易掩饰的。

蒙古人一天没有肉吃，就觉得不安，每天最主要的食物是肉类，似乎蒙古地方气候特别，需要多热力，因此多的脂肪，来支持人们的身体。

丁界之东，曾走二三十里沙窝，过去骆驼大道的陈迹，被沙窝压断，片断的留露在外面，则此种沙山之构成，必是近年新经大风吹来者。

此后，尽是戈壁，无尽头的戈壁。

在略有骆驼刺的戈壁上，遇到散得很稀疏的骆驼群，一位青年牧者从沙梁上跑来看我们，他在中午的烈日下是赤裸着上身，皮肤那样的黄黑，人是那样的壮实，他是甘肃镇番人，给蒙古人作牧童，已经好几年了。他知道我们是打算去阿拉善首府定远营的，他很忧虑的告诉我们："衙门上（定远营之俗称）听说进了日本，有人说到了共产，以后还不知道怎样呢！"这个消息给我们的刺激，使我理想的顺利前途，冷了几分。因为要有了军事行动，四面无路可通，那就有几分为难了。

途中纷呈着骆驼的白骨，正如海洋中飘浮着破坏了的船板一般。海洋中不知已经吞没了若干船舶，而船舶仍然在不断航行。戈壁中已不知死了多少骆驼，而骆驼仍然踏着慢步，继续在戈壁中经过。

还没有走到有井地方，我们因为天晚，不得不住下了。蒙古人害怕戈壁贼人夜间偷东西，所以晚饭没有敢在帐外举火，偷偷在帐内热了些茶，马马虎虎吃了一顿，就蒙头休息。

今天差不多走了两站的距离，完全没有水。

夜间有一大帮骆驼，经此去新疆，驼数总有百匹以上，主要的货物为砖茶，茶一宗，大致还没有被苏联控制。而这硕果仅存的商业关系，要不好好调整，新疆政治的将来，谁说一定是光明呢！

二十九日上半日的道路，整个的在乱山里，山是丑恶而穷蹙，望之给人以不快之感。苏牧羊却在山沟中摘了许多沙葱，作为我们单调的食物中新鲜的刺激品。山地燥热，单衣犹觉其烦。天热蝇多，蝇常袭入驼鼻，驼痒不可耐，用喷气、摇头、顿足等方法皆无甚效验，有时回头擦鼻肩上，用鼻内皮肉，挤压鼻孔内苍蝇，使其受相当压迫，或能乘此用猛气呼出，至少可使之暂时安宁。官僚钻入了一个革命政党，也是不易扫除的麻烦。他们本身并没有什么力量，可以正面和人对垒，在他们无所依附的时候，有力者可以呼之即来，挥之即去。但是一旦令其乘隙而入，权参机要，他们是外表上忠忠实实的服从指挥，而骨子里是破坏团体，破坏事业以自肥！那时真叫你清无可清，查无可查，只见自己的事业一天天的衰落，还不知道毛病出在什么地方！革命政党不容易失败在外来的压力之下，而容易失败在官僚蛊蚀之中！

午尖于荒山沟中，有两井，地曰色林胡同[①]。因为是新绥驼道打尖与住宿要地，地上所遗驼粪，层层累累，天然供给往来旅人的燃料。上一趟所遗驼粪干了，供第二趟过此的人们来烧，第三趟的人又烧第二趟以上的粪，永远这样继续下去。政治上禅代情形，正和这个道理相同，一代政府上台之后，作出些令人不满意的事情，第二代就以此为燃料，烧起群众反抗的火焰，而作成第二代政府的登台。因而第三代，第四代……今天我们是烧了旁人的粪了，而我们今天留下的粪也已注定下一次的人来烧啊！

午后出群山，到哈那峡刚[②]，有商人土屋两家。此为离额旗后第一次所见之房屋。商人为绥远西部人（后套人），屋内有桌有椅，有土炕，而

---

① 标准蒙古语译名为色林呼都格，位于阿拉善右旗境内北部。此地名已废弃。

② 位于阿拉善右旗境内北部。此地名已废弃。

且饮食方面似乎还可以买到旁的东西，因此，我打算在此过夜，想从帐幕中解放一天。然而，蒙古人不愿意，因为我们刚到哈那峡刚时，宁夏<sup>①</sup>磴口税局派到此地的分卡有人来查，我已经把他们对付过去，但是蒙古人对于他们是另外一种眼光。宁夏好的税局，回回主持的多些，各级收税人员自然也主要的是回回，特别是在蒙古地方的税卡。他们平时对蒙藏两种同胞，往往缺乏公平与亲爱之态度，苛勒之事，常所不免。他们称藏人为"唐棍子"，因为是"唐克忒"（Tibet）首一音之转呼，"棍子"当非恭维之词。他们只直称蒙古为"鞑子"。往往欺负他们知识简单，利用政治势力，给他们以不应当的待遇。今天来盘查，看他们来势汹汹<sup>②</sup>的神气，要不是我拿些大话来唬他们，蒙古人也很难不吃亏。因此他们害怕，他们不愿意住，只好再走，走到深夜，住宿无名戈壁中，是夜大风，帐幕几不能搭成。

从南北大致平列着两条沙河，三十日午前，被我们一一走过。眼前风物，又比哈那峡刚以西好了许多。午尖在三个井子，那里已经有三四家汉人土屋，这无异空谷中频频的足音，诚给人以无穷的兴奋了。

在一家镇番（今甘肃民勤县）人的土屋里，一位高大身躯的外蒙古人躺在炕上，神气好像还是旧蒙古时代的爵禄之辈，只是而今穷困在内蒙边上，他没有充足的东西，来换得汉商的点心和白酒。因为他过去有过荣达时代，那时曾经有人随着他的意思来供给他的欲求，现在他的欲望并不因环境困难而减低，他反而觉得商人不肯多赊给他每天应喝的酒量，到有些不对。主观的理由很简单，就是他曾经是有身份的上等人物，与上海霞飞路的白俄中，所谓"将军"之流，有同一风度。

空架子是换不来实物的，他们不得不学得和汉人有几分"近乎"，希望从亲近中得些好处，于是说几句半通不通的汉话，整天和汉商厮混，以

---

① 原版书和《国闻》版"宁夏"误为"夏宁"。

② 从《国闻》版。原版书"来势汹汹"误为"来势淘淘"。

实惠为本质的商人，当然对他们不胜讨厌之至了。

这里和我们暗示着一种民族间自然同化的原理。人都往生路上走的，为了生存的需要，总是倾向到握经济与政治力量的民族，以求发达。元朝时，蒙古色目人当权，汉人争学蒙古色目之风。明太祖兴起，蒙古色目人又多改汉人姓名，衣汉服，习汉话，太祖还下了诏书，阻止这种风气，诏曰："蒙古诸色人等，皆吾赤子，果为材能一体擢用。比闻入仕之后，或多更姓名，朕虑岁久，其子孙相传，或多昧其本源……中书省其告谕之，如已更者，听其改正。"清代汉人多入旗以求官。清亡，旗人多取汉姓，以防日常生活①之见外。即现在内地活动之蒙藏青年，皆汉姓汉服，而在深入蒙藏地方工作之汉族，也多半取上几个长长的名字，穿上大大的袍子，亦俨然蒙藏地方土生土长。

前述的那位被日本人利用的印度青年才不几天由三个井子经过，东去绥远，他沿途测量调查工作作得很详细。其实，他又何必呢？同是被压迫的民族，只有我们相互间真诚的团结，才可以解除痛苦的枷锁，你希望由一个帝国主义的帮忙，牺牲旁的一个被压迫的民族，再图自己民族的解放，你首先在理论上已不能得世界的同情。何况利用你完了之后，你有什么方法担保利用你的人会实践他的诺言呢？

### （十五）蒙古恶棍

不知怎样冻病了！身体异常不舒服，腹泻不能久行。途中遇到赴新疆的驼队，他们领队者非常关心的和我们谈绥远局势，他们忧虑日本之袭击绥远，因此举将动摇他们生存的根本，这时他们的爱国主义是真的爱国主义。

---

① 原版书"生活"误为"日活"。

又三十里，黄昏前至哈尔莫可台[①]，水草皆好[②]。我们搭帐幕在山边避风处。离我们不到半里，有两家商人，一家山西人，一家是镇番人。我到山西商家去玩，他问我："宝号？"没有过惯商场应酬的人，我几乎很老实的答应他："宝号还没有开！"

这样久没有沈澡，换衣服，而蒙古人的帐幕又脏得利害，慢慢的长起蒙古虱子了。刘半农先生是死在蒙古虱子所传给的回归热上，我此时却没有法子去管它，只有希望我的抵抗力比刘半农先生强些，它无论传什么到我血液里，只是供给我白血球的食粮。

夜间我们正在作饭，两个蒙古青年骑快马而来，下马入帐，以狰狞面目，厉声问我"要票"，其对二喇嘛尤为凶恶可怕。我令老杜以严峻的词句答覆之，我们既非商人，更无货物，何从"票"起？他们没得结果，恨恨而去。

晚饭就没有吃好，饭后[③]看到许多蒙古人到两家商店去，使我们莫明其妙。苏牧羊和老杜饭后去和蒙古人打听，他们自称是卡兵。苏牧羊缺乏政治经验，希望把"公事"去恐吓他们，说他们弟兄俩是图王派的"差事"，送我到定远营，找定远营王爷有"公事"。这一下弄糟[④]了，他们就叫他拿公文来看，他没有，他们就宣布不许我们走了。

听到这个消息，气破了我的肚子。我亲自出马交涉。从山西商人那里打听，他说那些蒙古人确是公事人，其中有一个老头儿，还是团总之类的地方官。我没有法子，只好请翻译和那老头儿交涉，说明我是好人，两个喇嘛是我雇来带路的，骆驼也是雇的，他们希望免去沿途的捐税，所以没

---

① 标准蒙古语译名为哈尔木格台。哈尔木格台，蒙古语，意为"有白刺草的地方"。位于阿拉善左旗巴彦诺日公苏木境内西北部。

②《国闻》版为"水草又好"。

③《国闻》版随后为"除了两个青年之外，还有"。原版书删除了此句。

④ 从《国闻》版。原版书"糟"误为"槽"。

有得我的同意，自己胡说，请他们原谅。如果他们不相信，可以派人押送我们到定远营，王爷达理札雅和我认识，那就可以证明。关于派人的来回费用，我完全负担。然而无论如何也说不通，他非不让我们走不可！我后来提出只允我一个人先走，把老杜和喇嘛留在那里，等到王爷信来了，再让他们前去，他仍然严词拒绝。但是，他又不提出解决这事情的办法！那位山西商人在旁边出主意，最好雇一个人先去王爷府送信，花上二三十块钱，等王爷命令来了，他们自然会放我们走。然而来回要十几天，我是不能等的。一切努力都失败，只好无精打采的回到帐幕，过了夜间，再作他图。

闯了乱子的苏牧羊，回来拼命念经，道尔济加紧推牙牌，他推的结果，总是凶多吉少，又另外拿铜元来卜卦，卜来总是"下下"之流，老杜和他们俩的面色，随着这些不吉利的预告，一分一分的惨淡！

今夜正是中秋，浩[①]月当空，秋风肃厉。商人们中夜祭月，大放爆竹，令人顿生乡里之情，全国若干父母兄弟姊妹，皆正于此晶莹的秋月之下，思念其飘流异乡之骨肉手足，其于新婚之少妇，当此情景，尤难抑其对于孤身作客之侣伴发生绵缠眷恋之思也。自东瀛三岛征拔而来东北察绥任侵略和平中国之太和青年[②]，设于此夜，与其亲爱的父母妻子兄弟姊妹，隔日本海而相对想望，亦不知将作何感想也！

夜中腹痛甚烈，腹泻[③]频频，戈壁夜寒，冷澈心肺！真所谓"屋漏又遭连夜雨，行船又遇打头风"！此事颇费相当周折了。

晨起，镇番商人突秘密来谈，昨夜一群蒙古人并非善类，这里根本没有卡子，他们并无丝毫的公事，完全是恶棍地痞之流，叫我们好好应付。说毕，匆匆而去，盖恐被蒙古人看见。知己知彼，百战百胜。敌方情况既

---

① 原版书"浩"有误，应为"皓"。
② 《国闻》版误为"侵略和平的中国太和青年"。
③ 从《国闻》版。原版书多一"泻"字。

已判明，作战自有正确办法。此时我义正词严的去山西商人家看蒙古人，他们一共有十几个彪形大汉，我先送他们每人一点礼物，给他们相当满足，并且分了他们图利的一致心理，然后专对老头儿说，我到定远营，确乎有要紧事，骆驼和人是雇的，苏牧羊不该撒谎。同时我拿出几张不相干的电报纸，上面有"望兄速来，行前盼电示"等字句，叫山西商人念给他听，说是他们王爷打给我的电报，如果他不让我们走，我们就不走，以后王爷查起来，他可担负不起这样的大责任！

威胁成功，我们又收拾行李，逃过一大难关了。只可恨那个惟利是图的山西商人，自残同类，为虎作伥，并且自己出主张，还想得我几十块钱的便宜。设身处地，易地而居，他将何以自况呢？

我并不深责他的行为，我只感到在不正当不合理的国内民族关系中，养成了许多同胞病态心理和病态意识，将来的前途，相当可虑。因为生存寄托于环境，环境不良，生活意识一定不正。历史上的例子，叫我们可以反省到这种道理的很多。如明代天启以前，黄河沿岸及治河官吏，没有不愿意黄河决口的，因为河一决口，上至总河下至闸官，可以借此侵克金钱，下而至于"执事"等小职员乃至于游闲无食之人，可以因此领用伙食和工资！明宪宗时，京畿一带的人民，因为畏避繇役，并且希望富贵，然而文不能登科，武不能点将，乃往往自己坏了生殖机能[1]，所谓"自宫"，并且自宫了他的子孙，每天到礼部投进，希望入宫作太监，如此一方面可以锦衣玉食，一方面入了皇宫，地方官再也不敢麻烦。此事相习成风，每日有数千到礼部门口，俨然成为市集，竟至劳当局下令禁止！

走是走了，十月一日这天，情绪有点不一样。一方面还怕蒙古恶棍来追，一方面忧虑前途是否安全，苏牧羊和老杜是一声不响，低垂着脑袋，

---

[1]《国闻》版和原版书"机能"误为"能机"。

默默无言地赶骆驼！

上半日尽过矮小的乱山，视线短促，眼景荒凉，回忆昨夜遭遇，不禁叹人事之艰辛。行约三小时，至一荒野干河中拾骆驼粪煮茶打尖，心情倍极凄怆。盖自拐子湖合新绥驼道后，自此又将南入定远营，尚不知安全否也。

南行路上有鲜明之汽车印，似为一月前者，前闻日人自黑沙图松稻岭各地有汽车开定远营。果然，则定远营已凶多吉少，盖除日人之外，中国方面尚无以汽车行此路者。旋入一长山峡，路窄而崎岖，汽车印曾绕行极远，似为三四辆车以上之轮迹，但至最险处，已无车迹，颇疑其去向。

出山，顺沙河行，间有巨树孤立沙河边，苍劲遒老，颇有独木撑天之气概。愈南行，地势愈低，戈壁中骆驼刺渐多，不似纯戈壁中之一无所有者。沙河且尽，有辉煌的庙顶及大鄂博出现于山坡上，地上人畜足迹较多，而庙前环绕之柳林，已显然在望。出沙河，则侠儿岩庙①以富丽庄严之姿态，屹立于山南，面向数百里之有草戈壁，寺院墙壁门户窗牖，红绿相间，而粉白犹新。此为记者离开黑沙图以后所睹者之第一大建筑，其规模比额济纳之东庙尚雄壮堂皇。惟就实质言之，此仅蒙古地方之三四等庙宇，无足可称，但"饥者易为食"，三千里戈壁荒凉之后，睹此小庙，已觉不胜其慰安矣！

二驼蹄破，一步一跌，人亦渐困，故途中不似初行时之多话。至侠儿岩庙时，我有入庙求休息意，而苏牧羊却坚持不可，且策其跛驼，绕庙而过，盖不欲再出麻烦也。而此时庙中却开门走出一短小精干之喇嘛，招手②令我们停止，阔步而来，二位喀尔喀喇嘛骇得手足无措，神色惨淡，

---

① 应指达里克庙，位于阿拉善左旗巴彦诺日公苏木境内。建于清嘉庆二十四年（1819年），道光、咸丰年间两次扩建。清同治八年（1869年），遭起事的回民破坏。清同治十三年（1874年），修复。共有殿堂5座，占地1.6万平方米，盛时有喇嘛250余名。2006年被列入内蒙古自治区重点文物保护单位。
②《国闻》版和原版书"招手"误为"召手"。

盖不知又将出什么事也。来者面貌凶狠，蝌蚪眼，八字须，打量我们每一个人，打量我们驼上的行装，而口里却问些不相干的话。我们上过了哈尔莫可台的当，早已决定以后对付外人盘问的办法：老杜和苏牧羊他们对任何人都一致的说，他们是我雇的，从额济纳到王爷府（定远营），至于干什么事的，他们推着不知道，叫他们问我，我的服饰有几分特别，不大多说话，那般蒙古人不敢轻于犯我，于是可以少现许多漏洞。蝌蚪眼的家伙和他们谈话无结果，回眼望我，我拿半通不通的蒙古话对付几句，漫不置理的转而命令苏牧羊："亚布"了！（"亚布"蒙语"走"也）。

过庙天已黄昏，夕阳在花岗石的戈壁里反映成金黄色的空景①，由南面疾马而来一位白马红衣的骑士。雪白与鲜红，风驰在金黄色的广漠和大气之中，呈现人间难遇的画面②。逼近后，白马所配者竟为一中年喇嘛，辜负③此美妙风光！

又十余里，有商家三家，他们再不敢和商家接近了，我的意思他们也不接受，又前进七八里，搭帐于道旁二三里之戈壁中。

驼蹄破得利害了，流出血水，当极痛苦，但是谁管呢？我只希望早到定远营，好作另外的事情，老杜和苏牧羊他们也希望早到，好作回去的打算，而真正关心驼蹄的，恐怕只有它自己了！

夜间睡在平坦戈壁的帐幕里，中秋刚过的明月，从帐幕口上呈现她庄丽的花容。她中间的阴影，仿佛是中国的地图，这海棠形的阴影，慢慢的从东北角上发出一道白云，向西南和西面侵蚀。阴影北部有一条东西蜿蜒的黑线④，仿佛是我们的长城，黑线南面许多有力的黑点彼此冲突，弄得

---

① 《国闻》版"空景"为"空幕"。
② 《国闻》版"画面"为"奇景"。
③ 《国闻》版"辜负"误为"故负"。
④ 从《国闻》版。原版书为"有一条蜿蜒的黑线"。

那块阴影充满着乌烟瘴气。而黑线的东北和东端，白云[①]却非常猖獗的发展，浸假北半部阴影将全部消解。后来全部阴影骚动，南半部阴影逐渐统一化，配合着白云下零星黑点，向东北推移，很快就见到那片白云退出海棠形阴影之外。也许这是未来东亚政治大势一部分的预告。

### （十六）坠驼受伤

二日晨间第一工作，是给骆驼补蹄，三个人动手把骆驼按倒，用牛皮补在它的破蹄上。驼挣扎甚力，继且哀鸣。在它之立场，它应当休息，让蹄自己长好。然而它的主人的立场不同，他希望照样走，只是恐怕他的交通工具——骆驼继续坏下去，不能再行使用，故不得不为之补上。然而他的目的，仍然以自己利益为前提，并不是为骆驼打算。

过波若鄂博[②]，有井，有骆驼群在井边饮水，其中有大白骆驼一匹，峰高头昂，步履雄健，俨然王者。亦有短小拙劣之驼，肢体瘦弱，颈上生疮，望之令人不悦。这是动物中生理发展的自然不平等，改良动物品种及改良牧畜以后，仍不能达到完全平等之境地[③]。

这几匹喀尔喀人的骆驼，对于它们要算稀客，故它们皆驻蹄相看，如迎外宾[④]。

井边汲水蒙人见我手中有书，索去一看说："这是皇历！"其实我手中是一本宋史。因为他没有看过多的汉字书，不认得汉字，而从他的经验上说，在蒙古地流行的直行方块字的书，只有"皇历"。他的下意识是：皇历是直行方块的汉字书，现在我手中书是直行方块的汉字，因此，这本书是"皇历"！这是一套有趣味的形式逻辑。他完全是以他的第一印象为

---

① 《国闻》版"白云"为"白光"。

② 标准蒙古语译名为宝日敖包，意为"紫色的敖包"。位于阿拉善左旗巴彦诺日公苏木境内。

③ 《国闻》版为"改良动物品种及改良牧畜以后，能达到完全平等之境地，我还是有点疑问"。

④ 《国闻》版为"驻蹄相看，状甚亲善"。

准则，拿初见的代表了其余的，拿一部的代表了全体的。把自己所仅初见的作为认识事物的标准，是通常人容易犯的错误。许多日本人对于中国之认识，就犯了这个通病，他们认得中国几个汉奸，就以为中国人都是可以威胁利诱无人格的人。好些西洋人在光绪时到过中国，到民国二十六年还是老守着过去的眼光，这些都是错误，对于事物的观察，必须是"全的"和"活的"，即是空间上必须观察其全体，在时间必须了解事物本身是不断的变化。所谓"变的"或者"活的"之意义，又包括空间和时间之关联。每一个事物本身是不断的变动，同时它的周遭也无一时停止，[①]因而它们相互间的关系也随时而不同。但是我们不能说到什么时候为止，我们才是全知和真知。我们只要本着虚心，不断的求知，不断的经验，不断的改变自己，不断的接受新认识，才是作人的正确态度。我们对于一种主义，学说和人物的批评，假如在首先接触时，即加以武断的批评，全面的接受或者反对，都是不合理的做法。

后面追来一位骑快马的蒙古喇嘛，略和我们寒暄几句，两腿用力一夹，一会儿人马消逝在戈壁的远方，蒙人骑术，至可惊服。

记录自己的思想，是一件要紧的工作，否则一会儿忘去了，另外一件思想浮升上来，前面的难以捉摸了。在驼队进行中，我独自一人下来记思想，骆驼狂叫不肯强留，强留之，则以其最毒的武器，喷口中浊沫相加。生物皆为自己而打算，我以为记录我之思想很要紧，而它却以为随群而行最重要，利害冲突，它素日驯善之性格，一变而为粗暴。

行数十里半沙窝地带，午尖于沙窝区中，炎热不能当。苏牧羊言此去五六十里始有井，故今夜又须夜行。

戈壁晴天可远望一二百里，故塞上有"望山跑死马"之谚。午后行

---

① 《国闻》版为"同时它的周遭也无不改变"。

五六小时，午尖时，所清晰望见之山梁，仍可望而不可即！

经几个高下起伏的戈壁梁，午夜到阿莫落斯[1]，井旁沙里无柴，故晚饭颇为费力。

营幕北面约半里，有火光，趋视之，有土屋影，疑为汉商，近前频呼无人应，恐有猛犬，不敢逼近，再呼不见犬声，乃持棍而前，至则一幼童与一壮年男子正在屋外煮食物，地下张羊皮，似新宰羊者。男子为镇番汉人，佣于蒙人。主人夫妇皆已外出，留小孩在家。家中略改蒙俗，土屋土炕，屋内有驼羊皮毛甚多，蒙古社会日用商品亦夥，似为殷实之蒙商。

两个喇嘛日夜念经，久了有点令人厌倦，他们这次到定远营要去庙里叩头，把他们所有的金钱，都在叩头时捐施，以为如此可以解决一生大事，所以边外有谚语说："蛮子穷在球上，鞑子穷在头上。"盖汉人好嫖，而蒙古人好拜佛也。往往多年生蓄，一拜即光，其诚可嘉，其愚不可及[2]。

三日午前仍为沙草地，一群一群的牧驼，作我们途中的侣伴，这一群消逝了，又另外来一群，纯粹戈壁已不见。

蒙地久行，觉至今蒙古民族历史，似尚无良好的研究。而同时觉得，如果我是蒙古人，我读现行的中华民族史，一定给我很坏的印象，因为现在所谓中华民族史，大半是以朝代为纬，以汉族历史为经，而不是将蒙藏等族合并编制，这不能叫做中华民族史。所以最好由中央研究院设立各族历史研究委员会，以平等眼光，重新清理各族史事，以新的观点，记述各族之关联，平等记述各族之光荣事迹，表彰各族之优点，纠正各族之缺陷，努力各族文化经济之沟通，提倡各族之自然的相互的融化，育酿成包含各族美德之新中华民族，始为理想的中华民族史。

---

① 今阿日查干勃日格，蒙古语，意为"一座山梁后面的白刺草滩地"。此地有两片生长白刺草的地方，被一道山梁分隔成两块，阿日查干勃日格在后（北）面。

②《国闻》版为"一拜即光，愚不可及"。

一段关于林肯和佛兰克林①的记载，引我在驼上出神。林肯当了总统，把两个平日反对他的人请来作阁员，一位是陆军总长司丹东（Edwin M. Stanton），他曾骂林肯是"原始的大猩猩"，并曾责林肯行政之无能，酿成贝尔伦地方的奇祸。他最得力的财政总长采斯（Salmon P. Chase）最初就是不喜欢林肯的一个人，并曾阴谋反对他。而这两个人就成为林肯事业的主要柱石。佛兰克林说他成功的经验，秘诀在尊重他人地位和尊严。因为管子也说过这样的道理："与天下同利者，天下持之；擅天下之利者，天下人②谋之。"你只要能不以个人利害来代替众人利害；相反的先以他人的利害放在前面，把自己放在后面，事事可得他人的谅解了。

我的思想此时跑到中外古今的历史上，骆驼不知如何惊了，拼命猛跳，我还来不及考虑，已经四脚朝天的跌下来了。照相机垫在背上，重重的把腰顶了一下。我还在莫名其妙中，失去知觉了。大约十几分钟醒来，只觉头昏腰痛，全身不能动，张眼一看，老杜、苏牧羊、道尔济围在我的四周，愁苦惊惶的看着我，我一想，事情坏了，如果留在这里，什么都完了！微微把身子一动，觉还有相当力量，勉强坐了起来，大地还在发眩。从前听说日本人在蒙古地方坠驼受伤的很多，我自己坠驼之后，于痛苦昏迷中，尚觉此种苦痛，尚可寄托于民族生存之大义以自慰藉，然而当日本青年侦察者坠驼伤痛之余，又将何以自解呢？

为安定人心计，我连说"没有什么"，咬紧牙关，支持痛楚，站立起来。并且命苏牧羊把逃驼找回，我仍然很费力的骑上，继续前进。不过不敢再看书，而随时留心驼行了。这匹青年骆驼，不知什么东西把它骇了一吓，它就不管背上面有没有人，乱跳图逃，避免或种危险③。然而在我跌

---

① 即富兰克林。

② 原版书"天下人"有误，应为"天下"。

③ 或种即某种。《国闻》版为"避免危险"。

了之后，它仍然可以好好的给我骑坐，可见它并无一贯的成见，只为它当前需要就不管旁人了。民众对于统治者也无所谓永久的好恶，只看他们当时的利害为转移。

行不远，腰痛不能支，乃借口午尖，下驼休息，而下驼动作，即甚为困难，坐卧起立之间，腰已不甚灵活。老杜主张在此搭帐休息数日，俟我腰好再走，我坚持不可，乃强步上山，示以无大重伤，而实际则痛彻心肺。

午尖处，小黑蝇和四脚蛇特多，尤以黑蝇多得可怕，顷刻布满人之头身各部，随手可以打死十数黑蝇，令人胆寒。煮茶与面片时，因无锅盖，黑蝇成群飞赴其中，结果煮了一锅的黑蝇！我们如果拿碗茶，一会儿又落满茶上！后来我发现一个办法，就是拿碗对风而行，黑蝇为风力所阻，不能赶上我们，我们可以得暂时的安静，风力不足，则站山头，可常得多风，亦为制蝇之一道。

这一锅黑蝇面片，太令人难于下咽了！然而为了此时此刻的饥饿问题，我们也只好吃黑蝇饭了。所以此时此刻的生存，是最要紧的生存。生存必须继续的，所以生存不能有空隙的等待。国家对于人民贵能示大家以可生之路，此可生之路，即国家建造之途。则人人为自己生存而努力，即合流于国家之需求。不能指出确切的可生之道，而悬空洞目标，令人等待，决非办法。如殷汝耕①在外人卵翼下割据冀东，冀东人民当时之生存上就发实际的问题，特别是知识分子，他们首先遇到的难问题是：附逆？还是反殷？这个根本问题决定了，才有做法。国家无论环境如何困难，亦当明示冀东同胞以国家之态度，并以具体力量为之后盾。则他们有了光明的灯塔，行动有了方向，纵然牺牲，也是为求光明生存而死，死亦瞑目。最不好的场合，是国家听人民自生自灭，为暂时自存计，一般人只好坠落到汉奸或

---

① 殷汝耕（1883—1947），抗战期间投靠日本，沦为汉奸，出任日本扶植的伪冀东防共自治政府主席。抗战胜利后，被国民政府以汉奸罪逮捕。1947 年 12 月 1 日被处决。

顺民的黑暗生活了。

### （十七）望穿定远营

尖后，他们换了一匹最大的骆驼给我骑，是五匹中最有力最高的一个，理由是它忠厚平稳。然而因为它太大太高，一举步一动腰，波动很大，反而让人不放心多了。但是它却乎是有力量的。有才力的人，往往使他的上司不敢放心，但是我们观察一个组织的强弱，就看里面的鹦鹉派的人多呢，还是有独见特行的人多些。

连过两干湖底，龟裂尚完好，其东不远有盐湖，白色反光甚显。午前所遇井口多用草或毡盖好，以防风沙填满。过一山峡，至有井处，曰布鲁堆①，取水。驼再惊，几又坠地。

布鲁堆后已见有羊群及蒙古包。赶路续进，遇外蒙古人之办粮者，自称为"察汗乌拉"人，即班定陶来盖南面之白山头也。

昏黑续行，过草沙岗，远望如大山者，盖一平而高之沙岗也。岗上遍长草堆，无可烧者，夜宿岗南坡，拔草根为燃料，立帐亦不易，无力解衣，和衣而睡。

四日晨起登巴音诺尔拉山②岗，行五小时荒山，无水，热不可耐，幸晨间苏牧羊嘱我们多喝茶，吃干粮，故尚勉强能耐渴。正午炎热更甚，蒙人皆祖臂。途遇蒙妇，谓其夫已征至定远营修飞行场，并说是为"俄罗斯"修，则定远营形势相当可虑了。

将走完巴音诺尔拉山，黑压压的贺兰山雄姿已出现于东南，白色的雪顶与日光反照，又添一重景色。贺兰山本是我的老友了，然而这次见面有全然不同的印象：第一，它象征着我这次旅行的告终，我有了报告西蒙情形的机会。第二，也许是我们站的地势不同，我看到它头上比前次更多的

---

① 位于阿拉善左旗境内。此地名已废弃。
② 位于阿拉善左旗境内。

白雪，也许是外国飞机在它的头上飞来飞去，让它忧虑四周的安全，而增加它的白发了。

大家心里都非常高兴，约定今夜赶路，谁知夜间没有月亮，我们走进一条大沙河床，迷路了。左右走不出去，永远是在沙河里，大路也不知到那里去了。既无草，又找不到水井。一切图谋失败之后，只好住下了。幸而自己还带有点水，草草对付一下肚子，只好等到明天再说了。

连日日夜寒热相差太远，脸皮结硬壳粗点而龟裂，甚感痛苦，夜不成寐。想起关于处世接人、作学问、作事业等过去的经历，几乎可以说完全错误，我的知识太不足了。越想越好笑，越不安！

晚夜闹一笑话，水井就在我们旁边不到半里，而我们却立幕在沙滩中心，四面都是良好青草区。

因为疲劳，懒得作面片；蒙古人晨起吃生羊肉，仅用茶泡泡。我因为疲痛交困，没有吃什么东西。

平滩中有山西商人德盛隆一家，经营蒙古商业，规模甚大，每年春季放货，贷予蒙人，夏季收毛，秋冬收牲口及狐皮等，此中利益甚大。

西南远处有大沙山，常有高数十丈之塔形出现，时又不见，蒙人谓为神奇，实为沙中幻影。

途遇由定远营下乡收账之山西商人，谓定远营虽有日人，但尚无大变动，我心稍安。旋登巴音吾鲁山①，前有一负毛皮之徒步人；初以为穷苦之汉人，其行甚速，俟其停息时，我们的驼队赶到视之，则为一姣媚丰盈之蒙古少女。但其赤足徒步，必为贫家女。她以清嫩之音喉，向我们致问候之词，同行二喇嘛，亦为之顾盼不置。

巴音吾鲁山坡甚险，驼行不易。山南为定远营所在之平坦戈壁，我们

---

① 即巴彦乌拉山，意为"富饶的山"。位于阿拉善左旗吉兰泰镇境内西部。

已能隐约辨识定远营所在地方。关于定远营和阿拉善统治者达理札雅之一切回忆①，皆涌现我的脑际了。

五日本欲赶宿至察汗苏必而根庙②，深夜未能到，乃住于草滩中。晚饭因干粮已尽，而水又不足以煮面片，乃以生羊肉泡茶而吃。蒙人食之甚甘，我亦勉为其难，惟生平向未生食肉类，总有点不大敢干畅快下咽耳。

昨夜吃了如许多的生羊肉，并没有发生不好现象，六日晨仍无早粮，乃略烧生羊肉而食之，味甘而食多。

此地对于定远营已算近畿之地，草场茂盛，牧畜发达，故蒙人多富厚。民十六七年③，汉军曾攻打阿拉善一次，蒙古人损失不赀，故对在蒙地汉商，常有报复行为，汉商受苦甚大。达理札雅亲王回旗，始严令禁止，至今地方平静，可称塞外太平之区。

晨穿桔梗林，因昨夜迷路，今晨在林中找大路，六七尺高之桔梗树整个占领了大地，走了一段又一段，还在桔梗林中，假使桔梗是活的军队，有人指挥，不断在前面包围我们，那我们人单势弱，只有蹈阵了。幸而贺兰山指示我们的方向，我们终于杀出了这森林的迷魂阵④。

至察汗苏必而根庙⑤，有一妇人及一跛脚男子，不断绕庙墙外行，手数佛珠，口念佛经，当然又是求神保佑那一套。实际上这种做法，只是运动身体一点，有相当的效果！

途中所遇蒙汉人渐多。汉人身体不及蒙人，而蒙人则因男女关系自由，而又缺社会医药设备，故花柳甚为普遍，如在蒙地设花柳医院，必可获大利。

---

① 参见《中国的西北角》中《贺兰山的四边》的《满洲人的治蒙政策》。
② 即察汗苏必尔根庙，又称查干苏布日嘎，意为"白色的佛塔"，即今石窟寺。位于阿拉善左旗巴彦浩特镇（民国时期定远营）北部的苏木图嘎查境内，南距巴彦浩特镇38千米。苏木图，蒙古语，意为"有庙的地方"。
③ 即1927—1928年。
④《国闻》版为"我们终于阵出了"，原文疑有误。
⑤ 原版书和《国闻》版误为"察汗苏必由而根庙"。

沿途蒙人多认我为"日本俄罗斯"，因为他们经验所示，在蒙地旅行之非商人模样的东方人，皆日本人，故我亦一定为日本人，与皇历同一心理。

日本人之在西蒙，已深给蒙人以刺激，就普通蒙人能知"日本俄罗斯"一事，大可注意。只是为日本作特务工作之日本人士，实在太无意义。如果说为了日本民族之生存要深入的侵略中国的内地，那简直是不可通的事情。他们为了薪水与粗疏的傲慢的国家观念，来作此种艰难辛苦的工作。侵略中国的结果，他们只是吃得饱发不了财，徒供少数人利用。一旦逼中国出而抗战，则当炮灰者仍是日本士兵与下级工作人员，这又何苦来呢！

又行约七十里草碱地，过地名"当铺"①，水草更好，宿当铺东南约十里之井边。夜间有三个汉商来同宿，我们邀之共帐。他们有了帐幕，如登天堂，因他们夏秋平时出门，只带棉衣，甚或只穿单裤，夜间随地而宿，如冷不可支，则燃草取暖，如有风雪，只好听其蹂躏。汉商在蒙地经商之艰苦，无异初往南洋开辟之华侨。

汉人平日来往的都是商人，他们把我也当作商人，于是问我："贵处年成可好？""斗价大小？""宝号今年买卖不坏？"……都是一贯的皇历作风。

七日晨，因为今天可以到定远营，大家心里非常快活。道尔济和一汉商闲谈，谓我初由额济纳动身时，面如女人之光滑白洁，（大概他所说的女人是以蒙古女人为标准），而今是满面风创，比蒙古男人尤黑了。

登程不久，我们望眼欲穿的定远营城堡，已出现在丰腴的青坪中。城外数十里草地里是达理札雅亲王私人的马群、驼群和羊群。马群和驼群究竟有多少，只有达王自己知道那个数目，就我目力看来是漫山遍野，都

---

① 应系藏语"当乌"，意为"上游"。此地名已废弃。

三三两两的站着，<sup>①</sup>卧着，走着，自由生息着。羊群更是像蚂蚁一样的多，有牧童管着，黑一阵和白一阵<sup>②</sup>在青草中云样的移动。

光明在望了！定远营的树林，房屋，山上的兵营，城堞，飞机场，守机场的蒙古包……光明了！我们冒险的征程已入佳境了<sup>③</sup>！我赶着骆驼快步前进，从大库伦口子进入定远营市街。虽然是小小的街巷，有限的人家，然而这是绥远安北县以后第一城，是我西蒙旅行的终点，因为此后去宁夏回天津，有汽车有飞机，一切容易得多了。

脸烂得使熟人也不相识了。自己说出话来，才使朋友惊恐的握手说："你怎样弄得这样子了！"

日本特务机关在定远营的情形，并不很顺利，达王不许任何蒙汉人和他们接近，有一个为他们找私娼的人，连私娼一齐重杖充军到拐子湖那面沙窝里。他们说达王限制他们的自由，而达王却说是自己管教百姓。他们曾雇汉人苦力为之修筑飞机场，为了六角一天的收入，无衣无食的穷苦同胞只好去了。但是他们在平土去石工作当中，亦知此事对于中国将来之不利，有人即谓："最好暗藏地雷在内，等他们飞机来一碰就炸，好炸他一个光！"这话被监工的日本人听见，心里非常恐惧。中国人还是中国人，至少他应有此种感触。

日本飞机虽然常来，但是达王不借汽车马匹和大车给他们，民间亦无人愿受其雇用。所以飞机场与其特务机关间之联络，全恃徒步！遇有重物运输，则由他们强抓牛车一用，有类"拉夫"。

某日本特务人员，在遍行内蒙之后，慨然谓："强国侵略弱国，没有什么意义！如果对于强国，还可以鼓起人的斗争情绪。"因此，他不愿意

---

① 从《国闻》版。原版书误为"就我目力看来，是满山遍野都三三两两的，站着"。
②《国闻》版误为"黑阵和白阵"。
③《国闻》版误为"已入作境了"。

再干了。

宁夏当时对于日本的态度，也很强硬，决不许日本人在宁夏停留。在关东军某参谋长飞定远营时，宁夏适亦派要员至定远营，与之强硬交涉，致其毫无结果而去。

在定远营休息五日，至十三日与十一日来定之戴愧生先生①同车去宁夏，十四日飞包头，那都是我曾向读者报告过的地方了。

（二十六年四月二十日写完于上海）②

## 第二　百灵庙战后行③

### （一）战后出阴山④

百灵庙⑤攻下的消息，系于十一月二十四正午左右，传到绥垣，当时人心之兴奋，达于极点。傅作义主席虽于二十三日夜间整夜未眠，得克复消息后，以其愉快谨慎镇定而紧张之情绪，频频出入于其高级幕僚之机要室间，盖此事之到来，非可以等闲视之也。

十一月二十七日我们一行十三四人，被一辆载重车拖着离开归化城。⑥

①戴愧生1935年任国民政府监察院监察委员、甘（肃）宁（夏）青（海）监察使。原版书误为"戴愧先生生"。
②《忆西蒙》1937年4月20日完稿于上海，连载于《国闻周报》第十四卷第十四期（1937年4月12日出版）至第十四卷第十九期（1937年5月17日出版）。
③沪版在本篇通讯之前有一段导语："百灵庙之克复，政治上与军事上皆有其非常的关系，非普通之克一城一地者可比，而战争的经过，又表示我们英勇的战士若干可歌可泣的事迹，故不可不大书特书。记者自归绥出发时，本与平津沪若干同业同行，但后因详细调查起见，独留战地，迟三日始归，使本报读者不能早日得读此次视察经过之情形，深为抱歉。"津版略有不同。原版书删除了此段导语。
④百灵庙战役爆发于1936年11月24日凌晨。记者于11月27日至30日赶往百灵庙前线采访。
⑤今达尔罕茂明安联合旗百灵庙镇。
⑥沪版此句后还有一句："里面有上海代表罗又玄氏，西安东北军代表三位，北平师范大学熊梦非和杨立奎二氏，新闻界有名摄影家宋致泉，《新闻报》顾执中和沈吉苍，《益世报》的王廷绅，中央通讯社王华灼诸君，大家挤得一堆，帆布车篷阻止了我们向外瞭望的视线，只有彼此互相注视谈话。"津版略有不同，尾句是"才是唯一的消遣"。

《百灵庙战后行》记者行经路线图（彭海绘）

归化城的清晨，室外温度还在冰点以下，除了少数苦力与小本零星买卖的商人，已有一部分开始在街面活动外，富厚的人们正甜蜜的安息在香暖的气氛中，我们这般百灵庙的征客在铁板与帆布遮盖下，似乎厌倦了归化城的安静，想突过大青山去看看百灵庙方面的波澜。

"归化城！归化城！而今归化却无城。康熙皇帝空打算，塞外风云总不清！"满清当时对蒙古民族，是采用逐渐消灭政策，另外设若干军事重镇，以资控制，归化城的兴筑，亦即为此。然而现在归化城的城垣已不存在，笼络蒙古人的若干大庙，已经废颓，归化市上的人口，百分之九十九是口内移来的汉民。蒙古民族在大青山以南的土默特旗，已经完全汉化，而且所留蒙民已不多。大青山北面靠山麓的一二百里以内，也被汉人开垦，蒙古民族生活区域，逐渐北移。

民国以来，我们仍然本着满清的民族政策，实际上并无若何所的扩张。自然蒙古民族的本身，受到很大的损失，而蒙古民族前途无望的心理，却给邻人以挑拨离间的机会，愈弄至难于收拾。我们这次百灵庙战争，主要的是和一群被人利用的蒙古同胞拼命。诚然到今天，我们的战争是决无可避免，而且有其非战不可的理由。但是，我们如果回想，为什么本来是家里人的蒙古同胞会被人利用来彼此相互火并，我们作老大哥的汉族，自不能不反省到操持家务之不当了。不过，事到如今，我们之打百灵庙，却已非对蒙古同胞之行动，而是对其后方策动者，表现我军事与政治的决心，对其阴毒的狠计，加以庄严正义的打击。①

辘辘的车声，呼呼的风声，车内的笑谈声，配合着个人思想的活动，越过平绥铁路，似乎虚无飘渺的意境，很轻松混沌的，把我们送到大青山南。

大青山即是阴山主干之俗名，山色常青，山势雄壮，故被土人称为"大青"。古人守阴山以阻外族，是一件重要的工作，非有大②才能的人不可。唐王昌龄诗："秦时明月汉时关，万里长征人未还。但使龙城飞将在，莫教胡马渡阴山③。"故守"阴山"者，必系"飞将"之选。我们目前的形势，是邻人想由阴山南北，自东而西，挑动全体蒙古民族，及汉以外其他民族，组织有名无实的"某某国"等傀儡政治机构，阻断中国西北的出路，以遂其为所欲为之企图。所以我们当前任务，是阻止这个势力进入西北，④我们不但希望我们忠勇的将士阻止邻人"过阴山"，而且希望他们能进一步的采取攻势战法，⑤我们正当的要求，要"莫教邻马'看'阴山"！

大青山脊名蜈蚣坝，"蜈蚣"为讹音，如果照讹音加以解释，成为"有毒的山梁"。汽车上下，皆有戒心，照目前情形看去，敌人如果要想过这条山梁，南犯绥远，不能不说这里将有若干的蜈蚣，会让他们感到辣手。对自己人要和平，对敌人不妨带若干浓厚的有毒性。

蜈蚣坝是绥北和绥南交通的孔道，每天从这里经过的牛车马车，最少的时候亦在数千辆左右。绥北广阔肥美的新垦土地的出产，除供稀疏零落的居民消费外，都运到归绥来，换成货币，购买各种日常生活品。对绥远社会情形有深刻视察的朋友常说：绥远人民生活的富裕与否，我们只要注

---

① 津版删除了此整段。

② 从津版、沪版。原版书脱漏"大"字。

③ 原版书"莫""渡"有误，应为"不""度"。

④ 津版为"是阻止敌人进入西北，并向东收复故土，还我河山"。

⑤ 津版此句后还有一句："最近期内要饮马多伦！"（多伦即今内蒙古自治区锡林郭勒盟多伦淖尔镇。）

意蜈蚣坝上车辆来往的多少，即可看见一般。可是我们现在客观的环境，已不让我们的同胞自由过这种安闲的经济活动，邻人的野心，是想把我们绥远的人民和土地直接收为己有，并且要以绥远为根据，向西去封锁我们陆路上国际的出路。我们要保持我们生存的安全与独立，到今朝已非用强力自卫不可了。①

过了蜈蚣坝，眼前展开的是大致平坦的草原，硬性的朔风打到行人的衣上和脸上，表现一种不同的力量，似乎告诉大家，这面又是一种气候的区域，我们已经进入了一种新的环境。

顺着阴山北谷而下，汽车左右于溪谷之间，经过约十里左右的石崖险道，始进入较宽广的山溪沙石混杂的大道中。这样的地形，凡是走过古北口，喜峰口的人，都可以想象得到这种谷地行车的景象。

归绥到蜈蚣坝是四十里，而蜈蚣坝到武川又是五十里，这条阴山北谷差不多有四十里的长度，好像一种长颈动物，当它把我们的汽车吐出喉管的时候，草原已垦波状地上，②已明显的摆着武川县县城。

阴山北面，所谓"山后"地方，地广人稀，出产丰富，粮食之富，不但可供"山前"人民的消费，而且为出境之大宗。过去土匪遍地，奸黠横行，民性强悍，地方当局对于民间之需求，向不能踊跃输将③，非拖即赖。而此次百灵庙战争之前后，民众一变向日态度，尽其家之所有，以供军需，甚者自动运输粮草，遄赴军营。平常有线电报和电话，常常被人偷杆窃线④，阻碍时生，而这次战争前后，民众自动保护，故军事消息传达上，没有感到丝毫障碍。二十三日晚进攻百灵庙之时，武川北面的乡民，因地

---

① 津版删除了此句。

② 沪版为"草原开垦波状地上"，津版为"草原开垦的地上"。

③ 输将即缴纳赋税。

④ 津版、沪版为"偷杆偷线"。

理熟悉，自动出来当向导的，非常的多。他们领导军队在枪林弹雨中，摸索前进，一点也不感到恐惧与惊慌。友人为记者等言之甚详。[①]

战士与军犬（方大曾摄）

我们最感到兴奋的，是我们听到此次百灵庙战争中英勇轰烈的事迹。孙兰峰氏是此次百灵庙战争的副指挥，他有位少年英俊的参谋长袁庆荣。二十七日那天碰巧他们正回到武川，我们以欢迎卫国英雄之情绪，热烈的和他们会见。他们自己的本身，也太被这种神圣的民族生存战争所激动了。当前民族生存的危机，我们应当为生存而战的大义，前方将士多年来的积愤，全国民众忍气吞声的素志，到今天我们在某种程度上，已经相当的揭开了。而且这次序幕战争，我们已取得了光荣的胜利。前后方的战斗情绪，已亲密的打成一片。我们享受到真正的"同志之爱"，我们鼓舞欢欣到不能自持！

这是多么动人的事迹！敌人退去百灵庙之后，我们看到他们机关枪阵地旁边所留的子弹壳，堆积如小丘！然而我们终于冲破百灵庙的天险，轻轻拔去异帜，让我们的青天白日满地红旗随风飘扬！

蒙古人射击的技术，确乎不差，日方的督战，亦可谓始终不懈。据险

---

① 津版、沪版为"武川县长杨维兴氏为记者言之甚详"。

而抗，以逸待劳，我们攻击了六小时左右，敌军始终不退，而且由各方增调援军，我们的将士死亡枕藉，前仆后继，有些轻伤的士兵，不愿因伤后退，减少自己的战斗力，仍然继续前进！也有局部的士兵，被人包围，被人命令缴械，他们的答覆是："我们不当亡国奴，我们要抗战到底！"

一位英勇的钢甲车司机，在战争眼看要败退下来的紧急时候，自告奋勇，开足钢甲车马力，领导着几辆载重车，载着我们最后的预备兵力，直对着敌人火力最强的东南大路，冲锋而前。于是被敌人的火力集中射击，在刚到要路口的地方，他首先被人射死了。他的身上中了十几枪，车里七个战斗士兵，死伤了五位，钢甲车被人打了四十六个枪孔！但是正因为他们这样英勇的牺牲，我们的预备队才抢到一个紧要的山头，转回①我们危险的战局，他们的牺牲所换来的，是整个国家守土战争的胜利与光荣！

官长的情绪，和往日也不一样，晋绥军本以"守战"著名，傅作义先生涿州之役，造成近三十年来中国战争史上稀有的纪录。然而此次表现，晋绥军不但能"守"，而且能"攻"。如总指挥孙长胜、副指挥孙兰峰等及其高级幕僚，皆身临前线，视枪弹如无睹。此固为军事部门上进步之表现，而其重要之意义，实为神圣而庄严的战争本质所激励，而不自觉其异乎寻常！

### （二）忆战尘

武川稍停之后，我们直驶百灵庙，汽车出城即走错了路。幸西蒙古地方地势平坦，东走也有理，西走也可通，一个村落望着一个村落的走去。已经黄昏，还在乱雪草地中徘徊，最后雇了向导，才走上汽车大道。于是初更时候，达到孙长胜师长驻地的二分子②。

二分子属武川的北乡，离百灵庙尚有一百里左右。不过由此而北，稍

---

① 从津版、沪版。原版书"转回"误为"转向"。

② 二分子即今呼和浩特市武川县二份子乡。

过几个村庄，即为纯然未曾开辟的蒙古草原。这片草原，一直连到百灵庙。在从前把蒙古地放垦的时候，因地广无名，往往以分地的情形，或商店的名称，作为那里的地名。如"五分子"，"九分子"之类，属于前者；"三义元"，"协和兴"等，属于次类。

当我们的汽车停在二分子一家高大土堡大门外的时候，大家从汽车里爬了出来，在月色朦胧雪花舞蹈中，一个个旅行者鱼贯的被这土堡大门吞入。在一间不十分宽大的屋内，共约三十位以上的主人和客人，把屋子挤得不能转身。慰问的慰问，调查的调查，送礼的送礼，弄得屋里一团高兴。大家闹了一阵之后，[①] 这一批的同伴，又匆匆的走上了他们百灵庙的征程。只有记者因为另一种约定所稽留，不能不在二分子停留一宵，等待明天再去百灵庙。

孙长胜师长已经是六十岁左右的老英雄了。他从袁世凯小站练兵时起，即置身行伍，一直到现在，还是过着军旅生活。他这一生的时间，大半消耗在长城内外，东面到过黑龙江、吉林、辽宁、赤峰、承德、多伦；北面打过外蒙古；西面是察北绥北到绥西，没有不知道他的威名的。他有位巾帼英雄的太太，也一样能骑马打枪，每次作战，他的部下总可以看见她在战场上出入。口外察绥两省的土匪，只要看见"孙长胜"的大旗，就会望风而走，和三国时关云长的红脸，有相似的威力。

我们谈得高兴，他的那位参谋处长，更来和我谈百灵庙战争的经过。从他的叙述中，让我发生无穷的感想。此次守百灵庙的穆克登宝部，系德王骑兵第七师，为德王之精锐。穆本察哈尔蒙古人，汉化甚深，曾在察哈尔省党部作过干事，汉名穆盖华。可见和我们关系，不能算浅[②]。他的部下是三个团长，一团是额包斋，二团是马福禄，三团是鲍贵廷。马福禄并

---

① 津版、沪版为"大家纷扰了一阵之后"。
② 津版、沪版为"不为不深"。

且曾在中央军校第九期毕业。然而此次百灵庙战役，他们竟是和我们作战的主力。同是中国的人力与火力，[①]我们没有法子让大家和衷一致的对外，自己首先打起仗来，坐令国力消耗，从大的前提上看，实在非常可以痛心！事情演变到如今，我们从局部的军事眼光，认为这次战争实无可逃；而从高瞻远瞩的见地，认为我们政治上对于国内民族问题，应该想一个妥善的办法。总要使我们自己的弟兄民族，没有被人利用来同室操戈的可能。

其次，以百灵庙的地势，以百灵庙的军备，以我们彼此的兵力两相比较，我们如果照平常的情形，很难有胜利的可能。然而战争开始以后，我们的将士表现一种平常不轻易看见的勇敢，只有前进，并无后退的决心。我们可以觉到战争的意义对于战争的关系，是如何的重大！同是一样的作战，为侵略而战，为生存而战，或为主人的天下而战，作战者的决心和考虑完全不一样。[②]

第三，照我们克复后的情形来说，[③]我们看到某方的企图是如何的深远，以他们的决心，和他们的军事和经济力量，继续经营下去，再等二三年后，中国将受到非常的影响。幸而战事早开，我们能在对方准备未完成前，破坏了他们计划的根据点。这点工作，不知为中国将来减去了若干军事和政治的顾虑，乃至于经济的负担。

第四，蒙古民族的战斗力不可轻视，他们仍有成吉思汗的遗风，英勇善战，射击精确。我们之能将其击败，[④]盖亦几几乎殆哉。我们预定二十四日早间六时击下，而届时战况甚危，如果那一营预备队上去再不生效，前途就不堪设想了。我们应当利用蒙古民族的勇敢与骑兵战术的优点，

---

[①] 原版书同沪版。津版为"同是中国人"。

[②] 沪版此句后还有一句："这次战争，所有将士的心理，没有想到我们的敌人是蒙古民族，我们打的是他们背后的策动者。"津版"策动者"为"策动人"。

[③] 从津版。原版书误为"照我的克服后的情形来说"。沪版误为"照我的克后的情形来说"。

[④] 沪版误为"我们主张将其击败"。

大家在政治上想出同心一德的办法，使他们在对外求中华民族生存的场合，发挥他们的力量。

飞机投弹，对于野战上没有多大效力，只要我们有几门高射炮，可以制止它低飞。百灵庙战争的经验，已证明数百枚的炸弹，除与乱山及草原有关系外，对于我们的军队只有供观赏和打破战场上孤寂的作用！

二十八日的清晨三时半，一位全身塞外冬装的卫士，把我从甜梦中唤醒。他说："上百灵庙的汽车已经待发了。"我匆匆的穿好衣服，冒着挟雪的朔风，步行过半里许的干沟，灰白色的雪锦，映着日色与星光，别有一种浩荡清凉的感觉。陪送我的田参谋万分兴奋的和我谈天话地。当我们踏入土围停放汽车的院落，汽车的外表和号数，使我大吃一惊。我惊异的是，这个车是新绥公司所有，这个号数"六十八"，是曾载我西行过大戈壁的。它们为什么在这里作着军事运输，说不定开车的还是上次西行戈壁的旅伴。车机辘辘作响，周围是人影憧憧，我们走近车前，人的外形，活动的姿势，谈话的声调，都对我非常熟悉。忽然他们已发觉我是他们的老友了，他们惊奇热烈地招呼，充盈着浩荡人生过程中真挚的友谊。他们频频问我深夜来此的原故，让我回想到三个月前化名改姓在西蒙调查的情形，[①]某国人的强横，蒙古人的被欺，我们政治上的无办法和民族关系的危殆，同伴们的友谊，蒙古地上的欢歌，乃至于与他们和她们在额济纳河边的告别！

不幸得很，我们高兴的登车之后，汽车突然发生了毛病，大概是汽管不过油。风是那样的大，雪是那样的飞，这几位习惯长征新疆的豪杰，[②]立刻就在风雪肆虐中，借着月光来作汽车的修理。他们的衣服并不特别充分，他们的皮肤和冰寒的钢铁接触，他们的痛苦和他们的焦急，我们坐在车上的人们颇有点不大安心。一辆汽车在非常困难的条件下，完成它的旅

① 参见《塞上行》中的旅行通讯《忆西蒙》。
② 津版、沪版无"习惯"，句尾有"车夫"二字。

程，往往叫人赞叹。一种主张在环境拂逆中，终于伸张，特别招来大家的崇拜。然而，只要我们留心每一种过程的细目，我们立刻可以察觉到当事者在其中的困苦艰辛。不过，谁也只看外表的成功和失败，谁也不会体察到过程中的缔造艰难。其实，事情的紧要部分并不在结果上面，最令人可歌可泣的，还是在荆棘途上的惨淡经营！

紧急修理已告失败，我们退到毫无光线的黑暗土屋内静待佳音。东方已经发白，我们仍然躺在土炕上说古论今。炕下睡着一位骑兵，半夜失了战马，莫奈何在地下打盹。他忽然向一位推门而入的军官报告失马的经过，那位军官对他的答覆，是大方而且慈和，只是叫他"下次要小心"。

从问答中，我们已经知道来者为谁。这位对人热心诚恳的师部副官长王君，是特地来通知我们，他知道这辆汽车有毛病的消息，已经另外派好一辆完好的汽车，在等候我们作百灵庙的进军①。他是伪满境内的国民，热河朝阳县是他的故乡，他的口音，让我回忆到四年前在朝阳作战地新闻记者的情景。②那时地方军队和驻防热东一带的正规军，如果也如这次绥境军队的英勇抗战，我们的外交和军事不致于糟到这步田地！

## （三）百灵庙

一辆敞蓬汽车，除了司机以外，只有我和田参谋两人。和汽车前进方向正成对面的北风，挟着浓厚的雪粉向我们打来。头上，颈上，衣上，脚上，一会儿都填盖上带泥的雪末。特别是颈上，常有溶解的雪水，冷清清的浸透内面的短衫。

全然未垦的蒙古草地，别有一种雄厚旷逸的风光，尽管是在风雪交加的时节，我们的视线仍可以放到非常遥远。蒙古民族坦厚劲直的性格，不能说对这种地理环境毫无影响。

---

① 津版、沪版为"在候我们踏上百灵庙的征程"。
② 参见本书第一篇《成兰纪行》的《成都出发之前》"记者曾亲与热河战争和长城战争"的注释。

大约经过两小时的飞驰，山峦起伏的地区，已摆在我们的前面。一道临时的单人掩体的散兵线，在离山七八里地方出现，这正是我们攻击百灵庙正式接触的起点了。车进东南山口，西藏式的百灵庙以异常壮丽庄严的姿态，屹立群山之间。论山的形势，百灵庙所在的周遭，远非青海塔尔寺和甘肃拉卜①楞寺可比，论庙的外观气势，拉卜楞寺可以勉强与之伯仲，而塔尔寺则不能望其项背。

东南山口两面均有土屋，为平时蒙古军队屯驻营房，俗称"蒙古营盘"，今已寂无人烟。再进至山口紧要处，某方之迫击炮弹，还有好几箱遗置在山坡间，草绿色的军衣，蒙古人的袍子，在山口左右还可以随地发现。地上的血迹，星散的弹筒、破毡、破毯、破布片，这里正是我们装甲车冲锋的地方，这里正是我们英勇的张振基连与敌人肉搏的场所。许多英勇的战士，在这里作成了对国家神圣的牺牲，他们的热血和头颅，在这里换来了民族的胜利②。他们的行径，将永远为后世所讴歌，他们的功业，将被全中国子孙所崇敬③。这里的战痕已经快湮没，这里的血迹已经弄模糊，然而他们拼一身以殉国家之精神，将炳耀千古！

百灵庙的山势，北山好像是屏障，东西两山对峙，俨如天然的夹壁，构成异常良好的交叉十字射击阵地，南山比较矮平，似乎为庙中如来留此一线瞭望之路。

这块百灵盆地，大致北高南低，从东北到西南有一条小小山溪，溪水结冰，现已成为彻底的冰河。河东为商人区域，河西为庙寺及喇嘛僧房，有木桥一座，设于河上，为河东河西唯一的连锁。

车过东南山口，即进入河东商业区的市街，这时已午前九时光景，我

---

① 原版书脱漏"拉卜"二字。
② 津版、沪版为"在这里换来了民族的胜利与光荣"。
③ 津版、沪版为"将被全中国人所崇敬"。

们还看不见街上有一个蒙古喇嘛或者汉族商人。破敞的门窗，零乱的衣毡和箱柜抛掷在墙外和街上，死人，死马，碎纸张，不规则的景象，给人以深刻而特异的刺激。

河西的喇嘛庙四周情况更为凄凉，喇嘛袍子，熬羊奶的铜壶，蒙古包架，喇嘛们作法事的乐器，包裹经典的手巾，蒙古人的帽子，弃得满地皆是。我们过桥时遇到开赴四周山头的军队，他们的神气好像打下猛虎的猎夫，一面是得意，一面是疲劳。他们还要以劳乏的身体去防范敌人的反攻和袭击①。

我们休息的地方，是某方百灵庙特务机关所在的地方，现在刘景新团的团部就在那里。一间小小的院落，僻处在僧侣住宅区的西边。头门内院落里，放着一座大型蒙古包，包后为照壁，正屋是三间精致的瓦屋，西厢房南的空地上，堆着如山的煤块，正屋里面用具和墙上的裱糊，都非常华丽。西洋式的桌凳，东洋式的鸭形煤炉，炉里燃着察哈尔运来的煤炭。蒙古包内尽是日文的书籍和文件，已经被士兵们弄得零乱纷差。据说黄绍竑②部长巡视内蒙时，即是驻在这间院落里，后来成了特务机关。某方在百灵庙的工作人员，都受这个最高政治机关的统治。我们坐着舒服的椅子，谈着战争情形，战士们睁着数夜未眠的红眼，告诉我们争夺某一个山头的经过。

早餐已预备上来了，面是东洋人的面，碗是东洋碗，许多肉类，还是东洋朋友给我们的遗留。特别是酒杯，令我有非常的感触。就是它的形式和花彩，和本年秋季日本军队平津大演习后，在北平万牲园招待中国各界领袖时所赠送的"北支大演习纪念杯"，可谓完全一样。我们在万牲园收到这种酒杯，和在百灵庙看到这种酒杯，我们的内心有不可表达的冲跃！

① 津版、沪版为"防范敌人的袭击"。
② 黄绍竑（1895—1966），又名绍雄，国民政府内政部部长，与李宗仁、白崇禧号称新桂系三大巨头。国民革命军中将加上将衔。新中国第一届全国人民代表大会常务委员会委员、法案委员会委员。"文革"中自杀身亡，"文革"后恢复名誉。

这一回对方没有预料我们敢打百灵庙，所以许多机秘的文件和图表都没有运走。据刘景新团长告诉我们，当我们军队冲入特务机关时，某方人刚刚离屋逃逸，室内香茶犹温，花衾正展，如稍迟一步，恐难免被我英勇士兵所生擒矣。室内设备，全无更动，若干重要文献机要物品，皆大体无甚变更，可惜我们的军队，没有政治工作人员的组织，不能有计划的来对付这些重要事情，

与敌人血战到底（方大曾摄）

一任我们勇猛的士兵发泄他们应有的战斗情绪。他们没有处置机要事件的头脑，同时也没有这种训练，因此，许多东西就受到不可挽救的损失①。

不过，邻人对我们的经营，已非一朝一夕，随便检举一二件东西，就足够惊人。我们看到王英②给百灵庙特务机关长盛岛的报告，他列了一个详细的表册，列举西北各省和他有连络的民团和军队，各部队的人数和枪械，接头人姓名，列得清清楚楚。如果王英的报告全然是真确，这个问题可真不小。不过，骗钱骗枪和鬼混为目的的王英，当然不一定说话都是可靠。

有若干绥远本地汉奸，给特务机关密报绥远驻军和工事情形，各地皆

① 从津版、沪版。原版书"损失"为"牺牲"。

② 王英（1895—1950），1935年投降日本，被任命为"大汉义军"司令。1936年11月，王英率"大汉义军"和德穆楚克栋鲁普（德王）、李守信率领的蒙古军联合进攻绥远。在绥远省政府主席傅作义的反击下，进攻失败。1937年，任绥西自治委员会委员长。

非常详细。从文字内容的陈述看起来，逊清遗民的旗人，比较作这类的事情的人多些。自然这单就这一部材料有关的来说。

有一张满蒙谍报网图，最令人感受兴趣。东北四省不用说，有它完整的系统，察北和绥远及东部外蒙古亦有三大谍报机关，最妙的是每一个谍报区域都和其他的谍报区域都交叉式的重复着①。比方甲谍报区的机关在察北西乌珠穆沁旗，它的谍报区域是北至库伦，南至百灵庙。又比方乙谍报区的总机关在多伦，它所辖区域，却是北起库伦，南达归绥。丙谍报总机关在德化（嘉卜寺），它所注意范围，又是百灵庙到张家口。

一本叫做"支那全国军队调查表"的油印品，有四五百页那样厚，把中国各省的军队，中央直辖的军队的一切，记载得明明白白。军队的系统、番号、兵种、势力，将领姓名履历、长处、短处、对长官的关系，对士兵的影响，作战能力，无不调查得详详细细。此间军界的朋友，莫不惊异他们用功之勤到，及用意的深远。

还有一种似乎是月报或周报之类，详细②记着中国各重要地方之政治军事的变动，如某地现奉南京中央密令修筑飞机场，准备停留某种飞机若干架，某地又兴建某种营盘，可以容纳军队若干人……

这一类的文件，简直读不胜读，不过，越读越令人不安！

**（四）吊战场**

凭吊战场，最易令人发生感动。我们离开特务机关之后，循着屈折的小巷，信步走去。喇嘛们的私舍，都相当富厚，朱门、垩壁、画栋、瓦顶，院内还大半放一个高大的蒙古包。这些游牧的蒙古人倾向住牧以后，活动房子的作用减少，固定住屋的需要加多，然而在过渡时代，往往新旧并陈，如历史进展中，上一阶段与下一阶段，正在蜕化过程中的片断。只是这些

---

① 津版、沪版为"和其他的谍报区域重复"。
② 从津版。原版书"详细"误为"细详"。

僧舍，没有一间现在还在完好，无论室内室外，莫不衣物狼藉，人屎，马粪，石块，佛像，触地而有。

大殿内更觉凄惊，地板上的花毡，壁上的图画，佛龛内大小佛像，已经弄得空无所有。因为避免敌机轰炸的目标，大殿中曾经做过我们骑兵的收藏地[1]，故马粪如山丘。藏经典的秘阁，亦弄得一团糟糕，一张张的经卷，散失在废纸与马粪之间。有些大的铜佛，不是没了手，就是少了头。蒙古人认为最神秘的经典和庙宇，这一次可给他们大的教训，就是它们本是人造的东西，人可以把它们建造起来，同时也可以加以破坏，并不能受到它们任何的谴罚和降殃。不过，在另一方面，太有点使蒙古人伤心了。在现阶段的蒙古人生活，宗教是他们最高的灵魂，因此庙宇佛像和经典，就是他们的至宝。今竟破坏至此，能不令他们感到幻灭的悲哀！

我们特意去看过某方的子弹库、煤油库和面库，几年来的经营，已经有了相当的根基。百万以上的子弹，二三万袋的面粉，好几间大屋的煤油，从一种文件上看到最近由察境向百灵庙输送的，还有五万吨的煤炭[2]。显然的，这不是简单的对百灵庙的打算，他们的阴谋十分的遥远。

我们部队的供养和军械的装备，因为国家和地方财政关系，常感相当困难，然而我们打下一个地方，就可以得到充分的补充，这叫做"前方补充"。拿破仑初征义大利[3]时，他激励他手下饥疲的士兵，是再三和他们提到北部义大利有富足的米兰城和富足的乡村，我们只要到义大利，我们的困难便可以解决。诚然，我们不想作拿破仑，我们并不希望有侵略邻国的军队，我们不想牺牲邻国的人民，来供给我们的军需。我们只要收复我们的故土，只要把敌人在强占我们领土上所作的侵略准备，夺回来使用，

---

① 沪版为"骑兵的藏马场"。

② 津版、沪版为"五十万吨的煤炭"。

③ 即意大利。

已足够解决我们许多困难！

庙的东坡是一大群蒙古包，那是德王亲信"袍子队"所在地。因为他们不穿制服，完全蒙古服装的打扮，所以被汉人叫做"袍子队"；现在已经完全没有人了。也许他们已退到滂江，或者追随他们英武的德王在嘉卜寺。

在一家守子弹库房的部队中，我们停留了很久，他们长官和士兵，得着许多东洋军毯，厚厚的垫将起来。一双黑色长统毡军靴，引起我们的注意，从上面的文字看去，知道已经是三年前东瀛的制成品。谢谢它也不惜长途跋涉，辛辛苦苦的来到百灵庙，送给我们英勇的国军！

一位姓卢的骑兵连长，陪我们看了好半天。他是首先焚烧飞机场的人，他是孙长胜部下勇敢善战的连长之一。当他的骑兵绕至飞机场时，某国人胁迫一部分可怜的同胞，谋据屋抵抗；英勇而活跃的骑兵，一面燃起几百箱汽油，动摇对方的军心，同时把手榴弹打进屋内，使这群中外合璧的人类，立刻成为蒙古草原上的野鬼孤魂。

许多士兵听到我们夸耀他们[①]的勇敢，他们的答覆却出人意料之外的冷淡；他们说："这算甚么！蒙古还是我们自己人！到真正对外作战的时候，先生！请你再看罢！"

蒙古狗是吃肉的，战争之后，商民和喇嘛，逃散一空，这般狗就没人去管理，它们维持生存的方法，只能到战场左右去吃死人死马；死人吃得多了，它们的毛也立了起来，看去不顺眼，它们的眼，也发凶光，令人可怕。据说，夜间独自一人行野地上，常有被恶狗咬吃的事实；官兵来去皆实弹而行，必要时只好将其射死。

河东有一所精致的平房，叫做"百灵饭店"，是招待阔人的地方。百

---

① 原版书"夸耀"误为"跨耀"，"他们"误为"它们"。

灵庙情形变更以后，某国人之来往东西蒙者，皆以此为居留所。故内部陈设，颇为可观。现则玻璃窗已全然破碎，门槛橱柜无一完好，里面残留的文件书籍，以"善邻协会"者为最多，大致"善邻协会"的办事机关，就在百灵饭店。从这些文件中，我们发现不少的"内蒙军事计划"等"秘"和"极秘"材料。这样的"善邻"法，这个"邻"是永远"善"不好的。

百灵庙有一所小学，内部设备仿日本式，教材和教本都是东洋方面预定好的；日蒙文字和语言，是主要的课程，善邻协会的人不少在里面经常的讲演。这般学生都是王公们的子弟，他们打算把这般纯洁的青年，训练成他们的奴隶，现在这些校具还可以看见好些。[①]

在某国人居留的住宅，我们还发现不少的中国旧式老太太们所常干的"求神拜佛"的玩意：头上挂的佛爷，身上佩的佛像，还有许多念的佛经，要求神灵保护安全的短笺，自叹前途渺茫的诗句。让我们看到这般被生活薪水所驱使出来的分子，他们并没有积极的侵略意图，他们仍然怀念故乡，仍然希望安返家园，从实际[②]生活上，他们并不感到侵略中国才是他们的出路。他们的"生命线"，并不和大资本家和军阀一样，[③]一定要殖民地，才有他们的前途。

最令人感动的，是乱纸堆中拾出来一封书，是日本鹤冈市寄到百灵庙来一封家书。受信者为某某四郎，寄信者为其父亲。信内分两段。第一长段，说明日本民间对

枕戈待旦（方大曾摄）

---

① 津版连载至此结束。
② 原版书脱漏"际"字。
③ 沪版为"并不和大资本家一样"。

中国政治与军事态度强化之传说，特别是华北军事的演变，使他对于深入蒙古的爱子的安全非常担心。第二段说明家庭经济状况，谓目下生活异常困难，从前寄回去的"二十元""五十元""八十元"，都已收用；但是捐税担负和日常生活费用，不断增加，家庭方面，自他调入蒙古之后，又无他人可以生产，坐耗山空，望他多多想法，以济家用。我把这封信读了两三遍，越读越悲哀。假使我自己是受信人，我的内心是多么难过啊！

首先攻入百灵庙的是张振基连，而策动百灵庙变局的是某方特务机关。某方特务机关的使命，是挑动西北民族的冲突，截断中俄的连锁。我们克复百灵庙，赶走特务机关，直接的物质的收获，意义甚小，而使一种政治军事大阴谋停止活动，其关系殊为重大。所以我们特请张连长率领他英勇的战士，集合在特务机关的门前，郑重的摄影，为他们留一不可遗忘的纪念。

### （五）黄龙意境①

晚餐仍然在特务机关，一碗一碗的面条，已经吃得不少。刘景新团长仍然劝我再吃。我的胃囊已开始表示抵抗，我也有不再加重它负担的意思；然而刘团长说："这个面不是普通面啊！我们不可不努力加餐！"我心脏里立刻奔放一股鲜红火热的新血，异常迅速的冲过我的脑袋和全身，我重新的吃了两碗。

关于蒙古的善后，省府已派人来庙商量，②百灵庙在云王所辖的达尔罕旗区域内，所以云王出来收拾，才比较容易有办法。有几个喇嘛头子已经来庙，他们神气沮丧的情形，令人颇致其同情之哀。他们或者对于战后的结果，有深切的哀痛，然而他们应该想到，蒙古民族的政治与经济的生活停顿到今天，完全受了满清的愚弄。诚然我们也惭愧，鼎革以后，我们

---

① 原版书小标题"黄龙意境"应是借岳飞"直捣黄龙"的名言，表示抗日将士的爱国情怀。见《宋史·岳飞传》："飞大喜，语其下曰：'直抵黄龙府，与诸君痛饮尔。'"沪版中无小标题。

② 沪版为"省府已派康参议来庙商量"。

的民族政策，没有合理的改进。但是，你们应该明白，邻邦对你们的怂恿，并非出自爱护的真心，你们不该听他们的甘言蜜语，不应当看上他们的小小恩惠，你们百灵庙的喇嘛，更不该受他们的驱使，全体武装起来，正式和我们对抗。到而今我们蒙汉自己弟兄被邻邦捉弄，相互打得头破血流，我们彼此今后，都应该痛悔；然而我们这一次的百灵庙战役，却是万不得已的战争①。

云王代表沙贝子当晚也乘汽车来庙，接洽善后。他坐的是非常漂亮的福特汽车，和他同来的有一位"扎克尔儿"，有一位大喇嘛，他们的身体都非常壮硕，步武风生，不愧成吉思汗的后裔。可是整个蒙古民族已经被历史上种种束缚，弄成这般颓唐，就是他们这几位所谓领袖，也是在不合理的无希望的政治社会机构中过活。他们个人固然也可以指挥若干蒙民供他们个人的驱使，过着优裕的生活；然而整个蒙古民族之前途，却正在虚无飘渺之中②！

夜已初更，我不能在此怆凉古刹久留；我要赶回二分子，交涉回绥远的汽车。我虽然爱好战场生活，我虽然对我们卫国的战士有浓厚的感情，我虽然盼望着到锡拉木楞庙（大庙）再吃一顿东洋面，我虽然盼望着在战场上能得着一双东洋大毡靴，然而我的职务，是要我报告前线战况给一般读者，我不能不回去，我不能不和前线战士作暂别的握手。

在物质上此行还有重要的收获，关于蒙古地图，满洲地图，我得了不少。刘团长送我一张斯坦因（Stein）作的甘肃新疆边境图，是在特务机关中所获名贵地图之一，这张图将成为百灵庙战役中不可磨灭的纪念品！

将要登程，屋顶哨兵的装束，引起我异常的惊诧。北风嗖嗖地刮着，

---

① 沪版为"却是出于万不得已"。
② 沪版为"却正在暗淡无光啊"。

他穿着短棉军衣，扛着上好了雪亮①刺刀的步枪，在屋顶向四外巡查，棉衣上面仅仅②套上短小的皮背心，此外御寒设备，则一无所有。我特地到屋顶去问他，为什么不把皮大衣穿上。他的答覆是低微而凄凉。原来他们全连只有三件皮大衣，平常只有三个人放哨，每人可以穿上一件。而今战地警戒任务繁重，他们那连同时派出五个哨兵，所以有两人只好凭自己的体质，以对抗风寒了！

夜间警戒是非常森严，我们的汽车经过数度盘问，始通过了百灵庙的警戒区。寄语前方战士，希望把警戒区域扩大，我们要警戒我们全般的国土，我们要有重重步哨，不使任何的侵略者有丝毫侵入的可能。

司机员也太辛苦了，他们好些已经几日夜未曾休息。他们的眼因过度使用而发炎，他们的脸因过度疲劳而发白，在此深更半夜，还劳他们来送我们这种不相干的人一趟。只是有一点，我们觉得可以安慰，就是我们目前大家的目标都是一个，我们都是服务于民族解放战争之洪流，我们是民族解放战争的同志，假如将来你们能从长春送我到哈尔滨，我将更感到无限的光辉！

深夜过草原，雪花常掩没道路，汽车的眼睛也有毛病，行动非常困难。有许多民夫和技工，连夜架设百灵庙通武川的电话，风雪是那样大，人烟根本就没有，然而他们被一种神圣的任务所笼罩，他们超乎寻常的辛苦作工，我们除了热忱的敬服外，只有无限的兴奋。

午夜到达二分子，我们到区公所和区上办公人员挤在一炕，指导员是谢先生，我看他整夜没有睡一个好觉，一会儿这个部队的副官来要车，一会儿那个部队的参谋来问路，要草，要料，要民夫，整夜没有清楚宁静一会儿，但是我所看到来办交涉的官兵，没有不客客气气、心平气和的，区

---

① 沪版和原版书"雪亮"误为"电亮"。
② 沪版无"仅仅"二字。

公所的人，也从容诚恳的对付，大家相谅相助，恐为任何内战时期所未有。但是，将来对外时期的任务还大，我们军政当局当早筹完善的兵站组织，不能令局部地方机关与人民作过分的负担。

二十九日的清晨，孙长胜师长正和我闲谈的时候，忽然东面有警的报告到来，同时上峰令此间军队开拔的命令亦到，我们都匆匆准备返回武川。

我们两辆汽车载满东洋①汽车轮，东洋面，司机的还请我抽东洋烟，用东洋火柴，他还带上几个大玻璃瓶，他说他在百灵庙已和几位弟兄喝光了这几瓶东洋麦酒！

车到武川，全县民众空巷出迎孙师长，香案与锣鼓并用，俨如迎候钦差，老将军在民众热烈拥戴之下，不自觉其笑逐颜开了！

孙兰峰部留住在武川的一连士兵②，本来奉到开赴前方的命令，后来改派了骑兵，于是这一连人对长官提出抗议，认为"作战机会不平等"，他们有一部并且要求不发军饷，减轻当局的困难。有一部轻伤回后方的士兵，对孙兰峰说："旅长！你千万不要忘了我们，我们好了再来！"

三十日我由归绥转赴平地泉③的车上，还回忆着前线将士们的一句话："我们的民气与军心，已经确实担保了我们民族战争最后的胜利！"

（二五、一二、十、绥远）④

---

① 沪版在本部分中"东洋"均用"××"取代。

② 原版书"士兵"为"兵士"。

③ 平地泉位于今内蒙古自治区乌兰察布市集宁区。

④ 1936年12月10日完稿于绥远，《文集》版误为"2月10日"。1936年12月9日至20日上海《大公报》连载这篇通讯，题为《百灵庙战后行》。1936年12月7日至22日天津《大公报》连载，题为《越过大青山》，天津《大公报》有较多删节。

### 第三　沉静了的绥边 ①

#### （一）绥东怀感

同是一件东西，因为观察者或感受者环境不同，于是在观察者或感受者的主观方面有其大相差异的印象。同是"新年佳节"，对于人们的反应，相差得太远。在环境舒适，家庭美满的人看

戈壁戍边（方大曾摄）

来，新年时节，正好尽情娱乐，绿酒红灯，清歌妙舞，或方城竹战，或醺醉琼楼，而一般穷措之士，则感日计之难支，年关一到，转觉继往开来之无术。英雄主义者每到年关，易发"马齿徒增"之想。而长期飘泊的人们，在有家的朋友一个个被新年吸收到家庭以后，差不多会普遍的感到孤寂与空虚。我不知道此时远戍在百灵庙大庙和绥东前线的守土将士，他们对新年作何感想？战后的创伤，战场的空寂，在怒吼的朔风中，展望着无边白雪覆盖着的蒙古草原。现状是相当辛酸，前途尚有不可捉摸的期待。新年是到了！他们对于新年如何的排消，我很为他们系念。我自己在除夕那一天，是提出朋友的手枪在院中朝天放射，希望在枪声中打破寂寞与凄凉 ②！

"一二·一二"的西安事变，把绥远前线原来一点热气，消散了八分。本来要再度进取的军事企图，因陕变而无从作起。到现在西北陕甘局面还待整理，若干军事政治问题，尚待解决；绥远的战局自然不会单独展开。

----

① 原版书目录中，本篇通讯题目误为《沉静了的绥远》，文中小标题为原版书编者所加。津版题为《沉静了的绥远》，小标题不同于原版书。原版书与沪版题同为《沉静了的绥边》。沪版无小标题。

② 津版、沪版为"打破寂寞的凄凉"。

而伪匪方面，一则再三失败的结果，不敢轻于举动；一则民族意识之开展，大小部队之反正，使其阵线全般动摇。伪匪军的动摇与不安，使其幕后策动者，亦为此事所苦，欲有所作为而暂时无可如何。他们如果要有所企图，要在相当布置之后，才有希望。

这些原因，构成了绥远前线的缓和。这个缓和的局面，表现我们胜利的停顿。我们诚然没有人不希望抗敌战争的继续胜利，而胜利的先决条件，是及早恢复我们有力的对外阵容，要恢复对外的阵容，在我们前线的观察者看来，消弭内在的矛盾，是最重要的工作。而消弭内部矛盾的方法，各方应以最大的容忍，期以非武力的方法，达成国力的团结。

上面的希望，不知道能否成为事实。不过，目前的事实是："绥边平静无事"，无事而沉闷的前线，又加上这样一个新年，对于我们这种作战地新闻工作的朋友，似乎太不堪其静寂了。元旦日被朋友留着混了一天，二日起，决心不在绥垣停留，希望在绥东更前面去看看，希望在绥东能找着多少活动的现象，来调和这沉寂的空气。

在车上，我们和广西劳绥代表团不期而遇。团长是谢苍生先生，他兼着代表广西文化界，另外四位是妇女界、学生联合会、商会和工人救国会的代表。他们有一面鲜明的旗帜，是广西全省民众交给他们的，旗帜上面很清楚的表白他们的政治目标："抗日救国"。他们的服装，朴质而整齐；他们的行动，切实而有力；因此引起许多人的注意。

我们在车上无所不谈，从红格尔图谈到百灵庙，谈到广西的民众组织，谈到广西学生武装训练的情形，谈到广西抵抗入超的植桐政策，谈到白健生①先生的态度，和对于目前政治形势的见解……谈完了之后，我们继之

① 白健生，即白崇禧（1893—1966），字健生。回族，广西桂林临桂区山尾人，中华民国陆军一级上将。军阀新桂系代表人物，与李宗仁合称"李白"。北伐战争时，率广西军队攻至山海关。北伐成功后，和蒋介石及其他地方势力多次开战。全面抗日战争爆发后，"李白"二人动员广西的军队抗击日军，合作指挥多场大战，屡有战果。在抗日战争胜利后，白崇禧任中华民国国防部长。后随国民党军败逃台湾。1966 年在台北病逝。

以唱，连招待他们的热诚而幽默的樊涤青先生，我们一共是七个人，从《救国进行曲》，《大路歌》，《开路先锋》，唱到《乡下姑娘》，从中国边地《阿哥的肉》一类的情歌，唱到法国的《马赛曲》，美国战歌，苏联的《国际》……

谈唱高潮过了之后，我们又转而讲文。广西山水奇特，而地瘠民贫，故多豪放奔逸之才。太平天国时代之石达开将军辈，不但政治军事为第一流之名手，而其所为诗文，亦非市井功名利禄之士所能想望其万一。如"大盗亦有道，诗书所不屑。黄金若粪土，肝胆硬如铁。策马渡悬崖，弯弓射胡月。人头作酒杯，饮尽仇雠血。"①一诗，直如一副壮丽英勇磊磊大方之一等英雄的图画，读之令人眉飞色舞，顿增怀抱。谢氏亦长于诗，因将其在赴百灵庙途中所作佳句见示："廿载生涯似狗屠，不尊佛老不尊儒；论交惯喜亲亡命，②学技常偏敌万夫；居处行言宁屑屑，文章事业岂区区；感时每主挥戈起，节节枝枝毋渎吾。"此诗一方面看出广西一部人的政治态度，一方面可见其有传统的石达开作风。

黄昏时候，车到平地泉站。站上是冷清清的，冰风在每个人厚厚的皮衣上吹过，连站上服务人员在内，人们的脑袋似乎都向肩架里缩了几分。上下车的旅客是寥寥几个，车站附近的大广场上更是空空如也。只有被朔风偶尔卷起的黄沙，在空场上刹那的飞舞，是打破寂寞的唯一的景物③。

我记得一个半月以前，红格尔图战争的时候，我在平地泉亲眼看着我们的战士出发的情形。去年十一月十五日王英匪部，以十数倍之兵力，攻我红格尔图，我们增援部队，是在十六、十七两日的夜间，由平地泉出发。我们增援的骑兵，是赵承绶司令的部队，步兵是傅作义和李服膺的部队，

---

① 引自石达开《入川题壁》。原版书引文"黄金若粪土"为"挥金如粪土"，"胡月"为"明月"，"酒杯"为"酒器"。
② 从津版、沪版。原版书误为"交论惯喜亲亡命"。
③ 津版、沪版"景物"为"景象"。

统由骑兵师长彭毓斌和步兵旅长董其武指挥，在星光明澈，雪色皑皑的夜间，一队一队的骑兵，头戴长尾的成吉思汗式皮帽，身披短羊皮大氅，白色皮裤，短统战靴，翻皮马蹄袖，毛色大体一致编成的马队①，一个个衔尾疾走，人无声，马不吼，但听得"沙沙……"的马蹄声，送走了抗敌骑士的阴影。

在车站附近，另外放着成队的载重汽车。从电炬的闪灼中，看到无数的步兵，屏息而来，似乎参谋处的分配，已十分周密。三十、二十一队的兵士，井井有条的走近了他们应坐的车辆，没有喧嚷，没有纷乱，等到步队全到齐了，汽车队开始"嘟嘟……"的发火。一对一对的灯光，把车站附近照得如同白昼，一会儿，前进号音响了，顿时间几十辆载重车上装成了一座一座的兵山，第二次前进号后，这几十辆兵车，连成一条火龙，浩浩荡荡，直奔红格尔图前方。

那时平地泉的车站上，②有赵司令和傅主席的专车，每天来往有不断的兵车，车站附近到处有哨兵，有岗位，这里也问口令，那里也遇到岗卡。每个人的情绪都紧张，每个人都不自觉的感受到抗敌前途已展开了无限的希望。不到五十天以后的现在，我们已经有了红格尔图、百灵庙、大庙三次的胜利③，更有了空前的西安事变，许许多多的原因，让平地泉从热狂的军事中心区域，降落下来。现在已无进发的骑兵，也没有机械化的步队，高级司令官们的专车已经开走，剩下来的只是塞外二等车站原有的空寂！

毕竟人是活动的东西，环境尽管单调，大家仍然有调和空气的办法。特别是此时驻在平地泉的主力是汤恩伯所部中央军，中央军是以机动性著名的，他们无时无地不在寻求"动"的机会。他们初到平地泉时，即把平

---

① 津版、沪版"马队"为"战马"。

② 原版书此段开头的字有误。

③ 指绥远抗战中红格尔图、百灵庙、锡拉木楞庙三场战斗的胜利。锡拉木楞庙俗称"大庙"。

地泉市街马路修理一遍，在这种新年时节，他们的活动，转到集体的娱乐方面来。他们每一个师有一个俱乐部，统筹全师娱乐工作，二日、三日两天，王万龄师的俱乐部和平地泉的戏园合作演

20世纪30年代的集宁县火车站（方大曾摄）

戏，军队方面参加的多半是士兵。平时看他们穿上二尺五的灰布军衣，脚缠绑腿，似乎是粗陋无文，然而他们化装上台之后，有的居然是九五之尊，威仪十足，有的紫袍玉带，一品当朝。最有趣味是《四郎探母》、《游龙戏凤》和《女起解》等剧，饰旦角的俨然若有其事，曲尽柔情。这里表现出士兵①群众中艺术才能之普遍。而现阶段社会演变过程中，因经济生活之窘迫，社会与教育制度之畸形，尚不知埋没了若干优异的天才，使之无从表现于社会。人类才能之折损，从世界文化之积极发展上言之，吾人如加以理论抽象的统计，诚不胜其惊骇。

　　三日晚间汤恩伯军长的晚餐席上，彭毓斌师长即席作了一首诗来答谢广西劳军代表团的盛意。饭后，他亲笔直书"君等来南国，雪飞草色黄，何以答雅意"，这三句写完的时候，大家还不十分注意，接着他写出"三箭定"三字，我的热血立刻兴奋到沸点，我此时的思想，想到薛仁贵三箭定天山，同时想到当时军中对薛仁贵赞服的歌词："将军三箭定天山，将②士长歌入汉关。"这是如何令人扬眉吐气的史事，这是如何动人的讴歌。③我们现在正需要气吞牛斗的将军，我们现在欢迎决复失土的战士，

①沪版"士兵"误为"大兵"。

②原版书"将"有误，应为"战"。

③津版、沪版为："这是如何令人兴奋的史事，这是如何动人的词句。"

我的思想还在急转，而彭氏笔下已显出"三箭定辽阳"了！

**（二）蒙地沧桑**

来绥东的目的，是想到前线看看，当然不愿在平地泉久留。四日清晨，约莫十个人，搭一辆载重车离开了平地泉①。平地泉东门外向北行数里，有一片数十亩大的军营废址，为冯玉祥先生当年经营西北之遗留，回首②望平地泉城之四周，星罗的防御工事，以森严的姿态，向四方警戒，这是由国库流出来千万以上的经费所造成工程的一部。这个工程的构筑，表示从这里以西的土地和人民，我们将不顾一切的加以固守。姑无论从前失了的土地和人民，什么时候才可以重见天日③，而我们反攻的起点已经确定而不移。

绥东五县集宁（平地泉）、兴和、丰镇、陶林、凉城，为从前绥东四旗地方，换言之，即为东四旗蒙古人民游牧之所。经汉族自然移民的结果，土地逐渐开垦，农业赶走了牧畜。而由口内外延之商业势力，久已执了蒙古经济的大权，其后设治、划县、建省等政治设施，相继而至，经济政治双重扩张之下，蒙古民族一面逐渐同化，一面退聚一二山凹草泽，略维故风。所谓正黄④、正红、厢红、厢蓝四旗，已成"历史地理"的名称，在现在绥远的政治区分中，已难寻四旗自己的境界。达密凌苏龙⑤所统率的部曲，只是一部残余蒙古的武装，所谓"绥东四旗剿匪司令"，不过"如是云云"而已，并无统辖绥东四旗原有土地的权力。

东四旗土地，大半已经开垦，纯粹未垦的蒙古草原，在平地泉附近已

---

① 津版、沪版为"被一辆载重车拖着离开了平地泉"。

② 从津版。原版书和沪版"回首"误为"回省"。

③ 从津版、沪版。原版书"天日"前多一"才"字。

④ 沪版"正黄"误为"下黄"。

⑤ 达密凌苏龙（1879—1950），1933年率部投奔冯玉祥，参加抗日同盟军。1934年，任绥东四旗剿匪保安司令部司令。1936年底，在红格尔图外围配合晋绥军打退日伪军的进攻。

**塞外军营（方大曾摄）**

不可见。极目四望，尽是已垦之乡，惟地广人稀，村与村间之距离，往往在二三十里以上。当日天气特别的坏，风沙缭绕，加以汽车之掀动，沙风更厉，车上人惟合眼闭嘴以减少风与沙之侵袭。

关于蒙古地方放垦问题，是蒙汉间重要纠纷之一。德王所领导的自治运动，到现在虽已丧失了正确的立场，不配再在中国政治范围内谈民族和政治主张。然而他的初期，确不能不坦白承认他们有其不可忽视的政治意义。初期的自治运动中，放垦问题也是号召蒙族的一个有力口号，就是反对"继续放垦"。初听这个口号，我们深觉蒙古同胞此种请求之不通，诚有如当时行政院长汪精卫先生所言者："内蒙古同胞还多是游牧为生，游牧是需要极阔的土地的，今日世界上最紧要的经济原则，要以较小的土地，养最多的人口，而游牧民族适得其反，故蒙古之生产方式有变更之必要。"故内蒙同胞要求自治，而反对放垦，似为违反社会进化之原则，为开倒车之行为。殊不知问题关键，并不在此。蒙人所要求者，乃以蒙古民族利益为中心，自我进化，而不同意于汉族之膨胀式的放垦也。正如中国并不反对由农业经济进入工商业经济，中国所争执者为中国之工商业化，只能在中国自己支配之下进行之。盖不如此，中国之工商业化，适成为殖民地化，而中国人将不能得工商业化之利益，而反蒙其害灾。故在民族界限尚未完全打破之时，一切经济文化的建设，皆不应超民族而存在，否则不为欺骗，即为迂谈。"满洲国"的本质，是什么样一回事情，我想我们中国人没有一个不了解。然而"满洲国""国歌"上，却表现这样一种冠冕堂皇的道德，所谓"只有亲爱，并无怨仇"，所谓"重仁义，尚礼让"，所谓"近之则与世界同化，远之则与天地同流"。从理论的道德立场上说，我们不能否认上面是一种很高的道德标准，然而超越了民族生存的现实阶段而空谈高尚的道德，自然不会有用处。中华民族是由几个民族共同组成，这几个民族还没有融合成为一个不可分的新民族，彼此间尚有多少不尽同利害的地方。忽视了国内民族问题的存在，而因袭清代政策，终将自找困难。

本来满清对蒙古民族，是用"愚民政策"，在当时满洲人所统治下的民族，以汉族文化最高，如果以蒙古人之"勇"，而加上汉族之"智"，则满洲人之统治颇感困难。所以禁止汉蒙通婚，禁止蒙人用汉字姓名，禁习汉文，禁用汉文汉字作诉讼请愿，即教授或代书汉文之人，亦严加处罚。内地汉商前往蒙古经商者，必须先得理藩院的许可，给予院票，并须经过种种手续，居留期限，则以一年为度，并绝对禁止汉民之开垦蒙荒。

此种封闭政策，使蒙族大受其灾。但是蒙族积弱的结果，使帝俄之东进政策，顺利进行，清廷乃感北藩之单弱，一八九七年（光绪二十三年）山西巡抚胡聘之乃倡议放垦蒙地。一九〇一年（光绪二十七年）张之洞、刘坤一奏请开放蒙古，言当时情况，甚为确详，其奏中有云："蒙民生计，以游牧为主，但最近数十年来，蒙古益形贫弱，对于强邻东侵，实无防御之力，不可不乘此时机请求变通之策。"至一九〇二年（光绪二十八年）实行允许蒙古王公放荒招垦，一九一〇年（宣统二年）废止开垦蒙地禁令，注意移民殖边事务，又废止汉蒙不得通婚之法律，奖掖汉人赴蒙，尤提倡携带妻子，准蒙人学汉文，用汉名，聘汉人为书吏，用汉文为公文。

这里所谓蒙古之开放，并非基于蒙古民族自身利益而打算，而只希望以汉族力量代替蒙古，最低限度，是以汉族力量充实蒙古，而为满清天下作巩固北方藩篱之计。其封闭蒙古，所以求北藩之安于愚昧；其开放蒙古，所以求北藩之充实，而捍强俄；皆以满人天下之利益为前提，非为汉族计，更非为蒙古计。

我们现在走过这些已经开垦的蒙地，让我们想起了上述蒙古近世演变的历史。而我们这次之能到绥东内蒙古高原驰驱，是因为绥东抗敌的战争，绥东抗敌战争对象之一，是被人利用的有相当才气的德王，德王号召蒙古人的中心口号，是民族自决。利用德王的，即是制造伪国的人。蒙古民族之没落到如此田地，完全是满清的毒计。现在那般没落的满清遗民，又在某方利用之下，作可耻的傀儡活动。蒙古民族果欲谈"民族自决"，则决不能与蒙古民族之冤仇满清遗民同伍，同为某方作鹰犬①！

平地泉正北出，略偏东，为平滂路预定路线，现在到红格尔图的汽车路，大体和这条铁路线一致。地势虽为波形，而起伏之倾斜度甚为迟缓。故将来建筑铁路，路基工作比较简单。平滂路为通库伦铁路之南段，此路如早成功，则决不致有今日绥东之事，盖交通发达之地，我方军事政治力量早已巩固，外人虽有野心，实亦无可如何也。

连过几个重要村庄，如"大六号"②"喷红"③"高家地"④等地，每村皆驻有重兵，村之四周，皆有极深之外壕，及掩蔽工作，敌方之坦克车飞机等欲发生相当之效力，殊非易事。以上各地，皆曾于绥东战事时，数度受敌机投弹轰炸者，现已成一座一座的兵山要塞。敌方如对之欲有所企图，不能不准备相当之牺牲。

近几月来，大家全熟悉了的蒙古英雄达密凌苏龙。他的政治军事中心，是在十二苏木⑤，十二苏木在离红格尔图十五里的大路东面，汽车从大路

---

① 沪版为"则决不能与蒙古民族之冤仇满清遗民同伍，同为某方所利用"。津版删除了此整段。

② 今察哈尔右翼后旗大六号镇。

③ 应指今察哈尔右翼后旗贲红镇。

④ 今察哈尔右翼后旗高家地村。

⑤ 今察哈尔右翼后旗商都县十二苏木。

东转进入矮小①的丛山中，
山不大而星罗棋布，山头多
为久经风化的岩石，风烛残
年，宛然象征蒙古民族之衰
落。车数数②曲折于群山间，
山尽处，现一广数百亩之草
原盆地，数百匹无缰牧马，
在一蒙古牧马者鞭策之下，

《沉静了的绥边》记者行经路线图（彭海绘）

往来驰骋，尘头卷拂，怒马竖鬃，为真正蒙古式的牧马生活。在盆地的中
心，即为达密凌苏龙之司令部所在，司令部为灰色土房大院，四周有马圈
甚多，牛马粪堆聚如小丘。另有大土圈，屯聚草料至多，古时用兵所谓"聚
草屯粮"，我在今天以前，还没有找到这种实例。

司令部之西，有土屋与蒙古包合璧的住宅群，为达司令之袍子队驻地，
袍子队即等于蒙古之民团。而达司令直属的蒙古保安队，则多已着汉式军
装，编制训练，亦如汉式，即等于蒙古之正式军队。

十二苏木为正黄旗旗政府所在，达氏及其所属蒙人，无论生活习惯及
其政治军事做法，皆已受很深之汉化，目前对于绥东之抗战，达氏有相当
之劳绩，然而真正蒙古民族前途之展望，尚待相当思量③！

**（三）红格尔图④**

出十二苏木盆地北行，即见有另一群雄山环抱之地区，内含小村，即
为全国妇孺皆知之红格尔图。红格尔图村之西北东南四面，皆为大山所在，

---

① 津版、沪版"矮小"为"短小"。

② 数数，犹汲汲，迫切貌。

③ 津版、沪版为"尚有相当渺茫"。

④ 今察哈尔右翼后旗红格尔图镇。

西南，西北，东南，皆有路可通。北山曰不浪山，东山曰乌里雅苏台山，"乌里雅苏"为蒙语"杨柳"之意，"台"为"有"，即"有杨柳"之处也。

红村之防御工事，因其为突出阵地，且东南以四十五里接连商都城，曾作王道一[1]和王英司令部之达拉村，距红村不过三十里，且曾经去年十一月中旬之战，至今工事更为巩固，我们的汽车包着外壕绕了一个大圈，到西口才算进去。在西村口欢迎我们的一队士兵的最先头军官，是一位长方脸带八字须的高大个子，这位将军就是死守红格尔图的张团附。他是河北保定人，正所谓"慷慨悲歌"的"燕赵"之士。他以两连人支持红格尔图战局。这还不算，他在战争紧张时候，对彭毓斌师长来的报告，从来没有提到兵力单薄，请求增援的意思，这充分表现他的沉着和勇敢，以及最后牺牲的决心。

红村的中心，是天主堂，这里所谓"中心"，有两重意思：就全村的位置上说，天主教堂在村的中心；而此村的社会经济、文化，乃至政治军事的中心，亦皆在天主堂。天主教在边省的发展，是有惊人的成绩的。以绥东而论，真正支配社会的力量，不是政府，而是教会。教会的教区，比县治的政治区域来得有效。教会之发展，不是重要的以宗教思想来说服人，而是以教会和教士的力量，站在一般无依无靠的穷苦人民前面，替他们办理生产、教育、自卫、医药、养老、育幼等人生必须的工作。在中国一般政治习惯，只顾官而不顾民的情形下，此种教会成为人民之褓姆。故教会之发展，能得人民之拥护，特别是塞外开荒工作，十九为教会所领导。教会之如此发展，相反方面形容出政治之不健全。此次无论战前战后，天主教对于抗战与战区善后工作，皆有极大的力量。

我们在红村的教堂中休息，教堂的钟楼已被敌机投弹炸去一角。教堂

---

[1] 王道一任西北防共自治军司令。1936 年 8 月战败后逃回商都，被日本人处死。

后面，尚有未炸之二百磅炸弹一枚。墙上到处有炸痕。守红村的骑兵两连，特别出来游行了一回，给广西慰劳团拍照。一位姓傅的连长，有一匹白马，走得非常好，他说是打王道一时的战利品，能日行五百里，据说还

迎战敌机（方大曾摄）

是王道一自己使用的名驹，记者借来骑了一趟，此马到底不坏①。

　　天主教之所以能在边地特殊发达，就是一向边地的政府对于人民应作的保育工夫，做得太少，甚至于只知妨害人民自己的保育工作，天主教会看到了这点，以教会的力量来代行保育人民的职责，因此它的力量，现在已不是一件偶然的事体。绥东的人民，不是天主教徒者，占绝对的少数，好在绥东区的神父，完全是中国人，宗教虽有不同，而对国家之爱护，则初无二致。听人说张荫梧②先生曾说过这样的话："最能守土抗战的是农民。"这是因为农民的身家、性命、财产、妻子、祖宗坟墓都在他们所居住的地方，他们离开了他们的故乡，他立刻丧失了他们的一切，他们即将不能生存。所以真正有决心就地抗战的，要算农民。红格尔图的战争，当地自卫团抗战的勇敢和效力，并不下于正式军队，就是这个道理。

　　在红格尔图匆匆停留了几个钟头，这一行人又返旆南征。我们临行时听到许多战后灾黎的苦况：有的是战时遭受伤亡，有的房屋炸塌，有的家财全丧衣食无方。战争是暂停了，战争的破坏，我们方面还看不到有组织有系统的救护慰问和救济战区遭难同胞的工作。前线穷苦同胞，既尽力于

① 津版、沪版为"此马到底不凡"。
② 张荫梧（1891—1949），字桐轩，河北博野人，国民党晋绥军陆军中将加上将衔。

抗敌战争，已将其躯体财产家室牺牲于炮火之中，而又须以残破衰败的力量，自谋善后，这毋乃有负担过重之痛苦。我全国后方民众，对此当深致歉咎。甚有全家同时为炮弹炸毙之贫民，至今尚听其乱埋塌屋中，无人过问。吾人如易地而处，使死而有灵，则将何以堪！天主教会对于一部不能生活之妇孺，已设法运至玫瑰营子①收养，这些工作，又将加强教会对于民众支配的力量。

离开红格尔图，过十二苏木，天已黄昏。开车的是一位短小精干的"三湘子弟"，他穿的仅仅是一件单布的外衣，腿上套的也只是单裤，我们很耽心把他冻伤。而且他是新来塞外的司机，路线地形均不熟悉。但他开车技术看来是很有把握，速度非常的迅急，于避免危险之处置，亦颇娴熟。只是在陌生地方，黑夜行车，如此急进，让我们有几分胆寒。到底三湘多能士，他把这辆车操纵得始终平稳。

我们当晚决定住宿的地方是玫瑰营子，而我们在半路上要过一个后马连渠，去拜会一位少年将军石觉。因为司机不知道路径，我们车上带了一位向导。这位向导是本地人，自然不会不知道路的，那一个山头，那一个村庄，那一条岔路，他都知道得很清楚，②不过，他平日是骑马，或者坐马车走路的，那个速度，和汽车相比，相差得太远，因此往往叫他糊涂起来。他指挥汽车的方法，更为荒唐，我们那辆载重车的形式是这样：没蓬敞车，大部的旅客都坐在敞车厢里面，在司机的旁边坐的两位女同伴，司机和车厢方面唯一的联络地方，在司机间后面的活动小玻璃窗，我们请这位向导员坐在小窗的旁边，希望他从小窗处告诉司机应遵循的路线。这位先生老是站得高高的，在司机间顶板上一二尺高的地方指东画西，"往里""往外"叫个不休。他不知道他这种举动，不会让司机知道半点消息！经过几

---

① 今察哈尔右翼前旗玫瑰营镇。
② 津版、沪版为"他都知道得不少"。

次的改良，他已经知道在窗口和司机说话，不过"左""右"方向弄不清楚，往"右"的，他说成往"左"，往"左"的，他说成往"右"，叫他改了几次，仍然改不过来。后来研究，知道这是赶大车牛车的习惯。两辆车碰头以后，甲车叫乙车"往右"，是往乙车之"右"，而对甲车言之适为甲车之左。这种习惯观念移用到汽车上，他把司机作成了对面来的另一赶车者看待，他想叫汽车右转，而叫出来成为"往左"，想要车左转，而说成"往右"，交通工具不同，交通上用的术语，自然不能不有改变。同样，新社会事实，如不用新社会观念来适应，决不能得到顺利的结果。

夜间穿行战线，非常有趣，只要车子接近一个村庄，立刻听到哨兵猛烈的"口令"声。只是我们司机间里的司机，他的注意力，完全集中在道路上，而且发动机和车轮的声音，永远嘈杂着，使他不容易听得哨兵的警告。所以往往一面听得哨兵一再的警告，而我们的汽车仍不断的向警戒线里进行，这时我们常常听到哨兵向我们开机实弹的声音，和最后的警告："你们再不停车，我要开枪了！"我们车厢里的乘客只好把司机间的顶蓬敲得乱响，促起司机停车的注意。车停了，哨兵提着上了刺刀装了子弹的步枪，以警戒的姿势，逼近我们的汽车，盘问。有些老实一点的士兵，自己首先暴露在我们汽车电炬的前方，有些训练好点的，首先只听到他们的声音，必须彼此答话，有了相当头绪，然后看到他们的身体从黑暗中显现出来。我想，假如我们果真是敌人，我们坐了装甲汽车来袭击我们中国的阵线，口令答得不对，这些哨兵和我们车上开起火来，最后我们被俘虏，中国的士兵以一种愤怒的情绪和责难的心情来处置我们，我想那一定让我们做敌人的人感到没有趣味，因为我们无端被命令去侵略和平的中国，被理直气壮的中国军队所俘虏所责罚，实在无聊得很！有时司机停得太迟了，哨兵的钢枪已经作了"预备放"的姿式，我们在停车之后，免不了埋怨司机两句，因为这里是剑戟林立的沙场，不是可以任意横行的地方①。

### （四）黑夜劳军

好容易摸到了后马连渠②，汽车拐了几个弯，我们一群人在一间小土屋前卸下，门口有一位青年军官在迎接我们，钻进土屋之后，看他招待人的神气，已经知道是大家传说的二十九岁少年将军石觉③旅长，他的故乡是"山水甲天下"④的"桂林"，桂林是现在广西的军事重心，白健生先生的精力，大半消耗在桂林城内。这回和石觉见面的，主要的是广西劳军团，以广西民众代表立场来慰劳广西籍的前线将士，自又多一重风味。石氏的司令部，简单得有个程度，一张桌子，几个凳子，此外是一个赤裸裸的土炕，土炕上面支起一张帆布床，我们七八个人就使那间屋子容纳不了，凳子不够，还想在旁的地方搜集，就无办法。因为这简陋的荒村，有凳子的人家不多，屋内现有的木器，已聚了全村家具的精华。但是屋内虽然单纯，而单纯中却有纯厚的力量，几条作人作事治军的自书标语，表示他精神生活的奋发，简单的卧具和用具，表现他自己锻炼的勤苦，他还有一支生动紧张的笔，随时写出慷慨热烈的文章，他有封致绥东前线将士公开信，简明的说明敌我之形势，和战争将来的发展，乃至我们应有的态度和决心，以及我们最后胜利的把握，精辟热烈，气动三军，桂南多才，实非虚语。

已是夜间十时左右，我们的住宿地，离此尚有二十余里，勉强找了一个向导，我们又披星登程。过了一个村庄后，我们已经迷失路途了，在波状沙土原野上，胡乱随大车路乱开，不过，已超过我们应花费的时间，而目的地尚不知道在那里，只好叫向导下车去问路。我们看到一丛黑影，疑

---

① 津版、沪版为"不是任意横行的地方"。

② 应即今察哈尔右翼前旗马连渠村。

③ 石觉（1908—1986），国民革命军陆军上将，原名世伟，字为开。广西桂林临桂县宛田瑶族乡瓮潭村人。1933年，曾参加对中央苏区的第五次"围剿"。抗日战争中参加台儿庄战役和武汉会战等。1950年5月，率部败退台湾。

④ 从津版、沪版。原版书为"是山水甲天下"，标点有误。

系村落，待向导走近，原系空无所有的一座柳林，此时前无招商，后无旅店，只好再开一些路试试。到一条土山沟地方，我们汽车①在转角时，把前轮一个跌落岩边，几乎翻了过去，这时弄得"行也行不得"，"不行亦不得"了。单是午夜后的寒风，就够"吃不消"。大家下了车，想来想去，想到我们为什么会到绥东来？许许多多的三湘子弟②，中原健儿，又为什么会到绥东来？我们这回冬夜陷车在绥东冰点以下的荒野上，又是受了什么人的恩赐？我们的路很有大错而特错的可能，稍一不慎，可以开入察北，如果开到南壕堑会见张万庆，③大家倒有点难于称呼！车这一出事，司机间前面的玻璃窗破碎了，本已疲劳了的司机，此时是疲上加慌了。幸而大家都很沉着，用全体的力量试抬前轮，使后轮倒退，居然又安全退出了危险。"团结就是力量"，实际的事实，处处证明不差。

东闯西闯，总算到了玫瑰营子，这里东去五十里，是红帽营子，再往东就是察北地界。玫瑰营子原来是一块肥沃的荒滩，经教堂率领移民经营数十年的结果，现在已成近千人家的村镇。镇中的教堂规模之大为绥东各地之冠，教堂自设有医院学校，及其他社会事业，地方政府对于民众社会事业之设施，远不及教堂之十一。

驻防这里的马励武旅长，他的故乡是陕西关中人，④马氏所部，系担任绥东防务的正面。为防止察北方面万一的进攻，基于汤恩伯所谓"逢山挖洞，遇村掘壕"的战术，前线士兵现皆加工赶筑防御工程。在此天寒地

---

① 原版书"汽车"误为"汽军"。

② 津版"三湘子弟"为"湖湘子弟"。

③ 南壕堑为日伪"大汉义军"在绥东南部的根据地，张万庆任"大汉义军"副军长。1936 年 11 月 14 日，"大汉义军"进犯红格尔图，在晋绥军反击下溃败。张万庆部主力反正。

④ 津版为"他的故乡是陕西关中华县人"。此句后还有一段话："在目前的关中，表演着中国历史上的重大事件。十二月十二日事件的本身，将在中国近代史上占最重要的一页，蒋委员长被演期中伟大的人格与气魄的表现，亦为近代史上值得大书特书之事。至最近演变的趋势，将予中国大局以不轻微的影响，特别是华县，在宋朝与西夏对峙时代，这里出了两位人才，叫做张元、吴昊，他们怀才不为宋朝所用，愤而投奔西夏，为元昊用为谋士，终是宋代西北边防，永无宁息。故政治若不能求公允之发展，让许多人才偏废，势必激成反感。想到这里，不觉对于古今成败兴旺之迹，发生无穷之感喟！"沪版和原版书删除了此段话。

冻的塞外，土坚如石，施工困难。初时有人曾用火烤①方法，先燃火地上，俟土内冰解，然后兴工。但因燃料缺乏，不能举办，故只好以铁锥与冰土相颉抗，毫厘进展，工作艰难，故往往长二三尺之铁锥，施工不及一月，现已磨耗至剩余不及三分之一。而工作地区，往往在离去村庄甚远之山头及荒野，官兵夜间休息，即在野地搭临时棚席小屋，略蔽风雪。但塞上风冽，棚席不御风寒，往往一夜醒来，覆盖之皮衣毛毯皆已结冰，头足多被冻失灵活。现有少数士兵，因作工关系，手足已被冻坏，将成废人。

疲劳后的休息，是最甜蜜的事情。五日的清晨，我们又是精神百倍了。在清晨的讲演会里，我听到广西的代表对前线中央军说："广西一千三百万民众，愿蹈着诸位将士的血迹前进！"

石觉先生因为昨晚见面的时间太晚，未曾请这几位远来南国的代表训话，特地请他们今天早晨在弓沟②地方补讲一回。我们经行二十里的波状地，石旅长已到弓沟迎候。广西人的观点上看来，抗日能得人民之拥护，这次诸位到前方抗日，所以能吸引我们西南角上的民众来慰劳。而在前线的中央将士看来，抗敌必须先有国内的统一，现在中央军之能开到前线，完全是去年两广和平统一的结果。总之，现状是：大家已在对外求生存的立场上统一。

新找的向导仍然荒唐③，白天又把我们带错了路。我们弓沟以后的目的地，是老平地泉，应该直走西南的，他却走西北。后来换了一个向导，他竟让汽车开入一条表面是路，而实在是断崖的险道上！幸而被车厢上的人看出，立刻惊呼汽车停驶，然而汽车完全停着的时候，前轮隔断崖沿边只有四五尺了！大家在惊喜交集中下车来看，那断崖足有四五丈高，迟停

①从津版、沪版。原版书"火烤"误为"火拷"。

②今察哈尔右翼前旗弓沟村。

③津版、沪版为"向导真是荒唐"。

几秒钟，我们的前途就不堪设想了！我曾戏问我们的同伴说："假如我死了，怎么办呢？"于是有人自告奋勇作祭文，有人买棺材，有人担任掩埋工作，甚至于"哭"的任务，也有人愿意负责了。

### （五）战地经验

路上我们看到许多军用的牛车和马车，运着草料和粮食，后来我们听到一般民众的传述，让我们感到绥东的社会经济，已到严重时机。自去年十一月绥东抗战开始以后，绥东各县驻了差不多五万以上的军队，这些军队，无论作战或防守，有许多物质的取给，都是赖之于地方。以草一项而论，平常农民在每年秋季以后，割草存储，一方面是作冬春季的补助燃料，一方面也是最主要的方面，是为饲养牲畜之需，马牛羊之冬春两季食料，完全靠此种储草。现在则大军云集，军马及炊事用草，大量采购，纵令全部采买，皆公平交易，在此地广人稀之塞外，物力的本身实不能支持，故绥东各县草料已罄。农民因无草喂养牛马，此时多将牛马贱价卖出，则来春之耕种大成问题。来春不能耕种，则前线抗敌最勇之民众，为饥寒所迫，将发生若何之现象，殊难逆料。故大规模之兵站组织，刻不容缓。

再则运输车辆问题，现在绥东主力，集于平地泉（集宁）。由后方运往前方之一切粮草军需，主要仍系由地方供给车辆。一县之力有限，省防与国防之交通频繁，集全县车辆之运输力，决不能使前线必要的运输，愉快满足，而因车辆之过度需索，则民间社会经济之最低限度的往还，皆为之停滞，社会经济停滞，将使若干人民之生存发生动摇，社会生存动摇之后，则抗敌亦无从说起，故完善之军事运输组织，必须有统筹的办法。

在老平地泉一所天主教礼拜堂里，有好几百的中央军官和军士，用热烈的掌声来欢迎广西的人民代表，在大家习惯了政治见解之一——所谓广西和中央对立的传统观察之中，我们很惊异的看到中央军能这样欢迎广西代表。汤恩伯先生尤特别提到广西的建设与人民训练及组织，希望"全国的广西化"，而同时对于极西南的广西的民众力量之表现于绥远前线，引为无上的安慰。

返回平地泉已经深夜了。中外新闻社摄影记者小方（方大曾[①]）君，告诉我们，他在次日的清晨，要匹马翻阴山，去陶林了。这是一件大胆壮丽的旅行。青年的人脑海中，只有光明与胜利的追求，所谓危险和艰难，我们值不得多加考虑，惊人的事业，总成功于常人不敢为之中。当夜我们已转上南去大同的火车，我们才不见了他硕壮[②]美丽的踪影。

在大同首先见面的是李服膺[③]先生，他现在是晋北的重镇，锁钥晋绥。二十二年[④]长城战争时，他和傅作义先生共同担任昌平怀柔一线，《塘沽协定》后，他还军晋北，曾于军中作诗自况："东征未遂[⑤]杀仇愿，班师犹存荡虏心。寄语亲朋齐努力，莫教国耻年年深。"后来时局渐定，国人又多苟安乐观之气，他又作了一首诗，来提醒大家："鼙鼓声声震戍楼，长城万里阵云稠。国人慢庆胡儿去，破碎河山待补修。"

去年绥东紧急的时候，他奉命率师出雁门，北平某使馆武官去大同看他，希望他不要出兵，假如他有"首领欲"的话，某方可以帮助他，他的答覆是："首领欲倒没有，守土欲却是有些。"他并且为我们分析绥远战

---

① 方大曾，抗战时期著名摄影记者。1912 年 7 月 13 日生于北京，祖籍江苏无锡。原名方德增，笔名小芳，后改为长期使用"小方"。1935 年一二·九运动后，加入"中华民族解放先锋队"，开始从事抗日救亡工作。1936 年绥远战后，他坚持到战地进行采访，拍摄了数百幅照片，写成《绥东前线视察记》等战地通讯。他所写的通讯和拍摄的大量照片不断发表于香港《生活日报》、上海《世界知识》、《美术生活》画报、《生活星期刊》、《国民周刊》、《良友》画报、《大公报》、《申报周刊》等报刊。1936 年夏，方大曾前往天津《大公报》求职，与范长江相识。1937 年 7 月 7 日卢沟桥事变后第三日，方大曾即前往卢沟桥实地采访，写成《卢沟桥抗战记》。7 月 28 日在保定与范长江、陆治、宋致泉相遇，开始担任上海《大公报》战地特派员。9 月 18 日，方大曾从河北蠡县寄来《平汉线北段的变化》一文后，再无任何消息（该文刊载于 9 月 30 日上海《大公报》），时年仅 25 岁。1938 年 9 月 13 日范长江著有《忆小方》一文，对小方表示深切思念。

② 从津版。沪版"硕壮"误为"硕北"。原版书为"硕大"。

③ 李服膺，字慕颜，山西崞县兰村人，1890 年生。早年从军跟随阎锡山，先后任国民革命军第六十八师师长、第六十一军军长等职。1937 年 8 月，李服膺奉令率部于天镇抗击日军进犯，浴血奋战十天之久。因寡不敌众，战事失利，遭阎锡山以"擅自撤防败逃"罪名处决。今文史界人士多认为此案属冤杀。

④ 即 1933 年。

⑤ 从津版、沪版。原版书"未遂"误为"去遂"。

争的结果，认为战争的本身，我们损失小，对方损失大。数十个几十年培养成功的蒙古通和中国通之牺牲，不是短期内可以赔补的事情，我们以寡敌众的战事情绪，是此次最好的表现。

陕变之发生，正在绥远战局已有眉目之时，李氏身当晋察绥边战局，故感触特深，其所作"北征行"最末一段即表现当时前线将士的意境："塞上戍楼高，胡儿

英姿飒爽的战地记者（方大曾摄）

思遁逃，阴山明霁雪，渭水逝滔滔，横流破大堤，汛滥惊洪涛，嗟彼何为者，豕突豺狼嗥，回马顾长安，忧心日忉忉。"

大同为晋察绥之连锁，如某方欲大举进攻晋绥，其主力必趋平地泉、丰镇、大同一线，侧及天镇、阳高。而在接近上述三地之前，必先攻兴和，兴和一下，然后攻击隆盛庄，隆盛庄再下，始可接触我平绥线之主要阵地。去年秋季某方扬言进攻，我方已对于最坏的场合，加以准备，即某方若干主力直攻平地泉、大同一线，我亦有对付决心也。大同伤兵医院，设城外口泉山中，即准备若干飞机在大同投弹时，不至波及伤兵也。谁知大题小做，陕变又起，顾念各方，不觉太息唏嘘。

大同古迹甲北方，而晋察绥边形势更形重要，记者稍缓有暇，当为读者详为调查报告。七日晨在同伴们熟梦中，记者悄然①与大同话别，迨被

———

① 从津版、沪版。原版书"悄然"误为"峭然"。

同伴们发觉时，记者行李已下车，彼此惟在晨昏中默默相望，① 直到东去车已载去了同伴依恋容色，北上车才把我的躯体带回平地泉。

（二十六·一·十七草完于平地泉）②

## 第四 西北近影③

### （一）暂别了！绥远！④

在绥远局部抗战初告胜利的当中，突发的"双十二"西安事件，打昏了人们的头脑，以为张学良发了疯，于是哭的哭，哀的哀，以为只要张学良幡然悔悟，一切皆可迎刃而解。那时全

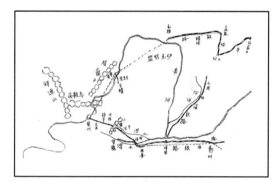

《西北近影》中的地形图（范长江绘）

国的人心都集中在这一点。经过两礼拜⑤的呼号，到十二月二十五日午后四时，⑥从西安东去洛阳的巨型机，又给全国人一个莫明其妙。时间慢慢的过去，大家对于西安事件的本身更深刻了解的要求，日渐急迫。绥远战事暂告弛缓，社中乃令记者亲历西北视察，当时陕甘道路阻梗，宁夏航空亦

---

① 津版为"彼此惟在晨光熹微中默默相望"。

② 1937 年 1 月 17 日《沉静了的绥边》完稿于平地泉。1937 年 1 月 13 日至 19 日天津《大公报》连载，1937 年 1 月 14 日至 20 日上海《大公报》连载。

③ 范长江在西安事变爆发后，冒险从绥远出发，经宁夏、兰州闯入危机四伏的西安，深入报道了此一重大政治事件的真相，并深刻分析了西安事变对国内政局以及抗战前途所带来的巨大影响。范长江随后作为第一位来自国统区的中国新闻记者访问了延安。《大公报》连续刊出范长江独家采访西安事变的长篇通讯，津版题为《西北近影》，沪版除第一小节题为《动荡的西北》之外，其余各节均为《西北近影》。此文所配地形图为范长江亲手绘制。

④ 本部分对原版书的个别字句进行了改动。

⑤ 津版"两礼拜"为"两星期"。

⑥ 指西安事变（1936 年 12 月 12 日）爆发后，经各方力量斡旋，张学良释放了蒋介石，并于 12 月 25 日自愿护送蒋介石返回南京。

未恢复，直至本年一月十八日始决定离开绥远，赶往比较接近陕甘的宁夏。

本来日方之对绥远，是作为战略的机动地带而对待，和察北与冀东之作为满洲外廓者不同其性质。察北与冀东之维持，为防御满洲之前线，而绥远之经营，则为侵略中国西北的津梁，而其对西北之图谋，亦为策划对付中苏未来战局之张本。百灵庙光荣的战争，根本粉碎了这一企图，不但对方进入西北之路已不通，而且绥远成了我们将来战争最北的有力支撑点。

在绥远战争过程中，战场附近的农民，遭受了非常的损失，田园荒芜，粮食草料牲畜，征购一空，房屋庐舍多为炸弹与炮火所摧毁，而自身之肢体亦多蒙直接之伤害。但是作商人的，无不高抬市价，大赚其钱，一般物价，多比平日高出一倍以上，甚至在前方抗战之士兵，每月所得之饷金，颇难维持艰苦之生活。此种吮吸前方战士与战地人民酸辛血液之商业行为，应为道义与民族良心所不容[①]。在平地泉驻过的军人和一般民众，在战争兴奋之外，对此实不胜其痛楚。在将来的较大对外战争中，组织大规模的公营消费合作社，供给军人和前方工作员的消费，至为重要。

对外战争，能吸引来各方服务的人们，虽然绥远战争已经暂时过了激烈的阶段，而全国人们并不敢相信第二次的攻击不会再来，所以准备工作并不见停止，基督教青年会战区服务团之出现于绥远，给人们以不少的兴奋，他们有丰富的组织习惯和熟练的办事技巧，他们有计划的来前线代前线军人筹备娱乐的设备，平地泉那样一个物质简陋的地方，他们很短期内成立了一个军官俱乐部，给单调的绥东增加活气不少。不过，我们觉得在前线最苦的是士兵，待遇最差的是士兵，我们应首先给士兵们设备娱乐的机会，这才算公道。

我离开平地泉的那晚上，汤恩伯先生正由太原回到绥东。虽然是在深

---

① 沪版为"道义与民族生存良心所不容"。

夜，视线有些模糊，虽然我们谈话没有几句，我们都明白他为西安事件引起了无限的困顿和苦恼。

嗖嗖的朔风，带来了浓厚的雪意，绥远经冬未曾大雪，大家盼雪正殷，我们并不顾到旅行者自身的感受，我们盼望大雪来安定塞上农民的心情，稳定战场上社会的基础。

车僮忘去叫我，几乎把我们从甜梦中直送到平绥路最西的终点。我在绥远站下车的一刹那，火车已开始出站了①。在四时半的塞上清晨，约莫数寸的新雪，被满了阴山，归化城的近郊，普遍地铺开着雪锦，一辆破旧的黄包车，在一位疲弱的苦力挟拽之下，慢慢向尚在甜梦中的归化城前进。这位生活艰难逼得在寒夜中劳作的朋友，为了几角钱的代价，牺牲了人生应有的睡眠。可是冻得僵直了的手足，饿得怒吼的饥肠，使他拉车的力量减低，进行速度迟缓，这样使我有充分鉴赏塞上晨雪的机会。从这方面说，可以说是为我特备的赏雪专车。

这时绥垣②前方抗战的伤兵，正被各方筹备的戏剧慰劳着。青年会的办事人员自然是主要的主持者，太原女子师范学校同学们更负着招待伤兵的责任。演戏的是汤恩伯军的士兵，他们从平地泉到归绥来演戏，慰劳与他们同地位的受伤同志，这不只是普通慰劳，而是富有战士情谊的相互爱惜，他们尽管是被请而来，他们自己的伙食仍然自己带上，这点尤值得称赏。

匆匆筹备了一下行装，十九日午车就踏上包头的去路③，以办理河北移民见知于时的段承泽④先生，恰巧也在车上。他以一种移民方式减轻内

---

① 津版、沪版为"离站的火车已开车进发"。

② 绥垣指绥远省城，即今呼和浩特市。

③ 津版、沪版"去路"为"征程"。

④ 段承泽（1897—1940），又名段绳武，河北定县人。1926年起，历任旅长兼宁波警备司令、陆军第四十七师师长、国民政府军事参议院参议等职。1931年冬，辞去军职，实践移民屯田。从内地大量移民至内蒙古地区，建立"河北新村"。1938年，到武汉任军委会后勤部政治部中将主任，负责全军伤兵工作，有"中国荣军之父"之称。1940年在重庆病逝。

地社会问题的信念，从事于河北灾民之移垦，移民垦殖的对象，是绥远西部包头、五原一带。几年来惨淡经营的结果，已在包头和五原树立了两个根基，他已经有相当的实际经验，可以作为将来大规模移民的参考。

平绥路的乘客，很少不知道有一位和善精明的列车长，他能以他和平诚挚的笑容，解决许多困难的纠纷。但是在"双十二"事件刚发生后几天，日本人来往张家口北平段者，气势高涨，不可一世，对于车上秩序与车中物品，皆任性而为，他那样有办法的人，也感到许多辣手。"一二·二五"以后，日本人又老老实实遵守铁路规章。他们觉得中国马上塌台的理想，还似乎太早①。

在百灵庙未克复以前，包头被日方目为侵略西北的重要航空根据地，曾经骗来许多工人，强迫建设飞机库，经我们军警"演习"一次后，他们也不能不停止进行。经绥战激发起了的民气，使他们留在包头的特务机关出张所②人员，③颇有威胁不安之感。其实我们中国人只求外人对我侵略政策之放弃，而对于任何民族与任何外人之个人，决无恶意可言④。

绥西蒙汉民族在经济上政治上接触的中心地是包头，南京中央政治学校在这里设了一个分校，多收容蒙族子弟，施以适当的教育，希望用教育方法，铲除民族的鸿沟。事实告诉我们，蒙古青年在不认识民族问题之先，对汉蒙关系之现状，尚有相当之糊涂，等到知识提高之后，他们对于事实的了解力加深，感觉力加强，我们如欲解决民族问题，必须事实上改变政治关系，单办教育，必无善果。

绥远粮食出于绥西后套一带，平时绥西农民生产所得，但求运至包头市场售脱之后，能敷运费，已属难能可贵。绥战发生以后，省府禁粮出口。

---

① 沪版为"还得相当研究"，津版为"还得真实的研究"。
② "出张所"是日文，指设在外地的办事处。
③ 沪版为"对他们留在包头的人员"。
④ 津版、沪版为"决无恶感"。

而经大军采购之结果，粮价飞涨，兼以经冬不雪，春荒堪虞，屯集之风大起。西安事变，宁夏方面十数万大军活动，亦采粮绥西，于是绥西从前二三元一斗之小麦，今已涨至七八元以上，于是有粮之地主与屯集之商人皆笑逐颜开。但真正辛苦种地之农民，早已于收获之后，因高利租税生活等压迫，将农产品廉价脱售，到此真正高价之日，对农民已无甚关系。

### （二）宁夏进入记 ①

每个人都看重自己的事情，同时只有自己才对于自己的事情了解得最清楚。我在包头住了一晚，有了很充分的机会听段承泽先生讲他移民经过的事情，其中有段小事，非常可以注意。他们移民新村中，最初采用共炊共食的方法，结果一般村民都请求分炊分食，理由是各人消费的兴趣不同，有人喜欢简单一点，有人喜欢丰富一点，而且农民的家庭观念浓厚，他们总喜欢自己一家人为单位来计划消费，这样那怕艰苦些，他们也感到满意。所以纵然在"计划经济"的社会里，对于农村的生产，尽管是集体的，而消费仍不能不是家庭的。

前清山东乞丐武训，集资兴学，作育穷苦青年，这段史事使段先生感到非常的兴奋。他认为武训精神可以提倡，假如用这种精神来作事，来治理国家，当可以有不可思议的收获，因此他辛苦为武训作了一百五十余页的《武训画传》。到二十日临离开包头飞行场的一瞬间，我们还在谈这件事情。

欧亚公司十六个座位的蓉克司巨型机，这次里面只搭乘了四个客人。我确实知道有许多困留包头，急于去宁夏的朋友，因为缺少一百几十元的法币，机上尽管空着座位，他们还得在地面上沿着黄河大弯曲，七十里八十里一站的跑。从社会全般机能的立场上看，这样实在太不经济。

---

① 津版误为"宁夏入进记"。

包头飞宁夏的航线，不是和地上走的路线一样，不须绕着河曲，[1] 经过五原临河磴[2] 口和石嘴山，我们的路线是直向西南，斜穿伊克昭盟而过。伊克昭盟所属的土地，东北西三面都被富有艺术意味的黄河作成了自然的边沿，南面是古老长城，把蒙古人的区域和陕西省分开。空中所看到的[3]伊克昭盟，从北面到南面，大约五分之二的地区，以西东方向，横亘着一条黄色的沙梁，沙梁的北面，已被汉人开垦的地方，比较多些。下面有成群的骆驼和牛马，它们听到轧轧的机声，立刻疯狂的奔逃，它们不能判断民航机对它们会有若何的关系，简单的头脑只要一受刺激，就发了昏。这种心理设使转至政治和社会里面，那可非弄出许多不幸的笑话不可。

伊克昭盟的南半段，房舍稀少，大体仍为蒙古沙草地之原形。本来被地上看为宽大得很的大车路，以及可以容纳许多人的土房，此时对于我们几乎成了几何上的"线"与"点"。假如能在[4] 全宇宙的上空飞行，那时地球的地位，也许成为现在土房似的无足轻重的景象[5]。我们人类现在所曾加工的地区，只是宇宙中小小地球的一部分，现地球上[6] 还有许多可以努力的地方。将来人类活动的领域，是宇宙的全体，我们人类的前途，实在遥远得很，现阶段上人与人间许多不必要的斗争，应该及早通过这些历史过程。

冻了的黄河，厚厚的冰块封盖着河面，招人厌恶的沙土更如苍蝇式的铺满着厚冰。冰层下面虽然有急流的河水，而人们对于黄河冬景总是死寂的感觉。正和沉滞的中国一样，骨子里的进展不能说没有，[7] 然而不在冰

---

① 从原版书。津版、沪版误为"须绕着河曲"。

② 从津版。原版书和沪版脱漏"磴"字。

③ 津版、沪版为"从空中所看到的"。

④ 津版、沪版为"假如能有在"。

⑤ 津版、沪版为"土房似的景象"。

⑥ 津版、沪版为"而现地球上"。

⑦ 沪版误为"进展不能说没有"。

开冻解，万顷波涛一泻千里之后，外间人总不容易认识中华民族的力量。

也许西北大局混沌的原故，一向峥嵘的贺兰山，也无神无力藏在浓厚的烟雾里，只留出相当的山头向人们表示："贺兰山还在这里！"陆行的人，没有不感到贺兰山的高峻，而空行的人觉得它又平平了。

所谓"塞北江南"的宁夏，在这严冬季节，毋乃太杀风光，几百公尺的上空，看得乡村景况异常清楚，然而每个村落似乎皆已萧索到了静寂，地面上的草黄了，渠旁村边的杨柳也枯了①，渠水干了，行人稀了，这时的宁夏，无论如何，不会给人以"江南"的印象。

宁夏飞行场上突然现出记者的踪迹，使许多在机场巧遇的朋友感到有些意外。在绥远所听到的陕甘消息，是混沌而紧张，宁夏态度怎样，还有许多人怀疑。其实宁夏的朋友们也正为陕甘大局所苦恼，他们也不彻底明白个中真相，悬念着大局前途。我这样一个"炮响主义"的新闻记者之突然来临，不能不令他们疑虑某一方面之将要展开了。

搭这次飞机回包头的，有一位朋友的夫人，这位朋友以张学良代表的资格驻在宁夏，和各方面的感情非常融洽。然而西安事变之后，所有张学良系的人们都被人另眼看待。政治关系变化之后，人与人间私人关系很难得仍旧保持，这位朋友早已逼着离开宁夏，他的夫人也不能不离开这里。所以真正有见地的人，要想解决某种问题，只有从社会实际关系中着力，才是根本办法，单纯人事上的往返，实在没有多大用处。

这次进入宁夏，有一种特别的感觉，街上行人虽然不见得少，然而每个人的面上，似乎都在愁苦的紧张，大家的面前，似乎没有可靠的光明。我已经很熟悉的银川饭店，更是冷落凄凉。因为经济的不景气，营业的萧条，房屋的随时刷新，既不可能，经理部的服务人员和茶役，都一再裁减，

---

① 津版、沪版为"杨柳也秃了"。

普通的顾客，万难碰到一个。经济建设事业，不能配合社会一般生活的水准，它终久必然不会为社会所支持。

宁夏虽然接近陕甘，而此间对陕甘消息仍然非常隔膜，不过大体的轮廓[1]是，陕甘的当局态度非常顽强，"讨伐"战争势在不免，马鸿逵先生更是一再主张"讨伐"，所以战争空气，相当[2]紧张。

陕甘问题发生以后，中央军胡宗南关麟征等十数万大兵屯集宁甘边境，宁夏此时成了这部分中央军的后方。宁夏的土地，半种鸦片，粮食无多，而大户屯聚之风素盛，此时更居奇操纵，粮价飞涨至二三倍以上。普通月得十元左右之士兵，每月单吃饭都不够。一般人生活，更不堪设想。收入四五十元省钞一月的小职员和下级军官，莫不为腾贵物价所困顿。民间情况，破产加多。有一天我从省银行的宴会席上[3]出来，一位穷病的老妪，死命拉着我的马车，她在门岗斥叱声中，被强迫拖了过去，不过，我深深感到，她这一种举动，带着严重的社会意义[4]。

### （三）陇东走未通

人生最可宝贵的东西，莫过于友谊，宁夏的朋友们[5]在他们可能的范围内，已经给予了记者以充分的方便。电报局的朋友们，对于拍发记者的电报，更是大家一致的帮忙，让我的新闻非常迅速的从发报机上钻了出去。

帮忙的人虽然那样尽力，然而宁夏对于陕甘消息，来源实在太少。就以兰州来说，和宁夏的关系，就比较密切了，而宁夏人所知道的兰州消息，只有两个机会比较详细：第一，是逃出来的中央方面被难人员；第二，有八架逃出来的军用机。不过，他们的观察，多偏于一面，或者只知道一鳞

---

① 原版书"轮廓"误为"轮廓"。
② 津版、沪版"相当"为"非常"。
③ 津版、沪版为"省银行李行长的宴会席上"。
④ 津版、沪版为"严重的社会问题"。
⑤ 原版书误为"朋友门"。

半爪。因为正确消息的缺乏①，谣言乘机加多，有人说于学忠②已经被扣，兰州附近已被红军包围。如果要证明这种谣言不确，我们确乎没有法子。"双十二"以后，兰宁交通根本已经停止，真确情况也透不出来。

道路既然梗塞，直接到兰州，当然没有法子，我于是想先进宁甘边境上中央军关麟征、胡宗南军队中，再设法由他们的前线转入于学忠军队的前线，再到兰州。那时关胡驻军同心城海原一带，承运输处陈劲节先生拨了一辆汽车，并且在热诚活泼的陈殿存先生陪伴之下，向我们的目的地出发。

冬季的宁夏，本来应该是下雪的时期，宁夏今冬却未曾见过半分的雪影，野景枯黄得令人不感兴趣，道路路面铺起二三寸深的浮土，汽车驶过，后面立刻跟上一条黄龙。

路上最普通的交通工具，是大轮牛车，轮子差不多有五六尺的直径，而拉车的塞上黄牛，高度不及车轮的半径，短短的腿，粗粗的腰，一步一步的向前慢慢行进。比起我们的汽车，这些东西实在太落伍。然而真正民间的交通工具，还是这些落后的牛车。在宁夏农民的经济生活水准看来，汽车这样东西，成为他们的奢侈品，他们的农产品的贸易，用不起汽车，而他们人事上的来往，如果搭一次汽车，好几个月的生活，都会成问题。

记者这回的奔波，是有心研究西北大局的内容，所以脑子里面充满了"人民阵线""联合抗日""剿匪到底"等问题③，路旁的民众，他们感不到这样政治内幕，他们只感到粮价、差徭和省钞价格的涨落。他们直接

---

① 津版、沪版为"因为正式消息的缺乏"。
② 于学忠（1890—1964），字孝侯，山东蓬莱县徐家集于家庄人，抗日爱国将领，国民党陆军二级上将，东北军著名将领。1935年冬，任西北"剿匪"第二路军总司令、第五十一军军长。1936年12月，西安事变爆发时，他支持张学良"兵谏"，采取与中国共产党合作抗日的立场，并积极配合张学良的一切行动。抗战中参加淞沪会战、台儿庄会战、武汉保卫战等，屡立战功。历任新中国第一届全国政协委员、国防委员会委员、河北省政府委员等职。1964年于北京逝世。
③ 津版、沪版为"'剿匪到底'，'同归于尽'等问题"。

生活以外的事情，他们实在无从知道。

田庄已过了收获的季节，照现在鸦片和粮食的价格，一般农民大致可以相当富裕的生存，只是他们和他们辛苦生产出来的结果，已经老早在不利的条件之下，彼此脱了关系！

黄河冬季冻冰时节，冰块构成天然的桥梁，车马行人都是从上面通过，如履平地。不过，冰的下面还有流水，过较宽的河口，①难保冰桥的结构，有些不妥当。今年冬季天气反常的亢热，冰桥本来不坚，而严冬已过，冻已渐解。我们过的那个渡口，是在宁朔县的南面，冰桥北面几②丈远的地方就是滔滔的流水，而靠东岸的河边，冰已溶化不少，坐车过河，大家对于这座玻璃桥不大放心。而徒步从冰上过去，则又无法超越③这些水滩，无法，只有踏水而过了。我非常心爱的一双俄国大毡靴，这回算不能不牺牲了。

这回通过黄河冰桥，使人感到"因势利导"的意义。人类对于液体的水流，就借它的浮力来行船，对于固体的冰梁，就用它的抗力来过车。假如有头脑固执的人，到了冬天还非把冰打破用船过河不可，那不但笨拙之至，必且劳而无功。从事国家政治的人，尤其要能默察大势，因时制宜④。

车过吴忠堡前进，对面来了一部汽车，车里伸出手来，意思是叫我们停止，下车去看，原来是马鸿逵⑤先生。他刚由金积县和马鸿宾⑥先生商议

---

① 津版、沪版为"过宽的河口"。

② 从津版、沪版。原版书脱漏"几"字。

③ 津版"超越"为"超过"，沪版为"越过"。

④ 原版书误为"因时置宜"。津版、沪版为"适应需要"。

⑤ 马鸿逵（1892—1970），字少云，回族。国民党军西北军高级将领。1933年初起就任宁夏省主席。1936年9月加授陆军上将衔。1970年病逝于美国洛杉矶。

⑥ 马鸿宾（1884—1960），字子寅，回族。甘肃省临夏县韩家集人。国民党军高级将领。曾任甘肃省主席、第三十五师师长、第九十一军军长等职。1949年率部起义。1954年当选为第一届甘肃省人民代表大会代表、第一届全国人民代表大会代表。历任国防委员会委员、甘肃省副省长等职。1960年病逝于兰州。

军事回来，前方关胡等部已经向陇南移动，宁甘边境已经没有军队，地方空虚，他怕我们前去没有着落，路上遇着土匪。所以主张我们返回宁夏，再作其他计议①。

回来再过冰桥，汽车机器出了毛病，陷在破冰里，上也上不去，下也下不来。后来勉强把车拖上河岸，然而机器宣告不能用了。马鸿逵先生现在长得非常肥胖，他从薄冰上走过到厚冰地方的时候，冰面已压出裂痕，几乎破冰入水！

从前刘子丹的参谋长朱某，现在被捕羁押在宁夏，我由马晓云先生之交涉，前去和他谈政治问题。他戴着脚镣，穿一件薄棉袄，两眼闪闪有神。我看见铁镣有许多感想，因为铁镣加在一个人的身上，绝不是它自己走上人脚去，或者被镣的人自己戴上的。但是同是人，为什么一部分人要把铁镣加在另一部分人的身上，这是说国家发展到一定阶段，支持国家现局的人们，基于事实上利益的关联，对于企图破坏现局的人们，绝对不能允其存留。如果有人一定要在行动上反对现在局面，则由于实际政治的需要，铁镣就会照顾到有些人的脚上。

他在谈话的时候，态度仍非常紧张，②似乎他此时并不在监狱里，而在和人作政治辩论。他很诚恳的说："现在红军的民族革命意识，大过阶级革命的意识。而且政治的转变，确乎有了诚心③。"当然，我没有充分的材料来证明他这话的完全可靠。他又说到刘子丹和徐海东斗争的事情，一九三五年秋季，徐海东在瓦窑堡把刘子丹和他的干部收押起来，一共押了二百多人，至冬季毛泽东到瓦窑堡时，才将刘子丹释放，刘因此赋闲二月，一九三六年山西之役，刘在三交镇阵亡，他在陕北的力量，也因此不

① 津版、沪版为"再作计较"。
② 津版、沪版为"态度仍非常兴奋"。
③ 津版、沪版为"确乎有诚心"。

再存在。

有许多红军的俘虏，收容在宁夏城中的破庙里，马主席派人陪我[1]去看看，四川口音的，多半是徐向前部下，湖南口音的萧克、贺龙的旧部多，江西口音的，大体是彭德怀所带中央红军的基本。他们大体是二十岁左右的人，十五六岁的青年也不少，他们睡在靠墙的两边，地上有些乱草垫着，彼此间一条条的挤做一堆，来对抗塞上的高寒[2]。他们过去的生活，只是走路，而且晚上走的时候多，白天十二点前后，因为怕飞机，[3]总是停了下来。过去忙于走路，国内大势不大清楚，现在关在破庙里，仍然莫明其糊涂，整天只有饥寒和他们为伍。他们听到绥远曾经抗战的消息，好些年轻人都说："把我们弄到绥远去打外国人，怎样苦，我们都愿意。这座破庙，实在太无味了！"

### （四）冒险飞兰州

国不怕贫弱，只怕没有自己振作和反抗压迫的决心。在我们对日本万事让步的时候，日本的侵略，乃无止境向我们逼来，去年我们宣布了绥远、宁夏、甘肃和青海为"剿匪"区，对外人不负保护责任后，我们逐渐对外来势力之发展，择取了对抗的态度。百灵庙克复之后，对方在西北的活动，其气焰更一落万丈[4]。关麟征部驻宁夏时，曾驻兵阿拉善定远营，强迫赶走特务机关。我们从前认为困难对付的问题，现在也无大问题了。

许多人对于定远营有不正确的了解：第一，认此为通外蒙古大道，为对外交通上的重要道路；第二，认定远营为贺兰山外重镇，可以屯驻大军。而按之实际，前者因北界蒙荒与戈壁，非经大规模之建设，汽车不能畅利

---

[1] 津版、沪版"陪我"为"领我"。
[2] 津版、沪版为"来对抗寒冷的袭击"。
[3] 津版、沪版为"有些怕飞机"。
[4] 津版、沪版为"其气焰更一泻万里"。

通行，<sup>①</sup>骑兵与步兵之运动，尤非易事。其次，定远营本身不产粮食，一切生活必需品，都来自外间，故欲屯驻一营以上之兵力，已相当费事。因此定远营的重要，乃在对蒙古的政治问题上，与乎某种程度的对外蒙古交通上，有其价值。外此<sup>②</sup>的打算，实在太奢。

为了测验兰州方面的情况，先打几个平安电去试试，结果都有回电，我想兰州一般社会之安定，已无问题，但是传说很利害，也不能不相信几分。好些人说于学忠已被省府秘书长周从政监视，所以我就打电报给周从政先生请他转于主席，表示我打算到兰州，希望他能回我的电报。宁夏的朋友们没有一个人主张我到兰州去，因为从陕变到今天（一月二十七日），宁夏方面还没有人去过兰州，真相如何，无从知道。其次尽管兰州有许多朋友，然而在军事如此严重的今天，路上的困难，就难担保顺利，纵令到了兰州，生命上幸而没有问题，最低限度要限制我的自由，这叫做"来得去不得"。他们苦口为我解说，而我到兰州的决心仍然没有动摇。我的内心非常感激朋友们的厚意，然而我想从"双十二"到今已经四十几天，国人对于陕甘的真相，还不明了，因为真相不明，于是流言繁兴，全国人心陷于混沌与苦闷。因为人心之混沌，一方面增加社会之不安，同时不能造成正确健全的舆论，以促进政治问题的解决。我们当新闻记者的人，有将各种关乎国民<sup>③</sup>的政治问题，及早详细公正为读者报导的责任。只要我们自己的目的纯正，态度公平，我想当不难得各方之谅解。万一有什么不幸的话，也是作记者的职务上所应当。

决心是如此下了，然而两件事令我有些为难：第一，兰州负责的回电没有来，不知这是否是"不欢迎"的表示？第二，宁夏兰州间的交通，无

① 津版、沪版为"汽车不能通行"。
② 外此即除此之外。
③ 津版、沪版"国民"为"大众"。

论飞机汽车大车都没有，就是兰州方面不拒绝，要走过这八百里的穷苦纷乱的旱路，也是一件大麻烦。

徘徊困苦当中，[①]因为没有人作有力赞助，弄得我异常的苦恼。二十七日清晨欧亚航空公司宁夏站的朋友告诉我说，[②]当日由包头来的班机，停止卖票，而且知道这个飞机要空机秘密飞兰州，由欧亚公司副经理瓦尔特（Walter）亲自押送。其去兰任务，系因兰州混乱，外国教士不能安身，乃交涉此专机迎接此辈外人出险者。我此时比较相信兰州情况不好的消息，同时立刻赶到飞机场，托宁夏站周主任等机到时向瓦尔特交涉。不到半小时后，巨型机降落到机场，而瓦尔特亦允予通融，记者乃只身购票登机，在轧轧声中，进入我的冒险尝试[③]。

起飞以后，我预料到我到兰州以后的遭遇：第一步被检查，第二步是被扣留，第三步被审问。大致经过一夜的羁押，然后被引去看一些朋友，这才恢复了我的自由。同时我顾虑到在被押的一晚上，因为没有行李，中夜以后的寒冻，实难抵抗，然而这些可能的过程，只好听之而已。

在俯视下的贺兰山南段，并无绵亘不断的山脉，只是若干纷歧百出的风化残余的高岗，地理上称嘉峪关外界于新疆、外蒙古、甘肃、额济纳旗之间山脉，名"马鬃山"，因为它的形状近乎马鬃，其实贺兰山也和马鬃形式相差不远[④]。黄色的长城遗址，经贺兰山东麓曲折而北向，从前国家用这样的长城来抵御外来的民族，现在的交通工具已经不是长城所能限界[⑤]。长城的作用，已退到无足重轻。[⑥]

———————————

① 津版、沪版为"徘徊困顿当中"。

② 津版、沪版为"二十七日清晨我到欧亚航空公司宁夏站去看朋友，他们告诉我说"。

③ 津版、沪版为"进入我的冒险征程"。

④ 津版、沪版为"其实贺兰山也可以叫做马鬃山"。

⑤ 津版"限界"为"限制"。

⑥ 津版、沪版为"长城的作用实在是微乎其微"。

大概在中卫附近上空，我们完全进入云海上飞行，灰白色的银波，延展成静洁纯质的云面，我们飘浮上面，有如仙游蓬莱胜境。飞机这样大，内中只有我和瓦尔特两个人，他的中国话的程度，和我的德语程度，一样的太不高明，彼此对面时，有点意思也表达不出。

中卫兰州间，大约有二百余里的峡谷区，夏秋两季间，记者曾筏行此段黄河中，觉黑山峡、大峡、小峡等地区异常险峻。此次则见此带山势，系与祁连山的南段相连，永登古浪间的乌鞘岭，与此带地势，大致衔接。山势的起伏虽相当激烈，而此时对于我们的影响，只是在增加眼睛①的奇观。冰冻了的黄河，蜿蜒出入于乱山峡谷之中，只能间断的出现其盘转的躯体，宛如云中蛟龙，藏首匿尾，永远是不易见其全貌②。

经约二小时的飞行，我们突过了嶙嶙的乱山，眼前展开着一个新而广阔的冲积谷地，久别的兰州城垣以固有的恣态，屹立在黄河南岸。

此时精神抖擞，一面兴奋，一面紧张，飞机绕行机场时，我精细地注意场上的情况：第一件令人惊异的事，是沿机场布满武装军队，刺刀都上了枪头；第二是在机场公事房旁边，放了一辆囚车；第三，场上候机的尽是中国人，没有一个西洋人，③和宁夏所说接外国人的话不对。于是我判定了，警戒和囚车一定是对付我的了。但是我仅仅一个手无寸铁的人，又何必如此大费气力呢？

危险本在意料之中，现在预料成为真实了，也只好从容下机，敬待处置。刚出机门，几位青年朋友和我惊奇的招手，许多人被我这不速之客所惊异。不少的警察和宪兵密探，交头接耳，并有人上来盘问。我和他们勉强对付之后，赶紧打听军部和省府是否有人在这里。一位朋友引我首先会

---

① 原版书"眼睛"误为"眼睛"。
② 津版、沪版为"只能间断的出现其冰凝之影象，宛如云中蛟龙，见首难于见尾，画意无穷"。
③ 津版误为"仅有一个西洋人"。

见军部副官长李伯棠先生，他以惊异而诚挚的态度说："你还信得过我们，敢于到兰州来啊！"

这一下，我放心了，同时我知道这次飞机接的不是外国人而是另一种人，机场戒备是为他们而设，所谓"囚车"，是农民银行的保险车！

出乎意料之外，我到兰州没有被扣。市面景况已渐即安堵。① 我们首先到于学忠先生的军部，会到他② 的高级幕僚，随即和于氏见面，因此于氏被扣消息之不确，已得了事实的解答。

于氏首先谈在西安身历"双十二事件"经过情形，他事先不知道，临时由刘多荃③ 通知他，他当时即提出"善后"问题，即"将何以善其后"的意思。西安那时将星云集，兰州负责军政领袖皆不在任，十一日晚上兰州方面突得西安电报谓："此间已决裂，请准备自卫。"第二次电令为："令中央军政力量离开兰州。"第三个命令是："解除中央军事机关及部队武装。"于是武装冲突开始。

在兰州的政治机构情形下面，军政机关，叠床架屋，而且系统不同。绥靖公署指挥甘宁青三省军事，甘肃省政府本关一省政治，而于学忠自带有五十一军，事实上绥署不得于之同意，无法指挥。④ 朱绍良先生原兼甘省主席与青宁甘三省绥靖主任，而事实上，甘省主席一职，实务较多，故主席易于后，彼此之部下，摩擦甚多。而公安局与军警督察处等机关又与军部及军队磨擦甚力⑤。故识者早断其难于维持长久，此次事变，固由于

---

① "安堵"是日文，指安心，心情安定。津版、沪版为"市面景况亦异常安堵，并无丝毫纷乱现象"。

② 原版书"他"误为"牠"。

③ 刘多荃（1897—1985），字芳波，奉天凤凰（今辽宁凤城市）人。国民党陆军上将。1933 年任东北军独立第一〇五师师长，1935 年入陕"围剿"红军，1936 年 12 月参加西安事变，并担任捉蒋行动总指挥，1937 年 2 月任国民党第四十九军军长，1937 年 5 月任中将，全面抗战爆发后率部参加抗战。1949 年 8 月 13 日在香港联名通电起义。后任政务院参事、辽宁省交通厅厅长、政协辽宁省第四届委员会副主席、第二至第六届全国政协委员等职。1985 年 7 月 22 日在北京病逝。

④ 津版、沪版此句后还有一句："此外负责兰州治安之军警督察处与公安局，本属省府之管辖，而事实上有令出中央，省府不能过问之苦。"原版书删除了此句。

⑤ 津版、沪版"磨擦甚力"为"极不相能"。

西安发动，而此间行动之激烈，不能不归咎为平日之原因。

惟此次事变期中，参加事变之一部军队，纪律太差，兰州城发现许多抢掠事件，甚至于有奸淫行为。须知此事之当否，其责任固在西安指挥当局。然而执行此种命令之部队，须知此乃一种"政变"，其意义仅①在于解除中央之军事政治力量。故扣留中央军政人员，解除中央军队武装，佌奉命而行之前提下，盖为势所必至②。但是中央人员之家庭财物及其眷属，对于政治毫无关系，不能加以抢掠及侮辱。此不但对自己国家内部应如此做法，对外国战争时亦当守此基本之原理。所幸于学忠氏返兰以后，即极力镇压，并赔偿一部损失，③相当安置保护并遣送中央人员之家眷。惟此事之经过，总不能不谓之为"应行重大引咎④之事"。

### （五）兰州二日

很显然的，"双十二事件"发生后，使于学忠非常不好自处，从他忠于张学良和东北系统的观点上说，他不能不与东北军采一致的行动，而从大局的安危上说，他又感此事前途之艰难。但军事初步冲突既已开始，各方阵线已明显对立，他不能不备战，而又不愿战，故他自谓为空前未曾遇到之困难。事变以后已经四十七天，从陕甘以外到兰州的，尚以记者为第一人。他们对外间情况，也不甚明白，我们从午后三时就谈起，一直谈到十一时，大家的话头还不愿意结束，这可以想到此间人士的苦闷⑤。

兰州的现状，此时虽然相当平定，而兰州内在和外在的严重状态，并没有解除。我这样一个突如其来的人，引起了许多人的怀疑。有人看见我

---

① 津版、沪版无"仅"字。
② 津版、沪版为"乃为理之当然"。
③ 津版、沪版为"并赔偿损失"。
④ 津版、沪版"引咎"为"抱歉"。
⑤ 津版、沪版为"这可以想到此间朋友们的苦闷"。

和若干中央军队熟悉，因而疑惑我有若何关系，[1]又有人看见我知道一些共产党和红军的事实，以为我是某种程度的共产党。其实我的政治关系只有一个，就是"我是中华民国的国民"。我的职业是"纯粹自由职业的新闻记者"。我们自由职业的人不反对人家有党派，但是自己不愿有党派，因为我们的立场，是整个中华民族的利益，向着这个目标努力的任何人，都是我们的朋友，违反这个目标的，都未便加以赞成。昨天被日本利用攻击绥远的汉奸，我们毫不客气的加以痛骂，一旦幡然反正，掉过枪头来捍卫国家，我们立刻加以民族英雄的崇敬，而希望他们以更大的努力，报效于我艰难的国家。

为了避免各方面不必要的疑虑，我的住宿地方，决定在省政府后花园，那里比较是"超然"一些。本来已经睡得很迟，然而到兰州半天的印象，太使人感慨，[2]很久都没有睡着。我想政治社会的本身，多么富有变动性，我们如果不能以动的观点来观察政治的现象，我们将常被弄得莫明其所以。同时我们社中能不顾一切的支持我，使我们报馆能造成首先突破兰州混沌局面的纪录，亦自觉有赛跑时先到终点的光荣[3]。

兰州省府，为明代肃王府故址，明太祖第十四子楧，以肃王驻藩兰州，后有花园名"节园"。明末李自成称变，遣别将陷兰州，肃世子铁铉被执死，然王之妃嫔等皆急触碑死，故园名"节"。左宗棠经营西北时，曾加以修葺。园北有秦长城遗迹，盖秦长城西起洮河东岸之临洮，经皋兰而东北，非如隋长城之西起武威，明长城之西起嘉峪关也。过长城遗址为城垣，垣上有楼，曰拂云楼，下临黄河，北望群山，左宗棠曾题联云："积石导流

---

[1] 津版、沪版为"因而疑惑我"，无"有若何关系"。
[2] 津版、沪版为"太使我兴奋"。
[3] 津版、沪版"光荣"为"兴味"。

趋大海，崆峒剑依①上重霄。"邵元冲游兰州时，亦曾为拂云楼题字："泱泱河声来积石，嵯峨云气接昆仑。"气势亦颇不弱。民国以后，甘肃军人之争夺地盘者，常借后花园宴会施行暗杀，故熟于甘肃掌故者，闻"后花园请客"，辄有不快之回忆。此次"双十二事变"，兰州公安局长史铭先生，亦被羁"节园"。记者晨起散步后化园中，觉后化园内并无多大改变，猿猴依旧是猿猴，麇鹿依旧是麇鹿，然而人事沧桑，座上阶下，已不知变化若干次矣。

此种兴亡成败之感，并非令人起消极引退之心，而必须认定此"变动"为宇宙与历史之本然，并不足惊异与悲观。吾人但须以"动"的态度，以观察此"变"的行程，则万法归宗，对一切现象皆可以发现其所以然之故，而自身对于各种事物应取之态度，亦可自然知所取舍。

二十八日清晨，我首先去会晤大家传为操纵甘局的中心人物周从政先生，他的精明干练，确乎是政治上一位能手，而他的论调更使人感得痛快而坦白。他首先能把"双十二"的几项主张等表面文章抛开，②能坦率的说明骨子里的内容。他说："河东有河东的说法，河西有河西的立场，河东河西的利害要弄不到一致，大家永远是会出问题的。但能利害一致，什么事都可以没有。"他不否认相当重要的参与甘局的突变，但为"河东""河西"的关系，那也没有法子。

这也是事实。③中国的军队和政治组织的演进，到今天还没有冲破带多少封建意味的集团关系。每一个集团为了自身生存关系，对于各种问题，总是以自身的利害为出发点来考虑，在实际的封建集团没有被社会事实突过以前，一般来说，最亲切的某一集团利益，是超于国家利益的。特别是

---

① 原版书"剑依"有误，应为"倚剑"。
② 津版、沪版为"他首先能把双十二的表面文章抛开"。
③ 原版书误为"这也是实事"。

在中国这种国家里面，小的集团常常怀疑大的集团有消灭它的用意，随时随地都有戒心，同时大的集团中若干分子亦难免不有引起小集团不安的活动。日积月累，终于出了问题。要谋国家之真正统一，不在强各个集团牺牲其利益，而在合各集团利害为国家总利害，在事实上打破各集团的鸿沟，则国家内部纠纷，可以减少至最低限度。顾炎武说公私的关系，谓"私"为人之本然，天下无不私之人，真正的"公"，乃"合天下之私，以成天下之公"①。换言之，即先使利害相同，则思想与行动不会再有重大的分裂。这个原理如果应用到政治上，负国家中枢的力量者应当以高瞻远瞩之情怀，以大仁大忍之风度，包罗万象，不计一切小节和私人间的是非，而导大多数人之生存于正轨。

兰州城防系李振唐②先生负责，他的部队，就是此次事变的主要参加者，他现在还带着劳苦的颜色，大致为大变动的局势所苦。我们谈"双十二"在兰州的经过，也非常有趣。他当时也在西安，指挥兰州方面军队活动的，完全是一些参谋人员，他笑谓这次是"参谋造反"。当时对于中央军政人员家属顾虑未曾周到，亦深致其歉意。不过，他郑重提到，中下级东北军干部对外情绪，确乎很高，完全忽视了这一点，将使陕甘局面，不易解决。

甘肃民政厅长刘广沛先生，在公务员群众中造成一种特殊的风格，他始终保持一种简单朴素的生活方式，蔬食淡饭，绝对不为环境所移。他说作事的方针，如果始终向成功之途努力，还不一定会成功。不过，这是成功的作法。如果侥幸苟安，那简直是没有希望了。

现在甘肃在事变后，已弄得四分五裂，军人各自为政，③省府所能直

① 顾炎武《日知录》（卷四）："合天下之私以成天下之公，此所以为王政也。"

② 李振唐（1892—1976），字绍展，辽宁沈阳人，初在段祺瑞边防军任连长。后投入奉系，曾任东北军第十军参谋长、第三旅旅长、第一三三师师长。1935 年升任第五十一军副军长。1935 年 4 月 10 日授陆军中将。西安事变后，被调往淮阴。1937 年卢沟桥事变后，曾在山东境内率部抗击日军。

③ 从津版。原版书、沪版误为"各军人自为政"。

接指挥之县份，实在微乎其微。这样省份的民政，颇有难于着手之感。各军差役频仍，供给浩繁，若干地方，民间已多无屋顶，乡民之无衣无食者，日渐普遍，纵令军事结束后，安抚地方，培养民力，亦将成不易着手事件[①]。

到兰州拜访过邓宝珊[②]先生的人，很少不为他深远的见解所惊异。他对于军事政治都有超乎常人的见解，他曾一再想振作起来，担负一部分西北革新的工作，然而障碍重重，至今仍在寂寞之中。不过，能和他谈谈，能帮助人很迅速的了解某种问题的几面。"双十二事变"后，他曾极力劝杨虎城从速和平了结，并数电阎锡山先生出而转圜。

兰州少壮派的军政界朋友在二十九日午后为我开了一次座谈会，讨论各种政治问题。他们代表下级干部和士兵的意见，他们生活都相当困难，然而他们对于政治问题的态度，却非常坚决。他们不赞成以个人观念解决时局。对于国民政府和蒋委员长个人，确不反对，[③]他们盼望蒋委员长能更深切的了解下级的心理，更健全的来策划全局，他们的情绪，又表现为另一种的真诚。

**（六）到西安去！**

只要我们自己肯相信人，人家也会很容易相信我们。我相信兰州的朋友能了解我的真诚，所以他们回电没有到，我也敢去。实在他们已经回我的电报，不过因为电路阻滞，到宁甚迟，我动身时，还没有达到罢了[④]。

兰州这一路既然打通，而且政局经过如此激变，大家对于艰危国家大

① 津版、沪版为"培养民气，亦将成严重问题"。
② 邓宝珊（1894—1968），甘肃天水人。国民党陆军上将。早年参加中国同盟会，辛亥革命时参加新疆伊犁起义。后在陕西参与讨伐袁世凯，1918 年在陕西三原与胡景翼创立靖国军。1932 年任新一军军长。1936 年西安事变爆发后，他支持张学良与杨虎城的八项主张。1948 年 8 月，任华北"剿总"副总司令，年底代表傅作义同人民解放军代表谈判，达成和平解放北平协议。新中国成立后，任甘肃省人民政府主席、省长。"文革"中受到冲击，于 1968 年 11 月 27 日病逝，后平反昭雪。
③ 津版、沪版为"也不反对"。
④ 从津版。原版书和沪版误为"还没有达到便了"。

局的顾念，仍如此其深切，让我们感受到一般国民政治水准的提高。我因而相信西安方面，亦可以给我同样的了解。并且相信西安方面，还有一般感情宣传以外的理智意义，期待国人之了解。

"到西安去！"的决心，于是乎决定了。私交深切一些的朋友，听到我这样的打算，颇有点惊奇我有些发狂，[①]劝我在兰州暂住，或者搭便机回绥远。理由很明白：我打算坐汽车通行的西兰公路，交通早已停止，这条路上，间杂着驻些敌对的军队，据说有兰州的于学忠部，再东中央军，再东六盘山附近为无军队之土匪散兵，又东为东北军，并有红军夹杂其间，显然的通过有些危险。特别是许多人顾虑红军，恐怕有更大麻烦。感谢朋友们的厚意，我仍然要去，理由很简单：我相信人，同时相信人能了解我。

一辆头号大货车里，只装了我和另外一位朋友，三十日清晨匆匆离兰东下，差不多一年不见的兰州，许多受了惊恐的朋友，匆匆的两日，未曾一一拜候，同时因为路上通过的困难[②]，空空的这样一辆大车，不能带出些困留兰州的故旧，车行皋兰山下，不禁感慨系之。

兰州的警戒还在紧张期中，通过城门和门外的关卡，要有城防司令部的许可。承李振唐先生事事为我们想到，所有手续都做到，通行始无大问题[③]。只是兰垣外面的公路，因军运浩繁，路政失修，路面已经破败不堪。陕变意义之有无价值，姑不必论，而国家物质的损失，已不知有多少！

兰州东南行是去定西，沿途雪景满山，西兰公路的若干桥梁涵洞已较从前大有进步，车行亦较便利。惟路旁常有许多流离的农民，男女老幼，狼狈道中，幼小之婴儿，则盛于破旧之柳筐中。乱离之世，农民最易遭灾，

---

① 津版、沪版为"颇有点惊奇我兴奋到发了狂"。
② 原版书"困难"误为"困鸡"。
③ 津版、沪版为"所以只要手续做到，即无大问题"。

故从事政治之人，当随时觉悟到自己一举一动，关系于人民①之深，非有深谋熟虑，切不可轻举妄动。

第一日的行程止于定西，从前被我误为"囚车"的农民银行的铁甲车，这天也载着兰州中央方面高级人员来到定西，内中有朱绍良先生的章参谋长和翁秘书长，以及公安局长史铭先生。定西的驻军为于学忠部周龙坡师和邓宝珊部的杜汉三团，我们晚间大家挤到一家土屋里，彼此都搬出古今中外。有一位带兵军官慨然的说："予致力内战二十余年。"这句话说得大家哄堂大笑，但是庄严的语句，接着笑声透入大家的耳鼓："过去每次战争，都是奉到命令就干，毫无疑虑，独于这次'双十二事变'，奉到'备战'的命令，自己弄得坐卧不安。自己心里面酝酿出三个问题，不能解答：第一，这次预备打谁？第二，为谁打？第三，打的结果是什么东西？因为国家现局已很清楚，存亡兴灭之间，已有很清楚的轮廓，让我不能不想想再行对内战争的前前后后，将发生若何的结果②！"

谈话的末后，有见解的人还是注意到将来对共产党和红军处置的问题，似乎大家觉察到，表面上的西北军事政治问题，不是严重的问题，根本的问题还在如何解决十年来在中国内部奔腾着的这一重大矛盾。

定西往东，是三百里长的人烟稀少的华家岭。当夜一场大雪，各山成了白头翁，晨起登车，野景皑皑耀目。但以华家岭为土匪出没区域，且岭之东半，确知有土匪存在，邮政车十数辆，曾被劫去，所以我们借了相当的武装，准备必要时，拼他一回。

车盘旋上华家岭，离岭上车站约半里地方，公路上拦着一根大木架，阻断了汽车的进路，但是四面又没有人，汽车夫正要下去拆开木架，我已经看到南北两面土堡里面露出了机关枪口，戴灰布帽子的脑袋已开始在垛

---

① 津版、沪版脱漏"民"字。
② 津版、沪版为"将发生若何的景象"。

口活动①。我知道事情不好，赶紧下车，高举双手，表示我没有武器，同时招呼他们前哨长官谈话。在严重戒备下，我们被引进华家岭站的中央军第三军营部里，我们和营长再三声明，营长已大致相信，可以不留难，最后我告诉他"和平"已有相当希望，原则上大致已无甚问题，意思是解除他严重戒备的恐惧，而他的答覆是："你的话也不一定可靠！"在这位营长的经验中，大致很少遇到相当了解政局的新闻记者。

离站东进，站上人警告车夫说："前去要小心！"这句话加重我们每个人心理的紧张。我们每个人的目力都向四面山头侦察，路上所遇到的人，此时都被我们另眼看待。绕过一个山头时，山下有一个长大汉子，急奔上山，招手令我们停车，司机加速马力，风驰而过，算是逃过了一个难关。

大家最有戒心的，是萨家湾。我们远远的看到萨家湾山口上有好几个人站着没有动。因为速度甚大，车很快的接近山口，山上、山下、山口里都有人，我立刻令车上卫士戒备，冲锋机关枪子弹上膛，然而我们通过山口时，他们倒没有什么动静。

下华家岭，至界石铺，又合昔日陕甘大车大道，②左宗棠当年经营西北所植柳树，还有不少留于大路两旁，红军在西北大会合时之标语，亦有若干仍存在于墙壁间。

因为交通断绝，邮运停止，邮局改雇骆驼，运送邮件，骆驼行进是头尾相衔，约十数驼一队。汽车声响，骆驼乱奔，往往挤做一堆，无法通过，在一旁让路的习惯，骆驼是不知道的。

车到静宁，卫兵不让进城，同时这里驻的是不熟悉的中央部队，根本没有法子。后来知道胡宗南先生驻在城外村庄附近，找到了这个线索，才到城里找到寄足的地方。这时第一军许多已识和未识而神交的朋友，慢慢

---

① 从津版、沪版。原版书"戴"误为"载"、"已"误为"己"。
② 津版、沪版为"又合昔日大道"。

的多了起来，聚谈非常热烈，谈来谈去，大家的中心论点，还是在研究共产党和红军问题，将来如何解决的方法。

胡军在宁夏与毛泽东彭德怀作战时，发了一件动人的公开信，我读后引起无限感喟，开头几句是这样："松潘别后不到一年，我们又在宁夏战场相见了！"内中用"人生"的意义反覆说明国内战争之应设法早日停止，而希望红军之放弃其阶级斗争的策略，放下"红旗"，另谋自我内部矛盾解决之方。我觉得有深厚文学意味和人生情怀的，还算上述几句。[①]

静宁以东，二三百里内，据说没有军队，中央军防地，止于静宁，而且胡军在次日清晨就要开拔，南向天水附近，这般朋友都劝我和他们的部队，一齐南去，他们管情报的人说，东去电线都已割断，情况乱的很，东去，实在没有好希望的可能。

当然，他们的话有内容，只是自己有一种有意义的希望在前面，同行的朋友坚决主张我前去试试，我很同意他的见解。

### （七）闯过六盘山

我们在静宁城中各事对付就绪后，已经深夜，胡宗南先生本人和他的队伍在次日晨就要南去。我们约定次日早晨六时半会面，预备见面以后，各自东西。静宁城外一座村庄，以一条由六盘山发源向北横流的小溪，隔江和静宁相望，晨间的村庄，是那样的寂静，如云的大军曾经在两小时前离开这里，然而我们看不到丝毫大军驻营的痕迹。村中小道，扫得非常清洁，村中房屋，门户窗板仍旧和平日一样的完好，墙上没有驻军写的路标，也没有表示驻军区分的纸条，这座乡村的外形，仍然保持平日的原样。要不是昨晚经黄希濂、周士敏两先生的预告，和今天沈上达先生的引导，我

---

[①] 津版在此句后还有一句："盖以中国第一流的军事人才，强劲的军队，在松潘如此困难的地区，拼了你死我活，到黄沙苦水的宁夏东边，大家又来会战，在炮火稍为停息之后，大家平息静思，当然不免有些感触。"沪版和原版书删除了此句。

绝不能在外形上看出这是胡宗南先生军部所在的地方。

我们差不多有一年不见了。他的衣服仍然那么单薄，耳和脸冻成许多黑块，有几根手指因为冻坏了，正缠着白色的绷带，我们穿双层皮衣的人，不能不有相当的惭愧了。

有长期痛苦战争经历的人，对于战争的了解，不会如普通人的皮毛①。以几十万的生命，②在战场上角逐，每天都是"生"与"死"的斗争，这不是儿戏，稍有些感觉的人，都得问问战争的目的和前途是些什么？

英雄爱英雄，惺惺惜惺惺，和胡宗南先生对垒的三五战争名手，我从旁边所得消息，似乎都发生了在敌对情况下彼此的倾慕，"将军阁下"的称呼，成为彼此彼此。徐向前西渡黄河，进入甘凉肃时，有人觉得民国以来，中国军人之率军出嘉峪关者，尚以徐向前为第一人，故如果拖开政治立场不讲，单从"中国人"为本位的立场上看，反觉得徐向前这次出关计划，相当为中国军人吐气扬眉③。

话谈得没有止境，不过，一般的说来，希望以政治方法结束国内战争的期待，是各方面人共同的心理。一位年青活泼的副官，几次向他报告时间，还没有打断我们的话头，然而时间快到正午了，我既不能同他一道南行，我的目的地是在西安，我不能不向他告别，按照预定的方针，向东前进。

在静宁东面的中央警戒部队，对于我们的通过，盘问甚严。我们知道东去西安的麻烦不少，原来从定西搭我们汽车的两个喇嘛，他们到青海塔尔寺朝佛返回东部蒙古，要我们带他们到西安，在如此紧张情况下，我们为免人的疑虑，在静宁临出发时把他们请下了车，这不是我们薄情，环境如此，不得不这样。这时车上连司机助手算上，总计只有四个人，然而盘

---

① 津版、沪版"皮毛"为"皮相"。
② 津版、沪版为"以几万几十万的生命"。
③ 津版、沪版为"相当为中国人吐气扬眉"。

查手续仍然非常厉害，并且要报告上级长官，才放我们的汽车通过。在第二重的哨线上，因为我们没有看见，早时停车，几乎被他光顾一枪！敌楼上有人向他招手，似乎那位已早瞭望到我们在第一哨被检查的经过，我们汽车才在突变和善的哨兵表情之下，慢慢的驶过。

这重哨兵经过后，再东至隆德，就没有中央军，因此前面是谁的军队，那里有哨兵，我们都不知道。不过，我们每到一个村庄，都缓缓的前进，准备有人出来检查，我们就行停止。这样过了好些村庄，都没有什么动静。走了五六十里，我发现远处公路已经被人挖断，并且筑有相当防御工事，我想是问题到了，立刻命令停车，下车静候检查。等了几分钟，仍无消息，我判断是东北军撤退了，于是继续开车。

在隆德城堞已在望的近距离中，公路南面村庄突然走出一位青年的步哨，司机说："果然来了！"我们被他带进了一个破败的村镇内，去会他的连长，而他的连长却已经到隆德去开群众大会。会到他们的司务长，才知道他们是郭希鹏①师长的骑兵，驻防隆德的，是旧友陈大章②所属的骑兵团，我们赶紧打电话到城里通知陈大章先生，而他亦已到会场开会，没有法子，只好请那位司务长押我们进隆德城，见了陈大章先生再说。

押到城里，我穿的一双大毡鞋，不便走路，勉强到了会场，许多军队和民众，正在开援绥大会，街上贴满了各种刺激人民热情的标语。不过，我是刚从绥远来的人，绥远情形，大致还知道一些，现在并不需要"援"，因为并不危急。在"双十二事变"之前，绥远已过了紧张阶段。我们今后

---

① 郭希鹏（1890—1969），字鼎九，辽宁盖县人。1935年任骑兵军骑兵第三师师长。1936年兼任抗日援绥军第一军团骑兵指挥官。1937年任骑兵军副军长。1946年任第一战区司令长官部中将高参。1947年被任命为东北行辕中将高参，1949年1月留在北平迎接中国人民解放军。新中国成立后曾任辽宁省人民政府参事室主任。1969年逝世。津版、沪版误为"郭希濂"。
② 陈大章（1901—1989），原名陈治国，汉族，辽宁省北镇满族自治县冯屯人。原张学良将军的随从卫士、副官，东北军骑兵第三师第七团团长。经范长江向周恩来总理推介，从1955年开始，陈大章连任了六届北京市政协委员，一直到1986年退休。1954年、1956年、1958年三次被选为人大代表。1989年4月27日逝世。

对外的问题，当然是"第一"的问题。但是这个"第一"的问题，是需要有整个的办法。不过，用"援绥"来刺激民众，是西安事件后作群众工作的重要方针之一，我们可以得到当然的了解。

陈大章先生，现在是须发皆长，满身灰土，腰上带着一支左轮，拿着标语小旗，领导群众拼命的呼号，毫不似从前安详的性格。他对我说："现在情形不同了，士兵心理也不同了，不信你看看罢！"他谈了许多理论，颇为激昂慷慨。

"我们这里绝对不准通过汽车，不过，我们相信你的态度很公正，绝对负责送你到平凉。"护照和通知沿途的关卡都已承他照办，并且特别通知最要紧的关口六盘山的步哨，放我们通过。

似乎我们走运，布防六盘山一带的周连长半路上来搭我们的车上平凉，因为有他在车上，通过六盘山顶时，他伸头出窗外和他的部下谈了几句话，我们就托福走过了最不易越过的六盘山关卡①了。

下了六盘山，公路甚好，我们以八十公里一小时的速度前进，因为最困难的地方已经安全过去了，我们心中如放下了一挑重担。风驰电掣，宋代杨六郎血战把守过的三关口天险，一会儿又留在我们的车尘后面了。

快到平凉西面四五十里的地方，前几天有一群土匪，刚才被军队打跑，我们经过时，一切都平安，到了平凉城后，我想这回硬走西安的计划，大致可以期望相当的顺利了。

平凉虽属甘肃重镇，因西隔六盘山，其军事地理上的价值，与关中构成一单位，而不与兰州合为一区，左宗棠经营宁夏时，即以平凉为用兵根据地，总管陕甘宁三省，将来西北边防，亦当以此为重要交通枢纽点。

六盘山东西两面大路，还存着不少的夹道杨柳，皆为左宗棠当日之遗

---

① 津版、沪版为"六盘山卡哨"。

留，以当时交通工具之简单，他的道路路面仍比现在国道路面为广，此公胸襟之远阔，实不同于当时凡俗之武夫。惟时至今日，左公柳已丧亡十九，长安至新疆之大道，仅若干处略存左柳，以引对前人辛苦经边之回想，其实用的价值，实已渺无可称述。今则汽车路所经，半绕旧日大车道而另辟途径，弃旧谋新，后来居上，乃为历史之必然，左公有知，幸勿以此自戚。

当时驻平凉的是王以哲军，为陕变后所谓"西战场"的主力，王氏以病去西安，由吴克仁先生代理，吴氏豪爽痛快，语出衷诚，我觉得他对于陕变前后，东北军的心理，说得最为真切[1]。

东北军入关以后，老家失守，五六年来，身受流离飘泊之苦，故"烦闷"为东北军普遍一致之心理，自开入西北"剿匪"，最初以为容易解决，"剿匪"工作告一段落后，即可展开"回家阵容"，然而战争经过，指示势力耗丧之可期，而回家前途之无着。去岁共产党政策一再转变，使东北军"剿匪"信念，根本动摇。而绥战爆发，刺激特甚。二层将领之间，早已磨擦[2]甚力，日积月累，终至于不可收拾。

平凉对于西安情况已较真确，我们于是决定二月二日一天的工夫，从平凉赶到西安。天还仅微明，我们的汽车已在准备开行。王以哲的秘书长宛邱章先生赶来和我们同车，路顺泾川河右岸而下，加速马力，四十分钟跑了七十里，沿途有许多枣林，可惜在冬季没有吃便宜鲜枣的机会。西兰公路到平凉以下，路基路面皆渐不如西段，泾川汭河的木面长桥，现在是可以通车了。但是这座桥塌过好几次，每一次塌的原因，都是桥基不固。

邠州以后，已能看见红军过去的标语，而仓促间亦不能知红军在大道上移动的真象，心犹惴惴。

---

① 从津版、沪版。原版书为"说得为最真切"。
② 从津版、沪版。原版书和《文集》版均脱漏"擦"字。

在陕甘一带城市中，常发现东北人开的饭馆，这些人多半是军队中退伍出来的。因为在军队中前途既无光明，且有家之下级军官与士兵，直糊口之无术，势不能不退伍。退伍以后，返家又不可能，乃多设法合股经营小小饭店，以谋简单之生活。举凡厨司茶役，多为过去之副官士佐，故非今日之东北军绝不能知今日东北军人之苦！

### （八）"二·二"事变

因为兵乱，交通断阻，长武站上已无人，永寿车站上，连水都没有喝，不过，一般市面尚安，长武市间之热闹，不减于平日。

陕境西兰公路，大车路与汽车划分不严，大车把汽车路压成"川"字形的凸凹地面，行车困难。乾县、醴泉、咸阳一带，更为糟糕。不过，到了咸阳附近，一方面前面有渭水的风光，附近有古代的陵寝，意境已不如从前的单调。

我曾几次通过关中古代陵寝区，并且看过些关于关中古代陵寝研究的著作，总觉得索然无味。因为无论陵寝如何富实高大，对于社会民生的关系太小，不如看到长城，运河，宁夏的渠，黄河的铁桥，能够令人向往[①]。每个人最主要的工作是"自己的生活"，受人崇敬的人，是他能代表许多人的生活需要而努力，假如他只是为自己个人的利益，这是任何人所能为，我们又崇拜他们干什么呢？

时间一天天的飞逝，新的事实不断的出现，这次过咸阳，已经不能不横通西展的陇海路了。我们不能不对主持者的努力表示敬意，我们希望各地有责任和有权力的人们，也如陇海路夙夜兴工。我们盼望在不久的将来，能看到成都、重庆、兰州、迪化、贵阳、桂林城边的铁道。

"咸阳城"，"渭水桥"，名称是那么有诗意的古老。这时我们顾不

---

① 津版、沪版为"能够令人兴奋"。

得这些，驾着已经出了毛病的汽车，径奔西安城。

车进西安西关，还是午后四时左右，我们正在考虑进城以后的住处，忽然发现西门外挤着几十辆的汽车、大车和几百位军民混合的群众[①]。城门看去是没有打开，城楼上有武装在警戒。这才糟糕！赶紧下车去问，说是关了好几个钟头，不知为什么事情。有人说听到里面曾经放枪。王以哲的秘书长去交涉也没有用，于是，我们想到城里面一定起了冲突，不是东北军和杨虎城军队冲突，就是共产党和他们内讧。总而言之，我算赶上霉头了。

没有法子，等到天黑，还是没有头绪，城内外电话也不通，因苑先生的介绍，在西关纱厂某师的办事处，权且对付一宵。

马马虎虎睡一晚，醒来总不放心，因为要出了乱子，秩序再乱，有点头绪的局面，从此再推翻，将来更不堪设想。就我个人来说，这样到了西安，是否可以安然在西安停留还成问题。如果发生了不能入西安，或者不能停在西安的问题，也是件辣手的遭遇。

城门开了，消息来了，"王以哲被害！"有人说于学忠在内。糟糕！糟糕！真糟糕！乱子闯大了！然而，真正消息怎样，还待调查，也许不如外传之甚。我于是换装成普通住民的样子，把行李丢在外面，只身进城去打听。城门开了半边，有重重的军警在检查行人，他们看见我轻袍缓带的模样，没有行李，也没有风尘，略略盘问，就放我进去。

进城后的刺目印象，[②]为各重要机关的门口都堆满了防御用的沙包，街市商店大半关门，电杆上，墙壁上，贴满了标语，标语是一重压一重，街上有许多青年人在紧张的走着。学生、工徒和士兵混合的队伍，在人行道上挟着宣传品在散发。我到了一位朋友地方，他惊奇我之突然来到，而

----

① 津版、沪版为"军民混合的民众"。
② 津版、沪版为"进城后的第一印象"。

为我安全忧虑，特别是在这样一个时机。他们惶然不安的神气，看来是对于当前西安局势的发展，带悲观的感觉。

谣言慢慢起来，有人说王以哲和于学忠确实死了，又说这一次完全是共产党鼓动少壮军人，袭击东北军高级将领，打算一举取得东北军的领导权。许多人说东北军这次上了大当。从西安当地的报纸上，除了些宣传材料外，对于时局的真相，也不能给我们什么了解的参考。打电话去找朋友，东打也不通，西找也不在。午后，街上的人一阵阵如发了疯的乱跑，但是不知究竟出了什么事情。西安最中心交通口的钟楼，现在有军队上去布防，楼下洞口垒着沙包，楼上架起机关枪，如临大敌。

有些青年朋友来谈话，总是关于"周恩来"，"毛泽东"，"彭德怀"这类的事情多些，使我暗中感到这次暗中鼓动再行兵变的，一定是共产党。

因为社会秩序的纷乱，与交通的不灵活，使我当日对于西安方面主要负责人的接头，发生困难。因此对于各地方情况，始终装在闷葫芦中，成为稀遇的奇困！夜间尽力侦察的结果，始知王以哲之死是实，于学忠尚安然住杨虎城公馆中，何柱国①等带兵军官皆无恙，而同时我的人事接洽也开始展开。

四日早晨首先出席西安学生联合会的座谈会，挤得满满一屋的青年朋友，要我报告绥远战争的经过，和"双十二"以后，一般国民对于陕甘的观感。我公平的为他们讲这次绥远战争中，中央曾做的接济和指挥的工作，②同时说明在现阶段的政治与军事环境下，绥远战事可能胜利的发展。在整个的内部政治军事问题没有消除矛盾以前，局部的或临时仓促的

---

① 何柱国（1897—1985），广西容县人，国民党陆军中将，东北军将领。西安事变爆发后，支持关于和平解决西安事变的主张。抗日战争期间，在晋西北、陕甘宁、豫东、皖北等地与贺龙、彭雪枫领导的八路军、新四军协同作战，有力打击日寇。新中国成立后，任全国政协第五、六届常务委员会委员，民革中央委员、常务委员。

② 津版、沪版为"南京中央曾做的接济和指挥的事实"。

希望，要想会有什么收获，①那是一件值得商讨的问题。至于外间对陕甘事变的感想，我觉得有许多人在十二月十二日至二十五日之间，因对于张杨所采用手段之不能同意，故深恶痛绝，感情上"不相容"的心理，达于极点。二十五日张学良陪送蒋委员长回京之后，敏锐的观察者，已断定西安事变有政治内容，而此种内容也许对整个国家之前途有极大之关系。

接着出席西安新闻界的座谈会。这时西安新闻界已经有了原来系统以外的自由，而事实上进入另一种范畴，如果彼此放开政治上不可避免的影响来说，彼此对于实际情况之隔膜，当引为业务本身上的歉念。

二月二日之军事暴动，把许多重要人员都逼得不能在正常的军政机关办公，除了已经牺牲的王以哲、徐方等四人外，其余的将领，如何柱国、于学忠以及总部秘书长吴家象②等，皆暂时移住在杨虎城的新城公馆里。这座公馆，外有新城包围，内还有重重的门户，戒备森严，此时倒有租界的味道。

在这临时租界的杨公馆里，于学忠、杨虎城、何柱国、孙蔚如③、吴家象、卢逎赓、邓宝珊诸先生，以及平日不轻遇到的人物，都集在一间近代布置的客厅里，商议处理各种问题。假如没有"二·二"事件，倒难得有如此长时间聚谈的机会。

所谓"二·二"事件原来是篇糊涂帐，并不是如我初进西安时所想到的有严重政治背景的行动。这般少壮派军人，外受外交问题之刺激，内因现存政治之摩擦，不满与焦急之心情，织成不可抑制之局势。此种事实

---

① 津版、沪版为"局部的或临时仓促要希望有什么收获"。

② 吴家象（1891—1981），字仲贤，辽宁省义县人。1935 年 11 月，吴家象任西北"剿匪"总司令部秘书长。西安事变爆发后，张学良责成吴家象拟写电文，通电全国，声明扣留蒋介石之目的。为了协商解决西安事变，成立了以周恩来、吴家象、南汉宸组成的联合办公厅。新中国成立后，曾任辽宁省司法厅厅长、民政厅厅长，任全国政协第二、三、四、五届委员会委员。

③ 孙蔚如（1896—1979），曾任国民党六届中央执行委员，陕西省主席，杨虎城的心腹将领之一。西安事变爆发后，任戒严司令。新中国成立后，长期担任陕西省副省长、国防委员会委员、民革中央常委兼陕西省主委、全国政协委员等。

已构成"双十二事变"之一部分基础。在"双十二"至"一二·二五"之间，少壮军人与热狂的群众，对"双十二"之意义，未能正确把握，甚至弄差，以为此举乃抗日的初步。"一二·二五"蒋委员长在张学良陪送离陕之后，这般群众甚至提出反对张学良。张学良羁京未返，而中央与陕甘之和平谈判，又着着进行，于是这般群众又反对主持和平交涉之东北军高级将领，以为被人收买。一月之末，记者在兰州时，已知和平方案大体已定，三十一日西安方面以飞机迎于学忠及邓宝珊来陕，作最后决定。盖于为张学良离军后嘱命代行统帅之人，邓为杨之至友，而对各方皆甚通达之中间人物。谁知于邓到陕，益激成少壮派之不安，急不择路，遂定下狙击东北军十六员高级军政领袖之欠考虑的计划。在一部分少壮派军人心中，以为南京中央之不抗日，已成定论，①故"抗日"必须"反对中央"，"反中央"为"抗日"之初步，因此与中央谋妥协者，即为"汉奸"。这一套形式逻辑，装入每一个人的脑海中，根据这套逻辑，来决定拥护与打倒的标准。故于到陕，即被少壮军人监视，何柱国亦与少壮派弄僵。然而和平方案已定，二月一日已下令前线撤兵。二日少壮派即以张学良之特务团为基干，关闭城门，搜杀王以哲徐方等四人，而以写成之命令，强迫于学忠签字，命令前线已行撤退之东北军反攻。

于学忠在西安见记者时，即谓："这回我又赶上了！"他本为最后决定和平方案而来，而到西安后，却又要他下令反攻，似乎太出于常理，当几十个少壮军人在杨公馆逼他的时候，他设法通知东西两方前线东北军将领，他们立刻传来强烈的反对，这才压下了少壮军人的气焰。二月四日杨于和平通电发表，同时强令少壮派领袖出走，形式上加以通缉，西安局势始告一段落。

---

① 津版、沪版无此句。

我觉得西安事变中，一部①激烈派之青年军人和青年学生有一个假定的见解，以为共产党和红军一定是激烈反对南京政府的。过去十年战争的冤仇，今天得了如此良好的机会，与东北军陕军成为三位一体，当然决不会赞成和平，而且以过去红军单独的力量，尚可周旋十年，现在又联合约十万之众，还怕不能支持相当时间。于是以要求张学良回来为煽动东北军②之口号，而以"不离开西安"，激荡陕军切身利害之观念，以为虽解决东北军全部上级军官，然而东北军必可与红军合流，另谋出路。谁知事实恰恰相反，他们的行动，不但没有得到半点支持，反而在理论上被指为"发疯"，行动上被认为"不明大势"。假想的后台既然放了虚脚，当然文章没有做头。

本来"双十二事变"后，共产党人之进入西安，一般人认为局势将恶化，而事实适得其反。此次再度与群众预料相背，于是有人认为共产党已被收买，不顾群众，造成新滑稽资料。

二月二日以后，三日空气超常③紧张，群众运动与新闻宣传，热达沸点。"救国会"和"学生救国联合会"等机关，还募集了万斤咸菜，分别运往渭北渭南劳军。谁知前线军队，早已开始撤退。四日杨于宣言发表，号外传遍全城，群众直如突然冷水浇头，莫名其妙。传言中央军不久要入西安，弄得许多人留也不敢留，去又无法去。狂热后继以凄怆。群众发动易，收拾难。如果不是有始终贯澈到底的真诚的政治目标，轻率的发动群众，这是自己斫丧群众对于自己的信仰。

西安大局既告和平，记者乃转往陕北调查，一周归来，行营主任顾祝同先生已到西安，他对于西北大局之了解，远大而深切。不只今后西北大

① 从原版书和沪版。津版为"一般"。
② 原版书脱漏"军"字。
③ 从原版书。津版、沪版为"异常"。

局将有光明可能，而中国整个对内政治问题，亦有崭新的酝酿。

时局虽有不少波折，而记者终于满意的在十四日午间凌空的一刹那告别了西安。

（二十六年二月二十二日写毕于上海）[1]

## 第五　太行山外

### （一）沪并[2]空中

如果一个人作了长期飞机驾驶员，他的人生意境，将要比一般地面上跑腿的人超脱一些。在他们的生活经验上看来，空间太小了。早上在上海吃茶，中午就到西安进餐，夜间的住宿，还在诸葛亮曾经"鞠躬尽瘁"，而杜工部曾感慨唏嘘的锦江河畔。他们对于争取都市上一方一方的土地这些活动，一定没有浓厚的趣味，因为他们的意识领域太广了。

但是他们把人生时间弄得太长。因为许许多多的地方，随时可以飞来飞去，因此和各地方见面的机会，非常之多。平常人认为几千里或一二万里的遥远地方，他们在一个月之内，也许能拜访过十趟八趟，多则生厌，于是人生又感到平淡无味了。

在某种程度上，他们和研究地球史的人有同样的意境。因为研究地质年代的人，一开口就是几十百万年，普通计算时间的日、月、年和十年、百年这些单位，对于他们实在太小。人生不过几十年，而他们的研究中，所谓最新的时代，也许宇宙上还没有人类，纵有也不过刚在原始状态中。地质学家杨钟健先生曾说："戴上地球史的眼镜去看人类历史，真好像夏

---

[1]《西北近影》1937 年 2 月 22 日完稿于上海。1937 年 2 月 16 日至 26 日连载于上海《大公报》，1937 年 2 月 17 日至 28 日连载于天津《大公报》。

[2] 指上海至太原。上海简称"沪"；太原古称并州，简称"并"。

天在北方的大厕中看那悠游于粪浆中的蛆虫一样！"

记者于二月下旬奉社命由上海去太原。[1]看到飞机，就想起这般终日驾驶飞机的航空人员，想到他们的生活，因而想到他们的意识境地。

微明的清晨，一辆汽车载上两位殷殷送别的朋友，经过静寂、宽敞、平直的爱多亚路、福煦路[2]和霞飞路，直驶龙华飞机场。这时的上海，刚刚入睡不久，伴舞们刚才脱下他们的舞衫，各种各式诱惑人的妖魔，也刚才收敛它们的踪迹。成万的汽

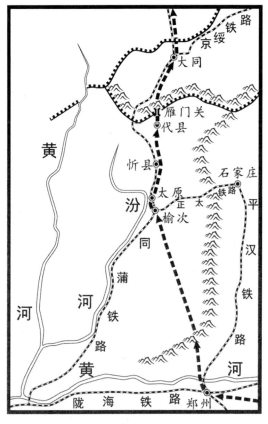

《太行山外》记者行经路线图（彭海绘）

车这时也因为一日奔驰的辛劳，老老实实的蜷伏在车房里，我们这辆汽车于是取得了一次"独行"上海热闹市区的机会。

从空中看上海市的晨景，只有靠黄浦江西岸的黄浦滩一带，因有水光的反映，配合着东海里升起来的朝暾，尚有几分景色。其余的地方，房屋高下凌乱，灰暗色的低矮瓦顶，和鹤立鸡群的水泥大楼，编成一幅上海市"不平衡"发展的图案，给人以枯乱的印象。不过从空中看"上海之夜"，

---

①《国闻》版和原版书为"记者于一月下旬奉社命由上海去太原"。此处时间有误，据1937年其行程时间，记者一月下旬针对西安事变之后的西北变局，正在宁夏—兰州—西安一线采访。据下文（《太原印象》）记述，记者到达太原的时间是"旧历正月十五前后"，即1937年2月25日前后。

②《国闻》版无"福煦路"。

那却太不平凡了。如果搭欧亚班机到上海，当飞机刚过昆山不久，即可望见东方的地上有一座"灯城"，市周马路的路灯，行列整齐，好像一座大城的城墙垛口。灯墙里面是纵横的灯河，每条街上的红绿电灯广告，就好像河里面一丛丛的荷花。南京路上的先施、永安几大公司，是这座灯城里的灯山，和北平故宫后面的景山，在夏季以它的青翠领袖全城一样，有相等的风度。

上海到南京空行只要一个小时，无锡太湖的风光，还可以粗略的看到。因为航空走直线，所以过了无锡以后，我们就和京沪路的领空分开，从铁路南面直趋金陵。初春的江南，青草已成茵。蜿蜒的河道，和纵横的公路，把星罗棋布的村庄连结成密网。小小的帆船在弯曲的河道中飘浮，不过对于空中观察者，表现不出显明的流动状态。

在白日里鸟瞰南京，比上海要有趣得多。因为南京城里城外都富于山水之胜。旧式的南京市区，只在南京城的南半部，北半部本系荒凉地带，现在北半城已完全在新的市政计划之下，建造起来。加以城东的紫金山南坡陵园区域内，更是林木青葱，楼阁隐约，若与北半城的新市区连为一气观察，则碧瓦红墙，阴翠映带。北望大江，浩瀚洪流，益增妙感。

搭民航机是最闷人的旅行，因为空气不流通，发动机转动的烦恼声音催人欲睡，没有坐军用机来得清爽。

中国文字里"风云"一词，我觉得很有意味。自然界的"风"和"云"，是最活动的东西，即变化最多的东西，最容易给人们以新的印象的东西。故有所谓"际会风云""风云人物"等说法，以形容政治和社会的动态。空中看云景，比在地上看山景好，云景时时可以变化，没有固定的形态和地区，有时在一定空中结为崇山峻谷，突特峥嵘，有时竟平烟万里，宛如瀚海无波。不似地上山水，年年保持大致相同的模样。就京郑段航线说，安徽西部英霍诸山的上空，是风云多变的地方。

郑州是欧亚公司平粤线沪陕线的交叉点，两架飞机同时离开郑州，我们清晰的看到那架银色单翼的蓉克斯巨型机，和我们分道扬镳，振翅向秦岭，丝毫没有再回来和我们同飞一阵的意思。各人环境不同，目标不一，人事上总看到人与人间在空间和时间上的分离。

照中国的地势讲，从西北向东南飞，愈飞愈卜，航行愈平稳。反是，则愈飞愈高，气流常起重大变化，往往令人不舒服。郑州到太原，要斜过太行山，当日正午稍过，气候突变，蒙古方面冷空气南流，激成狂风，飞机抗风前进，忽高忽低，往往上下一二百尺，予人以不易忍耐之刺激。

太行山的东麓，相当算得整齐，东接一望无边的河北平原，照地质学的知识说来，现在的河北大平原，原来是古代的海面，因为西北高原诸水不断地冲积关系，构成现在沃野千里的状态。依照古代地理形势，古代的太行山就是海岸，现在从太行山流出来的几条大河，说不定当时在河出山口的地方，还是很好的海港。

太行山的脉势，仍然非常零乱，不过，比贺兰山要紧凑一点。我们从地平面看过去，好像太行山真是"一脉相联"，你如从上面看下去，这完全是被多年风化割裂了的高地。破碎的山头上，多半西北坡还聚着厚雪，好像夏天的女人斜戴在头上的白纱帽子，山沟和山顶上都没有什么农作物存在。因此我们很少看到有大的村庄。

郑州到太原，只有大约二小时的行程，不过，这次二小时似乎太长一点。下面发现一条河，就希望它是汾河，见到一块平原，就希望它是太原附近的平原。谁知过了山还有山，过了平原，还有平原，不过山势慢慢来得低些，平原也渐渐大些。终于汾河上游未解的冰滩，汾河东岸[①]的同蒲铁路，都一件件的出现。村庄也突呈稠密，渠道和阡陌，乃至于地上的杨柳，都

---

① 《国闻》版"东岸"误为"西岸"。

可以清晰的辨别，因为地势平坦，我们的高度减低了。

出乎我意料之外，太原城坐在如许广平的盆地里，更料不到市区里竖立着如许其多的新式工厂烟囱，同时我们更清楚的看到太原的市街是相当的整齐，城外有正太和同蒲两条铁路纵横着。城外乡村的风格，从建筑上，也显出山西乡村的古老与富厚，因为有好几十年，山西内部没有经过战乱了。这种现象，是陕甘宁青各省所不易见的。

### （二）太原印象

我没有料到太原飞机场，隔太原城有二十来里，所以没有事先打电报通知太原的朋友。飞机在太原上空绕了一圈，一直离城往北飞，让我感到奇怪，后来降落以后，才完全是荒滩一块，大风刮得飕飕响，黄沙浊土满面飞，机场上什么人也没有，只有航空站上几个人在风沙中办理飞机过站的手续。站上的工友没有受过相当的训练，只是望着飞机出神，而不知道对于上下客人应有的接待任务。我只好自己提了行李，经过野地，走向异常简单的村房，就是所谓航空站的地方。

幸而站上的工作人员，都是直接或者间接的朋友，他们还有一辆风烛残年的汽车，于是歪歪倒倒，在旧历新年中进了太原城。

太原是宋初北汉国所在的地方，从前读宋史，读到赵匡胤想攻北汉，而他的军师赵普却阻挡他那一段，颇有兴趣。这是差不多快要一千年的事了。那时赵匡胤已取得了以现在河南省为中心的一广大平原，立都于现今开封。那时山西境内有一个叫"北汉"的国家，和宋对立，赵匡胤想派兵去打他，把他平定之后除去西北后顾之忧，然后好进图长江珠江流域。他秘密到赵普家里去商议这件事情，赵普说："北汉的西面和北面，都是契丹等外族，我们如果灭了北汉，就要直接担负和这些外族冲突的责任，这太不经济。最好让北汉暂时存在，他去挡这些乱子，我们扫平了东南各国之后，然后再攻北汉，基础已固，也不怕外族了。"赵普可谓老成谋国，为赵家利害打算，在政略上讲，不为不工。然而从民族立场讲，搁着外族不打，去兼并同族小国，这可以看出个人利害，或私集团利害，在和整个民族利害不一致的时候，一定是先顾个人。

这个话说起来不大冠冕堂皇，而事实上这是人类社会未曾逃脱的铁则。庚子八国联军之役，李鸿章对帝俄特别顾忌，联军统帅瓦德西认为这是李在满洲方面有广大之田产，恐怕被俄国没收的原故。我们看看最近英国人民外交趋势，也可以得到同样了解。显然的，大布列颠三岛的英国人，比较对于欧洲的形势关切些，对于斯塔林①，对于希特拉②的一举一动，都无不震动他们的心弦，因此倾向于联合日本牵制苏联的观念。然而在澳洲、印度和中国的英国人，他们在商业利害上，天天和日本冲突，所以反日的情绪很高，比较赞成相当扶助中国现代国家的建立。

对于中国现阶段的政治现象，也要用这种基本原则来了解。因为这不是理论上对不对或者道德上该不该的问题，这是人类本来的事实。

对于东北四省的悬望，流落在关内的东北同胞，比全国任何地方的人民要急躁，守卫疆土的心情，晋绥人民要比其他各省要紧张。无他，利害所关，痛痒所在，非仅感情而已。

现在的太原，可以说是对外空气最紧张的地方，我到太原的时候，正是旧历正月十五日前后，一切旧式的游艺组织，如秧歌、高脚、社火、梆子戏等，都一齐搬了出来，热闹非常。但是这些旧东西，却完全换了新的内容。一种有组织的力量支配这些东西，他们歌唱和演戏的材料，或是已经改为抗日③救亡的题材，或者夹入许多抗战的唱歌和口号。这种做法，普遍到全省。

① 即斯大林。
② 即希特勒。
③《国闻》版"抗日"为"抗×"。《国闻》版"日"字皆以"×"代替。

山西不是一个简单的省份，而在理论上与实践上，都另成系统。自然就现阶段的国家政治环境说，山西同胞对于国家和平与统一之真诚，与全国各地同胞同其程度。而基于山西本身的利害，则有多少特殊的作风。

中国是"以党治国"，山西是"以团治省"。这个"团"是"主张公道团"。公道团以阎百川①先生为总团长，依县区村之行政阶级，而普及团之组织于全省。几乎把全省壮丁之有相当学识与能力者，都吸收进来。在行政机构之外，另立系统，对于社会与政治有强大之监察力与推动力。团内组织，多少采用共产党的组织法，故结构相当严密。公道团最初组织的目的，在对付由陕北渡河而来的共产党。共产党以经济的观点，划分社会阶级，如地主、佃农、雇农等，而公道团以道德作标准，分为好人、坏人、好官、坏官、好绅、坏绅。即以道德的阶级说，对抗经济的阶级说。

共产党退回陕北之后，绥远战事续发，政治形势变更，公道团开始转变以抗日为中心。后渐觉公道团机构庞大，运用不灵，乃选拔比较急进之青年分子，加上平津一带外来之急进学生，另组"牺牲救国大同盟"。以半公开之形式，散布各级组织于全省，担负宣传民众，组织民众，训练民众之责。此为山西最急进之团体。

基于山西当前的环境，有两大问题压迫山西，一个是对日问题，一个是陕北的共产党问题。为了对付日本随时可能的侵略，山西在这问题上，不能不有根本的决心，即所谓"守土抗战"的决心。"守土"即守卫山西及与山西有密切关系的绥远的土地，日本如侵入晋绥省境，即"无条件"的从事抗战。但如果日本不侵晋绥，则山西亦不采积极的攻击行动，所谓"抱定弱国态度"者，义即在此。在决心守土抗战，而外力暂告缓和时期，

---

① 即阎锡山（1883—1960），字百川。山西五台县河边村人。日本陆军士官学校第六期毕业生，同盟会会员，组织与领导了太原辛亥起义。民国时期，历任山西省都督、督军、省长、北方国民革命军总司令、太原绥靖公署主任、第二战区司令长官、山西省政府主席、国民政府行政院院长、国防部长等职。从辛亥革命始统治山西达 38 年之久。新中国成立前夕去台湾，1960 年 5 月 23 日病逝于台北。

则"加紧自强"，尤以"踢破经常范围"的方法来加紧自强。年来共产党已鲜明的走上民族革命的大道，西安事变之前，共产党的宣传工作上，带有"收复失地""立即抗日"等主张，共产党如果真正要照宣传的口号作去，红军又必须由陕北进入山西，山西当局，对于这一点不能赞同的。因此加强山西对外抗战的空气，消极方面无异减削红军要求进入山西的理由。同时在理论上，山西对"立即收复失地"，认为是过早的主张，必须在相当准备之后，始可以谈收复失地。在山西的术语说来，就是所谓"有条件的收复失地"。与"守土抗战"之"无条件"者，大不相同。

山西目前对外的政治主张，不只是切合于晋绥的环境，而且是和全国对外政策一致。在西安事变以后，和平统一运动具体推演后之共产党，要亦不能不赞成"无条件守土抗战"，和"有条件收复失地"之主张。

阎百川先生个人，我觉得是中国不易多得的富于经理天才的人物，他和记者谈应付国难之"物"的准备时，他提出他"加大预算"的主张。加大预算不是增加人民的负担，而是以"物产证券"的新货币制度，与"按劳分配"的新分配制度，加大政府经济机能，由政府统制全国经济活动。有详细计划，有集中目标的，作全国大规模的经济建设。（关于物产证券与按劳分配两点，我觉得值得国人详细研究——记者。）他列举各国预算增加情形：美国一九二五年度岁出为三十五万万美金，一九三六年度为七十六万万美金，日本一九二五年度岁出为十五万万日金，一九三七年度约三十万万日金，苏联一九二五年度岁出为三十九万万卢布，一九三七年度为九百八十万万卢布。他谈这些数目字，一点不加思索，并且随口把美金、卢布和日金，用目前比价，合成国币，来和我们国家的预算比较。太原新办有许多新式工厂，如毛织厂，纺织厂，出品皆甚好，正在建造的同蒲路，和即将完工的钢铁厂，这些企业，在金融上，经营上，工程上，市场问题上，无不受阎百川先生的直接指导，他那副头脑之精细复杂，实在是有如赵戴文①先生所说的："特别构造。"

阎先生曾在《中国的出路》一书中，讲中国历代统治阶级的心理，及其对国家之遗毒。以有长期统治经验的人，来讲统治经验谈，使人感到比书生有深一层的体察："观秦代统一之初，即销锋铸镞，焚书坑儒，纯为对内眼光。历汉，唐，宋，元，明，清，其手段虽有不同，而一以愚民是尚，仍为对内眼光则一。"又说："且由秦至清，愚民对内，仿佛如一贯政策，利用民智不开，以人民成一盘散沙为得计，当然谈不到民智，与人民的组织。……加以政治目的在对内，常所畏者，为民间之圣贤豪杰。故旷观此二千年中，所谓表扬贤者，率在死后。逆探其心，不过生前表扬，恐其得人心，以取而代之耳！至对豪杰，则以官职为笼络之工具，摆'夸官'，'游街'，'回避'，'肃静'种种官架，以致一般人皆以科举为阶进之手段，以作官为取得不作事尚可安享荣乐为目的。因是非特将公务员的责任心，摧残殆尽，并将负责与不负责的是非亦颠倒。……至于今日，新学说仅袭皮毛，虽科学其名，仍科举其实。国家社会维新不能收维新的实效，革命不能收革命的实效。……"

**（三）塞外归程**

两天半的太原停留中，多劳了太原朋友们。因为走的时间非常匆促，还有许多地方未曾详聆朋友们的教益，到现在还是一桩恨事。

环境催人，继续北征，嘟嘟车声，又转向雁门关头前进。

山西的公路，初修的基础相当良好，所以现在仍为西北各省首屈一指的公路。新修的同蒲铁路与同并公路（大同到太原）交错并行。同蒲路是小轨，小枕木，小路基，小桥梁，一切都显得小，显得年青，它和同并公

---

① 赵戴文（1866—1943），字次陇，山西五台东冶镇人。同盟会会员，国民党党员，山西辛亥起义的主要领导人之一。山西守土抗战和组织牺盟会的倡导者。1935 年，任山西"主张公道团"副团长。曾任山西省政府主席，国民政府内政部部长、监察院院长。

路比起来，年龄相差很远，然而它在交通运输的功用上，比公路就强过许多倍，正和新长成的青年女子，无论从美丽上，体力上，知识上，都比她的母亲辈要前进得多。

大同永泰街四牌楼（方大曾摄）

太原北出，路旁要经过十数里的新造森林区，初春的山西，青翠尚潜苞未放，枯寂的林中，显出各种工厂的围墙，黑的烟筒，大的标语，没有大烟筒的围墙中，大半是屯驻大军的兵营。这些建筑设计，是用平面的观点，所以平面看来，比立体看法要有景色些。

太原北面的关口，普通只知道一个雁门关，其实太原和忻县之间，还有一个石岭关。太原是一个盆地，忻县也是一个盆地，两个盆地之间，隔着一条高地，我们姑名之曰石岭山，这条山是水成岩和火成岩混合构成，煤矿出在水成岩中，此地水成岩层的方向，是南高北下，岩层的断面都在南方，采矿凿井即顺理成章，如从山之北坡凿矿，则须破层层石岩，费力多而收获少，因此这条山煤矿利益，因自然地理条件，为太原盆地的人所独有。

唐高祖李渊本起自太原。然而以后突厥[1]为害，唐兵即守石岭关以保并州（太原）。赵宋时对抗契丹民族，石岭关亦曾为重要防御地带。

山西最富足的区域，要算汾河流域。晋北渐呈山多地少之景，忻县盆地以北，公路东西两面的山势，相距渐近，从战争观点上说，晋北地理险于晋南，而从农业经济的观点上说，晋北比晋南要差得很多。

---

①《国闻》版和原版书"突厥"误为"厥突"。

困苦出英才，这是古今中外的定律。中国历代创业的皇帝和开国的豪杰，几乎全部是由艰苦患难中磨练出来，世界各国非常的政治军事人物，从安逸的环境中生长出来的，也几乎没有。山西的地理如此，所以晋南出的大半是经商有成就的人物，而统治山西的军政领袖，以晋北的人为多。

太原至大同六百余华里，汽车一日可到，午后二时左右即进至雁门山，离山南十数里地方，从车里看去，一条白色坦直的公路，直到山麓迷了去处，[①] 同时也看不到盘山的路迹，心中带几分奇迹的紧张。后来车从西北山涧谷道上升，谷将尽处，汽车随奇巧工程之大盘道登雁门山，工程之艰巨，与路基之安全，皆为不可多得。

山顶为太和岭，太和岭之东约二三里，为真正之雁门关所在，为大车与行人经行之道。宋代名将杨业（杨老令公）御外族于雁门关，统帅潘美失约不援，忌才害能，使杨业力尽碰死山中，万古同悲。北宋末叶，金人虏钦宗帝后北去，即渡雁门一道。长城在雁门山北麓，以石构筑，工程伟大，不减居庸关。山北有十二连营，在昔屯有重兵，山南亦有十二连营，为接应部署。[②] 长城外为一极目无边之荒滩，极似蒙古之风景，紧接长城边外，[③] 有大小不一之百数十土堆，形如古代陵寝区，而土人相传，则为杨六郎之"假粮台"，因宋兵与金兵对垒雁门关外，金兵知宋兵粮尽，攻击甚力，杨延昭乃多造土堆于营前，上覆粮草，故意使金谍见之，卒退金兵。

雁门关以北各县，虽仍属山西管辖，而风土人物，与关南大不相同，真正的山西人，应以关南为主。山西人北出雁门关，经营内外蒙古，初时多少带几分"殖民"的性质，后来内蒙经营成功，绥远一带成为山西经济重要的根据地，甚至有本末倒置之形势。故晋谚有："雁门关上雁难飞，

---

① 《国闻》版为"直到山麓藏了去处"。
② 《国闻》版随后还有"其重视可知"。
③ 《国闻》版为"紧接长城处外"。

归化圆宝如山堆。山西亢旱没啥事，归化一荒嘴揪起。"（"嘴揪起"，饿肚子也。）此谚虽难免有过甚之嫌，而雁门关外对于关内经济关系之重要，当可推想而知。

我们系夜间到大同，当夜与李服膺先生谈西安事变中，太原方面促成邓宝珊由兰飞陕经过，殊多兴味。缘邓与杨虎城关系甚深，其自身有眼光，有见解，而同时比较能以友谊的地位，对杨氏作有力之进言。然而兰州、西安间交通断绝，邓无法可入西安，于是由太原方面向中央商包飞机，飞兰迎邓。大家忧时情殷，切盼其成。李氏为此，当时曾亲赴太原城外二十余里之飞行场守办包机赴兰手续，至万事弄妥时，始行离去。平时为办飞机交涉之用此大员者，恐尚不多见也。

记者以三月初再到绥远，许多朋友都呈热闹后的空虚。盖绥局紧张时，大家有一种莫名其妙的情绪，支持自己。一面有无穷的愤慨，一面有一种混沌的光明，意谓仗打完后，似乎有许多不可理解的前途也。然而战事告一段落之后，若干中下级职员又堕入无生气的气氛中。"由奢入俭难"！热闹之后再过沉寂的生活，而且在热闹中所憧憬的民族生动的前途，现又成为淡影。所以多少表现几分无聊。

这时的绥远正忙着筹备追悼抗战[①]阵亡将士大会，我望着内蒙荒漠和大青山头，不禁起"朔漠茫茫，空山寂寂"之感。记者因事未能留绥参加追悼，而觉得阵亡将士之英烈行为，将与大青山并垂不朽。后世过客凭吊大青山边，当如戚继光所谓[②]"惨惨风云，过客下群猿之泪。悠悠气烈，汗青扬万古之芳"[③]矣。

由绥回沪过北平时，闻北平青年界已因西北和平统一运动之发展，停

---

① 原版书"抗战"误为"挺战"。

②《国闻》版为"诚有如戚继光所谓"。

③ 借自秦腔《戚继光斩子》：惨惨风云兮悲过客，泪下群猿兮泣滂沱，悠悠气烈兮照汗青，丹心万古兮水扬波！

止过去之自相残害政策，而期待一种新运动的开展。我自己也感觉中国已走上划时期的新政治阶段，北平青年界的转变，我们愿给予诚恳的时代的同情，同时，我还希望北平青年界能更进一步的提供一种新的青年运动纲领。在合于时代需要的前提之下，从新展开积极的青年运动！

我们老于北方生活的人，看惯了外国人的大炮，听熟了外国人的枪声。然而绥战以后，浮面的浅薄文章时期，已经过去了。目前是相当沉闷，今后的剧本恐怕不演则已，要演起来，就不是那样平淡的做法了。这回穿过河北大平原时，感触特别不同。宋元祐年间，苏轼曾作定州知州，他有一段文字记述当时河北民间武装抵御外侮的组织和活动状况："今河朔西路被边州军，自澶渊讲和以来，百姓自相团结为弓箭社，不论家业高下，户出一人，自相推选，家资武艺众所服者，为社领社副录事，谓之头目。带弓而锄，佩剑而樵，出入山坂，饮食技艺，与北狄同。私立赏罚，严于官府。分番巡逻，铺屋相望……遇有紧急，击鼓聚众，顷刻可致千人。器甲鞍马，俨若寇至。盖亲戚坟墓所在，人自为战，敌甚畏之。"北方现在的环境，比较元祐时仅有契丹之患者，还要严重得多，在方法上我们因为有新的社会事实，当有不同打算，然而却万万不能用"亲善"的空名，自己麻醉，同时麻醉了一般人，大家毫无实际准备，将来同归于尽。①

（二十六年三月二十一日于上海）②

---

① 原版书对本文最后一个自然段做了改写。《国闻》版末段如下："很久以前，我很想对于中国几条铁路，提出改善的意见，既是包括夜间开行时间的长途列车，如沪平通车等，应办'三等卧车'。因为夜间睡觉，为人类基本权利之一，无工作而坐以达旦，实有非常痛苦。我们晨间如果从头二等走到三等车厢，就可以看到那些客人，没有不是神志昏迷，面目劳乏的。在沪平通车中，甚至连着牺牲两夜睡眠，这无异两夜之惩罚，我们希望全国铁路也如平绥和浙赣路一样，增办三等卧车。"

② 《太行山外》1937 年 3 月 21 日完稿于上海。1937 年 3 月 29 日刊载于《国闻周报》第十四卷第十二期，原文题为《山西纪行》。

## 第六 陕北之行

### （一）西安里面

此文系就以本年二月中旬时之情况记述，现在局面已较前大有进展，如毛泽东代表共产党声明服从三民主义，红军之具体改编等。而且此种阴郁政治局势之揭开，只是时间问题，并料本书出版之时，隔大局之清朗化已不远，故一并刊入，[①] 以供留心时局者之参考。

谁都知道"双十二"以后有重要共产党人入西安，甚至于认为"双十二事件"完全是共产党操纵的局面。所以事变后许多人恐怕蒋委员长被挟往陕北，则情形将更棘手。总之，稍为有几分政治素养的人，对于陕甘大局，比较看重共产党在其中的关联。

记者于事变后奉社命从绥远到兰州，因已确知周恩来在西安，而且知道[②] 西安附近，曾到过彭德怀、贺龙等的部队，我很想借此机会，会会这般神秘的人物，一探政治的[③] 究竟。

二月二日到西安，被突发的事变关在城门外，三日进城，一般人风声鹤唳都在怀疑共产党，我也有几分相信。但是西安的朋友，真正见过周恩来的，还是不多。

四日午后经朋友的介绍，我们在杨虎城公馆看到周恩来先生，他有一双精神而朴质的眼睛，黑而粗的须发，现在虽然已经剃得很光，他的皮肤中所藏浓黑的发根，还清晰的表露在外面。穿的灰布棉衣，士兵式的小皮带，脚缠绑腿，口音夹杂着长江流域各省的土音，如果照普通谈话的口音判断，很有点像江西人。

---

① 《国闻》版为"为时已不再远，故简要报告"。
② 原版书"知道"误为"知到"。
③ 《国闻》版无"的"字。

"我们红军里面的人，对于你的名字都很熟悉，你和我们党和红军都没有关系，我们很惊异你对于我们行动的研究和分析。"握手后，他和蔼的开始谈话。

因为旁的事情，我们当天不能作详尽的谈话，我们约到第二日作竟日之长谈。谈话的题材，当然首先是关于西安事变。

陕北红军问题之由军事的走向政治的，还是中央开

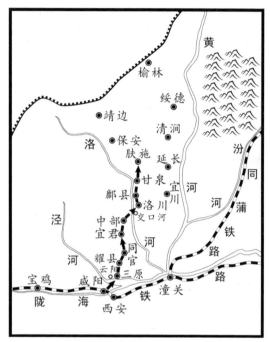

《陕北之行》记者行经路线图（彭海绘）

的端，二十四年冬中委 ××，奉命由西安飞肤施①转入红军区域接洽，即为观察红军之动向者。那时肤施前线为东北军王以哲部，此事遂壮东北军与红军自由接洽之胆。王以哲首先与红军干部发生关系。二十五年夏季，②张学良乃与周恩来在肤施正式见面，讨论张所提出之两大问题：第一，蒋委员长与抗日关系问题；第二，用法西斯方法谋中国之统一问题。周对第二点认为难能成立。因为无论名义如何，中国在实质上难有法西斯政治之存在。至于前一点，共产党由土地革命的阶级斗争，转到各党派联合抗日的民族革命，已经变了一步。但是那时共产党的"抗日"，还是"反蒋抗

———————————————

① 今延安。古代地名，古肤施在今陕西榆林市南鱼河堡附近。本书所说的肤施即今延安市宝塔区。从宋朝起延安府的首县就是肤施。民国撤销州府，废延安府，将肤施县改为延安县。但是民间仍习惯将延安县叫肤施县。1936 年 12 月 12 日西安事变爆发后，张学良为加强与中共及红军的合作，将东北军的防区——肤施送给红军。1937 年 1 月中共中央进驻肤施，后改名"延安"。1937 年 9 月成立陕甘宁边区。

② 即 1936 年夏。

日"，即要能"抗日"，必先"反蒋"，即不推翻蒋之统治，无法抗日。张周见面之后，张之见解，以为"抗日"非"拥蒋"不可，不拥蒋，无法抗日。而对蒋委员长之艰难计划与准备，就其所知者以告周，颇使周发生相当影响。

共产党在陕北之中央委员，已不足法定之全体会议人数，临时最高之决定机关为中央政治局。中央政治局得到周恩来之报告，引起极大之论辩，结果，参考张学良所提供之新材料，与将国内外大势重加研究的结果，认为有转而"联蒋"进至"拥蒋"之必要。

这样转变的政治路线，就是"统一的民族战线"，对内主张和平统一，对外主张团结御侮。

基于此种根本政治立场，共产党乃力谋对国民党之政治妥协，化除彼此间绝对的政治和军事的对立，张学良与周恩来正式接洽之后，共产党意中希望以张学良为媒介，以与蒋委员长协商，谁知张学良之政治技术运用未能灵巧，终于爆发了出人意外的"双十二事变"。

张杨对于"双十二事变"，认为是"兵谏"，一部青年群众认之为"革命"，谓为抗日的第一步。共产党当"双十二事变"发生时，中央机关还在陕北保安，他们得到事变的消息，许多人最初一秒钟的决定，是感情的报复主义，主张派人入西安，速蒋之死。然而接着是理智克服了感情，认为张杨如此做法，殊欠妥当。盖"双十二事变"，既非如帝俄时代群众革命之打倒沙皇尼古拉，又非类似滑铁卢战争之俘虏拿破仑，此仅以一种不光明不道德之"军事阴谋"，劫持领袖。第一，与中国当前团结御侮的需要相反；第二，构成今日蒋委员长之政治理论，政治组织和一百余万之中央军，仍然健在。则此事之前途，只有发生更大规模更长久之内战，对于国内和平统一，将致背道而驰，愈跑愈远。但是既然木已成舟，理论上的问题已经无用，当速谋补救的办法。周恩来系于十二月十六日由肤施乘张之波音机到西安，即向张陈释蒋之必要，同时更亲自与羁陕中央要员见面，作各种政治协商。

十二月二十五日蒋突在张陪送之下，飞出西安。许多青年群众，突闻此事，大为震动。比较消息灵通一点的少壮军人，非常不满意周恩来这种做法。

张同蒋到京之后，即未西返，东北军少壮派之感情，极度不安，又闻张学良被审消息，群情更哗。而和平初步办法，已商有成议。周恩来为主张接受和平条件最力之人，"双二"事变，打死王以哲之后，周自己似亦因此不得不移住作为临时租界的杨虎城公馆。

关于第三国际对于中国共产党转变，采何种态度问题，周恩来谓自第六次大会以后，第三国际曾决议各国共产党应注意各该国之民族性与地方性，七次大会以后，此事更无问题。

至于若干人主张之"立即抗日"与"反准备论"，周谓为皮毛之见。无计划的、无准备的对日作战，是自取覆败，不过，准备应在对内不战争，而在和平统一条件之下，始有其意义。

他说共产党此时之政治目标，在争取党的自由，希望不至于再被任意逮捕，政治上希望慢慢走上民主的道路，则共产党放弃反对国民政府的武装暴动，取消苏维埃，同时红军取消名称，并服从国民政府军事委员会的领导。

他们对于张学良个人，认为他是非常聪明与勇敢，政治感觉异常敏捷，可惜经验不够，弄出"双十二"这样大乱子来。

因周恩来先生的介绍，到西安新城后面七贤庄[①]从前一位德国牙科医

---

[①] 原版书将"七贤庄"误为"上贤庄"。1936年4月，原驻东北军的中国共产党代表刘鼎根据周恩来的指示在西安古城内租用了七贤庄一号，作为中共的地下交通站和办事处。当年12月，西安事变和平解决后，这里成为半公开的"红军联络处"。1937年，抗日民族统一战线成立后，中国工农红军改编为国民革命军第八路军，原"红军联络处"也改名为"八路军驻陕办事处"。

生的诊疗所去看叶剑英先生。无疑的，这是一个共产党当时在西安的半公开机关。仅仅一层的西式洋房，大门进去，有一个小小天井，正屋里有许多青年人紧张的工作着，有的从这个屋，走进那个屋，有的聚在一块谈话，有的很忙碌的操纵无线电，这部无线电机似乎专为秘密工作用的，天线没有显在外面，同时发报声音很小。这群人的服装，非常随便，仪貌上除了热烈的表情外，没有什么严格的礼节。

"剑英！"周恩来向着一位正在纷忙的人招手。

随着周恩来的招呼声，一位三十左右，精干结实，相当瘦长，穿学生装，戴八角帽的汉子，和我一齐进入一间小办公室里。

叶剑英的风度，有几分西洋人味道，广东东江人的口音，还多少存留在口边。民国十六年广州暴动的基干是那时张发奎先生的教导团，而叶剑英是张发奎最相信的参谋长，同时亦为策划与指挥广州暴动的最中心人物，张发奎先生事前对叶毫不疑惑，依为腹心，则叶之政治军事技巧，不能不称为相当老练。

"双十二"之前，叶曾应张学良之邀，秘密来西安，住张学良公馆附近，与张研究东北军之改造问题，叶对于东北军之政训工作提出意见。他之说法，很使张学良受影响。

他那时认为政治的统一战线成功之后，共产党对红军之政治领导，仍然存在。因为如果开始了抗日战争，军队政治工作应有加强的必要。

"双十二"以后，从北方来陕的某几位最左翼政治人物，曾到西安，极力反对和平妥协，周恩来为此和他们辩论很久，结果是各行其是，[1] 二月二日事变之发生，在思想上很受这般人影响 [2]。

---

[1]《国闻》版为："从太原来陕的张慕陶，极力反对周恩来之和平妥协办法，他主张维持'抗日联军'，召开和平会议。周恩来为此和他们辩论很久，结果是各行其是。"张慕陶（1902—1941），原名金印，化名张慕陶等名称。陕西三水人。早年加入中国共产党，后被批为"托派"。被俘后于1941年1月5日被蒋介石下令枪杀。

[2]《国闻》版为："二月二日事变之发生，在思想上很受他（指张慕陶）的影响。"

对于是否即刻对外战争问题，周恩来谓红军不愿过早挑动对外战争，因此红军入山西之后，虽倡"过境抗日"之口号，而并未全力出绥远，原因即在乎此。

**（二）万里关山**

西安政局，既已开展，记者又奉命入陕北。二月六日在博古[①]先生和罗瑞卿先生陪送之下，开车直驶肤施（延安）。两辆载重车，载些鞋子衣服等，我和博古车上，装了一车的"左派幼稚病"小册子，最重要的是从紫金山那面飞来的几十万法币。同行有西安新闻界和学联的朋友。

那天城内外的东北军和陕军都在纷乱的撤退，汽车大车牛车毛驴，什么交通工具都有。而运送的东西则从军火军实至破铁炉子也全带上，真是彻底的搬家，秩序异常零乱，大概撤退命令太仓促一点。陕变主力的特务团士兵，更是无精打采的退出西安，低着头，倒拿着枪，好像不胜颓丧的样子。

路上和博古先生谈起天来，他曾一度作过中国共产党总书记，现任中华苏维埃政府西北办事处主席，"博古主席"在苏区是很有力量的。他今年刚才三十岁，身材中等，很有学生活泼气。我们首先谈战争，特别是关于红军行动经过。

五次"围剿""广昌大会战"之后，陈诚将军取得重大的胜利，震动了整个的中央苏区，朱德、周恩来和博古三人退到战场南面一间小村中，商议今后的办法。红军主力牺牲很大了，主要战场破坏了，再度决战的前途是相当可怕了。后来毛泽东赶到，细加商量，乃决定"突围而出"！

围是突了，沿途所遇到的困难却非常之多，单是沿途所过的大河，已

---

① 博古，即秦邦宪（1907—1946），江苏无锡人，中国共产党早期领导人。1931 年 9 月至 1935 年 1 月，秦邦宪主持中共中央的工作。西安事变爆发后，秦邦宪与周恩来等人赶赴西安，促成了西安事变和平解决。1946 年 4 月 8 日，秦邦宪、叶挺、王若飞等人因飞机失事而遇难。

就可观了。他先说"过乌江"。那里没有桥，渡船也被省军破坏，水急而深，又没有普通架桥材料，大家到了河边，皆望河兴叹，河那面还有人把守。后来刘伯承赶到，乃集中所有工兵人材，尽力想法。首先泅水过去十几人，赶走守兵。然而各种架桥尝试，皆告失败。乃发动工人伐竹，削竹为篾，绞篾成索，编篾成筐，以索系筐，筐内盛石，抛入水中为锚，作成急水中架桥之基础，然后编竹为筏，以锚牵筏，联筏为桥，而乌江天险始得渡过。

过了乌江，是直进川西南，川军郭勋祺守着土城，彭德怀去进攻，据侦探报告是二旅，以为满可以打下，谁知越打越多，打出五旅来！老彭损失不小。郭勋祺作战颇为沉着，他们在后面用望远镜看郭勋祺的后方，有几次都有动摇模样，然而皆被郭勋祺镇定了下来。

金沙江之偷渡，亦甚有趣，后面追迫很紧，他们乃以少数部队佯走大渡口，而大部急走小渡口，小渡口是某土司所辖地，他已奉令将船只靠在北岸，南岸红军无法渡河，后来捉着了土司的"文案"（书记文牍之类），用他出面叫船，船夫不察，放船南来，才算混了过去，而大渡口的部队，亦飞速转到这一路来。因为船少人多，他们曾用粗布为链，想架索桥，结果是布力太弱，不能胜重，完全失败。

金沙江曲之中，会理、西昌一带有未开化的夷族[①]，他们的社会经济还在游牧时代，捕获外族的男子，有时杀戮；有时收为奴隶（称为"娃子"），利用其劳动力。红军的开路先锋走到森林里，被他们突如其来的打死将近一百，而且死得很惨。因为夷人对付人的方法，是很原始的。刘伯承[②]对于西南情形很熟悉，还是他出来办交涉，和黑夷首领吃血酒，相约各不相犯，即古代春秋战国"歃血为盟"的办法，这种迷信方法对他们很有效的。

石达开将军从东南经西南绕出西北的伟大军事企图，是失败在大渡河

---

① 即彝族。

② 原版书误为"刘伯诚"。

边，我们"策马渡悬崖，弯弓射胡月"①的旷世英雄，就在这里遁逸他的踪影。石将军最后的停住处是大渡河边的安顺场，而今这般红色好汉也继石将军之后而来了。大渡河也和对付石达开一样的涨起大水，河上是没有桥，船也被封走了。河对面是杨森一营的军队布开着，后面呢？遍地的原始黑夷，退也成问题了。谁知安顺场团总还有一只船，靠在南岸，他准备红军来了以后再跑的。然而笨拙的团总行动太迟了，红军先占了他的渡船。然而，河水太大，无人敢于划船。乃重价征船夫，每人划对河一次，代价②一百元。重赏之下出勇夫，居然有人出来应命。但风大水急，巨浪滔天，船几累覆。这样渡过十数人，出不意袭败杨森之守兵，乘势直奔川康孔道之泸定大桥，大队亦从南岸星夜向泸定桥前进，前锋至时，桥上木板已被拆去一半，先锋乃攀铁索而进，以攻拆桥之守兵。守兵为此种超常之战③斗行为所慑，呼"愿缴枪"，而铁索上人之答覆是："不要枪！要桥！"盖此桥为近十万人生命所关也。

最后一次险地，在甘肃岷县境白龙江上拉子口。白龙江上游是雪水流石峡中，水中无船，且寒不成泅涉。拉子口两岸绝壁，在绝壁上凿石开小道，至不能再开处，乃架一木桥至对岸绝壁上，仍沿壁凿小道，以通于平地，故此地如将木桥拆却，十万大军到此，亦只好徒呼奈何。甘肃方面守兵，仅置一班人于桥之两端碉堡内，桥亦未拆，而戒备松懈，故被红军奇袭，遂过最后之天险。

咸阳至三原途中，遇到许多徐向前旧部，他们是被胡宗南、关麟征腰击而没有渡过黄河的队伍，现归萧克率领着，他们多一半是四川人，听不懂博古的话，我还作了一次翻译。

---

① 参见《沉静了的绥边》的《绥东怀感》中石达开诗注释。原版书引文为"勒马渡悬崖，弯弓射明月"。
② 原版书"代价"误为"价代"。
③《国闻》版脱漏"战"字。

西安、三原间，要经过三个渡口，第一是渭水，有桥可渡。第二是泾水，有船可渡。第三是泾惠渠，那时可以涉水而过。路上往来的车辆很多，因为撤兵的原故。

三原附近，零星的住些红军，黑军衣黑军帽，帽上有红星，是他们外形的特点，他们多半是年青沽泼的人。普通军队的形式军容，看来他们很不注意。

那时三原城，成了小西安，许多西安原有的团体，如全国救国会、西北救国会等都移到三原来了。许多青年都纷乱的向渭河北岸三原一带跑，他们对于中央军入西安有些过分的恐惧。

因为等保护的部队，恐怕路上遇到土匪，费去很多时间，当晚住三原。大饼和开水解决了晚饭，一间小客店的小屋土炕上，还睡着我和博古两个人。

傍晚在三原街上还遇到叶剑英夫妇，他是到附近二十里云阳地方的彭德怀那里去，他穿着学生服安闲在街上走着，谁也难看出他是作战异常果断的旧任红军参谋长。

我们坐的那辆车子，是红军自己买的。在西安事变前十个月，已经挂着王以哲军军用车牌子，在西安延安间往来运输，西北之必然会出乱子，已不是西安事变前短时期之酝酿了。

博古那时谈红军将来之地位，谓名称编制更易之外，原有领导干部应维旧状，政治委员可以由中央派去。因为政治委员的制度，来自苏联，苏联革命初期，红军缺乏军事人才，故不得不利用有军事技术之旧军人，而用忠实党员为政委，居监军的地位。中国红军之军事干部皆为党员，故不必要政委也。

七日起身，各人自己收拾行李，不出十五分钟，博古的行李已自己弄好了，这是长途行军练成的。汽车夫反而落在后面。

同店有位六十八岁的老人，他要去当红军。他无论如何吃不消的。理由是他在西安参加过救国会，他听说恐怕将来"不得了"！

三原北去有许多台状地带，九十里至耀县[1]。耀县城外有一座新式大木桥，桥基坚固，桥身宽敞，有些重要国营公路还不及它，陕省公路建设当局，至可敬佩。

县城里有许多红四方面军的人，他们过半是单裤，最多不过穿棉衣，问他们，答案是："穿[2]多了不好跑路。"我们穿双层皮的人，完全是平日少锻炼之工了。

城内商业照样维持，原因是红军对于社会秩序，已采取维持现状的态度，他们行动的事实，已在商民中建立信仰。

三原到耀县从前架有轻便铁道，供陕北"剿匪军"运输之用，现在和平解决后，这条铁道是无的放矢了。

同官[3]以上，进入山地，所谓[4]"北山"区域，从此开始，陕北和关中就在这里分界。同官至宜君完全在山沟里走，有好十几座水门汀桥，修得整齐美观，皆陕省建设之成绩。沟尽，山行不远，即到宜君。

不妙的是在不到宜君十里左右油房台山上把车坏了一辆。只好放下些东西，把人先用一车带走。

坏车处，小山村老妪出来关照我们："诸位老爷以后过车，请留心我的孩子，不要把他压着了！"她不问我们是如何来历人，专是想到她自己的事，专为她自己打算。一切皆为自己打算，这是人生和宇宙的大法则的流露，也就是"约法三章"和"为民请命"这一套所以成功的原因。

---

① 今铜川市耀州区。

② 《国闻》版脱漏"穿"字。

③ 今铜川市印台区。

④ 《国闻》版脱漏"谓"字。

宜君位于山上，小得可怜，开水无地喝，而鸦片则到处皆有。县政府又在县城山头上，这完全是古代战争城堡的修筑法，不合于经济生活的原则。

七十里至中部县①，穿城不过半里，和宜君有难兄难弟之分。宜中两县都在破碎的黄土高原之中，陕北贫瘠本相，全此一目了然。

车到洛河渡口名交口河地方②，大冰冲坏了便桥，过不去，而修桥亦非短时可能。我们一面派人至洛川打电到肤施要车，一面寻附近村庄过夜。破土窑洞里，又成了高谈政治的地方。

红军士兵的生活，仍然比官长要苦些，不过和旁的军队，程度有差别，将来军费充足后，相差的程度怎样，还待事实的表现。

涉冰过洛河③，八日住洛川，县城在原上，张学良指挥"剿匪"，曾坐镇于此，今则红星帽士兵随处可见。红军初到陕北时，不懂方言习惯，他们夜间驻营，总向民间借门板等作卧具，所以常向妇女说："老板娘！你的板子借我睡一下。"她们必起异常羞惧与不安，答应一个"不！"字。当然这边再行说明理由的继续要求："板子睡了退回你还是好的！没有关系！"而他们所得的回覆是"我怕！"原来陕北所谓"板子"是指女人特有的生理部分，当然她们不能随便借给人睡了！

红军的政治工作相当成功，送我们的士兵，谁也可以讲一篇大道理，"帝国主义""殖民地""革命"……无比其多的新名词，他们讲得无不顺理成章。俨然受过多年政治教育。

这些年轻的红军官兵，说起打仗完全是儿戏，没有紧张意味。好像中学生谈赛足球，李惠堂那一脚踢得如何有劲，叶北华如何传了一个好球。

---

① 今黄陵县。

② 今交口河镇。

③《国闻》版"洛河"误为"洛川"。

少年和青年人的精力充足，只要燃起政治的火焰，他们的战斗力是无限充盈的。

在洛川县政府里过夜，木炭余烟，把我昏迷了过去。我心里明白，只是动不得，说不出话来，而且呼吸急促得快要不能继续。我感到危险，拼命挣扎，好容易滚下了床，开了门，爬到室外雪地呼吸冷空气，几分钟后，才恢复了清宁。几乎走上丁文江[①]先生的老路！个人生命实在容易毁灭，不及时作些事，很快就告结束了。

晚间曾大雪，九日赴肤施途中，只见大雪盖满山谷。汽车经行破旧的黄土高原，上下三个峻急的山坡，不是机器完好的汽车万万上不去的。

鄜县[②]城外汽车站旁，有飘红旗的红军联络站，他们相互间"同志""同志"的称呼，态度非常亲切。

鄜县北行不远，公路旁有泉水涌出，结冰盖路面，下临高崖，滑溜可怕，车行其上，直赌命运。此后道路，乃顺洛河东岸北进，以趋甘泉。河东西山头上尽为碉堡，村庄墙院亦已完全碉堡化，皆东北军"剿匪"时之陈迹，而今大有人去楼空之感矣。

甘泉县不及内地中等村庄之富厚，城内房屋凋零，人家无几，县长无多少事可做。盖鄜县以北，已成苏区，田地皆经分过，另有苏维埃政府管理，县府连钱粮等亦收不到，县府经费，全恃省府津贴维持。

午尖于甘泉红军联络站，腹饥甚，面条煮好，皆虎咽狼吞。

甘泉是过去"剿匪"大战之场，东北军某团长被擒的榆林桥，何立中阵亡的劳山，红军中人皆为我们指手划脚而道之。

甘泉再北去肤施，路与洛河分离，另遵谷道进，谷中平日有四川人利

---

① 丁文江（1887—1936），字在君，江苏泰兴人，地质学家、社会活动家。中国地质事业的奠基人之一。1936年1月5日在湖南谭家山煤矿考察时因煤气中毒逝世。
② 今富县。

用山中泉水种稻。谷尽，过富有森林之山峡，出峡，顺北谷下，沿途人家稀少，土地荒芜，村庄残破，无一不象征大兵之后者。沿途标语，极为划一，有"统一战线"标语，有"一致抗日"标语，"有改良工农生活"标语，最多不过十几种。绝无反国民党，反国民政府，及反对蒋委员长标语，"打倒土豪劣绅""平分土地"的标语也没有了。

将至肤施，遇到近百的徒手红军，系下乡打柴作燃料者。服装残破，单裤居多[①]，十四五岁小孩不少，他们在路上到处打打闹闹开玩笑。

### （三）肤施人物

抵肤施，先至城外外交部接洽，旋入城，满街是黑衣红星青年人，服装较外间为完好。商业亦较热闹。下车至红军大学休息。

红大，那时已改为"抗日军政大学"，校门上贴了许多欢迎我的标语，因为中国新闻界之正式派遣记者与中国共产党领袖在苏区公开会见者，尚以《大公报》为第一次也。标语中有一条是"欢迎××先生，中国人不打中国人！"我看了有几分不好受！

校里首先遇到的是林彪先生，现任红大校长，对我要算地主之地主了。他是三十岁刚过不远的人，穿一件灰布棉大衣，中等身材，冬瓜脸，两眼闪烁有力，说话声音沉着而不多言。不过，无论意见与用词上，他的立场很坚决，一点不放松。他领我去看他们学生的活动，有些在打乒乓，有些在打篮球，教官们和他们混在一起，没有人介绍，很难分别，因为服装都是一样的不好。寝室内务，不大讲究，官长学生之间，也无多礼节，他说他们不赞成形式主义的。自然他们是以苏联红军作蓝本，而苏联红军的兵学原则，是法国拿破仑的遗留，重自由，重活泼。和德国兵学派的重形式者，完全相反。日本学德国，中国有些部分又是学的日本。红大的教育方

---

① 《国闻》版"居多"误为"居冬"。

针，是自动多于被动，讨论多于上课，室外活动很注意，每日上课时间，最多不过三四小时。

其次和我见面的是宣传部的吴亮平先生。他小小个子，清秀的面庞，无论他吃过多少苦头，还保留着书生面目。他的外国语文很漂亮，苏区对外英文广播，就是他担任。他说话是清晰、明白、有系统，并有平和而坚定的见解。美国记者施诺（Snow）[①]入陕北，就是他给毛泽东作翻译。他是一位漂亮的宣传家。

随后廖承志来了，这是廖仲恺先生的哲嗣，何香凝先生的痛爱者，他会好几种外国文字，会画，会唱，会写，会交际，而且会吃苦，这是红军中多才多艺的人物。《红色中华日报》现改为《新中华日报》的就是他主编。

刘伯承一会儿来了，身体看来很瘦，血色也不好，四川人有这样高的个子，要算"高"等人物。他之有名，不在到了红军以后，西南一带，对"刘瞎子"的威风，很少人不知道的。他作战打坏了一只眼，身上受过九次枪伤，流血过多，所以看起来外表不很健康，然而他的精神很好，大渡河也是他打先锋。行军时，飞机炸弹还光顾了他一次，幸而不利害。他在莫斯科曾经令佛洛西诺夫[②]敬佩过的。"红军总参谋长"是每个红色战斗员都知道利害的。

天已黄昏了，屋内地上燃着火，再进来一位老者和中年汉子模样的人，前者是林祖涵[③]先生，后者是朱德先生，林先生真是老而益壮，朱德已有五十多岁了，而面目仅如四十岁人之健壮。他说他每天打篮球，说话完全四川音。"半生军阀，半生红军"，他自己笑着自道。他说红军作战没有什么秘诀，只是政治认识透到每个战士，和群众基础工作得到许多便利。

---

① 即埃德加·斯诺。

② 即苏联著名元帅伏罗希洛夫。

③ 即林伯渠（1886—1960），湖南临澧人。1921年加入中国共产党。新中国成立后，任中共中央政治局委员、中央人民政府秘书长、全国人大常委会副委员长等职。

悄然出现的是丁玲女士，我们是初见，而不想到见面在这样地方。她打算在陕北搜集些材料写东西，将来当有些特别的东西出现。

现任中共总书记张闻天（洛甫）先生戴着不深的近视眼镜，出现于人群中，他的谈风轻松精利，不似曾过万重山者。

最后到的毛泽东先生，许多人想象他不知是如何的怪杰，谁知他是书生一[①]表，儒雅温和，走路像诸葛亮"山人"的派头，而谈吐之持重与音调，又类三家村学究，面目上没有特别"毛"的地方，只是头发稍为长一点。

同毛泽东先生进屋的，还有一位年近古稀的徐特立先生，他公然从江西走到陕北，这是了不得的事件。

围炉坐着一大圈，谈话的火线，打得很紧。以后中国的政争，最好也用这种方式，大家不要动武，免得老百姓遭殃。关于和平统一后之党和军队问题，那时他们的意见，还是主张维持原有的组织和系统。

那晚的宴会，也有海参之类，大概是招待"布尔乔亚"[②]的，他们平时吃这些东西，恐怕太不易找到了。宴会中，只有张国焘先生没有来，说是病了。饭后，我特去看他，因为我次晨要走，不看他一次，觉得很抱歉。他现在是红军总政治委员，我们去时，他果然已经睡了，他立刻起身，咳嗽很凶，他的风格带严肃性，深沉性，这是另一作风。

然后赴毛泽东窑洞作竟夜之谈。[③]到时已夜十时。

他那个窑洞内，除了一个大炕之外，还有一张木椅，一张桌子，一条木凳，一盆木炭。木桌上放了许多纸条，还有经济学和哲学书籍，桌上燃起油烛。他对于窑洞发生了感情，因为它冬暖夏凉，适宜居住。他说薛仁

---

① 原版书脱漏"一"字。
② 英语 bourgeoisie，来源于法语，指富有的中产阶级。
③ 范长江与毛泽东会见的窑洞在延安凤凰山下，今为延安凤凰山革命旧址。1937年1月至1938年11月，毛泽东在这里居住。毛泽东旧居在北院。北院分前后两庭院。后院有三孔石窑洞。西南边的窑洞是办公室兼卧室，东北边的窑洞是书报室，中间的窑洞是会客室。

贵回窑回的是这种窑，不是南方的砖窑。他因为过去行军作战关系，作计划下命令，都是夜间，于是白天在卧式轿里睡觉，夜间才紧张的作事，弄成和我们新闻编辑一样的日夜颠倒。他用脑过度，脑血管膨胀，经常兴奋，不容易睡着，神经受点影响[1]。如果在行军时，身体有劳动机会，睡觉可以好些。他平常很爱读书，外间舆论的趋势，他很清楚的和我谈论。

他最喜欢谈战略，他在红大教战略一科，说到战略问题，精神特别好了起来。他说五次"围剿"中他们失败在不应当广昌大决战，不应和陈诚先生指挥的主力硬拼。应当暂时放弃苏区，分红军为四路，猛出杭州、苏州、南京、芜湖四点，施以佯攻，以诱动江西兵力，然后择弱点一战，胜而后回江西，再突破弱的方面，则苏区可以保全。不得已放弃江西之后，最初的目的地是湘西，并不敢预定说能到遥远的西北来。先命萧克去探路，只想从湘西凭借贺龙偷渡长江的技术，从三峡区域，北过长江，再图发展。谁知追兵[2]太紧，湘西不能立足，乃想图贵州，贵州四面受敌，而且太穷，乃转而想从四川西南转入川西北之松潘一带，暂驻以观形势。土城一败，逼得走云南川边，辛辛苦苦到了川西北，乃是蛮荒千里，不宜居人，且松潘要地已入胡宗南手，不得已始出甘肃到陕北。他们入山西是政治的目的，不是军事目的，中央军那时如果不自东压迫，他们将割汾河流域沃野，一面补充自己，一面激动全国对外空气。徐海东之由陕南经陇东入陕北，乃偶然作成中央红军之向导，并非如萧克之有预订计划。至于红军大会合于会宁静宁海原一带之时，进攻目的在宁夏，西连甘凉肃州，确立西北根据地，徐向前过黄河，义即在此。"双十二"以后，政治形势变动，这些都用不着了。

他以为共产党的要求，希望中国走上宪政民主之路，以民主求统一求

---

[1] 从原版书。《国闻》版为"神经受点影响不容易睡着"。
[2] 从原版书。《国闻》版"追兵"为"追队"。

1937年3月29日毛泽东写给范长江的亲笔信

和平。和平统一之后，始可以言抗日。故为实现民主政治，共产党当可放弃土地革命，苏维埃和红军的名义。中国将来当然会成为资产阶级的民主政治，但是共产党不放弃工农生活之改善运动。这当然是共产党爱国主义的新转变。有人反对共产党谈爱国主义，他以为是不彻底懂得马克思列宁主义。马列主义是反帝国主义的，在半殖民地的国家提倡爱国主义，本质上就是反帝国主义的。他们停止阶级斗争的原因，是因为半殖民地的中国，外在矛盾，大过内在矛盾，所以缩小内在矛盾，先解决外在矛盾。

天将明了。我回去红大休息一会儿，即登车南返。谢谢林彪和罗瑞卿先生，他们很早起来招待。

十日南返，晚至宜君，被军队驻满，无立足地，乃黑夜开出，欲寻山庄。天大雾，对面不见人，车上玻璃结冰，司机不能辨路，继而地下道路结冰，滑不能行，但车已至半山上，前后皆无办法。司机乃伸首侧窗之外，勉强前进，费数十分钟，不过行一二里，司机声言不敢再开，乃停于荒山大雾中。幸下车发现山边有窑洞，入内视之有人家，我们遂买些猪肉作面条，来过这废历①的除夕。

夜间大风雪，昨夜如梦境。十一日起身，白雪满山涧，清凉爽目。旧历元旦，路无行人，爆竹满北山，炊烟不见出。人家正过愉快之晨也。

到三原无处买饭吃，还是到一家东北退伍军人开的馆子对付几个饺子，继续开西安。至泾河过船处，东北军少数军佐强欲扣车，无法，我只好故作镇静，对他们笑笑。他们摸不清，问我是什么人，我初不之告②，他们的态度转于疑惑与平静之中。再问，乃轻语之曰："我是'陕北'来的，到西安有事！"他们是不会扣红军车的。果然他还替我出主意，说咸阳一带中央军扣人。等我到中央军区域后，我已平安完成了我的任务了。

（二十六年四月二十一日上海）③

①指阴历（亦称夏历）。1912 年，中华民国临时政府通令各省废除阴历，改用阳历，故名。

②从原版书和《国闻》版。"不之告"是古语用法，即不告知。《文集》版改为"不告之"。

③《陕北之行》1937 年 4 月 21 日完稿于上海。1937 年 7 月 12 日刊载于《国闻周报》第十四卷第二十七期。

第四部分　西北时评外篇

# 第一篇 伟大的青海是中华民族的一个支撑点①

在华北风云急剧变化、国内军事正排演着空前的大旋转之际，关于新疆以东、外蒙古以南这一块地区之实况，想为一般留心时局之读者所系念。记者于去年十二月十七日出兰州到西宁，更西北经大通亹源②，越祁连山至张掖，更西走酒泉，出嘉峪关，历玉门、安西而至敦煌；随由原路返张掖。东南经武威，以三月十一日到兰州，费时三月，所感甚多。兹谨先将祁连山南北之概势介绍于读者：第一，关于青海；第二，关于河西。至于详细情形当另文以记之。

对于东方的读者，记者以为在进行了解青海问题之前③，当先有一个基本的认识，就是：一般地图上所指示我们的青海，除了告诉我们几个地名外，并不能把青海实际的政治意义表现出来。在事实上，青海军事政治统治的地区，并不止于地图上的青海，而地图上的青海版图之中，又有若干地方是青海统治不了的区域。

青海军事政治经济的中心区域，是在湟水流域，④汉唐以来所谓"湟中"地方，清代及至民国十七年青海未设省以前，⑤为甘肃省之"西宁道"。至于真正的青海区域，尚完全在蒙藏民族游牧生活中⑥。目前统治青海者为"回军"，"回军"以汉兵回官组织而成（间有杂色成分，惟为数无多）。回官十九为甘肃大夏河下游临夏县（即河州）一带人。故实际上河州为青

---

① 《伟大的青海是中华民族的一个支撑点》《弱水三千之"河西"》等五篇有关西北地区的时评发表于天津《大公报》，但未收入《中国的西北角》一书。本书的"西北时评外篇"予以收录，并依照津版和《文集》版本进行了勘校和标注。

② 《文集》版误为"亹源"。

③ 《文集》版改为"在了解青海问题之前"。

④ 《文集》版改为"在湟水流域"。

⑤ 津版为"清代及民国十七年青海未设省以前"。此处从《文集》版。

⑥ 《文集》版改为"当时尚完全为蒙藏民族游牧生活区"。

海之统治者。名义上河州属甘肃，而甘肃所能管理河州者，则微乎其微矣。

青海北境，本以祁连山为界，祁连以北①、蒙古草地以南、黄河以西，这一长条地方，谓之"河西"，本亦属甘肃所管，然现亦为"青海系"之回军驻守。甘肃省府所能及于河西之权力，②不能不有相当之折扣。

至于湟水流域以外之青海，只有黄河以南之撒拉回族及黄河上游之蒙藏民族，对回军较有深切之关系，③玉树附近之藏族回军，亦能有某种程度的统治。至于青海省西南与西北这一大块地方之蒙藏部落，回军对之除可利用其王公收取相当税款外，亦无充分的统治力量焉。

所以青海问题，不是简单的"政治问题"，而是有急迫的"民族问题"存在。记者对于民族问题，自信有较为客观之看法，④容当有以就教于读者。今先就青海在"将来战争"中所占的战略形势，加以讨论。

因为青海天生就一个"易守难攻"的地形，东可以制甘肃以动摇陕西、四川，北可以左右阿拉善蒙古与新疆之战局。北宋时代西夏占有今宁夏河西及青海东部一带地方，与宋朝对抗。当时名将如范仲淹、韩琦之流，大体都在陇东马连河流域一带与之战争。后来一位不甚知名的将军叫做王韶⑤，却对皇帝提出了一个非常有眼光的计划。他说："欲取西夏，当先复河湟。"意思是，要攻下西夏，应该先占领大夏河和湟水两流域的地方，因为取得了河（河州）湟（湟中），则消极方面，⑥我们自己不会有侧面之忧；而积极方面，⑦可以从祁连山出河西，以拊西夏之背，使其根本不能在贺

---

① 《文集》版改为"祁连山以北"。

② 《文集》版改为"甘肃省府所能及于河西之权利"。

③ 《文集》版改为"与回军有较深切之关系"。

④ 津版为"有自信较为客观之看法"。

⑤ 王韶（1030—1081），字子纯，江州德安（今江西德安）人，北宋大将，初任新安主簿，后为建昌军司理参军。熙宁元年（1068年）上《平戎策》，提出收复河湟（今甘肃西部、青海东部和东北一带）等地，招抚沿边羌族，孤立西夏的方略，为宋神宗所采纳，后率军击溃羌人和西夏的军队。

⑥ 《文集》版改为"则从消极方面讲"。

⑦ 《文集》版改为"从积极方面讲"。

兰山东西两面的地方立足①。

明朝住在青海（海名——记者）附近的蒙古族酋长名叫火落赤，因为要和明朝争西北上的地盘，②来扩充本族活动的区域，苦于湟水流域已被明朝军队驻守，③急切不能如意，乃决定了一个战略：一面留一部分兵在青海（海名）附近，以牵制西宁方面的政府军队，一面秘密调动精兵，暗渡黄河和大夏河，一直攻打至洮河来④。他想，只要临（临洮）巩（巩昌，即今陇西）一破，则兰州、西宁、武威、张掖、酒泉、敦煌，皆成囊中物。后来这个计划果然实行起来，蒙古族驱策藏族（所谓"番子"）作先锋，从洮岷州一带（即今临潭岷县）攻出，东进到今通渭等处，全甘震动。终因他们缺乏组织，败了回去，然而青海之如何可以威胁甘肃，已属瞭若观火了⑤。

如果青海内部的各民族不发生问题，没有内在的纠纷，⑥单从军事地形上观察，这块地方太好了。

读者请按青海地图。⑦在青海西北部的是蒙古人游牧的柴达木盆地，西南部的是藏族游牧的金沙江上游，⑧这两部占了青海领土的五分之三，甚或三分之二。东面的大通河流域，湟水流域，黄河流域，大夏河流域，⑨以至洮河的西岸，才是经济比较进步、人口比较稠密、政治与军事比较有组织的地方。对于青海战争的胜败如何，完全看上述这一块地方的情形来决定。

---

① 津版为"使他根本不能在贺兰山东西两面的地方立足"。

② 《文集》版改为"他想要和明朝争西北上的地盘"。

③ 《文集》版改为"但苦于湟水流域已被明朝军队驻守"。

④ 《文集》版改为"一直攻打至洮河"。

⑤ 《文集》版改为"已属洞若观火了"。

⑥ 《文集》版改为"没有内部的纠纷"。

⑦ 《文集》版改为"读者请看青海地图"。

⑧ 《文集》版为"西南部是藏族游牧的金沙江上游"。

⑨ 《文集》版漏排"湟水流域，黄河流域，大夏河流域"。

在黄河以北，甘肃与青海两省的交界上，屏列①着一条终年积雪的祁连山。这条山的结构虽然复杂，而可以彼此南北通行的路线，却并不很多。②从兰州一直到敦煌，二千多里的路程，③可以从山外进入青海的大路不过三条，其余则为打柴小路，不易行军。而此地所谓大路也者，在军事上都非常可怕。④如从兰州溯黄河西上，再转溯湟水西北行，须过老鸦峡、大峡与小峡三个隘地，才能达到西宁，⑤这是第一条。第二条大道，是从永登西行过庄浪河，再过大通河，越牛站大山，在乐都境合湟水大道，这样可以避过老鸦峡，但是大通河和牛站大山也是不易通过的，而大峡小峡仍非通过不可。西宁到张掖的大路，要算第三条。这条路要经祁连山正脉，大通河的上游和河南的大板山，尤以大板山最难通过。至于沿途人烟稀少，物资绝乏，犹其余事。⑥次要的三条是古浪境经互助至西宁线，⑦武威经亹源至西宁县，⑧敦煌至西宁线。前两路同样的要过祁连山、⑨大通河和大板山，比起张掖一路，山更险，水更急，人更稀。敦煌西宁线，还要走半月无人烟的草地，⑩通行当甚困难。汉武帝时，青海有两个部落民族不服从汉朝的统治，⑪一个叫"罕羌"，在今浩亹河⑫上游和柴达木一带，一个叫"先零"，在今湟水和大通河下游一带。武帝大不高兴，打算分两路进兵，

---

① 《文集》版改为"并列"。

② 《文集》版改为："这条山的结构复杂，可以彼此南北通行的线路并不很多。"

③ 《文集》版改为"从兰州一直到敦煌的二千多里的路程上"。

④ 《文集》版改为："而此地所谓大路者，在军事上也都非常可怕。"

⑤ 《文集》版改为"需过老鸦峡、大峡与小峡三个隘地，才能到达西宁"。

⑥ 《文集》版删改为："沿途人烟稀少，物资绝乏。"

⑦ 《文集》版改为"次要的三条路是古浪经互助至西宁线"。

⑧ 《文集》版误为"武威经亹源至西宁县"。

⑨ 《文集》版误为"前两路同样要过祁连山"。

⑩ 津版误为"不要走半月无人烟的草地"。

⑪ 津版误为"青海有两个部落民族，则服从汉朝的统治"。

⑫ 《文集》版误为"浩亹河"。

把他们打来屈服[①]。东路命后将军赵充国直攻湟中，北路命破羌将军武贤、敦煌太守快、酒泉侯奉世等翻过祁连山，南入鲜水北句廉[②]（大致当今之浩亹河上游及柴达木一带）。幸而赵充国洞悉青海情形，阻止武帝，才没有轻于进兵。否则最低限度北路的危险太大。

甘青接壤处的黄河本身，有几个非常险峻的峡口，非用武之地。但如果能收得洮夏两流域的地方，则湟水流域当感侧背之忧。然而这方面的地形，亦非易予者。由兰州攻临夏，有两条路可走：北路顺黄河经永靖转临夏，地较平，而[③]有两过黄河的麻烦；东路则于过洮河之后，必须通过长一百里的牛行山，始能接近临夏平原。牛行山上缺水，缺稠密的人烟，而且地形曲折，活动困难。十七年[④]国民军征马仲英之役，有一两万人几乎困死在这条山上。从临洮到临夏，经由宁定，路较平坦，左宗棠平定河州，乃至十七年国民军攻打河州，都是以主力出此路。

要彻底解决青海问题，必须对中国民族问题有了合理的解决方法，才能办到。第就目前情形而论，[⑤]我们东方人对青海都缺乏正确的了解，基于了解之不充分，观念之不正确，使青海问题日益复杂。这种趋势如果不能纠正，则我们不但不能希望青海担任将来西北方面战略的责任，恐怕相反的，[⑥]青海将成为西北上无法解决的困难。

目前统治青海者，为青海系回军之主力，而其领袖则为东方人不甚熟知之马步芳。在西北上的汉人，对于"回教""回族""回军"多半是一种笼统的观念，不知"回族"是"回族"（回族，或者是"回教"，至今

①《文集》版为"把他们打屈服"。
②鲜水为青海的古名。句廉是指堤岸曲折不平处。津版为"南入鲜水北勾廉"。《文集》版为"南入鲜水勾廉"。
③《文集》版"而"改为"但"。
④即1928年。
⑤《文集》版改为"就目前情形而论"。
⑥《文集》版改为"恐怕相反"。

尚无定论，记者当另文以论之），"回军"是"回军"，回军的需要不一定是回族的需要，回族的真正需要，也不一定是回军的需要[1]。对于回族，应与蒙、藏等族一样谋一根本解决办法[2]；而对于回军，则应认为是略带特殊性的军队问题来处理[3]。如果一味笼统含糊[4]，甚或根据传统的、历史的、狭窄的、相互仇恨的观念来治理西北局面，记者窃恐西北之前途，[5]将愈弄而愈糟也。

记者此次本以惶恐不安之心情入青海，原拟稍留即行出境，因传闻在青海境内有诸种之危险。然而入青以后，觉问题并不如是简单。青海并非"化外"，青海仍有众多的人才，青海回军有它的政治道路，青海回军有它的特别苦恼[6]。记者所引为奇异的是，为什么我们外间人对于青海的真正知识，竟相差如此之大？

青海主席为马麟，他除了"年高德劭"而外，所"主"的"席"并不很多，青海实权十九在马步芳一人之手。马步芳承他父亲马麒（前西宁镇守使）的余荫继掌军权[7]。他并没有受过新式教育，全凭自己的聪明来对付一切。他既以世家出身，自小就为左右所襞敬，而青海的文化和政治环境，只有促成他浪漫的个人主义的发展，自尊自大，俨然有"青海王"自处之慨。像马步芳这样优越环境的人，左右包围以求荣达之士，当然不少。在他二十岁到三十岁之间，真算是踏入了迷魂阵，乌烟瘴气，糟极一时，结果，他本人的身体也弄得非常之坏。到二十二年[8]，他到长江一带旅行过一次，

---

① 津版误为"已不一定是回军的需要"。

② 津版为"应与蒙、藏等族谋一根本解决办法"。

③《文集》版为"则应作为是略带特殊性的军队问题来处理"。

④《文集》版误为"如果一时笼统含糊"。

⑤《文集》版改为"那么记者窃恐西北之前途"。

⑥《文集》版为"青海有它的特别苦恼"。

⑦ 津版误为"继长军权"。

⑧ 即1933年。《文集》版为"二十二年"。

外间的人物和各种物质进步情形，①使他受了非常大的感动。在精神上，他觉得中国大得很，青海一地算不了什么，中国人物多得很，他在青海那点地位算不了什么。从此以后，他才把自己看小了。其次，他看东方已有的各种设施，在青海都还谈不到，所以原来左右恭维他的，②并不是什么了不得的东西，真正要做的事，简直还未入门③。于是他修马路、造饭店、修图书馆、修新式澡堂，办理各种各样的教育事业，并且以全付精力④来"近代化"他的军队。这时他亦感到精神如果不好，绝对办不了这些事情，从那时以后，才深切地爱惜他自己的身体，特聘了西北上第一流⑤的医生谢慈舟先生，经常诊断他的健康情形，近年的身体比从前已健壮许多了。

诚然，他没有更进一步的研究到，在青海那样日趋破落的社会经济情形下，有多少汽车可以来走马路，有多少阔客可以来住饭店，⑥有几个人可以来进图书馆……但是他那种见善勇为的精神，那就非同小可了⑦。

他在青海遭遇着四大严重问题，到现在他都有对付的方法⑧。第一，是增进回族青年近代知识问题；第二，是他统率的回军近代化问题；第三，是他这一集团的财政问题；第四，是对于蒙、藏民族的统治问题。因为在满族统治汉蒙回藏的时代，顺治朝中，回族第一次武装反叛，满清于平定回乱之后，觉回族之强悍可怕，乃多方造成汉回两族之仇视，以减轻他们对回族的顾虑。此种政策终于成功，于是造成二三百年来汉回两族互相仇杀之局面。民国以后，满清虽已推翻，而其遗留于西北回汉两族间

---

① 津版为"对于外间的人物和各种物质进步情形"。

② 津版为"所以他原来左右恭维他的"。

③ 《文集》版改为"简直还没入门"。

④ 《文集》版改为"全部精力"。

⑤ 《文集》版为"特聘了西北第一流"。

⑥ 《文集》版改为"有多少汽车可以在马路上走，有多少阔客可以来往饭店"。

⑦ 《文集》版改为"非同小可"。

⑧ 《文集》版改为"到现在都有对付的方法"。

之毒辣关系尚依然存在。民国十七年①西北回汉大混杀②，两方死者共计数十万人。在此次事件中马步芳亦为最初参与青年首领商议之一人。迨变乱已成，原始性的"普遍屠杀"政策实现以后，马步芳觉如此终非结局，乃幡然改途③，与暴动中心领袖马仲英决裂，而从事于维持地方治安的工作。此举使二人之间感情破裂，至今未能恢复。故如何化除回族中古性的冲动性格，免去以后无穷的屠杀事件的来临，乃至如何培养回族中受近代训练的青年，④以为回族的中坚，成为马氏所认为急迫工作之一⑤。

所以，他组织了一个"回教教育促进会"，自任委员长。在西宁设一回教中学，而分设小学一百余所于全青海，所有经费，皆由其负责。数年以来，成绩已非常可观。第二，他的军队是带中古原始性的，⑥军队内部的关系，颇富于地方的、家族的、宗教的关系。此种军队统治地方民众有余，而决无与有近代组织的军队对抗的力量。所以他才把他的下级干部完全分批调入学校，⑦加以近代军事训练，此种训练干部工作至今尚未停止。第三，青海财政名义上收入不过一百二十万元，而支出在二百万以上，收支不敷八十余万。所以各机关薪水，七折又七折，尚且积欠至十一月以上。在此一百二十万元中，以百分之六十作为军费，所以全年军费不过七十万元。而且青海政治机构，多少带家庭性，财政收入不一定能为省库所支配，往往有径由税收机关直入私囊者，⑧似乎在青海已成为司空见惯之现象。

在如此情形之下，马步芳之军费当感不能应付裕如，所以自然而然地，

---

① 即 1928 年。

②《文集》版误为"西北回族大混杀"。

③ 津版为"翻然改途"。

④ 津版为"乃至如何培养回族中近代训练的青年"。

⑤《文集》版改为"为回族的中坚，成为马氏的急迫工作之一"。

⑥ 津版误为"他的军队的原始是带中古性的"。

⑦《文集》版改为"所以他才把他的下级干部全部分批调入学校"。

⑧《文集》版改为"往往有径直由税收机关直入私囊者"。

他不能不求另外的收入。青海最主要的羊毛出口贸易，现在几乎全部为马氏所经营①。此种后面有军事政治支持之大量出口贸易，其收入必有可观，②而此种收入遂成为其运用其集团之特别有力的支柱③。第四，青海全省人口一百四十余万人，其中蒙藏民族最少，七十万人，④而蒙藏民族土地面积，至少占全青海面积五分之三，⑤对于蒙藏民族无法统治，则青海政局决难安稳。

马步芳用了三种政策来对付这件事情：第一，用恩德以结纳其王公，⑥以博得其欢心；第二，以民团形式编制蒙藏人之武力，而委任其首领为大小各官，自相统属；第三，其最有眼光之办法，为设立蒙藏小学，完全公费的请蒙藏王公的子弟来读书，并设立学生家属招待所，非常优厚的待遇学生的家属⑦。在这个教育过程中贯输⑧两种观念：其一，是以近代科学的政治的普通常识，⑨来代替宗教传统的思想；其二，使他们知道青海的统治者是马步芳。这般小王公长成之后，即为蒙藏民族之领袖，其影响将会有如何重大，明眼人当不难意料。

上述这些活动，充分表示了马步芳组织能力的优越，但是，他这种办法是否能有光明的前途⑩，却又成为问题。

任何一个人到过青海的，都会深刻的感到青海社会经济的萧条。本来

---

① 《文集》版改为"现在几乎全部由马氏经营"。

② 《文集》版改为"其收入必很可观"。

③ 《文集》版改为"而此种收入逐步成为其集团特别有力的支柱"。

④ 《文集》版改为"共七十万人"。

⑤ 《文集》版改为"而蒙藏民族所居土地面积至少占全青海面积五分之三"。

⑥ 《文集》版改为"以恩德结纳其王公"。

⑦ 《文集》版改为"非常优厚地接待学生的家属"。

⑧ 津版"贯输"为古文，犹"灌输"。《文集》版改为"灌输"。

⑨ 《文集》版改为"以近代科学的政治的普通常识"。

⑩ 《文集》版改为"能否有光明的前途"。

经济萧条是带全国性乃至世界性的，<sup>①</sup>然而青海的社会经济，却有它的特殊性，<sup>②</sup>就是青海社会经济部门中最有利益的事业，<sup>③</sup>差不多很少有普通人立足的可能，换句话来讲，有大钱可赚的各种买卖，全在军政当局及其家属等手中。在另一方面，<sup>④</sup>军队给养与整理的负担，完全直接收之于人民，人民之收入与支出，以反比例的形态而发展。此种趋势如无根本救济之方，不数年后，青海人民恐不逃亡即叛乱也。

马步芳办理教育之结果，回族青年对于宗教之信仰，渐不如其前辈，故无政治头脑之少数"阿洪"<sup>⑤</sup>（教主）再欲利用宗教，发生过去式之暴动事件，已非易事。惟此辈青年受过近代新式教育之后，受各方环境之刺激，民族思想逐渐抬头，以此种思想为骨干，青海将来之形势，颇有更重要的意义焉。

马步芳个人之进步可谓非常的迅速。他目前最感成为问题的，恐怕是他已有的二三万军队和遍于全省的"民团"，内中夹杂着宗教的、民族的错综关系。对于他们，他将领导他们向什么方向走<sup>⑥</sup>？

把回军夹入回族问题之中，<sup>⑦</sup>积极的在西北发动军事冲突，以进行民族分裂，这绝对不是马步芳和他的有政治眼光的<sup>⑧</sup>干部们的思想。纵令西北外交形势起了非常的变化，只要我们对于西北民族问题和军队问题有了根本的办法，上述分裂趋势，最多不过止于谣言而已。

消极的划地自封，自作其"青海王"之宝位，此又非年富力强、富于

---

① 津版为"本来经济萧条是带全国性至世界性的"。

② 津版为"却有他的特殊性"。

③《文集》版改为"这就是青海社会经济部门中最有利益的事业"。

④《文集》版改为"另一方面"。

⑤ 即"阿訇"。

⑥ 津版为"他将领导他们什么方向走"。

⑦《文集》版误为"把回军夹入回教问题之中"。

⑧ 从《文集》版。津版"有政治眼光"后面缺"的"字。

事业心的马步芳所能忍。马氏近曾对人明白表示，谓从青海之人力财力，决无长期独立支持，以取得最后胜利的可能。而自大前提言之，实亦无任何利益可图也。

青海朋友尝言，① 近年来各方人士之到青海游历考察者，② 颇不乏人，而真能为青海指出光明前途者，颇不易多见③。其未能深刻研究青海者，固不足怪，所最使青海人失望者，为"印象甚佳"派之创作。盖以青海之政治、军事、财政、民族各种问题，皆日处于烦闷苦恼之境，④青海人终日彷徨呻吟于破灭的失望之下，自己盖深知其自身"印象"之"并不"甚"佳"也。

青海在未来政治上所占之地位，既如上述，而青海本身之现状，又有不能不⑤设法解决之局势，故大刀阔斧以进行解决青海问题，为刻不容缓之急务。

记者以为解决青海问题之原则，第一，须将民族问题与军队问题分开办理；第二，须以平等主义从新整理中国各民族，而根本改造国家最高的政治机构（其详另文论之）；第三，处理军队，当力排偏狭的派系观念，⑥当以大公无私高瞻远瞩的胸怀，以⑦容纳提携奖掖各方人才，以彻底收拾各方之"人心"；第四，传统的"征服""羁縻""利用"等政策，决不可再用，否则便愈弄愈糟⑧；第五，整理军队，当从完全担负军费入手，然后提拔有希望的人材进行⑨改组军队。

---

① 《文集》版误为"青海朋友常言"。
② 《文集》版为"近年来各方人士到青海游历考察者"。
③ 《文集》版改为"颇不多见"。
④ 《文集》版改为"皆处于烦闷苦恼之境"。
⑤ 津版脱漏"不"字。
⑥ 《文集》版脱漏"当力排偏狭的派系观念"。
⑦ 《文集》版删除了"以"字。
⑧ 《文集》版改为"否则会愈弄愈糟"。
⑨ 《文集》版删除了"进行"。

西北军事政治之①能否有合理的前途，端在青海问题能否有办法为最后的关键。目前情形，②为正式解决青海问题之时期，苟不为此根本之图，只知今日送枪三千支，明日给"中将"一个，则西北之前途，诚非短视如记者所能逆料也。

（三月二十六日，兰州）③

---

①《文集》版删除了"之"字。

②《文集》版改为"目前形势"。

③天津《大公报》为"二月二十六日兰州"，原文有误。按记者行程，2月26日记者正住在张掖。此处从《文集》版，即3月26日。本文1936年4月4日至6日连载于天津《大公报》。

# 第二篇 弱水三千之"河西"

所谓"河西",在我们东方人听来,是不大熟悉的地名。然而这块地方,在我们中国历史上,在汉族与其他民族斗争当中,曾经充任过非常重要的战争舞台。

读者试按甘肃省地图,祁连山之东北,阿拉善蒙古草地之西南,新疆大戈壁以东,皋兰段黄河之西,这块斜长条的大地,中间流贯着疏勒河、弱水、白亭河和庄浪河四条小型的雪水川。其中又大体以乌鞘岭①、山丹峡、嘉峪关为分水岭,形成四个小小的盆地。因为这块地在黄河西面,所以古人称之为"河西"。

自从汉族文化在渭水流域开展以后,周秦一直到清代中叶三千余年间,汉族对西北方面各民族的斗争,除偶一的军事突击或政治活动而外,并没有能够在河西更西或更北的区域建立巩固的社会基础。所以在古人的意识中,河西地方已经是②非常遥远、人迹难至之地。唐杜甫诗云:"弱水应无地,阳关已近天。"宋代苏轼,本来是比较旷观的人,然而他提到河西的弱水,仍然是不胜其遐远之思,其《金山妙高台》诗云:"我欲乘飞车,东访赤松子。蓬莱不可到,弱水三万里。"在我们现在的人看来,弱水也不过是祁连山雪水和若干泉水汇成的小河,阳关虽在敦煌之西,而阳关之西面还有气候温和、土地肥美的塔里木河流域,并非到了可怕的天边。从这里我们可以领悟到"古今人不相及"的道理。就是世界上一切的文物、思想、知识、道德,都是不断的往前演变。前人的见识,绝对范畴③不了后代的变化,因而前人的思想,绝对不能叫我们完全接受。我们可以肯定地说,

---

① 津版误为"鸟鞲岭"。
②《文集》版改为"已是"。
③ 津版"范畴"用如动词。《文集》版改为"规范"。

从一般情况言之，我们后代人，都比前代人高明。

假如我们研究河西的历史，我们必定会深刻的感觉到，我们汉族对各民族的关系，始终没有得到根本解决的办法。在我们势力强大的时期，就多半用军事力量征服旁的民族，在我们力量不足的时候，就卑躬屈节去低首于人。向人纳贡货财女子的事情，历史上代不绝书。不过编历史的"秀才"们一贯的用"自我吹嘘"的政策①，在文字上下功夫。旁的民族给我们的财物，叫做"进贡"，我们给旁人的叫做"赏赐"，旁人给我们的女子叫做"入侍"，我们给旁人的叫做"和番"。他们不管实际上怎样，文字上、口头上，我们总要比人自高一等。这和阿Q被人打了耳光，不敢还手，却退到暗地里说"儿打老子"来自己安慰一样的办法。然而按诸实际情况，我们过去受旁的民族压迫的痛苦，实在是非常的深。就是在汉武帝武功最盛的时代，为了联络伊犁附近的乌孙，以夹攻匈奴，把江都王建的女儿细君起为公主，不惜陕、甘、新三省长途跋涉，往嫁乌孙。乌孙王叫昆莫，年纪已大，而且语言不通，这叫年轻而美丽的细君如何过活得下去，她因此作了《黄鹄②歌》一首，以表达自己的哀情，歌曰："吾家嫁我兮天一方，远托异国兮乌孙王③。穹庐为室兮氈④为墙，以肉为食兮酪为浆。居常思土⑤兮心内伤，愿为黄鹄兮归故乡。"我们读了这样悲痛哀恻的歌词，可以想象到当时对匈奴无办法，逼得用女人去联络异族的辛苦景象。

历史上，我们看到汉族要向西北发展，必须取得河西以为根据，而即使要保全西北，亦决定⑥不能放弃河西。

---

① 《文集》版改为"一贯用'自我吹嘘'的办法"。

② 原版书"黄鹄"有误，应为"悲秋"。

③ 津版为"远逝异国兮乌孙王"。

④ 原版书"氈"有误，应为"毡"。

⑤ 原版书"思土"有误，应为"土思"。

⑥ 此处"决定"的意思是必然、一定。《文集》版改为"绝对"。

　　二千多年以前，①汉族与匈奴族斗争的情形，很可以给我们充分的启示。匈奴在战国时已渐强胜②，势力及于今山西、陕西的北部。赵国的名将李牧曾经打了一个胜仗，但是无关大局。秦始皇统一天下，匈奴部落侵入陕西中部，始皇乃命蒙恬北逐匈奴，然其力亦仅及于河套而止。汉高祖以"马上得天下"，正气势高张，③而匈奴方面亦不世英雄冒顿单于执政，其势亦不可侮。高祖乃亲率三十万大兵，由晋北以攻内蒙，谁知一齐被围在"平城"（今山西大同境），七日不食，仅以身免。经吕后、惠帝、文帝，皆以"和亲"敷衍一时。尤其在文帝时候，老上单于继冒顿主匈奴大政，对汉朝来文书，竟自称为："天地所生日月所置匈奴大单于。"比起汉族之自称"天子"者，似乎还要有劲些。有一次简直进兵到泾水上游的萧关。文帝于无法之余，除"和亲"老办法之外，勉强和匈奴约定，说："长城之北，引弓之国，受令单于，长城以南，冠带之室，朕亦制之。"这样的文字，看来相当的堂皇，内容却是无办法的办法。其实匈奴听不听，谁亦不敢断定。

　　到汉武帝时，中国对于匈奴的压迫，已到难于忍受的地步，乃毅然决然的采取武力对付的政策。

　　原来匈奴在秦汉之间，与东胡及月氏构成北方的三强。东北四省之地，大致为东胡地，今内外蒙古为匈奴地，新疆内蒙甘肃之间为月氏地。月氏与匈奴之间为较弱的乌孙。三强之间，势不相下。在冒顿单于之父头曼单于时，冒顿尚为质于月氏。到冒顿即位，东胡曾对冒顿提出种种无理要求，为强求头曼单于的"宝马"，强索冒顿的"阏氏"（皇后）为妻，强索"土地"等。可见匈奴势力并不算独尊。不过冒顿时，才完全征服了东胡。老

---

①《文集》版为"两千多年以前"。
②强胜即强大（荀子：强国）。《文集》版改为"强盛"。
③《文集》版改为"气势高涨"。

上单于即位，月氏已灭了乌孙，老上单于乃西击月氏，杀其王，以其头为酒器。月氏逃至今伊犁地方，匈奴助乌孙复仇往追之，月氏更西遁至中央亚细亚撒马耳罕，乌孙即代驻伊犁河一带。所遗留之河西地方，匈奴以其王昆邪领之。这时是匈奴的全盛时期。其领土包括今内外蒙古、东三省西部，及新疆东部与甘肃河西之地。匈奴如此强盛，祁连山南面今青海一带的藏族（所谓"羌"人）都听匈奴的指挥。汉武帝所欲对抗的匈奴，正处于这样一个局面[1]。

汉武帝对付匈奴，在战略上，大体上采取了三种策略：第一，截断匈奴与羌人（即藏族）联络；第二，用主力直捣匈奴心脏之今内外蒙古地方；第三，与月氏、乌孙结为同盟，从西面牵制匈奴侧背，使匈奴不敢正面以攻汉室。

执行第一种策略的，是鼎鼎大名的霍去病。他领兵顺渭水上溯，过黄河入河西，更从祁连山与焉支山之间，进入弱水盆地之张掖酒泉一带一千余里，把匈奴驻河西的大员休屠王斩首以祭天金人[2]。并移内地人民以充实河西，开河西为郡县。目的在使汉民族的人口扩充到河西来，切实的[3]把匈奴与羌人分开。这一步政策，非常成功。

执行第二种工作的，[4]是卫青和霍去病两人。汉武帝有点偏私，总想叫霍去病多得功劳。所以出发时，本是卫青为大将军走右路，霍去病为骠骑将军走左路，中间谍报说匈奴单于在右路，乃临时又改让去病出右路，卫青任左路。右路担任今山西河北察哈尔一带，左路担任今绥远宁夏一带。不凑巧的是，单于却在左路，卫青在戈壁沙漠以南和单于一战，把单于打

---

[1] 津版为"正在这样一个局面"。
[2] 津版原文如此，据史书载，休屠王被霍去病所率汉军击败，后为浑邪王所杀。祭天金人为匈奴人的珍宝，被汉军夺得。
[3]《文集》版删除了"的"字。
[4]《文集》版改为"执行第二种策略的"。

败。单于退到沙漠之北，卫青率轻骑追之，一直到今克鲁伦河、图拉河、杭爱山一带而还。去病所斩获亦不少。然而汉军出塞者不下四十余万骑，归来者不过三万，损失不为不大。而且这样军事上的暂时胜利，并不能根本的影响于匈奴与汉族之关系①。

最难做的工作，我觉得是张骞使西域的事情。汉武帝也深深地察觉到了，游牧为生的匈奴民族，打仗是家常便饭，我们以农业立国的民族，永久不止的和他们对抗，总是有点不胜其麻烦。最好能另找到一个游牧民族和我们同盟，去应付匈奴。月氏本来是弱水和疏勒河上游牧的民族，被匈奴赶走了的，如果我们去联络月氏，请他仍回来住河西地方，他与匈奴为世仇，自然无妥协余地，而且决不会使匈奴与羌人联合起来。有了这样一个月氏在河西，汉朝自然可以少去许多军事的顾虑。在这样的政治需要之下，张骞就从长安向伊犁河的月氏出发。那时河西尚为匈奴所据，张骞要通西域，又不得不走河西。在他通过河西的时候，被匈奴发觉，把他逮捕起来。十几年后才得间走脱，继续西进，沿天山南麓，经今吐鲁番焉耆等地。后知月氏已逃中央亚细亚，不再在伊犁，乃越帕米尔，径趋撒马耳罕②。谁知月氏安于中央亚细亚之土地肥美，不再想回河西。张骞不得要领，乃起程东返，归路走塔里木河之南于阗和阗等地。他因鉴于上次被捕的经验，不敢再进玉门关，乃由阿耳金山口进入青海柴达木河流域，欲由祁连山南面寻路东归。此时羌人已与匈奴有联络，故仍执张骞以献匈奴。张骞③再被囚，遇机会才得脱东返故国。

从这个历史事件中，我们应该可以领悟到，我们如果要积极经营西北，河西是我们非常重要的枢纽点。

---

① 《文集》版改为"并不能从根本上影响匈奴与汉族之关系"。
② 《文集》版为"撒马尔罕"。
③ 津版脱漏"张骞"二字。

就退一步说，我们不能采取大西北主义，不能积极的从事各民族的活动，而只想保全小西北的陕甘，河西仍然有左右陕甘局势的力量。历史经验是我们最可贵的参考。

王莽篡汉时，刘家天下和王家天下还未十分决胜负的时候，西北上有一位非常有眼光的势力分子，名叫窦融。他看看天下大势未定，前途尚难乐观，乃召集他的兄弟们说："天下安危未可知，河西殷富，带河为固……一旦缓急，杜绝河津，足以自守。"① 因此他就率部守河西，以静观天下形势。后汉光武把刘家天下恢复起来，定都洛阳，然而天水的隗嚣、四川的公孙子阳和河西窦融，尚在半独立状态中。特别是天水的隗嚣对光武不大客气，如果他和窦融打成一片，则顺渭水东下以取洛阳，则刘秀的皇帝可以作多久，恐怕还是疑问。汉光武看到这里，② 于是极力拉拢窦融，封他为五凉大都督等大官。在光武致窦融的一封信上，我们可以看到光武对于河西的力量，是如何的彷徨："今益州（即四川）有公孙子阳，天水有隗嚣将军，方蜀汉相攻。权在将军，举足左右，便有轻重，以此言之，欲相厚岂有量哉。……欲遂立桓文，辅微国，当勉卒功业。欲三分鼎足，连衡合纵，亦宜以时定天下。"③ 他的意思是说，你的位置和力量都很有左右大局的能力，我很愿意和你要好。你愿意帮我完成帝王大业，请帮忙到底，如果想自己当一方之王，亦请早打主意。这封信总算客气而坦白，但是当时的光武帝已领有中原广大土地，势力已经不小，他反而对于小小河西④这样重视，我们不能不佩服光武帝的眼光。

东汉末年，河西被西北民族攻略无已，朝廷无力加以保护，谋士庞参

---

① 见《后汉书·窦融列传》。
②《文集》版改为"汉光武看到这一点"。
③ 见《后汉书·窦融列传》。
④《文集》版改为"小小的河西"。

说大将军邓骘"徙边郡不能自存者，入居三辅（即陕西关中地）"①。骘以为不错，打算放弃河西。郎中虞诩提出抗议，谓河西放弃以后，即以三辅为边塞，我们的腹地就很单薄的突露在外边，这是万万不可的。且"关东出相，关西出将"，西北的人勇敢善战，如果我们放弃西北，无异送敌人若干战争人才。

东晋时，黄河流域完全为异民族所占领。东晋一位将军刘裕，颇有恢复中原之志，晋主乃派人到河西联络北凉主沮渠蒙逊（领有今河西地，都于今张掖）。沮渠蒙逊答覆晋主说："承车骑将裕，秣马挥戈，以中原为事，可谓天赞大晋，笃生英辅……若大军北轸，克复有期，臣请率河西成为晋右翼前驱。"②

所以我们要想西北腹地的安全，亦非以河西为外藩不可，河西如果有动摇，西北腹地决难安稳。（自然河西问题与青海问题不能分开。）

然而最使我们感到悲痛的，是在如此重要的区域，我们看不到丝毫有计划的设施。固然积极方面无半点设备可说，消极方面竟连一个苟安办法都没有！

我们先看看新疆问题。现在的新疆在经济方面完全被苏联加以统制。苏联在新疆的军事设施，自然还谈不到，而新疆一般社会政治的倾向，比较接近于苏联，则实无可讳言。稍为③明白西北内情的人，都无疑的可以看到，中国的军事经济政治力量，都没有"经营新疆"的力量，甚至于连有这样眼光、知识和魄力的人也并不很多。自然无大规模有所举措之可能。使我们感到惶惑不懂的，④就是中国还打不打算要新疆，似乎还成问题。

---

① 见《资治通鉴》卷三十九《汉纪四十一》。《文集》版为"徙远郡不能自存者"。
② 见《晋书》卷一百二十九《载记第二十九》。
③《文集》版改为"稍微"。
④《文集》版为"使我们感到惶惑不解的"。

因为如果我们打算还要新疆，我们目前虽然无充分的力量，至少我们当尽可能的维持新疆与内地的关系，在贸易上在迁徙上应该有一种特别方便的办法，以建立新疆与内地的亲密的社会①关联，以为他日进一步工作的准备，而事实上却大大的不是如此！

新疆的出口贸易，为皮毛、木材、煤铁等轻重工业之②原料，及日常生活的必需品，都完全向苏联出口；可以向内地输入的，只限于非必需的消耗品，为③土鲁番④葡萄、哈密瓜之类。新疆人向内地旅行，新疆政府方面不给以多少限制，而内地人要到新疆，却必须经新疆政府详细考察允许之后，始能通过哈密西去。

这样的局势下，新疆与内地的关联，可谓不绝如缕了。然而照我们对付新疆入关人员的情形看来，似乎还恨这一缕情丝的维系力量太大，而努力加以摧毁！

哈密绥远线的情形，记者所知尚少。嘉峪关一道的状况，真令人不胜其寒心。经营新疆葡萄等入口事业者，大半为中产以下之缠回。缠回为新疆境内最大之民族，为示好缠回计，我们应该优待此少数可贵的使者——商人。而河西官厅对于缠商不但无优待之意，而且对其拘捕捐罚，⑤比对汉人尚更自由得多。税收机关于正税之外，横加苛索，故意留难之事，视为故常（嘉峪关外较好）。凡缠商谈及其所遭遇之痛苦者，无不摇首叹息，自悲其前途之渺茫。不但对缠商如是，对汉人亦相去无多。最不可恕者，为死人之尸骨，亦难免税局之勒索！左宗棠征新疆时，带去官兵尽属内地子弟，事平后，多家于新疆。惟两湘人士乡土观念甚深，不愿死后尸骨埋

---

① 津版"内地的社会"中"社会"一词为衍文。《文集》版为"以建立新疆与内地的亲密的社会关系"。

② 《文集》版删除了"之"字。

③ 《文集》版改为"如"字。

④ 土鲁番为古地名，即今吐鲁番。《文集》版误为"吐鲁蕃"。

⑤ 津版为"而其拘捕捐罚"，脱漏"且对"二字。

藏他乡。死者多暂厝庙中，俟相当时期，凑足数十具棺材，专人送回原籍安葬，已习以为常。去年有一批棺材运到酒泉，税局强认棺中有货，必须开棺。税局盖深知运尸骨回籍的人，必迷信不浅之士，令之开棺，绝不可能，不过借此为要挟之[①]工具，以达到另外之目的。无如运棺人一面坚决反对开棺，一面略无丝毫赠馈。税局强于棺侧丌孔，以铁钩入内钩验，结果，除钩出一堆死人头发外，他无所获。舆论大哗，终相持数月，始行放去！

在河西的北面，额济纳和阿拉善两旗蒙古地方，除原有的内蒙古人外，在外蒙古革命以后，与外蒙古新政治不相容的蒙古人[②]，多逃至内蒙，困处于马鬃山、二里子河及阿拉善蒙古草地一带。我们知道的，是日本[③]人常由绥远到上述这些地方和他们联络，而我们自己对这些人，采取什么样的策略，谁也无法知道！

退一万步说，我们不能以河西为根据积极的向前发展，最低限度，应该使河西的现状，维持一个中常的状态，以为将来的准备。相反的，河西是中国最黑暗的地方，河西人民是中国最痛苦的人民，河西的社会经济，崩溃得比任何地方更[④]快，河西的前途，比什么地方都来得危险！

河西的驻军，系青海系回军。青海系回军分西宁系与凉州系，西宁系为青海系之主力，凉州系比较次之。河西防地之分配，大体为两大部：武威附近之白亭河与庄浪河流域，属于凉州系回军，弱水流域之张掖酒泉，及疏勒河流域之敦煌安西等处，属于西宁系回军。这般军队的性质相当特殊，政府对他们没有绝对支配力量，[⑤]最好的场合，不过办到面子上的敷

---

① 《文集》版删除了"之"字。
② 津版脱漏"人"字。
③ 津版隐去"日本"二字。
④ 津版脱漏"更"字。
⑤ 《文集》版为"政府对他们没有绝对的支配力量"。

衍①。因此他们的行动自由，超乎一般想象之外。军队所需之粮秣、草料、柴、煤、木料、皮毛，乃至一针一线之微，无不直接征发之于民间。以现金购办军需物品之事，在河西不能不视为例外！此种数量庞大，种类繁多的实物征发，经年累月的继续，而征发中又经过县区保甲等层层手续，额外征收，往往超出军队正式征发量一二倍以上！

驻军之一切需要，完全无代价的取之于民间，而河西驻军之特性，乃在大半兼营商业。凡可有大利可图的商业，出口如羊肠、皮毛，最大宗者为鸦片，其出口贸易之百分八十以上，为军队所垄断。而其收买原料时，并不照市价交易，乃自定"官价"，令商会等机关，以强制力量向地方民众摊派。"官价"比"市价"低差甚大，而民众绝无敢有怨言者。入口之洋广杂货，其大宗者，大体亦为军队所经营，而且用种种强制力量推销。

河西一切税收机关，对于军队所经营商业，不能过问，而且非军队所经营之商业，只要纳款于军人，即可得军人之保护，畅行无阻。如单完成正常的纳税手续，而未得军人之同意，仍属无效。

甘肃全省土地，以河西为最肥美，俗有"金张掖""银武威"之称，因其地质既佳，且为祁连山雪水灌溉区域，种植五谷，最为相宜，如于夏日入河西，乡间风景，不异置身苏杭巴蜀间。自甘肃财政政策走入鸦片政策以后，烟禁大开，河西沃土，尽成烟苗陈列室，夏日烟花开放，红白争妍，祁连山北二千余里②之优美田园，尽成亡国灭种之毒物制造地！

甘肃财政收入最主要项目，为鸦片烟苗罚款及鸦片运销税。所谓鸦片运销税，对于民生尚无根本急切之影响，惟烟苗罚款，可谓虐政之尤。照名词解释，烟苗罚款者，乃政府认为鸦片之种植为不正当，故"罚"之以"款"，使之不敢再种。而此之所谓"罚款"，却大大的不然。政府先看

---

① 《文集》版改为"不过做到面子上的敷衍"。
② 《文集》版为"两千余里"。

看财政支出要多少，各种税收不足多少，然后定下一个主观上的总额。根据这个总额，再分配到各县，必令各县长如数征收，并不一定要种烟，而后有烟亩罚款。自然更不能希望说，烟亩罚款与种烟亩数一定要保持相当的比例！

亩款内容既然如此，河西地富，所担负亩款特多。县政府分派亩款之方法，大半随粮附征，粮税多的人，亩款多。表面看去，亩款之大部分可以落在绅士阶级头上，有钱人多出一点款，当不会有重大问题。而事实上，河西的粮税早已脱了正轨，亩款再随粮税干下去，情势就太不简单。河西为历代边防重地，人民多由内地迁移而来，以屯田制度解决军需民食。因地处西陲，故历代皆对河西人民之钱粮负担，例有优待。遇有荒歉①，即许其"报荒"免予课税。民国以来，政局始终未彻底统一，官厅力量甚微，地方绅士把持政事，遇有"报荒"机会，多将自己本甚丰收之土地，冒报"已荒"，免去税捐，而真正荒去之土地，则依然有税。积弊相因，河西绅士所有之上等土地，大半无税，或所出粮税不多，而无势力农民所有一点零星中下等土地，反而上粮税非常之多！亩款担负情形，亦正复如此。真正种大量鸦片者，所出亩款少，而种烟无几者，所出亩款特别多！

在此种收入有限，支出无穷之情况下，农民纳税能力当然飞速的②递减。省政府之财政收入，不能希望各县如期解到，于是应付军费，诸感困难。数年以来，甘肃财政发生一种"拨款制度"。即政府发给军队之款饷，只给予一纸公文，令其直接到县府提款。县府往往不能应付，转令其直接向乡村等保甲长追逼。此中对提款委员之额外酬劳，县区保甲等之额外浮摊，以及上下人等之应酬等，平均言之，拨款一千元，地方民众负担，至少在

---

① 《文集》版误为"荒欠"。
② 《文集》版删除了"的"字。

二千元①以上！（此种拨款制度，最近于学忠主甘以后，始全部取消。）

民力已穷，而政府诛求无餍，则征收税款之方法，不能不残忍。河西之"比现"制度，诚开千古之奇闻。各县政府因收款不起，乃将各村之收款之"差家"，调至县城中逼款，逼之不出，乃于每日夜间十时以后，在县府用刑拷打硬索。欠款多者用重刑，以恶杖杖其背及臀部；欠款少者，用轻刑，以竹鞭打手掌及背臀。每晚十时以后，街上行人皆可闻惨呼之声。如此逼款，始能逼出三角、五角、一元、二元之数！此种闻所未闻之惨事，在河西则已习以为常。晚间十时左右，例被鞭杖八九十人，一二百人不等，皆麇集县府受刑堂上，"敬候鞭杖"！卖零食之小贩则于刑堂左右，大做其生意，不知者，真认此为一"夜市"场所。近年来，为适应鞭杖政策之需要，各县皆有专以代人受鞭杖为职业之②饥寒队出现。每受鞭打一次，代价三四角不等，代受杖责一次，代价一二元有差！经收款项之人③已得如此待遇，则收款者对一般民众当采如何之手段④，读者当已能逆料。

民财早竭，但在如此刑比⑤监催之下，人民不得不求现款以应公家之需，于是高利贷相应而生。河西高利之大，骇人听闻。现款借贷，月息最少为百分之三十！而且多系复利计算！往往有借款五六元，一年之后，负债之农民⑥将房屋农具妻女完全偿债，而尚未还清债务者，年利百分之百者，恐尚非有私人交情者，不能借到。其于春荒时借粮食者，借鸦片交"官价"鸦片者（"官价"鸦片，不一定能发"官价"）⑦，秋收时即须偿还本利。

---

① 《文集》版为"两千元"。

② 《文集》版"之"改为"的"。

③ 《文集》版为"经收款项的人"。

④ 《文集》版为"如何的手段"。

⑤ 比指官府限期办公事。刑比指官府办理公事，施用刑法威逼当事者。

⑥ 《文集》版为"负债的农民"。

⑦ 《文集》版漏排括号。

其间为时不过四五月，其利率最少为百分之五。如此苛刻之高利贷，① 农民当难有偿还本利力量，故一般债主，当亦无法收回其本利。惟河西高利贷者，百分之九十九为回民，他们有回军为后援，而且身体强健，有坚强之团结力②。每于秋收之际，高利贷者即结队至负债农民家中，收获粮食及鸦片时，债主即亲守田中③，将收获品立即折价取去。其不足偿还债务者，则将妻女等挟去，或将家中器物搬运一空。

记者此次详细考察河西之后，觉河西之现状，万难再行支持，目前正是春荒时期，农民大都缺乏种子，而且日食无从，自然整理水渠、采办肥料等事，还根本不能谈到。嘉峪关外玉门、安西、敦煌三县农民已开始弃家逃亡新疆，而关内④酒泉、张掖、武威各地农民，已有难于自存之势。如果还没有"生路"发现，河西民众只有逃亡之一途。

河西在我们将来的对外关系上如此其⑤重要，而现状如是其惨痛离奇⑥。我们所听到的关于河西的设计，不外是"提倡教育""奖励卫生"，更迂阔难解的是"造林""修路"这些要政。似乎我们的政治是为百年以后的人打算⑦，要现在的人一齐死了后，才好想办法！

墨子《非乐篇》说："民有三患，饥者不得食，寒者不得衣，劳者不得息，三者民之巨患也。然当即为之撞巨钟，击鸣鼓，弹琴瑟，而扬干戚，民衣食之财，将安可得乎？"⑧这些话，可以说是对舍本逐末的政治，痛下砭针！因为在地上生活的人，都死的死了，逃的逃了，我们还大谈其"教育""卫

---

① 《文集》版为"如此苛刻的高利贷"。

② 《文集》版为"有坚强的团结力"。

③ 《文集》版为"债主立即亲守田中"，"立"为衍字。

④ 《文集》版误为"关门"。

⑤ 《文集》版删除了"其"。

⑥ 《文集》版改为"而现状又如此惨痛离奇"。

⑦ 《文集》版为"打算的"。

⑧ 原版书"墨子《非乐篇》""当即""而扬干戚"有误，应为"《墨子·非乐（上）》""即当""吹竽笙而扬干戚"。

生"，乃至所谓"交通""国防"，这在头脑不很复杂的民众看来，这些话里面，缺乏应有的真诚！

（三月三十一日兰州）①

---

① 本文 1936 年 3 月 31 日完稿于兰州，1936 年 4 月 9 日至 12 日连载于天津《大公报》。

# 第三篇　西北当前几种急务①

记者在西北旅行一年归来，深觉西北之大有可为，尤以西北人之②诚笃勇敢，将来定可致力于国家。"关东出相，关西出将"，自古已然。西北因为各民族相互竞争生存关系，锻炼出若干异常英勇的人材③。现在西北各军事集团之中，英俊豪迈之士，所在多有。如主持中枢者，能对西北提出切实远大之计划，不但消极方面，应消除西北之不安，而且应在积极方面，指出西北人士共同努力的大路，务使多年消沉纷乱的西北局势，整个的④导入于生动活跃之前途。只要大局⑤有出路，则各种工作自然分门别类⑥出现于西北，而西北人士亦可被吸收于各种工作之中，使之灵活的兴奋的致力于新局面下的活动。

察北失陷，绥东又紧，看看西北又将继东北而成为国防第一线。以西北之地位，及内部情形言之，此时若不赶紧设法，则将来变局已成，欲加布置而势亦不可能。记者常读我国各代历史，觉历代兴亡之际，其机微之点，全在于若干有力有识之士，对于当时若干重要问题之认识是否正确，与能否将其中正确认识付诸实行以为断。明敏以察之，果毅以行之，往往能打开阴霾的时局。偏蔽姑息之见解，因循苟安之做法，每每坐失时机，贻误大局。个人之立身行事，尚可以"亡羊补牢"，而一时代之安危大计，动与国家土地与人民有重大关系，却非可以再三试验。国土有限，一误不可再误，民命存亡所关，岂可再三因循。察北之事，土肥原在北平用所谓"外

---

① 本文 1936 年 8 月 13、14 日连载于天津《大公报》。记者此时已预见到绥远地区将继东北而成为抗战第一线，并强调了整刷西北民族关系的特殊重要性。

②《文集》版删除了"之"字。

③《文集》版改为"人才"。

④《文集》版删除了"的"字。

⑤《文集》版脱漏"局"字。

⑥《文集》版为"分门别类地"，"地"为衍字。

交折冲"，延误时机，① 遂使察北不战而亡。今绥东之事又起，如事件扩大，则我西北骨干之陕甘宁青新五省，即将直接暴露于外力控制之下。此时我们认为绥远之藩篱，决不可再退，地方当局应下严惩侵犯领土之"匪众"的决心，而中枢当局亦 ② 应当机立断，排除过去对西北外交事件上习用的文电互诿责任的办法，而决定具体应付当前情势的计划，和采取实际的行动。

绥远问题，是当前必须设法处置的问题，其要义在于"武装守土"。而为整个西北前途计，记者认为下述各问题，有急待提出引起社会之注意，与设法进行 ③ 解决之必要。

第一，沟通新疆。

新疆为我们西北对外交通之门户，在我东北及东南海上交通被人绝对控制之下，我们对西北上不能不谋一国际交通的 ④ 出路。现在因为新疆政情与内地相当隔膜，不但我们西北上的对外交通因新疆之阻滞而不可能，甚至我们内地欲入新疆，亦有特殊限制。即单从经济上打算，新疆是西北首屈一指的富饶地方，新疆的大量出产，可以供给内地的消费，而新疆数百万的人口，亦可为内地产品之良好市场。新疆一路不通，西北商业无由活动，商业仍如现在之停滞，则西北社会经济决不能灵活的开展起来。西北形势，有如一条街巷，陕西是一头街口，新疆是另一头街口。新疆之路不通，等于堵塞了一口的街道，交通贸易乃至一切活动，都必然转到死寂的境况中。在一条死街道中谈"开发"⑤，谈"建设"，因为它本身不能活动起来，不但事倍功半，而且无多大用处。新疆一路，如果能够早日沟

---

① 津版疑有脱漏，应为"延误我方时机"。

②《文集》版脱漏"亦"字。

③《文集》版删除了"进行"二字。

④《文集》版删除了"的"字。

⑤ 津版误为"发开"。

通，则不仅西北社会经济要起很大变化，就是军事和外交形势，也会大大的不同。

沟通新疆的方法，自然在外交上和苏联应有相当的协商，在一个更大的目的之下，彼此进行西北交通的打通。照欧洲的先例来看，国内共产党问题，不是不能和苏联外交问题分开办理。其次对于北疆的盛世才，和南疆的马仲英军队，记者认为在国家公平而远大的计划之下，确是有接洽的办法。不过，这是要中央政府的大力来主持[①]。目前最易采行的办法，[②] 约有三种。第一，罢免新疆与内地商业上的一切捐税，即凡由新疆至内地的货物，以及内地至新疆的货物，一律免税，以增加商业上的往还。第二，由政府补助及指导新绥汽车公司，使之维持及发展哈密至兰州之交通。因绥远情形，前途莫测，而且察北事变以后，绥远至新疆一路，已很少利用之价值[③]。现在兰哈一线，新绥公司已有少数车辆不定期开行，今后当以大力助其发展，务先使兰哈交通，非常便利。第三，立即修筑国路性质的兰哈公路，必使公私汽车，可以畅行无阻。此段公路，地形大体平坦，修筑无甚困难，望主事者以全力赴之。

第二，整刷西北民族关系。

西北因为是各民族杂处的区域，各族为了各族自身的发展，自然会发生冲突的事实。历史的记录告诉我们，各族皆曾更迭着统治过西北，在此辗转统治与被统治之际，于是各族皆有互不满意之心情，故如作公平观察，则各族皆因于本族之历史与利害，而不满于他族，自然无彼此信任之可言。故必须图根本之整刷，应一扫过去"一族统治"政策，而另建以平等为原则之新政治趋向。

---

① 《文集》版为"这要中央政府来大力主持"。
② 《文集》版改为"目前最可行的办法"。
③ 《文集》版误为"已有很少利用之价值"。

此举对于沟通新疆，大有关系。盖新疆民族最为复杂，过去杨增新[①]、金树仁[②]治新时代，采绝对的"汉人第一"主义，故祸乱无已时。盛世才之统治新疆，已经比他们进了一步，能从民族问题上着眼。新疆人口之[③]最主要部分，为"缠回"，蒙古与汉人、哈萨克[④]等占次要部分。盛世才现在不许汉人再称"缠回"或"缠头"等非正式之族名，而正式确定缠回为"畏吾儿"族[⑤]，并用畏吾儿族领袖霍加尼牙子等以新疆省政府重要职务，各县县长亦多用畏吾儿人。故自此点言之，新疆之汉人对盛世才虽不满意，而畏吾儿族对之却有相当欢心。

诚然，根本解决中国民族问题，非用民族联邦不可，而适应目前紧急政治情势的需要，亦有比较易行的整刷民族关系的方法。第一将甘肃、青海、宁夏、新疆四省（绥远能有整刷之机会亦佳）之省界取消，另以民族为单位，划为"某族自治区"之类，直属于中央。选拔各该族内之新进人才，使其主持其自族内之经济文化等事，而军事与外交则必须彻底的统一于中央。如青海之和硕特蒙古（住牧柴达木河盆地）及宁夏之阿拉善与额济纳两旗可以并为"西蒙自治区"，青海南部及甘肃之拉卜楞，四川之松潘，及西康境内之藏族，则与西藏另谋区划。新疆境内除畏吾儿族应有整个区分外，其余各族亦应予以适当安排，使各得其所。

惟关于已受若干汉化之回族（严格言之，"回族"究应[⑥]如何称呼，仍待研究，今姑用习惯之名称），处理颇值研究。按回教（即伊斯兰教之

---

① 杨增新，汉族，云南蒙自人。清光绪十五年（1889 年）进士。1912 年，被北京政府任命为新疆督军、省长。1928 年 6 月，被南京国民政府任命为新疆省主席兼总司令，同年 7 月 7 日被下属樊耀南刺杀身亡。

② 金树仁，汉族，甘肃省河州人。1928 年新疆发生"七七事变"，省长杨增新遇刺。省公署政务厅厅长金树仁平息事变后，南京国民政府任其为新疆省主席兼总司令。1933 年 4 月 12 日，新疆发生"四一二政变"，金树仁被迫下野。

③《文集》版删除了"之"字。

④ 津版脱漏"克"字。《文集》版误为"哈萨党"。

⑤ 即维吾尔族。

⑥《文集》版改为"究竟"。

俗称）之入中国，盛于唐时，其入中国路线有二：一来自海道，由阿拉伯经印度以至东南沿海各地；一来自陆路，由伊兰高原经中央亚细亚而入中国之西北。其初来中土时，教徒全为另一民族，此时可为"族教不分"，但是这少数外来民族入居中国以后，一方面与中国内地女子结婚，一方面与中国内地人民杂处，故血统上、言语、文字及生活习惯上皆与内地人民混合，所余者惟宗教信仰与一部分之生活习惯，尚有相当之差异。且年代日久，渐有内地人民信奉回教，而成为回教徒，故此时仍谓"回教即回族"，颇不合于客观的事实。然而中国之回教徒，确有一主要部分含有其外来祖先之血统，只是受千年来杂居与通婚之影响，已无完备的民族条件。但是大多数之回教徒确非"汉族之奉回教"者，亦为不易之论。故今日族教①二者不能混为一谈。回教徒不一定皆有回族血统，而有回族血统者，不一定皆信奉回教。国家对回教应当尊重其信仰之自由，而对回族则另与各族谋平等处理之方。真正纯粹的回族，只有新疆畏吾儿族，其余回族，则近中国西北与西南边境者，其被汉化之程度较浅，内地回民，则同化已深②。西北方面大夏河和湟水流域之回民，其面目服饰与语言风俗，皆与内地有显然之分别。"族"之意识，亦以此带为较强。其余多只有"教"的观念，自身亦不承认其为"族"。故最好划湟夏两流域为一区，以居此已受相当汉化，而犹有③"族"的意识之回民，使之得满意之处置。此种办法，当不能无丝毫之纠纷，而此种办法，却可以相当解除各民族之不满，扫去"互相不信"④的离心现象，而另造成自然趋于向心之环境。向心力固，则外力始无所施其技。

---

① 《文集》版误为"教徒"。

② 《文集》版误为"更深"。

③ 《文集》版误为"独有"。

④ 《文集》版为"互不相信"。

第三，整顿土著军队。

西北各省土著军队中，可以有为之军事政治人才甚多。然而因为过去纷乱之政局，事实上演成许多特殊情形，尤以军队之军费，至少一大部分须自己设法筹之于地方，于是相因而发生征敛之流弊。且每一军事集团之存在与发展，完全视其本身之力量之消长以为断，①故各集团为其自身之存在打算，自不能不有种种"自我图存"的做法。为了整顿西北局势，以应付当前形势的需要，第一，应由中央"完全负担西北各军的军费"，不使其再取之于地方，一则西北民困，可以大纾，禁烟亦有法下手；再则使西北将士对国家发生信赖。第二，应尽量公平的首先选用西北军事政治人才，以处理西北之军事政治，在整个国家利益与计划之中，大公无私，不分派系的予以充分的信托，并以实力扶助西北各种事业的进展。为政之道，惟"公"与"诚"，公诚所指，必能化除一切私见，而产生彼此信赖之现象。其信立，②而后互信生，互信生，而后事业始可以圆活推进。本此要点，则西北大局之整理，即不难着手。

第四，最低限度之西北交通。

西北交通应以陕甘新一线为主干，新疆绥远线暂无开拓之必要。目前最切要之设施，在铁路方面，首应将陇海铁路展至成都，而后西北交通之"根"始立，次应使陇海路顺渭水展至兰州（经济不可能时，轻轨亦可），而后西北交通始有其"干"。在公路方面，兰州至哈密之国道式的公路，必早日促其完成。其次兰州至青海西宁，兰州至宁夏省垣，与西安经平凉至宁夏省垣的公路，亦非加紧完成不可。由宁夏省垣至阿拉善定远营之路，亦应稍加修理，使之成为二三等之公路，即可满足事实的需要。但绥远至宁夏之道路，无论铁路与公路，则至少暂无修筑之必要。

---

① 《文集》版误为"完全视其本身之力量之消长以为继"。
② 《文集》版误为"共信立"。

绥东之事，只是西北大局变化之开始，努力整刷西北之大局，现尚未失时机。除"剿匪"为另一问题外，上述之各点，皆为整理西北问题上不得不早日解决之事项。解决之方，虽有见仁见智之不同，而立策之基础，则舍"公"与"诚"而无他道。望国人早起图之。

# 第四篇　绥东战役中五个民族英雄①

绥东红格尔图一役②，因赖我前方将士之奋勇杀贼，克奏肤功，举国腾欢，全世钦仰。记者兹特介绍是役有特殊功绩之各将领，以彰我民族英雄之风采。

## （一）彭师长毓斌

彭为赵承绶部下，现任骑兵第一师师长。湖北黄陂人。现年三十七岁。保定军官六期毕业，民八③任中尉职，每年晋一级，至民十六④，升任山西督办公署少将主任参谋。现任骑兵师长。为人和平宽厚，好文学，有儒将风，而作战则勇健果毅，不似其面目。此次任前敌总指挥，以包围袭击战法，击溃王英。

## （二）董旅长其武

董为山西河津人。现年三十八岁，新任三十五军第二二八旅旅长。民十二⑤由山西太原斌业专门学校毕业。民十三⑥任中尉排长，历任连营长副官长及团长等职，并曾任国民革命军第四军（铁军）指导员等。十九年⑦再任团长，今年升旅长。为人谨慎精明，学术修养甚勤，红格尔图解围之战，三团步兵皆归其指挥。

---

① 本文刊载于 1936 年 11 月 23 日天津《大公报》，原文未署名。
② 红格尔图在抗战时期曾是绥东地区的战略要地，位于白音察干镇正北 20 千米处。红格尔图战役是 1936 年绥远抗战中的第一场重要战役。11 月 15 日至 18 日，驻扎在红格尔图的晋绥军击溃王英部伪军的袭击，共毙伤日伪军 1700 余人，俘虏伪军 300 余人。这一战役以及随后发生的百灵庙战役的胜利，在当时产生了深远的社会影响，推动了全国抗日斗争的高涨。
③ 即民国八年，1919 年。
④ 即 1927 年。
⑤ 即 1923 年。
⑥ 即 1924 年。
⑦ 即 1930 年。

### （三）张团长培勋

张为骑兵一师六团团长，六团为此次功绩特著之部队，盖张仅以四连骑兵，困守红格尔图，敌以十倍以上之兵力猛攻此蕞尔小村，终未得逞，张之功为不可没。张为行伍出身，民四[①]在山西入伍，充副兵，由下中上士升连营长，十七年[②]升团长，以至于今。

### （四）张团附著

此次红格尔图战役，应以一师六团张著团附为首功，盖匪攻红格尔图时，村中只有骑兵两连，张沉着应战，在大炮飞机猛烈攻击之下，始终不稍动摇，支持一日，始得张团长两连骑兵之援助。张为河北保定人，现年三十八岁，保定六期毕业。民八[③]在西北军任见习，自连营长至参谋长，二十一年[④]任团附。

### （五）苏团长开元

苏为三十五军二一八旅董其武部四三五团团长，黑龙江青冈县人。现年三十一岁，民十七[⑤]由日本士官学校二十期毕业，曾任福建陆军干部队官、天津警备司令部参谋，二十年[⑥]任团长，现兼集宁守备司令。平地泉后方之维持，苏与集宁县长周钧之力为多。

---

① 即 1915 年。
② 即 1928 年。
③ 即 1919 年。
④ 即 1932 年。
⑤ 即 1928 年。
⑥ 即 1931 年。

# 第五篇　绥战的检讨

## （一）大陆封锁计划

从我们的研究和所得秘密材料看，某方有一个大陆封锁中国的计划。他们似乎看到封锁的困顿，比一块一块的占领强些，假如封锁线要是很巩固的话。他们可以收"不战而亡中国"，或者"略战而亡中国"的效果。封锁中国的办法，他们觉得西太平洋上中国的海上交通，以他们现有的海军力，一定可以相当圆满的控制，现在成为问题的，是大陆上对苏联的交通，一条是察绥通外蒙，一条是甘肃通新疆。在他们看来，如果不切断中国与苏联的联络可能，不但在军事上无法征服中国，而且万一苏联与中国连成一气，在军事见地上是非常危险。（诚然目前的中苏两国能否联合，又是另一问题。）

大陆封锁的线路，是以内蒙的自然区域为依归。热河是另一问题，往西是察北，绥东绥北，宁夏西部之阿拉善与额济纳蒙古，南过祁连山是青海蒙古，西去是新疆蒙古。他们想利用内蒙古民族，来造成听他们指挥的傀儡国家，这个傀儡组织的外表是"民族自决"，骨子里完全是他们愚弄的一批糊涂虫。内蒙古民族之外，如果还有利用的机会，他们也异常的希望。他们西进的路线，是比较侧重蒙古地方，由热河承德往西到察北的多伦，是一个小站。多伦往西是张北，这是一大站。张北西北到化德（嘉卜寺）是目前策划内蒙的军事政治中心。化德西去百灵庙，他们对百灵庙的期望，非常之大，将来这条封锁线的中心点，就在这个地方。再顺百灵庙而西，至外内蒙边境上的松稻岭，又分为两路，一路南下阿拉善旗之定远营，一路西去额济纳旗。从此两点南下，定远营南经凉州（武威），额济纳南过肃州（酒泉），分途入青海。下手的办法，是挑动民族感情，扩大民族冲突，同时对于凡是可以扰乱地方的力量，无不惜用，一切土匪，皆所欢迎。

绥远是这个路线的一环，而且是致命的地方，所以对绥远的做法，和察北不一样。察北方面，只要控制好张北，后方可以无问题。而绥远形势却与此大不相同，如果绥东还在我方，则不但绥北随时可以被我截击，察北亦随时有受到绥东袭击的可能，故对方对于绥东，势在必得。绥东之中心在平地泉（集宁），平地泉如被控制，则归绥包头等地，皆将成无用之地，而他们西进封锁的计划，可以免去中途的威胁。

同时最重要的一点，是对方的西进政策，他们自己并没有真正的力量，可以参加，他们是利用蒙古民族和中国少数汉奸，另外配上些无知愚民和胁纵 ① 群众，他们利用我们历史遗留下的若干政治上的弱点，只有少数的特务工作人员在其中发纵 ② 指挥。

**（二）我们的认识和决心**

"九一八"以前直到二十二年 ③ 的热河战争，中国军人和民众，虽充满爱国的热忱，而对于对方之估计与认识，多涉浮夸，深带"恐怖病"意味。淞沪战争与长城战争以后，大家对于对方之作战能力，渐有新的认识，恐惧意味，逐渐减消。在政治上，大家亦有新的了解，从进逼无已止的政治要求看来，感觉到无论用什么方法，什么态度和他们苟全，终久是弄不好的。他们尽管有暂时利用的意思，而一切被利用的个人和势力，最后都不会为他们所容留。

从事实的教训，与对于对方研究的进展，差不多中级干部以上的军官，都已经了解下述的事实：在当前他们国内情势，与国际情势中，他们能加于中国的军事力量，是有限的，特别是某军的力量和分布的情形，不容许他随便抽调多量的兵力。他们只是"利用"中国人以乱中国。

---

① 胁纵即胁迫、放纵。
② 发纵即操纵。鲁迅《坟·科学史教篇》："自然之力，既听命于人间，发纵指挥，如使其马，束以器械而用之。"
③ 即 1933 年。

绥远的地位，大家亦有了新的见地，对方对于绥远的进攻，不只是局部的领土问题，而是关系于对我一大军事政治阴谋的支持点的问题。绥远如果不守，整个西北的门户洞开，对方的封锁计划，可以顺流而下，我们将来民族解放战争，将受到致命创伤，因此守绥远，不只是"守土"，而是针对着一个大阴谋，加以当头痛击。

收复察北，尚有各种连带的问题，而我们不允许绥远土地一丈一尺被人侵略，则有坚定不移的决心。被利用的伪匪，我们固有歼灭的打算，就是对方的正规军出马，我们亦毫无疑问的将对之作英勇的战争。

这一次比从前任何一次都有进步，从中央到地方，关于军队的编制调遣，军器和饷糈①，乃至于军令的发布，皆有通盘的筹划，和统一的指挥，决非局部战的老调，所以将士的情绪，不但勇敢兴奋愉快，而且有最后胜利的信心！

### （三）胜利和缺点

从所得秘密文件上看到，两次进攻红格尔图之役，第一次是王道一，第二次是王英，目的在打通从民地（已开垦地而有村落人口者）西过绥北的道路，特别是王英这一次，具有更大的企图，希望经绥北到绥西，扰乱绥远后方，并且牵动甘肃宁夏青海的土匪，先造成绥远全盘的混乱，然后可以从容控制绥东，顺利的去做蒙古民族的分离运动。然而我们骑兵步兵与民团在红格尔图的英勇抗战，根本粉碎了他们这一阴谋。

红格尔图急切不能攻下，对方的企图转到绥北百灵庙，一面想加强百灵庙的蒙兵力量，一面令王英绕蒙古草地，移向绥北，以牵制归绥包头。我在对方布置尚未完全周密的时候，我们又由骑步兵异常的攻击精神，击破百灵庙这一据点，使对方立刻丧失阴谋策动之凭借。

---

① 饷糈指军粮给养。

战术上，我们这次绥远抗战，有异乎长城战争之点。我们暂时的作战"方针"是"守"，然而我们守的"手段"，却是"攻击"。即所谓"攻击的防御"。因此我们以极少的兵力，守着几个"要点"，大部分兵力，皆在休息，到了敌人来围攻的时候，我们雄厚的兵力，一旦出而袭击，以歼灭的姿势，取得战争的胜利。

一个国家和民族，是和个人一样，最神圣的基性是"生存"，故为生存而战争，是最神圣的战争。神圣的战争能激发战斗者超乎寻常的勇敢，与精忠殉难之决心，所以从绥东抗战到绥北鏖兵，我们将士奋不顾身之事迹，令人可歌可泣。一般本来教育很落后的群众，对于这种为民族生存的大义所激发的民族战争，是无条件的供献其全力。后方民众的踊跃输将，不辞劳苦的慰问，甚至若干青年自动放弃其中人以上之生活，投到前线服务。这些事实表现为中国各阶级民族对外的一致性。由于这种一致性的表现，更可以表示我们民族解放战争前途的光明。

对方最近计划反攻百灵庙之役，金宪章①石玉山②等通电反正。这件反正的事实，表现一种特殊意义，第一，我们在防战运动中，并没有忘去对我们被利用同胞的劝服工作，我们不是单纯的好战主义者和英雄主义者，我们有深厚的政治了解和对于自己同胞爱护的热忱。第二，被利用的同胞的投诚，证明中国民族彼此间有特殊的不可分性，任何利用政策，决不能收到最后的效果。

但是，我们这次绥远抗战亦有其不尽令人满意的地方：第一，我们太

---

① 金宪章（1885—1949），名奎宾，字宪章，河南宝丰赵庄乡魔家营村人。曾追随孙殿英部担任旅长。据史载，1936 年 3 月金宪章按计划前往蒙古诈降日军，被编入王英"大汉义军"，任第一旅旅长。日本关东军指挥蒙古军进攻绥远时，金宪章暗中告知绥远省主席傅作义，绥远军方因此提前做好准备，遂使蒙古军在百灵庙大败。日军顾问小滨大佐断定此次大败原因必是有人泄露了作战计划，于是命令将守卫锡拉木伦庙的蒙古骑兵第七师穆克登宝部换防成王英部。1936 年 12 月 9 日穆、王两部换防时，金宪章乘机率己部官兵哗变，袭击蒙古军穆克登宝部，枪决了日军顾问小滨大佐等 27 人，之后率部投降傅作义。这就是震惊中外的"锡拉木伦庙事件"。
② 石玉山，曾任"大汉义军"第四旅旅长，1936 年和第一旅旅长金宪章一起率部制造"锡拉木伦庙事件"，之后率部反正。

缺乏与邻省一致的全般计划、省界主义，错过了多少可宝贵的时机。红格尔图击破王英之后，本可直下商都。商都如下，则百灵庙不战自退，更不能有大庙为根据地的反攻百灵庙之役。但是这里已经涉及到中央对外方针与步骤的问题，不是局部的将领所能主张。因此迄今未向商都进取，我们从纯军事立论，不能不说是一点缺陷。第二，我们对于被利用同胞的特种政治工作，做得不够。我们对于自己同胞间的对立，应即刻设法中止，免耗去自己精力，所以我们应该有系统的有组织的散布大批特务工作人员，至伪匪军中，不仅对于高级将领希望他们反正，并且要普遍到下级干部和士兵，使他们整个动摇和瓦解。让我们的力量真真实实的对外。第三，我们军队中政治工作人员的缺乏。因为我们这回的战争，有相当的对外性和特种政治性，所以我们前线作战的队伍，必须有外国文修养及有特种政治头脑的政治工作人员参加，很机敏的处置由战场上所得的特种文件和情报。然而红格尔图和百灵庙之役，我们因为没有上述的准备，许多有特殊价值的文件和书册图表，皆牺牲于士兵们战斗情绪之中！我在攻下百灵庙四天以后去过一趟，我还发现了不少有价值的文件散在破纸堆中。

**（四）今后**

我们绥远抗战的胜利，在精神上，表现为中华民族整个的解放战争胜利的先声。这不仅是绥远将士和民众的光荣，而且是整个中华民族的光荣！

绥远抗战，不仅保全了绥远的领土，而且粉碎了敌人的大陆封锁政策，所以不仅是绥远的胜利，乃是西北各省和全中国的地位的巩固！

暂时守势的绥远战争，应赶快转变为攻势，最低限度，我们应速收复察北！

西安事变，有颠覆整个对外阵线的危险，劫持统帅，殊非适当的办法，应速谋善后，集中力量，重新开展辉煌的对外阵容！

（十二月十六日平地泉）<sup>①</sup>

---

① 本文于 1936 年 12 月 16 日完稿。1937 年 1 月 1 日发表于《国闻周报》。

# 附

## 录

# 从《中国的西北角》到《塞上行》①

范长江

从一九三五年到一九三八年，这四年间我在《大公报》工作。其中可分为两个阶段，从一九三五年到一九三七年二月访问延安之前，我还是继续沿着一九三四年的思路，研究团结抗战问题，同时也提出一些社会问题、人生问题。

在一九三四年冬，南方红军开始大移动，后来听到传说，红军要北上抗日，我感到这是一件大事。蒋介石这时用全力进行"追剿"。一九三五年春，红军主力已达四川西部，北上行动已经证实。我想搞清楚这一个全中国人民关心的大问题，也是我自己关心的大问题。红军北上抗日的传说，曾使我一度想到，红军提出的北上抗日，是全中国大多数人的要求，而在日本进攻面前，提出"武装保卫苏联"的口号，是大多数中国人不能接受的。②

莫非共产党内还有分歧，也有正确和不正确主张的争论？当然，这时我并不知道共产党内毛主席的正确路线和王明、博古的"左"倾机会主义正在进行斗争。因此，我想去研究红军北上抗日的问题，最好能到红军中去，彻底弄个明白。但怎么能去的了呢？我也想不出办法。

正好这时天津《大公报》有一个旅行写生记者叫赵望云，在河北农村旅行写生，也发表过一些通讯。我想如果我能弄到《大公报》旅行记者的身份，到中国西部去旅行，就可以接近红军，甚至于进入红军，那我所关

---

① 这是范长江在"文革"期间（1969 年 1 月）根据记忆写出的一份"交代"材料，原题为《我的历史的主要情况》。《范长江新闻文集》（新华出版社 2001 年版）收录了此文，题目改为《我的自述》。本材料比较详细地回顾了他的青少年时代以及投身新闻事业的历史情况，反映了他的思想发展脉络和成长过程。本书摘录了其中第五部分"从《中国的西北角》到《塞上行》"，作为本书的附录，说明这两本书产生的历史背景和写作的经过。本书对作者的原稿未做任何增删。由于此文是在作者受到政治迫害而被关押的情况下写的，作者没有其他参考资料可供核对，因此文中在个别史实方面存在记忆不准确之处。为便于阅读，本书编者在相关字句处添加少许注释，以供读者参考。

② 参见《成兰纪行》之《"苏先生"和"古江油"》。

心的最大问题就解决了。旅行记者行动自由，文责自负，《大公报》不付工资、差旅费，只付稿费，但可以借支。我想这是一个好办法，也可能成功。于是我去天津找胡政之①。这时我已为《大公报》写了几个月通讯，他们对我的写作能力，没有怀疑。我提出到中国西南西北去旅行，为《大公报》写通讯，又不要他们出差旅费和工资，只要他们的稿费，对他们也没有什么负担，只要给我一个证件，一个名义，介绍一些地方旅馆和社会关系就行了。胡政之同意了我的要求，但我没有告诉他，我要去研究红军问题。于是，我从天津出发，经青岛、上海、重庆，到四川，沿途写了一些通讯，都陆续登出来了。《大公报》那时在全国声望很高，有了《大公报》的正式名义，又经常在报上发表我署名的通讯，还有《大公报》在全国的分支机构可以依靠，虽然我的经济情况那时还很困难，常常捉襟见肘，但我活动的局面已开始打开了。

我那时计划，如果能直入红军，最好不过，如不能直入红军，我就打算进行我在北平研究抗日军事问题时所想到的考察计划，我看到的中国西部（包括西北和西南）是将来抗日战争大后方，这个计划我和李自强一度尝试没有成功。我大概是一九三五年五六月到成都的，我决定首先直入红军。这时红军主力在四川西北部，暂时没有前进（以后才知道这时正是张国焘闹分裂的时候，这是我到延安才知道的）。我一个人就由成都北上，由彭县入大山，雇人带行李，越走山越大，人家越少，深山密林，道路曲折，也不知道目的地在哪里，只想能撞见红军。沿途群众见我不是本地人，单身进大山，又无目的地，都劝我不要前进，因为山中土匪很多（这里不是说的红军，而是指真正的土匪），野兽也不少。我没有办法，只好回成都。在我写的《成兰纪行》上简单写过这一段，②但没有说我真正的目的。

---

① 胡政之（1889—1949），名霖，字政之，四川成都人。新记《大公报》创办人之一，任总经理兼副总编辑。
② 参见《成兰纪行》之《成都出发之前》。

不得已只好找军队的交通关系，和他们结伴同行。因为我有《大公报》的记者证明，可以合理合法的和军队接洽交通关系。那时在岷山南北，四川、甘肃之间这个所谓"剿匪"战场，分作三段，南部是胡宗南防区，中段是鲁大昌①防区，再往西北是藏族黄正清②和杨土司③的防区。我就一段一段的找交通关系前进。这样走，虽然进不了红军，但也可以了解一些情况。在胡宗南防区，结伴同行的是葛武起④的一个小参谋团，在鲁大昌防区，他派了一个小军官送我。鲁大昌和黄正清后来在解放战争中都起义过来了。

成都到甘肃兰州这一段旅行，穿越岷山南北，行程数千里，翻雪山，过草地（大草地的边缘部分），穿原始森林，过白龙江。我共写了两篇文章，一是《岷山南北"剿匪"军事之现势》；二是《成兰纪行》，是一个连载的长篇旅行记。

这两篇文章如何写法，我是用心考虑过的，到现在我还能记得一些，不过，已记不全了。我写这些文章是要给全国读者看的，要告诉全国读者一些什么呢？我并没有进入红军，我弄清了一些问题，但有些根本问题，并没有弄清楚。同时，我估计到《大公报》能发表我的文章的政治界限，如果根本不予发表，我这次旅行对全国读者就没有作用。为了把我已经了解的问题忠实地报道给读者，只是客观地"提出问题"，还不是"解决问题"。在提出问题的方式上，在那时的历史条件下，只能用"透露"的方式，还不可能正面叙述。我不能用共产党宣传员那样的立场来写文章，因为我自己还不完全了解共产党的主张，还不可能有这个立场。但是，我也

---

① 参见《成兰纪行》之《洮河上游》注释部分。

② 参见《成兰纪行》之《行纯藏人区域中》注释部分。

③ 参见《成兰纪行》之《洮河上游》注释部分。

④ 即葛武（1901—1981），浙江浦江人，日本明治大学政治经济系毕业。1933 年起任宁夏省政府委员兼教育厅厅长、军事委员会委员长侍从室少将秘书。全面抗日战争爆发后，任甘肃省政府委员兼教育厅厅长，创办西北训练团，任教育长。1947 年 7 月授陆军少将，同年 12 月授陆军中将。1949 年到台湾，续任"国大代表"。1981 年 9 月在台北逝世。

反对国民党要坚决消灭共产党的立场，即所谓"剿匪"的立场。我那时的立场是停止内战，团结抗日，主要锋芒是反对国民党的一党专政，但也不是主张马上先要消灭国民党。因此，我在这两篇文章中贯穿了这样一个基本观点：国共两党要有平等地位，首先国民党要停止"剿匪"内战，共商抗日大计。因此，我在写作时，正式称中共军队为"红军"，提到"剿匪"的地方加以引号，表示对"剿匪"方针的否定。<sup>①</sup>我在通讯中议论生存斗争一段，把皇帝和平民平等看待，也意味着对国共要平等看待。<sup>②</sup>

另外，我针对国民党的欺骗宣传，"透露"出几个重要问题：第一，国民党说"匪军"已成"流寇"，已无政治目标，我说红军的目的是"北上抗日"；第二，国民党说，"匪军"已损失殆尽，快要走上石达开的道路，我说，毛泽东的中央红军还有"万人"，还不算二、四两个方面军。那就是说，还有好几万人。从一九二七年大革命失败到一九三五年，在国民党的统治区中，在合法出版的报纸书籍上，公开称"红军"，对"剿匪"加引号，而且用文字公开透露出红军是"北上抗日"，并不是"流寇"，我是第一人。因此，我在一九三七年初访问西安和延安，以及抗日时期接触到的红军干部对我都有好感。我那时所采用的一些曲折的透露方法，那时的读者都能看懂，并没有引起误解。但另一方面，我也对有些现象有所批评：（一）对于使用"苏维埃"这样的外国语译名作为政权机关的名字，群众闹出一些误会，把机关当人名，所以我反映了"苏先生"的说法；<sup>③</sup>（二）张国焘军纪有些不好。我在南昌考察时，知道中央红军纪律非常严明，有"三大纪律、八项注意"。我自己在南昌起义的部队中，纪律也是很好的，

---

① 参见《长安剪影》之《动荡中之西北大局》等。
② 参见《成兰纪行》之《过大雪山》。
③ 参见《成兰纪行》之《"苏先生"和"古江油"》。

所以我批评了张国焘部拿农民的粮食问题。① 当然，现在看来，在内战那样严重的情形下，我这样公开批评是不妥当的。

这次旅行结束并在《大公报》发表这些文章之后，我回到天津，胡政之正式吸收我作《大公报》的固定工作人员，月薪六十元，出差可以报差旅费。

这时，我对红军和共产党的问题，还是没有完全搞清楚。我于是继续我对西北各省的旅行计划。准备在西北旅行完毕后，再去西南各省，实现我原来的主张。我到过青海、宁夏、甘肃、内蒙、陕西，考察的情况都记在我当时所写的旅行记上，报上发表时都有我的署名，以后收进了《中国的西北角》一书中。

在这些旅行记中，我还只是"提出问题"，并不是"解决问题"。这一阶段，我曾提出什么问题呢？概括起来是：一、日本侵略势力已深入西蒙，到了额济纳蒙古，亡国灭种之祸迫在眉睫，对日妥协谈判全是幻想；二、西北民族关系紧张，汉、蒙、回、藏内部并不团结，互相仇视甚深，是很大的隐患；三、西北的封建压迫很严重，人民生活十分痛苦，社会经济凋敝不堪，如果不加改革，不能担负抗战的任务；四、国民党所谓"开发西北"，全是假的，所谓轰动全国的"西兰公路"是"稀烂公路"；五、在西北的东北军的生活很悲惨，很多家属流离失所，而他们却被迫在西北进行"剿匪"内战，如此等等。对西北各地的国民党军政负责人，我为了能在他们的统治区内通行、住宿和利用交通工具等，不能不去拜会他们，并在我的通讯中无伤大雅地照顾一二句，但这并不影响和动摇我的上述基本观点。所以，青海马步芳和宁夏马鸿逵看到我写的文章后，都发怒要逮捕我。

---

① 参见《成兰纪行》之《岷河沿岸》。

我的《中国的西北角》出版后，曾连续再版有八九次（或十余次），受到当时广大读者的欢迎，许多人写过书评，大体恭维的人居多。有一个姓周的读者，写了一篇书评，说我只"提出了问题"，没有"解决问题"，说要解决这些问题，要有深刻的系统的理论（大意）。我不认识他，但觉得他说的很对，很了解我。我在第二版上或第三版上，收入这篇书评作了序文。我到现在也不认识他。他的确了解我那时的政治水平。我从来没有用文字或口头吹嘘过自己是"进步记者"，我自己水平是怎样，我是知道的。究竟如何评价我，是当时读者的事，不是我自己的事。我也从未要求什么人为我作一个好评。这些都是一九三五年到一九三六年上半年的事。

一九三六年秋冬，日军进犯绥远，傅作义军曾坚决抵抗，全国此时普遍兴起了援绥运动。我结束了对西北各省的旅行考察任务，到绥远作战地记者，日寇这时的目的，是要以小兵团长驱西进，利用中国西北民族矛盾和国内阶级矛盾，控制中国西北各省，切断中国和苏联的联系，傅作义军的抵抗则打乱了日军的部署。从一九三二年"一·二八"十九路军淞沪抗战，到一九三三年二十九军喜峰口抗战，再到一九三六年绥远抗战，事实证明，只要中国军队决心抗战，日本帝国主义并不可怕，问题是国内要有团结一致的办法。

一九三六年十二月十二日"西安事变"，张学良、杨虎城扣留蒋介石，不久，张学良又亲自送蒋介石回南京，局外人莫明其妙。不久，傅作义从太原开会回来告诉我，"西安事变"有中共代表参加，释放蒋介石是中共的主张。我虽不知内情，但肯定中国政局必有根本性的变化，可能团结抗战已有些眉目，否则中共不可能主张释放蒋介石。这是当时中国的头等大事，也当然就是中国当时头等大新闻，也是我一九三四年以来所思考的最大问题，可能在中共方面已提出完美的主张。我下决心立即撞入西安和延安，为全国读者弄清这一头等大事。

我估计《大公报》不会同意，因为它以社论公开反对"西安事变"，于是我就自由行动，离开绥远向宁夏方面前进。这时西北对外交通全断，航空、铁路、公路都不通车，我只能利用各种办法，走一段，算一段，走到那里是那里。最初我用航空公司内部交通到了宁夏，拟由宁夏东去延安，但那时局势十分混乱，无路可去。我又到甘肃兰州。那时甘肃主席是于学忠。兰州秩序刚刚稳定，蒋介石在兰州的势力已被镇压下去，但兰州西安间的交通仍然不通。各个不同系统的军队，各据一段，互相对峙。我要求于学忠拨一辆卡车给我，我给司机五百六十元，请他为我开车，走一段，算一段，我决定不惜一切牺牲，向西安前进。沿路数次为军队绑架，因为许多人平时看《大公报》知道我的名字，知道我的态度，把我释放了。因此，我在一九三七年二月初撞到西安。经过《大公报》分销处找到了邓宝珊，又经邓，找到了杨虎城，又经过杨虎城，在杨虎城公馆里，找到周恩来同志，这是我认识的第一个共产党人。[①]周恩来同志告诉我"西安事变"前后的经过。我要求去延安访问毛主席，延安同意后，周恩来同志派车送我去延安。在延安，毛主席教导我一个通宵，这十小时左右的教导，把我十年来东摸西找而找不到出路的几个大问题全部解决了。[②]

我那天晚上之高兴，真是无法形容的，对于毛主席的敬爱心情，由此树立了牢固的根基。从那晚谈话中，我弄通了三大问题：

（1）中国现阶段革命的性质问题。中国革命要分两步走。第一步是资产阶级民主革命，即新民主主义革命，或新三民主义革命，这个阶段的时间很长，从大革命到现在以及今后很长时间，都是这个阶段。社会主义革命是下一个阶段的事，不是现在的事。这就把我一九二七年在武汉所得的片面理解，以及在南京伪政校时所受的欺骗宣传的影响，根本澄清了。

---

① 参见《西北近影》。
② 参见《陕北之行》。

因为中国共产党在现阶段并未主张实行社会主义革命，那是下一阶段的事。说中国现在没有条件实行社会主义革命，这本来是共产党自己的主张，很合中国国情，而不是不合中国的国情。过去国民党封锁消息，颠倒是非，把共产党所提倡的基本主张，说成是共产党反对的。

（2）民族矛盾和阶级矛盾的关系问题。在日本进攻中国面前，阶级矛盾应当服从民族矛盾。这里毛主席和我详细谈了中国共产党提出的抗日民族统一战线的形成过程，"西安事变"的经过以及中共主张和平解决"西安事变"的原因。中共反对国民党的一党专政，在目前也不主张无产阶级专政，而只主张民主共和国。

（3）抗日战争的战略问题，毛主席提出持久战，这是将来对日战争的战略方针。还详细为我介绍了江西五次反"围剿"的经过。

很显然，中国历史从此开始新的一页了。中国的出路，在我来说，是找到了。我本来有到延安搜集材料写长篇著作的意思，毛主席对我说，目前最重要的是把中共抗日民族统一战线的主张，利用我所在的《大公报》及其他各种可能的方法，向全国人民作广泛的宣传，动员全国人民团结起来，一致抗日。他说，我应当马上回到上海去，作宣传工作。写书可以以后再办。根据毛主席这一建议，我立即离开延安，经西安赶回上海。

回上海第一件事是在上海《大公报》发表了《动荡中之西北大局》，第二件事是在《国闻周报》上发表了《陕北之行》的长篇连载。我的延安访问报道是一九三七年二月十五日开始见报（这个日期是从毛选上核对出来的）。[①] 这一天正好国民党举行三中全会，蒋介石在这次会上对于"西安事变"的经过，完全讲了一套假话，根本不提中共和"西安事变"的关系，

---

① 参见《范长江新闻文集》中《祖国十年》（1941 年）的《留下的问题》一节。文中称，正是二月十五日三中全会开幕那一天，上海《大公报》发表了《动荡中之西北大局》一文。此前总经理胡政之当夜为此文改稿。因新闻检查所对此稿不放行，胡政之决定"违检一次"发表再说。范长江在文中表示，"在对于这个新闻的把握和发表坚决方面，胡先生的做法，实在是可以称道的"。次日天津《大公报》又发表了比较完整的基于原稿的文本。在《塞上行》一书中收录了体现记者本意的该文正本。

更没有提中共主张和平解决"西安事变"、释放蒋介石的事，至于蒋介石已口头同意停止内战，一致抗日等几条，他因此才被放出来的事，更不涉及了。当天下午上海报纸到南京，我写的文章和蒋介石上午讲的完全不一样。我在许多地方已写得很隐晦，但当时的读者一看就知真情。蒋介石大怒，把当时在南京的《人公报》总编辑张季鸾叫去人骂了一顿，张季鸾说不知道此事。事实上，蒋介石在西安已口头答应的条件，已不得已部分付诸实施，如撤走西北的"剿匪"军等，第二次国共合作，已成定局，他也无可如何。不过，从此以后，我发现我的信件都已经过检查了。第三件事是对上海职工界、青年界、妇女界、工商业界、宗教界、文化界等作了几十次到百余次的演讲及举行座谈等。中心是宣传中共的抗日民族统一战线。

我所发表的文字的东西，因有国民党新闻检查的关系，并受《大公报》老板能否同意发表的局限，写得曲折一些，如用"西北最高当局"来代替"毛主席"和"中共中央"，又如用"东方政治的精华"等语表面上恭维蒋介石，而在当时读者一看就明白的是，蒋介石离西安后所说的一套是假的，实际上他在西安另外答应了一套，不过那时不许可我如实写出来，等等。但我在上海对各界群众的口头报告中，却是完全照真实情况讲的，影响较深，但范围较小，不像登在报刊上可及于全国。我回上海一个多月以后，毛泽东主席从延安给我一封亲笔信，信中说："你的文章，我们都看到了，深致谢意。" 就是指我回上海发表的文章①。

不久，我把西蒙采访行纪、绥远战地通讯、西北采访记以及《陕北之行》汇编成书，就是《塞上行》。

---

① 见本书第三部分中 1937 年 3 月 29 日毛泽东写给范长江的亲笔信。在此期间，范长江在上海《大公报》、天津《大公报》发表的关于西北时局的文章包括《动荡中之西北大局》和《西北近影》。

# 范长江西北考察行程一览表

## （1935 年 7 月—1937 年 3 月）

| 《中国的西北角》 | | | |
|---|---|---|---|
| 第一篇《成兰纪行》（成兰之行自 1935 年 7 月初至 9 月 2 日，从 7 月 14 日离开成都开始计算，共 51 天） | | | |
| 篇目 | 时间 | 行经地点 | 交通／住宿／备注 |
| 1. 成都出发之前 | 1935 年 7 月初 | 成都—新都（今成都新都县）—新繁（今成都新繁镇）—彭县（今成都彭州市）—返成都 | 乘黄包车／徒步 |
| 2. 成都江油间 | 1935 年 7 月 14 日 | 成都—广汉（今德阳市广汉市）—绵阳—中坝（今江油市政府所在地）—江油（今武都镇） | 乘汽车／徒步 |
| 3. "苏先生"和"古江油" | 1935 年 7 月 15—18 日 | 白石铺（今绵阳市江油市白石村）—猪头垭（今江油市猪头垭）—大石堡（待考）—平谥铺（今绵阳市平武县平驿铺）—煽铁沟（今绵阳市平武县煽铁沟）—响岩坝（今平武县响岩镇）—南坝（今平武县南坝镇） | 宿白石铺、大石堡、响岩坝、南坝 |
| 4. 平武谷地中 | 1935 年 7 月 19—22 日 | 何家坝（平武县何家坝村）—旧州（今平武县旧洲）—古城（今古城镇）—桂香楼（今平武县桂香楼）—平武（今平武县治在龙安镇）—铁龙铺（今平武县铁龙堡村）—水晶站（平武县阔达藏族乡一带） | 乘汽车／徒步／过铁索桥 宿古城、平武、水晶站 |
| 5. 过大雪山 | 1935 年 7 月 23—27 日 | 水晶堡（今平武县水晶镇）—叶塘（今平武县安塘村）—木瓜墩（今松潘县木瓜墩村）—小河营（今松潘县小河镇）—观音岩（今松潘县观音岩）—三舍驿（今阿坝藏族羌族自治州松潘县黄龙乡三舍驿村）—黄龙寺—雪宝顶（大雪山雪宝顶） | 乘汽车／徒步／过铁索桥／骑马／骑牦牛 宿叶塘、观音岩山村、黄龙寺外木篷屋 越过大雪山雪宝顶 |

| 篇目 | 时间 | 行经地点 | 交通 / 住宿 / 备注 |
|---|---|---|---|
| 6. 松潘与汉藏关系 | 1935 年 7 月 27 日 | 风洞关—松潘 | 宿松潘 |
| 7. 金矿饿莩与藏人社会 | 1935 年 7 月 28 日 | 红桥关（今虹桥关）—章腊（今漳腊）—昌盘寨（今松潘县川盘村） | 骑马 宿昌盘寨 |
| 8. 白水江上源 | 1935 年 7 月 29 日 —8 月 1 日 | 弓杠岭—戎洞（今溶洞道班一带）—踏藏—隆康（今九寨沟隆康村）—经黑河塘赴旗水坝（今七舍坝）—返回黑河塘 | 骑马 / 过草地（沮洳地）—弓杠岭原始森林 宿溶洞"死人窟"、隆康、旗水坝 |
| 9. 野猪关和茶冈岭 | 1935 年 8 月 2—7 日 | 南坪（今九寨沟县永乐镇）—野猪关堠—董上庄（今甘肃陇南文县墩上村）—中寨—阴平寨—黑格寨（今墩尚村）—地尔坎（今甘南藏族自治州舟曲县博峪乡地儿坎村）—茶冈岭（今插岗山）—茶冈寨（今插岗乡）—哈儿河—毛儿坪（今磨儿坪）—南于寨（今南峪乡）—西固县（今舟曲县） | 骑马 / 徒步 宿南坪 过野猪关堠 宿董上庄、黑格寨、地尔坎、茶冈寨、毛儿坪、西固 |
| 10. 岷河沿岸 | 1935 年 8 月 8—11 日 | 两河口—接官亭（今官亭镇）—邓邓桥（今邓桥）—宕昌（今宕昌县）—哈达铺 | 骑马 宿接官亭、宕昌、哈达铺 |
| 11. 洮河上游 | 1935 年 8 月 12—19 日 | 岷县—西大寨（今西寨镇）—临潭新城（今甘南藏族自治州临潭县新城镇） | 骑马 住岷县 4 日 宿西大寨、临潭新城 |
| 12. 杨土司与西道堂 | 1935 年 8 月 20—23 日 | 卓尼寺—泼鱼（今博峪村）—卓尼—临潭新城—临潭旧城（今甘南藏族自治州临潭县城关镇） | 骑马 访杨积庆土司 宿泼鱼 返新城—赴旧城 访西道堂教乎马明仁 |
| 13. 行纯藏人区域中 | 1935 年 8 月 24—26 日 | 下弯哥罗（今下完冒村）—上弯哥罗（今上完冒村）—陌务寺（今合作市佐盖曼玛乡美武村）—卡加（今合作市卡加曼乡）—隆洼（位于今甘南藏族自治州夏河县唐尕昂乡境内，今有隆哇寺） | 骑马 宿陌务、隆洼 |

续表

| 篇目 | 时间 | 行经地点 | 交通／住宿／备注 |
|---|---|---|---|
| 14.大夏河回藏两要地 | 1935 年 8 月 27 日—9月 2 日 | 拉卜楞（今夏河）—河州（今临夏市）—镇南坝（今锁南镇）—墁坪（今甘肃省定西临洮县墁坪村）—陈家山—尖山子（今尖山村）—兰州 | 骑马　宿拉卜楞、河州、锁南坝、墁坪1935 年 9 月 18 日完稿于兰州。 |
| 第二篇《陕甘形势片断》（自 1935 年 10 月中旬至 12 月上旬，在西安至兰州一线采访） | | | |
| 1.长安剪影 | 1935 年 10 月中旬—11月 2 日 | 西安 | 1935 年 11 月 2 日完稿 |
| 2.兰州印象 | | 兰州 | 1935 年 12 月 16 日完稿 |
| 3.对于西兰公路之观感 | | 兰州 | 1935 年 12 月 15 日完稿 |
| 4.陕北甘东边境上 | 1935 年 11 月 2—9 日 | 西安—咸阳—邠州—长武—西峰镇—庆阳 | 1935 年 11 月 9 日完稿 |
| 5.渭水上游 | 1935 年 12 月 3—10 日 | 兰州—天水—甘谷 宿关子阵（今甘肃省天水秦州区关子镇）—三十里铺—西安—兰州 | 乘飞机／骑马1936 年 1 月 4 日完稿 |
| 第三篇《祁连山南的旅行》（祁连山南的旅程自 1935 年 12 月 17 日至 1936 年 1 月 10 日，共计 25 天） | | | |
| 1.兰州永登间 | 1935 年 12 月 17 日 | 兰州—红城子（今红城镇）—永登 | 乘汽车 宿永登 头部受寒 |
| 2.庄浪河至大通河 | 1935 年 12 月 18 日 | 马连滩（甘肃省兰州永登县马莲滩村）—牛战堡（甘肃省兰州市永登县牛站村） | 以"铁索揽船"方式过大通河渡口 宿牛战堡 |
| 3.到了西宁 | 1935 年 12 月 19—21 日 | 牛战山—乐都—大峡—小峡—西宁 | 乘汽车过牛战山 宿西宁 |
| 4. 马步芳的政治作业（上、下）5.动荡中的青海 | 1935 年 12 月 22、23 日 | 西宁 | 住西宁半月 访马步芳 |
| 6.班禅在塔尔寺 | 1935 年 12 月 24 日 | 塔尔寺 | 骑马 访班禅 |
| 7.回教过年 | 1935 年 12 月 25 日 —1936 年 1 月 3 日 | 鲁沙尔（今青海西宁湟中区鲁沙尔镇）—西宁 | 骑马 |
| 8.西宁至新城 | 1936 年 1 月 4 日 | 猴子河（西宁市大通县长宁镇）—新城（今大通县新城） | 骑马 宿新城 |

| 篇目 | 时间 | 行经地点 | 交通／住宿／备注 |
|---|---|---|---|
| 9. 过大板山 | 1936 年 1 月 5、6 日 | 通济桥—老爷山—广慧寺（今西宁大通县广惠寺）—过大板山（经"下大板"）—卡子沟（今青海省海北藏族自治州门源回族自治县卡子沟村）—浩门隘 | 骑马／翻大板山、雪峰顶 宿卡子沟 |
| 10. 浩亹河上游 | 1936 年 1 月 7 日 | 门源县（今门源回族自治县浩门镇） | 以"铁索揽船"方式过大通河渡口 宿门源 |
| 11. 祁连山中 | 1936 年 1 月 8、9 日 | 黑石头（今海北藏族自治州门源回族自治县黑石头村）—大梁（海北藏族自治州门源回族自治县大梁砂金矿）—景阳岭—博望城（今祁连县峨堡镇） | 大梁石穴过夜／过景阳岭 |
| 12. 走出祁连山 | 1936 年 1 月 10 日 | 扁都沟—炒面庄（今甘肃张掖民乐县炒面村）—东乐县（今张掖民乐县）—新沟（今张掖新沟）—张掖（今张掖市） | 宿东乐县"无柴客店" 1936 年 4 月 17 日完稿于兰州 |
| 第四篇《祁连山北的旅行》（祁连山北的旅行自 1936 年 1 月 10 日至 1936 年 3 月 10 日，共计 61 天） | | | |
| 1. "金"张掖的破产 2. 张掖的破产，是人懒的过？ | 1936 年 1 月 10—18 日 | 住张掖 | |
| 3. 弱水南岸的风光（上、中、下） | 1936 年 1 月 18—21 日 | 弱水（今黑河）—乃寺—沙河集（今临泽县沙河镇）—二十里铺（待考）—临泽县（今张掖临泽县蓼泉镇）—高台（今高台县）—黑泉（今黑泉镇）—花墙子—深沟 | 骑马 宿沙河集、高台、深沟 |
| 4. 策马望酒泉 | 1936 年 1 月 22、23 日 | 盐池驿（今盐池村）—双井子—黄泥坝（今酒泉肃州区黄泥堡）—临水（今甘肃省酒泉肃州区临水堡）—马坊（今酒泉市肃州区马房）—酒泉 | 雪夜荒原 宿黄泥坝 |
| 5. 酒泉走向地狱中 | 1936 年 1 月 24 日—2 月 10 日 | 住酒泉半个月 | |

续表

| 篇目 | 时间 | 行经地点 | 交通/住宿/备注 |
|---|---|---|---|
| 6. 嘉峪关头<br>7. 玉门安西间 | 1936 年 2 月 10、11 日 | 嘉峪关—惠回堡（今甘肃省玉门清泉乡新民堡）—赤金峡（今赤金镇）—玉门县（今玉门市）—三道沟（今三道沟镇）—布隆吉（今甘肃省酒泉瓜州县布隆吉乡）—双塔（今瓜州县双塔镇）—十工（今瓜州县十工村）—安西（今瓜州县渊泉镇） | 乘新绥长途汽车公司汽车 宿三道沟、安西 |
| 8. 塞外桃源的敦煌 | 1936 年 2 月 12、13 日 | 瓜州（今甘肃省酒泉瓜洲县瓜州镇）—甜水井（今甘肃省酒泉瓜州县甜水井）—疙疸井（今酒泉市敦煌市圪垯井）—新店子（今敦煌市新店台村）—敦煌 | 宿敦煌 |
| 9. 敦煌返张掖 | 1936 年 2 月 14—27 日 | 十工—三道沟—玉门县—酒泉—张掖 | 宿十工、玉门、酒泉、张掖（2 月 19—27 日） |
| 10. 到古意盎然的凉州 | 1936 年 2 月 28 日—3 月 8 日 | 东乐旧城（今东乐镇）—山丹—水泉子（甘肃省金昌永昌县水泉子村）—永昌（今永昌县）—武威（今武威市） | 乘新绥长途汽车公司汽车 宿水泉子、武威（3 月 1—8 日） |
| 11. 武威现状不乐观 | 1936 年 3 月 9、10 日 | 古浪（今武威古浪镇）—龙沟堡（今甘肃省武威古浪县龙沟堡）—乌鞘岭（今甘肃省武威天祝藏族自治县乌鞘岭）—永登（今永登县） | 宿龙沟堡 1936 年 6 月 7 日完稿于包头 |
| 第五篇《贺兰山的四边》（贺兰山的四边行程自 1936 年 4 月 24 日至 5 月 30 日，共计 57 天） | | | |
| 1. 再会吧！兰州！<br>2. 过大峡 | 1936 年 4 月 24 日 | 兰州—大峡—向阳峡—泥湾（今兰州皋兰县泥湾村） | 乘牛皮筏/在皮筏上过夜 |
| 3. 红山峡和黑山峡 | 1936 年 4 月 25—27 日 | 无敌峡—红山峡—黑山峡 | 乘牛皮筏 |
| 4. 路过中卫 | 1936 年 4 月 28—30 日 | 煤窑湾—新墩（今中卫市新墩村）—中卫 | 乘牛皮筏 |
| 5. 宁夏地理特性 | 1936 年 4 月 30—5 月 2 日 | 住中卫 | 弃筏登岸 |

| 篇目 | 时间 | 行经地点 | 交通 / 住宿 / 备注 |
|---|---|---|---|
| 6. 西夏给我们留下的历史教训<br>7. 宁夏民生的痛苦<br>8. 宁夏的纸币鸦片与宗教 | 1936 年 5 月 2—10 日 | 住宁夏（银川） | 乘汽车 |
| 9. 宁夏赴青铜峡 | 1936 年 5 月 11、12 日 | 王元桥（今望远桥）—阳和堡（今杨和镇）—宁朔县（今银川永宁县望洪镇）—叶升堡（今青铜峡市叶盛镇）—惠农渠—唐徕渠（今宁夏回族自治区吴忠青铜峡市唐徕渠）—小坝（今青铜峡市小坝镇）—大坝（青铜峡市大坝镇）—青铜峡北口 | 骑马 宿惠农渠办事处 |
| 10. 漂羊皮筏到金积 | 1936 年 5 月 12—14 日 | 青铜峡（今青铜峡市小坝镇）—秦坝关（今吴忠市利通区秦坝关村）—金积（今金积镇） | 乘羊皮筏 住羊圈 |
| 11. 灵武城中忆当年 | | 吴忠堡（今吴忠市）—灵武（今灵武市） | 骑马 宿灵武 |
| 12. 河工与屯垦 | | 宁朔县—王台堡（今银川永宁县杨和镇王太堡）—云亭渠（今民生渠，为惠农渠支渠）屯垦区 | |
| 13. 踏破了贺兰山缺<br>14. 满洲人的治蒙政策 | 1936 年 5 月 15—19 日 | 云亭渠—银川—满城（今银川郊区）—平羌驿（今银川西夏区平吉堡）—贺兰山—三关口—定远营（今阿拉善盟巴彦浩特镇） | 宿云亭渠屯垦区 乘汽车赴定远营 |
| 15. 平罗南北 | 1936 年 5 月 20—22 日 | 定远营 银川—李刚堡（今银川贺兰县立岗镇）—平罗（今石嘴山市平罗县）—黄渠桥（今石嘴山市平罗县黄渠桥镇）—石嘴子（今宁夏石嘴山市惠农区石嘴子） | 宿宁夏 骑马赴平罗 宿平罗南门外"臭虫店" |
| 16. 石嘴山外 | 1936 年 5 月 23—25 日 | 石嘴子—二子店—河拐子（今内蒙古自治区乌海乌达区河拐子） | 风沙中行进 宿河拐子 |

续表

| 篇目 | 时间 | 行经地点 | 交通／住宿／备注 |
|---|---|---|---|
| 17. 磴口和宁阿之争<br>18. 三圣宫天主堂 | 1936 年 5 月 26—28 日 | 磴口（今阿拉善盟阿左旗巴彦木仁苏木）—二十里柳子（今磴口县巴彦高勒镇粮台乡南二十里柳子）—三圣宫天主堂（今三盛公天主堂）—补路脑（今磴口县补隆淖镇）—过乌拉河—黄杨木头（今巴彦淖尔市临河区黄羊木头镇）—临河（今巴彦淖尔市临河区） | 宿磴口、二十里柳子（宿帐篷）、补路脑 |
| 19. 临河五原至包头 | 1936 年 5 月 29、30 日 | 临河—吴家集—满过苏—五原—八庙子—包头 | 临河至五原乘铁皮轮大车 宿吴家集 五原至包头乘客货混装长途汽车 1936 年 6 月 19 日完稿于上海 |

### 《红军与长征》

| 篇目 | 完稿时间和地点 | 发表时间 |
|---|---|---|
| 1. 岷山南北"剿匪"军事之现势 | 1935 年 9 月 4 日兰州 | 1935 年 9 月 13、14 日天津《大公报》连载 |
| 2. 徐海东果为萧克第二乎？ | 1935 年 9 月 30 日平凉 | 1935 年 10 月 9、12、13 日天津《大公报》连载 |
| 3. 红军之分裂 | 1935 年 11 月 5 日庆阳 | 1935 年 11 月 21 日天津《大公报》刊出 |
| 4. 毛泽东过甘入陕之经过 | 1935 年 11 月 6 日庆阳 | 1935 年 11 月 23 日天津《大公报》刊出 |
| 5. 从瑞金到陕边——一个流浪青年的自述 | 1935 年 11 月 13 日平凉 | 1935 年 11 月 26 日天津《大公报》刊出 |
| 6. 陕北共魁——刘子丹的生平 | 1935 年 11 月 8 日庆阳 | 1935 年 11 月 28 日天津《大公报》刊出 |
| 7. 松潘战争之前后 | 1935 年 12 月 10 日天水 | 1936 年 1 月 4、6、11 日天津《大公报》连载 |

### 《西北时评外篇》

| 篇目 | 完稿时间 | 发表时间 |
|---|---|---|
| 1. 伟大的青海是中华民族的一个支撑点 | 1936 年 3 月 26 日 | 1936 年 4 月 4—6 日天津《大公报》连载 |
| 2. 弱水三千之"河西" | 1936 年 3 月 31 日 | 1936 年 4 月 9—12 日天津《大公报》连载 |
| 3. 西北当前几种急务 | | 1936 年 8 月 13、14 日天津《大公报》连载 |

续表

| 篇目 | 完稿时间 | 发表时间 |
|---|---|---|
| 4.绥东战役中五个民族英雄 | | 1936 年 11 月 23 日天津《大公报》刊出 |
| 5.绥战的检讨 | 1936 年 12 月 16 日 | 1937 年 1 月 1 日《国闻周报》刊出 |

### 《塞上行》

第一篇《韬文选》

| 篇目 | 完稿时间和地点 | 发表时间 |
|---|---|---|
| 1.从嘉峪关说到山海关——北戴河海滨的夜话 | 1936 年 8 月 23 日北平 | 1936 年 8 月 29、30 日天津《大公报》连载，8 月 30、31 日上海《大公报》连载 |
| 2.百灵庙战役之经过及其教训 | 1936 年 12 月 3 日绥远 | 1936 年 12 月 5 日发表于天津《大公报》，12 月 7 日发表于上海《大公报》 |
| 3.陕变后之绥远 | 1936 年 12 月 24 日绥远 | 1936 年 12 月 27 日发表于上海《大公报》 |
| 4.动荡中之西北大局 | 1937 年 2 月 15 日上海 | 1937 年 2 月 15 日发表于上海《大公报》，2 月 16 日发表于天津《大公报》 |
| 5.边疆问题应有之新途径 | 1937 年 3 月 22 日上海 | 1937 年 4 月 8 日发表于天津《大公报》和上海《大公报》 |

第二篇《行纪》

一、《忆西蒙》（西蒙之行自 1936 年 8 月下旬至 10 月 13 日，从 8 月 29 日计算，共计 46 天）

| 篇目 | 时间 | 行经地点 | 交通 / 住宿 / 备注 |
|---|---|---|---|
| 1.初出阴山<br>2.武川遇警 | 1936 年 8 月下旬 | 归化（今呼和浩特市旧城）—蜈蚣坝—武川县—归化 | 乘新绥长途汽车公司汽车 路途一周，车队露营 |
| 3.黑河波澜 | 1936 年 8 月 29 日 | 归化—昭君墓—多尔坝—萨拉齐（今包头市土默特右旗萨拉齐镇） | 露营于大黑河畔多尔坝 |
| 4.再渡阴山 | 1936 年 8 月 30 日 —9 月 1 日 | 包头—小沟—安北设治局（今巴彦淖尔市乌拉特前旗大佘太镇）—喇嘛庙—海留图河—黑沙图（位于今乌拉特中旗甘其毛都镇呼格吉勒图嘎查境内） | 露宿海留图河边 |
| 5.瞻回松稻岭 | 1936 年 9 月 1 日 | 乌尼乌苏河（位于今乌拉特后旗巴音前达门苏木苏步日格嘎查境内）—松稻岭（位于今乌拉特后旗获各琦苏木毕力其尔嘎查境内） | 露营于戈壁滩松稻岭 |

续表

| 篇目 | 时间 | 行经地点 | 交通 / 住宿 / 备注 |
|---|---|---|---|
| 6.狂欢之夜 | 1936 年 9 月 2、3 日 | 松稻岭—雅阿马图（今乌拉特后旗北部） | 松稻岭"戈壁狂欢" |
| 7.蒙边惨剧 | 1936 年 9 月 3—6 日 | 银根（今阿拉善左旗乌力吉苏木北部）—班定陶来盖—察汗迭里素（今阿拉善右旗境内北部）—好来宫（今额济纳旗境内东部好来公） | 在银根发生车祸，伤两人 露营银根、班定陶来盖住蒙古包、露营好来宫 |
| 8.到了额济纳 | 1936 年 9 月 6—10 日 | 额济纳河—白音泰来（今巴彦陶来）—二里子河（今额济纳旗达来呼布镇以东） | 宿额济纳河东岸，青年联欢会，演唱"浔阳琵琶" 宿二里子河"沙漠里的白宫" |
| 9.老林叹荒谬 | 1936 年 9 月 11 日 | 访额济纳王府（白音泰来向北四十五千米） | 宿王德淦的蒙古包 |
| 10.访图王归程 | 1936 年 9 月 12 日 | 蒙古小学（东庙，位于今额济纳旗苏泊淖尔苏木境内）—日本飞机场—白音泰来 | |
| 11.额旗风云 | 1936 年 9 月 13—23 日 | 白音泰来 | 宿白音泰来 23 日骑骆驼离开额济纳 |
| 12.匆离额济纳 13.阿拉善境 | 1936 年 9 月 24—27 日 | 拐子湖（今额济纳旗温图高勒苏木）—西比布尔加（今沙日布郎）—阿拉善鄂博（今额济纳旗境内东南部） | 骑骆驼，向东转南穿越巴丹吉林沙漠东部 露宿沙漠帐篷 |
| 14.瀚海破舟 | 1936 年 9 月 28—30 日 | 丁界（今登吉音嘎顺）—色林胡同（色林呼都格，位于阿拉善右旗境内北部）—哈那峡刚（位于阿拉善右旗境内北部） | 骆驼走失 宿无名戈壁滩 |
| 15.蒙古恶棍 | 1936 年 9 月 30 日 —10 月 1 日 | 哈尔莫可台（今哈尔木格台，位于阿拉善左旗巴彦诺日公苏木境内西北部）—侠儿岩庙（达里克庙，位于今阿拉善左旗巴彦诺日公苏木境内） | 生病 宿哈尔莫可台帐篷中 |
| 16.坠驼受伤 | 1936 年 10 月 2、3 日 | 波若鄂博（今宝日敖包，位于阿拉善左旗巴彦诺日公苏木境内）—阿莫落斯（今阿日查干勃日格） | 宿阿莫落斯 坠驼受伤 |

续表

| 篇目 | 时间 | 行经地点 | 交通/住宿/备注 |
|---|---|---|---|
| 17.望穿定远营 | 1936 年 10 月 4—13 日 | 布鲁堆（位于阿拉善左旗境内）—巴音诺尔拉山（今巴彦诺尔公山，位于阿拉善左旗境内）—巴音吾鲁山（今巴彦乌拉山，位于阿拉善左旗吉兰泰镇境内西部）—察汗苏必而根庙（今石窟寺，位于阿拉善左旗巴彦浩特镇北部的苏木图嘎查境内）—当铺（地名废弃）—定远营—银川—包头 | 夜宿沙岗、沙河、草滩　宿当铺，住井边帐篷　7 日到达定远营，休息五日，13 日赴银川，14 日飞包头。1937 年 4 月 20 日完稿于上海 |

二、《百灵庙战后行》（百灵庙战后行程自 1936 年 11 月 27 日至 30 日，共计 4 天）

| 篇目 | 时间 | 行经地点 | 备注 |
|---|---|---|---|
| 1.战后出阴山 | 1936 年 11 月 27 日 | 归化—蜈蚣坝—武川（今武川县） | 百灵庙战役爆发于 1936 年 11 月 24 日凌晨 |
| 2.忆战尘 3.百灵庙 4.吊战场 | 1936 年 11 月 28 日 | 二分子（今二份子）—百灵庙（今达尔罕茂明安联合旗百灵庙镇） | |
| 5.黄龙意境 | 1936 年 11 月 29、30 日 | 二分子—武川—平地泉（今乌兰察布市集宁区） | 1936 年 12 月 10 日完稿于绥远 |

三、《沉静了的绥边》（红格尔图采访行程自 1937 年 1 月 2 日至 7 日，共计 6 天）

| 篇目 | 时间 | 行经地点 | 备注 |
|---|---|---|---|
| 1.绥东怀感 | 1937 年 1 月 2、3 日 | 归绥—平地泉 | |
| 2.蒙地沧桑 | 1937 年 1 月 4 日 | 大六号（今大六号镇）—喷红（今贲红镇）—高家地（今高家地村）—十二苏木（今察哈尔右翼后旗商都县十二苏木） | |
| 3.红格尔图 | 1937 年 1 月 4 日 | 红格尔图（今乌兰察布市察哈尔右翼后旗红格尔图镇）—十二苏木 | |
| 4.黑夜劳军 | 1937 年 1 月 5 日 | 后马连渠（今察哈尔右翼前旗马莲渠村）—玫瑰营子（今乌兰察布市察哈尔右翼前旗玫瑰营镇）—弓沟（今乌兰察布市察哈尔右翼前旗弓沟村） | |

续表

| 篇目 | 时间 | 行经地点 | 备注 |
|---|---|---|---|
| 5.战地经验 | 1937 年 1 月 5—7 日 | 老平地泉（今乌兰察布市集宁区）—大同—平地泉 | 1937 年 1 月 17 日完稿于平地泉 |
| 四、《西北近影》（西安事变采访行程自 1937 年 1 月 18 日至 2 月 14 日，共计 28 天） | | | |
| 1.暂别了！绥远！ | 1937 年 1 月 18、19 日 | 平地泉—归化—包头 | 乘火车 |
| 2.宁夏进入记 | 1937 年 1 月 20 日 | 包头—宁夏（银川） | 乘飞机 |
| 3.陇东走未通 | 1937 年 1 月 21—26 日 | 宁夏—吴忠堡（宁夏回族自治区吴忠市）—宁夏 | |
| 4.冒险飞兰州 | 1937 年 1 月 27 日 | 宁夏—兰州 | |
| 5.兰州二日 | 1937 年 1 月 27—29 日 | 兰州 | |
| 6.到西安去！ | 1937 年 1 月 30 日 | 兰州—定西（今甘肃定西市）—华家岭萨家湾山口（今华家岭）—界石铺（今界石铺镇）—静宁（今静宁县） | |
| 7.闯过六盘山 | 1937 年 1 月 31 日 —2 月 1 日 | 隆德（今隆德县）—六盘山—平凉（今平凉市） | |
| 8."二·二"事变 | 1937 年 2 月 2—14 日 | 长武（今长武县）—永寿（今永寿县）—咸阳—西安—肤施（今延安）—西安 | 1937 年 2 月 22 日完稿于上海 |
| 五、《太行山外》（山西之行自 1937 年 2 月 24 日至 3 月初） | | | |
| 1.沪并空中 | 1937 年 2 月 24 日 | 上海—南京—郑州—太原 | 乘飞机 |
| 2.太原印象 | 1937 年 2 月 25—27 日 | 太原 | 在太原停留两天半 |
| 3.塞外归程 | 1937 年 2 月 27 日 —3 月初 | 石岭关—雁门关—大同—绥远—北平—上海 | 1937 年 3 月 21 日完稿于上海 |
| 六、《陕北之行》（自 1937 年 2 月 2 日至 11 日，共 10 天） | | | |
| 1.西安里面 | 1937 年 2 月 2—5 日 | 西安—杨虎城公馆—七贤庄 1 号 | 2 月 3 日进西安 |

续表

| 篇目 | 时间 | 行经地点 | 备注 |
|---|---|---|---|
| 2.万里关山 | 1937 年 2 月 6—9 日 | 咸阳（今咸阳市）—三原（今三原县）—耀县（今铜川市耀州区）—同官（今铜川市印台区）—宜君（今宜君县）—中部县（今黄陵县）—交口河（今交口河镇）—洛川（今洛川县）—鄜县（今富县）—甘泉（今甘泉县）—肤施 | |
| 3.肤施人物 | 1937 年 2 月 9—11 日 | 抗日军政大学—毛泽东窑洞—宜君—三原 | 1937 年 4 月 21 日完稿于上海 |

范长江自 1935 年 7 月 14 日离开成都至 1937 年 2 月 11 日完成延安访问，其西北考察时间可精确计算的合计 288 天，加上此期间没有明确记录的日期，总行程时间在 310 天以上。——编者注

# 范长江生平大事记

**1909 年**

10 月 16 日出生于四川省内江市田家乡赵家坝村一个四世同堂的大家庭，原名范希天。祖父范延馨是清末的秀才，喜读新书，是范长江童年时代的启蒙者。父亲范云庵曾在地方军队和团防局等机构任下级官职。

**1921 年**

在田家乡和附近松柏乡读小学，主要靠母亲郭玉瑞以手工劳动的收入读书。

**1923 年**

小学毕业后，秋季考入内江县立中学。

**1926 年**

转学到资中县省立第六中学学习。

**1927 年**

转入吴玉章所办的中法大学重庆分校学习。

3 月 31 日重庆"三三一"惨案发生后前往当年革命中心——武汉。

7 月加入贺龙领导的国民革命军第二十军学生营，开赴南昌，参加八一南昌起义。后随部队进入潮汕地区，起义部队在潮州被打散后，一人沦落街头，患重病几乎死去。后在国民党部队中当看护兵，经广东、福建、江西、安徽一带到达皖北。

**1928 年**

下半年考入国民党中央党务学校（1930 年起改称中央政治学校）乡村行政系学习，按照校规，入校即加入国民党。此后开始学习过多种政治理论，其中包括孙中山的三民主义，伯恩施坦和考茨基的社会民主主义，晏阳初、梁漱溟等的乡村教育思想等。同五四时期著名教授、南京中央政治学院教育长罗家伦关系较好。

### 1931 年

因对国民党政治腐败以及九一八事变后当局的不抵抗政策不满，12月自动离开中央政治学校，并脱离国民党。

### 1932 年

年初到北平，一度过艰苦的半工半读生活。9 月，考入北京大学哲学系学习。

### 1933 年

上半年参加"辽吉黑热抗日义勇军后援会"赴热河劳军，回北平后发起组织"北京大学学生长城抗战慰问团"，赴长城各口劳军，并发起组织"北大 1936 年研究会"。

下半年开始为《北平晨报》，《世界日报》，天津《益世报》、《大公报》写校园通讯。

### 1934 年

6 月下旬至 9 月上旬专程从北平南下到南昌，研究江西中央苏区的各种宣传材料。

12 月 4 日开始用"长江"笔名写作校园消息，在《北平晨报》第九版发表通讯《北大军训风潮》。

### 1935 年

年初成为天津《大公报》特约通讯员。

5 月以"《大公报》特约通讯员"名义从天津出发到成都，沿途发表旅行通讯。

7 月初从成都出发，开始赴西北采访，陆续在《大公报》上发表旅行通讯，如《攀铁索桥》《过大雪山》《穿越川北甘南》，在江油平武和哈达铺两度与红军长征路线交集。

9月2日抵达兰州。4日写出首篇关于长征中红军的文章《岷山南北"剿匪"军事之现势》，天津《大公报》13、14日连载。18日完成首篇西北通讯《成兰纪行》，20日开始连载。30日写出《徐海东果为萧克第二乎？》，天津《大公报》10月9日开始连载。

10月中旬至12月上旬在西安至兰州一线采访，特别考察红军长征路线所经的庆阳、天水、甘谷一带，在此期间完成《陕北甘东边境上》《渭水上游》《红军之分裂》《毛泽东过甘入陕之经过》《从瑞金到陕边》《陕北共魁》《松潘战争之前后》等有关红军与长征的文章，受到读者关注。

12月中旬从兰州出发进入青海，采访马步芳及班禅。随后越过祁连山，次年1月10日抵达甘肃张掖，并于4月完成通讯《祁连山南的旅行》。

**1936 年**

1月18日从张掖出发，开始在河西走廊的长途旅行，西至敦煌，3月10日返回永登。6月完成通讯《祁连山北的旅行》。

3月26日完成西北评论《伟大的青海是中华民族的一个支撑点》，31日写完《弱水三千之"河西"》。

4月24日乘牛皮筏从兰州出发，赴宁夏，前往阿拉善旗定远营和黄河河套地区采访，5月30日抵达包头，6月完成通讯《贺兰山的四边》。

8月西北考察的旅行通讯汇集成书，《中国的西北角》一书初版在全国公开发行，大受读者欢迎，至1937年11月该书连印九版。

8月下旬从归绥出发，化装成商人，沿中蒙边境草原戈壁去额济纳旗，了解日谍侵入西蒙情况。9月24日离开额济纳，骑骆驼穿行巴丹吉林沙漠，10月13日到达定远营。次年4月写出长篇通讯《忆西蒙》。

绥远抗战前线形势趋紧。11 月 15 日红格尔图战役爆发，11 月 24 日百灵庙战役爆发。27 日赶赴百灵庙采访。完成通讯《百灵庙战后行》。

**1937 年**

1 月 2 日至 7 日前往红格尔图，采访并慰问抗日军队。完成通讯《沉静了的绥边》。

为了解西安事变的真相，1 月 18 日离开绥远，历经艰险周折，经宁夏、兰州，2 月 3 日冒险进入西安。在杨虎城公馆采访中共领导人周恩来。在博古、罗瑞卿陪同下，6 日乘车前往延安采访，9 日到达延安，成为第一位进入延安采访的中国新闻记者。当晚在凤凰山窑洞里同毛泽东主席做竟夜长谈。后写成名篇《西北近影》和《陕北之行》。

在 2 月 15 日国民党五届三中全会开幕之际，上海《大公报》发表范长江所写的时评《动荡中之西北大局》，披露了西安事变真相，正面介绍了中共的抗日民族统一战线新政策。天津《大公报》16 日以不同版本重发该文。

3 月 29 日毛泽东主席致函范长江，对他这一时期发表的文章表示肯定和感谢。

4 月底赴四川报道旱灾，写出长篇通讯《川灾勘察记》。

7 月《塞上行》一书出版发行，至 11 月连印六版。

7 月 7 日抗日战争全面爆发，奔赴河北、察哈尔、山西前线采访，写了许多战地通讯，其中包括《卢沟桥畔》《血泪平津》《吊大同》等。

11 月 8 日在上海山西路南京饭店与恽逸群、羊枣（杨潮）等同业发起成立"中国青年新闻记者协会"。

**1938 年**

3 月 30 日"中国青年新闻记者协会"改名为"中国青年新闻记者学会"，

在武汉主持召开成立大会和全国代表大会，担任学会的领导机构——理事会的常务理事。

4月4日与《新华日报》记者陆诒等奔赴徐州前线，在炮火中报道台儿庄战役和徐州会战，后突围回武汉。

其战地通讯选编为《长江战地通讯专辑》（1938年5月梅英编）。这一时期还主编了《西线风云》《徐州突围》《卢沟桥到漳河》《沦亡的平津》《瞻回东战场》等书。

10月由于与《大公报》负责人在国家政治前途和新闻理念上产生分歧等多方面的原因，脱离《大公报》。此前1月间，曾写作政论《抗战中的党派问题》，与国民党推行"一个党，一个主义，一个领袖"的专制主张相抵牾，强调承认各抗日党派特别是共产党的合法地位，实行民主团结坚持抗战。由于《大公报》总编辑张季鸾拒绝刊登该文，因此与报社负责人产生尖锐对立。该文后来在邹韬奋主编的《抗战三日刊》上刊登。

10月20日在长沙与胡愈之、邵宗汉、刘尊棋等新闻界同业一起发起成立国际新闻社，因战争形势紧张，不久迁往广西桂林。

**1939年**

1月写作《新阶段新闻工作与新闻从业员之团结运动》，经"中国青年新闻记者学会"扩大常务理事会通过，作为当时全会的工作方针。

5月由周恩来介绍，经延安中共中央批准，在重庆加入中国共产党。

**1940年**

7月29日国民党中央宣传部发出密电，严密监视范长江和国际新闻社。

12月10日在重庆与著名爱国民主人士沈钧儒之女沈谱结婚。不久就去桂林召开国际新闻社年会，发表《"国新"两年》报告。

**1941年**

1月"皖南事变"后，因得知国民党密令特务机关要逮捕他，1月26

日匆匆离开桂林飞往香港。

4月参与创办中共在香港的党报《华商报》，担任副总经理。

9月1日《新华日报》纪念当时的记者节，发表个人署名文章《纪念记者节的三大任务》。

9月至12月，在《华商报》发表长篇时事述评《祖国十年》，详述九一八事变十年以来救亡与抗战的恢宏历史，主张民主团结和坚持抗战。12月，太平洋战争爆发，香港沦陷后经澳门重返桂林。

**1942 年**

1月初按党组织指示，秘密经日本占领下的武汉到达上海。7月，进入苏北新四军根据地。

9月撰写《苏北根据地观感》三篇，经毛泽东主席亲自审阅，在延安《解放日报》上刊出两篇。

10月在苏北阜宁县新四军军部所在地创办中共华中局机关报《新华报》和新华通讯社华中分社，并担任负责人。

**1945 年**

9月下旬在江苏淮阴创办《新华日报》华中版，任社长。

**1946 年**

2月创办中共第一所新闻学校——华中新闻专科学校，任校长。

5月赴南京任中共代表团新闻发言人，兼任新华社南京分社社长。

10月16日国共谈判破裂，随中共代表团撤回延安。任《解放日报》和新华通讯社副总编辑。

**1947 年**

2月国民党军队进攻延安，随中共中央机关撤出延安，转战陕北。任中央纵队第四大队大队长，及时向全党、全军和全国人民传达中共中央的声音。

**1948 年**

4 月率领第四大队随中共中央到达河北平山县。

12 月从西柏坡到达良乡，参加准备接管新中国成立后北平国民党各军政机构的临时团队。

**1949 年**

1 月 31 日北平和平解放，奉命接管国民党在北平的各新闻机构，并立即创办《人民日报》北平版，组建新华社北平分社。

5 月下旬赴上海，任上海市军管会文委会副主任、解放日报社社长。

10 月 19 日任中央人民政府新闻总署副署长。

**1950 年**

1 月任中共中央机关报人民日报社社长。

**1952 年**

4 月任中央人民政府政务院文化教育委员会副秘书长，从此便离开了新闻工作岗位。

**1954 年**

任国务院第二办公室副主任。

**1956 年**

任国家科委副主任。

**1958 年**

任国家科委副主席、党组书记。

**1959 年**

7 月在上海华东医院住院，写作纪念邹韬奋同志逝世 15 周年的文章《为真理而奋斗》和《忘我的人》，提出记者要为真理而奋斗，要说真话，反对奴才思想。

**1961 年**

写作《记者工作随想》，总结新中国成立前后自己新闻工作的感想，主张记者要有抱负，为一个伟大的理想工作，为理想奋斗，值得"鞠躬尽瘁，死而后已"。

**1966 年**

"文革"中被造反派污蔑为"反共老手"，惨遭迫害，被长期关押。

**1967—1969 年**

在被关押中，写作自述式大字报《关于我的青年时代的历史情况的交代》（1967 年 6 月 3 日）、《关于"反共老手"问题——答若干同志问》（1967 年 10 月 15 日）和《我的历史的主要情况》［1969 年 1 月，此文以"我的自述"为题编入《范长江新闻文集》（新华出版社 2001 年版）］，详细地回顾了自己的青少年时代以及投身新闻事业的历史情况，反映自己的思想成长和发展过程，反驳"文革"造反派对自己的诬陷。

**1970 年**

10 月 23 日在河南确山全国科协"五七干校"内被迫害致死。

**1975 年**

8 月在北京八宝山革命烈士公墓举行没有悼词的遗体告别仪式，骨灰从老山人民公墓迁入八宝山革命烈士公墓。

**1978 年**

12 月 27 日范长江追悼会在北京八宝山革命烈士公墓举行，胡耀邦代表中共中央致悼词，宣布为范长江平反昭雪，恢复名誉。

**1990 年**

中华全国新闻工作者协会通过决议，设立"范长江新闻奖"，激励中青年新闻工作者成为"范长江式的新闻工作者"。

**2000 年**

8 月国务院正式批复中华全国新闻工作者协会，同意将 1937 年"中国青年新闻记者协会"成立日——11 月 8 日定为中国记者节。

（本大事记参考蓝鸿文《范长江记者生涯研究》及相关资料编写）

# 各界人士评范长江及其新闻作品

**刘少奇：**

长江同志过去在白区当记者，写了很多报道，是全国有名的记者。但他的报道并不全都是正确的。同志们要知道，在国民党统治的条件下，有百分之七十、八十甚至百分之六十真理挤出去也不容易呀！

**周恩来：**

我们红军里面的人，对于你的名字都很熟悉。你和我们党和红军都没有关系，我们很惊异你对于我们行动的研究和分析。

**邓颖超（周恩来夫人、全国政协原主席）：**

长江同志我是熟悉的，他原来是个进步的新闻记者，后来参加了革命队伍，为党和人民的新闻事业作了很多工作，他的作品是很有影响的。

**张爱萍（开国上将、国务院原副总理）：**

他对红军的行动方向，革命形势作了精辟的分析。他在红军一、四方面军会师后，谈到朱德、毛泽东、徐向前今后之动向时说：他们最有利的出路，是北入甘肃，然后转陇南以出陇东，会合徐海东，接通陕北刘志丹……长江同志的分析与预测，展现出一个军事家的谋略和智能，不禁令我对他的才华和卓识十分钦佩。

**张震（上将、中央军委原副主席）：**

我对长江同志的鼎鼎大名是在报纸上熟悉的。1934 年 10 月至 1935 年 10 月，中央红军离开江西苏区进行艰苦的长征。当我们经过长途跋涉来到甘肃、陕西地区时，收集到一些报纸，发现以长江署名的文章，在我军还未长征前即判断我们可能要放弃江西苏区实行战略转移，分析了红军为什么要离开根据地进行转移，并对红军长征过程和下一步的动向作出了估计，大家感到很惊讶，都对长江同志的过人才华而赞叹不已。

**胡愈之**（《光明日报》原总编辑、首任国家出版总署署长、全国人大常委会原副委员长）：

他是在国内报纸上公开如实报道工农红军二万五千里长征的第一人。由这些报道汇编而成的《中国的西北角》，和后来斯诺的《西行漫记》一样，是一部震撼全国的杰作。

**李庄**（《人民日报》原总编辑）：

《中国的西北角》和长江在1935年写的其他旅行通讯，其流传之广，作用之大令人吃惊。在新华社平津前线总分社开会时，东北野战军政治部主任谭政、宣传部长萧向荣交口称赞这些文章，说在国民党大举进攻，"围剿"的艰难情况下，把红军的动向、主张有时曲折地有时直白地告诉人民，太难了，可是长江同志作到了。不但有深远的眼光，还有非凡的勇气。

**穆青**（新华社原社长）：

在中国新闻事业史上，曾经涌现出一批卓有成就、享有盛誉的新闻记者，范长江同志就是其中杰出的一个。早在1935年7月，年仅26岁的范长江同志只身前往大西北采访。他当时以《大公报》特约记者的身份，凭着惊人的勇气和顽强的毅力，翻雪山、过草地，越过祁连山，绕过贺兰山，西达敦煌，北至包头，跋山涉水4000多里。他第一次在《大公报》上公开如实地报道了中国工农红军正在进行的二万五千里长征，他的报道比美国著名记者埃德加·斯诺对长征的报道还早一年多。他的一系列文章对国民党西北地区政治的黑暗、人民的疾苦和日本帝国主义侵略的危机作了淋漓尽致的揭露，受到了广大读者的欢迎，在社会上引起了极大的震动。

**梅益**（中央广播事业局原局长、中国大百科全书出版社原总编辑）：

我对他心仪已久。1935—1936年我几乎每天都跑到八仙桥青年会图书馆阅报室去找《大公报》，看是否有长江同志的特约长篇通讯发表。当时红军已进入四川，正挥师北上，我非常关心红军的处境和战况。长江同志当时在川、甘、宁、陕写的第一次提到红军的通讯和后来访问延安的《陕北之行》，都在全国引起了轰动效应。

**石西民（重庆《新华日报》编辑部原主任，上海市委原书记、文化部原副部长、出版事业管理局原局长）：**

在新闻战线上，长江同志当年写的《塞上行》《中国的西北角》等，曾震撼了多少中国人的心！凡是和他相处过的人，不仅佩服他的才华，同时也情不自禁地被他那待人真诚、热情豪放的性格和水晶一样透明的感人品德所吸引。抗战爆发前，他才华横溢，写出了那样气壮山河、振聋发聩的通讯，当时全国没有第二个人。

**张有渔（香港《华商报》原总主笔、重庆新华日报社原社长）：**

早在 1935 年我读了长江在《大公报》上刊登关于西北和红军的通讯，对他就有了深刻的印象。我一直认为他当时写那样的通讯，是很不容易的。

**徐铸成（著名《大公报》记者、上海《文汇报》原总主笔）：**

1935 年下半年，他的西北旅行通信陆续在报上发表（后来编辑出版《中国的西北角》），轰动了全国。这不仅因为这样的体裁是中国新闻史上独创的，而且他是跟着红军长征刚走过的足迹，描述当时当地的实际情况，和西北高原的风土人情、人民疾苦。他的文章又写得气势磅礴，细腻生动，使读者大大扩展了眼界，首次了解长征这个惊天动地的大事，在国民党统治的大地上，投射出一线光明。

**陆诒（重庆新华日报社原采访部主任、《大公报》记者）：**

他经常同我一起跨上战马，在抗日前线采访，常听到他亲切地喊我："赶快加鞭赶路，天快黑了！"雨天，曾在山头露宿，有时，连饭都吃不上。但不论在任何艰危的日子里，他总是乐观，健谈，把一切困难、险阻都踩在脚下，我经常从他的实际行动中汲取力量和鼓舞。

**于友 [ 国际新闻社战地记者、*China Daily*（《中国日报》）原副总编辑 ]：**

他的通讯因为大部分具有重大的政治内容，强烈的逻辑性，富于政论色彩，别具一格。他第一个报道了当年中国人民希望所寄的红军长征和陕甘宁边区的新世界。这些通讯像斯诺的《西行漫记》一样，成为现代我国记者写作的通讯中杰作和珍品。

**爱泼斯坦（ 著名国际记者、《中国建设》原名誉总编辑）：**

给我留下印象的第一位中国记者就是长江（那时我还不知道他姓范）。那是在他的通讯《中国的西北角》发表后不久，我记得大概是从斯诺那里先听到这些文章，后来又看到了其中译成英文的几篇。当斯诺发表《西行漫记》时，我心中便有这样一个念头：长江的文章可能是促使斯诺产生去了解和报道中国红军的愿望的原因之一，当然这不是唯一的原因。

**胡政之（上海《大公报》总经理兼副总编辑）：**

去年一年，经过"两广纠纷"、绥远抗战和西安事变三大事件，奠定了国家统一的基础，实在具有划时代的意义。

在这三大事件之中，绥远与西安两事，我们都有过比较周密的报道，和比较真切的考察，负这种重要任务的，便是我们的青年同事长江君。这本书所搜辑的，也就是他此类工作的记录，虽是新闻报告性质，实际就是中华民国的几页活历史。

**周飞（《大公报》读者）：**

我以最大的愉悦，在《大公报》上陆续看过长江君的文章以后，又重读他结集起来的这本《中国的西北角》。在读着的时候，我随着作者的笔尖从成都而兰州而西安，从繁华的都市到偏僻的山野，从古老的废墟到景色如画的贺兰山旁，它随处给我以新鲜活泼的刺激，随时给我以深思猛省的机会，数年来我没有读过这样一本充实的书籍，没有领略过比读这本书时更大的快慰。

**徐向明（《范长江传》作者、《扬州晚报》原总编辑）：**

范长江是中国新闻界的一位巨子。他人如其名，文如其名，事业如其名。在时代的激流中，他的抱负、人格和思想，他的风格独具、撼动人心的作品，他在多方面的开创性努力，都长久地为人景仰；他意志坚强，从不放弃追求，也从不拿原则作牺牲。"做记者当如范长江"，这个巨星划过长空发出的光辉，今天仍然照亮着后人的道路。

# 《中国的西北角》《塞上行》版本学研究初探

## —— 从《动荡中之西北大局》谈起

范东升　周　弯

以往二十多年，在范长江研究领域中，研究者大多认为，范长江在三十年代的新闻作品主要是在《大公报》和《国闻周报》上发表，而后来出版的《中国的西北角》和《塞上行》两本书，只是汇编了《大公报》和《国闻周报》上刊发的文章。换句话说，范长江的作品只有一个原始版本，即《大公报》或《国闻周报》发表的版本。但笔者近年来在编纂《中国的西北角（勘注增补本）》过程中，经细查三十年代报刊资料，发现上述假定并不确切。事实上，该时期范长江作品存在多种不同的原始版本，有的内容上彼此还有重要的差别，这是研究者所不应忽视的。

当今有论者将 1937 年《中国的西北角》原版书的版本误为 1989 年出版的《范长江新闻文集》版本，并以此为据撰写文章，[①]闹出学术上的乌龙。这样的事也从反面提示，在新闻史研究中也必须重视版本学的研究。

本文试从《动荡中之西北大局》一文谈起，从版本学的角度，分析范长江新闻作品的各种原始版本之间的异同及其产生的原因。

范长江于 1937 年 2 月 2 日至 11 日作为第一个国统区新闻记者访问陕北延安，他回到上海大公报社后赶写出时评《动荡中之西北大局》（以下简称《西北大局》），这篇文章首次公开披露了中共的抗日民族统一战线新政策，在当时震动朝野，促进了全民抗战局面的形成，因此历来公认

---

[①] 尹韵公：《为什么不是范长江》，第五部分，载《新闻与传播研究》2003 年第 2 期，第 24、25 页。尹文称《范长江新闻文集》编者对《陕北甘东边境上》一文中的一段《大公报》原文做了删改，以掩盖范长江当年所犯的政治错误，称 "（编者）不能不删改，因为他歌颂了国民党官员的政绩，且有为国民党政府出谋划策、推广经验的嫌疑"。但实际上，在《陕北甘东边境上》的这个段落中，《范长江新闻文集》与《中国的西北角》原版书一字不差，未做任何删改。详见后文。

是经典的历史名篇。毛泽东主席 3 月 29 日亲笔致函范长江，也给予充分肯定。但是迄今为止，包括多种范长江传记、《范长江新闻文集》以及有关大公报馆史的专著在内均认为，无论是上海《大公报》还是天津《大公报》，发表该文的时间同为 2 月 15 日，且误以为上海《大公报》发表的版本就是唯一的版本。现经查询资料表明，以往新闻史研究中对这段史实的描述有不准确之处，而采用沪版作为该文"正本"也是值得商榷的。

事实上，上海《大公报》在 2 月 15 日首次发表《西北大局》一文，天津《大公报》则是在 2 月 16 日发表此文，津版与沪版刊出时间虽然只有一天之差，但两相对比，即知彼此内容的差别有 10 余处之多，其中沪版对原文删改的部分共达 400 多字。而随后出版的《塞上行》原版书（1937年 7 月）与沪版共有 20 余处差别，与津版也有 10 处不同（详见后文）。三者比较，在政治意味上也颇有不同，那么这种差别究竟是如何产生的呢？范长江的各篇作品中的字句，究竟哪些是范长江原稿所写，哪些出自《大公报》编辑之手，也有必要考辨清楚。

## 一、范长江原始作品的多种版本的历史背景

由于时代的演变，一篇历史文献因不断再版而出现多个版本，这种现象并不稀奇，但是同一篇文章同一年（1937 年）由同一家报馆刊发，竟有三种差别甚大的版本，这在报业史上就不多见了。

那么，范长江这一时期的作品为什么会出现上述多种版本的差别呢？这仅仅是一般报馆中常规性的编辑工作所造成的吗？否。这需要了解分析新记大公报馆当时所处的特殊的历史背景。

在 1936 年至 1937 年的中国，日本侵略势力吞并东三省之后，又一步步进逼威胁平津，在华北形势危殆情势下，大公报馆决定防患于未然，将经营重心南移，于是在 1936 年 4 月 1 日创办了上海《大公报》，报馆总部和编辑部骨干人员移师上海，而与此同时，天津《大公报》仍安排部分

留守人员继续出刊，直到 1937 年天津沦陷后，至 8 月 5 日方才停刊。① 因此在这个特殊时期，在一年零四个月的时间里，《大公报》同时存在上海和天津两个编辑部。两者虽同属一家报馆，编辑人员也曾互换（先由王芸生担任津版编辑主任，1936 年 9 月以后，由沪版编辑主任张琴南与王对调②），但在当时的历史环境下，受通信和印刷技术条件所限，无法实现异地同步编版，两地在编务上的联系只能主要是通过电报、邮件联系，③因此两地编辑业务上是相对独立运作的，沪版和津版从内容到编排形式，都有显著的不同。而在这一时期，也恰好是范长江西北考察一系列作品创作的高峰期（1935 年 7 月—1937 年 7 月）。在上海《大公报》创办之前，《成兰纪行》《陕甘形势片断》《岷山南北"剿匪"军事之现势》等与红军和长征有关的七篇文章是在天津《大公报》上发表的，在此之后，《祁连山南的旅行》《祁连山北的旅行》《贺兰山的四边》《从嘉峪关说到山海关》《动荡中之西北大局》《百灵庙战后行》《沉静了的绥边》，直到记述范长江采访西安事变的通讯《西北近影》，均有沪版和津版两种版本。

无论是上海《大公报》还是天津《大公报》，对范长江的新闻作品都是非常赞赏和重视的，但从版面资料来看，津版和沪版对其稿件的编排处理方面，显然事先并没有一致的处理意见，而是各行其是，因此沪版和津版之间有显著的不同。沪版和津版在政治尺度的把握上也有所不同。

仍以《西北大局》这篇文章为例：根据范长江在《祖国十年》（1940年）一文中记载，④坐镇上海《大公报》的胡政之总经理认为这篇文章内容非常重要，但考虑到新闻检查的尺度，于是亲笔操刀对文章做了一些删

① 吴廷俊：《新记〈大公报〉史稿》，武汉出版社 2002 年版，第 118 、210 页。
② 同上书，第 210 页。
③ 据《上海通志》，上海电话局直到 1937 年才开通了至天津的长途电话业务。
④ 范长江：《〈祖国十年〉"留下的问题"》，见《范长江新闻文集》，新华出版社 2001 年版，第 984 页。

改①。胡政之不等新闻检查所的回复，便冒着"违检"的风险，赶在 2 月 15 日国民党五届三中全会开幕之际将此文发表了。胡政之所做修改之处，多出于政治敏感度的考量。例如，津版和原版书称中共在西安事变中"转成为政治上之领导力量"，沪版则将其改为比较委婉的表述"转而成为领导的形势"，并删除了原文中两处以打引号的方式否定红军为"匪"的句子。沪版还整段删除了介绍"西北领导"（隐指中共方面）的三点政治主张的具体内容（335 字），以及删除了警告当局如顽固坚持内战方针大家将同归于尽的一段话（94 字）。但次日津版发表这篇重要文章时，却并没有完全按照沪版文本做同样的删改，其原因有待查考。

事实上，从范长江的其他作品的发表情况来看，多种原始版本之间也有很明显的差别。

在上海《大公报》创办之前，天津《大公报》从 1935 年 9 月至 11 月连载范长江西北考察的第一篇通讯《成兰纪行》。在版面上看，此时《大公报》编辑部还没有清楚地意识到，这只是范长江宏大的西北考察计划的初始阶段，因此，连载中的范长江考察记看起来有点像"流水账"，无论在其编排形式还是内容上，与后来的《中国的西北角》差别甚大。津版《成兰纪行》共分 19 个小节，而《中国的西北角》中《成兰纪行》则分为 14 个小节。津版各小节所做标题比较随意，连贯性、概括性不足，且缺乏文字上的推敲，如重复使用"见闻""状况""情形"等词，仅看标题显得比较单调、平淡。《大公报》编辑在《成兰纪行》第三小节中所拟标题为"中坝平谵铺间匪区残迹"，这里使用了"匪区"一词用作范长江作品的小标题，是并不恰当的。虽然《大公报》以及其他国统区报纸在新闻报道中常称红军占领区为"匪区"，但是由于范长江本人质疑国民党的"剿匪"政策，

---

① 根据《祖国十年》一文的记述，《新记〈大公报〉史稿》一书中相关说法不准确，《动荡中之西北大局》一文的删改并非出自国民党新闻检查机关。参见该书第 258 页。

对国共内战采取中立态度，他的作品与当时《大公报》及其他报刊一般时政军事新闻的写法迥然不同，在其正文中对于共产党人从不称"共匪"，而是直称"红军"或对中共领袖人物直呼其名，也从无一处称"匪区"。后来《中国的西北角》原版书则把此标题改为政治中性的"成都江油间"。

自《成兰纪行》以后，范长江得到大公报馆负责人的赞赏，而成为报社正式记者。他马不停蹄地行走在广大西北地区，其作品不断喷涌而出，尽显其勇气、洞察力与才华，也因而大受读者欢迎。他 1935 年 9—10 月间相继发表了《岷山南北"剿匪"军事之现势》《徐海东果为萧克第二乎？》《陕北甘东边境上》《渭水上游》《毛泽东过甘入陕之经过》等多篇有关红军与长征的文章。范长江于 12 月中旬从兰州出发进入青海，于次年 1 月 10 日抵达甘肃张掖。1 月 18 日再从张掖出发，开始在河西走廊的长途旅行，西至敦煌，3 月 10 日返回永登。他在 3 月下旬又相继写出《伟大的青海是中华民族的一个支撑点》《弱水三千之"河西"》两篇时评。

从 1936 年 4 月下旬开始，刚刚创办的上海《大公报》与天津《大公报》几乎同时开始连载通讯《祁连山南的旅行》，但两个编辑部在编排形式上大异其趣。沪版分 10 节刊出，津版分 12 节刊出。沪版、津版所刊载的导语也有所不同。津版将《祁连山南的旅行》作为《伟大的青海是中华民族的一个支撑点》和《弱水三千之"河西"》之后的第三篇，因此津版副题为"本报特派员西北视察记之三"，不过这样的发文排序，与范长江的实际行程计划并不相符，《伟大的青海是中华民族的一个支撑点》和《弱水三千之"河西"》两文后来均未收入《中国的西北角》一书。沪版编排别具一格，第一节副题为"原野山川满含着诗意，社会内层却不容乐观"，并在各小节中特别设计了花色栏头，内文中灵活穿插许多小题，如"庄浪河边，水磨甚多"，"赵充国毕竟聪明，屯田政策新估价"，"西宁街市，古色古香"等等，虽然意在吸引读者，但与津版相比，显得比较花哨。津版小标题"祁连山南"简短扼要，与原版书一致。沪版和津版对范长江的原稿内文均有各自不同的删改。

《塞上行》一书所收集的范长江作品来自沪版、津版及《国闻周报》，同样也有类似多个版本的情形。例如，沪版《百灵庙战役之经过及其教训》一文，在津版上则题为《百灵庙一役揭升民族历史的新页》，沪版包含三个部分，而津版只刊出前两部分。又如沪版连载《百灵庙战后行》，沪版文内均未加小标题，原版书则包含了五个部分，分别以"战后出阴山""忆战尘""百灵庙""吊战场""黄龙意境"为题。津版刊出这同一篇文章，则题为《越过大青山》，文内只有一小节加了小标题，如"二分明月照雪花""塞外有巾帼英雄"等，与原版书的标题并不一致，而且只包含了前四个部分的主要内容，完全删掉了第五部分。《太行山外》一文载于《国闻周报》（第十四卷第十二期，原文题为《山西纪行》），该文结尾一段，《国闻周报》原文是关于铁路应增办"三等卧车"的建议，但是在《塞上行》一书中范长江却对此段完全加以改写，删除了关于"三等卧车"的议论，而增加了一大段有关北方民间组织抵御外侮的论述。

**二、关于如何确认范长江的原作**

总之，在1936年至1937年间，范长江所公开发表的同一篇作品，在天津《大公报》、上海《大公报》、《国闻周报》以及《中国的西北角》、《塞上行》原版书中都有不少差别。那么，究竟如何确认哪些文本是范长江原作（即范长江提交报社的原稿），哪些内容是经过报社编辑删改的？这也是笔者在编纂《中国的西北角（勘注增补本）》时遇到的一个关键性的问题。

虽然范长江的手稿并没有保存下来，但是通过对不同版本的对比分析，可以推断何种文本为范长江的原作。

第一种情况：原版书与津版、沪版三者内容完全一致或是同其中之一

（包括《国闻周报》）内容相同，即可以断定为范长江的原作。《动荡中之西北大局》以及范长江的其他作品，大部分文本符合这一点（原版书、津版、沪版三者一致，或者分别与津版或沪版一致），这些互相一致的部分可确定为范长江的原作。

上述三者完全一致的情况无须赘言。而在原版书与津版或沪版文本一致的情况下，也可以断定为范长江的原作。这是由于范长江的作品在结集出书时，是将范长江的手稿直接拿去排印或是少量修改其原稿，并非参照津版或沪版的见报稿（详见后文），因此只要原版书与津版或沪版文本相同，就可以确认是原稿。

第二种情况：在津版或沪版中出现而在原版书中被删掉的完整段落，也肯定是原作。因为《大公报》对原稿只能做技术性处理，不可能添加完整段落。例如：

| 篇目／章节 | 上海《大公报》 | 天津《大公报》 | 原版书 |
|---|---|---|---|
| 百灵庙战后行／战后出阴山 | 百灵庙之克复，政治上与军事上皆有其非常的关系，非普通之克一城一地者可比，而战争的经过，又表示我们英勇的战士若干可歌可泣的事迹，故不可不大书特书。范长江自归绥出发时，本与平津沪若干同业同行，但后因详细调查起见，独留战地，迟三日始归，使本报读者不能早日得读此次视察经过之情形，深为抱歉 | 基本同沪版 | 删除了此导语 |
| 从嘉峪关说到山海关——北戴河海滨的夜话 | 删除了此段 | 你们中国的文件上对于蒙兵守关表示不安，幸而蒙古人永远如此衰弱，还可以苟安，如果出了成吉思汗和夏元昊那样人物，则后患将不得了。可见你们中华民族还没有将五族包罗为一体的意识，这对于中国前途，将发生不可思量的影响 | 删除了此段 |

第三种情况：原版书、津版、沪版三者文本内容各不相同。例如：

| 篇目／章节 | 上海《大公报》 | 天津《大公报》 | 原版书 |
|---|---|---|---|
| 西北近影／陇东走未通 | 又无法越过这些水滩 | 又无法超过这些水滩 | 又无法超越这些水滩 |
| 祁连山北的旅行／武威现状不乐观 | 故支吾以对了 | 故支吾以答 | 故"顾左右而言他" |

在这种情况下，三种文本何为范长江的原文则无法断定。但从范长江的全部作品来看，这种情况非常罕见，而且属于技术性措辞的细微差别。

第四种情况：津版、沪版在同一天发表同一篇文章，津版、沪版内容相同，但是与原版书内容不同。由于沪版和津版都是依据范长江原稿编版，而且是相对独立操作的，如果同日发表的某些部分的文本完全相同，就可以断定该部分为范长江的原作，这一点不言自明。而如果原版书文本与两者不同，那就可以断定是范长江在结集出书时又做了改动。例如，津版、沪版于1937年同日发表《边疆政策应有之新途径》一文，《塞上行》出版时文字上又有所修改：

| 篇目／章节 | 上海《大公报》 | 天津《大公报》 | 《塞上行》原版书 |
|---|---|---|---|
| 边疆政策应有之新途径 | 须多罗致边地民族之英才参加主持 | 同沪版 | 须由边地民族之代表主持 |
| 同上 | 并许此种委员会充分发表各该族之意见 | 同沪版 | 必须此种委员会充分发表各族之意见 |

第五种情况：如果沪版、津版是在先后不同时间发表的，对于完全相同的文本部分，不能简单断定就是范长江的原稿。这种情况比较复杂，需要具体情况具体分析。

就《西北大局》一文来说，范长江是在发稿当天在上海赶出此稿，2

月 15 日上海《大公报》发表了此文。由于当时技术条件的限制，并没有现代的复印、传真之类的技术设备，天津《大公报》在第二天发稿，范长江的手稿也来不及通过邮寄，只能是通过誊写稿件，拍发电讯稿。因此，天津《大公报》次日刊载该文之前，应有根据范长江的手稿誊写的电传文稿，同时津版编辑部也很有可能通过津沪两地沟通，知晓沪版经删节发表该文的情况。在这种情况下，津版可能有三种做法：

（1）完全按照沪版的做法，对电传文稿进行删改（但事实上，津版发表的版本并没有按照沪版进行同样的删改）。

（2）对电传文稿不做任何编改，原稿照登。

（3）按照津版编辑部自己的审稿标准，对电传文稿进行编改。

第二种和第三种可能性哪个更大呢？

报馆编改范长江的稿件本来是天经地义的事，"原稿照登"的情况只能说是例外，范长江的西北采访所发稿件，自《成兰纪行》开始，每篇作品都会经过《大公报》编辑部做不同程度的编改，有时还有较大幅度的删改。而自 1936 年 9 月张琴南调任天津《大公报》编辑主任之后，天津《大公报》编发过《从嘉峪关说到山海关》《百灵庙战后行》等多篇范长江的作品，其中都经过细致编改，包括整句和整个段落的删除。上海《大公报》1937 年 2 月 15 日刊载的《西北大局》一文，是西安事变之后范长江访问延安后撰写的独家重头稿，胡政之决定亲笔改稿，甘冒"违检"风险，在国民党全会开幕之际抢发。天津《大公报》虽然晚一天发稿，也同样会知道这篇稿件内容的特殊分量，并很可能已经得悉沪版发稿前一天对此稿进行了删改，因此理所当然也应在见报前再度进行审阅编改。

根据以上分析，笔者认为第三种可能性最大：由于天津《大公报》编辑部相对独立编报，既没有完全按沪版照样做删改，也不会完全按照电传文稿原样发表，而是部分地参照沪版做法对原稿做了少量的编改，于是就形成部分与沪版相同、部分与原版书相同的第三种版本。从客观上看，这个津版的版本更加接近原版书，从而显示出范长江的原稿内容，同时可以看出沪版是如何对范长江的原稿进行删改的。

那么在《塞上行》结集出版时的版本又是怎样形成的呢？

范长江在《我的自述》中说，《大公报》对他的文章"差不多"是"我怎样写，《大公报》就照我写的原文发表，从来没有删改过"，"至少我没有发现他们删改过"①。尽管版本学研究证实，事实上《大公报》编辑部对他的文章也是有所删改的，但从范长江的自述中可以看出，他一直没有注意到报馆是否和如何修改他的文章，也从未注意沪版、津版有什么不同之处。他在《祖国十年》中谈到《西北大局》一文时，也只是回忆了经胡政之删节后上海《大公报》发表该文的情况，并没有提到天津《大公报》次日还发表过一个不同的版本。这很可能是因为他在1937年的记者工作中主要是和上海《大公报》总部直接打交道，而没有去注意津版发表的情况。由此可以得出合乎逻辑的推论：他在结集出书时，是将手稿直接拿去排印或是少量修改其原稿即发排，而不是去查看见报稿是如何编改的，更不会去比较津版、沪版与原稿又有何差别。

总而言之，就《西北大局》一文来说，上海《大公报》的版本是大公报馆首次发表的版本，由于此时大公报馆的编辑业务和经营中心已经移至上海，因此这个版本也应是时效性最强、影响最大的一个版本，但这个版本是经过删节的，不是范长江的原作。在沪版发表之后，津版根据沪传电讯稿做了编改后发表，随后《塞上行》原版书则在范长江的手稿基础上也进行了个别的修改（原文详见后文）。这样就出现了沪版、津版和原版书三种不同的版本。

---

① 范长江：《我的自述》，见《范长江新闻文集》，新华出版社2001年版，第1189页。

也就是说，《西北大局》一文的三个版本差别属于上述第五种情况，需要具体鉴别。那么，该文中某个句子或用语究竟是范长江的原稿，还是后来在《塞上行》出版时改写的呢？笔者试作以下研判：

| 篇目／章节 | 上海《大公报》 | 天津《大公报》 | 《塞上行》原版书 |
|---|---|---|---|
| 动荡中之西北大局 | 双十二以来全国人对于西北方面之政治了解 | 同沪版 | 属于第五种情况。原版书将"全国人"改为"全国人士"。津版、沪版此处文本应为原稿，津版、沪版不会同时特意删掉"士"字，因为文意相同 |
| 同上 | 尤以用兵变方法 | 同沪版 | 属于第五种情况。原版书"尤以用政变方法"为原稿，沪版、津版将"政变"改为"兵变"，这样修改更为确切 |
| 同上 | （共产军以事后参加之地位，）而转而成为领导的形势 | 而转成为政治上之领导力量 | 原版书同津版。符合第一种情况，津版和原版书文本为原稿 |
| 同上 | 删除了此句 | 知"匪"之不可轻视 | 同津版。符合第一种情况，津版和原版书文本为原稿 |
| 同上 | 删除了此句 | 知"匪"之实际，一则剿清之前途渺茫，再则似尚并非不可策动其转变 | 同津版。符合第一种情况，津版和原版书文本为原稿 |
| 同上 | 删除了此句 | 迄未能变更中央方针 | 同津版。符合第一种情况，津版和原版书文本为原稿 |
| 同上 | 经江西封锁突围而出，困苦流徙二万五千里而至西北之共产军 | 同沪版 | 属于第五种情况。原版书为"自江西突围而出，困苦长征二万五千里而至西北之共产军"，此应为范长江的原稿。沪版、津版将"困苦长征"一词改为"困苦流徙" |
| 同上 | 感情激荡 | 感情游荡。"游"字疑为误植 | 同沪版。符合第一种情况，沪版和原版书文本为原稿 |
| 同上 | 整段删除 | 比较具体的说法，……中央当局和全国国民必须正确了解（335字） | 同津版。符合第一种情况，津版和原版书文本为原稿 |
| 同上 | 删除了"蒋先生能以更大之胸襟" | 只望蒋先生能以更大之胸襟 | 同津版。符合第一种情况，津版和原版书文本为原稿 |

续表

| 篇目／章节 | 上海《大公报》 | 天津《大公报》 | 《塞上行》原版书 |
|---|---|---|---|
| 动荡中之西北大局 | 整段删除 | 但是我们不要忽视了西北现存的力量……最低限度是鹬蚌相争（94字） | 基本同津版（原版书有漏字）。津版和原版书文本均基于原稿 |
| 同上 | 沪版脱漏"们"字 | 西北军民切盼着这次会议给他们好消息 | 同津版。符合第一种情况，津版和原版书文本为原稿 |
| 同上文尾 | 全国民众也以异常关切的心情期待着 | 同沪版 | 属于第五种情况。原版书为"全国民众也以异常关切的心情期待着开会的结果"，原稿应如此，沪版、津版删掉了后面五个字。假如津版、沪版为原稿，而在国民党三中全会已过四五个月之后，原版书却特意在文尾加上期待"开会的结果"等字，似无必要 |

范长江在《西北大局》一文中，破天荒地正面写出红军"长征二万五千里"的提法，在 1937 年这样的提法完全否定了"剿匪"政策，对国统区读者应有石破天惊之感，这里值得做进一步探讨。

从前文的版本分析可以推断，《塞上行》一书依据的是范长江原来的手稿，在编辑出书时，对《西北大局》一文仅做了纯文字上的微小修改（如将"全国人"改为"全国人士"）。通观全文并对比各个版本，可知作者并没有去核对津版、沪版的见报稿，而是依手稿照登，甚至对其中个别瑕疵也保留下来了（如"撤退"错为"撤进"，将西安事变的"兵变"称为"政变"等）。原稿中关于红军"长征二万五千里"的提法由范长江在本文中首次提出，大气磅礴，极具震撼力，前句称"困苦长征"，后句再说"艰难流徙"，行文描摹贴切，跌宕有致。但在当时，正面写红军"长征二万五千里"肯定是有高度政治敏感性的，因此最大的可能是沪版为了规避新闻检查而刻意将"长征"一词改为"流徙"，津版次日随之做了修改。不过这样一改，句中的"困苦流徙"便与下句中的"艰难流徙"用语重叠，造成"撞车"，与原稿比较，后者修辞显见不佳，而在整体行文气势上也逊色得多了。那么，会不会是范长江的原稿写的就是"流徙"，而直到出书时才把它改成"长征"了呢？笔者认为，对于一篇不久前公开发表过的震动朝野的大文章，作者在结集出书时是没必要这样在一处关键性用词上再去做这样重大的修改的。总之，《塞上行》原版书收录的《西北大局》的文本是基于原稿的体现范长江本意的版本。

通过以上对沪版、津版和原版书版本的对比分析，由此也得到第一手的历史资料，对于范长江1938年离开《大公报》的原因提供了新的参考证据。《大公报》总经理胡政之对范长江一直十分欣赏，而且甘冒风险发表了《西北大局》一文，范长江也对此表示赞扬，[1] 但与此同时，胡政之确实是出于把控政治尺度、规避新闻检查，而对范长江的手稿内容做了明显的删改。从范长江的原稿中可以清楚地看出，自1937年访问延安之后，范长江的政治态度日渐"左倾"，从原来对国共内战持中立的立场，转而赞赏和支持共产党人提出的抗日民族统一战线新政策，因而他与大公报馆之间在政治观点上开始出现了差距，并逐渐拉开了彼此的距离。从《西北大局》一文的版本之间的差异，可以窥见范长江在政治观点上走向"左倾"之端倪，这为他一年以后离开《大公报》埋下了伏笔。

**三、何种版本为"正本"？**

那么，在辨识何为范长江的原作之后，对于编纂中的勘注增补本来说，又如何确认哪种文本才算得上是"正本"呢？

笔者认为，首先，"正本"必须来自1937年正式发表的原始版本。20世纪80年代以后再版的各种版本多经过不同程度的修改删削且未经勘注，这些版本都不会是"正本"。沪版、津版、《国闻周报》、原版书的版本才是原始版本。

---

① 范长江：《〈祖国十年〉"留下的问题"》，见《范长江新闻文集》，新华出版社2001年版，第984页。

其次，从原则上来说，原版书的文本才堪称"正本"。

原版书的特点是：第一，原版书文本直接来自范长江的原作，是经过范长江本人审阅修编的，最符合范长江的本意。范长江在报纸上发表文章是职务行为，编辑部当然有权对范长江的文章进行修改编辑，但是编辑部的工作是反映报社的方针，体现编辑部的意图，而原版书版本才真止符合范长江本人的意见。

第二，原版书并非只是汇集了《大公报》和《国闻周报》上的见报稿文本，而是基于范长江的原作，经过作者和编者的审阅和再次深度编辑加工，如调整各篇作品结构、重分章节、重新排序，形成全书一致而有鲜明特色的文字风格，许多文章标题和内文小标题重新制作，小标题大多七八个字，多以范长江所经过的地名为主词，用词中性、简约、凝练而有强烈现场行动感，这与《大公报》版面的处理多有不同。

范长江在原版书中对原稿中的个别内容还进行了修正、删节、添加或改写。举例如下：

| 篇目／章节 | 上海《大公报》 | 天津《大公报》 | 原版书 |
| --- | --- | --- | --- |
| 兰州印象 | | 兰州高出海面一千一百余公尺 | 兰州高出海面一千五百余公尺 |
| 祁连山北的旅行／嘉峪关头 | 耶律楚材随军征至新疆，他的诗的滋味就来得不一样 | 同沪版 | 成吉思汗左右之通中国文化者，只有契丹降人耶律楚材，他因原属契丹，而且已受相当中国文化之薰陶，然而他的诗的滋味就已经来得不一样 |
| 同上 | 无此句 | 无此句 | 嘉峪关这一带地方，是秦汉之际乌孙国地，其西疏勒河流域为月氏，其东北，今内外蒙古地为强盛之匈奴。后月氏被匈奴赶至天山之西，乌孙亦被匈奴指使，追月氏而移国于伊犁河流域 |
| 从嘉峪关说到山海关——北戴河海滨的夜话 | 随处也可以看见 | 同沪版 | 有如荒林中枯乱的材木 |

续表

| 篇目/章节 | 上海《大公报》 | 天津《大公报》 | 原版书 |
|---|---|---|---|
| 百灵庙战役之经过及其教训 | 但是我们因为交通的不备 | 同沪版 | 但是我们现在因为外交上还在接洽，绥远省垣还驻着对方公开的谍报机关——"羽山公馆"。又因为交通的不备 |
| 西北近影/冒险飞兰州 | 只能间断的出现其冰凝之影象，宛如云中蛟龙，见首难于见尾，画意无穷 | 同沪版 | 只能间断的出现其盘转的躯体，宛如云中蛟龙，藏首慝尾，永远是不易见其全貌 |
| 同上 | 此外负责兰州治安之军警督察处与公安局，本属省府之管辖，而事实上有令出中央，省府不能过问之苦 | 同沪版 | 删除了此句 |

范长江的西北旅行通讯中有对大量地理资料的描述，而《大公报》在刊发这些通讯时，除《岷山南北"剿匪"军事之现势》《徐海东果为萧克第二乎？》等少数文章外，其他作品都没有配地图，因此对于不熟悉西部地理知识的读者而言，无疑会增加阅读的困难。为帮助读者理解书中内容，原版书配合内文，专门制作了四十余幅示意性地图。范长江本人的地理知识十分丰富，曾担任过中学地理教师，原版书的地图应是根据范长江手绘地图请专门人员绘制的，其中《西北近影》中的地图是范长江手绘原图。换句话说，范长江西北考察通讯作品结集成书后，在总体上内容更加充实丰富，生色不少。

第三，原版书的出版虽然比报纸文章的发表迟了几个月，在时效上不如报纸，但是两书先后多次再版，《中国的西北角》广受读者欢迎，共出九版之多，为民国印刷史上所罕见。两书影响十分深远，使范长江的作品作为新闻经典而得以永久流传，从这点来说，原版书的影响力更胜于报纸。

有鉴于此，笔者将1937年出版的两本原版书内容作为"正本"，即编纂勘注增补本的主要依据。

第四，作为经典的新闻作品，其"正本"必须是用语和行文正确的文本。

由于经过多次再版，原版书的行文中始终存在各类错误，此外范长江的原稿中的个别笔误也是在所难免的，沪版、津版中也对原稿中此类笔误进行了纠正。例如：

| 篇目/章节 | 上海《大公报》 | 天津《大公报》 | 原版书 |
|---|---|---|---|
| 成兰纪行/岷河沿岸 | | 至岷河与白龙江合流处之两河口 | 原版书"两河口"误为"银河口" |
| 贺兰山的四边/宁夏赴青铜峡 | 王元桥 | 王元桥 | 即今望远桥。原版书误为"王桥元" |
| 贺兰山的四边/临河五原至包头 | 山西梆子 | 误为"山西帮子" | 误为"山西帮子" |
| 百灵庙战后行/忆战尘 | 误为"照我的克后的情形来说" | 照我们克复后的情形来说 | 误为"照我的克服后的情形来说" |
| 动荡中之西北大局 | 亲历陕甘宁三省 | 同沪版 | "亲（親）历"误为"规（規）历" |

根据上述原则，勘注增补本基于原版书版本作为"正本"，同时参考对比津版和沪版进行了文本的校正，共纠正各类版本文字误差数百处。

## 四、"正本"之外的新发现

值得一提的是，通过版本的比较，笔者还发现，在津版、沪版及《国闻周报》文本中，部分字句后来被原版书删除了，但却包含着一些颇有价值的内容，这也是一项意外的收获。

| 篇目/章节 | 上海《大公报》 | 天津《大公报》 | 《国闻周报》 | 原版书 |
|---|---|---|---|---|
| 祁连山南的旅行/到了西宁 | 至于事实上代表南京，在青海有重大活动力者，则为民政厅长谭克敏 | 同沪版 | | 此句在《中国的西北角》中被删除了 |

| 篇目／章节 | 上海《大公报》 | 天津《大公报》 | 《国闻周报》 | 原版书 |
|---|---|---|---|---|
| 祁连山南的旅行／到了西宁 | 范长江与谭氏有北大先后同学之雅，故能蒙其诚意之扶助 | 同沪版 | | 此句在《中国的西北角》中被删除了 |
| 祁连山南的旅行／回教过年 | 马步芳在范长江离去西宁之前夜，曾作一席恳切之谈话。他再三表示他欲有所作为的私衷，而深以无人指示其光明大道为恨。在彼此寂寞对坐当中，范长江心萦乎西北大局，不自觉有感乎这里第一流人才之无多，而为西北前途抱无限之隐忧 | 马步芳在范长江离去西宁之前夜，曾作一席恳切之谈话。他再三表示他欲有所作为的私衷，而深以无人指示其光明大道为恨。在彼此寂寞对坐当中，范长江心萦乎西北大局，不自觉有感乎西北上第一流人才之无多，而为西北前途抱无限之隐忧 | | 此整段在《中国的西北角》中被删除了 |
| 忆西蒙／初出阴山 | | | 同时在这样的剑拔弩张的局面下，从绥远西向深入蒙古以后，是否还可以安然回来，实在也没有一个人知道。然而新闻记者的任务，是在供给一般读者以正确详实的消息，重要消息所在的地方，就是我们应当深入的地方 | 《塞上行》原版书删除了此段 |

例如，在沪版、津版《祁连山南的旅行》的见报稿中，披露了范长江进入西宁后得以顺利访问"青海王"马步芳，是借助其北大同学、时任青海省民政厅长的谭克敏的人脉关系，他甚至在离开西宁前夕，还获得第二次难得的单独会见马步芳的机会，而在范长江传记和相关论文中，一般只提到他采访过马步芳一次。他在启程离开西宁之际写道："承友人赵德玉、刘希古、马绍武、王乾三诸先生策马相送，直至离西宁西门外十里之湟水桥上，始依依握手告别，友人穆成功先生随后更追来远送二十余里，数请

始归，彼此犹在马上回首相看，影没后，心殊怅然。"这一段友人十里送别的描述，读之令人动容。在他的西北通讯的见报原文中，许多次具体提到在各地帮助他完成采访任务的三教九流的朋友们的名字，并向他们一一致谢。范长江在《范长江工作随想》一文中畅谈其做记者的经验，他说"记者应该到处都有朋友"①，以上种种采访活动细节，就是"记者一定要善于交朋友"的生动事例。又比如，在《国闻周报》刊载的《忆西蒙》一文中，范长江用坚定的语言表示"在这样的剑拔弩张的局面下，从绥远西向深入蒙古以后，是否还可以安然回来，实在也没有一个人知道。然而新闻记者的任务，是在供给一般读者以正确详实的消息，重要消息所在的地方，就是我们应当深入的地方"，这段话鲜明地表明了范长江不顾个人安危，义无反顾地前往西蒙的目的及其履行使命的决心。可惜这些细致而精彩的内容在原版书中并没有保留下来。勘注增补本将以注释的形式还原这些在原版书略去而仍有价值的内容。

笔者相信，对《中国的西北角》《塞上行》开展版本学研究是有特殊价值的，对于范长江的经典新闻作品，版本学研究有助于为读者还原一个完整而准确的"真本"与"正本"，并为今后的范长江研究者打造坚实而可靠的基础。

---

① 范长江：《记者工作随想》，见《范长江新闻文集》，新华出版社 2001 年版，第 1147 页。

# 范长江西北考察通讯中的政治性用语疑点辨析

## —— 以《成兰纪行》和《红军与长征》系列报道为例

### 范东升　罗焕林

### 一、研究背景

范长江作为《大公报》特约通讯员 1935 年 7 月初从成都出发，9 月 2 日抵达兰州。9 月 4 日他写出首篇分析红军长征动向的文章《岷山南北"剿匪"军事之现势》，13、14 日在天津《大公报》连载。18 日他撰写完成首篇西北考察通讯《成兰纪行》，于 20 日开始连载。30 日又写出《徐海东果为萧克第二乎？》，《大公报》10 月 9 日开始连载。之后范长江 10 月中旬至 12 月上旬紧接着在西安至兰州一线采访，特别考察了红军长征路线所经的庆阳、天水、甘谷一带，在此期间《陕北甘东边境上》《渭水上游》《红军之分裂》《毛泽东过甘入陕之经过》《从瑞金到陕边》《陕北共魁》《松潘战争之前后》等通讯相继见报（《松潘战争之前后》发表于 1936 年 1 月）。自 1935 年 9 月至 1936 年 1 月，在短短的 4 个月时间里，天津《大公报》上连续发表了署名"长江"的独家新闻通讯，这些通讯以相当大的篇幅聚焦于正在长征路上艰难前行的红军，这些署名通讯笔调客观中性、内容翔实、分析透彻，与以往《大公报》上刊登的关于红军与长征的新闻报道截然不同，令人耳目一新，因此备受全国读者关注。

### 二、范长江西北通讯中政治性用语的重要变化

格外引人注目的是，在范长江的上述通讯中，在关于红军与长征的政治性用语上出现了前所未有的重要变化。范长江在《我的自述》一文中说，他的文章"贯穿了这样一个基本观点：国共两党要有平等地位，首先国民

党要停止剿匪内战，共商抗日大计"①。也就是说，当时范长江认为国共双方是处于内战状态，而不是"国军"剿灭"赤匪"的战争，他在文章中对国共双方是平等对待的，而不是视为"敌我"之间的关系，因此，在他的西北通讯中，政治性用语的变化表现为三个方面。

首先，中共及其军队不再被称为"匪"，而是直称"红军""中国共产党"。当时《大公报》以及国统区其他报纸在新闻报道中，对于红军通常称"赤匪"，"红军"本身则是高度政治敏感词。例如，《岷山南北"剿匪"军事之现势》一文发表于1935年9月13日，而在同一天同一版的《大公报》上刊登了另一则中央社电讯以及该报的"绥德通信"，内容是关于红军在陕北会师情况的报道（见后文），全篇正文加上标题一共606个字，其中"匪"字出现19次，均指红军部队，如"残匪""散匪""赤匪""匪股""匪首"，却没有一处直接称"红军"。对红军领导人名字之后必加"匪"字，如"刘子丹匪""高岗匪""徐海东匪"等等。又如在上述日期之前和之后，在《大公报》关于红军动向的新闻通讯中，对红军同样称"匪"。例如9月11日的"兰州通信"，主标题就是《甘省修碉堡防匪》，这个"匪"字即指红军，开篇即称"自朱毛徐匪合股以来，陕北残匪，又有西窜陇东之势"。该报9月15日刊登"太原专电"和"北平电话"，其中称"我军与匪连日在绥德延长一带激战甚烈"，同样全文完全以"匪"

1935年9月13日天津《大公报》

①《范长江新闻文集》（下），中国新闻出版社1989年版，第1117页。

字代指红军。

但范长江所著的《中国的西北角》和《塞上行》两本原版书，[①] 其中所汇集的所有文章，却没有一处指红军为"匪"，而是对中共军队直称"红军"，对红军和共产党领袖人物则直呼其名，绝无使用"×匪"的称呼，这在当时的新闻界是破天荒的。

其次，范长江在写作中有意识地对于"剿匪"一词打上引号，以表示对国民党

1935年9月15日天津《大公报》

当局的"剿匪"政策的质疑和否定。这一点也是突破国民党新闻检查的底线的做法。在他的文章中，他认为红军并不是土匪，而国民党的"剿匪"政策则是师出无名而令人质疑的。《中国的西北角》和《塞上行》两书中在多处提到"剿匪"的地方都打上了引号，如"令城中商民筹数千元'剿匪费'"（《成兰纪行》之《平武谷地中》），"'剿匪'军事中心，由成都移至长安"（《长安剪影》），"因为目前的长安，是以'单纯消费景气'和'暂时剿匪景气'为实质"（《长安剪影》），"江西南昌曾以'剿匪'而盛极一时"（《长安剪影》），"所谓'绥东四旗剿匪司令'"（《沉静了的绥边》之《蒙地沧桑》），"宣布了绥远宁夏甘肃和青海为'剿匪'区"（《西北近影》之《冒险飞兰州》），"去岁共产党政策一再转变，使东北军'剿匪'信念，根本动摇"（《动荡中之西北大局》），等等。

最后，使用政治中性词语描述红军的行动。正是由于范长江在文章中不再称红军为"匪"，而只是国共内战中的另一方，因此其中对红军行动

---

① 《范长江新闻文集》（下），中国新闻出版社1989年版，第1117页。本文所引用的《中国的西北角》版本为1937年第七版，孟可权编，天津大公报馆版；《塞上行》版本为1937年第三版，大公报馆出版。笔者将两本原版书做了全书扫描录入，制成电子版，可对全书内容和字句进行检索，用于本文的考证研究。

的用语基调也是中性的，而不是像当时国统区报纸上关于红军的其他新闻报道那样，每谈及红军动向，必用"窜"一类贬义动词。天津《大公报》1935 年 9 月 13 日关于红军在陕北会师情况的报道仅有 606 个字，其中"窜"字竟反复使用 12 次之多，如"窜入""窜至""窜抵""东窜""南窜""北窜""会窜"等等。而在《中国的西北角》和《塞上行》两本书中，对于红军的行动描述，却没有一次出现"窜"字，而是使用"突破""进入""推进""前进""直进"等中性词语。

综上所述，以上三点变化在范长江的文章中是合乎逻辑和顺理成章的：认为红军不是"匪"，只是国共内战中之一方；既然红军不是"匪"，也不能称其为"匪"，因此对国民党当局"剿匪"政策的正当性提出质疑；在他的文章中也不必使用"窜"这类通常仅用于土匪、流寇、恶徒身上的词语来描述红军。

**三、关于《成兰纪行》和《红军与长征》系列文章中政治性用语疑点的辨析**

范长江的西北通讯突破国民党当局的新闻封锁，首次用客观中性的笔法去报道红军与长征的真实情况，与那些国统区报纸上的自欺欺人的"剿匪战报"完全不可同日而语，从而大受各界读者的关注和欢迎，也得到中国共产党和红军领导者的充分肯定和称赞。如中央军委原副主席张震上将回忆说，当中央红军在长征中经过长途跋涉来到甘陕地区时，在报纸上"发现以长江署名的文章，在我军还未长征前即判断我们可能要放弃江西苏区实行战略转移，分析了红军为什么要离开根据地进行转移，并对红军长征过程和下一步的动向作出了估计，大家感到很惊讶，都对长江同志的过人才华而赞叹不已"①。《人民日报》原总编辑李庄说："《中国的西北角》

---

① 张震：《怀念范长江同志》（代序），见《不尽长江滚滚来——范长江纪念文集（增订本）》，群言出版社 2004 年版，第 1 页。

和长江在 1935 年写的其他旅行通讯，其流传之广，作用之大令人吃惊。在新华社平津前线总分社开会时，东北野战军政治部主任谭政、宣传部长肖向荣交口称赞这些文章，说在国民党大举进攻，'围剿'的艰难情况下，把红军的动向、主张有时曲折地有时直白地告诉人民，太难了，可是长江同志作到了。不但有深远的眼光，还有非凡的勇气。"①

但是，在可查阅到的 1935 年至 1936 年天津《大公报》的版面上，从政治性用语角度来看，署名"长江"的《成兰纪行》和《红军与长征》系列文章中却存在着一些值得研究的疑点。

例如，在《成兰纪行》一文中，天津《大公报》上出现"匪区残迹"这样的标题用语，甚至在正文中红军被直接指称为"敌人"。在《岷山南北"剿匪"军事之现势》以及其他多篇关于红军与长征的通讯中，对于红军行动的描述，在《大公报》上也多次出现了"窜"等贬义动词。这究竟是怎么一回事呢？是否如同某些研究者所称，范长江的历史自述是出于动机不纯的自我辩白因而所述不实？而造成范长江作品中这些政治性用语上的"瑕疵"，是否其中另有缘由呢？笔者试通过对范长江作品的原始

天津《大公报》刊登的《成兰纪行》

① 李庄：《新闻工作忆往》，见《不尽长江滚滚来——范长江纪念文集（增订本）》，群言出版社 2004 年版，第 234 页。

版本的考证辨析以澄清这些疑点，以还原历史的真实面貌。

疑点之一：《大公报》编辑部是否对范长江的文章原稿进行过编改？

笔者在《〈中国的西北角〉〈塞上行〉版本学研究初探》[1]一文中曾指出，在1935年至1937年间，范长江的各种新闻作品实际上存在四种不同的"原始版本"：天津《大公报》版、上海《大公报》版、[2]《中国的西北角》和《塞上行》的原版书，另外有些文章是出自《国闻周报》的版本。而其中两本原版书才是根据范长江的原稿并按照作者本意编辑出版的版本。范长江在《我的自述》中曾说，《大公报》对他的文章"差不多"是"我怎样写，《大公报》就照我写的原文发表，从来没有删改过"，"至少我没有发现他们删改过"。[3]不过，对《大公报》上述多种原始版本的比较研究显示，范长江在《我的自述》中的这种说法，仅说明他本人未曾一一对照过《大公报》的文章与原稿的差别，更没有留意到津版、沪版彼此之间的异同。实际上，只要对这些不同版本的文本内容进行比较就可以发现，《大公报》编辑部对于范长江的文章并非都是按原稿照登的，相反大多数文章都肯定经过了一定的编辑修改。

《中国的西北角》一书共收集了《大公报》刊登过的作品5篇，其中包含《成兰纪行》《陕甘形势片断》《祁连山南的旅行》《祁连山北的旅行》《贺兰山的四边》等旅行通讯，《塞上行》一书收集了《大公报》刊登过的作品8篇，包含《从嘉峪关说到山海关》《百灵庙战役之经过及其教训》《陕变后之绥远》《动荡中之西北大局》《边疆政策应有之新途径》5篇短文，以及《百灵庙战后行》《沉静了的绥边》《西北近影》3篇行纪。另有《忆西蒙》《太行山外》《陕北之行》3篇行纪由大公报馆所属《国

---

① 范东升、周弯：《〈中国的西北角〉〈塞上行〉版本学研究初探》，载《新闻与传播研究》2016年第9期。

② 上海《大公报》创办于1936年4月1日，至1937年8月天津《大公报》停刊，在一年零四个月的时间里，同时存在上海《大公报》和天津《大公报》两种相对独立运作的报纸。

③ 《范长江新闻文集》（下），中国新闻出版社1989年版，第1125页。

闻周报》刊载。

如同时将天津《大公报》和上海《大公报》的文章与《中国的西北角》和《塞上行》两本书中收录的同一篇文章逐一做内容对比，便可从中辨别出《大公报》编辑部是否对范长江的稿件做过编改。笔者采用的基本辨别方法是：如果津版、沪版以及原版书文字相同，则编辑部对原稿未做删改，是原文照登的。对于范长江的同一篇文章，如果津版与沪版文字内容有不同之处，而其中一家与原版书版本相同，即可认定天津或上海《大公报》编辑部曾对范长江的原稿做过一定的编改。如有其他情况出现（如津版、沪版和原版书文字各不相同，或者范长江的稿件只单独在津版或沪版上刊登过），则需要另做鉴别分析。

本文的版本对比研究结果表明，《大公报》编辑部（含沪版和津版）确实对范长江的大多数文章进行过不同形式、不同程度的编改处理。

一是重新拟标题。例如，据笔者考证，《成兰纪行》中小标题为天津《大公报》编辑部所加（详见后文论证）。又如上海《大公报》编辑部对《祁连山南的旅行》《祁连山北的旅行》《贺兰山的四边》等文章均未采用范长江自拟的小标题，而完全重拟了连载各节的小标题。天津《大公报》则将《百灵庙战后行》一文的题目改为《越过大青山》，而将《百灵庙战役之经过及其教训》一文题目改为《百灵庙一役揭开民族历史的新页》，等等。

二是修改正文文字，少则修改个别用字用词，多则整句、整段落甚至整小节进行删除。如天津《大公报》将"以减轻宗教的毒害"改为"以减轻宗教的影响"（津版《边疆政策应有之新途径》）；上海《大公报》在《祁连山北的旅行》之《敦煌返张掖》中删除了"同时又有信回教的"之后整句；上海《大公报》在《贺兰山的四边》之《三圣宫天主堂》中删除了从"记者以为宗教之伟大"之后一整段；天津《大公报》在《百灵庙战后行》一文中删除了《黄龙意境》整小节；等等。上海《大公报》出于政治考量，对《动荡中之西北大局》一文做了深度删改。①

《中国的西北角》一书收集了《祁连山南的旅行》《祁连山北的旅行》《贺兰山的四边》3篇旅行通讯，《塞上行》一书收集的《从嘉峪关说到山海关》《百灵庙战役之经过及其教训》《动荡中之西北大局》《边疆政策应有之新途径》4篇短文，以及《百灵庙战后行》《沉静了的绥边》《西北近影》3篇行纪，这些文章都曾在上海《大公报》和天津《大公报》上同时刊载，因此采用上述的辨别方法，均可以确定报馆编辑部对范长江的原稿做过编改。

而《陕甘形势片断》和《陕变后之绥远》两篇文章则是例外。在天津《大公报》连续发表《陕甘形势片断》时，上海《大公报》尚未创刊，而《陕变后之绥远》一文则仅在上海《大公报》刊载过。虽然这两篇文章在报纸与原版书内容之间有一定的差别，但仅凭这一点还难以完全断定编辑部是否对原稿做过编改。例如，在原版书收集的《陕甘形势片断》之《对于西兰公路之观感》一文说，国民党当局当时从美国获得的"棉麦借款"，"对中国农村经济的衰败上有其重大的加速作用"，而在《大公报》上"加速作用"却变成了"补助作用"，两者的意思就颠倒过来了。不过这个例子仅仅是孤证，还不能由此断定一定是编辑部对原稿做了编改，因而也不能排除在编辑出版原版书时存在修改原稿的可能性。

总之，除去上述两篇文章，在《中国的西北角》和《塞上行》两本书中共有13篇作品在《大公报》上刊登过，其中有11篇可以确定都是经过编辑部编改的。

疑点之二：《大公报》编辑部是否对范长江原稿中的政治性用语进行过编改？

① 参见范东升、周弯：《〈中国的西北角〉〈塞上行〉版本学研究初探》，载《新闻与传播研究》2016年第9期。

　　只要仔细查阅原始版本，即可知《大公报》编辑部对范长江原稿中有关红军与长征的重大敏感性政治内容，在用语上也做了特别精细的编改处理。

　　例1：在《中国的西北角》原版书的《成兰纪行》之《成都江油间》中有以下一段话"徐向前当过涪江向岷江推进的时候"，但天津《大公报》在刊登这篇文章时，"向岷江推进"却成了"向岷江窜进"，也就是说，范长江的原稿中政治中性动词"推进"被改成了贬义动词"窜进"。

　　例2：在《中国的西北角》原版书的《成兰纪行》之《平武谷地中》中写到"（胡宗南）部队通过此段路程时，被对河红军射毙甚多"，但在天津《大公报》上，此段话中的"红军"两字却改为了"敌人"。而通过检索《中国的西北角》和《塞上行》两本原版书的电子版，可知实际上两

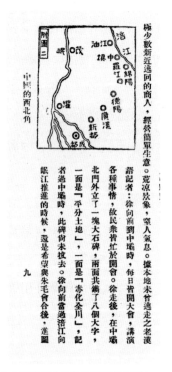

《中国的西北角》1937年版内页

《大公报》刊登的《成兰纪行》

书中没有任何一处将红军称为"敌人"或"敌军"。

例3:《大公报》编辑部出于政治考量而对范长江的文章在用词上进行不同程度的编改，还可以在《动荡中之西北大局》一文中得到印证。上海《大公报》对范长江的原稿删改的部分共达400多字。与《塞上行》原版书共有20余处差别，与天津《大公报》的版本也有10处不同。上海《大公报》删除了原文中两处以打引号的方式否定红军为"匪"的句子，还整段删除了介绍中共方面的三点政治主张的具体内容等，《塞上行》原版书

《中国的西北角》1937年版内页　　　　《大公报》刊登的《成兰纪行》

中的"（红军）困苦长征二万五千里"，在《大公报》上"长征"二字也被改成了"流徙"。[①]

疑点之三:《成兰纪行》中含"匪区"一词的小标题是出于何人之手？

天津《大公报》连载的《成兰纪行》共分为19小节，分20次刊出，

---

① 参见范东升、周弯:《〈中国的西北角〉〈塞上行〉版本学研究初探》，载《新闻与传播研究》2016年第9期。

每一小节都分别制作了小标题。其中第 3 小节的小标题是"中坝平谥铺间匪区残迹"。本文据资料考证认为，天津《大公报》连载的《成兰纪行》的小标题均为编辑部所加，而非范长江的原稿中所拟，尤其是其中所使用的"匪区"一词乃妄加于范长江，这一点实有必要加以澄清。

首先，在《成兰纪行》正文以及范长江的全部新闻报道作品中，从未使用过"匪区"一词，《塞上行》之《忆西蒙》中只有一处提到"从前萨县遂成为土匪最厉害的区域"，这句话也和红军毫无关系。而《中国的西北角》原版书中《成兰纪行》的同样段落中对应的分别是两个政治中性的标题：《成都江油间》《"苏先生"和"古江油"》。而在范长江的其他文章中，在谈及红军占领的地区时都是称"根据地"或者称"苏区"，而从来没有称之为"匪区"（如《岷山南北"剿匪"军事之现势》《陕北之行》）。

其次，《大公报》对于范长江的稿件，在标题制作上一般有两种处理办法：（1）直接使用范长江自拟的标题；（2）编辑部另拟标题。而天津《大公报》在发表《成兰纪行》时采用了第二种办法，也就是根据报纸连载每一小节的内容，由报馆编辑部进行概括提炼而制作小标题。

对照《中国的西北角》原版书即可查知，原版书中《成兰纪行》是分为 14 小节，每小节的标题与《大公报》上的完全不同。原版书的标题才是作者原稿所自拟的标题，而这些标题并不是对应于报纸连载时的各个小节而拟出的，事实上范长江在写稿时也无法事先知道编辑部将如何安排连载这篇长文。

最后，如果进一步对《成兰纪行》两个不同版本的标题做对比分析，可知不仅在政治用语上《大公报》编辑部所拟标题与原版书不同，而且在标题的语言风格上两者也有显著的差别。对《成兰纪行》一文，《大公报》所拟的一组小标题显得文字拖沓，多为 8~10 个字，甚至多达 16 个字，而且用词重叠平淡，19 个标题中前后 2 次用"残迹"、2 次用"情形"、2 次用"状况"、2 次用"见闻"，显得单调乏味。而在《中国的西北角》原版书中，《成兰纪行》的小标题具有独特而鲜明的语言风格，既平实又生动，简洁凝练并富有文采。常以地名或人名为题，少有形容词、感叹词之铺缀，拟题惜字如金，少则 4~5 个字，最多不过 8~9 个字。标题中还运用了古典文学中"对偶"的修辞方法，例如《"苏先生"和"古江油"》，人名与地名相对，且古今相对。又如《杨土司与西道堂》，将富有特色的藏族土司与支配一方的回教组织名称并提，增添了韵味和文字表现力。同时一组标题注意前后关照，避免用词重复，上一条标题写"白水江上源"，下一条则换用"洮河上游"。

《成兰纪行》既是《中国的西北角》中首篇西北考察通讯，也是范长江新闻作品中的经典代表作，其小标题的简洁风格也是贯穿于《中国的西北角》和《塞上行》两本书中的。例如，《西北近影》一文中有 8 个小标题，其中没有一个标题字数超过 5 个字。又如《陕北之行》中有 3 个小标题，每个小标题字数都是 4 个字："西安里面""万里关山""肤施人物"。再举一例：范长江 1938 年离开《大公报》之后，1941 年赴香港参与创办《华商报》，9 月至 12 月在《华商报》发表长篇时事述评《祖国十年》，该文中共有 51 个小标题，其中 5 个字以下的小标题有 21 个，7 个字以下的小标题有 45 个。①

通过以上三方面分析，本文可以确定，《大公报》上的《成兰纪行》称"匪区"的小标题肯定不会是出于范长江之手，而是由编辑部拟定的。

疑点之四：关于《红军与长征》的 4 篇文章中"窜"字何来？

1935 年 9 月至 1936 年 1 月，天津《大公报》相继刊登了《岷山南北"剿

---

① 《范长江新闻文集》（下），中国新闻出版社 1989 年版，第 858—998 页。

匪"军事之现势》等 7 篇有关红军与长征的署名"长江"的文章，在关于红军行动的描述中，其中有 4 篇出现了有政治贬义性的"窜"字，如"西窜四川""由江西窜出来"等等。这 4 篇文章分别是：《岷山南北"剿匪"军事之现势》（其中"窜"字出现 5 次），《徐海东果为萧克第二乎？》（其中"窜"字出现 2 次），《红军之分裂》（其中"窜"字出现 1 次），《松潘战争之前后》（其中"窜"字出现 2 次）。

而除上述 4 篇文章之外，"窜"字在范长江的其他描写红军的作品中却是从未使用过的，那么，从理论上说这就存在以下两种可能性。

其一，如前文"疑点之二"中所举证之例 1，《大公报》在发表这 4 篇文章时对范长江的稿件同样进行了政治性的编改，如添加贬义词"窜"字等。

其二，《大公报》在发表这 4 篇文章时并未做任何改动，而只是原文照登了范长江的稿件。

分析以上两种可能性的难点在于：范长江当年的手稿并没有保存下来，而《红军与长征》系列文章后来也没有被收入《中国的西北角》，当这些文章发表时，上海《大公报》也还没有创办，也就是说，天津《大公报》独家刊登的这些文章就是当年留下的唯一原始版本，因此今天的研究者无法通过对比同一篇文章的不同版本来进行直接的考证。

尽管如此，笔者仍可通过对范长江的其他作品来进行间接的比较研究，从中分析究竟上述两种可能性中哪一种更大。

一是以往在《大公报》上，对于描述红军的行动，"窜"字是高频词和必用词。但与此相反，除去上述《岷山南北"剿匪"军事之现势》等 4 篇《大公报》署名文章之外，在范长江的所有其他文章中"窜"字却非常罕见。

检索《中国的西北角》和《塞上行》两本书，范长江发表的文章一共是 16 篇，其中出现过"窜"字的只有 2 篇：一篇是《渭水上游》之《民间传闻的军事》，"窜"字是在清代严如熤"行营日记"的引文中出现的；另一篇是《祁连山北的旅行》之《塞外桃源的敦煌》，也只是引用了《尚书·舜典》中"窜三苗于三危"一句话。换句话说，在两本书里他自己撰写的作品中从不用"窜"字，甚至在他的那些报道绥远抗日战事的西北通讯中，对日本侵略军和伪军的描述也都从来不用"窜"字。

二是范长江在文中描述分析红军行动的地方，其政治基调是客观中立的，使用了丰富的政治中性动词。这几篇文章中无一处指称红军为"匪帮"或认为红军是"敌人"，既然如此，也没必要对红军的行动使用贬义的"窜"字。

例如，红军离开江西而西进四川，文中的用词是"争取四川""夺取四川""突入四川腹地"等。对于红军的军事行动，使用了"回师""接合""集结""进图""移动""急走""突破""会合""进入""直上""突出"等无政治贬义的双音动词，以及"过""入""转""出"等单音动词。而对比之下，在这 4 篇文章中"窜"字的出现反而显得零星而突兀，完全可以被其他中性词所取代。例如，在《红军之分裂》和《松潘战争之前后》二文中，"北窜"一词共出现了 3 次，但是在范长江的文章中，同时还在其他地方大量使用了中性词描述红军北上行动，如"向北移动"、"分路北上"、"北出"（《徐海东果为萧克第二乎？》）、"移师北上"、"北进的主张"、"不能再行北进"、"继续北进"（《红军之分裂》）、"全部北上"、"北进路线"、"北入甘肃"、"必然北上"、"北上之红军"、"北走包座"、"在毛儿盖北上"（《松潘战争之前后》）等，连《松潘战争之前后》一文中的小标题都是《再论红军之北上与分裂》。如果是范长江本人在这些文章的原稿中硬性插入几个"窜"字，不仅显然是多余的，也是不合文理的。如在《红军之分裂》一文中，称毛泽东等"主张北窜甘肃更至陕北"，而张国焘等则"主张南进，以图川康"，全文中单独此处用一个"窜"字，从上下文看起来就很不搭配，既然下文可以说"主张南进"，为什么上文不可以说"主张北上"呢？如果上文一定要用"北窜"，为什么下文却不用"南窜"呢？而对照一下在后文中引用的同日同版《大公报》，在关于红军陕北会师的报道中，则几乎是处处称"匪"，句句用"窜"。因此，笔者的推断是，与前文中"疑点之二"《成兰纪行》中的例证一样，非常大的可能性是：范长江的原稿本来是"主张北上"，而被编辑部改成"主张北窜"了。

总而言之，范长江作品中从不用"窜"字，范长江本人更没有理由在红军身上非用"窜"这个贬义字不可。这几个"窜"字最大的可能是出于《大公报》编辑部之手，是编辑部人员按照报馆政治性用语的惯例，对范长江的文章做了字句上的"点窜"和修改。

还需要特别指出的一点是，《岷山南北"剿匪"军事之现势》是范长江开始西北考察旅行后发表的第一篇新闻时评，那时他的身份还只是初出茅庐的"《大公报》特约通讯员"，还不是正式记者，因此《大公报》编辑部对他的文章详加审核并加以编改，本身是理所当然的，是完全合乎报馆常规的，换句话说是"大概率事件"。何况他撰写的一系列有关红军与长征的报道主题，当时在政治上具有高度敏感性，也可以说国民党当局的"剿匪政策"是当时国内的"最大政治"，而他的写法显然超越了国统区新闻检查的尺度，且与《大公报》一直以来的政治性用语也有显著的差别。在这种情况下，如果编辑部对他的大多数其他作品都进行例行的编改，却对这些政治高度敏感的作品不加编改而原文照登，显然是不合情理的。反过来说，如果编辑部着手对这些文章进行编改，首先一定是对涉及政治敏感内容的用语进行审查和删改。

最后有必要说明，笔者无意全面评价民国时期《大公报》的是非功过，但从历史的角度来看，《大公报》通过发表范长江的作品揭示红军长征这一重大新闻事件的真相，这样做符合新闻专业主义的基本原则，无疑是值得称道的。根据笔者研究，尽管《大公报》编辑部对范长江的通讯作品，包括《红军与长征》系列文章在内，大多进行过例行的编改，但大体上只是对其中少数字句"点窜"数处，略作删改而已。总的来说，秉持"四不主义"的《大公报》对范长江的卓尔不群的新闻作品是非常欣赏的，对其中明显偏离报馆原有规范和突破政治尺度的内容也采取了难得的宽容态度，报馆甚至顶着新闻检查的压力，冒着违规的政治风险，在该报上大量发表了范长江的作品，给这位年轻记者提供了充分展现其卓越新闻才能的舞台，《大公报》也随之赢得了更多的读者。不过另一方面，从编辑部对范长江作品中政治性用语的编改中也可以清楚地看出，当范长江在1935年步入新闻界之际，他在政治理念上与大公报馆已存在着巨大的差异和分歧，而在3年之后，这一点也成为范长江最终离开《大公报》的政治上的原因。

# 《成兰纪行》一文中的小标题对比

**《中国的西北角》原版书：**

1. 成都出发之前

2. 成都江油间

3. "苏先生"和"古江油"

4. 平武谷地中

5. 过大雪山

6. 松潘与汉藏关系

7. 金矿饿莩与藏人社会

8. 白水江上源

9. 野猪关和茶冈岭

10. 岷河沿岸

11. 洮河上游

12. 杨土司与西道堂

13. 行纯藏人区域中

14. 大夏河回藏两要地

**天津《大公报》：**

1. 由成都出发之前夕

2. 由成都至中坝途中所见

3. 中坝平谥铺间匪区残迹

4. 响岩坝山中土劣横行

5. 可怜焦土一百里

6. 到松潘去！

7. 过大雪山之艰苦

8. 松潘所见藏民情形

9. 松潘章腊之金矿区

10. 藏民之社会经济状况

11. 自弓杠岭至戎洞林海中旅行见闻

12. 甘藏边境见闻实录

13. 甘肃边境极荒凉难行

14. 甘边农村经济疲惫情形

15. 洮河上游种族战争残迹

16. 洮河南岸访问杨土司

17. 旧城回教新政运动教主马明仁访问记

18. 由陌务赴夏河途中拉不楞之一般状况

19. 千里长征安抵终点

# 1935 年 9 月 13 日天津《大公报》关于红军
# 在陕北会师情况的报道全文

陕北军事形势转变　刘子丹徐海东有合股势

东西南三路援军开陕北　太原召开晋西防共会议

【中央社绥远十一日电】陕北残匪正由各军严加搜剿中，傅作义十一日电伊盟长及七旗札萨克严密防范，以免散匪窜入。

[绥德通信] 陕北赤匪自上月间闻政府增派国军入陕助剿，即将各处匪股化零为整，匪首杨森杨琪等，则在延川一带集中盘据，刘子丹高岗等率匪五六千众、沿安定、清涧、延川等处由西东窜，以达黄河沿岸，企图堵截国军渡河。高岗匪部窜至吴堡绥德境内，将绥德东至吴堡宋家川之呼儿塌一带要道一度破坏，仍沿黄河继续北窜，直达米脂葭县东境。于上月下旬窜至绥德米脂境内之匪，约三千余众，猛扑绥米交界之吉镇。据一般推测，匪拟夺取吉镇以迫绥米，当经吉镇驻军沉着抵御，复由米脂等处调往援军，极力攻扑，匪遂溃退，又经晋军堵击，复由旧道南窜，向清涧、延川、肤施溃退。现晋军已有三团渡河，一部正在赶修宋家川往西一带道路，一部即在绥德东吴堡西之间，剿除残匪。至刘子丹匪，在上月中旬窜抵沿河一带后，转向南窜，直奔肤施境内。另闻徐海东匪已由陇南北窜至陕甘边界之庆阳、六盘山等处。并闻刘子丹匪之南窜与高岗匪之继续南窜，似与徐海东匪颇有响应，更有合股会窜之意。如此则陕甘赤匪集中一处，易于剿匪，且剿匪部队已经入陕者，除前述晋军三团已经渡河，宁夏马鸿逵部已在上月底开抵三边，甘南马鸿宾部亦有一部已入陕北，及王以哲部、朱绍良部现闻亦在积极向陕北推进中，如此四省联剿已将实现矣。（九月二日）

# 编 后 记

为纪念范长江先生西北考察旅行 90 周年，编者经过细致勘校并添加必要注释，编辑了《中国的西北角》和《塞上行》勘注增补本。

作为《大公报》记者，范长江于 1935 年 7 月从成都出发开始其西北考察旅行，至 1937 年 7 月在《国闻周报》发表《陕北之行》，记者历经两年的西北系列考察至此告一段落。在此期间，记者完成了其成名作《中国的西北角》和《塞上行》两部书。为了全面反映记者在此写作高峰期发表的新闻作品，本书收录了两书的原版书中的所有文章，此外还补充收录了其他现已发现的记者的同期作品，包括 1935 年 9 月至 12 月撰写的关于红军与长征的七篇文章，以及在同期发表的《伟大的青海是中华民族的一个支撑点》《弱水三千之"河西"》等五篇时评。

## 一、关于以往的版本

以往研究者忽略了记者的作品存在多种原始版本，彼此之间还有重要差异，误认为《大公报》发表的就是记者原作，而两部书则只是汇集了报纸已发表的文章。事实上，记者在这一时期的原作有两种或三种不同版本。由于抗战全面爆发之前华北形势危殆，大公报馆总部和编辑部骨干人员从天津移师上海，于 1936 年 4 月 1 日创办了上海《大公报》。与此同时，天津《大公报》继续出刊，直到 1937 年 8 月 5 日方才停刊。因此，在这一特殊时期，《大公报》同时存在编辑业务上彼此相对独立的沪、津两个编辑部。对于记者的西北通讯的稿件，津版、沪版之间在内容取舍和编排上有不少差别， 发表时间也不尽相同。而随后汇集出版的两部书，则由作者和编者重作编校，或恢复使用原稿，或由作者改写某些内容，因而两书版本又不同于津版、沪版。由于原版书文本基于记者原作，是经过记者本人审阅修编的，其内容更准确地体现了记者的本意。

例如，记者 1937 年初访问西安和延安之后，于 2 月 15 日在上海《大公报》发表了著名时评《动荡中之西北大局》。但是为了规避当局的新闻检查，《大公报》总经理胡政之在发表这篇文章之前亲自修改 20 余处，删除 400 余字。而随后不久出版的《塞上行》原版书，则使用了基于记者原稿的不同于沪版、津版的文本。但经删改的沪版却一直被误为是该文本的唯一版本。又如《祁连山南》《祁连山北》《贺兰山四边》等通讯，津版与沪版的编排处理也截然不同。而《中国的西北角》原版书在出版时又重新依据作者原稿进行了细致编校修订，包括绘制添加了数十幅地图，以方便读者阅读。《塞上行》原版书收集的《忆西蒙》《陕北之行》等文章是在《国闻周报》发表的，原版书与《国闻周报》的版本也有不少差别。

《中国的西北角》和《塞上行》于 20 世纪 30 年代出版后，40 余年内没有再版。"文革"结束以后，新华出版社于 1980 年首次再版了这两本书。1989 年，中国新闻出版社出版了由编者母亲沈谱编辑的《范长江新闻文集》，根据她提出的尊重编者父亲的生前意愿和坚持实事求是精神的要求，在此文集中依照《中国的西北角》旧版内容原貌，重新刊印了这部著作。而在此前后，除了日文版之外，中国内地与香港有多家出版社再版了这两部经典作品。但各种版本对原版书文本取舍不一，处理各不相同。此外令人遗憾的是，其中文字上存在不少讹错未能得到校正，有的乃至以讹传讹。

总之，20 世纪 30 年代以来，这两部经典作品存在多种不同的版本。而从原则上来说，其中只有原版书的内容最能体现作者的本意，原版书的文本才堪称"正本"。

此勘注增补本力图为读者提供范长江在该时期作品之全本，并且通过对不同原始版本的对比研究和考证，择取体现作者本意的文本。

因此，本着尊重原著的根本原则，此勘注增补本在原则上以原版书行文为准，不对原作做随意性的删减或添加，而对于其他主要版本在文意或内容上的不同之处，标注彼此之间文本上的差别。但对标点符号、助动词、语气词、象声词、数量词等纯文字技术性用法之变化，恕不一一标明。与此同时，在尊重原文的前提下，对原版书在编排、印刷等方面出现的技术性讹错，也加以必要的校正并予以注明。为了尽量保持作品的原汁原味，对于一些旧时习用字词、文法（如"的""地"用法不分）等，未作改动。为便于今天的读者阅读，此勘注增补本为简体字版，并基于现代汉语语法的一般规则使用标点符号。

为了尽可能准确、真实地还原记者的原作，编者请湖南青苹果数据中心有限公司根据上海书店出版的 1937 年版《中国的西北角》和《塞上行》（影印本，民国丛书第三编第 70 册）进行原文扫描录入后再加校对，以确保勘注增补本内容与原版书保持一致。

关于"红军与长征"的七篇文章以及其他当年未收入两书的文章，则根据北京和台北两地图书馆馆藏上海和天津《大公报》原文，并参照《范长江新闻文集》相关部分，重新进行版本比照勘校。

**二、注释的内容与原则**

两书虽经多次再版，但对其内容却始终缺乏必要的注释。由于年代久远，90 年来历经巨大的时代变迁，对于今天的读者特别是年轻读者而言，如果不加注释，书中许多内容实际上已经越来越难以读懂。记者在 20 世纪 30 年代使用文白间杂的文体，也增加了阅读的难度。

为此本书增添了 1000 多条注释，除了标明记者作品的不同版本之间的差异，以及对各种版本文本的勘误之外，注释还包括对作品内容的说明。由于记者的作品大量涉及政治、经济、社会、人文、历史、地理以及宗教、民族事务等非常广泛的领域，因此注释只能是选择性的，本书中加注释的原则是：

第一，与记者西北采访的具体内容和记者本人有直接关系者。

第二，重点针对今天一般读者较难了解的内容加以说明。例如，作品中特别提及却语焉不详而读者又比较陌生的某些人与事，比较生僻的地理名称、行政区划及其历史变迁，某些没有注明的引语或诗词的出处，罕用词（如古语、日文），以及作品本身的写作发表信息，等等。

注释内容所依据的来源主要包括以下方面：一是编者的研究考证；二是支持和参与本书编辑工作的各界专家学者提供的资料；三是根据各类公开的文史资料加以编辑而成，此类注释仅作为方便读者阅读的索引。注释中的缺失、不当之处，恳请读者指正。

**三、关于地图与行程表**

在原版书及《大公报》相关资料的基础上，重新绘制了记者旅行考察系列地图，以帮助今日读者更清晰、准确地了解记者行程，更方便地理解其作品内容。

《大公报》在发表《成兰纪行》等西北系列通讯时，并没有地图。《中国的西北角》与《塞上行》原版书则特制了45幅示意性地图（从地名的笔迹上可以确认，其中《西北近影》中的地形图是范长江亲手所画，其余地图应为其指导专人绘制）。这些地图是两书必不可少的重要组成部分，对于读者了解文字内容有很大的助益。但是由于技术性原因，这些旧地图在制作方面存在一些缺陷和差错。

一是图中地名与书中文字不符（如"宕昌"误为"岩昌"，"弯哥罗"写为"弯科罗"等）；

二是与书中陈述有矛盾或不准确（如《金矿饿莩与藏人社会》中说，记者到"昌盘寨"是沿岷江西岸走的，但是配图却将该地名标在东岸）；

三是原图与地理资料有矛盾（如记者从松潘、隆康至南坪的路线是沿河谷而行，呈"拱形"曲线，而旧图却画为直线，且方向有误）；

四是旧图大多只有地名，没有标画记者行进方向和路线，因此读者不易识别；

五是有的旧图（如《忆西蒙》配图）字体过小，或有印刷缺漏、字迹不清等。因时代不变，许多地名新旧迥异，加上地理环境发生的变化，如河流改道、湖泊干涸等，如果使用原书的旧图来对照今天的地理资料，甚至希望按图索骥，按记者当年的行进路线"重走中国的西北角"，就会发现不少的困惑和疑点。

为此，编者指导专业制图人员为本书重新绘制了地图。新图系按照旧图仿制，与旧图形式和风格尽量保持一致。新图也是示意性的，但参照实际地理资料，弥补和纠正了旧图中的一些缺陷和差错，同时在图中标画出记者行进路线。为了帮助读者理解若干重要文章的内容，本书还依据《大公报》和原版书的相关地图资料，特制了90年来首次与读者见面的四幅新地图，包括"岷山南北军事地理略图""陕甘边境军事地理略图""《忆西蒙》记者行经路线图""《塞上行》记者行经路线图"等，这些新地图可为读者理解相关篇章中复杂的地理概念提供方便。

在研究整理两书中相关地理资料时，其主要难点在于原版书的一些旧地名在今天的地图资料上已完全消失，而20世纪30年代西北地区的地理资料又比较缺乏，即使是今天80岁高龄的当地老人，也未必说得清20世纪30年代及以后地理情况的复杂演变过程。而且编者的父亲有较浓重的四川口音，他在旅行中时常需要依赖当地向导提供地理信息，特别是在蒙藏地区，也会由于语音和翻译问题而造成书中一些地名的误差。

关于如何考证相关新旧地名，并确定其在今天的实际地理方位，编者所依据的方法是：

一是根据原版书的相关描述（如经行路线、地理环境、与其他地点的相对位置、方向与距离等）；

二是参考对比民国时期和如今的相关地图资料；

三是询问熟悉该地区的地理、历史变迁状况的当地史志专家学者；

四是根据编者亲身考察获取的第一手感性知识和相关资料（编者曾多次率汕头大学长江新闻与传播学院的师生"重走中国西北角"，前往四川内江、川北若尔盖、甘南藏区、河西走廊、西安、延安、青海西宁、祁连山麓及内蒙古土默川、额济纳旗、巴彦浩特等地）；

五是参考有关地区的其他文史资料。

记者在西北考察大约两年时间，有成兰之行、陕甘边境、祁连山南、祁连山北、贺兰山四边、探访额济纳、绥边战后行、从绥远到西安、陕北之行、太行山外等 10 段主要行程，其路线和行程时间头绪繁乱，在缺乏辅助性资料的情况下，一般读者阅读时都不易搞清，即使是专门的研究者也会感到吃力，甚至因此在研究中导致差错。因此，本书编制了记者西北考察行程一览表，详细列出记者的旅行时间、所经地点路线、交通住宿、写作和发布时间等。相信辅之以记者行程一览表，可减少读者阅读两书时的困难，也为今后专家学者开展进一步的研究提供更多便利。

综上所述，本书意在为读者提供尊重原著且容易读懂的《中国的西北角》以及记者在同时期的其他新闻作品。然而将这一愿望付诸实施，编者却深感力所不逮。记者西北考察涉及的知识领域极为广大，加之时代和社会环境已发生沧桑巨变，而编者才疏学浅，虽然在"文革"时期曾在内蒙古土默川劳作八年，但对西部广阔地区的历史变迁的了解十分有限，其所能粗知者，仅九牛一毛而已。

因此，本书不过是抛砖引玉，在勘校、注释、内容取舍以及地图制作等方面的差错、疏漏和缺失在所难免，恳请读者不吝赐教，以期今后再版时加以改进。

编者首先衷心感谢北京出版集团人文社科图书出版事业部安东总经

理、陈飞和高立志两位总编辑慧眼识珠，并付出坚持不懈的努力，遂使本书最终能够顺利出版。

本书还得到汕头大学和湖南青苹果数据中心有限公司的大力支持和赞助，编者在此表达诚挚的谢意！汕头大学长江新闻与传播学院魏永征、白净、蔡秋彦、云启栋、王宗安、杨艾莉、谢琳、凌学敏、胡禄丰、徐强等各位老师，以及吴海燕、易东明、张真真、梁君艳、谢玉娟、周弯、汤子帅、鲁浩、陈佩佩、张蕾、谢孟湘、吴洁、袁翼伦、史剑秋等同学，对这个出版项目热切关心，积极参与，为之付出大量时间、精力和心血。刘洁同学承担了本书终稿的文本整理与核校工作。没有汕大师生倾力相助，本出版项目绝无完成的可能。

编者在中国人民大学新闻系读书时，曾有幸师从方汉奇教授，方教授是令人崇敬的启蒙者。方教授得知本书即将出版，欣然为本书作序，给予肯定和鼓励，令编者深为感激与感动。

编者特别感谢冯雪松先生的热情支持，他提供了 20 世纪 30 年代范长江的亲密同事、《大公报》战地记者方大曾拍摄的一批十分珍贵的摄影作品，为本书锦上添花。

此外，在两书相关地理资料的考证和地图制作方面，已故的中国教育学会钟秉林会长、甘南藏区杨积庆土司后人杨正先生、额济纳旗档案局李靖局长、乌拉特后旗旗志办窦永刚主任、 乌拉特中旗资深记者孙传海、乌拉特前旗党史地方志办公室原主任兼乌拉特前旗贸促会原会长刘嘉耘、北京大学蒙古语专家姚克成教授、青海《西海都市报》记者李皓、甘肃清水县广电局记者李双胜，以及北京师范大学研究生何坤元、兰州大学新闻与传播学院妥超群等同学，对本项目无不尽心尽力施以援手，并提供了宝贵的资料和意见。本书中有关甘南、额济纳、乌拉特后旗、乌拉特中旗、陇南以及青海地区的一些地理资料的考证主要得到杨正、李靖、窦永刚、孙传海、李皓、李双胜等专家的指导和帮助。汕头大学长江新闻与传播学院王宗安教授曾多次带领同学在台北的图书馆查找民国时期的地图和其他相关资料，并热心联系了台北"中央"研究院人社中心廖泫铭先生，查到民国时期"新绥长途汽车路线图"，提供了十分难得的地理佐证。本书的地图制作是由武汉大学测绘学院研究生彭海完成的。

关于记者涉险深入额济纳之行，兰州大学新闻与传播学院樊亚平教授提供了多种重要历史资料，证实当时记者的采访与报道确实引发了政府和国人的广泛注意，促进了当局肃清额济纳日本特务机关的行动。

在本书出版过程中一度遇到困难之际，北京互联网实验室方兴东博士和赵婕女士热情相助，令编者尤难忘怀。

在编纂本书期间，编者意外身染重疾并多次进行手术，幸有妻子杨晓齐女士呵护在侧，无微不至地悉心照顾，并有女儿范小江和小婿廖嘉星的关爱照料和鼓励支持，方使我渡过人生之又一难关，从而使本书的编辑工作得以继续进行并圆满完成。

本书的编辑出版也得到我的大哥范苏苏和弟弟范小军、范小建的积极支持。

编者谨向所有支持和帮助本书出版的各位老师、同学、朋友和亲人们表示衷心感谢！

范东升